bien que *Un Curso de Milagros* ha traído a mi vida, siempre he sentido ambivalencia hacia su presunta autoría espiritual. Por chocante que pueda parecer a otros estudiantes de UCDM, nunca me ha importado si Jesucristo ha tenido algo que ver con él. He verificado la autenticidad del Curso porque *funciona,* porque ha creado cambios drásticos y positivos en mi vida y en las vidas de muchas personas que he conocido y a las que he entrevistado, pero *no* porque afirme proceder de una fuente divina. En realidad, esta actitud mía está en armonía con Arten y Pursah, que en este libro recuerdan repetidamente a Gary que lo que cuenta siempre es la verdad inherente al propio mensaje, y no lo especiales que puedan ser los mensajeros.

Curiosamente, el mensaje de este libro me llegó en el momento justo para poder retomar con renovado brío el estudio del Curso, que había entrado en una fase de fatiga porque estaba empezando a quedarme demasiado fascinado con la historia de UCDM como fenómeno social en el llamado «mundo real». Varios años de reportajes sobre controversias relacionadas con sectas y derechos de autor me habían distraído de practicar la disciplina en sí. Mientras leía el manuscrito de Gary, seguía pensando: «Oh, *eso* era lo que el Curso quería decir», o «lo había olvidado», o «el perdón... ¿me pregunto si perdonar es tan eficaz?».

Cuando me aproximaba al final del manuscrito, me di cuenta de que este texto estaba funcionando para mí tal como los maestros de Gary querían que funcionara para él y para futuros lectores: como un intenso curso de repaso sobre la espiritualidad del futuro. Lo digo de esta manera porque *Un Curso de Milagros,* a pesar de que su público ha crecido rápidamente desde su publicación en 1976, tiene comparativamente pocos seguidores, y pienso que podría seguir así durante generaciones. Su metafísica es demasiado diferente de lo que cree el resto del mundo, y su disciplina transformadora es demasiado exigente para que pueda convertirse en la base de un movimiento espiritual de masas durante mucho tiempo. Sin embargo, como predicen los maestros de Gary, siento que su momento llegará.

Aunque el Curso puede parecer absolutista e inflexible, una de las gracias que lo salva es que afirma ser sólo una versión de un «currículum universal», y generalmente respalda la sabiduría innata de las demás tradiciones espirituales y psicológicas del mundo. Sin embargo, también afirma que el estudiante serio progresará más rápidamente siguiendo este camino que por cualquier otro método. Mi pragmatismo espiritual me lleva a apreciar esta virtud del Curso.

De hecho, el Curso indica periódicamente que el reconocimiento y el cumplimiento continuado de la tarea de perdonar ahorrará «miles de años» en el proceso de desarrollo espiritual. Como nunca he hecho una gran inversión en la idea de la reencarnación, no sé muy bien qué conclusión extraer de *eso*. He tenido la curiosa sensación de ahorrarme mucho sufrimiento futuro por las decisiones tomadas bajo la influencia de UCDM, decisiones que implican el abandono del resentimiento habitual, de la ira debilitante y del miedo autolimitador.

Antes de conocer el Curso, decididamente yo no estaba en el camino hacia una sabiduría tan práctica y sublime. Corría hacia ese peculiar libro azul cuando más lo necesitaba, y me alegra poder decir que no soy el único que se ha beneficiado de mi encuentro aparentemente casual con esta enseñanza milagrosa. Estoy seguro de que no habría llegado de manera útil a miles de lectores con mis propios libros si no me hubiera sometido a la disciplina del Curso.

Cuando vaya a visitar al psiquiatra, creo que le diré que acabé publicando *La Desaparición del Universo* porque quería ayudar a propiciar más encuentros casuales con una sabiduría tan profunda y pragmática. Este libro no sustituye a *Un Curso de Milagros*, pero confío en que sirva a muchos como animada visión previa o como revisión radical de los principios fundamentales de esa enseñanza. Los lectores a quienes no les importe el Curso seguirán encontrando aquí mucho material para reírse, discutir y maravillarse. Si te ocurre como a mí, descubrirás que no es en absoluto lo que esperabas, pero sin duda es un viaje fascinante. Como dirían Arten y Pursah: ¡Que lo pases bien!

D. PATRICK MILLER
Fundador de Fearless Books
Enero de 2003

ciembre de 1992 y diciembre de 2001. Estos encuentros se presentan en el marco de un diálogo en el que intervienen tres participantes: *Gary* (ése soy yo), y *Arten y Pursah,* los dos maestros ascendidos que se me aparecieron en persona. Mi narración de los acontecimientos no está introducida por ningún símbolo particular a menos que interrumpa el diálogo, en cuyo caso simplemente he puesto «Nota». Las numerosas palabras que verás en cursiva indican énfasis por parte del orador. Por favor, ten en cuenta que no he cambiado sustancialmente el diálogo, aunque me ha sido difícil revisar el material y tolerar algunas de las cosas inmaduras y de los juicios que hice a lo largo del período que abarca este libro. Mirando atrás, me doy cuenta de que sólo durante los últimos capítulos estaba practicando verdaderamente el perdón.

Aunque en estas páginas hay afirmaciones hechas por los maestros que al leerlas pueden parecer duras o críticas, he sido testigo de que su *actitud* siempre incluía la delicadeza, el buen humor, la humildad y el amor. Como analogía puedo decir que un buen padre a veces sabe que es necesario corregir al niño con firmeza y de una manera que pueda comprender, pero la motivación subyacente de tal corrección siempre es de naturaleza positiva. De modo que si parece que estas conversaciones llegan a puntos de cierta dureza, debe recordarse que Arten y Pursah me están hablando deliberadamente de un modo que puedo entender con el propósito de conducirme gradualmente hacia el propósito de sus enseñanzas. Pursah comentó que su estilo estaba diseñado para hacer que yo les prestara atención. Tal vez esto lo dice todo.

He puesto todo mi esfuerzo en que este libro salga bien, pero no soy perfecto y este libro tampoco lo es. De hecho, si hay errores en estos capítulos puedes estar seguro de que son míos y de que no fueron cometidos por mis visitantes. Asimismo, en pro de la transparencia absoluta, siento que antes debo decir que he ampliado algunas de estas conversaciones con diálogos que recordé posteriormente. Hice esto contando con las bendiciones y los ánimos de Arten y Pursah, y algunas de sus instrucciones destinadas a mi persona han sido incluidas en las conversaciones. Así, este libro debe ser considerado un proyecto personal que fue iniciado y dirigido por ellos, incluso en esas ocasiones puntuales en que no es una transcripción literal de nuestros encuentros.

Las referencias a *Un Curso de Milagros,* incluyendo las citas introductorias de cada capítulo, están anotadas e incluidas en un índice al final del libro. Quiero expresar una gratitud ilimitada a la Voz del Curso, cuya verdadera identidad se discute aquí.

También quiero expresar mi profundo aprecio a las personas siguientes por muchos años de apoyo y conversaciones útiles: Chaitanya York, Eileen Coyne, Dan Stepenuck, Paul D. Renard, Karen Renard, Glendon Curtis, Louise Flynt, Ed Jordan, Betty Jordan, Charles Hudson y Sharon Salmon.

Finalmente, aunque no estoy asociado con ellos, me gustaría aprovechar esta oportunidad para expresar mi sincera gratitud a Gloria y Kenneth Wapnick, creadores de la Fundación para *Un Curso de Milagros* en Temecula (California), en cuyo trabajo se basa buena parte de esta obra. El lector verá que mis visitantes sugirieron que también debería hacerme alumno de los Wapnick, y este libro no puede dejar de reflejar todas mis experiencias de aprendizaje.

Las ideas aquí contenidas son la interpretación personal y la comprensión del autor, y no están necesariamente respaldadas por el poseedor de los derechos de autor de *Un Curso de Milagros.*

GARY R. RENARD

Para papá y mamá

No estamos separados

Hay quienes han llegado a Dios directamente,
al haber dejado atrás todo límite mundano y
al haber recordado perfectamente
su propia Identidad. A éstos se les podría llamar
Maestros de los maestros porque, aunque ya no se les puede ver,
todavía se puede invocar su imagen.
Y aparecerán en el momento y lugar donde puede ser
de utilidad que lo hagan.
A quienes su aparición les podría atemorizar, les dan sus ideas.
Nadie puede invocarlos en vano.
No hay nadie de quien ellos no sean conscientes[1].

—*Un Curso de Milagros*

Primera Parte

UN SUSURRO EN TU SUEÑO

1. ARTEN Y PURSAH APARECEN

La comunicación no se limita únicamente a la pequeña gama de canales que el mundo reconoce[2].

Durante la semana de Navidad de 1992, me di cuenta de que las circunstancias de mi vida y mi estado mental habían ido mejorando lentamente a lo largo del último año. La Navidad anterior las cosas no me habían ido bien. Me había sentido muy descontento por la aparente penuria de mi vida. Aunque había logrado cierto éxito como músico profesional, no conseguí ahorrar mucho dinero. Ahora me esforzaba en mi nueva profesión de intermediario financiero, y tenía abierto un pleito contra un amigo y antiguo socio comercial que, en mi opinión, me había tratado injustamente. Entre tanto, aún estaba recuperándome de una quiebra financiera ocurrida cuatro años antes, resultado de la impaciencia, de gastar despreocupadamente y de inversiones aparentemente buenas que luego salieron mal. No lo sabía, pero estaba en guerra conmigo mismo, e iba perdiendo. Entonces tampoco sabía que prácticamente todo el mundo está en guerra y va perdiendo, aunque parezca que van ganando.

De repente, algo cambió en lo más profundo de mí. Durante trece años había estado en una búsqueda espiritual en la que había aprendido muchas cosas sin tomarme el tiempo necesario para aplicar las lecciones recibidas, pero ahora me sobrevino una nueva certeza. *Las cosas tienen que cambiar*, pensé. *Tiene que haber un modo mejor de hacer las cosas.*

Escribí al amigo al que estaba demandando y le informé de que iba a abandonar la acción legal para empezar a retirar conflictos de mi vida. Él me llamó y me dio las gracias, y así empezamos a reconstruir nuestra antigua amistad. Más adelante supe que este mismo tipo de situación se había repetido, de distintas formas, miles de veces durante las décadas anteriores: personas en conflicto habían empezado un proceso de dejar atrás sus armas para rendirse a una sabiduría mayor que tenían en su interior.

A partir de ahí empecé a tratar de activar el perdón y el amor, tal como los comprendía entonces, en las situaciones que afrontaba cotidianamente. Obtuve algunos buenos resultados, pero también me topé con serias dificultades, especialmente cuando alguien sabía provocarme en mis zonas más sensibles. Pero al menos parecía que estaba empezando a cambiar de dirección. Durante este período empecé a notar pequeños estallidos de luz en el rabillo del ojo, o que se producían en torno a ciertos objetos. Estos estallidos luminosos no ocupaban todo mi campo de visión, sino que se concentraban en ciertas áreas concretas. No entendí su significado hasta que se me explicó posteriormente.

A lo largo de aquel año de cambio recé regularmente a Jesús, el profeta de sabiduría a quien admiraba más que a ningún otro, para que me ayudara. Sentía una misteriosa conexión con él, y en mis oraciones solía decirle cuánto desearía volver dos mil años atrás y ser uno de sus seguidores para poder aprender de él en persona.

Durante la semana de Navidad de 1992, mientras meditaba en el salón de mi casa en aquella zona rural del estado de Maine, me ocurrió algo excepcional. Estaba solo porque trabajaba en casa y mi esposa, Karen, trabajaba en Lewiston. Como no teníamos hijos disfrutaba de un entorno muy tranquilo, salvo algún ladrido ocasional de nuestro perro, Nupey. Cuando volví de la meditación abrí los ojos y me quedé anonadado al comprobar que no estaba solo. Con la boca abierta, aunque no salió de ella ningún sonido, miré fijamente hacia el otro lado del salón, viendo a un hombre y una mujer que estaban sentados en mi sofá, mirándome directamente, con sus amables sonrisas y unos ojos lúcidos y penetrantes. No había en ellos nada que me resultara amenazador; de hecho, tenían un aspecto extraordinariamente pacífico que me tranquilizó. Mirando hacia atrás, me pregunto por qué no tuve más miedo, dado que estas personas, de apariencia muy sólida, parecían haberse materializado de la nada. Aun así, la primera aparición de los que pronto se convertirían en mis amigos fue tan surrealista que, de algún modo, el miedo no parecía una reacción apropiada.

Las dos personas parecían tener en torno a los treinta años y su aspecto era muy saludable. Su indumentaria era elegante y contemporánea. No se parecían en nada al aspecto que yo hubiera atribuido a los ángeles, los maestros ascendidos o cualquier otro tipo de ser divino. No tenían luz ni auras brillantes a su alrededor. Uno podría haberlos visto cenando en un restaurante sin prestarles más atención. Ahora no podía evitar pensar que estaban sentados en mi sofá, y me di cuenta de que miraba más a la atractiva mujer que al hombre. Percibiéndolo, ella habló primero.

Pursah: Hola, querido hermano. Puedo ver que estás anonadado, pero no tienes miedo. Yo soy Pursah, y éste es nuestro hermano Arten. Aparecemos ante ti como símbolos cuyas palabras facilitarán la desaparición del universo. Digo que somos símbolos porque *cualquier cosa* que parece tomar forma es simbólica. La única verdadera realidad es Dios o espíritu puro, que en el Cielo son sinónimos, y Dios o puro espíritu no tiene forma. Por tanto, en el cielo no existen conceptos como masculino y femenino. Cualquier forma experimentada en el falso universo de la percepción —incluyendo tu propio cuerpo— debe, por definición, ser un símbolo de otra cosa. Este es el verdadero significado del segundo mandamiento: «No crearás ninguna imagen de Mí.» La mayoría de los eruditos bíblicos han considerado que este mandamiento particular era un misterio. ¿Por qué no querría Dios que te formaras ninguna imagen de Él? Moisés pensó que la idea era librarse de la idolatría pagana. El verdadero significado es que no deberías formarte ninguna imagen de Dios porque Dios no *tiene* imagen. Esta idea es importante para lo que diremos más adelante.

Aparecemos ante ti como símbolos cuyas palabras facilitarán la desaparición del universo.

Gary: ¿Te importaría volver a repetir eso?

Arten: Iremos repitiendo las cosas las veces que sean necesarias para que vayas entendiéndolas, Gary, y una de las cosas que notarás es que te hablaremos en tu propio estilo de lenguaje. De hecho, te vamos a decir las cosas sin rodeos. Pensamos que eres lo bastante adulto para entenderlo, y no hemos venido aquí a perder el tiempo. Has pedido ayuda a Jesús. Él habría estado muy contento de venir a ti personalmente, pero no es eso lo que se requiere ahora mismo. Nosotros somos sus representantes. A propósito, la mayor parte del tiempo nos referiremos a Jesús llamándole «J». Tenemos su permiso para hacerlo y cuando llegue el momento, te explicaremos por qué lo hacemos así. Tú querías saber cómo era estar allí, con él, hace dos mil años. Nosotros estuvimos allí y nos alegrará contártelo, aunque te sorprenderá saber que tiene más ventajas ser alumno suyo en el presente que entonces. Una de las cosas que vamos a hacer es plantearte desafíos del mismo modo que J nos los planteaba repetidamente a nosotros, tanto en el pasado como en lo que tú denominas el futuro. No vamos a ser tolerantes contigo ni te vamos a decir lo que quieres oír. Si quieres que te traten entre algodones, vete a un parque infantil. Si estás dispuesto a ser tratado como un adulto que tiene derecho a saber por qué a la larga no puede funcionar nada en el universo, entonces iremos directamente al grano. Aprenderás tanto la causa de esta situación como el modo de salir de ella. ¿Qué dices?

Gary: No sé qué decir.

Arten: Excelente. Esa es una buena característica en un estudiante, siendo otra característica igualmente notable el deseo de aprender. Sé que lo tienes. También sé que no te gusta mucho hablar. Eres el tipo de persona que podría pasar años recluida en un monasterio sin decir palabra. Además, tienes una memoria excepcional, algo que te será útil más adelante. De hecho, lo sabemos todo respecto a ti.

Gary: ¿Todo?

Pursah: Sí, todo. Pero no estamos aquí para juzgarte, de modo que no tiene sentido ocultar cosas ni sentirse avergonzado. Estamos aquí simplemente porque es útil para nosotros aparecer ahora mismo. Aprovéchate de nosotros mientras puedas. Plantea las preguntas que te vengan a la cabeza. Te estabas preguntando por qué tenemos este aspecto. La respuesta es que nos gusta integrarnos allí donde vamos. Asimismo, vamos vestidos como seglares porque no somos representantes de ninguna religión ni denominación particular.

Gary: ¿Entonces no sois Testigos de Jehová? Porque ya les he dicho que no quiero formar parte de ninguna iglesia organizada.

Pursah: Ciertamente somos testigos de Dios, pero los Testigos de Jehová están de acuerdo con la antigua creencia de que, salvo un selecto grupo que estará con Él, el Reino de Dios se hará realidad sobre la Tierra con la gente en sus cuerpos de gloria, y eso no es lo que nosotros enseñamos. Podemos estar en desacuerdo con las creencias de otros, pero no les juzgamos y respetamos el derecho de todo el mundo a creer lo que quiera.

Gary: Eso está muy bien, pero no sé si me gusta esta idea de que en el Cielo no exista lo masculino ni lo femenino.

Pursah: En el Cielo no hay diferencias ni cambios. Todo es constante. Sólo así puede ser fiable en lugar de caótico.

Gary: ¿Y eso no resulta un tanto aburrido?

Pursah: Deja que te pregunte algo, Gary. ¿Es aburrido el sexo?

Gary: No en mi opinión.

Pursah: Bien, imagina el clímax del perfecto orgasmo sexual, sólo que ese orgasmo no se detiene nunca. Sigue adelante eternamente, sin reducir su poderosa e inmaculada intensidad.

Gary: Tienes mi atención.

Pursah: El acto sexual físico ni siquiera se acerca a la increíble dicha del Cielo. Sólo es una pobre imitación de la unión con Dios. Es un falso ídolo, hecho para fijar tu atención en el cuerpo y en el mundo, que ofrece una compensación suficiente para que sigas volviendo a por más. Es muy similar a un narcótico. El Cielo, por otra parte, es un éxtasis perfecto e indescriptible que nunca cesa.

Gary: Eso suena genial, pero no explica todas esas experiencias del otro lado que tiene la gente: viajes astrales, experiencias de cercanía a la muerte, comunicaciones con difuntos y cosas de esa naturaleza.

Arten: Lo que llamas este lado y el otro lado son en realidad las dos caras de la misma moneda ilusoria. Es todo el universo de la percepción. Cuando parece que tu cuerpo se detiene y muere, tu mente sigue adelante. Te gusta ir al cine, ¿verdad?

Gary: Todo el mundo tiene alguna afición.

Arten: Cuando realizas una transición de un lado a otro, bien sea de esta vida a la vida eterna o de vuelta otra vez al cuerpo, es como salir de una película y entrar en otra. Sólo que estas películas se parecen más a las películas de realidad virtual que la gente verá en el futuro, en las que cada cosa parecerá completamente real, pues incluirán el sentido del tacto.

Gary: Esto me recuerda a ese artículo que leí sobre una máquina en un laboratorio del Instituto Tecnológico de Massachussets. El artículo dice que introduces el dedo y puedes sentir cosas que no están allí. ¿Es éste el tipo de tecnología del que estás hablando?

Arten: Sí, la mayoría de los inventos imitan algún aspecto del modo en que opera la mente. Volviendo al ciclo de nacimiento y muerte, cuando parece que vuelves a nacer en un cuerpo físico, te olvidas de todo, o al menos de la mayor parte. Todo es un truco de la mente.

Gary: ¿Estás tratando de decirme que la totalidad de mi vida está en mi cabeza?

Arten: Todo está en tu mente.

Gary: ¿Mi cabeza está en mi mente?

Arten: Tu cabeza, tu cerebro, tu cuerpo, tu mundo, todo tu universo, cualquier universo paralelo y cualquier otra cosa que pueda ser percibida son proyecciones de la mente. Todas ellas son símbolos de un único pensamiento. Más adelante te contaremos cuál es ese pensamiento. Y un modo aún mejor de pensar en esto es considerar que tu universo es un sueño.

Gary: Parece muy sólido para ser un sueño, amigo mío.

Arten: Más adelante te contaremos por qué parece tan sólido, pero antes necesitas tener más datos. No nos adelantemos demasiado. Lo que Pursah está tratando de imprimir en ti es que nadie te está pidiendo que renuncies a mucho a cambio de nada. En realidad es lo contrario. Al fin te darás cuenta de que no estás renunciando a nada a cambio de todo: un estado tan alegre e impresionante que es imposible de describir en palabras. No obstante, para alcanzar ese estado de ser debes estar dispuesto a someterte a un difícil proceso de corrección a cargo del Espíritu Santo.

Gary: Esta corrección de la que hablas, ¿tiene algo que ver con lo «políticamente correcto»?

Pursah: No. Lo políticamente correcto, por muy bienintencionado que sea, sigue siendo un ataque a la libertad de expresión. Comprobarás que somos muy libres en nuestras expresiones. Nosotros no usamos la palabra *corrección* de la manera habitual, porque corregir algo suele significar arreglarlo y conservarlo. Cuando el falso universo deje de ser corregido por el Espíritu Santo, dejará de parecer que existe.

Digo que ya no *parecerá* existir porque en realidad no existe. El verdadero universo es el Universo de Dios, el Cielo, y el Cielo no tiene absolutamente nada que ver con el falso universo. Sin embargo, hay un modo de *mirar* a tu universo que te ayudará a retornar a Dios, a tu verdadero hogar.

Gary: Estás hablando del universo como si fuera algún tipo de error. Pero la Biblia dice que Dios creó el mundo, y casi todo el mundo cree que lo hizo, por no hablar de todas las religiones mundiales. Mis amigos y yo pensamos que Dios creó el mundo para poder conocerse experimentalmente, y supongo que ésta es una creencia Nueva Era muy extendida. ¿No creó Dios la polaridad, la dualidad y todas las oposiciones sujeto-objeto del mundo?

Pursah: En una palabra, no. Dios no creó la dualidad, y Él *no* creó el mundo. Si lo hubiera hecho, sería el autor de «un cuento contado por un idiota», tomando prestada la descripción que Shakespeare hace de la vida. Pero Dios no es un idiota. Te lo demostraremos. Él sólo puede ser una de dos cosas. O bien Él es Amor perfecto, como dice la Biblia cuando tropieza momentáneamente con la verdad, o es un idiota. No puede ser las dos cosas a la vez. J tampoco era un idiota, porque no se dejó confundir por el falso universo. Te contaremos más cosas de él, pero no esperes la versión oficial. ¿Recuerdas la historia del hijo pródigo?

Corregir algo generalmente significa arreglarlo y conservarlo. Cuando el falso universo deje de ser corregido por el Espíritu Santo, dejará de parecer que existe.

GARY: Claro. Bueno, no me vendría mal que me la recordaras.

PURSAH: Toma tu Nuevo Testamento y léenosla; después te explicaremos algo. Pero omite el último párrafo.

GARY: ¿Por qué debería omitir el último párrafo?

ARTEN: Fue añadido posteriormente, después de que la historia circulase por transmisión oral. Entonces fue cambiada todavía más por el doctor que escribió el libro de Lucas y el Libro de los Hechos.

GARY: De acuerdo. De momento os concedo el beneficio de la duda. ¿Es suficientemente buena esta versión estándar revisada?

ARTEN: Sí, es práctica. Ve a Lucas, 15:11.

GARY: De acuerdo, ahora está hablando de Jesús, ¿verdad?

ARTEN: Sí. J no habla mucho en la Biblia y, cuando lo hace, las citas suelen estar equivocadas. Fue citado y entendido equivocadamente desde el principio por todos, incluyéndonos a nosotros mismos. Nosotros le comprendíamos mejor que la mayoría, pero aún nos quedaba mucho por aprender. Ahora te estamos hablando con la ventaja del aprendizaje adquirido. Pero lo más frecuente era que estas citas erróneamente atribuidas a J tuvieran como fin las novelas individuales en que acabaron convirtiéndose los Evangelios convencionales. Eran las historias populares de aquel tiempo. J no dijo muchas de las cosas que se le atribuyen en esos libros, pero dijo algunas de ellas, del mismo modo que no hizo la mayoría de las cosas que se le atribuyen en esos libros, aunque hizo algunas.

GARY: ¿Quieres decir que es como una de esas películas en las que dicen que algo está basado en una historia real pero la mayor parte es inventado?

Arten: Sí, muy bien. La otra mitad del Nuevo Testamento procede casi enteramente del apóstol Pablo, a quien le gustaba mucho agradar a las masas, aunque en realidad no enseñaba lo mismo que «J». Ninguno de los autores de la Biblia conoció a J, excepto el autor del evangelio de Marcos, que sólo era un niño cuando le conoció. Mira el Apocalipsis. Parece una historia de Stephen King. Imagina que retrata a J como un líder guerrero montado en un corcel blanco y llevando una túnica manchada de sangre. No, él *no* es un guerrero espiritual, término que es el mayor oxímoron imaginable.

Gary: Una pregunta más antes de la historia, si no te importa.

Pursah: Adelante. No tenemos prisa.

Gary: ¿Esta idea de que Dios no creó el mundo no es una creencia gnóstica?

Arten: El principio ciertamente no se originó en los gnósticos, que lo tomaron de otras filosofías y religiones. En lo que atañe a las sectas gnósticas, tenían razón al creer que Dios no creó esta excusa de mundo, pero cometieron el mismo error que casi todos los demás: hicieron que el mundo erróneamente creado fuera psicológicamente real para ellos. Lo vieron como un mal que debían despreciar. J, por su parte, veía el mundo como lo ve el Espíritu Santo: una oportunidad perfecta para el perdón y la salvación.

Gary: De modo que en lugar de resistir al mundo, ¿debería buscar el modo de usarlo como una oportunidad para volver a casa?

Pursah: Exactamente. Buen chico. J solía decir: «Habéis oído que se solía decir "ojo por ojo y diente por diente". Pero yo os digo: no te resistas a aquel que crees malo.» Esto no sólo era una refutación directa y chocante de las antiguas escrituras, sino que también es la respuesta a la pregunta que acabas de plantear. Para demostrar todavía más la actitud de J, ¿por qué no lees esa historia ahora?

Gary: De acuerdo. Creo que estoy un poco oxidado en esto de leer las Escrituras, pero ahí va.

> Había un hombre que tenía dos hijos; y el menor de ellos dijo a su padre: «Padre, dame la parte de la hacienda que me corresponde.» Y él repartió su herencia entre ellos. Pocos días después, el hijo menor tomó todo lo que le pertenecía y emprendió un viaje a un país lejano, y allí malgastó sus propiedades viviendo como un libertino. Y cuando lo había gastado todo, una gran hambruna asoló aquella tierra, y él empezó a pasar necesidad. De modo que se unió a uno de los ciudadanos de aquel país,

que le envió a sus fincas a apacentar puercos. Deseaba llenar su vientre con las algarrobas que comían los puercos, pero nadie se las daba. Y entrando en sí mismo, dijo: ¡Cuántos jornaleros de mi padre tienen pan en abundancia mientras que yo aquí me muero de hambre! Me levantaré, iré a mi padre y le diré: «Padre, he pecado contra el cielo y ante ti. Ya no merezco ser llamado hijo tuyo, trátame como a uno de tus jornaleros.» Y levantándose fue hacia su padre. Estando él todavía lejos, le vio su padre y, conmovido, corrió, se echó a su cuello y le besó efusivamente. El hijo le dijo: «Padre, he pecado contra el cielo y ante ti; ya no merezco ser llamado hijo tuyo.» Pero el padre dijo a sus siervos: «Traed aprisa el mejor vestido y vestidle, ponedle un anillo en su mano y unas sandalias en los pies. Traed el novillo cebado, sacrificadlo, y comamos y celebremos una fiesta, porque este hijo mío estaba muerto y ha vuelto a la vida; estaba perdido y ha sido hallado.» Y comenzaron la fiesta.

Arten: Gracias, Gary. La historia sigue siendo muy coherente, aunque te aseguro que sonaba mucho mejor en arameo. Por supuesto, J estaba usando los símbolos del público para el que hablaba, pero, aun así, hay mucho que aprender viendo esta historia con ojos nuevos.

Lo primero que tienes que entender es que al hijo no le echaron de casa; era lo suficientemente alocado e inocente para pensar que se podía ir y que le iría mejor por su cuenta. Esta fue la respuesta de J al mito del Jardín del Edén. Dios no os expulsó del paraíso, y Él no es responsable en ningún sentido, modo o forma de vuestra experiencia de estar separados de Él.

El siguiente punto del que debes darte cuenta es que el Hijo empleó sus recursos limitados y empezó a pasar penalidades, una condición que no existe en el Cielo. Al estar aparentemente separado de su Fuente, ahora estaba experimentando necesidad por primera vez. Exploraremos este tema contigo cuando consideremos que es apropiado. Una vez más, decimos que parecía estar distanciado de su Fuente porque estamos hablando de algo que sólo *pareció* ocurrir, pero que en realidad no ocurrió. Entendemos que éste es un concepto difícil, y volveremos a él ocasionalmente.

Ahora que el Hijo pasa penalidades, intenta llenar su vacío uniéndose a otro ciudadano de aquel país. Esto es un símbolo de tratar de resolver tus problemas fuera de ti mismo, implicando invariablemente algún tipo de relación especial. Estos intentos interminables y desesperados de hallar una solución mediante la búsqueda externa continúan hasta que llegas a ser como el Hijo pródigo *cuando vuelve en sí.* Entonces se da cuenta de que la única solución significativa a su problema es volver a la casa de su Padre, y hacer eso se vuelve más importante para él que ninguna otra cosa en el mundo.

Aquí llegamos al punto más importante de la historia: el contraste entre lo que el Hijo ha llegado a creer respecto a sí mismo y lo que el Padre sabe que es cierto. El Hijo piensa que él ha pecado y que no merece ser llamado Hijo de su Padre. Pero el Padre amoroso no quiere oír nada de esto. No está iracundo ni desea vengarse, y no tiene el menor interés en castigar a su Hijo. ¡Así es realmente Dios! Él no piensa como los humanos porque Él no es una persona. La historia es metafórica. El Amor de Dios *corre* a encontrarse con Su Hijo. Dios sabe que su Hijo es eternamente inocente, porque Él es Su Hijo. Nada de lo que parezca ocurrir puede cambiar nunca ese hecho. El Hijo pródigo ahora vuelve a la vida. Ya no está perdido en sueños de escasez, destrucción y muerte. Es la hora de celebrarlo.

Gary: No es que lo que dices no tenga sentido, pero se me plantean un par de problemas. En primer lugar, esa cosa sobre que la totalidad del universo es responsabilidad del Hijo pródigo y no de Dios. El mundo, la naturaleza y el cuerpo humano me parecen muy impresionantes. No soy exactamente lo que llamarías un optimista disparatado, pero hay mucha belleza, orden y complicación que en mi opinión revelarían la intervención de la mano de Dios. En segundo lugar, si yo dijera a la gente que Dios no creó el mundo, tengo la sensación de que causaría tanta conmoción como tirarse un pedo dentro de un ascensor.

Arten: Tratemos lo del pedo primero. La verdad es no tienes que decir nada a nadie. Te será completamente posible practicar el tipo de espiritualidad del que hablaremos sin que nadie llegue a saberlo nunca. Todo quedará entre tú y el Espíritu Santo o J, quien prefieras. Ahora la única diferencia entre el Espíritu Santo y J es que uno es abstracto y el otro es específico. En realidad ambos son lo mismo, y tú harás el trabajo en tu mente junto con Ellos.

Esto no tiene que ver con salvar un mundo que, de todos modos, no está ahí fuera. Salvas el mundo concentrándote en tus *propias* lecciones sobre el perdón. Si todo el mundo se concentrara en sus propias lecciones en lugar de en las de otras personas, el Hijo pródigo colectivo volvería a casa en un santiamén. En el tiempo, esto no sucederá hasta el final. Pero también hablaremos del tiempo, y verás que en este universo nada es lo que parece. En cualquier caso, *tú* no tienes que esperar. Tu momento está a tu alcance, pero sólo si estás dispuesto a seguir el sistema de pensamiento del Espíritu Santo en lugar de intentar dirigir el planeta hacia propósitos fútiles.

El mundo no necesita otro Moisés, y nunca fue intención de J comenzar otra religión. Entonces o ahora, el mundo necesita otra religión como necesita otro agujero en la capa de ozono. J era el discípulo perfecto, en el sentido de que sólo escuchaba al Espíritu Santo. Sí, compartía sus experiencias con nosotros, pero sabía que sólo podíamos entender hasta cierto punto, y que algún día aprenderíamos como él mismo había hecho.

Y en cuanto a la presunta belleza y complejidad del universo, es como si hubieras pintado un cuadro con un lienzo defectuoso y con pintura de mala calidad, y seguidamente, en cuanto acabas de pintar, el cuadro empieza a cuartearse y las imágenes que están en él empiezan a deteriorarse y caerse a trozos. El cuerpo humano parece un logro sorprendente, hasta que algo empieza a ir mal en él. No tengo que recordarte el aspecto que tenían tus padres justo antes de acabar sus vidas terrenales.

El mundo necesita otra religión como necesita otro agujero mayor en la capa de ozono.

Gary: Preferiría que no me lo recordaras.

Arten: No hay nada en el universo que no siga el patrón de decadencia y muerte, y no hay nada aquí que pueda aparentemente vivir sin que muera alguna otra cosa. Tu mundo es muy impresionante hasta que aprendes a mirar *verdaderamente*. Pero la gente no quiere mirar verdaderamente, y no sólo porque el panorama no es hermoso, sino porque el mundo está pensado para encubrir un sistema de pensamiento inconsciente que gobierna sus vidas y del que no se dan cuenta conscientemente. De modo que durante algún tiempo nos vas a permitir cierto margen, y nos vas a dar la oportunidad de explicar más hasta que empieces a captar la idea general.

Gary: Supongo que no me hará ningún daño concederos la oportunidad, pero no me culpéis por ser escéptico. Tengo un primo que es ministro protestante y él diría que vosotros dos sois testigos de Satán, no de Dios.

Pursah: Qué previsible. J fue acusado repetidamente de blasfemia. Hasta la Biblia lo dice. Te garantizo que si él estuviera aquí en carne y hueso, sería acusado exactamente de lo mismo a día de hoy... y por los cristianos. No esperes que escapemos asustados de la herejía o de la blasfemia, como tampoco lo haría él. Lo que *puedes* esperar de nosotros es honestidad y franqueza. Algunas personas tienen que ser tratadas con delicadeza y otras pueden soportar que se les pegue en la cabeza, como en el antiguo entrenamiento zen. No nos cuesta nada agitar las jaulas de la gente. No nos importa lo que puedas pensar de nosotros. Somos libres de ser maestros y no políticos. No tenemos que adularte para que sientas afecto por nosotros en lugar de aprender algo. No necesitamos que apruebes lo que decimos. No necesitamos ser populares. No pretendemos manipular el nivel de la forma para hacer que la historia contada por un idiota nos dé la razón. Vivimos en un estado de paz, pero nuestro mensaje será firme.

Ofreceremos una aclaración de los principios espirituales, no un sustituto de ellos. Nuestras palabras sólo son ayudas para el aprendizaje. Nuestro propósito es ayudarte a entender ciertas ideas para que puedas entender mejor al Espíritu Santo en tus estudios y en tus experiencias de cada día.

Ya hemos dicho que hablaremos del pasado. Después de eso, comentaremos las nuevas enseñanzas de J, que no podrían haber sido comprendidas hasta ahora. Hay un documento espiritual del que tú, Gary, oíste hablar por primera vez a principios de los ochenta de un participante en aquel curso *est* que hiciste. Entonces no leíste nada de él, pero empezarás a estudiarlo a lo largo de las próximas semanas. Esta enseñanza se originó durante tu ciclo de vida, pero aprenderás que no es de este mundo. Se está extendiendo por muchos países y ya está siendo malentendida y malinterpretada, igual que el mensaje de J fue distorsionado hace dos mil años. Eso era de suponer. Pero te ayudaremos a empezar con buen pie el estudio de esta obra maestra de la metafísica para que puedas oír su mensaje con más claridad.

Gary: Me alegro de que penséis que lo sabéis todo, incluso mi futuro, pero seré yo quien decida qué voy a estudiar y cuándo me pondré a ello. Siempre he pensado que Jesús era un tipo «enrollado», y vosotros habláis mucho de él. La mayoría de mis amigos Nueva Era no suelen hacer mención de él. Es casi como si sintieran vergüenza de él. ¿Qué decís a esto?

Arten: No es J quien no les gusta. Es la versión bíblica conductista de J la que han tenido que tragarse toda su vida y la que no pueden soportar. Aquí hay otro asunto que interviene en el que ya entraremos en su momento, pero, ¿puedes culpar a tus amigos por estar confusos respecto a J? La cristiandad está tan en conflicto que promueve abiertamente enseñanzas que son antagónicas entre sí. ¿Cómo se supone que uno tiene que ocuparse de este hecho? Finalmente la gente tendrá que dejar de culpar a J por algunas de las cosas ridículas que la cristiandad ha hecho y continúa haciendo en su nombre. Él no tiene nada que ver con esas cosas, del mismo modo que Dios no tiene nada que ver con este mundo.

Gary: Aquí me estás dando un material muy radical.

Arten: Bueno, sólo estamos empezando. En las últimas décadas se han escrito algunos libros muy populares, y supuestamente no convencionales, que —como todas las grandes religiones del mundo— han sido presentados como si procedieran directamente de Dios o del Espíritu Santo, aunque sus enseñanzas reflejan un nivel de conciencia espiritual que podríamos describir como ordinario. A todos los efectos, el dualismo —que definiremos en futuras visitas— es el nivel de pensamiento del mundo entero, incluso entre las personas que siguen caminos espirituales no dualistas. Si bien es cierto que el Espíritu Santo trabaja con cada uno del modo que cada persona puede entender —ésa es la razón por la que todas las vías espirituales son necesarias—, uno de los desafíos que te propondremos es que, si uno quiere experimentar el Amor de Dios, las enseñanzas del dualismo deben llevar progresivamente a las enseñanzas y prácticas del semidualismo, del no dualismo y en último término, del no dualismo *puro.* Esto tal vez parezca complicado, pero puedes estar seguro de que en realidad es muy simple, y te será presentado de una manera comprensible y lineal.

En tu generación hay muchos que imaginan que tienen una vibración tan elevada que están preparados para salir definitivamente del planeta. Por desgracia, no es así de fácil. Si pudieras irte al País de Nunca Jamás, todo el mundo estaría experimentando el Reino. Pero tu experiencia es que estás aquí, porque de otro modo no estarías experimentando que *estás* aquí. Y tus amigos tienen un gran problema que les está frenando del que los autores Nueva Era no les han hablado.

Quizás el error que más pasan por alto todas las religiones y filosofías, incluyendo los modelos Nueva Era, es la imposibilidad de entender que aunque hacer cosas como pensar positivamente, estar «en el ahora», recitar oraciones, afirmaciones, renegar de los pensamientos negativos y escuchar a oradores famosos puede tener temporalmente un impacto positivo, todo esto *no puede* liberar lo que está encerrado en los profundos valles de tu mente inconsciente. Tu mente inconsciente, de la que te has olvidado por completo, ya que de otro modo no *sería* inconsciente, está dominada por un sistema de pensamiento enfermizo que es compartido, tanto a nivel individual como colectivo, por todos los que vienen al falso universo, ya que, en otro caso, no habrían venido aquí. Esto seguirá siendo así hasta que tus pensamientos sean examinados, correctamente perdonados, liberados al Espíritu Santo y reemplazados por su forma de pensar. Hasta entonces, tus creencias *ocultas* seguirán dominando y afirmándose con determinación. El mundo simplemente es un escenario simbólico en el que todos los actores han acordado participar incluso antes de salir a escena.

GARY: No tienes que convencerme de que el mundo es decepcionante a veces. Pero, ¿qué pasa con las cosas buenas? Todos tenemos nuestros momentos favoritos.

ARTEN: Tus buenos tiempos en este mundo sólo son buenos en comparación con los malos. La comparación no es válida, porque tanto los buenos como los malos tiempos *no* son el Cielo. Acabarás aprendiendo que todo es un truco, que tu percepción —algo a lo que das mucho valor— simplemente te está mintiendo. No prestarías atención a tu sistema de pensamiento inconsciente si no se escondiera y te mintiera, porque parece tan despreciable, y prestarle oídos es tan doloroso, que si pudieras examinarlo saldrías corriendo. J puede ayudarte a examinarlo. Él puede enseñarte cómo hacer consciente tu mente inconsciente hasta un punto que Freud no habría imaginado. Este será el propósito de algunas de nuestras conversaciones posteriores, pero antes tenemos otras cosas de que hablar.

Tus buenos tiempos en este mundo sólo son buenos en comparación con los malos. Finalmente aprenderás que todo es un truco.

GARY: Entre tanto, ¿tienes algo más alentador que decirme?

PURSAH: Claro, siempre que quieras ir a casa. J está a la puerta del asilo, llamándote para que salgas y te unas a él, y tú sigues intentando arrastrarle para que vuelva a entrar. Esto fue así en el mundo de hace dos mil años, y sigue siendo así. La persona que dijo: Cuanto más cambian las cosas, más se quedan igual, dio de lleno en la holográfica cabeza del clavo universal. Pero hay una vía de salida, y *eso es* lo que debería animarte.

ARTEN: Para ayudarte no te daremos lo que llaman la sabiduría de los siglos, que tanto gusta a los sabios espirituales contemporáneos. En cambio, aprenderás que la mayor parte de lo que el mundo considera sabiduría de los siglos en realidad es falsa. La «divina inteligencia del universo» es una frase que merece la pena desenmascarar. Aprenderás que los bebés *no* nacen con la pizarra en blanco o con una tendencia natural al amor y después son corrompidos por el mundo, y descubrirás que para volver a Dios, tienes trabajo que hacer: no trabajo en el mundo, sino con tus pensamientos. Durante la mayor parte de nuestras exposiciones te parecerá que emitimos juicios, muchos juicios. Esto responde a una buena razón: el único modo posible de enseñarte es contrastar el pensamiento del Espíritu Santo con el pensamiento del mundo. Su juicio es sano y conduce a Dios. Tu juicio es pobre y te conduce a volver aquí una y otra vez.

PURSAH: Durante nuestros intercambios también descubrirás lo que realmente eres, cómo llegaste aquí, por qué tú y el resto de la gente os comportáis exactamente como os comportáis y sentís lo que sentís, por qué el universo sigue repitiendo los mismos patrones una y otra vez, por qué la gente contrae enfermedades, la razón que está detrás de los fracasos, accidentes, adicciones y desastres naturales, la verdadera causa de toda la violencia, los crímenes, la guerra y el terrorismo en el mundo; y también la única solución significativa a todas estas cosas y cómo aplicarla.

GARY: Si puedes decirme todo eso, te ganas un premio.

PURSAH: Sólo hay un premio por el que todo el mundo debería interesarse.

GARY: ¿El Cielo?

ARTEN: Sí. Debes haber oído que la verdad te hará libre. Eso es cierto, pero nadie te dice qué es la verdad. Has oído que el Reino de los Cielos está dentro de ti. Eso también es cierto, pero nadie te dice cómo llegar allí. Si lo hicieran, ¿escucharías? Puedes conducir a un ser humano hasta la fuente, pero no puedes obligarle a beber. Nosotros te indicaremos dónde está el agua, pero sólo la beberás si estás preparado para una espiritualidad que, como la verdad, no es de este universo.

Una de las diferencias fundamentales entre las enseñanzas de J y las enseñanzas del mundo es ésta: las enseñanzas del mundo son producto de una mente dividida e inconsciente. Una vez que tu mente es así, tienes que hacer concesiones, y en cuanto haces concesiones dejas de tener la verdad.

Nosotros no haremos concesiones, y no siempre te gustará. Eso no tiene importancia. Si te diéramos todo lo que crees que deseas, estarías buscando alguna otra cosa al mes siguiente. No nos necesitas para que te ayudemos a sentirte bien con un universo que nunca ha valido su precio de admisión, y que nunca lo valdrá.

Hay algo mucho mejor por lo que sentirse bien. Hemos recorrido el camino a casa a la velocidad de Dios. Ahora nuestra intención es ayudarte a encontrar el tuyo. Pronto volveremos a ti en la segunda de diecisiete apariciones. Nuestra próxima conversación será la más larga; entre tanto, es posible que quieras considerar la idea de que si las enseñanzas que estás escuchando proceden verdaderamente del espíritu, debe estar claro que los principios expresados no han venido de la gente ni del universo, pues son la corrección de ambos.

2. EL J ALTERNATIVO

Mantente alerta sólo en favor de Dios y de Su Reino[1].

Arten y Pursah desaparecieron en un instante, y mi mente se quedó dando vueltas. ¿Ha ocurrido esto realmente? ¿Ha sido una alucinación? ¿Volverán? Ni siquiera había pensado en preguntarles cómo habían llegado hasta aquí ni qué eran exactamente. ¿Eran ángeles, maestros ascendidos, viajeros del tiempo o qué? Por encima de todo, ¿por qué se aparecían e impartían enseñanzas metafísicas avanzadas a alguien tan simple como yo, un tipo interesado en la espiritualidad pero que ni siquiera había ido a la universidad?

Decidí inmediatamente que no contaría a nadie lo que me había ocurrido, ni siquiera a Karen. Ella estaba atravesando una temporada muy tensa y difícil en el trabajo que le exigía mucha concentración. Lo último que necesitaba ahora mismo era enterarse de mi «historia a lo Juana de Arco con figuras animadas».

Confiaba en mi perro Nupey, que nunca juzgaba. Entonces traté de tomar distancia, relajarme y esperar para averiguar si el episodio sólo había sido una extraña alucinación por haber meditado demasiado, o si volvería a ocurrir.

Aquella noche, en la cama, cuando Karen se quedó dormida, yo continué despierto durante horas, pensando en algunas de las cosas que habían dicho mis visitantes. Sentía una resistencia natural hacia la idea de que Dios no había creado el mundo, ya que durante toda mi vida me habían dicho lo contrario, pero, mientras pensaba en ello, me daba cuenta de que esta idea respondía a muchas preguntas. Siempre me había preguntado cómo Dios podía permitir tanto dolor, sufrimiento y horror en el mundo, y cómo gente buena a veces tenía que pasar por infiernos inenarrables. Si lo que Arten y Pursah decían era cierto, eso significaba que Dios no tenía nada que ver con los horrores. De algún modo, esto hacía que Dios me diera menos miedo. Mientras me quedaba dormido, me preguntaba si creer que Dios era inocente de haber hecho este mundo sería un insulto hacia Él, o simplemente un insulto a un antiguo mito que la mayoría de la gente había decidido incorporar a su religión. Considerando seriamente la posición de Arten y Pursah, ¿cómo sabía que no estaba elevando mi opinión sobre Dios para poder sentirlo más cerca?

Una semana después, un martes por la noche, estaba solo en mi salón haciendo algunos trabajos de mi negocio cuando Pursah y Arten me sorprendieron con su segunda aparición. Esta vez yo estaba en el sofá y cada uno de mis visitantes aparecieron sentados en una silla. Arten empezó a hablar casi inmediatamente.

Arten: Hemos pensado en venir a visitarte esta noche porque sabíamos que Karen está fuera con unos amigos. Has tomado la decisión correcta al no contarle nada sobre nosotros por el momento. Ahora mismo ella tiene cosas que atender. Deja que aprenda lo que tiene que aprender. Hay maestros que intentarán decirte que la vida no es un aula y que no estás aquí para aprender lecciones, sino simplemente para experimentar la verdad que ya está dentro de ti. Están equivocados. Tu vida es muy parecida a un aula y, si no aprendes tus lecciones, *no* experimentarás la verdad que está dentro de ti.

No hay nada malo en sentir y experimentar las épocas de tu vida. Ciertamente, en tu estado actual, te resultaría difícil no hacerlo. Pero *hay* otro modo mejor de verlo.

Pursah: Has estado pensando mucho durante la semana pasada. ¿Estás preparado para continuar?

Gary: Antes me gustaría saber algo más sobre vosotros, como, ¿qué sois exactamente? ¿Cómo os materializáis aquí? ¿Por qué habéis venido a mí? ¿Por qué no a algún tipo con fuego en su vientre que quiera ser profeta? Mi principal ambición es trasladarme a Hawai, estar en comunión con la naturaleza y beber cerveza, aunque no necesariamente en este orden.

Arten: Lo sabemos. En primer lugar, ambos somos maestros ascendidos. No somos ángeles. Los ángeles nunca encarnaron en cuerpos. Como tú, nosotros nacimos miles de veces, o al menos pareció ser así. Ahora ya no necesitamos nacer. En segundo lugar, nuestros cuerpos representan las últimas identidades que tuvimos en la tierra. No te diremos cuándo fue eso, porque está en tu futuro y no queremos darte información sobre algo que aparentemente aún tiene que ocurrir.

GARY: No queréis interrumpir la continuidad espacio-tiempo, ¿verdad?

ARTEN: Lo cierto es que el enigma espacio-tiempo nos trae sin cuidado. Simplemente no queremos quitarte oportunidades de aprender tus lecciones de primera mano y acelerar tu regreso a Dios. La mayoría de los maestros ascendidos usan su última identidad terrenal para enseñar, teniendo en cuenta que el término *última* es un concepto lineal e ilusorio. Algunas apariciones afirman ser maestros ascendidos cuando en realidad son deseos de la mente que proyecta la aparición. Ese tipo de aparición es más como ver un fantasma o un alma perdida. Una descripción aún mejor sería un alma aparentemente separada. Pero un verdadero maestro ascendido sabe que en realidad no puede estar separado de Dios ni de nadie.

GARY: Habéis dicho que estuvisteis allí hace dos mil años con J. ¿Me estabais tomando el pelo o podéis decirme quiénes erais?

ARTEN: Entonces ambos éramos personas a quienes vosotros llamaríais santos. Suponéis que todos los santos son maestros ascendidos, pero no es así. El simple hecho de que la iglesia llame a alguien santo no hace que tenga el mismo nivel de realización que J. Siempre pensé que la iglesia había sido generosa conmigo al hacerme santo, considerando que nunca pertenecí a su religión. Éramos judíos, como también lo era J. Si hubieras preguntado a cualquiera de nosotros sobre la cristiandad, te habríamos dicho: «¿De qué me hablas?» Sí, algunos de nosotros pusimos en marcha sectas judías basadas en el maestro, pero ciertamente no una religión separada. Tuvieron que pasar cientos de años para que se inventara la cristiandad, y no tuvo nada que ver con nosotros. *Aún* sigue inventándose. ¿Cuántos de vuestros cristianos americanos de nuestros días se dan cuenta de que algunas de sus ideas más sagradas, como el Éxtasis*, ni siquiera tuvieron nombre hasta el siglo XIX? Estas ideas suelen ser cíclicas. Algunos de los primeros cristianos y muchos otros después de ellos han pensado que J volvería *muy pronto* en su cuerpo de gloria. Pero, como verás, ahora J enseña como enseña el Espíritu Santo, a través de la mente.

* Una creencia de algunas iglesias protestantes por la que los «verdaderos cristianos» se reunirán en el aire para recibir a Cristo en su venida.

Pursah: En cuanto a cómo nos materializamos, aún no podrías entenderlo, pero te diremos que la mente proyecta imágenes corporales. Tú piensas que los cuerpos hacen otros cuerpos y que los cerebros piensan, pero nada excepto la mente[2] puede pensar. El cerebro sólo es una parte del cuerpo. La mente es la que proyecta cada cuerpo, incluyendo el tuyo. No estoy hablando de la pequeña mente con la que te identificas. Me estoy refiriendo a la gran mente que está fuera del tiempo, del espacio y la forma. Esta es la mente con la que Buda entró en contacto, aunque la gente no se da cuenta que desde ahí aún queda un paso importante para unirse con Dios. Esta mente creó la totalidad del universo, cada cuerpo y cada forma que parecen estar en él. La pregunta es, ¿por qué?

Llegaremos a la razón, que en tu caso es inconsciente, de por qué fue hecho tu cuerpo, pero nuestro estado de conciencia nos coloca en la posición de poder fabricar estos cuerpos deliberadamente con el único propósito de comunicarte los mensajes del Espíritu Santo de un modo que puedas comprenderlos y aceptarlos. Respecto a nosotros mismos, sabemos que no tenemos otra identidad que la del propio Espíritu Santo, de modo que somos manifestaciones de Él y nuestras palabras son Suyas. Cuando J se nos apareció en carne y hueso después de ser crucificado, simplemente había creado otro cuerpo para comunicarse con nosotros. Su mente podía hacer que su cuerpo apareciera o desapareciera, como en la tumba. Entonces no podíamos entenderlo, de modo que cometimos el grave error de atribuir un gran significado al cuerpo de J, que en realidad no era nada, en lugar de dárselo a su mente, que es lo importante[3]. En cualquier caso, no deberíais juzgarnos por ser demasiado escépticos. ¿Cómo te sentirías si alguien que sabías sin sombra de duda que estaba tan muerto como un cadáver se parara a charlar contigo, e incluso te dejara tocarle para que supieras que era verdaderamente él?

¿Cómo te sentirías si alguien que sabías sin sombra de duda que estaba tan muerto como un cadáver se parara a charlar contigo?

Gary: No sabría si cagarme en los pantalones o quedarme ciego.

Pursah: Nuestra reacción fue similar, aunque no nuestro lenguaje. Déjame que te pregunte, ¿recuerdas al Padre Raymond, de Cracille?

Gary: Claro.

Pursah: ¿Recuerdas que te habló de un contemporáneo de Sigmund Freud llamado Groddeck?

NOTA: Aunque yo no era católico, acepté acompañar al amigo al que le había retirado la demanda y participar en un encuentro espiritual de tres días llamado «el Cracille», que tuvo lugar en una misión católica de Massachusetts. En aquel encuentro abundó la risa, la canción, el amor y el perdón, y fue una gran sorpresa para mí, porque no sabía que había católicos felices. Durante aquel fin de semana conocí a un sacerdote y psicólogo llamado Padre Raymond que había investigado a un tal Groddeck. La investigación le había impresionado mucho, y me contó algunas cosas.

GARY: Sí. Decía cosas como las que me estáis contando vosotros. El Padre Ray dijo que Groddeck era respetado por Freud, y que fue un auténtico revolucionario. Por lo visto, Groddeck había llegado a la conclusión de que los cerebros y los cuerpos en realidad son creados por la mente, en lugar de ser al revés, y que la mente —descrita por Groddeck como una fuerza llamada el Ello— los creaba para sus propios fines.

PURSAH: Suficientemente preciso, querido alumno. Tu memoria es firme como un cepo de acero. El doctor Groddeck acertó en sus conclusiones, aunque ciertamente no tenía la imagen completa que tenía J. A propósito, a diferencia de los apóstoles y de los primeros fundadores de la cristiandad, el doctor Groddeck no suponía ni pretendía saberlo todo. Sólo dijo lo que sabía, pero, aun así, estaba cientos de años luz por delante de sus sucesores, los adoradores del cerebro. Casi es innecesario añadir que debido a los puntos de vista de Groddeck, el mundo se mantuvo distanciado de él. Le mencionamos ahora, y volveremos a hacerlo más adelante, simplemente para indicar que siempre han existido personas brillantes cuyo nivel de observación estaba mucho más alineado con la verdad que el pensamiento del mundo.

GARY: Mi siguiente pregunta es: os estáis apareciendo a mí en lugar de a otra persona más apropiada porque...

PURSAH: Ya te lo dijimos la última vez, pero la explicación fue demasiado simple para ti. Estamos aquí porque nos resulta útil aparecer ahora mismo. Eso es lo único que tienes que saber.

GARY: A partir de lo que habéis dicho, no estoy seguro de cuál es mi papel en vuestra aparición. ¿Os está proyectando mi mente, o es vuestra mente...?

Arten: La pregunta está fuera de lugar porque sólo hay una mente. Al final, todo acaba siendo una cuestión de propósito. Pero lo cierto es que hay varios niveles de pensamiento ilusorio diferentes y de experiencias resultantes; más adelante volveremos a este tema.

Gary: Ya *sabes* que tengo que preguntaros qué dos santos erais.

Pursah: Sí. Es justo que te lo digamos, pero no vamos a abundar en el tema. Preferimos dedicar el tiempo de nuestras visitas a aclarar el papel de J y sus enseñanzas en lugar de perder tiempo tratando de aclarar nuestros papeles, que son más bien insignificantes. Queremos que aprendas, y vas a tener que confiar en que sabemos qué decirte para facilitar tu aprendizaje. El hecho establecido es que yo era Tomás, generalmente llamado Santo Tomás, autor de parte del ahora famoso *Evangelio de Tomás.* También sabes de primera mano que la versión en lengua copta de ese Evangelio, descubierta cerca de Nag Hammadi, en Egipto, era una versión transcrita que contiene algunos dichos que J no dijo y que yo nunca puse en el original. Pronto comentaré este Evangelio contigo, pero, como ya te he dicho, no vamos a detenernos en ello. De todos modos, nunca conseguí acabarlo. Hubiera puesto la parábola del hijo pródigo al final, pero no pude hacerlo porque me mataron.

Gary: La vida es una jodienda, ¿no?

Pursah: Eso es cuestión de interpretación. A propósito, voy a suponer que eres lo suficientemente sofisticado como para entender que no es raro ser hombre en algunas encarnaciones y mujer en otras.

Gary: Puedo imaginarlo. ¿Y qué hay de ti, Arten? No me irás a contar que eras la Virgen María.

Arten: No, pero ella era una mujer maravillosa. Yo probablemente no era suficientemente famoso como para impresionarte; lo cual me parece bien. Yo era Tadeo, aunque mi nombre de pila era Lebeo, y J me dio el nombre de Tadeo. Era humilde y tranquilo, y me gustaba aprender. Las iglesias me llamaron San Tadeo y también San Judas Tadeo, que no hay que confundir con Judas Iscariote. No tuve que hacer gran cosa para ganarme la distinción de la santidad. Algunas personas piensan que escribí la Epístola de Judas. Pero no lo hice. Formé una secta con Tomás y visité Persia, pero no participé en toda esa moda de los martirios, como algunos creen. Simplemente estuve en el momento y lugar adecuados para que me santificaran.

Gary: Eres un holgazán afortunado. ¿Tienes algún trabajo de ese tipo para mí, Tadeo?

Arten: Sí. Lo estás haciendo ahora mismo. ¿Quieres que sigamos enseñándote?

Gary: Sí, sobre todo porque me he dado cuenta de que pienso de manera diferente respecto a Dios desde la última vez que estuvisteis aquí. Siento que puedo volver a confiar en Él, que tal vez él no tiene nada contra mí, y que Él no es responsable de mis problemas y sufrimientos, pasados o presentes.

Arten: Muy bien, hermano. Muy bien.

Gary: Pero, sólo para que me quede claro, no estáis diciendo que Dios no creó *algo* del universo. Más bien, estáis diciendo que Él no tiene nada que ver con *nada* de ello y que toda la historia del Génesis es un invento...

Arten: Muy bien. Abordaremos primero los asuntos más antiguos. Nuestro propósito no es denigrar a nadie, aunque a la gente le ofende que no «compres» sus creencias. Como ya hemos indicado, simplemente estamos de acuerdo en no estar de acuerdo con las enseñanzas de otros. Debe quedar muy claro para todos que uno de los aspectos más importantes de las antiguas escrituras es la ley, y el castigo para cualquiera que no la siga al pie de la letra. Aunque el verdadero propósito de este ciclo de crimen y castigo no es el que piensas, no hay nada malo en el intento de establecer leyes para que exista un orden social. Hace dos mil años las antiguas escrituras nos eran muy queridas a Tomás y a mí, pero ya habíamos empezado a darnos cuenta de que, lo mismo que con vuestro actual sistema legal, finalmente las leyes tienen todo que ver con las propias leyes y nada que ver con la justicia.

Aparte de los pasajes horribles y amenazantes, también hay algunos pasajes muy hermosos y profundos en las antiguas escrituras con los que podríamos estar de acuerdo en nuestros días. Si vuelves a la historia de la creación del Génesis, te encontrarás con un problema muy serio con el que las personas de bien de muchas confesiones diferentes han topado desde que esa historia se oyó por primera vez, antes incluso de que fuera una escritura. Tal como dice la historia, Dios creó el mundo y vio que era bueno.

Gary: Él se escribe Sus propias críticas.

Arten: De modo que Dios sigue adelante y crea a Adán, y le consigue una compañera, Eva. La vida es un paraíso. Pero, Dios les da una regla. Haced lo que queráis, niños, pasadlo bien, pero no os *atreváis* a comer la fruta de aquel árbol del conocimiento que está allí. De modo que la serpiente hace de las suyas, Eva le da un mordisco y tienta a Adán para que así podáis culpar a las mujeres por todo, y entonces Adán muerde. Ahora bien, esto se paga muy caro. El gran Hacedor iracundo expulsa a Adán y Eva del paraíso. E incluso, para completar la cosa, dice a Eva que tendrá que sufrir grandes dolores de parto. ¡Eso la enseñará! Pero, espera un momento. Si Dios es Dios, ¿no sería perfecto? Y si es perfecto, ¿no lo sabría todo? Hasta los padres de hoy saben que el modo más seguro de que sus hijos hagan algo es prohibírselo. Entonces, si Dios es bueno y lo sabe todo, ¿qué es lo que ha hecho aquí?

Gary: Bien, aparentemente Dios ha dispuesto que sus propios hijos fracasen para poder tener el placer de castigarlos sin piedad por algo que Él mismo ha puesto en marcha.

Arten: Ciertamente da esa impresión, ¿o no? Pero, ¿haría Dios algo así? Si tuvieras un hijo, ¿harías eso? ¿Cómo podrías confiar en un dios así? Actualmente sería acusado de abuso infantil. Entonces, ¿cuál es la verdad? La respuesta es evidente para cualquiera que esté dispuesto a quitarse las anteojeras. Dios *no* haría eso. Él *no* es un idiota. La historia del Génesis es la historia simbólica de la creación del mundo y de los cuerpos por parte de la mente inconsciente por razones de las que no eres consciente, pero de las que *debes* hacerte consciente.

Gary: Entonces, a partir de esto y de lo que me has dicho antes, entiendo que J no estuvo de acuerdo con parte del pensamiento jurásico del Génesis —así como buena parte de las antiguas escrituras— y que realmente estaba enseñando algo más original que la mayoría de la gente no pudo entender, y por eso lo sustituyeron por sus propias creencias.

Pursah: Sí. J solía ignorar las escrituras que no estaban muy basadas en la verdad, pero ofrecía la correcta interpretación de las escrituras que tenían cierta base de verdad. Ciertamente Él no estaba de acuerdo con lo del fuego del infierno y la condenación. Eso era cosa de Juan el Bautista, pero Juan también tuvo sus momentos más serenos. Fue él, y no J, quien dijo: «Ama a tus enemigos.» J no tenía el concepto de enemigo. La gente no se da cuenta de que Juan era mucho más famoso que J en aquellos tiempos. Juan tenía lo que las multitudes querían *realmente.* Así es como se consigue el éxito en el mundo, cualquiera que sea tu trabajo. Oferta y demanda. Puedes tener éxito si tienes lo que la gente quiere.

No tienes ni idea de lo poco inspirado que es que la gente, incluyendo a vuestros líderes espirituales, esté siempre intentando espiritualizar la abundancia mundana. El nivel de éxito que consigas o la cantidad de dinero que tengas no tienen nada que ver con tu grado de iluminación espiritual. Las dos cosas son como manzanas y naranjas. ¡Esa historia de los panes y los peces sólo era simbólica! En realidad nunca ocurrió. Significa que existe un modo de recibir *guía* respecto a cómo proceder en el mundo, y eso es algo en lo que entraremos. Pero deja de intentar espiritualizar el dinero. No hay nada malo en el éxito ni en el dinero, pero tampoco tienen nada de espiritual. Y, a propósito, no hagas caso de esa increíble interpretación que las iglesias atribuyen a J de que debes dar al César lo que es del César y a Dios lo que es de Dios. Las iglesias recurren a ese dicho para tratar de conseguir dinero. Pero J no estaba hablando de dinero. Lo que estaba diciendo es: *Que el César tenga las cosas de este mundo, porque no son nada. Que Dios tenga tu espíritu, porque lo es todo.* Él era un maestro de sabiduría que enseñaba amor puro y verdad.

Mucha gente piensa que tanto Juan como J eran esenios. Es cierto que a veces ambos visitaban a los esenios y tenían amigos entre ellos, pero nunca fueron miembros de esa secta. Ambos eran viajeros. J finalmente dejó de contar con el favor de los esenios. Ellos habían amado a Juan porque él respetaba sus leyes y creencias, pero acabaron odiando a J porque no veía la necesidad de inclinarse ante sus preciosas reglas. En Qumran no se derramaron muchas lágrimas cuando llegó la noticia de la muerte de J. Treinta y cinco años después, la mayoría de los esenios fueron a Jerusalén para luchar contra los romanos en una revuelta. Como muchos otros, creyeron que aquel alzamiento era el Apocalipsis. Sabes, los hijos de la luz contra los hijos de la oscuridad, y todas esas tonterías. Fue un desastre total. Al fin, los esenios vivieron por la espada y murieron por la espada. Actualmente, se está tratando de hacer de ellos y de los manuscritos del Mar Rojo algo especial, del mismo modo que se intenta convertir en grandes maestros espirituales a mucha gente del pasado, cuando no lo fueron. Eran personas como tú.

El nivel de éxito que consigas o la cantidad de dinero que tengas no tienen nada que ver con tu grado de iluminación espiritual.

Algunas personas de tu generación piensan que los mayas salieron vibrando del planeta en un estado de completa iluminación espiritual. ¿Qué os hace pensar que estuvieran iluminados? Practicaban sacrificios humanos. ¿Cómo de iluminado te parece eso? Sólo eran personas; como los esenios, como los europeos, como los indios americanos y como tú. Acéptalo y sigue adelante.

Gary: ¿De modo que no debería dejarme impresionar demasiado por ese antiguo libro espiritual que quiero leer para que me ayude en mi negocio, el del arte de la guerra?

Pursah: La guerra no es un arte, es psicosis. Pero, ¿por qué no intentar espiritualizarla? Intentas espiritualizar todo lo demás. No estoy hablando únicamente de Sun Tsu y de su obra *El Arte de la Guerra.* Finalmente te darás cuenta de que no puedes espiritualizar nada que no sea espíritu, lo que significa que en realidad no puedes espiritualizar nada en el universo de la forma. Lo verdaderamente espiritual sólo está fuera de ella. Ahí está tu verdadero origen y es ahí adonde acabarás retornando.

Como ejemplo de la espiritualización de los objetos, tienes pensamientos románticos sobre los bosques tropicales sudamericanos y piensas que son uno de los puntos más sagrados de la Tierra. Si pudieras observar a cámara rápida lo que ocurre en el subsuelo del bosque, verías que las raíces de los árboles compiten unas con otras por el agua, del mismo modo que todas las criaturas del bosque luchan por la supervivencia.

Gary: Vaya, en el mundo de ahí fuera los árboles se comen unos a otros. Lo siento.

Pursah: Todo lo cual nos lleva de vuelta a nuestro hermano J y lo que comunicaba. Hay un par de razones muy importantes por las que no pudimos entender buena parte de lo que nos decía. Debes tomar nota de ellas porque también *te* impedirán comprender lo que te diga directamente a ti. En primer lugar, él no está hablando a otra persona. No hay nadie más. No hay nadie ahí fuera, pero no basta con decir eso. La experiencia llegará, y cuando lo haga, será más liberadora para ti que cualquier cosa que el mundo te pueda ofrecer. Pero la principal razón por la que no podíamos entender el mensaje de J es que tomamos todas nuestras creencias anteriores y las superpusimos sobre lo que él decía. La gente siempre hace esto con su espiritualidad. Allí estaba J, retándonos a subir a su nivel, y nosotros seguíamos bajándole al nuestro.

Nosotros estábamos dedicados a las antiguas escrituras, y te digo ahora que *de ningún modo* podríamos haber visto a J excepto a través del filtro de nuestras creencias previas. Él era un salvador, sin duda, pero no del tipo que promueve una salvación experimentada por otros. Él quería enseñarnos a tomar parte en nuestra propia salvación. Cuando dijo que él era el camino, la verdad y la vida, quería decirnos que siguiéramos su *ejemplo*, no que creyéramos en él personalmente. No deberías glorificar su cuerpo. *Él* no creía en su propio cuerpo, ¿por qué deberías hacerlo tú? Ese fue nuestro error, pero eso no significa que tú también tengas que cometerlo. Actualmente, mucha gente le ve con los ojos del Nuevo Testamento o a través de la lente de algunas cosas tomadas de la Nueva Era. Pero su mensaje, cuando es comprendido, en *realidad no se parece a ningún otro.*

GARY: Sí, pero, ¿no ha habido siempre *alguna* gente que estaba espiritualmente iluminada como J y lo comprendía todo?

PURSAH: No siempre, pero sí, ha habido otros en algunos momentos. Y no siempre provienen de las mismas vías espirituales. Esto pone sobre el tapete otro tema importante. La religión o la espiritualidad en la que crees no determina lo espiritualmente avanzado que estés en términos de conciencia. Hay cristianos que están entre los más realizados, y hay cristianos que son unos necios charlatanes. Esto es así en *todas* las religiones, filosofías y vías espirituales, sin excepción.

GARY: ¿Y por qué es así?

PURSAH: ¿Te gustaría aportar esa respuesta, Arten?

ARTEN: Claro que sí. La razón por la que esto es así es que hay cuatro grandes actitudes de aprendizaje por las que tendrás que pasar en tu camino de vuelta a Dios. Todo el mundo pasará por las cuatro, y todos los que progresen avanzarán unas veces y en otras ocasiones volverán atrás inesperadamente. Cada nivel conlleva diferentes pensamientos y las correspondientes experiencias, y tú interpretarás exactamente la misma escritura de distintos modos dependiendo de cuál sea tu actitud de aprendizaje.

El estado de casi todo el universo es el *dualismo.* La mente cree en el dominio del sujeto y el objeto. Conceptualmente, a los que creen en Dios les puede parecer que hay dos mundos y que ambos son verdad: el mundo de Dios y el mundo del hombre. En el mundo del hombre crees, práctica y objetivamente, que de hecho hay un sujeto —tú— y un objeto, a saber, todo lo demás. Esta actitud ha quedado bien expresada en el modelo de la física newtoniana. Se cree que los objetos que constituyen el universo humano —que hasta los últimos cientos de años se llamaba simplemente el mundo, refiriéndose a la totalidad de la manifestación— existen aparte de ti, y que tú los puedes manipular; este «tú» hace referencia al cuerpo y al cerebro que parece hacerlo funcionar. De hecho, como ya hemos dicho, el cuerpo y el cerebro que crees ser parecen haber sido causados *por* el mundo. Como veremos, la idea es exactamente al revés.

Necesariamente, la actitud hacia Dios que acompaña a esta actitud de aprendizaje es que Él está en alguna parte fuera de ti. Ahí estáis tú y Dios, aparentemente separados uno de otro. Dios, que de hecho es real, parece distante e ilusorio. El mundo, que en realidad es ilusorio, parece inmediato y real. Por razones que describiremos más adelante, tu mente dividida, que se separó de su casa como el Hijo pródigo, ha asignado inconscientemente a Dios las mismas cualidades que posee tu mente aparentemente separada. Así, Dios y los mensajes que parecen venir de Él se hallan en conflicto.

Recuerda que la mayor parte de esto es inconsciente, lo que significa que *parece* existir allí fuera en el mundo, en lugar de en tu propia mente dividida. Por eso se considera que Dios es al mismo tiempo compasivo e iracundo. Es al mismo tiempo amoroso *y* un asesino, dependiendo, al parecer, de su estado de ánimo. Ésta puede ser una buena descripción del conflicto de la mente dualista, pero no es una descripción de Dios. Es casi innecesario añadir que todo esto conduce a una serie de paradojas incontrolables, incluyendo la extraña noción de que Dios ordena a determinada gente que mate a otros para adquirir ciertas tierras y posesiones, o para llevar a todos cierta versión de la justicia o de la verdadera religión. La absurda tragedia de la dualidad es considerada normal por todas las sociedades modernas, que están locas de atar.

La siguiente actitud de aprendizaje por la que pasarás durante tu vuelta a Dios suele ser denominada *semidualismo.* Podría describirse como una forma más suave y bondadosa de dualismo, porque la mente ha empezado a aceptar ciertas ideas verdaderas. Una vez más, no importa cuál sea tu religión, y por eso *todas* las religiones tienen algunas personas muy amables, gentiles y relativamente libres de juicios. Una de las ideas que la mente aceptaría en esta etapa es que Dios es Amor. Sin embargo, una noción tan simple como ésta, *si se cree verdaderamente,* traería consigo algunas preguntas muy difíciles. Por ejemplo, si Dios es Amor, ¿puede también odiar? Si Dios es verdaderamente Amor perfecto, ¿puede cometer errores? Si Dios es un Creador, ¿podría mostrarse vengativo con aquello que Él mismo ha creado?

Cuando se ve con claridad que la respuesta a estas preguntas es *por supuesto que no,* queda abierta una puerta que había estado cerrada durante mucho tiempo. En el estado de semidualismo tu mente ha empezado a perder parte de su oculto pero terrible miedo a Dios. Ahora Dios te resulta menos amenazador, como tú mismo nos has comentado. Una forma primitiva de perdón ha enraizado en ti. Sigues pensando que eres un cuerpo, y sigue pareciendo que Dios y el mundo están fuera de ti, pero ahora sientes que Dios no es la causa de tu situación. Quizá la persona que siempre estaba allí cuando las cosas parecían irse al garete eras tú. El Perfecto Amor sólo puede ser responsable de lo bueno. De modo que todo lo demás debe venir *de* alguna otra parte. Pero, como veremos en nuestra próxima actitud de aprendizaje, no *hay* ninguna otra parte.

La absurda tragedia de la dualidad es considerada normal por todas las sociedades modernas, que están locas de atar.

PURSAH: De modo que ahora llegamos al tema del *no dualismo.* Recuerda que tanto si estamos hablando de una actitud de aprendizaje como de una visión espiritual, siempre nos estamos refiriendo a un estado mental: una actitud *interna,* y no a algo que pueda verse en el mundo, con los ojos del cuerpo. Empezaremos con una idea simple. ¿Recuerdas ese viejo acertijo que dice: Si un árbol se cae en medio del bosque y no hay nadie allí para oírlo, sigue haciendo ruido?

GARY: Claro que sí. No puede ser probado, por eso la gente siempre acaba discutiendo sobre él.

PURSAH: ¿Cuál dirías que es la respuesta? Prometo no discutir contigo.

GARY: Yo diría que el árbol siempre hace ruido, tanto si hay alguien allí para oírlo como si no.

PURSAH: Y te equivocarías completamente, incluso al nivel de la forma. Lo que hace el árbol es enviar ondas sonoras. Las ondas sonoras, como las ondas de radio —y en realidad las ondas energéticas de todo tipo— necesitan ser captadas por un receptor. Hay muchas ondas de radio que inundan esta habitación en este momento, pero no hay sonido porque no existe un receptor sintonizado con ellas. Los receptores son el oído humano y el oído animal. Si un árbol cae en medio del bosque, y no hay nadie allí para oírlo, entonces *no* hace ningún ruido. El sonido no es sonido *hasta* que lo oyes, del mismo modo que la onda energética no parece materia *hasta* que la ves o la tocas.

Abreviando una historia larga, debería ser evidente a partir de lo anterior que hacen falta dos para bailar un tango. Para que cualquier cosa pueda interactuar necesitas la dualidad. Evidentemente, sin dualidad, no hay nada *con* lo que interactuar. No puede haber nada en el espejo sin que surja una imagen enfrente, asociada a un observador que la ve. Sin dualidad no *hay* árbol en el bosque. Como saben algunos de vuestros físicos cuánticos, la dualidad es un mito. Y si la dualidad es un mito, no sólo no hay árbol, sino que no hay universo. Sin ti para percibirlo, el universo no está aquí, pero la lógica dicta que si el universo no está aquí, tú tampoco estás aquí. Para crear la ilusión de la existencia debes tomar la unidad y dividirla aparentemente, y eso es precisamente lo que has hecho. Todo es un truco.

El concepto de unidad no es muy original. No obstante, la pregunta que muy pocos se plantean es: ¿Con qué soy realmente uno? Aunque la mayoría de aquellos que se plantean esta preguntan dirían que la respuesta es Dios, a continuación cometen el error de *suponer* que ellos y este universo fueron creados en su forma presente por lo Divino. Eso no es cierto, y deja al buscador en una posición en la que, aunque domine la mente, algo que sin duda consiguió Buda, no alcanza a Dios de manera permanente. Sí, el buscador logrará la unidad con la mente que crea las ondas de la dualidad. Esta mente es un no lugar que trasciende todas vuestras dimensiones, está completamente fuera del sistema del tiempo, el espacio y la forma. Es la extensión propia y lógica de la no dualidad, pero, aun así, no es Dios. Es, de hecho, un callejón sin salida. O, mejor aún, un principio muerto. Esto explica por qué el budismo, que es la religión más sofisticada psicológicamente, no aborda la cuestión de Dios. Esta es la razón por la que Buda no abordó la cuestión de Dios mientras seguía estando en el cuerpo que llamas Buda. También es la razón por la que distinguimos entre el no dualismo y el no dualismo puro. Cuando Buda dijo: «Estoy despierto», quería decir que se había dado cuenta de que ya no participaba en la ilusión, sino que era el creador de toda la ilusión.

Aun así, hace falta un paso más, y ese paso se produce cuando la mente, que es la fabricante de la ilusión, elige ir *completamente en contra de sí misma* y a favor de Dios. Por supuesto que alguien con la tremenda realización de Buda tuvo vislumbres de esto, pasando enseguida a tener exactamente la misma conciencia que J. Pero Buda hizo esto en una vida de la que el mundo no sabe nada. No es anormal que haya personas que alcancen el nivel de iluminación de J en el anonimato, y que la gente piense que lo alcanzaron en una vida en la que fueron famosas, cuando en realidad no fue así. A la mayoría de los que alcanzan la verdadera maestría espiritual no les interesa ser líderes. Al mismo tiempo, hay personas que están muy a la vista cuando, en lugar de ser verdaderos maestros de espiritualidad y metafísica, simplemente están exhibiendo los síntomas de una personalidad extrovertida.

GARY: Entonces, ¿cómo experimentó J su unidad con Dios?

ARTEN: Ahora llegamos a eso. Una de las razones por las que te estamos contando todo esto es para poder contextualizar algunas de sus afirmaciones. Una de las cosas de las que se tuvo que dar cuenta era que no sólo no existe el universo, sino que él mismo no existía a ningún otro nivel que el del puro espíritu. Eso es algo que prácticamente ninguno de nosotros quiere saber. Resulta aterrador para toda la gente a nivel inconsciente porque implica la renuncia a la individualidad o a la identidad personal, ahora y para siempre.

GARY: Una vez oí que el médico ayurvédico Deepak Chopra decía a sus alumnos: «Yo no estoy aquí.» ¿Es ése el tipo de experiencia a la que te estás refiriendo?

ARTEN: El médico del que hablas es un hombre brillante y que sabe expresarse, pero no sirve de gran cosa saber que no estás aquí si no tienes el cuadro completo. Sin duda es un paso en la buena dirección, pero de lo que estoy hablando ahora mismo no es únicamente de que yo no estoy aquí, sino de que no *existo* de manera individual, a *ningún* nivel. No hay alma separada o individual. No hay Atman, como lo llaman los hindúes, excepto como un pensamiento erróneo en la mente. Sólo existe Dios.

GARY: Entonces vosotros no estáis aquí; ni siquiera existís, y la mente está proyectando estas ondas de dualidad para que pueda parecer que se convierten en partículas sólidas interactuando unas con otras como en una película. Además, estás diciendo que pocas personas han sido conscientes alguna vez de la verdadera razón por la que vienen aquí.

ARTEN: No está mal. Como hemos dicho, *nosotros* estamos aquí para servir el propósito del Espíritu Santo, pero la mayoría de las personas no tienen ni idea de quiénes son ni de cómo han llegado hasta aquí. Lo que has dicho es demasiado limitado. No es sólo que yo no exista, tú tampoco existes y tampoco existe este falso universo. Cuando hablamos de volver a la realidad y a Dios, no nos estamos limitando a echar humo hipotético. No puedes tenerte a ti mismo *y* a Dios. No es posible. No puedes tener el universo y tener a Dios. Ambos se excluyen mutuamente. Tendrás que elegir. No hay prisa, porque el tiempo es humo hipotético, y nosotros vamos a darte algunas de las enseñanzas de J sobre cómo escapar de él. No es fácil, pero es factible. El Espíritu Santo no te propondría un camino que no fuera viable. A veces tendrás miedo de perder tu identidad. Por eso, antes nos hemos ocupado de indicarte que en realidad no estás renunciando a nada a cambio de todo. Pero hará falta tiempo y algo más de experiencia para que tengas fe en eso.

Gary: De modo que el no dualismo es como la vieja enseñanza de vivir *como si* estuvieras en este mundo, pero tu actitud es que, de los dos mundos aparentes, el mundo de la verdad y el mundo de la ilusión, sólo la verdad es verdad y lo demás no lo es.

Arten: Sí, un alumno ejemplar. Incluso así, la gente comete el error de pensar que la ilusión fue creada por la verdad. De modo que siguen cometiendo el error de tratar de legitimar la ilusión, en lugar de renunciar a ella. No puedes esperar romper el ciclo de nacimiento y muerte mientras mantengas esta confusión. La mente inconsciente llega a tales extremos para evitar a Dios que, o bien Le ignorarás, o aún es más probable que trates de revertir el no dualismo al dualismo. Un extraordinario ejemplo de esto es lo ocurrido a la gran enseñanza de la filosofía india llamada Vedanta.

El Vedanta es una filosofía espiritual no dualista que enseña que la verdad de Brahman es todo lo que hay y que *todo lo demás* es ilusión —falso, nada, cero. El Vedanta fue interpretado sabiamente por Shankara como Advaita o no dualismo. Está bien, ¿cierto? Bueno, pues no para novecientas noventa y nueve personas de cada mil. Existen otras importantes interpretaciones del Vedanta, más populares y menos verdaderas, que representan intentos de destruir su metafísica no dualista y convertirla en lo que no es, entre las que se incluyen el esfuerzo de Madva por tomar un no dualismo incompetente y convertirlo en dualismo incompetente.

Aquí es donde vemos un asombroso paralelismo entre lo que ocurrió en el hinduismo y lo que ocurrió con las enseñanzas de J. J enseñaba no dualismo puro, *interpretado por el mundo como dualismo.* El Vedanta era no dualismo, interpretado por el mundo como dualismo. Actualmente tienes dos grandes religiones que están controladas por una mayoría reaccionaria, y ambas compiten por los corazones y mentes de un mundo que no está allí; una de estas religiones es el símbolo de un imperio basado en el dinero, y la otra religión es el símbolo de un gobierno que podría involucrarse en una guerra nuclear con su vecino musulmán, que es igualmente reaccionario.

Estas payasadas pueden ser aceptables para la mayoría del planeta, pero no tienen por qué ser aceptables para ti. La actitud no dualista te dice que lo que estás viendo no es la verdad. Y si no es la verdad, ¿cómo podrías juzgarla? Juzgarla es darle realidad. Pero, ¿cómo puedes juzgar y dar realidad a algo que no está allí? Y si no está allí, ¿para qué necesitarías adquirirlo, o librar una guerra por ello, o hacerlo más sagrado o valioso que cualquier otra cosa? ¿Cómo podría un trozo de tierra ser más importante que otro? ¿Por qué debería importar lo que ocurra en una ilusión, a menos que le des un poder que no tiene y que no puede tener? ¿Cómo podría importar el resultado obtenido en una situación particular a menos que hayas hecho un falso ídolo de la situación? ¿Por qué es el Tibet más importante que cualquier otro lugar?

Sé que aún no quieres oír esto, pero las acciones que emprendas o dejes de emprender en el mundo no importan, aunque tu manera de ver y la actitud que mantengas mientras participas en cualquier acción *importa*. Evidentemente, mientras parezca que existes en el mundo de la multiplicidad, tendrás temporalmente algunas preocupaciones terrenales, y no es nuestra intención ignorar tus necesidades mundanas. El Espíritu Santo no es estúpido y, como hemos dicho, tu experiencia es que estás aquí. Existe un modo de ir por la vida haciendo muchas de las cosas que harías de todos modos, pero ahora no las harás solo. Y así aprenderás que nunca estás solo.

De modo que no estamos sugiriendo que no deberías ser práctico y cuidar de ti mismo. Simplemente tu verdadero jefe no será de este mundo. Ni siquiera tienes que decir a nadie que tú no eres el jefe si no quieres. Si quieres tener tu propio negocio y hacer que *parezca* que eres el jefe, genial. Haz que todo aquello a lo que tu guía te lleve funcione lo mejor posible. Sé bueno contigo mismo. Lo que nos importa es tu actitud mental, no lo que parezcas hacer. Finalmente, llegarás a ver cualquier cosa que hagas para ganarte la vida como una ilusión que te ofrece apoyo en la ilusión, sin favorecer realmente la ilusión.

De lo dicho anteriormente deberías entender que con la actitud no dualista estás adquiriendo la capacidad de cuestionar todos tus juicios y creencias. Ahora te das cuenta de que en realidad no hay sujeto y objeto, sólo hay unidad. Aún no sabes que esto es una *imitación* de la unidad genuina, porque pocos han aprendido a establecer la distinción entre ser uno con la mente aparentemente separada de Dios, y ser uno con Dios. *La mente le debe ser devuelta a Él*[4]. No obstante, el no dualismo tradicional es un paso necesario del camino, porque has aprendido que en realidad no puedes separar una cosa de cualquier otra cosa, y tampoco puedes separar ninguna cosa de ti.

Como hemos apuntado antes, esta idea está bien expresada en los modelos de la física cuántica. La física newtoniana mantenía que los objetos eran reales, que estaban fuera de ti y llevaban una existencia separada. La física cuántica demuestra que esto no es cierto. El universo no es lo que supones que es; cada una de las cosas que parece existir es en realidad pensamiento inseparable. A nivel subatómico, ni siquiera puedes observar algo sin producir un cambio en ello. Todo está en tu mente, incluido tu propio cuerpo. Como algunos aspectos del budismo enseñan correctamente, la mente que lo está pensando todo es una sola mente, y esa mente está completamente fuera de la ilusión de tiempo y espacio. Lo que no ha enseñado ninguna filosofía, excepto una, es una verdad raras veces aceptada: el hecho de que esta mente, en sí misma, también es una ilusión[5].

Debería ser evidente que sólo hay unidad, y entonces cualquier cosa que parezca existir debe haber sido creada. Además —y éste es un asunto que ninguna enseñanza ha explicado satisfactoriamente hasta hace muy poco— debe haber sido creada por lo que parece ser una muy buena razón. Así, en lugar de juzgar el mundo y todo lo que contiene, tal vez sería más útil que te preguntaras qué valor ves en crearlo originalmente. También sería acertado que te preguntases qué respuesta sería más apropiado darle *ahora*.

PURSAH: Lo cual nos lleva a la actitud de J. Su conciencia es la del *no dualismo puro*, el final del camino, la última parada.

Debes tener en cuenta que cada una de las cuatro grandes actitudes de aprendizaje son largos caminos en sí mismas, y que a veces pasarás de una a otra como una pelota de ping pong. El Espíritu Santo te irá corrigiendo por el camino y volverá a ponerte en la dirección adecuada. No te sientas mal cuando te extravíes temporalmente. No hay nadie que haya caminado por esta tierra, incluyendo a J, que de algún modo no haya caído en la tentación. El mito de tener un comportamiento perfecto en la vida acaba produciendo una actitud derrotista y es innecesario. Lo único necesario es estar dispuesto a recibir corrección.

Al igual que hay un navegador u ordenador que corrige constantemente el rumbo del avión a medida que recorre su ruta, el Espíritu Santo siempre está corrigiéndote, sin importar lo que pareces hacer ni el nivel de conciencia espiritual en el que pareces estar. Puede ser posible ignorarlo, pero nunca es posible perderlo. El avión *siempre* está perdiendo el rumbo, pero, mediante la corrección constante, acaba llegando a su destino. Y tú también llegarás al tuyo. Es un trato cerrado; no podrías echarlo a perder aunque quisieras. La verdadera pregunta es: ¿Cuánto tiempo quieres prolongar tu sufrimiento?

No es demasiado pronto para que empieces a pensar siguiendo las líneas del no dualismo puro. No siempre permanecerás en él, pero no te hará daño empezar. Comenzarás a pensar como J, y escucharás al Espíritu Santo como él hizo. Pero, finalmente, tendremos que dividir este no dualismo puro en dos niveles.

El avión siempre está perdiendo el rumbo, pero, mediante la corrección constante, llega a su destino. Y tú también llegarás al tuyo.

Gary: ¿Por qué?

Pursah: Deja de dominar la conversación. Se debe a que *tú* pareces haberte dividido en distintos niveles, y la Voz que representa al gran Hombre debe hablarte *como si* estuvieras aquí, en este mundo. ¿De qué otro modo podrías oírle?

Arten: Empezaremos con los aspectos más generales del no dualismo puro y dejaremos sus aplicaciones específicas y prácticas para después. El perdón avanzado, tal como lo practicaba J —a diferencia de la forma primitiva y retrasada de perdón que el mundo practica a veces— requiere más comprensión de la que posees actualmente. Por lo tanto, sigamos adelante.

Incluso una lectura superficial del Nuevo Testamento por parte de una persona relativamente sana y de inteligencia rudimentaria debería revelar que J no era crítico ni reaccionario.

Gary: Eso no dice mucho en favor de la Coalición Cristiana.

Pursah: No te gustan, ¿verdad?

Gary: Me canso de escuchar a esos implacables políticos de derechas que se llaman cristianos pero probablemente no reconocerían a Jesús aunque viniera hasta ellos y les mordiera en el culo.

Pursah: Sí, pero ésa es una trampa sutil, y has caído en ella de cabeza. A nivel de la forma puede ser preciso afirmar que la mayoría de los cristianos podrían cambiar el nombre de su religión por «Juzgamentalismo». Pero si tú juzgas sus juicios, entonces estás haciendo lo mismo que ellos, lo cual te sitúa en su misma posición; encadenado a un cuerpo y a un mundo que estás haciendo psicológicamente real para ti por no perdonar.

Es evidente que la mayoría de la gente no podría perdonar completamente a los demás aunque su vida dependiera de ello, y tu *verdadera* vida *depende* de ello. En lugar de señalar simplemente que J fue capaz de perdonar a la gente incluso cuando le estaban matando —mientras que la mayoría de los cristianos de hoy ni siquiera pueden perdonar a la gente que no les hace nada— sería mucho más positivo para ti que te preguntaras cómo fue capaz de hacerlo.

A medida que sigamos adelante averiguarás que organizaciones como los demócratas y los republicanos, la Coalición Cristiana y el Sindicato Americano para las Libertades Civiles están ahí por razones completamente diferentes de las que ahora les atribuyes.

GARY: Entonces creo que debo seguir adelante, pero antes, ¿puedo plantear otra pregunta sobre el no dualismo?

PURSAH: Más vale que sea una buena pregunta. Me estás cortando constantemente.

GARY: Recuerdo una vez que una chica, bueno, una mujer, que estudiaba Física en la universidad me dijo que la materia aparece de la nada, y es casi toda ella espacio vacío. ¿Estás diciendo que es el pensamiento el que hace que aparezca esta materia?

PURSAH: Es cierto que la materia aparece de la nada. Lo que no es tan evidente, y sin embargo es necesario tener en cuenta, es que, después de aparecer, *sigue* estando en ninguna parte. Todo el espacio está vacío y es inexistente, incluso la pequeña fracción de él que parece contener algo. Finalmente explicaremos qué es ese algo. En cuanto a que los pensamientos que hacen aparecer imágenes, un modo más preciso de expresarlo sería decir que *un pensamiento* hizo que aparecieran todas las imágenes, porque todas representan la misma cosa bajo formas aparentemente diferentes. Este tipo de cuestiones están siendo abordadas por las nuevas enseñanzas de J, deliberadamente expresadas en un lenguaje que puede ser comprendido, aunque no fácilmente digerido, por la gente de tu tiempo. De momento, concentrémonos en aclarar un poco el pasado a fin de prepararte para conocer el presente.

GARY: De acuerdo, ya que estáis aquí... Es decir, ya que parece que nosotros, colectivamente, hemos formado una imagen aquí.

Arten: Como he dicho, J nunca fue crítico ni reaccionario, y nuestra breve exposición del no dualismo debería haberte dado la idea de que él no estaría dispuesto a hacer concesiones sobre esta lógica: si no hay nada fuera de tu mente, entonces juzgarlo es concederle poder sobre ti, y no juzgarlo es retirar el poder que tiene sobre ti. Esto ciertamente contribuye al final de tu sufrimiento. Pero nuestro hermano J no se detuvo ahí.

El no dualismo puro reconoce la autoridad de Dios tan completamente que renuncia a todos los apegos psicológicos hacia cualquier cosa que no sea Dios. Esta actitud también reconoce un principio que algunos han denominado «de lo parecido, lo parecido», que dice que cualquier cosa que venga de Dios debe ser como Él. El no dualismo puro tampoco está dispuesto a hacer concesiones respecto a este principio. Más bien, dice que cualquier cosa que venga de Dios debe ser exactamente como Él. Dios no podría crear nada que no fuera perfecto, porque de otro modo Él no sería perfecto. La lógica de lo anterior es impecable. Si Dios es perfecto y eterno, entonces, por definición, cualquier cosa que cree también tiene que ser perfecta y eterna.

Gary: Ciertamente esto limita las posibilidades.

Arten: Como evidentemente no hay nada en este mundo que sea perfecto y eterno, J fue capaz de ver el mundo tal como era: nada. Pero él también sabía que el mundo había aparecido por alguna razón, y que era un truco para mantener a la gente alejada de la verdad de Dios y de Su Reino.

Gary: ¿Por qué tiene que mantenernos alejados de la verdad?

Arten: Eso vendrá tras un par de conversaciones, pero antes tienes que comprender que J hizo una distinción completa y sin concesiones entre Dios y todo lo demás: siendo todo lo demás completamente insignificante, excepto por la oportunidad que ofrece de escuchar la interpretación que el Espíritu Santo hace de ello, en lugar de la interpretación del mundo. Cualquier cosa que conlleve percepción y cambio sería, por su propia naturaleza, imperfecta. Esta idea fue expresada por Platón, aunque no la desarrolló completamente en términos de Dios. J aprendió a no hacer caso de la percepción y elegir el perfecto Amor del espíritu de manera consistente. Las distinciones vitales entre el espíritu perfecto y el mundo del cambio le permitieron oír la Voz del Espíritu Santo cada vez más, lo que a su vez permitió que se desplegara en él un proceso por el que podía perdonar cada vez más. La Voz de la verdad se hizo más alta y más fuerte hasta que J llegó al punto en el que podía escuchar únicamente esta Voz, viendo con transparencia todas las demás cosas. Finalmente, J se convirtió, o aún mejor, se reconvirtió, en lo que esta Voz representa: su y tu verdadera realidad como espíritu, y la unidad con el Reino Celestial.

Recuerda, si crees que Dios tiene algo que ver con el universo de la percepción y del cambio, o si crees que la mente que creó este mundo tiene algo que ver con Dios, sabotearás el proceso de capacitarte para escuchar únicamente la Voz del Espíritu Santo. ¿Por qué? Una de las razones tiene que ver con tu culpabilidad inconsciente, que es algo que tendremos que abordar posteriormente. Otra es que un prerrequisito para ganar el poder y la paz del Reino es renunciar a tu pseudopoder y a tu *propio* reino precario. ¿Cómo puedes renunciar a tus erróneas creaciones si crees que son la Voluntad de Dios? ¿Y cómo puedes renunciar a tu debilidad si crees que es fuerza?

Si quieres disponer de tu verdadero poder, tienes que estar dispuesto a ceder la Autoría a Dios. El camino es la humildad, no una falsa humildad que dice que eres inadecuado, sino una verdadera humildad que simplemente dice que Dios es tu única Fuente. Te darás cuenta de que, aparte de Su Amor, no necesitas nada, y a quien nada necesita se le pueden confiar todas las cosas.

El camino es la humildad, no una falsa humildad que dice que eres inadecuado, sino una verdadera humildad que simplemente dice que Dios es tu única Fuente.

De modo que cuando J hizo afirmaciones como «Por mí mismo no puedo hacer nada» y «yo y el Padre somos uno», él no estaba reivindicando que era especial en ningún sentido. De hecho, estaba *renunciando* a cualquier sensación de ser especial, a la individualidad o a la autoría, y estaba aceptando su verdadera fuerza: el poder de Dios.

Tal como lo veía J, J *no existía*, y finalmente dejó de existir. Ahora su realidad era la del puro espíritu, completamente fuera de la ilusión. Esta realidad también está completamente fuera de la mente que fabricó el falso universo, una mente que la gente confunde con el hogar de su verdadera unidad. J sabía que la deformada creación del universo no tenía nada que ver con la verdad. El estaba identificado con Dios y nada más. La «Paz de Dios que sobrepasa todo entendimiento» ya no era algo por lo que tuviera que luchar. Era suya con sólo pedirla o, mejor aún, recordarla. Ya no tenía que buscar la perfección del Amor, porque con sus muchas sabias opciones había retirado todas las barreras que le habían separado de la realidad de su perfección.

Su Amor, como el de Dios, era total, impersonal, no selectivo y omniabarcante. Él trataba a todos por igual, desde el rabino a la prostituta. Él no era un cuerpo. Él ya no era un ser humano. Había pasado por el ojo de la aguja. Había reclamado su lugar en Dios como puro espíritu. Esto es no dualismo puro: una actitud que, junto con el Espíritu Santo, te llevará a lo que eres. Tú y J sois la misma cosa. Todos lo somos. No hay nada más, pero necesitas más formación y más práctica para experimentarlo.

GARY: Se me ha enseñado que soy cocreador con Dios. ¿Es eso cierto?

ARTEN: No a este nivel. El único lugar donde realmente eres un cocreador con Dios es en el Cielo, donde no serías consciente de ser diferente de Él o de estar separado de Él en ningún sentido. Y en ese caso, ¿cómo no ser cocreador con Él? Pero, como hizo J, hay un modo de practicar aquí, en la tierra, el sistema de pensamiento del Espíritu Santo que *refleja* las leyes del Cielo, y *ése* es tu camino a casa.

Seguiremos discutiendo los atributos del no dualismo puro y cómo practicarlo a medida que avancemos, pero, de momento, trata de recordar que si Dios es Amor perfecto, entonces Él no es nada *más*, y tú tampoco lo eres. Tú eres, de hecho, el Amor de Dios, y tu vida real está con Él. Como J, llegarás a saber y a experimentar que Dios no está fuera de ti. Ya no te identificarás con un cuerpo vulnerable ni con nada más que pueda ser limitado, y un cuerpo es cualquier cosa que tenga bordes o límites. Y aprenderás, en cambio, que tu verdadera realidad como puro espíritu es eternamente invulnerable.

GARY: Sabes, últimamente he oído a mucha gente que ridiculiza las ideas espirituales como éstas. Hay un tipo que era mago, y que ahora se llama a sí mismo escéptico y desprestigiador profesional. Las personas como él siempre están apuntando que los temas espirituales no son científicos; parece pensar que uno siempre debería seguir lo que le dicen los sentidos corporales y la experiencia. ¿Cómo se puede tratar con este tipo de gente?

ARTEN: Perdónales. Te contaremos cómo. Además, estas personas ni siquiera se dan cuenta de que son dinosaurios. Se supone que ese hombre respeta a los científicos, pero, ¿no era Albert Einstein un científico?

GARY: Creo que era uno bastante famoso.

Arten: ¿Sabes lo que dijo sobre la experiencia del mundo?

Gary: ¿Qué?

Arten: Dijo que la experiencia del hombre es una ilusión óptica de su conciencia.

Gary: ¿Einstein dijo *eso*?

Arten: Sí. Las personas como tu amigo el desprestigiador deberían ser un poco más humildes y menos arrogantes en sus suposiciones. En realidad él es un hombre muy inteligente, aunque no lo utiliza constructivamente. Pero no estamos aquí para hablar de él. Ya le llegará su turno de tomar conciencia de la verdad cuando tenga que venirle.

Entretanto, no esperes que él ni el mundo se abran paso hasta tu puerta. Mira a J el último día antes de esa parte de la ilusión en que fue crucificado. ¿Crees que la mayoría de nuestra gente quería oír verdaderamente lo que tenía que decir? ¿Y crees realmente que los gentiles eran más inteligentes? ¡Vamos! Esos estúpidos ni siquiera entendieron el sistema de numeración árabe hasta 1.200 años después. Estaban demasiado ocupados cortando en trocitos a la gente y manteniendo el mundo a salvo para la oscuridad.

Gary: ¿Estás diciendo que la cristiandad es una reliquia de los tiempos oscuros?

Arten: Estoy diciendo que los europeos no estaban más preparados para la verdad que el resto del mundo. En realidad el universo no quiere despertar. El universo quiere caramelos para sentirse mejor, pero el caramelo está diseñado para atarte al universo.

Pursah: Con el breve resumen del progreso espiritual que acabamos de darte, debería quedarte claro que cuando J dijo cosas como: «Entrad por la puerta estrecha, porque ancha es la puerta y espacioso el camino que lleva a la perdición, y muchos son los que entran por él. Pero estrecha es la puerta y duro el camino que lleva a la vida, y pocos son los que lo encuentran», él no estaba tratando de atemorizar a la gente, amenazándoles con la destrucción si no iban por el camino recto y estrecho. Al contrario, les estaba diciendo que lo que están experimentando aquí *no* es vida, mientras les indicaba el camino *hacia* la vida.

Lo que estáis experimentando aquí *es* la destrucción, pero J conocía el camino de salida. Por eso dijo: «Alégrate, porque he superado el mundo.» Si no hubiera sido un hombre que tenía lecciones que aprender como tú, ¿por qué iba a decir que había superado el mundo? Él entendía muchísimas cosas que nosotros no comprendíamos, y sin embargo todas estaban conectadas en un sistema de pensamiento coherente, el sistema de pensamiento del Espíritu Santo. Por ejemplo, él sabía que las antiguas escrituras contenían pasajes que no expresaban perfecto Amor no selectivo, lo cual indicaba que no podían ser la Palabra de Dios.

GARY: ¿Como qué?

PURSAH: El tipo de cosas que debería ser evidente. Por ejemplo, ¿crees realmente, como se dice en varios versos del Levítico, Capítulo XX, que Dios dijo a Moisés que los adúlteros, adivinos, mediums y homosexuales merecen la muerte?

GARY: Eso parece un poco extremo. Siempre me han gustado los mediums.

PURSAH: En serio.

GARY: Seriamente, no. No creo que Dios dijera eso.

ARTEN: Entonces ahora tienes un problema fundamental.

GARY: Sí, los «fundas» son «mentales».

ARTEN: El mundo *es* un problema mental, pero el problema al que nos estamos refiriendo esta vez es el intento de reconciliación entre dos sistemas de pensamiento que son irreconciliables. Y no me estoy refiriendo al Antiguo y al Nuevo Testamento. Las diferencias entre ellos tienen que ver con J, no con Dios. Sin embargo, los primeros cristianos estaban desesperados por tender un puente entre J y el pasado, y lo que acabaron haciendo fue simplemente una nueva *versión* del pasado. En realidad, lo que estoy comparando aquí es el sistema de pensamiento del mundo, que puedes encontrar tanto en el Antiguo Testamento como en el Nuevo, y el sistema de pensamiento de J, que está ausente en ambos. Sí, puedes hacerte una idea de como era J a partir de los escritos que han sobrevivido, pero eso es todo. No estoy diciendo que el judaísmo o el cristianismo sean más válidos uno que otro. Ya hemos dicho que todas las religiones tienen gente ejemplar y pelmazos. Eso también es una ilusión, porque J sabía que el cuerpo es una ilusión.

Y *ahí* tienes la primera razón por la que el pensamiento del mundo y el de J son mutuamente excluyentes; porque la realidad de J no era el cuerpo, y el pensamiento del mundo, su realidad, se basa completamente en la identificación con el cuerpo. Incluso aquellos de vosotros que miráis más allá del cuerpo, seguís teniendo la idea de una existencia individual, lo cual no se diferencia mucho de tener un cuerpo. De hecho, es con la idea de separación, y todo lo que surge de ella, con lo que te condenas a seguir en el universo de los cuerpos.

¿Por qué piensas que el maestro, a diferencia de otra gente de su tiempo, trataba por igual a todos los hombres y mujeres?

Gary: Dímelo tú. Supongo que no lo hacía por meterse a las nenas en el bolsillo.

Pursah: Era porque no veía a los hombres ni a las mujeres como cuerpos. Él no reconocía diferencias. Él sabía que la realidad de cada persona es el espíritu, que no puede ser limitado de ningún modo. De modo que, en realidad, las personas no podían ser hombre *o* mujer. Actualmente, vuestras feministas siempre están intentando argumentar sobre la grandeza de las mujeres. A veces se refieren a las mujeres como Diosas, y a Dios como Ella en lugar de Él. Eso es hermoso, pero en realidad lo único que están haciendo es reemplazar un error por otro.

Cuando J empleaba la palabra «Él» para describir a Dios, estaba hablando metafóricamente en el lenguaje de las escrituras. Tenía que recurrir a metáforas para comunicarse con la gente, pero *tú* haces que todo sea real. J sabía que Dios no puede estar limitado por cuestiones de género, y tampoco pueden estarlo las personas, porque en realidad no son personas. ¿Cómo puedes ser una persona si no eres un cuerpo? Es mucho más importante que comprendas esto de lo que ahora sospechas, y te explicaremos por qué. Sabiendo la verdad, J trató a cada cuerpo de la misma manera, como si no existiera. J fue capaz de mirar absolutamente más allá del cuerpo, a la verdadera luz del espíritu inmutable e inmortal que es la única realidad de todos nosotros.

En cualquier caso, como mucha gente de nuestros días, la mayoría de nosotros, en lugar de escuchar realmente las enseñanzas de J, veíamos y oíamos lo que queríamos ver y oír, a fin de poder usarle a él para ratificar nuestra propia experiencia, que era la experiencia de ser un individuo en un cuerpo. Así, tuvimos que hacer de *él* un cuerpo individual, separado *y muy especial*, que es como nos veíamos a nosotros mismos, y como tú sigues viéndote a ti mismo.

Aunque algunos de nosotros tendíamos a ser un poco más intelectuales, las creencias de la mayoría de los primeros seguidores eran bastante simples. Ya habíamos visto a J después de la crucifixión, y como no comprendíamos todo su mensaje, la opinión imprecisa que dominaba entre las sectas era que él iba a regresar a nosotros, como ya había hecho antes, trayendo consigo el Reino de Dios. Se esperaba que esto ocurriera enseguida, *no* en un lejano futuro y no en alguna otra parte, sino directamente sobre el terreno. Yo no estaba de acuerdo con ese escenario particular porque, como J enseñaba en mi Evangelio, el Reino de Dios es algo que está *presente*, aunque la gente no lo ve. En cualquier caso, incluso al principio hubo cierta diversidad, pero la mayoría de los seguidores compraron la idea del retorno. A medida que transcurrieron los años y las cosas se fueron poniendo difíciles, los líderes de lo que ahora era una nueva religión en desarrollo tuvieron que improvisar para mantener el interés de la gente.

Sin darte cuenta ya tenías a la gente relacionándose con J como el cuerpo de todos los cuerpos. Ya creían que Dios había creado un mundo erróneo con personas imperfectas como Adán y Eva, capaces de cometer equivocaciones. Descartaron por completo la lógica siguiente: que Dios creara un mundo imperfecto significa que o bien Él mismo era imperfecto, o bien había elegido deliberadamente crear seres imperfectos para que pudieran meter la pata, ser castigados por Él y sufrir aquí, en el planeta psicótico. Entonces, según esta nueva religión en desarrollo, Dios toma —increíblemente— a su hijo especial, a su unigénito, que aparentemente sería más Sagrado que el resto de la escoria de la tierra, y le envía como sacrificio de sangre a sufrir y morir en una cruz, como forma de expiar vicariamente los pecados de su pueblo.

Sólo que ahora hay *otro* gran problema, porque, según las propias doctrinas cristianas, esto en realidad *no* expía los pecados de los demás. Si expiara los pecados de la gente, eso sería el final de la cuestión. Problema resuelto. ¡Pero no! Ahora se hace necesario que todo el mundo *crea* ciegamente en todos los detalles dispuestos conveniente y exclusivamente por la religión cristiana, porque de otro modo seguirán quemándose en el infierno, aunque hayan nacido —presumiblemente por voluntad de Dios— en un lugar, en un tiempo o en una cultura no familiarizada con esa religión particular.

Que Dios creara un mundo imperfecto significa que o bien Él mismo era imperfecto, o bien había elegido deliberadamente crear seres imperfectos para que pudieran meter la pata, ser castigados por Él y sufrir aquí, en el planeta psicótico.

GARY: Todo suena un poco extraño cuando lo expones así. No se puede decir precisamente que todo este sistema de pensamiento elogie la naturaleza de Dios.

ARTEN: Esto se debe a que simboliza una imagen temible de Dios más que una imagen amorosa. No queremos faltar al respeto, pero tenemos que hacer ciertas afirmaciones controvertidas porque en tu sociedad no hay demasiada gente que esté dispuesta a señalar estas cosas. Es cierto que en aquel tiempo J era la persona más avanzada espiritualmente que hubiera aparecido jamás sobre la tierra. Pero todos los demás, incluyéndote a ti, acabaréis logrando el mismo nivel de realización que él. Esto no admite excepciones. Así, en último término, J no es diferente de cualquier otra persona, y su actitud era que *nadie* quedaría excluido del Cielo, porque en realidad sólo hay *uno* de nosotros, no todos estos cuerpos separados con los que soñáis actualmente.

Gary: ¿Estás diciendo que hasta los asesinos acabarán en el Cielo?

Arten: Hasta San Pablo, o Saúl, que era su nombre antes de que lo cambiara para poder destacar entre los gentiles, era un asesino antes de renunciar a la espada. No comprendes lo que estamos diciendo. En realidad, no *hay* un San Pablo, ni cualquier otra persona —incluyendo a J— excepto en un sueño. *Ahí fuera no hay nadie.* Sólo hay *un* Hijo de Dios, y tú eres Él. Lo entenderás, pero hacen falta años de práctica para experimentarlo. Tienes que quererlo, pero sé que lo quieres.

Gary: Si todos estamos soñando, ¿por qué tenemos nuestras experiencias separadas y al mismo tiempo también tenemos las mismas experiencias? Por ejemplo, todos vemos la misma montaña cuando miramos por la ventana hacia allí.

Arten: Eso se debe a que sólo hay un sueño que explica las experiencias comunes. La mente parece haberse dividido de modo que cada unidad observe el sueño desde un *punto de vista* diferente, lo que explica tus propias experiencias personales.

Esperábamos que estas conversaciones divagaran, lo cual es perfectamente normal. Pero vamos a tratar de ceñirnos al tema, e iremos pasando por las demás cosas a medida que vayan surgiendo.

Gary: De acuerdo. Estás diciendo que J veía a la gente como si fueran lo mismo que él y que Dios, ilimitados y perfectos. Todas las demás características que atribuimos a las demás personas o a Dios, ¿son en realidad nuestras propias creencias *inconscientes* respecto a nosotros mismos?

Pursah: Sabía que no eras tan tonto como pareces. Sabes que estoy bromeando, ¿verdad?

Gary: Sí, claro, así es mi suerte. Consigo una maestra ascendida y resulta que tiene un defecto de fábrica.

Pursah: Sí, pero el defecto es una ilusión con fines didácticos, y déjame que te explique otro punto.

Gary: ¿Tengo elección?

Pursah: Sí, siempre tienes elección. Volviendo a lo que nos ocupa, tienes que entender que, como judíos, nosotros creíamos sinceramente que nuestra religión había dado una especie de gigantesco paso adelante con el monoteísmo —la idea de un solo Dios— frente al politeísmo, la creencia en muchos dioses diferentes. La mayoría de nosotros no sabíamos que el monoteísmo se había originado con Akhenaton en el antiguo Egipto, y lo único que esta idea y nuestra continuación de ella consiguió fue tomar todas las diferentes personalidades y características, buenas y malas, de todos los Dioses anteriores e *incorporarlas* al Dios único.

Gary: De modo que en lugar de todos esos distintos Dioses confusos y enmarañados, ahora sólo teníais un solo Dios confuso.

Arten: ¡Bien dicho! Por supuesto, hay un solo Dios, y Él no está confuso en absoluto, y tampoco lo estaba J, que había perdonado al mundo: su mente había vuelto al Espíritu Santo, su lugar de origen. Ese es el lugar de origen de tu mente. La tomaste, y tienes que devolverla[6]. Y tengo un mensaje para ti: nunca serás feliz hasta que lo hagas. Independientemente de lo que creas haber conseguido en una determinada vida, siempre habrá una parte de ti que sienta que te falta algo, porque en tus ilusiones *falta* algo.

Gary: Me dijisteis que me contaríais cómo era J. Eso me recuerda que mucha gente parece pensar que su nombre era Jesús y su apellido Cristo.

Pursah: Sí, y la inicial de su segundo nombre era H. Afortunadamente hay mucha otra gente que se da cuenta de que la palabra Cristo es un término psicológico procedente del griego que puede aplicarse a cualquiera, y no exclusivamente a J. Te diré que solíamos sentirnos muy necios tratando de describírselo a la gente después de la crucifixión y de sus posteriores apariciones a nosotros. Pero espera, he olvidado mencionarte algo.

Gary: ¿Has cometido un error? ¡Qué vergüenza! Si cometes uno más, serás juzgado severamente.

Pursah: Quería señalarte que yo sospechaba, tal como algunos otros creían en aquellos tiempos, que la resurrección es algo que ocurre en tu mente y no tiene nada que ver con tu cuerpo. Esa idea, que finalmente fue rechazada por Pablo y la iglesia, fue llevada adelante por los gnósticos. Finalmente aprendí que la idea era correcta. Esto nos lleva a algo que Arten y yo podemos decir y la cristiandad no. La verdad de las nuevas enseñanzas de J de las que te hablaremos serán finalmente probadas, mientras que muchas de las cosas que dice la Biblia ya han sido desacreditadas, y la ciencia seguirá probando su falsedad. Si algo viene verdaderamente de Dios, ¿no tiene sentido que acabe probándose que es cierto en lugar de falso?

Asimismo, por una historia de los Evangelios, a veces se han referido a mí como «Tomás el que dudó». Lo mismo que en el caso de J, no debes confundir al Tomas bíblico con el verdadero Tomás histórico. Una historia en una novela no representa necesariamente toda la verdad, aunque a algunas personas les gustaría. Las experiencias que pueden ser generadas por las enseñanzas genuinas del Espíritu Santo hablan por sí mismas.

GARY: ¿Y el J histórico?

PURSAH: Él nunca maldijo a un árbol y lo mató, nunca se enfadó ni derribó las mesas del templo, pero sí que curó a unas pocas personas que ya estaban muertas. Asimismo, su cuerpo murió en la cruz, pero él no sufrió como imaginas. Y en cuanto a su forma de ser, las palabras no pueden hacerle justicia. Estar en su presencia era una experiencia tan única que te dejaba maravillado. Su paz y amor inalterable eran tan totales que a veces la gente no podía soportarlo y tenían que mirar para otro lado. Su actitud era tan calmada y segura que daban ganas de saber cómo lo hacía. Los que pasamos mucho tiempo con él y, como en mi caso, llegamos a hablar con él en privado, nos sentimos inspirados por su absoluta fe en Dios.

Una de las cosas irónicas —y esto es algo que la gente no comprende— era que él se consideraba totalmente dependiente de Dios, y sin embargo esta dependencia no era debilidad, tal como el mundo suele considerar la dependencia. Más bien, el resultado era un estado de increíble fuerza psicológica. Cosas que aterrorizarían a personas muy fuertes no eran nada para él. El miedo no formaba parte de él. Su actitud era como si estuvieras teniendo un sueño la última noche en tu cama, sólo que siendo totalmente consciente del hecho de estar soñando. Y como sabes que estás soñando, también sabes que absolutamente nada del sueño podría hacerte daño, porque nada de ello es cierto; te das cuenta de que simplemente estás observando imágenes simbólicas —que incluyen a personas— que en realidad no están allí.

Su paz y amor inalterable eran tan totales que a veces la gente no podía soportarlo y tenían que mirar para otro lado.

Cuando estábamos solos, J solía decirme que el mundo sólo era un sueño insignificante, pero que la mayoría de la gente no estaba dispuesta a aceptar esa idea porque su experiencia en sentido contrario era muy fuerte. Después hacía hincapié en que *saber que el mundo es una ilusión no es suficiente.* Los gnósticos y algunos de los primeros cristianos llamaban sueño al mundo; los hindúes lo llaman *maya,* y los budistas lo llaman *anicca,* y todo ello significa casi lo mismo. Pero si no conoces el propósito del sueño y cómo reinterpretar las imágenes que ves, que es algo a lo que accederemos más adelante, entonces la enseñanza general de que el mundo es una ilusión tiene un valor muy limitado. Sin embargo, también dijo que llegaría el día en que el Espíritu Santo enseñaría a la gente todas las cosas —y esto es algo a lo que esperamos contribuir compartiendo contigo algunas de las enseñanzas más recientes de J— y que todo el mundo sabría que sólo Dios es real. A veces, al final de una conversación conmigo, simplemente decía: «Dios es», y se iba[7].

Otra de las cosas respecto a él que pocas veces se mencionan es que tenía un excelente sentido del humor. Era muy irreverente. Le gustaba reír y contagiar su alegría a los demás.

GARY: ¿Y estaba totalmente despierto?

ARTEN: Sí, pero tenemos que dejar muy claro lo que queremos decir con eso. No estamos diciendo que él estaba más despierto *en* el sueño, estamos diciendo que él estaba más despierto *del* sueño. Esta no es una distinción sin importancia, Gary. Está claro que estar más despierto en el sueño es lo que pasa por estar iluminado para muchos, pero eso no es lo que nosotros enseñamos. Puedes enseñar a un perro a estar más alerta, a ser más impresionante y a vivir su vida al máximo, y casi a cualquier ser humano se le puede enseñar a elevar su conciencia. Siempre se te puede enseñar a que te aproximes al sueño con un patrón de pensamiento más inteligente en un intento de sacar algo más de él, algo mejor o diferente. Pero nuestro hermano J estaba *completamente* fuera del sueño. No abogaba por un modo de mejorar la ilusión, ni de decirte que lucharas por la autoexpresión para no morir con un potencial inexpresado. Este tipo de ejercicios pueden hacer que te sientas mejor temporalmente, pero sigues construyendo tu casa sobre arena.

J no se opondría a que mejoraras tu vida, pero le preocuparía más el Origen de tu guía que la guía misma, porque conocía los enormes beneficios a largo plazo que podría tener para tu mente ser un seguidor del Espíritu Santo. El verdadero objetivo no es adornar tu vida; ¡se trata de despertar de lo que *piensas* que es tu vida! *Entonces* estás construyendo tu vida sobre una roca. El mensaje de J no tenía que ver con arreglar el mundo. Cuando tu cuerpo parezca morir, ¿qué harás con lo que crees que es el mundo? En lo que concierne al mundo, puedes adornarlo, pero no puedes llevártelo a ninguna parte.

Gary: ¿No se expresan estas mismas ideas en alguno de los Evangelios que fueron rechazados por la iglesia?

Pursah: Decir que fueron rechazados es ponerlo entre algodones. En muchos casos los Evangelios fueron destruidos por la iglesia para que nunca volvieran a ser leídos. Actualmente la gente pasa por alto que la conversión del cristianismo en la religión oficial del Imperio Romano por parte de Constantino implicaba que, por ley, todas las demás religiones e ideas espirituales eran ilegales. De modo que si tus creencias no formaban parte de estas doctrinas en rápido desarrollo de la nueva iglesia, de repente, de la noche a la mañana, eras un hereje, lo que era un delito que podía ser castigado con la muerte. Era como si vuestro congreso aprobara repentinamente una ley diciendo que todas las creencias religiosas que no están exactamente en línea con las doctrinas de la Coalición Cristiana quedan prohibidas, y cualquier desacuerdo por tu parte es un delito equiparable al asesinato.

Gary: De modo que el emperador Constantino no era más tolerante que aquellos que habían perseguido a los cristianos antes que él.

Pursah: Constantino era un soldado, un político y un asesino. Prácticamente no hacía nada que no estuviera calculado para aumentar su poder. Se dio cuenta de que el cristianismo *ya* se estaba convirtiendo en la religión más popular del imperio romano, y simplemente sacó el máximo partido de ello para sus propios fines. Es impensable que alguien que no deja de matar a otros tenga algún tipo de experiencia religiosa seria.

Gary: ¿No hay quien cree que las guerras santas están justificadas?

Arten: Guerra santa, otro oxímoron donde los haya.

Gary: Hasta Edgar Cayce dijo que a veces las guerras son necesarias.

Arten: Hay una enorme diferencia entre santa y necesaria. Edgar era un hombre excelente y capacitado, pero él mismo sería el primero en decirte que no era J. J se reía de la idea de espiritualizar la violencia, del mismo modo que se reía del mundo.

Gary: De acuerdo. Entonces, volviendo a nuestro sobrevalorado amigo Constantino y a algunas de las primeras acciones de la iglesia, ¿estás diciendo que algunos de los Evangelios y de las ideas alternativas respecto a J fueron barridos del mapa?

Pursah: Sí, y eso exige que observemos los datos que pasan por ser históricos. Tal vez pienses que estamos haciendo una revisión histórica, pero lo que no comprendes es que *todo* es historia revisada. Tanto si se trata de historia religiosa, como de historia natural o historia política, lo cierto es que vosotros no *sabéis* cuál es vuestra historia. La Historia, o *Herstory** para tus amigas feministas, es un relato escrito por quien gana las guerras. Si los poderes del eje hubieran ganado la Segunda Guerra Mundial, hoy estarías leyendo que Hitler, Mussolini y Tojo fueron unos grandes hombres, y sólo hablarían del Holocausto y del asalto a Nanking unos pocos rebeldes dispuestos a jugarse la vida. Por suerte para ti, los aliados ganaron la guerra, y eres libre de estudiar espiritualidad en lugar de fascismo. La gente no siempre ha tenido la suerte de poder creer lo que quería.

Después de la crucifixión, mi ministerio tuvo lugar principalmente en Siria —yo estuve allí catorce años antes que Pablo— y también realicé largos viajes a Egipto, Arabia, Persia, e incluso a India. Mi testificación de J fue muy directa, y estuvo completamente basada en lo que le había oído decir, tanto en público como en privado. En aquellos días no contábamos adornadas historias sobre él. Los primeros Evangelios como los míos fueron llamados Evangelios de los Dichos, porque simplemente eran listas de enseñanzas dadas por J que habían sido transcritas para poder recordarlas.

Las novelas que después se convirtieron en Evangelios fueron escritas con posterioridad, entre veinte y sesenta años después de las cartas de Pablo, aunque sus cartas aparecen en la Biblia posteriormente. Como yo sólo citaba lo que J había dicho en público y en privado, mis comunicaciones, incluyendo mi Evangelio, tenían un tono más intelectual. No obstante, muchos de los dichos de mi Evangelio eran bastante más significativos para la cultura del Oriente Medio de aquel tiempo que en la cultura occidental actual, de modo que sólo explicaré unos pocos de entre los que considero más relevantes para ti.

Siendo el americano provinciano que eres, es posible que te cueste creer esto, pero en aquellos tiempos la gente del mundo árabe estaba más avanzada en muchos sentidos que los europeos o que el Imperio Romano Occidental. Por tu herencia cultural crees que Europa era la

* Historia en inglés se dice *history*. Las tres primeras letras de la palabra coinciden con el pronombre posesivo *his*, su (de él). Las feministas americanas han ofrecido la alternativa de sustituir el «su (de él)» por «su (de ella)», en inglés *her*. De modo que la palabra *history* se reescribe como *herstory*. *(N. del T.)*

cumbre y consumación de todos los logros intelectuales. Sin embargo, en Oriente Medio, la ciudad de Petra hacía que la mayor parte de Europa pareciera un barrio marginal. Las pirámides de Egipto no se parecían en nada a su aspecto actual. Estaban completamente recubiertas de preciosas piedras calizas delicadamente pulidas que podían verse brillar a través del desierto a más de ciento cincuenta kilómetros de distancia. La biblioteca de Alejandría, en Egipto, guardaba más de *un millón* de documentos que contenían la suma de la inteligencia y de la historia conocida de la raza humana hasta aquel tiempo. Hasta que fue saqueada parcialmente por los romanos tras su invasión, y después sometida a un descuido increíble, pillaje y algunos incendios posteriores.

No digo estas cosas para hacer la ilusión real, o para describir sueños nocturnos en tono lírico. Las digo para mostrarte lo sesgada que es tu visión de la historia. Pasas por alto los tiempos oscuros y piensas que Europa y la religión que ha llegado a ser conocida como cristianismo eran de algún modo superiores al resto del mundo. Sin embargo, los europeos eran los más bárbaros de todos, tanto si eran de una tribu del norte como de una tribu romana o una de las tribus cristianas posteriores, como sus numerosas acciones violentas probarían con claridad. Por desgracia, su interpretación de nuestro hermano J no fue mejor que la mayoría de sus otras empresas. Sí, finalmente Europa vivió un período floreciente mientras otras áreas decaían o se quedaban atrás, pero la religión cristiana había sido desarrollada casi completamente *antes* que eso, y de hecho actuó como una fuerza *contra* el Renacimiento, del mismo modo que se oponía activamente a cualquier cosa que no encajara en los estrechos confines de su innoble teología.

Gary: No estás siendo muy generoso con la cristiandad. La mayoría de los cristianos que conozco son buena gente.

Arten: No estamos diciendo que no haya cosas buenas en la cristiandad o que la gente cristiana no sea a veces la sal de la tierra. Pero su religión es una bolsa en la que hay una mezcla de cosas, porque el mundo, que es una proyección de la mente que lo hizo, es una mezcolanza. La mente, para curarse, necesita algo que *no* sea una mezcolanza. En cualquier caso, no tengas tan pocas luces como para suponer que sabes de historia, porque sólo eres consciente de una fracción muy pequeña y distorsionada de ella.

Mira la historia natural. Existen pruebas sólidas y científicas de que los seres humanos han existido sobre la tierra desde hace mucho, mucho más tiempo de lo que la mayoría de vuestros científicos se atreven a decir en público, porque creen que eso arruinaría sus carreras. Si no encajan en los modelos científicos aceptados, su trabajo no obtiene financiación, y sin dinero no hay nada que hacer. No esperes que los gobiernos o los gigantes intelectuales de tu tiempo, patrocinados por grandes corporaciones, te informen de ello muy pronto, pero lo cierto es que los seres humanos han construido y destruido muchas civilizaciones con un alto grado de desarrollo tecnológico sobre el planeta. Esta pauta de construir y destruir civilizaciones se ha repetido muchas veces, y no sabes nada de ellas. Lo que denomináis la Atlántida sólo es un ejemplo, y la misma pauta sigue repitiéndose mientras hablamos.

Los humanos han construido y destruido muchas civilizaciones avanzadas sobre el planeta. Esta misma pauta sigue repitiéndose mientras hablamos.

Gandhi, el Mahatma o Gran Alma, advirtió que hay algo más en la vida que conseguir acelerarla. Pero el mundo ha aprendido muy poco, aunque piensa que ha aprendido mucho.

GARY: Algo de lo que has dicho me recuerda que un grupo de eruditos bíblicos sobre los que leí habían llegado a la conclusión de que J probablemente sólo dijo como un veinte por ciento de las cosas que se le atribuyen en el Nuevo Testamento.

PURSAH: Sí. En realidad el porcentaje es aún menor, y algunas de las cosas que piensan que dijo y no dijo están mal. Sin embargo, no hemos venido aquí para hacer una contribución a la erudición bíblica que, a pesar de sus contribuciones positivas, es una ciencia defectuosa.

GARY: ¿En qué sentido es defectuosa?

PURSAH: Uno de sus aspectos es que, cuantas más fuentes ofrezcan una misma cita, más credibilidad se le otorga. Sin embargo, los Evangelios de Marcos, Mateo y Lucas copiaron de documentos anteriores, y Mateo y Lucas también copiaron de una fuente común así como del Libro de Marcos que, aunque fue escrito antes que los otros tres Evangelios convencionales, aparece en la Biblia en segundo lugar. Esto se debe a que los chicos querían empezar el Nuevo Testamento con ese asunto innecesario del árbol familiar, y Mateo trató de hacer un seguimiento de J hasta el rey David con el fin de que se cumpliera una profecía, a pesar de que el presunto nacimiento de una virgen lo anularía todo en cualquier caso. Por cierto, la antigua escritura original sólo decía, refiriéndose al Mesías, que «una mujer joven le dará a luz».

Nunca dijo que una virgen tuviera que dar a luz. Eso se cocinó más adelante, basándose en historias similares de otras antiguas religiones.

Gary: A la gente le encantan las profecías.

Arten: Puedes estar seguro de ello. Prácticamente toda la religión cristiana se tomó prestada de historias y escrituras anteriores, incluyendo —aunque sin limitarse a— algunos de los viejos pergaminos del Mar Muerto que no sobrevivieron. A propósito, antes no hemos sido demasiado halagadores con los esenios, pero tenían un gran talento para escribir y preservar las escrituras, a lo que se dedicaban fervorosamente.

Gary: ¿No te estarás ablandando con la gente?

Arten: La gente no es ni buena ni mala. Ya lo verás. El punto que hemos empezado a establecer respecto a las reglas de los eruditos bíblicos es éste: si los escritores de los Evangelios se copiaron unos a otros, algo que no era raro en aquel tiempo, y los eruditos de hoy dan credibilidad a las historias y los dichos basándose en el número de documentos originales en los que se encuentran, entonces sus descubrimientos a veces serán erróneos, *especialmente* si la fuente de la que se copió era incorrecta para empezar *o* si la versión original fue cambiada por el copista y después se perdió o destruyó.

Gary: De modo que copiar algo no hace que sea verdad, y que algo no fuera muy copiado no implica que sea falso.

Arten: Sí. Un alumno excepcional. Ahora haré una profecía: vas a escribir un libro sobre esto que contará a alguna gente lo que te hemos dicho.

Gary: ¿Un libro? Me cuesta hasta escribir un cheque.

Arten: Te dará la oportunidad de utilizar tu memoria privilegiada y las notas que estás tomando.

Gary: No creo que la gente me crea si les digo que os habéis aparecido a mí de este modo.

Arten: En realidad algunos lo creerían y otros no, pero, ¿a ver qué te parece lo que te voy a decir? Tengo una sugerencia que te ayudará a ponerte en marcha y a sentirte muy en paz. ¿Qué pasaría si no *trataras* de convencer a nadie de nada? Empieza a escribirlo como si fuera una historia, como si te la hubieras inventado. Después di a la gente que *te* la has inventado. *Todo* es inventado. Esa es la cuestión, hermano mío.

Gary: No sé, probablemente no podría poner bien los signos de puntuación.

Arten: Y qué importa... siempre que la gente pueda entender la mayor parte de ello. No te preocupes por los detalles; simplemente escribe lo que te hemos dicho. Lo importante es el mensaje, no la forma de hacerlo llegar. Lo que falles en puntuación lo compensarás con sustancia y consistencia. Además, es posible que te sorprendas. Pide al Espíritu Santo que te ayude y te irá muy bien.

GARY: ¿No contradice esto lo que me dijisteis antes, de que no tengo que decir nada a nadie si no quiero, y de que no me vais a hablar sobre el futuro?

PURSAH: No. No te vamos a decir gran cosa sobre el futuro, y *no* tienes que escribir nada si no quieres. No tendrás que aparecer en público si no te sientes cómodo. No te gusta hablar en público, ¿verdad?

GARY: Preferiría meterme cristales rotos por el culo.

PURSAH: No creo que eso sea necesario. La cuestión es que eres libre de hacer lo que elijas, pero sería acertado que no lo hicieras solo. Cuando tengas tiempo de preguntarles, deja que J o el Espíritu Santo tomen las decisiones por ti. Tenemos cierta ventaja al hablar de esto porque todo lo que va a pasar ya ha pasado. No es que te estemos dando una tarea especial; simplemente te estamos contando lo que ya ha ocurrido. Más adelante abordaremos este tema.

GARY: Me siento un poco incómodo por no hablar con Karen de esto. ¿Podría ella veros si estuviera aquí?

PURSAH: Claro. Los cuerpos que proyectamos son tan densos como el tuyo, aunque nuestros cerebros no lo son. Es broma. Pero cualquiera podría vernos tal como te ve a ti. Sin embargo, podrías hacer un favor a Karen no hablándole de nosotros durante algún tiempo.

GARY: ¿Cómo es eso?

PURSAH: Si le hablas de nosotros ahora y ella te cree, y lo haría, eso alteraría su vida, y provocaría una serie de acontecimientos que ella no necesita. Será mejor que se lo cuentes más adelante, cuando nuestras apariciones hayan terminado. De momento sólo queremos implicarte a ti.

GARY: ¿Podría tomar fotografías de vosotros y grabar vuestras voces?

ARTEN: Podrías, pero te daré tres razones para no hacerlo. En primer lugar, sentirías la tentación de probar a la gente que nos hemos aparecido a ti. Sin embargo, cualquier actor podría haber representado nuestro papel e imitado nuestras voces, de modo que en realidad eso no probaría nada. En segundo lugar, esto no tiene que ver con convencer a nadie de que tienes razón, tiene que ver con compartir ideas que ayuden a la gente a avanzar en su camino. En tercer lugar, utilizar nuestra apariencia para provocar que alguien crea en nosotros no estaría alineado con lo que enseñamos. Queremos enseñar de un modo que induzca la clase de aplicación práctica que conduce a la *experiencia* revelatoria. Esto es lo que fortalece las creencias de una manera genuina.

Gary: ¿Y qué pasa si la gente rechaza lo que tenéis que decir, o si sólo lo emplean algún tiempo y después lo dejan y pasan a otra cosa?

Arten: Esas son respuestas probables, pero algunas personas seguirán en ello y lo aprovecharán al máximo. Como hemos dicho, no te preocupes por los detalles. Ninguna enseñanza se echa a perder nunca. *Cualquier cosa* que aprendes se queda en tu mente para siempre. No puedes perderlo; aunque no seas consciente de ello, sigue estando allí. Por eso, no debería preocuparte demasiado pensar que no llegarás al Cielo en esta vida concreta. El aprendizaje no es lineal. Y además de que todo se queda en la mente, puedes estar seguro de que *no* son el cuerpo ni el cerebro los que toman decisiones aparentemente lineales sobre la reencarnación. Esa decisión la toma tu mente a un nivel completamente diferente, dependiendo de si has hecho o no lo que tenías que hacer para ayudar al Espíritu Santo a sanar tu culpabilidad inconsciente[8]. Como hemos dicho, independientemente de lo que parezca ocurrir, tu mente retiene toda la información.

Gary: Genial. De modo que ninguno somos tan tontos como parecemos.

Arten: Eso es cierto. Toda ignorancia en realidad es represión que existe para producir un efecto particular por una razón específica; ya entraremos en esto.

Gary: ¡Vaya! Sabéis, es divertido, pero muchas de las cosas que me decís me parecen verdaderas, aunque algunas de ellas no las he oído antes.

Arten: Eso se debe a que durante muchas de tus vidas pasadas no has sido ajeno a la instrucción teosófica. A lo largo de los últimos años has visto varias imágenes del aspecto que tenías en vidas pasadas. Posees el don de ver imágenes místicas. Parte de la razón por la que has tenido tantas experiencias espirituales en esta vida —y por la que incorporarás muchas de estas ideas como pez en el agua— es porque tus vidas de aprendizaje siguen estando dentro de ti.

Gary: ¿Podrías hacer un breve repaso?

Arten: Muy breve. Recuerda, nada de esto te convierte en único ni especial. Al final, casi todo el mundo acaba estudiando las mismas cosas. En una ocasión tuviste la suerte de ser un seguidor entusiasta del gran cabalista Moisés Cordovero. Su famosa fórmula: «Dios es toda la realidad, pero no toda la realidad es Dios», exponía un punto muy importante, y también establecía una distinción vital entre el misticismo cabalista y el panteísmo. En otra parada de la rueda del tiempo fuiste un sufí musulmán.

GARY: Eso es divertido. Los judíos y los árabes a menudo se han odiado entre sí, y sin embargo, en distintas vidas, unos *son* los otros.

ARTEN: Un buen punto. Incluso a nivel de la forma, los árabes y judíos —como los serbios y musulmanes— son básicamente iguales, lo que te muestra hasta qué extremos llega la gente para ser diferente. Esto se cumple en la mayoría de la gente; simplemente algunos ejemplos parecen ser más extremos. Hoy en día es habitual que los judíos, los negros y los nativos americanos se sientan víctimas del pasado, pero a muchos de ellos les chocaría saber que sometieron a otros en sus vidas anteriores. Por la misma razón, hay muchas víctimas de abusos infantiles que se convierten en abusadores en el mismo ciclo de vida. Así, la danza dual entre víctima y verdugo sigue adelante, permitiendo que todo el mundo, en un momento u otro, se ponga la túnica ensangrentada del juicio justo.

Como sufí musulmán, cultivaste dentro de ti el pensamiento de unidad, o monismo, y progresaste en la experimentación de cada cosa separada como un velo ilusorio que recubre la verdad eterna. Reconociste la realidad de Dios y la falta de importancia de la materia, y éste es uno de los versos del Corán que más te gustaba: «Todas las cosas creadas perecen, y allí permanece el rostro de tu Señor, en toda su majestad y gracia.»

Incluso a nivel de la forma, los árabes y judíos —como los serbios y musulmanes— son básicamente iguales, lo que demuestra hasta qué extremos llega la gente para ser diferente.

También te diste cuenta de que una parte esencial de cada ilusión sería el cambio, o, como aprendiste a llamarlo en una vida budista, la *impermanencia* —que era irreal— en oposición al objetivo de la clara luz. Todos estos aprendizajes han estado muy bien complementados por algo que estudiaste en otra vida: las enseñanzas de Platón, que habló y escribió sobre la idea perfecta que está detrás de todas las cosas imperfectas de este mundo. Él lo llamaba «lo Bueno», y lo describió como «...una realidad eterna, el reino al que no le afectan las vicisitudes del cambio y la decadencia...».

Seis siglos después otro de tus maestros, el neoplatónico llamado Plotino, tomó prestado y amplió el postulado platónico de que «lo Bueno es Uno», y trató de definirlo como el Origen último de todas las cosas del mundo. Sin embargo, como casi todos los demás grandes filósofos de la historia con la excepción de J, ni Platón ni ninguno de sus sucesores comprendió el origen del mundo, ni, lo que es más importante, su porqué.

Gary: ¿De modo que Plotino, el popular discípulo de Platón, posiblemente plagió los postulados platónicos?

Arten: Otro desacato como éste y serás castigado. A estas alturas ya te das cuenta de cuándo te tomo el pelo, ¿cierto? De todos modos, a Platón le hubiera gustado Plotino, y queremos resaltar que todas estas vías duraron toda la vida. Nuestras simplificaciones sólo tienen el objetivo de indicarte que pasaste vidas enteras dedicado a dichas vías.

La idea de una realidad sin cambio no es insignificante. Para ver por qué, observemos la noción de yin y yang, que exploraste durante varias encarnaciones taoístas y budistas en el Lejano Oriente.

Gary: Vaya, sí que he dado vueltas.

Arten: Todo el mundo acaba dándolas, pero en realidad todo pasó a la vez. Como Einstein indicó, pasado, presente y futuro ocurren simultáneamente.

Gary: Ese Einstein era un tipo muy listo.

Arten: Sí, pero aún le quedaba por aprender que en realidad nunca sucedió en absoluto. Ya verás. Cuando nos vayamos de aquí esta noche tendrás la sensación de que hemos estado un par de horas, pero en tu reloj sólo habrán pasado veinte minutos.

Nota: En este punto miré mi reloj y vi que, aunque Pursah y Arten habían estado hablando conmigo lo que parecía haber sido más de una hora, sólo habían transcurrido once minutos.

Gary: ¡Tienes que estar bromeando! Las manecillas de mi reloj siguen funcionando normalmente, pero aquí está pasando algo muy raro.

Arten: No te preocupes. Sabíamos que ésta sería la más larga de nuestras conversaciones, de modo que decidimos jugar un poco con el tiempo en lugar de tenerte levantado hasta muy tarde. Sabemos que necesitas dormir bien porque tienes trabajo que hacer por la mañana.

El tiempo puede ser alterado porque, aunque según tu *experiencia* eres lineal, en realidad eres un ser no lineal. Generalmente no hacemos estos juegos, pero también nos divertiremos contigo en otra ocasión jugando con el espacio. No con el espacio exterior, simplemente con el espacio. No eres un ser espacial, sino un ser no espacial. O, como dirían los físicos, estás teniendo una *experiencia* local, pero en realidad eres no local.

Hemos dicho que íbamos a hablar del yin y del yang, y aquí volvemos a encontrarnos con el mismo tipo de situación existente en todas las demás filosofías y espiritualidades famosas de este mundo.

La idea original detrás del yin, que es el chi o energía pasiva, y el yang, que es la energía activa, es que ambas vienen del Tao, que es absoluta quietud. Pero como el Tao no puede percibirse, decide dividirse en dos y manifestarse eternamente, dando lugar a la interacción siempre cambiante y aparentemente infinita de las fuerzas equilibrantes. A propósito, ésta es una descripción muy burda. No voy a entrar en el desarrollo del taoísmo, que fue un proceso extremadamente largo. Pero, ¿te resulta familiar la idea general?

Gary: Sí. De modo que las ideas Nueva Era en realidad son muy antiguas, e incluso Platón debía algo a los maestros que le habían precedido.

Arten: A todos nos pasa. La idea de «el Uno» no fue completamente original, pero, aun así, Platón fue un gran filósofo. Incluso J, aunque estaba mucho más avanzado, admiraba la historia de la caverna de Platón.

Gary: ¡Me acuerdo de ella! Mi madre solía leérmela cuando era niño. Recuerdo que me daba miedo.

Arten: ¿Por qué crees que tu madre haría eso sabiendo que no podrías entenderla demasiado bien?

Gary: Porque ella quería abrirme un poco la mente y hacerme ver que había otras ideas a mi disposición además de la basura que la sociedad me echaría encima.

Arten: Absolutamente. Era una madre exquisita, y hablaremos sobre esa historia dentro de poco. Como decíamos, la idea que está detrás del yin y del yang no es muy diferente de otras muchas filosofías. Por desgracia, también contiene los mismos errores básicos que las demás. Yin y yang interactúan eternamente, y encontrarás algo de yin en todo yang y algo de yang en todo yin, y, entretanto, aquello a lo que el mundo se refiere ridículamente con el nombre de vida sigue adelante *ad nauseam.*

Pero la filosofía nunca se molesta en considerar la falta de sabiduría que hay en todo esto, excepto para asumir que la conciencia, el chi, y la percepción son bienes muy valiosos. Para cuando acabemos, tendrás una idea de lo que son en realidad, y también habrás recibido tu primera impresión general sobre cómo darle la vuelta a la tortilla. Lo que debes recordar ahora es que, por sus experiencias espirituales, la mayoría de los inventores de estas ideas tenían la sensación de que el Uno es inmutable y eterno, y en este punto fueron muy precisos.

Otro de los puntos en que muchos de ellos tenían razón es que todo lo que *no* es el Uno es ilusorio. Hasta el juicio más básico etiquetando algo como bueno o malo sería diferenciar entre cosas que en realidad son lo mismo debido a su irrealidad. Por lo tanto, en verdad, ningún juicio es válido.

Gary: De modo que éste es el mismo tipo de ausencia de juicio que describe el *Bhagavad Gita* al decir «cuando el sufrimiento y la alegría son iguales...».

Arten: Sí. Has hablado como el inteligente hindú que también has sido. Como hindú sagaz la política no te servía para nada, sólo te interesaba aprender a usarla para reconocer la ilusión. Pero el reconocimiento de la ilusión sólo es parte del proceso de perdón enseñado por J, no la totalidad de él. El resto está de camino. Antes de que te des cuenta, serás uno con el J alternativo.

Gary: ¿Te importaría explicar eso?

Arten: Bueno, yo amé a J. Él era como una luz que guiaba a los niños de vuelta a su verdadero hogar en el Cielo. En una ocasión, estando con él, dije algo en lo que expresaba perdón, y entonces él dijo que era ahora uno con el J alternativo. Él continuó diciendo que eso simplemente significaba que estaba empezando a pensar como él, y a veces al mismo tiempo que él. Sólo entonces —dijo J— podría él entrar más adentro en mi mente y estar aún más cerca de mí, porque yo estaba empezando a ver como él, a pensar con la misma actitud interna, y eso es la verdadera visión espiritual. Como ya dijimos, no tiene nada que ver con los ojos del cuerpo, aunque hay *símbolos* de esta actitud interna que a veces pueden ser vistos con los ojos corporales. Resaltemos algo: las personas en general no deben sentirse mal ni desairados por no ver tales símbolos. *No* son necesarios. Algunos, como tú, tenéis el don de verlos, pero otros tienen dones en otras áreas. El efecto aparente es superfluo; lo que verdaderamente nos interesa es la causa.

Por supuesto, J estaba tan completamente identificado con el Espíritu Santo que se refería a que tanto él como yo estábamos pensando como el Espíritu Santo; no se refería a su cuerpo. Si alguien no se siente muy cómodo con J, siempre puede pensar en el Espíritu Santo. Como crees que eres un cuerpo o un alma concreta, te resulta útil pensar en alguien concreto en lugar de abstracto para ayudarte y guiarte más allá de todos los símbolos.

Gary: ¿No bastaría con pensar en Krishna, o Gautama Buda, o Zoroastro, o cualquier otro del resto de la banda?

Arten: Sí. Pero entonces no estarías estudiando a J. Crees que todo es lo mismo, pero, para el ojo entrenado, hay distinciones importantes que crean toda la diferencia del mundo. No tenemos intención de enunciar nada más. Al final, todo el mundo acabará en el mismo objetivo y, de hecho, ya lo han hecho. Este es un tramo para el que todavía no estás del todo preparado. Simplemente recuerda que si decides trabajar con J, puedes estar seguro de que él te ayudará. Uno o dos dichos del Evangelio de Pursah ilustrarán esto.

Gary: He estado esperando pacientemente.

Arten: Ya lo sé, casi hemos llegado. Para completar nuestro breve resumen, has tenido muchas buenas vidas, y muchas otras que parecieron echarse a perder. A veces sueñas con ellas, tienes buenos y malos sueños. Déjame que te pregunte algo. ¿Sigues soñando con ser un nativo americano en la ciudad donde se juntan los grandes ríos?

Gary: ¿Cómo has sabido eso? Oh, lo olvidaba, lo sabes todo.

Pursah: Sí, pero te recordamos que sólo podemos trabajar contigo empleando las palabras y símbolos que puedes entender. Has experimentado miles de vidas, incluso muchas vidas cristianas de diversas formas, y muchas otras que involucraron religiones que la mayoría de la gente desconoce. Por ejemplo, como aborigen, tu experiencia fue que el mundo de los espíritus —o Ika, como le llamabas en aquel tiempo— era tan absolutamente real como tú, o aún más real que tu vida de vigilia.

Sin embargo, de todas tus vidas hasta ahora, sería difícil elegir otra más satisfactoria que aquella en la que fuiste amigo y alumno del maravilloso maestro espiritual nativo americano conocido como Gran Sol.

Hace mil años había una ciudad tan grande como el Boston o la Filadelfia de comienzos del siglo XIX. Aquel lugar de reunión rodeaba lo que ahora es la ciudad de Saint Louis, pero entre sus habitantes no había gente blanca. Allí había casas, no tipis. Los tipis eran usados principalmente por las tribus de las llanuras que migraban según las estaciones. Tú fuiste un indio americano que vivía en aquella ciudad, y conociste a aquel que, según decía la gente, había bajado del Sol para mediar entre el Cielo y la Tierra.

Le llamaban el Gran Sol. Él rechazaba los sacrificios humanos, enseñó la mayoría de los Diez Mandamientos y parte de la sabiduría de J quinientos años antes de que el hombre blanco llevara la primera Biblia a los Estados Unidos de América. Era como un rey o un Papa, y vivía en lo alto de un increíble montículo fabricado por la mano del hombre, en una estructura que la gente había construido para él en señal de amor y respeto.

Aunque en aquel tiempo los indios americanos no tenían lenguaje escrito, el nombre pronunciado de la ciudad ahora se escribiría algo así como *Cahokia*, y Gran Sol era conocido y respetado en todo el núcleo del continente. Los ríos conectaban la ciudad con las distintas partes del país, y tú te ganabas la vida comerciando con pieles. Siempre insistías en compartir algunas de las enseñanzas de tu amigo con las tribus con las que hacías negocios. Y siempre te sentías feliz de volver a casa y aprender algo más de este hombre, que era un Ser espiritual iluminado.

GARY: Tengo algunas imágenes de eso en mi mente. Dime, ¿aparece este tipo en el Libro de Mormón?

PURSAH: No. Joseph Smith no era consciente de él, como tampoco lo fueron la mayoría de los blancos. La historia de los indios americanos dependía de la tradición oral. Smith estaba haciendo otra cosa. Escribió lo que tenía que escribir de esas placas metálicas que él traducía. En cualquier caso, Gran Sol fue muy similar a J, sólo que mil años después.

No vamos a contarte una larga historia sobre esa vida ni sobre tu maestro. La que nos preocupa ahora es tu vida actual. Estamos dándote algunos datos que ayuden a prepararte para la forma más nueva y avanzada de las enseñanzas de J, y por eso queremos advertirte de un pequeño error cometido por Gran Sol. Todo el mundo comete errores, hasta los seres iluminados. La Tierra no es un lugar de perfección. Evidentemente, está diseñada para ser un lugar donde la verdadera perfección sea imposible. Piensas que el universo *evoluciona* hacia la perfección. Esa idea es falsa. El universo está montado para que parezca que eso es lo que hace, pero simplemente está girando sobre sus ruedas, repitiendo las mismas pautas una y otra vez de formas distintas. Se trata de un truco que llegarás a entender.

La diferencia entre tus errores y los errores de los seres iluminados reside en su capacidad de practicar el verdadero perdón. Ellos se dan cuenta de que si perdonan los errores de los demás inmediatamente, los suyos también deben ser perdonados. También saben que en realidad no importa lo que hagan, pero hay pocas personas que estén dispuestas a aceptar eso. La mayoría arrastra sus errores y su culpabilidad consigo durante eones, aunque no hay necesidad de hacerlo.

Piensas que el universo evoluciona... pero simplemente está dando vueltas sobre sus ruedas, repitiendo las mismas pautas una y otra vez de formas distintas.

GARY: Entonces, ¿en qué falló?

PURSAH: En realidad no lo hizo. Simplemente fue una cuestión de a qué dedicó su tiempo. Les habría sido de más ayuda si simplemente les hubiera enseñado la verdad. Tanto entonces como ahora —al norte, sur, este y oeste—, el mundo necesita ayuda. Está lleno de personas que atacan mentalmente a otras, y ni siquiera saben que atacan: simplemente creen que tienen razón, o que hacen las cosas bien, o que son víctimas. Gran Sol se permitió distraerse de lo que era más útil. Ya te hemos dicho que los individuos verdaderamente iluminados no suelen buscar papeles de liderazgo. Hace dos mil años, mucha de nuestra gente esperaba que J fuera un Mesías real en lugar de sacerdotal. Pero él se sentía feliz compartiendo sencillamente la verdad con la gente y dándoles su experiencia. Su única preocupación era el amor de Dios.

Sin embargo, Gran Sol se convirtió en algo muy parecido a un Papa. Acabó como la mayoría de los líderes espirituales convencionales, perdiendo el tiempo en asuntos políticos y dando conferencias espirituales a la gente en lugar de llevarles a un nuevo nivel, que era lo que necesitaban. Deja la política a los políticos. Da al César lo que es del César. La gente necesita ser educada, pero si *verdaderamente* les dices la verdad, tendrás que renunciar a parte de tu popularidad. Tendrás que aceptar este hecho: los que tengan oídos, que oigan.

De modo que Gran Sol se convirtió en un gran tomador de decisiones, y la gente creía que eso era importante. Lo *realmente* útil era cuando hablaba con las personas de una en una, o en pequeños grupos, y les contaba todo lo que sabía, en lugar de contenerse pensando en cómo se lo tomarían. Ya te hemos dicho que no tienes que decir nada a nadie si no quieres. Si eliges enseñar de vez en cuando, entonces es preferible decir la verdad, y que la gente se vaya y te deje, que decirles sólo lo que quieren oír y que se queden.

El éxito mundano depende de que muchas cabezas hagan un gesto afirmativo mostrando su acuerdo, pero la verdad no tiene ese efecto;

la verdad les choca, o al menos hace que se cuestionen muchas cosas. Finalmente, Gran Sol deseó haber hecho más de esto y menos asuntos públicos, que cada vez le llevaban más tiempo. Él supo que al final de su vida había sido perdonado por completo; sólo se lamentaba de no haber usado su don más constructivamente, un lamento que después se perdonó. Obviamente, te estamos contando todo esto para ayudarte. No intentes convertirte en una gran figura pública. Simplemente cuenta la verdad a la gente y deja que el Espíritu Santo se encargue del resto. Deberías dedicar la mayor parte de tu tiempo a aprender de Él, y no a ser una estrella.

GARY: ¿Has dicho que progresé mucho en aquella vida?

PURSAH: Sí, pero, ¿por qué crees que fue? Sólo dedicaste algunos ratos a enseñar, y la mayor parte del tiempo estuviste escuchando a tu amigo. Tuviste la suerte de escucharle en privado, donde era más abierto y daba detalles. En otras palabras, fuiste un alumno. Te damos esta indicación adicional, que ya estás viviendo, pero que deberías tener mucho cuidado de recordar en el futuro. Los mayores avances no se hacen siendo un gran maestro; se consiguen siendo un gran alumno.

GARY: ¿Gran Sol bajó realmente a la tierra desde el sol?

PURSAH: Nunca te tomes en serio la publicidad.

ARTEN: En cualquier caso, tu amigo te dijo que nació como cualquier hombre. A veces la gente insiste en dar mucha importancia a trivialidades, sin prestar atención a lo importante, como volver a casa, que es a lo que queremos ayudarte.

GARY: ¿Y J fue concebido y nació como cualquier otro hombre?

ARTEN: Esa cuestión sólo podría ser importante para personas que piensen que el cuerpo es importante, y que el cuerpo de J fue *muy* importante. Nuestras conversaciones futuras te ayudarán a darte cuenta de que las respuestas a tus problemas están en la mente; nunca están afuera, en el mundo, ni en un cuerpo, *cualquier* cuerpo, incluido el de J. Esta es una parte muy importante de su mensaje. Sin entender esto es imposible entender lo demás. Lo *entenderás* y empezarás a darte cuenta de lo insignificantes que son los demás cuerpos. Sólo entonces podrás empezar a entender la insignificancia del tuyo. ¿De qué otro modo podrías ser libre? No te liberarás hasta que te des cuenta de que tú mismo forjas las cadenas que te atan.

GARY: Has mencionado que Pablo rechazó la idea de que la resurrección es de la mente y no del cuerpo. Pero una de las cosas históricas por las que más le recuerdo es por hablar a los demás líderes de las sectas judío-cristianas para que permitieran a la gente convertirse a su fe simplemente bautizándose en lugar de ser circuncidados.

Arten: Te he dicho que le gustaba agradar a las masas. Pero no nos entiendas mal: no estamos diciendo que Pablo no haya sido uno de los hombres más brillantes e influyentes de la historia. Obviamente, algunos de sus escritos son de una elocuencia sorprendente. Su experiencia espiritual de J en el camino de Damasco fue genuina. Lo que ocurre es que, si lo analizas detenidamente, muchas de las cosas que dijo no eran las cosas de las que hablaba J.

Ves, J enseñó *toda* la verdad, y sigue haciéndolo, mientras —como habrás podido deducir de lo que estamos diciendo— otros antes o después de él han enseñado *partes* de la verdad. La gente toma las partes que suenan parecido y suponen que todos están diciendo lo mismo de manera diferente. Pero J es único.

Gary: ¿J estaría de acuerdo con *algunas* de las ideas que Krishna, LaoTse, Buda y Platón expresaron antes que él, pero no con todas?

Arten: Sí, y también estaría de acuerdo con algunas de las ideas que Pablo, Valentino o Plotino expresaron después que él. Ciertamente hay ciertas verdades universales que J tiene en común con otros. Cuando comprendes lo que está diciendo en *su totalidad*, entiendes que está hablando de un sistema de pensamiento original que te llevará mucho más rápidamente a Dios, y que en realidad no es igual a ninguno de los otros.

Pursah: Todo lo cual nos lleva a la posición de poder empezar a hablar de lo que J *decía*. Como una pequeña parte de ello, te contaré algo sobre mi Evangelio. Pero antes, para aclarar tus propios pensamientos, dime brevemente qué sabes de él.

Gary: Bien, no sé gran cosa. Alguien encontró accidentalmente una copia de él en Egipto después de la Segunda Guerra Mundial, junto con otro material gnóstico, y la iglesia dijo que habían sido escritos por los herejes gnósticos. Por lo que he oído, algunos eruditos bíblicos tienen actualmente una opinión mucho más elevada de él.

Pursah: Sí. No lo has leído, ¿no? Excepto aquella vez que le echaste una ojeada por encima en una librería, cuando pasaste un buen rato mirando aquella hermosa mujer en el otro extremo del pasillo.

Gary: ¿Hay una nota de juicio en ese comentario?

Pursah: No, pero no podías concentrarte en mi Evangelio estando ocupado con todos aquellos pensamientos superficiales sobre su cuerpo.

Gary: ¡Eso no es justo! También estaba teniendo pensamientos superficiales sobre su mente.

Pursah: ¿Qué pensaste de lo que conseguiste leer?

Gary: No era demasiado malo. ¿Te importaría darme una visión general más educada, directa de labios del autor?

Pursah: Sí, pero ya te he dicho que no vamos a abundar en ello. Puedes encargarte de leerlo si quieres saber más de lo que te voy a decir. Cuando se descubrió en 1945 fue la primera vez que alguien veía una versión completa de él en mil años. Los únicos restos que quedaban de él eran un par de fragmentos griegos descubiertos anteriormente.

Se podría escribir un libro sobre mi Evangelio, y algunos lo han escrito. Ya te he dicho que esta copia contiene dichos que fueron añadidos posteriormente y que J nunca dijo. También tienes que considerar la influencia de unos trescientos años de lengua y cultura egipcia y de filosofía gnóstica en la versión Nag Hammadi para explicar algunos de sus dichos. Además, no incluye todo lo que J me dijo en privado, en parte porque fui ejecutado por un grupo de gente en el momento que menos lo esperaba. *Yo* les estaba hablando de paz. Mucha gente, incluyéndote a ti, quiere la paz. Pero deja que te diga algo, Gary. La gente del mundo nunca vivirá en paz hasta que sientan paz interior. Aunque no viví mucho, al menos llegué a ser uno de los primeros ministros de J. La Biblia desprecia a la gente como Tadeo y yo, pero tuvimos el privilegio de compartir las enseñanzas que J nos dio directamente.

Gary: Un gran honor. ¿Fuisteis ordenados?

Pursah: Yo fui previamente ordenado.

Gary: ¿Te crucificaron?

Pursah: No. Me cortaron la cabeza en India. Cuando estás en un cuerpo, simplemente no sabes qué tipo de día vas a tener. En realidad no fue un mal modo de efectuar la transición, sorprendentemente rápido. Esto me recuerda algo que quería decirte sobre el acto de la crucifixión. Era un ritual estrictamente romano. Nadie más lo practicaba. Los escritores de los Evangelios posteriores quisieron culpar al Sanedrín y a los fariseos, a los que odiaban, y para ello describieron un juicio durante la Pasión. Pero aquellos grupos no estaban dispuestos a infringir la ley judía, no a menos que quisieran provocar el odio de su propia gente desobedeciendo a Dios. Eran hombres inteligentes. No harían un juego de ese tipo, y el juicio que se describe no sigue las directrices de nuestra ley. Fue más adelante cuando ciertas necias luchas políticas llevaron a contar erróneamente parte de la historia en el Nuevo Testamento.

En el tiempo de la crucifixión eran los romanos los que ejercían todo el poder civil, y si había una cosa en la que nuestro pueblo estaba de acuerdo, era en su disgusto hacia los romanos. A excepción de unos pocos, no había mucha gente haciendo cola para mofarse de J. En general los que se reían de él eran los romanos. La mayoría de los judíos que se encontró en el camino simplemente lo consideraron otra víctima del Imperio Gentil.

Me cortaron la cabeza en India. Cuando estás en un cuerpo simplemente no sabes qué tipo de día vas a tener.

La próxima vez que pienses en la gente que presuntamente mató a tu señor, da un descanso al pueblo judío. Nosotros éramos víctimas de la crucifixión, no verdugos. Judas no sabía que J acabaría en la cruz. Simplemente cometió un error. Después se sintió en extremo culpable al respecto. Entonces fue cuando se ahorcó. Perdónale. J lo hizo, y tú también puedes perdonarle. Y ya que estás en ello, también puedes perdonar a los romanos, que mataron el cuerpo del que luego llamarían su Señor. J pudo perdonarlos mientras lo estaban haciendo porque sabía que lo que él verdaderamente era nunca podría ser asesinado. ¿Por qué crees que generación tras generación de los que afirman seguirle sienten la necesidad de atribuir la culpa de esa acción a gente que ni siquiera conocen?

Gary: Tengo la sensación de que me lo vas a decir tú. Pero tengo un problema con tu explicación de las cosas. ¿No dijo J que Judas le había traicionado con un beso?

Pursah: No. Antes de la cena, Judas estaba borracho y quería dinero para comprar más vino y una prostituta. Un oficial romano que antes le había visto con J le reconoció y le pidió información. Ves, Poncio Pilatos estaba buscando dar ejemplo con alguien como forma de ejercer autoridad durante la Pascua. Pilatos nunca se lavó las manos de todo lo que ocurría, quería que ocurriera. Judas le dijo al oficial dónde íbamos a estar J y nosotros aquella noche a cambio de dinero. En tu mundo, ¿cuántas tragedias son el resultado de que alguien hace algo bajo la influencia del alcohol que no haría en condiciones normales?

Gary: ¿De modo que Judas estaba medio borracho y tratando de conseguir alguna compañía femenina, y no se detuvo a considerar cuáles podrían ser las consecuencias de sus actos?

Pursah: Sí. Una circunstancia que, según creo, te resulta familiar. Sólo que Judas estaba más que medio borracho.

Gary: Dijiste antes que J no sufrió en la cruz, lo cual me resulta difícil de creer. ¿Me vas a decir cómo fue capaz de perdonar a todos y al mismo tiempo no sentir ningún dolor durante la crucifixión?

Pursah: Sí, absolutamente, pero no en esta visita. Para cuando te dejemos, después de nuestra última visita, te habremos dado una imagen completa y te habremos introducido en el camino de vuelta. El resto dependerá de ti, pero no vamos a ocultarte nada. No vamos a decirte «es un misterio», como tanto les gusta decir a las iglesias. El sistema de pensamiento del Espíritu Santo no te deja con un montón de preguntas sin responder. Es posible que haya un par de respuestas que no te *gusten*, pero ya te dijimos al principio que no te diríamos lo que querías oír.

Ahora voy a ser muy honesto contigo respecto a lo que es mi Evangelio, y también respecto a lo que no es. El *Evangelio de Tomás* no es el Santo Grial de la espiritualidad. No te traerá la salvación y no entrenará tu mente para seguir las líneas mentales necesarias que te permiten conseguir la salvación. Sin embargo, presta tres importantes servicios a la humanidad.

En primer lugar, a pesar de lo que tú y algunos otros podáis pensar, mi Evangelio *no* es un documento gnóstico. Para quienes están dispuestos a verlo, partes de él contienen la escritura del primer cristianismo, antes de que hubiera una religión separada llamada cristianismo. Fuimos de las primeras sectas judío-cristianas. Sin duda había diversidad entre las distintas sectas, pero no estábamos solos en nuestras impresiones sobre J. ¿Por qué crees que después la iglesia estaba tan desesperada por tachar mi Evangelio de gnóstico y herético? Es porque no *querían* que los miembros de la iglesia vieran cómo eran realmente los primeros cristianos. La iglesia estaba dispuesta a hacer cualquier cosa por ocultar el hecho de que algunas de sus enseñanzas son heréticas para el J histórico, aunque él les perdonara.

Ya hay algunos eruditos bíblicos que se dan cuenta de que mi Evangelio no se deriva de los Evangelios del Nuevo Testamento, y que incluye algunos dichos que están expresados de un modo más original y realista que los aparecidos después en los Evangelios Sinópticos. Estos eruditos tienen razón respecto a este punto, aunque algunos de los dichos que creen ciertos no lo son, y también van aprobando lentamente otros dichos verdaderos de mi Evangelio porque les faltan las confirmaciones que les exigen sus reglas.

Sin embargo, si J me enseñó algo en privado, o si dijo algo a un pequeño grupo de discípulos, ¿por qué habría de encontrarse registrado en los Libros de Marcos, Lucas o Mateo? Los autores de esos libros no eran de nuestra generación. Copiaron dichos de Evangelios anteriores entre cuarenta y ochenta años después, conservando lo que les gustaba y deshaciéndose del resto, y después añadieron esos atractivos rumores, historias y especulaciones que encajaban con su nuevo dogma religioso. Los primeros Evangelios, incluyendo el mío, fueron escritos en arameo. ¿No te parece raro que *ni una sola copia* de las palabras de J en su propio lenguaje sobreviviera durante el surgimiento del cristianismo? ¿Crees realmente que fue un accidente?

Increíblemente, incluso los Evangelios posteriores fueron cambiados a lo largo de los siglos siguientes. El final de Marcos fue cambiado por completo. Los cambios teológicos nunca se detuvieron. Pensabas que Arten exageraba cuando decía que el cristianismo aún estaba haciéndose. No exageraba. La gente no empezó a rezarle como San Judas Tadeo, el patrón de las causas perdidas, hasta el siglo XVIII. Y en cuanto a aprender sobre la marcha, no hay nada malo en la revelación continua, pero la cristiandad ha tomado lo que en realidad es *arte* religioso —El Nuevo Testamento— y ha tratado de elevarlo falsamente al nivel de la verdad absoluta y literal. No hay nada malo en utilizar el arte como un modo de expresar lo que es verdad para el artista, pero la mayoría de la gente no iría a ver «La Última Cena» de Leonardo Da Vinci y lo tomaría como un registro absoluto, literal e histórico de nuestro último encuentro antes de la Pasión.

GARY: ¿Y qué hay de ti? ¿Afirmas que me estás diciendo la verdad absoluta?

PURSAH: Antes de acabar nuestras reuniones te habremos dado algunas enseñanzas transmitidas por J que ciertamente expresan la verdad absoluta —que puede ser resumida en dos palabras— pero sólo puede ser experimentada por una mente que haya sido entrenada para ello. Ya te he dicho esas dos palabras, pero no te has dado cuenta. Ellas expresan la verdad total y *absoluta*. Son la corrección del universo. Según vayamos avanzando, no guardaremos en secretos cuáles son, ni el hecho de que representan una elección. Para que puedas hacer esa elección competentemente tendrás que llegar a ser mucho más consciente de entre qué estás eligiendo.

Gary: Creo que de momento es justo. Puedes seguir.

Pursah: Gracias. Ya he dicho que la copia superviviente de mi Evangelio fue cambiada a lo largo de los años, pero aún sigue siendo un ejemplo más realista del tipo de afirmaciones que hizo nuestro líder. Lo que mencionaré cariñosamente a partir de ahora como *Tomás* es un Evangelio de Proverbios judío-cristiano anterior al gnosticismo. El gnosticismo era una combinación de muchas de las filosofías anteriores mezcladas con algunas de las cosas que dijo J o que la gente piensa que dijo. Sí, ciertamente puedes afirmar que J tenía lo que podríamos describir como tendencias gnósticas, pero no todas ellas eran nuevas. Algunos de estos rasgos se remontan a formas arcaicas del misticismo judío.

Si quieres examinar algo de la teología gnóstica posterior siempre puedes leer el *Evangelio de Verdad* de Valentino, que es lo mejor de la literatura gnóstica. No comprenderás parte de la terminología, pero tendrás una idea general de lo que creyeron algunas sectas gnósticas. J estaría de acuerdo con *parte* de él, sobre todo con que el mundo se parece mucho a un sueño y que Dios no lo creó. Pero *El Evangelio de Verdad* fue escrito ciento cincuenta años después de la primera versión de mi Evangelio, que incluye algunas de las enseñanzas originales del J histórico. Digo algunas enseñanzas, y lo llamo la primera versión por las razones que te he dado antes, pero las implicaciones de todo esto no podrían estar más claras. El primer servicio de mi Evangelio es que permite al mundo ver *por sí mismo* que cuando la cristiandad se convirtió en la cristiandad, se iba pareciendo cada vez menos al J histórico —nuestro Mesías maestro de sabiduría— y cada vez más a la figura apocalíptica fabricada por las novelas-Evangelio posteriores.

El segundo servicio importante es el tono general de las propias enseñanzas. J era de Oriente Medio, no de Mississippi. Su planteamiento era mucho más consciente y oriental que el tipo de dualismo de núcleo duro, sal corriendo de la mente, característico de Occidente. Estas influencias occidentales fueron incorporadas posteriormente.

El tercer servicio se halla en el significado de algunos de los proverbios mismos. Ya he comentado que no comprendimos completamente el mensaje de J en aquel tiempo, pero *Tomás* ofrece una representación más auténtica del tipo de cosas que diría J que los otros Evangelios. Te voy a dar una especie de versión estándar revisada del mío para ayudarte a comprender parte de él. Por favor, date cuenta de que los dichos de *Tomás* no siguen ningún orden especial. Asimismo, sólo elegiré citas que realmente oí pronunciar a J. Para los fines de esta conversación, sólo elegiré algunas de ellas. No olvides que tenemos cosas más importantes de que hablar. Esto sólo es para prepararte.

De los ciento catorce dichos contenidos en Tomás, J dijo setenta, o al menos algo razonablemente parecido. Los cuarenta y cuatro restantes son espurios, una palabra que a la iglesia le gustaba usar para describir todo el Evangelio. Tras las últimas contribuciones de los eruditos, la iglesia ya no habla tan alto como solía hacerlo.

GARY: Lo siento, pero me está quemando otra pregunta más que tengo que hacerte.

PURSAH: Ten cuidado, muchacho. Si nos interrumpes demasiado es posible que tengamos que recrear el *Infierno* de Dante para ti.

GARY: Siempre he oído hablar de un hipotético y misterioso Evangelio Q que, según piensan los eruditos, fue utilizado como fuente por los tres Evangelios llamados sinópticos: Mateo, Lucas y Marcos. Supuestamente, los tres fueron compilados de la misma fuente, y creo que usaste la palabra fuentes. ¿Es tu Evangelio ese documento Q que no ha sido hallado?

PURSAH: Como hemos dicho, no hemos venido aquí para hacer una contribución a la erudición bíblica, y de todos modos un erudito no haría caso de una fuente que no puede ser verificada. Si quieres saberlo, te diré exactamente qué era Q. Los Evangelios de Mateo y Lucas fueron copiados de él, pero Marcos no copió. El escritor de Marcos tenía sus propias fuentes. Y el documento Q no es mi Evangelio, como ya saben los entendidos, pero se te puede excusar por no saberlo.

GARY: ¿Qué era, entonces?

PURSAH: Después de la crucifixión, el hermano de J, Jaime, a menudo llamado Jaime el Justo, fue considerado el heredero de J a ojos de muchos de los seguidores. Sabían cuánto le quería J, y Jaime era un hombre sincero y firme. No obstante, también era muy conservador. *Conservador* no es la palabra exacta que emplearías para describir a J, que era el radical de radicales, no en temperamento, sino en sus enseñanzas.

Por este motivo tres de los seguidores de Jaime, aunque le respetaban, decidieron preservar para la posteridad las enseñanzas que habían oído decir en público a J. No tenían mucha fe en que el grupo de Jaime, o cualquier otro, se adhiriera a algunos de los sorprendentes principios que J había articulado, de modo que crearon un Evangelio de Dichos titulado simplemente *Palabras del Maestro.* A lo largo de los cuarenta años siguientes, a medida que morían los registradores originales de las *Palabras,* algunos dichos distorsionados de otros autores como Juan el Bautista que algunos seguidores *supusieron* que J creía, o que pensaban equivocadamente que había pronunciado, se abrieron camino hasta las *Palabras.* Los escritores de dos de los Evangelios reconocidos posteriormente por la iglesia usaron este documento, ahora referido como Q —a causa de una palabra alemana que significa *fuente*— para copiar dichos y poder combinarlos con sus historias. También copiaron de Marcos, cuyo escritor había usado dichos consensuados. El Evangelio de Juan fue escrito posteriormente, cuando la división entre las sectas más nuevas y el judaísmo era más evidente.

Curiosamente, varias copias de *Palabras del Maestro* y de *Tomás* sobrevivieron en diversos lugares mucho más tiempo del que pensarías. Hasta el año cuatrocientos después de Cristo no se produjo el nuevo esfuerzo, dirigido por San Agustín, de limpiar cualquier cosa que no encajara con las creencias oficiales de la iglesia. Su quema de libros hubiera hecho sentirse orgullosos a los nazis, pero fue llevada a cabo en el nombre de Dios, por supuesto. Aunque *Palabras del Maestro* y *El Evangelio de Tomás* no eran escritos gnósticos, fueron destruidos junto con, prácticamente, toda la literatura gnóstica existente. Después de todo, algunos de los dichos no parecían muy eclesiales, ¡de modo que debían ser heréticos! Si no hubiera sido por la colección de Nag Hammadi descubierta cerca del río junto a mi Evangelio, el mundo no tendría mucho más en cuanto a visiones alternativas de J.

Ahora sigamos adelante con *Tomás.* Comienza así:

> Estos son los dichos ocultos que J dijo en vida y Dídimo Judas Tomás registró.
>
> 1. Y él dijo: «Quien descubra la interpretación de estos dichos, no saboreará la muerte.»

Ahora usaré los números, aunque mi versión no tenía números, y a este dicho le fue atribuido el número «1» posteriormente porque la gente no tenía claro si lo había dicho yo o si lo había dicho J. Fui yo quien lo dijo y escribió, y supuestamente era parte de esta breve introducción, y no estaba etiquetado como un dicho de J. La palabra oculto significa simplemente que muchos de estos dichos fueron pronunciados por J, bien en privado o bien frente a un grupo muy pequeño. No significa que él tuviera la intención de ocultar cosas.

Uno no saboreará la muerte porque, como he señalado antes, J nos estaba mostrando el camino hacia la vida; esto significa que lo que estábamos experimentando aquí en la tierra no era vida, aunque suponíamos que lo era. Él era el J viviente porque había alcanzado la verdadera iluminación: unidad con Dios. *Viviente*, en este caso, no hace referencia a que él estaba en un cuerpo, aunque parecía que lo estaba. Es una referencia a la resurrección de la mente, como hemos aludido antes, y también hace referencia a otro dicho posterior del Evangelio del que no hablaré hasta una próxima visita. Además, la palabra viviente tal como la empleo aquí no tiene nada que ver con un cuerpo resucitado, aunque J se nos apareció después de la crucifixión.

Ahora quiero hacer una breve aclaración respecto a los nombres. Para empezar, el verdadero nombre de J no era realmente Jesús. Su nombre hebreo era Y'shua, aunque pocas veces le llamábamos así. Para nosotros era el maestro; no es que él quisiera ser llamado maestro o cualquier otra cosa en particular, sino que en aquel tiempo le admirábamos. La traducción de su nombre al griego y después al castellano debería haber acabado en Jeshua, no Jesús. En realidad, no tiene importancia. ¿Qué es un nombre? ¿Cambiaría algo en Cristo si le llamáramos de otro modo?

Gary: Si en realidad no importa, ¿por qué le llamáis J? ¿Por qué no Jesús o Joshua?

Pursah: ¿Por qué no incluir ambos? Tú no eres judío, pero habrá judíos entre los que lean tu libro. Si ignoran a J, están perdiendo parte de su herencia.

Y mientras hablamos de nombres, a menudo me llamaban por lo que aquí ha sido traducido como Dídimo, que significa *gemelo.* Incluí humildemente esa parte en mi nombre para que la gente supiera quién era. Yo me parecía mucho a J. De hecho, me solían confundir con él regularmente. Hay quienes creen que yo era el gemelo de J, pero eso no es cierto. Pido perdón a aquellos que quiero y que creyeron sinceramente un escrito gnóstico posterior llamado *Actos de Tomás*, que dice específicamente que yo era gemelo de J. No hace falta añadir que parte de los *Actos de Tomás* es cierto y parte no lo es, pero un comentario completo de la vida en que fui Tomás exigiría la mayoría de nuestras visitas.

No obstante, te diré algo que sólo Tadeo o yo podríamos decirte. Mi parecido con J era tan grande que cuando oí que iba a ser crucificado, quise cambiarme por él para que pudiera quedar libre. Tadeo y yo intentamos acercarnos a él más de una vez, primero mientras estaba encerrado y después durante la procesión. Por desgracia para nosotros en aquel tiempo, nunca se presentó la oportunidad de sustituirle. Con mucho gusto hubiera dado mi vida por J. No todos huimos corriendo de la ciudad como suele decir la gente que no estuvo allí. Yo tardé en darme cuenta de que todo aquello era una lección que había *elegido* enseñarnos hasta que se apareció a nosotros después de la crucifixión. Al principio el mundo no comprendió la lección de la crucifixión, pero el proceso de J como maestro del mundo no había terminado; esto es algo que tú, querido hermano, pronto averiguarás.

GARY: Ah, tengo aquí, en mis notas, que antes has dicho que tú y los demás discípulos cometisteis el error de atribuir un gran significado al cuerpo de J. Más adelante has dicho que pensasteis que la resurrección es de la mente y no tiene nada que ver con el cuerpo. ¿Qué creías en realidad? ¿O simplemente me estás poniendo a prueba?

PURSAH: Muy bien. Te estamos planteando un desafío y no hay nada malo en que tú nos plantees desafíos de vez en cuando. La respuesta es que en aquellos tiempos yo creía las dos cosas. Mi mente aún estaba dividida. También te hemos dicho que ahora te estamos hablando con la ventaja del aprendizaje subsiguiente. Tendrás una idea mucho mejor de lo que eso significa a medida que vayamos avanzando. Cuando estaba escribiendo este Evangelio comprendía *intelectualmente* mucho de lo que J decía sobre la importancia de la mente, pero mi *experiencia* —y esto era aún más cierto de los otros discípulos— era que nuestros cuerpos, y especialmente el de J, eran muy importantes.

Sólo debes estar atento a Dios. Este estado mental no se consigue de una vez; requiere mucha práctica. No se puede aprender nada que merezca la pena de un día para otro.

La situación para mí, entonces, no era muy diferente de la que tú vives ahora. Hoy, tú y tus amigos creéis en la existencia de una trilogía: cuerpo, mente y espíritu. El «equilibrio» de los tres es importante en vuestra filosofía.

Pero pronto vas a aprender que la mente aparentemente separada, que fabrica y hace uso del cuerpo, debe elegir entre la realidad inmutable y eterna del espíritu —que es Dios y Su Reino— o el universo irreal y cambiante de los cuerpos, que incluye cualquier cosa que pueda ser percibida, tanto si parece que estás en un cuerpo como si no. Esta es la piedra angular del mensaje de J. Él realmente dijo, y fue registrado por mí en el dicho 47:

> Una persona no puede montar dos caballos o disparar dos arcos. Y un sirviente no puede servir a dos señores, o ese sirviente honrará a uno y ofenderá al otro.

GARY: ¿Estás diciendo que dar el mismo valor al cuerpo, a la mente y al espíritu en realidad contribuye a que vuelva aquí una y otra vez como cuerpo, en lugar de liberarme?

PURSAH: Sí, pero eso no significa que debas descuidar tu cuerpo. Estamos hablando de otra manera de verlo. Para acabar este punto sobre mis antiguas creencias, en mi Evangelio sólo registré cosas que J había dicho. A diferencia de los escritores de los Evangelios posteriores, yo no insertaba mi opinión continuamente. Así, *Tomás* no es tanto un reflejo de mi nivel de comprensión en aquel tiempo como un registro de algunas de las ideas de J. Por ejemplo, estas palabras son un extracto del dicho 61:

> Yo soy el que viene de lo que está completo. Se me otorgaron los bienes de mi Padre. Por lo tanto, digo que si uno está completo, estará lleno de luz, pero si uno está fragmentado, estará lleno de oscuridad.

En otras palabras, por repasar un punto establecido antes, no puedes tener ambos caminos. No puedes estar un poco completo, del mismo modo que una mujer no puede estar un poco embarazada. Tu lealtad no debe estar dividida. Sólo debes estar atento a Dios. Este estado mental no se consigue de una vez; requiere práctica. No se puede aprender nada que merezca la pena de un día para otro. ¿Cuánto tiempo tardaste en tocar bien la guitarra?

GARY: Pensé que era bueno después de algunos años. Después de diez años me di cuenta de que seguía mejorando.

PURSAH: ¿Crees realmente que alcanzar el nivel de J es un logro más fácil?

GARY: No temo la práctica. Simplemente preferiría estar un poco más seguro de estar siguiendo el camino recto.

PURSAH: Muy bien. Sigamos, y puedes no revelar tu juicio hasta que dispongas de más información.

GARY: Me parece bien.

PURSAH: No puedes imaginar las ganas que tiene J, que ahora está totalmente identificado con el Espíritu Santo, de unirse completamente contigo. Por eso afirmó en el dicho 108:

> Quien bebe de mi boca será como yo. Yo mismo me convertiré en esa persona, y las cosas ocultas le serán reveladas.

La unión mística de la que J habla aquí es algo que ocurre muy literalmente. Las lecciones del verdadero perdón que permiten que esto ocurra no son para todos de manera inmediata, son para aquellos que están preparados para recibir su instrucción individual.

> Yo te elegiré, uno entre mil y dos entre diez mil, y ellos serán como uno solo.

Por supuesto, J elige a todos, en todo momento. ¿Pero cuántos están dispuestos a escuchar? Como predijo este dicho, las lecciones del Espíritu Santo no serán escuchadas por las masas. Pero los que escuchen, los que sean elegidos, sin duda serán como uno, porque eso es lo que son. El Hijo de Dios volverá al Reino total y completo, y al final no habrá nadie que no esté con nosotros. El J alternativo no puede perder.

Sin embargo, para ganar, debes, como afirma el dicho 5:

> Conoce lo que hay frente a tu rostro, y lo que está oculto te será revelado. Porque no hay nada oculto que no será revelado.

Lo que está frente a tu rostro es ilusión, y el Reino de Dios —que parece estar oculto— será revelado a aquellos que aprendan del Espíritu Santo el modo único de perdonar cualquier cosa que tengan delante, tal como hizo J. Finalmente, serás uno con él, y no quedará nada sino tu verdadera alegría en el Reino Celestial.

GARY: Todo eso está muy bien, Pursah, pero aquí, en el reino de la miseria, cuando sientes que el mundo realmente te pone de los nervios puede resultar un poco difícil asirse a la sonrisa del Espíritu Santo.

PURSAH: Dímelo a mí. He estado aquí unas cuantas veces, ¿lo recuerdas? Te prometo que no te daremos meras teorías. Aprenderás maneras muy prácticas de solucionar mentalmente las situaciones que aparentemente tienes ante ti. El resultado te dará el potencial de alcanzar la misma paz de Dios que J. Ahora mismo tú crees que tienen que pasar ciertas cosas en el mundo para que seas feliz. A medida que alcances la paz de Dios, finalmente podrás reclamar tu estado natural de alegría *independientemente* de lo que *parezca* suceder en el mundo.

Porque, como puedes ver en el dicho 113, J estaba enseñando que el Reino de Dios es algo del *presente,* aunque no esté actualmente en tu conciencia.

> Los discípulos le dijeron: «¿Cuándo llegará el Reino?» Él dijo: «No vendrá por expectativa. No dirán "Mirad aquí" o "Mirad allá". Más bien, el Reino del Padre se extiende sobre la tierra, y los humanos no lo ven.»

Como la oruga se convierte en mariposa, tú te convertirás en Cristo, y serás uno con toda la verdadera Creación.

J no está diciendo aquí que el Reino del Padre esté *en* la tierra. Evidentemente, él sabía que teníamos la tierra en nuestras mentes. Estaba hablando de algo que la gente no ve porque el Reino del Cielo no puede ser visto con los ojos del cuerpo, que sólo son capaces de contemplar símbolos limitados. El Cielo no existe dentro del reino de la percepción, pero es la forma de vida genuina de la que finalmente serás completamente *consciente.*

Al igual que la oruga se convierte en mariposa, tú te convertirás en Cristo, y serás uno con toda la verdadera Creación. La conciencia de tu unidad con la Presencia de Dios es tuya porque Dios te la dio. La has olvidado. Sin embargo, sigue estando allí, enterrada en tu mente[9]. Hay un modo de recordar. Y recordando, reclamarás lo que realmente eres y el lugar al que perteneces. Hemos venido a ayudarte y, a través de ti, ayudar también a otros.

Hay algunos dichos en Tomás que son similares a los del Nuevo Testamento que J nos enseñó. Ahora pronunciaré algunos de ellos:

> 26. Ves la paja en el ojo de tu hermano, pero no ves la viga en tu propio ojo. Cuando quites la viga de tu ojo, verás con suficiente claridad

para sacar la paja del ojo de tu hermano.

31. Ningún profeta se acepta en su propia aldea. Ningún médico cura a aquellos que le conocen.
36. No os preocupéis, de la mañana a la noche y de la noche a la mañana, por la ropa que llevaréis.
54. Bienaventurados sean los pobres, porque de ellos es el Reino de los Cielos.

Por favor, date cuenta de que estos dos últimos dichos no han de aplicarse a nivel físico. Tienen que ver con no estar apegado *mentalmente* a las cosas. No tienen nada que ver con renunciar físicamente a nada. Si crees que tienes que renunciar a algo, lo estás haciendo tan real como si lo codiciaras. Esto también es cierto del más breve de los dichos de J:

42. Haceos transeúntes.

Y te diré dos sentencias más del Nuevo Testamento extraídas de *Tomás.*

94. Quien busca, encontrará. Y a quien llame, se le abrirá.
95. Si tenéis monedas de cobre, no las prestéis con interés. Más bien, dádselas a aquellos de quienes no recibiréis reembolso.

De vez en cuando oirás que nos referimos a un dicho del Nuevo Testamento que realmente fue pronunciado por J, pero su significado no siempre será igual para nosotros que el que vosotros le soléis atribuir. Ahora te ofreceré partes de algunos dichos más de Tomás para darte una impresión del sistema de pensamiento que J expresaba, que es el sistema de pensamiento del Espíritu Santo.

11. Los muertos no están vivos, y los vivos no morirán.
22. Cuando hagáis de dos uno, y cuando hagáis lo de dentro como lo de fuera y lo de fuera como lo de dentro, y lo de arriba como lo de abajo, y cuando hagáis de lo masculino y de lo femenino una sola cosa, de modo que el hombre no sea masculino y la mujer no sea femenina... entonces entraréis en el Reino.
49. Bienaventurados sois los solitarios y escogidos, porque encontraréis el Reino. Porque habéis venido de él, y a él volveréis.

¿Recuerdas la historia del hijo pródigo? Volverás a casa otra vez, pero, para ello, debes retomar tus pasos e ir hacia atrás, hasta tu decisión original de separarte de Dios. Porque, como J dice a continuación, el principio y el fin —que son el alfa y el omega— son en realidad la misma cosa:

> 18. Los seguidores dijeron a J: «Dinos cómo será nuestro fin.» Y él dijo: «¿Así habéis descubierto el origen que ahora preguntáis por el fin? Pues donde estuvo el principio, allí estará el final. Bienaventurado sea quien estará de pie en el origen: ese conocerá el final y no saboreará la muerte.»

Hay un dicho más que debo explicar porque ha sido tema de mucha especulación durante años, no sólo durante los últimos cincuenta, sino también durante los primeros cien años de existencia del evangelio. En el dicho 13, después de hablar a un grupo de nosotros, J me pidió que fuera con él...

> Y él le lleva consigo, se retira y le dice tres palabras. Cuando Tomás vuelve con sus amigos le preguntan: «¿Qué te ha dicho J?» Y Tomás les dice: «Si os dijera siquiera una de las palabras que me dijo, tomaríais piedras para lapidarme y saldría fuego de las piedras para consumiros.»

El fuego de la última línea es la ira de Dios, y tienes que saber que la lapidación era el castigo judío tradicional por blasfemar, aunque no se usaba tanto como te imaginas. Muchas personas se han preguntado qué me dijo J en aquella ocasión, aunque los escritores del Nuevo Testamento —que competían con mi Evangelio— retrataron a Pedro como el estudiante favorito de J en lugar de a mí. Te he dicho que me despreciaron. En cualquier caso, a J no le importaba su propia seguridad cuando se trataba de decir blasfemias. La razón por la que me dijo que no repitiera estos dichos era para protegerme. Estas son las tres cosas que me dijo aquel día:

> Sueñas con un desierto, donde los espejismos te gobiernan y atormentan, y sin embargo esas imágenes vienen de ti.
> El Padre no hizo el desierto, y tu hogar sigue estando con Él.
> Para retornar, perdona a tu hermano, porque sólo entonces te perdonas a ti mismo.

Afirmar públicamente en aquel tiempo que Dios no creó el mundo podría haber sido fatal para mí. Así era entonces, ahora es de este modo, y gracias a vuestra libertad de discurso todos estos principios se ampliarán a medida que avancemos. El resultado será un sistema de pensamiento no lineal, sino holográfico, donde el todo se encuentra en cada una de las partes.

Podría seguir hablando durante horas de *Tomás*, pero no lo haré. Como dije, no es el Santo Grial de la espiritualidad. Sin embargo, ahora mismo, en esta tierra, hay un documento espiritual que se acerca lo máximo posible a expresar lo que J quiere decir realmente. Existe una excelente razón para esto. Se debe a que lo dictó, palabra por palabra, a la persona que tardó siete años de su vida en anotarlo. No contiene otras opiniones que las de J. No fue corregido para adaptarse a ninguna religión, ni cambiado para atraer a una audiencia más amplia. Su corrección final fue dirigida por J a través de esta mujer. A diferencia de *Tomás*, es una presentación completa, y además ofrece un extenso entrenamiento. No está pensado para ser el libro de una religión o un código de conducta moral. Es un sistema de pensamiento que propone que si te ocupas de la mente, todo lo demás seguirá de manera natural.

Afortunadamente, esta enseñanza, conocida como *Un Curso de Milagros*, no está pensada para producir otra organización más obsesionada con cambiar un mundo de sueños en lugar de la mente del soñador. Es un método de estudio individual, una metamorfosis personal en Cristo que se hace a nivel mental entre tú y J, o entre tú y el Espíritu Santo, si prefieres considerarlo así. Ambos son válidos. Esto te coloca en la afortunada posición en la que puedes aprender mucho más del maestro de lo que podrías haber aprendido hace dos mil años, si es que estás preparado para beneficiarte de sus enseñanzas. Y él realmente *debería* ser llamado maestro. Muchos se llaman a sí mismos por ese nombre, pero no van por ahí resucitando a los muertos ni curando a los enfermos.

Hay cosas que la gente del mundo es capaz de comprender en el amanecer de este milenio que simplemente no fueron capaces de comprender en el pasado. El mensaje de J no ha cambiado, pero tu capacidad para entenderlo ha cambiado porque hay una imagen más amplia del mundo y de la mente. J sólo puede llevar a la gente consigo usando conceptos que puedan comprender. Al final, todo, excepto Dios, es una metáfora. Pero, entre tanto, hay que enseñar y aprender.

Te he dicho antes que la gente del mundo nunca vivirá en paz hasta que no tengan paz interna. La paz interna y la verdadera fuerza son los grandes objetivos de *Un Curso de Milagros*, aunque el Curso tiene una manera única de conseguir esto dentro de ti. El mundo cambiará como consecuencia de él, pero ése no es el fin del Curso. Es para ti. Es un regalo. Pero también es un desafío. A veces oirás a la gente decir que el Curso es simple, pero pocas veces oirás decir que es fácil. El mundo parece cambiar para ti en ocasiones porque el Curso se ocupa de la causa de todo, más que de los efectos. ¿Y qué es el mundo si no un efecto? Ciertamente esto no es lo que el mundo cree, pero este mundo no es algo como para tirar cohetes.

ARTEN: Antes de irnos, queremos prepararte para las próximas tres semanas. Serás guiado en cuanto a lo que debes hacer y, cuando tengas tiempo, debes acordarte de pedir guía al Espíritu Santo. Sé práctico. No tienes que preguntarle si puedes tomarte una taza de café, a menos que eso sea un problema para ti. Pero no tomes decisiones importantes por tu cuenta, a menos que sea una emergencia y no tengas tiempo de preguntar. Entonces se te dará guía automáticamente si la necesitas.

En cuanto a nuestra próxima visita, volveremos dentro de veinte días, y entre tanto tienes que trabajar. Por favor, cuéntame brevemente lo que recuerdes de cuando tu madre te leía la alegoría de la Cueva de Platón. Simplemente dame un resumen general de lo que recuerdes.

GARY: Bueno, era muy impresionante. No tanto como *esto*, pero... Recuerdo que hay unos hombres aprisionados en una cueva, con las cadenas tan apretadas que no pueden moverse lo suficiente para girar las cabezas, ni siquiera los ojos. Lo único que pueden ver es la pared de la cueva que tienen delante de ellos. Han estado tanto tiempo allí que es todo lo que recuerdan; todo lo que saben. Pueden ver sombras en la pared ante ellos y oír algún sonido. Como eso es todo lo que conocen, *piensan* que lo que están mirando es la realidad. Es muy sombría, pero están tan acostumbrados a ella que piensan que es normal y se sienten cómodos con ella.

Un Curso de Milagros es un método de estudio individual, una metamorfosis personal en Cristo que se lleva a cabo mentalmente.

Finalmente, uno de los prisioneros logra liberarse y puede darse la vuelta y ver que está en una cueva. También puede ver una luz que viene de la entrada. Necesita mucho tiempo para poder soportar la luz, pero cuando llega a la entrada puede ver a la gente caminando por el carril de la derecha, y sus sombras están siendo proyectadas sobre la pared dentro de la cueva.

Dándose cuenta de que los prisioneros dentro de la cueva no pueden entender que lo que están viendo no es cierto, el prisionero liberado vuelve dentro y trata de compartir ese conocimiento con ellos. Pero ellos están tan acostumbrados a su propia manera de pensar que no quieren oír lo que el liberado tiene que decir. De hecho, ocurre justo lo contrario. Quieren matarlo. Es como lo que me habéis estado diciendo: los seres humanos pueden *pensar* que quieren ser libres, pero en realidad no están dispuestos a renunciar a su manera de ver las cosas.

ARTEN: Gracias, Gary. Tu madre se siente complacida. Para Platón, el hombre libre era su mentor Sócrates, a quien ejecutaron obligándole a beber veneno. Pero podrías incluir en la lista los nombres de muchos buenos profesores que han animado a otros a elevarse por encima del mundo. A muchos de ellos les han matado en el proceso, pero en realidad no importa, porque, como Platón estaba intentando contar al mundo con esta historia, tu realidad no es lo que crees que es en absoluto.

Por grande que fuera Platón, en realidad no sabía de dónde venían las sombras. Tú lo sabrás. Platón pensaba que la luz venía del Bien, lo cual es simbólicamente cierto. Pero también pensaba que esas sombras que la gente ve con los ojos del cuerpo toda su vida estaban siendo proyectadas por ideas perfectas de cada cosa. Eso no es cierto. J sabía qué era lo que realmente producía las sombras, y qué hacer exactamente al respecto. Compartiremos eso contigo.

Sería conveniente que entendieras que la *realidad* de J no es la realidad del mundo. Él no está aquí, en la ilusión. Cuando despiertas de un sueño en tu cama, dejas de estar en el sueño. A veces es posible que hayas *experimentado* el sueño como real, pero no lo era. Puedes anhelar traer a J a tu sueño, pero él tiene una idea mejor. Él quiere que despiertes para que puedas estar con él. Él quiere que seas libre, que estés completamente fuera del sueño. Fuera de la cueva de Platón. Fuera de todo límite y más allá de las fronteras.

A menudo has pensado que tenías que intentar denodadamente ser una persona más amorosa para poder ejemplificar el amor de J. Eso no es cierto. Si realmente quieres ser perfecto Amor como él y como Dios, lo que tienes que hacer es aprender a retirar, con ayuda del Espíritu Santo, las barreras que tú mismo has situado *entre* tú y Dios. Entonces tomarás conciencia natural e inevitablemente de qué eres en realidad.

Tu admirable determinación de apartar el conflicto de tu vida te ha puesto en un estado mental en el que estás preparado para avanzar por la vía rápida. Lo más novedoso de la espiritualidad está a tu disposición, siempre que sigas estando dispuesto a aprenderlo. Las enseñanzas de J que compartiremos contigo no son para todos; al menos no para todos de una vez, en una ilusión lineal. Pero son para *ti.* Lo reconocerás por ti mismo. Si no lo reconoces, siéntete libre de decírnoslo en cualquier momento y dejaremos de visitarte. No te estamos transmitiendo órdenes de Dios. Quizá no quieras creer esto todavía, pero Dios no exige tanto a la gente. Piensas que es la Voluntad de Dios lo que está actuando aquí fuera, pero tú y el mundo os equivocáis en eso. Lo que se está representando continuamente aquí fuera es otra cosa, a saber, tu aparente separación de Dios. Queremos ayudarte a retornar a tu realidad *con* Él.

La aparente interacción entre tú y Dios es en realidad una interacción dentro de tu mente inconsciente y separada entre la parte de ti que ha olvidado tu realidad y la parte de tu mente donde habita el Espíritu Santo. Él nunca te ha abandonado. Su Voz, a la que aprenderás a estar atento, es tu recuerdo de Dios: tu recuerdo de tu verdadero hogar. Esta Voz representa tu realidad largo tiempo olvidada. Ahora debes aprender a elegir, como los prisioneros en la cueva de Platón, algo que producirá muchas resistencias. Debes aprender a elegir entre el Espíritu Santo, que representa tu verdadero tú, y la parte de tu mente que representa al falso tú. Y aprenderás a hacerlo de tal modo que tu mente inconsciente, largo tiempo aprisionada, pueda ser por fin liberada. Es literalmente imposible que puedas hacer esto tú solo. Ciertamente se te invita a intentarlo. Pero si dejas que se te ayude, puedes ahorrar mucho tiempo.

Entonces, como nosotros, serás uno con el J alternativo. Pocas veces pensarás en ello en estos términos, pero ése será tu verdadera trabajo. Cualquier otra cosa que hagas para ir tirando en el mundo sólo será un trabajo tapadera. Tu verdadero trabajo a partir de ahora es aprender, practicar y por último aplicar muy hábilmente el mismo arte del perdón avanzado que J aplicó. Así es como serás devuelto al Reino de Dios por el Espíritu Santo.

En este momento, como el resto del mundo, crees que la sabiduría consiste en tener buen juicio. Durante nuestra próxima visita te contaremos qué es la *verdadera* sabiduría. Desde ahora hasta nuestro regreso, deja que el Espíritu Santo dirija tu vida. Cada día, durante al menos unos pocos minutos, piensa en Dios y en cuánto le amas. Entonces, tal como cuando hicimos nuestra primera aparición ante ti, deja que tu mente se aquiete. Descubrirás, querido hermano, que las aguas aquietadas son profundas.

Como mucha gente, ha habido momentos en tu vida en que te ha preocupado la posibilidad de ir al infierno. No te dabas cuenta de que ya estabas allí. Hay una antigua tradición mística hebrea que dice que el infierno es el alejamiento de Dios y que el Cielo es la cercanía a Él: un pensamiento muy válido. A medida que tu mente es guiada en esta nueva aventura, procura recordar que todo lo que contemplas en el universo de la percepción tiene uno de dos propósitos entre los que tienes que elegir. Un propósito te mantendrá prisionero; el otro te liberará. Si eliges la interpretación del Espíritu Santo de lo que estás viendo, entonces descubrirás, como J enseña en la nueva escritura, que:

> Todo lo que se te da es para tu liberación; y la vista, la visión y el Guía interno te sacarán del infierno junto con aquellos que amas a tu lado, y al universo junto con ellos[10].

3. EL MILAGRO

> Los milagros son como gotas de lluvia regeneradora que caen del Cielo sobre un mundo árido y polvoriento, al cual vienen a morir criaturas hambrientas y sedientas[1].

A la mañana siguiente me desperté un poco abrumado por mi larga charla con Arten y Pursah, pero agradecido por el sueño reparador que había conseguido gracias a su alteración del tiempo. Sentí que aquello era lo más importante que me había ocurrido; sin embargo, también sentía cierta incomodidad porque no sabía adónde me llevaría. Entonces me detuve y me pregunté: ¿He sabido *alguna vez* adónde voy?

El viernes por la tarde de aquella semana fui al cine, como solía hacer, para aprovechar que era el día del espectador. De camino a casa recordé una pequeña librería en la que no había pensado durante varios meses llamada «Libros y Tesoros Holísticos». Sentí el impulso de girar en esa dirección y visitarla. Al atravesar la puerta me di cuenta de que estaba teniendo otra experiencia en que la luz resplandecía en ciertas áreas de mi campo de visión, y recordé que había querido preguntar a Arten y Pursah por el significado de aquellos fenómenos.

Entonces me dirigí a una hilera de libros y vi *Un Curso de Milagros*. Se me ocurrió que ésta era la posible razón por la que había sido guiado allí aquel día concreto. Después de tomarlo y leer algunas de sus páginas, vi que en realidad eran tres libros en uno, y todos procedían de la misma Fuente: un Texto, un Libro de Ejercicios para los Alumnos y un Manual para el Maestro. También me sentí atraído, sin razón aparente, por otro libro que estaba cerca del Curso llamado *Viaje sin Distancia*, escrito por un tal Robert Skutch. Pronto averigüé que este libro era una breve historia de cómo *Un Curso de Milagros* había llegado a ser realidad. Pregunté al Espíritu Santo qué debía hacer y oí el pensamiento: «No te va a morder.»

Más tarde aquella misma noche leí parte del Texto del Curso y vi por mí mismo que la «Voz» que había dictado el material, hablando en primera persona, no se excusaba por ser el Jesús histórico, llegando incluso a aclarar y corregir la Biblia. Tenía sentimientos mezclados a este respecto. Por una parte, sentía escepticismo respecto a que verdaderamente aquello hubiera sido escrito por J, de quien siempre había pensado que volvería en un cuerpo y no simplemente como una Voz.

Por otra parte, había algo sobre la naturaleza inspiradora de la Voz calmada y segura que sonaba verdadero, aunque no podía entender exactamente por qué. Aquella tarde, sin preguntar al Espíritu Santo, decidí que haría una de dos cosas. Si mi experiencia futura me decía que este material era verdaderamente de J, entonces aprovecharía plenamente las enseñanzas. Pero si mi experiencia futura me decía que simplemente las cosas no cuadraban, entonces, a pesar de las apariciones de Arten y Pursah, seguiría haciendo todo lo posible por revelar que *El Curso de Milagros* era un fraude.

Durante esas tres semanas hice una especie de curso acelerado, aprendiendo sobre los libros para poder tener algunas preguntas que plantear a Arten y Pursah. Leí todo el Texto del Curso lo más rápidamente que pude y obtuve una idea general de lo que la Voz estaba diciendo. También me di cuenta de que leerlo tan rápido no era un buen modo de digerir los principios del Curso. Sin embargo, el final del texto, titulado: «Vuelve a elegir», me dejó temblando ante la imponente dimensión de lo que significa elegir la fuerza de Cristo. No podía recordar haber leído nada anteriormente en toda mi vida que me hubiera parecido tan real y auténtico como este profundo resumen de lo que J estaba pidiendo a sus alumnos y ofreciéndoles. También leí *Viaje sin Distancia*, y me familiaricé con parte de la historia de los orígenes del Curso y quiénes eran los principales personajes que habían tenido algo que ver en su escritura y difusión. Cuanto más leía, más tenía la sensación de que dedicaría mi futuro a ser un estudiante del Curso más que un crítico del mismo. Según mi experiencia, ya me parecía verosímil que este Curso no sólo hubiera venido de J, sino que sólo podría haber venido de él.

También pasé muchas horas navegando en internet en busca de información sobre *Un Curso de Milagros.* Me sorprendió averiguar que este libro, que definitivamente no era fácil de leer, ya había vendido más de un millón de copias simplemente por los comentarios de boca a oído. Estaba claro que había una amplia comunidad del Curso que había ido emergiendo desde su publicación original. Sin embargo, para mí, la belleza y genialidad del Curso era que, como Pursah había resaltado, es un método de estudio individual, llevado a cabo en su totalidad entre el lector y J o el Espíritu Santo. Así, aunque la gente esté en desacuerdo en cuanto a su significado o a qué hacer con él, mientras el Curso permanezca intacto, siempre estará ahí para que la próxima persona que venga pueda descubrir la verdad por sí misma.

Además, a pesar de la humildad aparentemente genuina de presentarse como una de entre muchas vías espirituales válidas, también podía comprender que la verdad del Curso era absoluta y no admitía ambigüedad. Según su Fuente, el Curso no necesitaba ser interpretado, necesitaba ser comprendido y aplicado. Evidentemente, era la propia insistencia del alumno en que él o ella podían interpretarlo en lugar de comprenderlo —o dirigir más que seguir— lo que podía meterle en un montón de problemas. Debido a ello, me sentía muy agradecido de que Arten y Pursah me hubieran dicho que me ayudarían a entrar en el estudio del Curso con el pie derecho.

También estaba contento de que en lugar de ser una colección de libros como la Biblia, que abarcaba cientos de años y habían sido escritos por distintos autores con enseñanzas que a menudo estaban en conflicto entre sí, estos tres libros en uno venían del mismo Profesor. Cualquier inconsistencia partía del hecho de que el Curso hablaba a dos niveles —siendo un nivel la instrucción puramente metafísica y el otro una práctica más cotidiana del perdón—, o como J dice en el Evangelio de Tomás, de saber lo que tienes delante de la cara.

En cualquier caso, estaba empezando a darme cuenta de que si todos los problemas y cuestiones se decidían dentro del contexto del *gran* mensaje de perdón del Curso —que difería claramente de la idea de perdón que tiene el mundo—, entonces el problema o asunto que tenía que ser perdonado dejaría de ser importante en la mente del alumno. Eso no significaba necesariamente que, en ocasiones, la acción pudiera ser inapropiada. Pero habiendo hecho un hueco para el Espíritu Santo, el alumno alcanzaría un estado mental en el que se hallaría en una disposición mucho mejor para oír una guía fiable respecto a la acción a realizar en una determinada situación.

Una mañana desperté con una mente anormalmente clara. Fue entonces cuando oí la Voz —desde lo más profundo de mí y por todo mi ser— decir algo con una autoridad tan perfectamente clara que su Fuente estaba más allá de todo posible cuestionamiento. Esto es lo que oí:

> Renuncia al mundo y a los caminos del mundo. Haz que no tengan sentido para ti.

Aunque tenía visiones de sacrificio danzando en mi cabeza, seguía sintiéndome completamente anonadado. Dije por intuición: «Lo haré. No sé cómo, pero lo haré.» La Voz respondió dándome seguridad:

> Yo te enseñaré cómo.

El impacto de la Voz en mi vida fue catártico e inmediato. Nunca había oído nada tan sorprendente. La Voz era tan plena y total, tan completa: casi era como si a todo lo demás que había oído en mi vida le hubiera faltado algo. A partir de ese día supe que J estaba conmigo y era consciente de mí, y que estaba dispuesto a mostrarme cómo hacer cualquier cosa que se me pidiera. No siempre *recordaría* esto, especialmente cuando el mundo pusiera en mi camino una sorpresa desagradable, pero el recuerdo siempre acabaría volviendo a mi mente. Cuanto antes recordara, menos sufriría.

Tardé mucho tiempo en darme cuenta de que en realidad no se me pedía que sacrificara nada, pero ya me sentía agradecido a Pursah por recordarme que J no estaba pidiendo a nadie que renunciara a nada a nivel físico. Ya tenía una idea bastante clara de que las instrucciones de J tenían que aplicarse a nivel mental, a nivel de la *causa*, más que a nivel del mundo, o del *efecto*. La palabra que venía a mi mente una y otra vez de su mensaje era «que no tengan sentido». Ardía en deseos de contar a Arten y Pursah mis experiencias más recientes.

Fieles a su palabra y sin ceremonias, Arten y Pursah hicieron su tercera aparición ante mí veintiún días después de su anterior visita. Sus apariciones siempre eran limpias e instantáneas, como lo era su partida. Una vez más, Arten comenzó la conversación.

ARTEN: Has tenido unas semanas llenas de acontecimientos. ¿Lo has leído?

GARY: ¿Te refieres al Curso?

Arten: Sí.

Gary: No. Estoy esperando la película.

Arten: Que Dios nos ayude a todos. Estoy tratando de iniciar una conversación; sé que ya has leído el Texto. Tendrás que leerlo muchas veces. El Libro de Ejercicios está diseñado para durar un año, pero la gente suele tardar más tiempo. A *ti* te llevará un año y cuatro meses y medio. El Manual para El Maestro es la parte más fácil, salvo que casi todo el mundo olvida que ser un profesor de Dios significa que practicas el perdón. Como dice el Curso:

> Enseñar es demostrar[2].

La mayoría de los alumnos parecen creer que su enseñanza tiene que encajar en el formato profesor-alumno tradicional, pero hay muy poco en el Curso que sea tradicional. Estarían mucho mejor tratando de aprender el Curso en lugar de tratar de enseñarlo.

Gary: Todo el mundo quiere interpretar las escrituras, supongo. Es una tendencia natural.

Arten: Si J hubiera querido que su Curso estuviera sujeto a interpretaciones en lugar de ser instrucciones, ¿para qué darlo? ¿Por qué no dejaros que hagáis vuestra propia interpretación de cada cosa, que es exactamente lo que habéis venido haciendo a lo largo de toda vuestra existencia aparentemente separada? La verdad es que si de verdad entiendes *Un Curso de Milagros*, lo cual es raro, entonces sólo hay una interpretación posible. Si lo cambias, y eso es lo típico, entonces ya no es *Un Curso de Milagros*. ¿Recuerdas del texto cuál es la primera ley del caos?

Gary: Creo que sí, pero mejor lo miro.

Arten: Bien. Lee la parte que empieza con: «Estas son las leyes...»

Gary: De acuerdo.

Estas son las leyes que rigen el mundo que tú fabricaste. Sin embargo, no gobiernan nada, ni necesitan violarse: necesitan simplemente contemplarse y trascenderse.

La primera ley caótica es que la verdad es diferente para cada persona. Al igual que todos estos principios, éste mantiene que cada cual es un ente separado, con su propia manera de pensar que lo distingue de los demás. Este principio procede de la creencia en una jerarquía de ilusiones: de que algunas son más importantes que otras, y, por lo tanto, más reales[3].

Pursah: Todo el mundo está intentando encontrar y expresar *su* verdad. Lo que llaman su verdad en realidad está diseñada para mantenerles atascados donde están. Lo que J enseña en este Curso es que la verdad no es diferente para cada uno. *No* es relativa. Él dice que la verdad es la verdad tanto si la comprendes y estás de acuerdo con ella como si no. La verdad no está sometida a tu interpretación, y tampoco lo está el Curso. Él es el Profesor, tú eres el alumno. Si esto no fuera así, entonces, ¿para qué hacer el Curso? Haz lo que quieras. Deja que tu mente pierda el control. Emborráchate.

Gary: De modo que cuando dijiste en tu Evangelio, «quien encuentre la interpretación de estos dichos no saboreará la muerte», ¿querías decir que sólo hay una interpretación posible?

Pursah: Eso es, lo estás pillando, hermano. Recuerda, el Curso es tan avanzado porque J tomó siete años de la vida de una mujer, pasando ella por lo que tuviera que pasar, para poder decirte exactamente lo que te está diciendo.

La verdad es la verdad, tanto si estás de acuerdo con ella como si no. La verdad no está sometida a tu interpretación.

Gary: Tendré que pensar en eso. Suena como la vieja traducción literal de la Biblia.

Pursah: El Curso no es la Biblia, como ya has notado. Las partes del Curso que expresan no dualidad *deberían* ser tomadas al pie de la letra, pero las partes de él que parecen expresar dualidad deberían ser tomadas como *metáforas.* No hay conflicto en ello, pero, si no se entiende, pensarán incorrectamente que el Curso se contradice. Como dije antes, al final todo excepto Dios es una metáfora. Necesitas ayuda en tu propio idioma para *conseguir* llegar hasta el final. El Curso tiene que ver con la curación de tu culpabilidad inconsciente por parte del Espíritu Santo y con la vuelta al Cielo mediante la dinámica del perdón, que pone riendas al tremendo poder que es la capacidad de elección de tu mente.

Como dice J:

> Éste es un curso de entrenamiento mental[4].

y

> Una mente sin entrenar no puede conseguir nada[5].

Gary: Una vez oí a un profesor decir que se debe seguir a alguien que diga que está buscando la verdad, pero salir corriendo de todo aquel que diga que la ha encontrado.

Arten: Eso no te serviría de mucho si alguna vez te encontraras con alguien que verdaderamente conociera la verdad, ¿o sí? Pero te mantendría en marcha durante mucho tiempo. Bueno, J conoce la verdad, ¿y cómo podríais tú o ese profesor ser entrenados si insistís en ser el formador en lugar del alumno?

Gary: Entiendo tu punto. Hasta en las películas reconocen la diferencia entre el maestro y el alumno.

Arten: Sí, pero generalmente tratan de buscar el poder del universo. Nosotros estamos interesados en el poder de Dios. Creo que ya hemos dejado claro que no son lo mismo.

Gary: ¿Cuánto tiempo hace falta para convertirse en maestro?

Arten: Todo el mundo lo pregunta, y, al principio, a nadie le gusta la respuesta. La respuesta es que ocurre cuando ocurre. Aun así, esa hora se adelanta cuando te sientes tan feliz que la pregunta deja de importar. En cualquier caso, como el Espíritu Santo es tu Profesor Interno, debes esperar ser alumno siempre que parezcas estar en cuerpo físico. Esta es una vía espiritual que, para la gente seria que quiere liberarse del mundo y volver a casa, dura toda la vida. Eso no significa que te tengas que tomar las cosas siempre con seriedad. Si algo dice el Curso es que el mundo *no puede* tomarse en serio.

Gary: De acuerdo. ¿Pero qué pasa si yo no quiero tener una vía espiritual para toda la vida ahora mismo? ¿Qué pasa si quiero meterme en otras cosas?

Arten: Puedes quedarte en la línea del bufé espiritual todo el tiempo que quieras. Obviamente, tu mente no puede ser entrenada si tú no estás dispuesto a ello. Depende de ti. Pero recuerda, siempre has querido saber cómo era eso de aprender directamente de J. Esta es tu oportunidad.

Gary: Quería preguntarte sobre las personas que fueron los escribientes del Curso.

Arten: No vamos a entrar mucho en la historia del Curso. Ya has leído un libro al respecto y hay otros dos más. Puedes leerlos cuando tengas tiempo si te interesan. Algunos creen que el Prefacio del Curso les cuenta todo lo que necesitan saber sobre la historia del Curso. ¿Qué impresiones tienes de todo ello hasta el momento?

Gary: Creo que es muy interesante. Sé que la doctora Helen Schucman, la escribiente que anotó lo que la «Voz» decía, y el doctor Bill Thetford, que le animó a seguir adelante, eran una pareja de psicólogos que trabajaban en la Gran Manzana y que no se llevaban nada bien entre sí. Entonces, un día, Bill dijo que quería encontrar otro modo de solucionar su relación[6].

ARTEN: ¿Te resulta familiar?

GARY: Claro. Como en mi caso, la declaración de Bill representó la decisión por parte de la mente de encontrar algo mejor.

ARTEN: Muy bien. Esa fue la invitación para que J diera el Curso, y para que tú lo encontraras. J no dio el Curso exclusivamente para Helen y Bill, sino que está pensado para ellos y para cualquier otra persona que esté dispuesta a escuchar. Según Helen, el trabajo parecía prolongarse eternamente, y aunque ella era la escribiente, nunca lo habría conseguido sin la ayuda de Bill, que lo pasaba a máquina cuando ella le dictaba las notas tomadas en su cuaderno de taquigrafía.

A propósito, no trates de convertirlos en santos. Para repetir un punto que ya hemos tratado, ellos eran simplemente gente como tú. Aunque su relación mejoró, aún seguía habiendo momentos en los que no podían llevarse bien hasta que se retiraron y Bill se fue a vivir a California. Eran humanos, pero estaban aprendiendo.

GARY: Y los demás miembros iniciales de la Fundación para la Paz Interna, los que se unieron a Helen y Bill e hicieron que el Curso llegara al mundo. Estaba Ken Wapnick, que fue el siguiente en entrar en escena y trabajó con Helen y Bill durante un par de años antes de que se publicara el Curso. Él hizo el trabajo, junto a Helen, de organizar el Curso en secciones, dando títulos a los capítulos, y poniendo las mayúsculas y la puntuación correcta. Y Judy Skutch, que tomó el Curso de las manos de Helen, Bill y Ken y lo transmitió a todos sus amigos y asociados en el campo del nuevo pensamiento. Y después estaba Bob Skutch, de quien no sé gran cosa porque no dice mucho en su libro. Finalmente, fueron guiados por J a ver que el único modo de publicar el Curso sin resumirlo ni editarlo, y de mantenerlo así, era hacerlo ellos mismos. Supongo que estas personas tenían que ser una especie de familia espiritual cuyo verdadero propósito era practicar el perdón.

PURSAH: Lo has entendido. Como dice el Curso:

> En la salvación no hay casualidades[7].

Judy y Bob fueron absolutamente indispensables en su papel de llevar el Curso al mundo. Ken fue identificado por J ante el grupo como el responsable de enseñar a la gente el significado del Curso. Se hizo íntimo de Helen. Actualmente, cuando el Curso se traduce a una lengua extranjera, el trabajo de Ken consiste en asegurarse de que el traductor comprende verdaderamente cada línea de las casi mil trescientas páginas. Eso no significa que Ken sea el único profesor del Curso, pero en el futuro será considerado el más grande. Es a él a quien los alumnos y eruditos seguirán leyendo durante cientos, incluso durante miles de años por venir. Y tú, alumno brillante, tendrás la oportunidad de aprender de él en esta vida si así lo eliges.

Gary: ¿Para qué le necesito si os tengo a vosotros?

Pursah: Nos tienes a nosotros. Pero no siempre te visitaremos regularmente. Tenemos lugares a donde ir y mentes que ampliar. Debes seguir aprendiendo tanto si parecemos estar aquí contigo como si no. Te aseguro que siempre estaremos aquí contigo, y lo mismo hará J.

Gary: Tendré que pensar con quién quiero estudiar cuando no estéis por aquí. Además, pensaba que Marianne Williamson era la principal profesora del Curso. La vi en el Show de Larry King la semana pasada y si no hubiera sabido más, habría pensado que fue ella quien lo escribió.

Pursah: No. Nuestra hermana Marianne, a quien llamo la santa artista del rap, sólo es una profesora. Su capacidad para hablar en público y su personalidad la colocan en una posición desde la que ha sido capaz de introducir a más gente en el Curso que cualquier otra persona. No obstante, sigue dependiendo de cada individuo decidir hasta dónde llegar con el Curso después de haber sido introducido.

Gary: ¿Dices que el Curso está siendo traducido a otros idiomas?

Pursah: Sí. ¿Hablas una segunda lengua?

Gary: Ya tengo bastante con el inglés.

Pursah: En lo tocante a las traducciones, el Curso de J se está extendiendo a un paso mucho más rápido que la Cristiandad. Dentro de cien años, un porcentaje significativo de la población aceptará que el Curso es realmente la Palabra de Dios pronunciada por J. Pero, ¿de qué serviría todo esto si la gente no lo aplica? Por eso, queremos que entiendas lo que dice el Curso, o al menos conseguir que te pongas en marcha.

Eso no es tan fácil como podrías pensar. Desde que el Curso empezó a estar a disposición de la gente en 1975, ha habido una explosión de escritos «canalizados», técnicas de imitadores del Curso y diversas enseñanzas, muchos de cuyos seguidores dicen que son lo mismo o casi lo mismo que el Curso. Pero, para el ojo entrenado, a estas otras enseñanzas les faltan las partes más importantes del Curso: las partes que lo convierten en lo que es. El hecho de no atacar a otros profesores no implica que no haya que expresar un compromiso con la integridad del mensaje del Curso.

Un Curso de Milagros en realidad se está extendiendo a un paso mucho más rápido que la Cristiandad.

Es perfectamente válido decidir estar en desacuerdo con otros profesores. Hay rasgos vitales de *Un Curso de Milagros* que lo hacen original y representan un salto cuántico hacia delante en el pensamiento espiritual. Algunos de estos rasgos son prácticamente ignorados por la abrumadora mayoría de los alumnos, profesores e intérpretes. Lo mismo que ocurrió con las enseñanzas de J hace dos mil años, el mundo está tratando de hacer su trabajo habitual de borrar la verdad incorporando *partes* de ella en sus ilusiones y encubrir el verdadero mensaje del Espíritu Santo. Nosotros no vamos a dejar fuera las ideas que no te gustan. Si te resistes a ellas o no quieres aceptarlas después de oírlas, ésa es tu decisión, pero al menos no será porque no se te hayan dicho.

GARY: Antes has mencionado que la verdad absoluta se podía expresar con sólo dos palabras. He estado leyendo y creo que sé cuáles son esas dos palabras, pero quiero estar seguro. ¿Cuáles son?

PURSAH: Tranquilo, colega. Eso vendrá dentro de unos cinco diálogos, cuando hablemos de qué es realmente la iluminación. No obstante, según tengo entendido, J tenía una pequeña sorpresa para ti la otra mañana.

GARY: ¡Desde luego! Fue sublime. Según mi experiencia, fue realmente él.

PURSAH: Sí, fue la Voz de J; la Voz de Dios, la Voz del Espíritu Santo. Y como acabarás experimentando, también es un símbolo de quién eres realmente. Sin embargo, tal como explica el Curso sobre el Espíritu Santo:

> Su Voz es la Voz de Dios, y, por lo tanto, ha adquirido forma. Dicha forma no es Su realidad, la cual sólo Dios conoce junto con Cristo, Su verdadero Hijo, Quien es parte de Él[8].

Así, la Voz es un símbolo del Espíritu Santo, Quien siempre está contigo. Como podrás deducir de lo indicado anteriormente, el Espíritu Santo no es masculino ni femenino. Ni tampoco lo es Cristo. J emplea un lenguaje bíblico y metafórico en el Curso para corregir a la cristiandad. El Hijo de Dios, o Cristo, no es un hombre ni una mujer; Él es tu realidad. Y tú no eres una persona, sólo experimentas que lo eres. Tu formación tiene que tener lugar a nivel de tu experiencia, pero siempre serás llevado más allá de tu experiencia actual. Cuando el Curso habla de ti *y* de tu hermano, está hablando de partes aparentemente separadas o fragmentadas del Hijo pródigo colectivo, simbolizadas por las falsas imágenes que ves actualmente.

ARTEN: La Voz puede hablarte de muchas maneras, y generalmente no la oirás tal como lo hiciste esa mañana. Evidentemente, no es necesario que la gente oiga la Voz tal como Helen la oyó, y la mayoría no lo harán nunca. Helen tenía un don que había desarrollado en sus vidas anteriores y que J pudo usar con su permiso, pero él —o si lo prefieres, el Espíritu Santo— trabaja con la gente de muchas maneras diferentes. Puede hablarte dándote sus pensamientos. Estos pensamientos podrían venirte a la mente sin más. A veces no te darás cuenta de que te han sido dados, pero a veces notarás que parecen venir a ti de algún otro lugar, aunque en realidad no hay ningún otro lugar.

Esta Voz también es la Voz de Buda, y de todos los maestros ascendidos que finalmente completaron su papel junto con J. J y Buda no compiten entre sí. Ese tipo de fantasías son para los miembros de las religiones, no para ellos. Su Voz también puede comunicarse contigo en los sueños que tienes en la cama por la noche, que no son ni más ni menos reales que las proyecciones diurnas. Uno de los modos favoritos que tiene el Espíritu Santo de trabajar con la gente es relacionarse contigo en tus sueños nocturnos. No obstante, a veces, Su Voz puede venir a ti simplemente en forma de una idea de otra persona que te parezca verdadera.

En cuanto al mensaje que J tenía para ti la otra mañana, estuviste muy acertado al darte cuenta finalmente de que las palabras más importantes de su comunicación fueron *«no tengan sentido»*. Cuando la gente empieza a estudiar el Curso siempre piensan erróneamente que se les está pidiendo que sacrifiquen algo. Como se señala en el Manual para el Maestro:

Durante ese período parece como si nos estuvieran quitando las cosas, y raras veces se comprende en un principio que estamos simplemente reconociendo su falta de valor[9].

El Curso proporciona mucha enseñanza sobre ese punto y la falta de sentido del mundo ilusorio. Ves, Gary, *todo el mundo* quiere que su vida tenga sentido, pero lo están buscando en el lugar equivocado, en el mundo. La gente siente un profundo vacío en alguna parte, y después tratan de llenar el hueco con algún logro o relación en el nivel de la forma. Sin embargo, todas estas cosas, por definición, en el mejor de los casos son transitorias. Así, tienes que darte cuenta de que, como J aconseja al principio del Texto:

> La única carencia que realmente debes corregir es tu sensación de estar separado de Dios[10].

El J del Curso no es el mismo que la versión que da de él la cristiandad, y los dos sistemas de pensamiento no son compatibles. Para la cristiandad, la imagen sufriente de J sufriente es extraordinariamente especial. Él es diferente de ti en el sentido de que sólo él es el unigénito de Dios. Pero el J del Curso te informa de que como tú y él sois uno, tú eres igualmente el unigénito de Dios o Cristo —en nada diferente a él— y, además, finalmente puedes experimentar esto.

> No hay nada con respecto a mí que tú no puedas alcanzar. No tengo nada que no proceda de Dios. La diferencia entre nosotros por ahora estriba en que yo no tengo nada más[11].

Gary: Si ambos sistemas de pensamiento no encajan, ¿cómo pueden los cristianos hacer el Curso?

Arten: Muy fácilmente, o al menos con la misma facilidad que cualquier otro. El Curso siempre se hace a nivel mental, no afuera, en el mundo. Ir a la iglesia, o al templo, o a cualquier lugar de culto debe ser considerado un fenómeno social. Siempre ha habido algún tipo de culto público que ha formado parte importante de la sociedad, y es evidente que muchas de las actuales instituciones religiosas son influencias positivas para sus comunidades. Pero es en la mente donde encontrarás la *verdadera* salvación. No hay nada inherentemente santo respecto a ningún lugar ni a los objetos físicos. Son meros símbolos. Así, es posible pertenecer a cualquier religión u organización particular, o hacer cualquier otra cosa que harías normalmente en la vida, y seguir practicando mentalmente el sistema de pensamiento del Curso.

No es necesario hacer proselitismo de *Un Curso de Milagros* a los demás, aunque ciertamente puedes hablar de él a la gente si te sientes guiado en esa dirección. Pero el punto importante es que no *tienes* que hacerlo. Tu epifanía podría ser un asunto privado. Depende de ti. El Curso no tiene absolutamente nada que ver con el mundo físico. Una vez más, tiene que ver con cómo eliges mirar el mundo.

Gary: De modo que hasta los católicos podrían ir a misa a Nuestra Señora del Gran Sufrimiento y darse cuenta en su mente de que J en realidad no les está pidiendo que sacrifiquen nada.

Pursah: Sí. Y no sólo los católicos, querido. Como sabes, existen personas felices y bastardos sufrientes en cada religión. Observa el modo en que algunos hindúes eligen sufrir en su adoración de Dios. Incluso los miembros felices de diferentes religiones acaban sufriendo. Es algo incorporado al sistema de pensamiento inconsciente. Por eso los cristianos quieren creer que J sufrió y murió por sus pecados. ¿No recuerdas aquella hermosa mujer baptista sureña que te dijo que nunca irías más allá de las puertas del Cielo a menos que tuvieras la sangre de Jesús sobre ti?

Gary: ¡Oh, sí! Le pregunté dónde podía pedir un par de jarras de cerveza.

Pursah: Procura recordar lo que te vamos repitiendo. El Curso es un proceso mental, no físico. Finalmente comprenderás que *todas las cosas* son un proceso mental y no físico. Hablando de católicos y baptistas, esto pone sobre el tapete otro punto importante respecto a las interpretaciones. ¿Sabes cuántos tipos diferentes de iglesias organizadas hay hoy en el mundo, cada una con su interpretación particular del cristianismo?

Gary: Imagino que debe de haber cientos.

Pursah: Hay más de veinte mil.

Gary: ¡Jesús, María y José!

Arten: No fue culpa suya. Deja que te pregunte otra cosa. Si actualmente tenéis veinte mil iglesias que en realidad no comprenden el mensaje de J —y te aseguro que no lo hacen— y si todas ellas están en desacuerdo respecto al significado del mensaje de J, y entre tanto el mundo no ha cambiado —no *en realidad*— entonces, ¿crees honestamente que será un servicio a la humanidad acabar con veinte mil interpretaciones diferentes de *Un Curso de Milagros*?

Gary: Considero que ésa es una pregunta retórica. Y por eso resaltas que si verdaderamente aprendo el mensaje de J tal como se presenta en este Curso, sólo hay una interpretación correcta posible. Creo que va a hacer falta que algunos peces gordos estén dispuestos a renunciar a *sus* interpretaciones. Pero también entiendo que esto conlleva beneficios inherentes.

Arten: Muy perceptivo, tío listo.

Gary: ¿Estás alabando mi percepción?

Arten: Existe algo que es la verdadera percepción, como oirás en breve. Como te estamos diciendo que tendrás que estar dispuesto a renunciar a tu propia interpretación del Curso a cambio de la correcta, también debemos señalar que para que puedas incluir citas del Curso en tus escritos tendrás que estar dispuesto a anotar los pasajes que vamos tratando. Puede que no desees hacerlo, pero confía en nosotros: es parte del proceso de mantener el Curso intacto y de no permitir que se cambie o que se pierda su mensaje. Hace dos mil años no fue posible preservar la verdad. Incluso a día de hoy será muy difícil impedir que el mensaje de J se vuelva a perder, pero al menos es posible darle una oportunidad.

Gary: ¿De modo que hace dos mil años la gente empezó a añadir sus propias cosas a las palabras de J y a cambiar su mensaje para ajustarlo a sus propias creencias, y poco después ya no hubo modo de saber con seguridad qué palabras eran realmente suyas y cuáles no?

Arten: Exactamente. ¿Quieres que eso vuelva a pasar?

Gary: En realidad no, pero, ¿qué impedirá que al Curso le pase como a la cristiandad, que cuenta con una autoridad central e iglesias oficiales que establecen la ley?

Arten: Lo que evitará que eso ocurra es la propia naturaleza del Curso. *Un Curso de Milagros no es una religión.* Como ya has mencionado, mientras el Curso siga de una pieza y se preserve la integridad de su mensaje en la medida de lo posible, sus características de autoestudio siempre prevalecerán a largo plazo. En realidad, el Curso está por delante de su tiempo. Ahora lo importante es que *tú* lo hagas.

Gary: ¿Es cierto que cuando se fundó la iglesia sólo los clérigos podían leer las escrituras y la gente sólo podía oír lo que los sacerdotes les contaban?

Arten: Eso es cierto. En cualquier caso, la mayoría de la gente no sabía leer. Ahora dais muchas cosas por supuestas y os olvidáis de que la imprenta ni siquiera existió hasta 1450. La iglesia controlaba la información estrictamente, incluyendo las escrituras. Si la gente sólo sabe lo que se les dice, resulta muy difícil que lleguen a conclusiones diferentes de las que desean los poderes fácticos.

Hasta el año 1700 no hubo un número suficiente de gente capaz de leer ni suficiente literatura disponible para que se notara la diferencia a nivel social. Actualmente, la gente puede leer y pensar por sí misma, y la información disponible está mucho más avanzada. Puedes preguntarte por qué tardó tanto tiempo J en dar el Curso. Hasta ahora no ha habido un número de gente suficiente que esté preparada para él.

Gary: Oye, no quiero cambiar de tema, pero esta vez no quiero olvidarme de preguntarte por esas experiencias que tengo con destellos de luz inusuales. Supongo que sabes a qué me refiero, ya que pareces saberlo todo sobre mí. Esas luces... ¿son experiencias relacionadas con el Curso?

Arten: Sí. Aunque ya empezaron hace un año, están conectadas con tu decisión mental de empezar a estudiar el Curso. Una vez más, la mayoría de la gente no tiene este tipo de experiencias, y no son necesarias para que el Curso sea eficaz. Aún no has completado el Libro de Ejercicios, pero si quieres leer el tercer párrafo de la lección 15, verás que J menciona este tipo de manifestaciones. ¿Quieres leerlo ahora?

Gary: ¡Sí! Vamos a ver, aquí:

> A medida que avancemos, tal vez experimentes muchos «episodios de luz». Éstos pueden manifestarse de muchas maneras distintas, algunas de ellas bastante inesperadas. No tengas miedo de ellos. Son la señal de que por fin estás abriendo los ojos. No seguirán ocurriendo, pues simbolizan meramente la percepción verdadera, y no guardan relación alguna con el conocimiento[12].

Arten: Hablaremos de la diferencia entre el conocimiento y a lo que éste da lugar, así que ten paciencia. También seguiremos hablando de tus experiencias místicas a medida que sigamos adelante, pero puedo ver que aún tienes otra pregunta en mente.

Gary: Sólo para asegurarme de que estoy entendiendo esto, tengo una pregunta que plantear relacionada tanto con el budismo como con la cristiandad. Una de las principales enseñanzas del budismo tradicional —y te garantizo que hay otros tipos de budismo que no tienen todos esos apegos ritualistas— es que la gente sufre porque tiene todos esos deseos desatados que nunca puede satisfacer. Los budistas creen que el control del deseo produce felicidad y una vida de compasión hacia los demás. Esto podría verse como otra forma de enfrentarse a las carencias.

Pero ya has citado que el Curso dice: «Un sentido de separación de Dios es la única carencia que realmente tienes que corregir[13].» ¿Estás diciendo que el budismo es *modificación* del pensamiento, a diferencia de la curación del Espíritu Santo, y que la cristiandad y su planteamiento están un paso más desviados al ser un intento de modificar lo físico más que lo mental?

Arten: Lo vas entendiendo. En cuanto entiendas un par de cosas que ya te hemos dicho, verás que el budismo es un paso en la dirección correcta porque no se aleja de la mente tal como hace el cristianismo. Por eso el Papa menospreció el budismo en uno de sus libros; dijo que pretende trascender el mundo, pero que, en su opinión, se debe encontrar a Dios haciendo ciertas cosas *en* el mundo. Lo ha entendido al revés, tanto si estás buscando a Dios como si no, pero el budismo carece casi por completo de la idea de Dios, dependiendo del profesor o intérprete individual. Como señalamos durante nuestra primera visita, que tú mismo hagas ejercicios mentales *no puede* sanar tu mente inconsciente. A medida que avancemos, te daremos una buena idea del sistema de pensamiento de J que, cuando se aplica *con* él o con el Espíritu Santo, te enseña a desarrollar la verdadera percepción. Eso ayudará al Espíritu Santo a sanarte y devolverte a lo que realmente eres.

Esto pone sobre la mesa uno de los rasgos interesantes de los milagros: un milagro, según el Curso, es un cambio de percepción[14] por el que accedes a la forma de pensar del *Espíritu Santo*, no una mera modificación de tus propios pensamientos, formas o circunstancias. El Curso dice que el milagro puede hacer que progreses mucho más rápido y que llegues más lejos en el camino espiritual de lo que sería posible de otro modo. Por ejemplo, el Texto dice:

El budismo es un paso en la buena dirección porque no se aleja de la mente tal como hace el cristianismo.

> El milagro es el único dispositivo que tienes a tu inmediata disposición para controlar el tiempo[15].

y,

> El milagro sustituye a un aprendizaje que podría haber durado miles de años[16].

Aquí J no está haciendo afirmaciones escandalosas; simplemente está diciéndote la verdad basada en las leyes de la mente y en las leyes de Dios. Nos concentraremos en la visión que el Curso tiene del tiempo en una de las visitas que te hagamos.

Para aprender a ahorrar tiempo te sería muy útil aproximarte al Curso como el sistema de pensamiento original que es, en lugar de verlo como una continuidad del cristianismo, algo que no es. Por favor, no le llames el Tercer Testamento. No lo es. Es el Curso. Tienes a J sin la religión. Él te dirá muchas cosas que no podrás reconciliar con la Biblia. No pierdas tiempo *intentando* reconciliarlas. La Biblia empieza diciéndote que: «Al principio, Dios creó los cielos y la tierra.» ¡No lo hizo! Si vas a entender lo que J está diciéndote, no puedes rebajar el significado de estas palabras del Curso:

> El mundo que ves no es más que la ilusión de un mundo. Dios no lo creó, pues lo que Él crea tiene que ser tan eterno como Él. En el mundo que ves, no obstante, no hay nada que haya de perdurar para siempre[17].

GARY: ¿Y qué hay de la energía? ¿No es cierto que la energía no puede ser creada ni destruida, sólo cambiada?

ARTEN: Aparentemente la energía no puede ser destruida al nivel de la forma porque *en realidad* no es energía, es pensamiento. O, más precisamente, es un pensamiento equivocado, que al final será cambiado por lo eterno. Entre tanto, hay un criterio muy simple que el Curso te da para distinguir entre lo real y lo irreal.

> Todo lo que es verdadero es eterno, y no puede cambiar ni ser cambiado. El Espíritu es, por lo tanto, inalterable porque ya es perfecto, pero la mente puede elegir a quién elige servir. El único límite en su elección es que no puede servir a dos amos[18].

De modo que el hecho mismo de que la energía pueda cambiar significa que, por su propia naturaleza, no es verdadera. No es nuestra intención desinflar el entusiasmo de tus amigos Nueva Era que son tan partidarios de la energía. Pero la energía no es nada. Es una pérdida de tiempo, un truco, sólo otro dispositivo para construir tu casa sobre la arena en lugar de sobre la roca. Claro, puede servir de ayuda que algunas personas se interesen por lo invisible en lugar de lo visible. Pero hemos venido para ayudarte a ahorrar tiempo, de modo que tenemos que decir lo que tenemos que decir. La buena nueva es que la *energía* puede ser transformada, la buena nueva es que la mente que la hizo puede ser cambiada.

Gary: Te escucho. Me estaba preguntando otra cosa. ¿Tiene que creer la gente que el Curso es verdaderamente de J y tener una relación personal con él para que funcione?

Pursah: No. Es posible obtener beneficios del Curso y no creer que es J quien habla. Como dijimos, podrías hacer el Curso con el Espíritu Santo. O podrías hacerlo como un seglar que trata de aprender sobre espiritualidad. Asimismo, un budista o un miembro de cualquier otra religión podrían sustituir las palabras y hacerlo igualmente. Podrías usar las palabras Mente de Buda en lugar de Mente de Cristo, o poner tus palabras favoritas. Las feministas pueden sustituir El por Ella, y de hecho lo hacen.

Mientras estas personas hagan estas cosas, en algún momento tendrán que darse cuenta de que eso significa que tienen algo que perdonar, porque no tendrían que hacer las sustituciones si no atribuyeran un gran significado a los símbolos y los hicieran reales.

Por supuesto, cualquier persona que es capaz de tener o que ya tiene una relación personal con J debería seguir desarrollándola por todos los medios. Finalmente descubrirán que la experiencia va más allá de este mundo, porque donde te unes con J o con el Espíritu Santo a nivel mental también está más allá de este mundo. Al principio la gente siempre piensa que J les ayuda *en* el mundo, pero el Curso les enseñará a superar eso.

En último término, todo el mundo acabará aprendiendo lo que tú aprenderás: La Voz que habla por Dios es *tu* Voz; es tu Voz real, porque tú *eres* Cristo. No hay diferencia entre el Padre, el Hijo y el Espíritu Santo en la realidad, pero tú no vives en la realidad. Tú vives aquí. O al menos ésa es tu experiencia. Hasta que tu mente haya sido curada por el Espíritu Santo, necesitarás la ayuda que pueden darte los símbolos del Curso.

Cuando empiezan a estudiar el Texto del Curso, a muchas personas les parece como si estuviera escrito en otro idioma. Esto se debe a que J presenta el Curso *como si* ya entendieras aquello de lo que está hablando, aunque él sabe que a nivel de la forma hay muchas cosas que no entiendes. Se introducen ideas, se abandonan, y se vuelven a enseñar más adelante con más detalle. El sistema de pensamiento se va construyendo para que puedas aprenderlo. El aprendizaje del Curso debe ser visto como un proceso, no un suceso. Por desgracia, mucha gente estudia el Libro de Ejercicios, que es más comprensible, e ignora buena parte del Texto excepto cuando van a las reuniones de estudio en grupo. Pero si no se entiende el Texto, tampoco se puede entender realmente lo que dice el Libro de Ejercicios.

GARY: ¿Tengo que ir a un grupo de estudio?

PURSAH: No. Puedes ir si lo deseas, y de hecho sé que irás. Los grupos de estudio no se mencionan en absoluto en el Curso y, al igual que ir a una iglesia, deben ser considerados fundamentalmente como un fenómeno social. Y no siempre son la mejor fuente de información, pero si son ofrendados al Espíritu Santo y utilizados para el perdón, puedes estar seguro de que Él se sentirá feliz de participar contigo.

ARTEN: Habrá personas que le quitarán importancia a comprender el significado del Curso. Citarán las primeras pocas lecciones del Libro de Ejercicios fuera de contexto, o el mensaje que J te dio el otro día, Gary. Dirán que como el Curso hace la afirmación *metafísica* de que todo carece de sentido, ¡entonces el Curso también carece de sentido! Vamos a dejar algo muy claro. El Curso ciertamente *tiene* significado al nivel donde se encuentra contigo, y es muy importante que lo entiendas, porque de otro modo te resultará inútil. Esto se debe a que el Curso tiene que ver con reinterpretar el mundo y lo que tú llamas tu vida. Se trata de renunciar al significado que *tú* has dado al mundo y cambiarlo por el significado que le da el Espíritu Santo. Esto es absolutamente necesario para que el Espíritu Santo te ayude a despertar suavemente de tu sueño. ¿Cómo puede pensar la gente que no es importante que los alumnos entiendan el significado del Curso si han leído la Introducción al Libro de Ejercicios?

> Para que los ejercicios de este libro de ejercicios tengan sentido para ti, es necesario, como marco de referencia, disponer de una base teórica como la que proporciona el texto[19].

y,

> Se te pide simplemente que apliques las ideas tal como se indique. No se te pide que las juzgues. Se te pide únicamente que las uses. Usándolas es como cobrarán sentido para ti, y lo que te demostrará que son verdad[20].

Perdonemos a los que quieren tomar el camino fácil y pretenden que el Curso dice lo mismo que todo lo demás, y pasemos a lo que el Curso enseña. Debe haber quedado claro en función de lo dicho que, cuando J te dijo que hicieras que el mundo careciera de significado para ti, se refería a renunciar al *valor* que le has dado, y a aceptar el significado del Espíritu Santo. Por ejemplo, al principio del Capítulo 24 dice:

> Aprender este curso requiere que estés dispuesto a cuestionar cada uno de los valores que defiendes[21].

Gary: ¿Seguro que no se refiere a pastel de manzana, familia y paternidad?

Arten: Ya veremos. Pursah mencionó antes que el sistema de pensamiento de J es holográfico. Cuando lo comprendas, lo verás en el Curso por todas partes. Para ilustrar esto, por qué no echamos un vistazo rápido a la Introducción. No al Prefacio, sino a la Introducción. ¿Te gustaría leerla ahora, Gary? Después te daré un breve paseo por ella.

Gary: Claro. Al menos cuando leo en voz alta, no parece tan raro que esté moviendo los labios.

INTRODUCCIÓN

> Este es un curso de milagros. Es un curso obligatorio. Sólo el momento en que decides hacerlo es voluntario. Tener libre albedrío no quiere decir que tú mismo puedas establecer el plan de estudios. Significa únicamente que puedes elegir lo que quieres aprender en cualquier momento dado. Este curso no pretende enseñar el significado del amor, pues eso está más allá de lo que se puede enseñar. Pretende, no obstante, despejar los obstáculos que impiden experimentar la presencia del amor, el cual es tu herencia natural. Lo opuesto al amor es el miedo, pero aquello que todo lo abarca no puede tener opuestos. Este

curso puede, por lo tanto, resumirse muy simplemente de la manera siguiente:

Nada real puede ser amenazado.
Nada irreal existe.

En esto radica la paz de Dios[22].

Arten: Gracias, Gary. El Curso es obligatorio porque expresa la verdad. Lo siento si esto suena arrogante. No significa que el Curso sea el único camino por el que todos tienen que pasar para encontrar la verdad. La verdad es una conciencia, no un libro. Pero tú no puedes encontrar la conciencia solo. ¿Puede una mente enferma curarse a sí misma? Al nivel del mundo, la respuesta es no. Necesitas ayuda. Necesitas el milagro. El momento en que elijas aprender y aplicar las enseñanzas del Curso depende de ti. Puedes retrasarlo todo cuanto quieras. El programa de estudios ya está establecido. Puedes elegir lo que quieres aprender en un momento determinado, pero finalmente te darás cuenta de que sólo hay dos cosas entre las que elegir, en lugar de la miríada de elecciones que actualmente crees tener abiertas ante ti[23]. El Curso no pretende ser superior a ningún otro camino espiritual, y, sin embargo, tampoco guarda en secreto el hecho de que, en último término, es absolutamente necesario que lo aprendas.

El significado del amor no puede ser enseñado ni aprendido. El amor se ocupará de sí mismo. Tu trabajo consiste en, como se dice en la Introducción, aprender a retirar, junto con el Espíritu Santo, lo que bloquea la conciencia de la herencia que aparentemente tiraste por la borda. Lo opuesto a Dios y Su Reino es cualquier cosa que no sea Dios y Su Reino, pero lo que es omniabarcante —Dios— no puede *tener* opuesto.

Sin duda habrás oído hablar en otros lugares que *Un Curso de Milagros* te pide que elijas el amor en lugar del miedo. Esto es verdad, pero no es suficiente. Miles de escritores han escrito que la gente debe elegir el amor por encima del miedo desde que el Curso fue publicado en los años 70. Pero si dices a la gente que elija el amor en lugar del miedo, pensarán que estás diciéndoles que elijan *su* amor, y eso no es lo que enseña el Curso. Como aprenderás, el amor del mundo y de su gente es lo que el Curso llama amor especial[24], y el amor del Espíritu Santo es algo muy diferente. Las palabras amor y miedo en el Curso representan dos sistemas de pensamiento completos y mutuamente excluyentes, y

Las palabras amor y miedo en el Curso representan dos sistemas de pensamiento completos y mutuamente excluyentes.

ambos han de ser comprendidos si alguna vez vas a saber entre qué estás eligiendo.

De hecho, tu sistema de creencias inconsciente sigue en su lugar porque *no* lo examinas[25]. ¿Qué tipo de servicio estás haciendo a la gente si no les señalas el hecho de que el sistema de pensamiento del miedo, que han negado y proyectado externamente en el mundo[26], debe ser estudiado con detenimiento en sus vidas para poder liberarse de él? ¿Qué estás aportando a los demás si no les informas de que *nunca* encontrarán la solución a los problemas del mundo y a sus relaciones en el nivel de la interacción entre sus cuerpos individuales?

Nada *real* —que es tu espíritu eterno e inalterable hacia el que te dirigirá el sistema de pensamiento del amor que el Curso propone— puede ser amenazado en lo más mínimo. Nada *irreal* —que es todo lo demás que ha sido producido por el sistema de pensamiento del miedo— existe en la realidad. La paz de Dios es el objetivo del Curso, porque *debes* conseguirla a fin de recuperar la conciencia de tu realidad en el Reino[27].

GARY: De modo que todo esto se hace a un nivel que está más allá del cuerpo y del mundo, y uno de vuestros temas recurrentes parece ser que, hace dos mil años, la actitud de J hacia el cuerpo dejaba claro que era totalmente insignificante para su realidad. Asimismo, decís que la resurrección tiene lugar en la mente aunque aún parezcas estar en tu cuerpo, y que no tiene absolutamente nada que ver con él. Las ideas de la resurrección física y de la inmortalidad física, además de fantasiosas, son totalmente innecesarias.

ARTEN: ¡Bravo! Sabía que había esperanza para ti. La realidad y el amor son naturales y abstractos; los cuerpos y el miedo son innaturales y específicos. Como el Curso enseña:

> La condición natural de la mente es una abstracción total[28].

Hablaremos más sobre esto durante nuestra próxima visita, cuando comentemos cómo acabaste pensando que eras un cuerpo, y de dónde vino el universo.

GARY: Estoy empezando a entender por qué decís que el Curso y el cristianismo no encajan juntos. El Curso dice que el cuerpo es ilusorio y está basado en un sistema de pensamiento que es la antítesis de Dios, si es que pudiera haber una antítesis de Dios. El cristianismo ha servido para *perpetuar* el sistema de pensamiento que genera un estado de existencia corporal aparentemente separada, elevando el cuerpo de J a la categoría de extremadamente especial y satisfaciendo así la necesidad de la gente de validar su propia experiencia de singularidad e individualidad.

Arten: Absolutamente. El J de la Biblia es un objeto en el sueño de los cuerpos del mundo, pero el J *real* es absolutamente libre. Como hemos dicho, eso es lo que él quiere para vosotros. En muchos sentidos tenéis que seguir aprendiendo para superar el pensamiento religioso. Por ejemplo, en toda la Biblia, la tradición judeocristiana retrata a Dios *reaccionando* directamente ante el pecado como si fuera un hecho. En el caso del cristianismo, como ya hemos señalado, Dios supuestamente ofrece a J para que sufra y muera por vuestros pecados en un acto de sacrificio expiatorio. Algunas iglesias conceden tanta importancia a esto que canibalizan simbólicamente el cuerpo de Cristo en el sacramento de la Eucaristía, y otras variantes de ese ritual. Ellos creen que Dios ha sacrificado a su Hijo en la carne para expiar lo que llaman los pecados de la carne.

Sin embargo, Dios no reaccionaría a los sucesos de un sueño más de lo que tú mismo reaccionarías a los sucesos de un mal sueño que tuviera tu esposa durmiendo a tu lado en la cama. En primer lugar, ni siquiera puedes ver esos sucesos porque *no están ocurriendo realmente.* En segundo lugar, aunque *pudieras* verlos, no tendrías que reaccionar ante ellos porque, al no ser ciertos, no podrían afectarte. La única respuesta lógica sería despertar a tu esposa de su pesadilla, pero lo harías *lenta* y *suavemente* para no atemorizarla todavía más. No la agarrarías y le darías un buen zarandeo. Asimismo, el Espíritu Santo te despertará suavemente. Él no es un Dios separado reaccionando a tu sueño, sino la Voz que habla por Dios que aún está contigo en tu viaje ilusorio a este lejano país[29].

Un modo de despertarte que emplea el Espíritu Santo es enseñarte que lo que *piensas* que está ocurriendo *no* está ocurriendo. La realidad es invisible, y *cualquier cosa* que pueda ser percibida u observada de *cualquier* modo, incluso medida científicamente, es una ilusión; justo lo opuesto de lo que el mundo piensa. Pero el Curso es práctico en muchos sentidos. Puedes usar su sistema de pensamiento del verdadero perdón para ocuparte de lo que te dicen los ojos del cuerpo, y puedes hacerlo de un modo que te permite funcionar en sociedad. En una ilusión, un trabajo no es inherentemente más sagrado que cualquier otro. Así, a medida que aprendes gradualmente que lo que antes pensaste que era pecado, ataque, culpa y separación son en realidad otra cosa, puedes seguir viviendo una existencia terrenal relativamente normal y despertar de tu sueño de manera lenta y delicada.

Gary: Por lo que has dicho —y también por lo que he leído en el Texto donde J habla del verdadero mensaje de su crucifixión—, aunque parecía un ataque terrible, en realidad la crucifixión no fue nada para él, porque estaba completamente identificado con el invulnerable Amor de Dios que él sabía que era, en lugar de con las ilusiones del cuerpo. El hecho de que la crucifixión y el presunto sufrimiento de J en la cruz sean ideas centrales del cristianismo nos indica hasta qué punto su mensaje fue distorsionado y malinterpretado.

Arten: Sí. No esperes alcanzar el mismo nivel de no sufrimiento que J el primer año que haces el Curso. Es un ideal que sólo se puede alcanzar con una gran experiencia. Sí, acabará llegando el momento en el que ya no sufrirás nunca. Esa es una de las compensaciones a largo plazo del camino espiritual. Puedes alcanzar la invulnerabilidad psicológica aunque aún parezca que estás en un cuerpo. Como dice el Curso:

> La mente que está libre de culpa no puede sufrir[30].

Pero hace falta la ilusión del tiempo para que aprendas las lecciones de perdón y alcances tu objetivo.

Gary: Puede que sea así, pero quiero llegar allí cuanto antes.

Pursah: Todo el mundo quiere eso, y te vamos a ayudar ahora mismo transmitiéndote una idea importante. Esto no es la totalidad del cuadro, pero es una parte importante. Es posible que al principio no estés de acuerdo con ello, pero piénsalo. Te dijimos la última vez que cuando volviéramos, te informaríamos de qué es la *verdadera* sabiduría. Vamos a entrar en detalles a este respecto, y notarás que nuestra presentación se volverá más lineal a medida que avancemos a fin de facilitar tu entendimiento.

En lo relativo a la sabiduría, el mundo cree que la sabiduría es tener buen juicio y tener razón. Eso no es cierto. Lo único que conseguirás teniendo razón es quedarte estancado aquí para siempre. Voy a recitar lo que J dice en el Curso sobre la sabiduría y su relación con la inocencia. A propósito, esto también es lo que significa ser puro de corazón.

> La inocencia no es un atributo parcial. No es real hasta que es total. Los que son parcialmente inocentes a veces pueden actuar neciamente. Su inocencia no pasa a ser sabiduría hasta que no se convierte en un punto de vista de aplicación universal. La percepción verdadera, o percepción inocente, significa que nunca percibes falsamente y siempre ves correctamente[31].

GARY: ¿Estás diciendo que voy a tener que ver a *todo el mundo*, pase lo que pase, como totalmente inocente?

PURSAH: Correcto. Una vez más, no esperes que ocurra de inmediato.

GARY: No sé. ¿Cómo podría un hombre como Hitler ser inocente?

PURSAH: Esa es la pregunta típica, y la respuesta no tiene nada que ver con Hitler. Como persona que recuerdo muy bien mis vidas judías, no soy exactamente una admiradora de los nazis, ni de los cabezas rapadas, ni del Ku Klux Klan, ni de ningún otro grupo de gente con lesiones mentales. La razón por la que son inocentes no tiene nada que ver con el nivel de la forma. Hitler, y todas las demás personas del mundo, incluyéndote a ti, sois igualmente inocentes porque *lo que estáis viendo no es verdad*[32]. Este es *vuestro* sueño. Como enseña el Curso, el sueño no está siendo soñado por otros[33].

Hitler fue un ejemplo del sistema de pensamiento del miedo llevado hasta el extremo. Piensas que el Holocausto fue un suceso inusual, pero sólo fue inusual por su dimensión. Cosas del mismo tipo han ocurrido a cada momento a lo largo de la historia. Si piensas detenidamente e investigas un poco, descubrirás que ha ocurrido varias veces sólo en este último siglo. No tienes que ser judío, o negro, o indio, o de algún color exótico para ser una víctima. Sería difícil encontrar un grupo de gente que no haya sido perseguido. Incluso una persona blanca, siempre que sea cierto tipo de blanco en el lugar y en el momento adecuado, puede ser la víctima del año. Quizá tenga que ser católico, o protestante, o una presunta bruja. Tú naciste en Salem. Conoces la historia. ¿Cuántas personas murieron durante los juicios a las brujas de Salem?

GARY: Unas diecinueve o veinte.

PURSAH: Sí. Ese fue un típico ejemplo de proyección de la culpa inconsciente. ¿Sabes cuánta gente murió durante los juicios a las brujas que *precedieron* a ese suceso en Europa?

GARY: No sé. ¿Cientos?

PURSAH: Prueba con cuarenta mil.

GARY: ¡Cuarenta mil!

PURSAH: Sí. Y en cuanto al porcentaje que esa cifra supone sobre la población de aquel tiempo es como si hoy se acabase con un millón de personas.

GARY: ¡Vaya! Eso llegaría a los noticiarios, a menos que hubiera un gran escándalo sexual en alguna parte.

PURSAH: Todo esto es el resultado de un estado en el que la gente tiene una profunda necesidad oculta de proyectar su culpabilidad inconsciente en otra persona, y *cualquier* excusa sirve. Hemos estado hablando de ejemplos extremos, pero la gente hace estas cosas de mil maneras sutiles. No se dan cuenta de que lo necesitan, ni de por qué lo hacen. Si se dieran cuenta, entonces no lo harían. Aprenderás más sobre esta situación, y te darás cuenta exactamente de por qué estas acciones demenciales, como el genocidio, son parte rutinaria de la falta de humanidad del hombre con el hombre. También aprenderás que el único modo de romper este patrón es el verdadero perdón. Como dijimos, no tienes que aceptar la idea de que todo el mundo es completamente inocente, ni cualquier otra de las ideas del Curso, de manera inmediata[34]. Pero, a medida que avancemos, irás viendo que el perdón es enormemente bueno para ti, no sólo para las imágenes que estás perdonando.

En el Curso, al sistema de pensamiento del miedo y de la separación de Dios se le da el nombre de *ego*[35], y no se debería confundir este término con el término «ego» tal como se usa en la psicología tradicional. J siempre nos hablaba en términos amplios y abarcantes, y el uso que se hace en el Curso de la palabra *ego* no es una excepción. Debes recordar que, por más grande que parezca, el ego sólo es un pensamiento, y los pensamientos pueden ser cambiados.

GARY: Ya sé que habéis dicho que aún no me habéis enseñado todo el cuadro, pero el perdón del que estás hablando suena como una forma de negación.

PURSAH: Cuando te hayamos dicho todo lo que queremos decirte, no sólo podrás ver lo que ocurre con el verdadero perdón, sino que tomarás conciencia de que *tanto* el sistema de pensamiento del amor *como* el sistema de pensamiento del miedo son formas de negación. Uno de ellos, la enseñanza del Espíritu Santo, lleva al Cielo descubriendo e invirtiendo la negación que el ego hace de la verdad. Como dice el Curso respecto a la paz que producen las enseñanzas del Espíritu Santo:

> Dicha paz no permite que nada que no proceda de Dios te afecte. Este es el uso correcto de la negación[36].

Y sobre el perdón que conduce a la paz, el Curso dice:

> El perdón, entonces, es una ilusión, pero debido a su propósito, que es el del Espíritu Santo, hay algo en ella que hace que sea distinta. A diferencia de las demás ilusiones, nos aleja del error en lugar de acercarnos a él[37].

Gary: Negar la capacidad de verme influido por cualquier cosa que no sea Dios... ¿significa eso que debería dejar que la gente me atacara físicamente y no defenderme, o no ir al médico si estoy enfermo?

Pursah: En absoluto. Cuando hablamos de vivir una vida normal queríamos decir exactamente lo que dijimos. Nunca deberías dejar que te hicieran daño físicamente, ni desdeñar el peligro, ni sufrir para probar un argumento. La crucifixión fue una lección extrema de aprendizaje. *No* hace falta que pases por ella para poder aprender de ella[38]. En la mayoría de las situaciones harás lo que harías normalmente, pero procura no hacerlo solo. Cuando puedas, solicita guía. Podrás basarte en todo el sistema de pensamiento del Espíritu Santo, que J ha podido articular por haber sido el primero en completar su papel a la perfección en el sueño[39]. Con el tiempo, tú también te convertirás en lo que este sistema de pensamiento representa.

La crucifixión fue una lección de aprendizaje extrema. No hace falta que pases por ella para poder aprender de ella.

Recuerda, el perdón que J enseñó y que su Curso enseña no es el mismo tipo de perdón del que a veces participan la cristiandad y el mundo. Si lo fuera, sería una pérdida de tiempo. La cristiandad entendió equivocadamente a J. Él enseña verdadero perdón en su Curso, y nosotros te enseñaremos a emplearlo en situaciones específicas para que aprendas a aplicarlo por tu cuenta a cualquier situación. Pero recuerda que no hay sustituto posible del estudio y la práctica del Curso. Nosotros somos ayudantes para el aprendizaje. No tenemos nuestro propio método, y tú no deberías empezar *tu* propio método. Has estado haciendo tu propia cosa durante eones. Como reza el antiguo dicho: *Si siempre haces lo que siempre has hecho, seguirás consiguiendo lo que siempre has conseguido.* Y lo que siempre has conseguido es un viaje de vuelta al planeta psicótico, o algún lugar similar. Ya es hora de salir del tiovivo.

Gary: Pienso que muchos buscadores espirituales están interesados en no reencarnar más. Una pregunta para tener claro lo del milagro: aparte de que de vez en cuando el Curso se refiere a sí mismo como el milagro, según el propio Curso, el milagro no tiene nada que ver con el nivel físico. Es un cambio en la percepción que tiene lugar en la mente.

Pursah: Sí. Muy bien. Entonces estás ocupándote de la causa. Como dice el Curso:

> Este es un curso acerca de causas, no de efectos[40].

y,

> No trates, por lo tanto, de cambiar el mundo, sino elige más bien cambiar de mentalidad con respecto a él[41].

Gary: Si observas con atención, puedes ver que la mayoría de los juicios que formula la gente no les hacen felices.

Pursah: Eso es muy cierto. De hecho, el Curso te pregunta en un momento dado:

> ¿Preferirías tener razón a ser feliz?[42]

Gary: Creo que la mayoría de nosotros responderíamos que preferimos ser felices, pero actuamos como si prefiriéramos tener razón.

Pursah: Sí. Parte del engaño del ego es que cuando la gente juzga a los demás y *creen* que ellos mismos tienen razón, a veces se sienten bien *temporalmente*, porque han conseguido proyectar parte de su culpa inconsciente en otra persona. Un par de días después, sin saber por qué, su culpabilidad inconsciente —de la que, una vez más, no tienen ni idea— vuelve a ganar terreno y sufren un accidente de coche, o se hacen daño de cualquier otra manera sutil. Por supuesto, éste es un ejemplo lineal e ilusorio. La *totalidad* de la cosa está preparada de antemano, y esto es algo de lo que hablaremos después, pero es un ejemplo de cómo se desarrollan las cosas.

Gary: De modo que la gente juzga, se siente bien con ello —o se siente mal, dependiendo de si proyectan la culpa hacia fuera o hacia dentro— y después se castigan. Piensan que han ganado, pero su karma pasa por encima de su dogma.

Pursah: Estás progresando deprisa, pero aún te queda mucho que aprender. Recuerda, el karma sólo es un efecto. Vamos a cambiar la causa *de todo* cambiando la mente. El efecto a nivel físico no es algo que nos deba preocupar, porque no es real. Las cosas reales por las que deberías interesarte son la paz interior y volver al Cielo. En lo que atañe a los beneficios temporales, abordaremos esas cuestiones cuando hablemos de la abundancia que llega con la verdadera oración.

Arten: Digamos también que cuando el Curso habla de no juzgar a tu hermano, se refiere a que no le *condenes*[43]. Obviamente, tienes que emitir juicios hasta para cruzar la calle. No estamos hablando de abandonar ese tipo de juicio. Sin él no podrías salir de la cama por la mañana. El Curso no va en contra del sentido común.

Gary: Para algunos, el sentido común es un desafío.

Arten: Juzga las ideas, no las personas. Y a continuación acepta las ideas verdaderas. En lo relativo a los desafíos, ya te hemos dicho que te los plantearemos. Llegará un momento en que los desafíos acabarán. Como dice el Manual para el Maestro con referencia a los profesores avanzados:

> Para un maestro de Dios nada supone un desafío, pues ello implicaría que se abrigan dudas, y la confianza en la que los Maestros de Dios descansan con absoluta seguridad hace que les sea imposible dudar[44].

Pero tú aún no has llegado a este punto. Es hora de ocuparse de devolver tu mente a su condición natural.

Gary: Por mí, de acuerdo. Como has dicho, de todos modos no es mi mente. Una de las cosas que me resultan un poco incómodas es el hecho de que sigas haciendo hincapié en las diferencias y distinciones en lugar de la unidad.

Arten: Me alegra que lo hayas mencionado, porque hay una razón importante para ello. Se debe a que, en definitiva, sólo hay dos sistemas de pensamiento, y el Espíritu Santo te enseña mostrándote el contraste entre ellos.

> El milagro compara lo que tú has hecho con la creación, aceptando como cierto lo que concuerda y rechazando como falso lo que no[45].

Pursah: La gente no siempre estará de acuerdo respecto a lo que concuerda con el milagro y el Espíritu Santo y lo que no está de acuerdo con Él y con el Curso. Siempre habrá cierto desacuerdo entre los seguidores de los caminos espirituales, y eso también incluye a los estudiantes del Curso. Eso es lo que el mundo *hace*, Gary. Se divide como una célula bajo un microscopio. Es algo que está incorporado al sistema, porque la mente del ego divide como se divide una célula bajo el microscopio, creando mentes aparentemente separadas, o lo que algunos llaman las almas. No te preocupes ni te resistas a ello. *Tu* trabajo es remontarte hasta la raíz del problema —la mente y *no* el mundo— y cambiar tu mente a través del perdón.

J no espera que su Curso viva su vida sin controversia, tanto dentro de la comunidad del Curso como fuera de ella. Sin embargo, como dice en la Introducción a la Aclaración de Términos, que son palabras que podrías aplicar a cualquier aspecto del Curso:

> Todos los términos son potencialmente polémicos, y quienes buscan controversia la encontrarán. Mas quienes buscan aclaración también la encontrarán. Deben estar dispuestos, no obstante, a ignorar la controversia, reconociendo que es una defensa contra la verdad que se manifiesta en forma de maniobras dilatorias[46].

Una de las posibles áreas de controversia, como verás en nuestra próxima discusión, es la idea de que lo que en realidad mueve el mundo es la culpabilidad inconsciente asociada con el pecado, y que ese pecado simplemente es una idea falsa. No deberías darle realidad psicológica mediante la condena.

Arten: Hasta que regresemos, quiero que consideres que los caminos espirituales no son iguales, y que si quieres unidad, se tiene que encontrar en el *objetivo.* El objetivo es el mismo. Todos los caminos espirituales acaban llevando finalmente a Dios[47]. Pero los caminos no son iguales. Siguen direcciones diferentes temporalmente, hasta que todos acaban en el mismo lugar. No hay tristeza en ello. Sin duda, es muy necesario. Para poder sacar el máximo de cualquier camino, tienes que comprenderlo y aplicarlo. Porque, ¿cómo podrías aplicarlo sin entenderlo? No se generaría ningún gran desacuerdo si dijeras que el budismo y la cristiandad no están diciendo lo mismo. ¿Por qué se debería generar un gran desacuerdo si dices que *Un Curso de Milagros* no dice lo mismo que ellos?

El Curso no es un movimiento; de esos ya hay más que suficientes. No tienes que conquistar el mundo. No importa que el Curso sea popular o no. J sabe lo que está haciendo. Quienes estén preparados para el Curso lo encontrarán. Su Curso es único. Da al individuo una oportunidad de aprender que él o ella no es un individuo, y que no está solo. Te da la oportunidad de estar en comunión con el Espíritu Santo, y en último término con Dios. Acelera tu vuelta a Dios ayudando al Espíritu Santo a sanarte. Sin embargo, para que esto ocurra, es absolutamente imprescindible que aprendas a entender declaraciones como la siguiente que J hace en el Curso:

> De hecho, puede afirmarse que el ego edificó su mundo sobre el pecado. Únicamente en un mundo así, todo podría ser a la inversa. Esta es la extraña ilusión que hace que las nubes de la culpabilidad parezcan densas e impenetrables. La solidez que los cimientos de este mundo parecen tener descansa en ello. Pues el pecado ha hecho que la creación, de ser una Idea de Dios, pase a ser un ideal del ego: un mundo que él rige, compuesto de cuerpos inconscientes y capaces de caer en las garras de la corrupción y decadencia más absolutas. Si esto es un error, la verdad puede subsanarlo fácilmente, puesto que todo error puede ser corregido sólo con que se le permita a la verdad juzgarlo. Pero si al error se le otorga el rango de verdad, ¿ante qué se podrá llevar?[48]

PURSAH: Y así, querido mensajero, es hora de renunciar a los valores equivocados que *tú* has dado al mundo y de empezar a incorporar el significado que le da el Espíritu Santo. El uso que Él hace del mundo *tiene* significado.

ARTEN: Continúa con tus estudios, Gary, y durante nuestra próxima visita empezaremos a llevar tus errores ante la verdad, donde podrán ser enmendados por Aquel cuya función es liberarte.

4. LOS SECRETOS DE LA EXISTENCIA

> Fuera del Cielo no hay vida. La vida se encuentra allí donde Dios la creó[1].

Siguiendo el consejo de Arten aceleré mis estudios. Empecé a practicar las lecciones del Libro de Ejercicios del Curso, una por día, aunque pasando a veces dos o tres días en alguna lección que me pareciera particularmente útil. En raras ocasiones me tomaba un día libre, siempre consciente de las ideas que había estado aprendiendo. Ahora estaba siendo entrenado en el arte del verdadero perdón, aunque este entrenamiento llevaría más tiempo de lo que había pensado. La primera parte del Libro de Ejercicios tenía como objetivo «deshacer» mi manera actual de mirar el mundo[2]. No sabía que Arten y Pursah iban a tardar dos meses en regresar a fin de darme tiempo para completar las primeras cincuenta lecciones, especialmente diseñadas para empezar a cumplir ese propósito. Después de aproximadamente un mes empecé a preguntarme si mis amigos, que era como ahora les consideraba, volverían alguna vez. No obstante, lo que estaba haciendo era tan interesante para mí que sabía que continuaría mi recorrido con el Curso independientemente de lo que ocurriera o dejara de ocurrir.

Un día volví a la pequeña librería donde había comprado el Curso y pregunté a la mujer que trabajaba allí si sabía de algún grupo de estudiantes del Curso por la zona. Maine es uno de los estados más tranquilos de Estados Unidos, y difícilmente se le podría considerar un núcleo del activismo espiritual. Sin embargo, pudo pasarme varios números de teléfono dejados por estudiantes del Curso por si había alguien interesado en unirse a ellos. Después de considerar varias posibilidades y de pedir guía al Espíritu Santo, me encontraba conduciendo en dirección a una pequeña ciudad llamada Leeds, no muy lejos de Augusta, la capital del Estado, donde conocí un grupo de personas con las que estudié felizmente durante bastante tiempo.

El coordinador del grupo, que llevaba muchos años estudiando el Curso, me ofreció que tomara prestados dos breves documentos —las únicas ampliaciones del Curso transmitidas por J y transcritas por Helen— llamados *Psicoterapia: Propósito, Proceso y Práctica*, y *El Canto de la Oración*. También me preguntó si quería tomar prestadas algunas cintas de audio destinadas a ayudar a comprender lo que dice el Curso. Miré el pequeño conjunto de cintas y vi que eran una introducción al Curso llamada *The ego and Forgiveness*, de Ken Wapnick. No pasé por alto la sincronicidad de que me ofrecieran esas cintas tan poco tiempo después de que Pursah me hubiera recomendado a Ken. Me llevé las cintas a casa, aunque fui posponiendo la decisión de escucharlas.

A esas alturas me estaba dando cuenta de que la Introducción al Libro de Ejercicios quería decir lo que decía: el fundamento teórico del Texto era necesario para dar significado al Libro de Ejercicios[3]. Comprendí rápidamente la idea de que si los estudiantes no entendían las detalladas enseñanzas que J había establecido en el Texto, sería muy fácil malinterpretar algunas lecciones del Libro de Ejercicios y citarlas ocasionalmente fuera de contexto para apoyar sus propias creencias. Nosotros, los estudiantes, aún *no* podíamos oír la Voz de Dios con claridad. De hecho, el propio Curso decía: «Son muy pocos los que pueden oír la Voz de Dios en absoluto...»[4] De modo que en lugar de hacer lo que había visto hacer a muchos estudiantes en internet —proclamar lo que el Espíritu Santo les había llevado a decir y hacer— estaba determinado a esforzarme al máximo por comprender y aplicar los principios del Curso a todo lo que percibía. Quería ayudar al Espíritu Santo a eliminar los bloqueos que generalmente me impedían oír la Voz de Dios con claridad.

Estaba a punto de renunciar a la idea de volver a ver a Arten y Pursah cuando me sorprendieron una tarde mientras veía una película porno que había alquilado en el videoclub. Avergonzado, tomé el mando a distancia y apagué rápidamente la escena en la que un hombre y una mujer se metían, casi desnudos, en los juegos preliminares. Pursah comenzó la conversación.

PURSAH: Oye, ¿qué era eso, Gary? Parecía muy interesante.

GARY: Eso era un experimento relacionado con la dualidad.

PURSAH: Investigación. Ya entiendo.

Arten: Has estudiado y aplicado el Curso lo mejor que has podido, y lo apreciamos. Queríamos darte algún tiempo. Olvidamos decirte que pasarán algunos años antes de que se completen nuestras diecisiete apariciones.

También nos alegra que hayas encontrado un grupo de estudio, aunque tardarás algún tiempo en darte cuenta de que los grupos de estudio no tienen tanto que ver con individuos que se juntan a nivel del mundo, como con el perdón que se hace posible a través de las relaciones y el examen de tu propio ego. En los grupos de estudio, o iglesias, o en cualquier otro lugar de este mundo, parece que hay múltiples alumnos y profesores. Pero, en realidad, sólo hay un Profesor del Curso, y sólo un alumno.

Nos gustaría empezar la tarde indicándote algo. La mayoría de vosotros, los americanos, creéis que fue la revista *Time* la que dijo por primera vez en los años setenta «Dios ha muerto». Pero fue Friedrich Nietzsche quien en 1880 hizo esa declaración por vez primera. Ese es el deseo secreto del ego —matar a Dios y hacerse con su Trono—, pero Nietzsche no lo sabía. Cuando tenía poco más de cuarenta años cayó en un estado de demencia del que nunca se recuperó.

La gente siempre se ha preguntado por el origen y la naturaleza de la existencia. Muchos han pretendido haber encontrado la respuesta, formando innumerables filosofías. Sin embargo, sólo un hombre, que ya no es un hombre, ha sido capaz de explicar verdaderamente vuestros orígenes. Ahora bien, por supuesto que *no* lo digo para denigrar a Nietzsche, que acabará encontrándose en Dios con tanta seguridad como todos los demás. Lo digo para llamar tu atención sobre las siguientes palabras de *Un Curso de Milagros*:

> No hay ninguna afirmación que el mundo tema oír más que ésta:
> *No sé lo que soy, por lo tanto, no sé lo que estoy haciendo, dónde me encuentro, ni cómo considerar al mundo o a mí mismo.*
> Sin embargo, con esta lección nace la salvación. Y lo que tú eres te hablará de Sí mismo[5].

Pursah: Hablemos de lo que tú eres y de dónde vienes, y después podrás decidir con qué rapidez quieres llegar a donde vas. Empezaremos contándote una pequeña historia —información que es cortesía del Curso de J— que, de otro modo, no habrías recordado. No te engañes; para ti es un privilegio aprender estas cosas. Sin J seguirían siendo eternamente inconscientes. Y aún *seguirán* siendo principalmente inconscientes después de que las oigas. A medida que avancemos, al menos vas a tener la oportunidad de encontrar tu camino —con la ayuda del Espíritu Santo—, atravesando los velos del olvido, de vuelta a tu verdadero hogar. Los símbolos no pueden expresar realmente lo que pareció ocurrir justo antes de la creación del universo. La magnitud de la mente transtemporal es demasiado grande para poder captarla con palabras. Podemos, no obstante, darte una aproximación de lo que está detrás de lo que se llama la caída del hombre, de lo que muchos han llamado el pecado original. Podemos contarte cuál fue el resultado de lo que soléis llamar el Big Bang. Ningún científico podrá jamás rastrear lo que ocurrió antes de eso, excepto a nivel teórico. Pero es posible recordar el principio mismo, y cambiar lo que piensas de él. En cualquier caso, no es necesario que recuerdes el principio ahora mismo, porque cambiarás verdaderamente tus pensamientos perdonando los *símbolos* de aquel principio. Así, tu salvación siempre ha dependido y siempre dependerá de las decisiones que estás tomando *ahora* mismo. ¿Te gustaría continuar, Arten?

Vas a tener la oportunidad de encontrar tu camino, atravesando los velos del olvido, de vuelta a tu verdadero hogar.

ARTEN: Antes del principio no había principios ni finales; sólo existía el eterno Siempre, que todavía sigue estando allí, y siempre estará. Sólo había una conciencia de unidad sin fisuras, y esa unidad era tan completa, tan imponente e ilimitada en su dichosa extensión, que para cualquier cosa era imposible ser consciente de otra cosa que no fuera Ella misma. En esta realidad a la que llamamos el Cielo sólo estaba y sólo está Dios.

Lo que Dios crea en Su extensión de Sí Mismo se llama Cristo. Pero Cristo no está separado en ningún sentido ni es diferente de Dios. Es exactamente lo mismo. Cristo no es *parte* de Dios, es una *extensión* de la totalidad. El verdadero Amor debe ser compartido, y el perfecto Amor que es compartido en el Universo de Dios está más allá de toda comprensión humana. Los humanos parecen ser parte de la totalidad, pero Cristo es toda la totalidad. La única distinción posible entre Cristo y Dios —si fuera posible una distinción— sería que Dios creó a Cristo; Él es el Autor. Cristo no creó a Dios ni se creó a Sí mismo. Por su *perfecta* unidad, en realidad esto no importa en el Cielo. Dios ha creado a

Cristo para que sea exactamente como Dios y para compartir Su eterno Amor y alegría en un éxtasis libre de cargas, ilimitado e inimaginable.

A diferencia del mundo concreto y específico en el que pareces estar ahora, este constante y subyugante estado de conciencia es completamente abstracto, eterno, inmutable y unido. A continuación, Cristo se extiende a Sí mismo creando nuevas Creaciones, o extensiones simultáneas de la totalidad, que siguen siendo exactamente iguales en su perfecta unidad con Dios y Cristo. Así, Cristo, como Dios, también crea: porque es exactamente lo mismo que Dios. Estas extensiones no van hacia dentro ni hacia fuera, porque en el Cielo no existe el concepto de espacio; sólo hay «por todas partes». El resultado de todo esto es el compartir eterno del perfecto Amor que está más allá de la comprensión.

Entonces parece ocurrir algo que, como en un sueño, *en realidad* no ocurre, sólo parece ocurrir. Durante sólo un instante, sólo una fracción de nanosegundo, un aspecto muy pequeño de Cristo parece tener una idea que no es compartida por Dios. Es como una idea del tipo: «¿Qué pasaría si...?» Es como un preguntarse inocente en forma de cuestión, que desgraciadamente es seguido por una aparente respuesta. La pregunta, si pudiera expresarse en palabras, sería: «¿Qué pasaría si yo saliera a jugar por mi cuenta?» Como un niño inocente jugando con cerillas que acaba quemando la casa, habrías sido mucho más feliz si *no* hubieras encontrado la respuesta a esa pregunta, porque tu estado de inocencia va a ser aparentemente reemplazado por un estado de miedo y por las erróneas y nefastas defensas que esa condición parece requerir.

Como tu idea no es de Dios, Él *no* responde a ella. Responder a ella habría sido darle realidad. Si Dios Mismo tuviera que reconocer cualquier cosa *excepto* la idea de perfecta unidad, entonces ya no *habría* perfecta unidad. Ya no habría un estado perfecto en el Cielo *al* que retornar. Como veremos, de todos modos, tú nunca te has ido. Sigues estando allí, pero has entrado en un estado de pesadilla e ilusión. Aunque sólo has viajado en sueños[6], Dios y Cristo, Que siempre son Uno, han continuado como siempre lo han hecho y siempre lo harán: sin verse afectados en absoluto por aquello a lo que J se refiere en el Curso como la «diminuta idea loca...»[7] de la separación.

En ese instante cósmico de aparente individualidad —y por muy atractiva que creas que es la individualidad, no es otra cosa que separación— parece haber un diminuto aspecto de Cristo que ahora es consciente de algo más. Eso es dualidad. Ahora, en lugar de unidad, tienes dualidad. Antes sólo existía la perfecta unidad del Cielo y nada más. Eso es no dualidad, no dos. Esa sigue siendo la realidad. *En realidad* no hay más que una cosa, pero ahora parece que a ti te está pasando otra cosa. Parece haber Dios *y* algo más. Esa es la ilusión de la dualidad, y el mundo de la multiplicidad y de los infinitos sujetos y objetos que percibes en él son meros símbolos de la separación. Aunque aún puedes intentar crear, no puedes crear realmente sin el poder de Dios, de modo que todo lo que haces acaba cayéndose a pedazos.

Cada vez que un bebé parece nacer en este mundo, sólo está reviviendo el momento en que pareció dejar atrás el entorno perfecto que disfrutaba en Dios: donde todo era nirvana, y recibía todos los cuidados y atenciones, y de repente se encontró abofeteado en el rostro por una aparente realidad que en comparación era un infierno. Puede que pienses que el nacimiento es un milagro, pero los bebés no llegan a este mundo sonriendo, ¿o sí?

Gary: Vienen llorando y gritando.

Arten: Sí. La mente que está reviviendo la aparente separación en realidad está dormida y sueña un sueño vacuo, insignificante, o una pesadilla, porque cualquier cosa que parezca separada del Cielo sería un símbolo de lo opuesto al Cielo. Parecería incluir así características opuestas. Una vez más, no nos adelantemos demasiado. Aún tenemos que explicar todo el desarrollo desde una mente aparentemente separada hasta un universo de cuerpos, y por qué lo sientes tan real como te parece.

Gary: No hay duda de que *creemos* estar experimentando la realidad aquí.

Arten: Absolutamente. Se te debe mostrar el camino para salir de esa experiencia. Tu mente se ha quedado dormida al volante y no lo sabe, pero va a despertar en el equivalente a un instante cósmico. Esto se debe a que la Voz que habla por Dios y el Cielo, a la que nos referiremos como el Espíritu Santo, sigue estando contigo para recordarte la verdad y llamarte de vuelta[8]. Nunca puedes perder este recuerdo infalible de lo que eres verdaderamente, y esto hace que el despertar a la realidad del Cielo sea completamente inevitable.

Sin embargo, aparentemente, este recuerdo puede ser postergado por las decisiones desafortunadas tomadas en el sueño. Has hecho elecciones desafortunadas a lo largo de todo el camino. Tienes el poder de elegir el recuerdo y la fuerza de Dios *u* otra cosa en su lugar, y si realmente examinas tus pensamientos, descubrirás que por lo general eliges otra cosa. Eso es lo que la parte de tu mente que elige hizo inmediatamente después de la aparente separación. La conmoción, el miedo y la confusión le llevaron a hacer una serie de elecciones poco sensatas que dieron como resultado que tú parezcas estar aquí. Aún no comprendes que, teniendo en cuenta el imponente poder de la mente, podrías hacer ciertas elecciones que acabasen con la aparente separación, y esto es algo que podrías haber hecho en cualquier momento. Eso no significa que ahora la cosa se vaya a poner fácil, pero significa que puedes conseguirlo con algo de ayuda.

No te equivoques; para aceptar realmente al ayudante de Dios, el Espíritu Santo, tienes que empezar a confiar en Dios. No puedes confiar en Él hasta que reconozcas que no es Él, sino tú, el responsable de tus experiencias. Te sentirás culpable hasta que comprendas que este mundo no es real, y que en realidad no ha ocurrido nada. Eso no significa que no tengas que comportarte responsablemente en la ilusión. Significa que debes entender ciertas cosas para aplicar el verdadero perdón que permite al Espíritu Santo ayudarte mejor.

Dios no podría haber creado este mundo. No está en su naturaleza. Él no es cruel, y como J te indica:

> Si éste fuese el mundo real, Dios *sería* ciertamente cruel. Porque ningún Padre podría someter a Sus hijos a eso como el precio de la salvación y al mismo tiempo *ser* amoroso[9].

Por fortuna, éste no es el mundo real y Dios no es cruel. Por eso queremos hacer hincapié en un punto vital para los estudiantes del próximo milenio, aunque pienses que lo repetimos demasiado. Todo lo que acabamos de describir que no era la perfecta unidad del Cielo, y todo lo que ha parecido ocurrir desde entonces, no tiene absolutamente nada que ver con Dios. La idea de separación, así como tus posteriores decisiones, son cosas que a Dios no le preocupan en absoluto. Lo que ocurra en un sueño no tiene consecuencias, simplemente porque en realidad no está ocurriendo. Aunque a ti te parece muy real y a veces terrible, tu universo no es más que pensamiento ocioso y creado erróneamente, y la energía no es nada más que pensamiento proyectado. Creo que hemos dejado claro que la materia sólo es otra forma de energía. Estando sin el poder de Dios, lo único que tu mente parece capaz de hacer es dividir y subdividir, y después tratar de glorificar el resultado.

Sin embargo, aún sigues estando seguro en el Cielo, y como lo que estás viendo no es verdad, en realidad no eres capaz de dañarte a ti mismo, aunque sueñes que recibes una herida o incluso que mueres. De hecho, eres capaz de despertar y continuar con la perfecta unidad del Cielo exactamente como antes. Pero tu mente debe estar entrenada para ser dominada por los pensamientos del Espíritu Santo en lugar de los de tu ego. Esto exige la capacidad de tomar decisiones que reflejen el sistema de pensamiento del Espíritu Santo en lugar del tuyo. De modo que *debemos* establecer una profunda y firme distinción entre *Un Curso de Milagros* y prácticamente todos los demás sistemas espirituales que existen: desde los prehistóricos hasta los del Antiguo Egipto, Lao Tse, aspectos del hinduismo, del zoroastrismo, del Antiguo Testamento, del Corán, del Nuevo Testamento y otros sistemas neodualistas. Cada uno de ellos es un sistema dualista que tiene algún tipo de Fuente u Origen —generalmente Dios o los Dioses—, que de algún modo crea eso que no es él mismo, y a continuación responde o interactúa con ello.

Aquí, en los años 90, uno de los libros espirituales más populares que jamás se han escrito ¡hacía decir a Dios que Él Mismo había creado el miedo! Ésa es una imprecisión tan importante que no podemos hacer suficiente hincapié en su completa falsedad. Dios no crea nada que no sea la perfecta unidad del Cielo. Así es como J lo expresa al principio de su Curso, cuando describe *cualquier cosa* que no refleja el sistema de pensamiento del Espíritu Santo:

> Todo lo demás no es más que tu propia pesadilla y no existe[10].

y más adelante:

> En Dios estás en tu hogar, soñando con el exilio, pero siendo perfectamente capaz de despertar a la realidad[11].

Estas son declaraciones no duales. Están diseñadas para ahorrarte tiempo, y hay varios miles más como ellas en el Curso en caso de que no oigas a J la primera vez, aunque es evidente que incluso esos miles más no son suficientes para algunos de tus compañeros estudiantes.

Gary: ¿Esto se debe a que su mensaje nos da miedo inconscientemente?

Pursah: Sí. No se debe a una falta de inteligencia, sino a una abundancia de resistencia inconsciente. Necesitamos que tú ayudes a transmitir algunas de las cosas que la gente *no* quiere oír, las cosas vitales que están siendo ignoradas por tantos. Es un trabajo sucio, Gary, pero alguien tiene que hacerlo. No te hemos llamado para que juzgues o ataques a otros profesores o para discutir con la gente, porque el perdón y discutir son mutuamente excluyentes, y el perdón *siempre* es el camino. Pero en el mundo no todo es dulzura y luz, y si nos centramos en tu libro, lo que se necesita de ti no es que te mantengas alineado con todos los demás. Haciendo que insistas en que el Curso es un método de autoestudio, es más probable que la gente lo estudie y dé una oportunidad a sus ideas.

No te guardes nada. Cualquiera puede escribir lo que la gente ya cree, pero, si vas a transmitir nuestras palabras, tienes que estar dispuesto a decir cosas en las que la gente todavía no cree. En cualquier caso, si transmites fielmente nuestro mensaje, te prometo que cuando nos despidamos de ti lo haremos con la más positiva de las notas. Habrás aprendido sobre la *verdadera* unión, no con la gente y al nivel de los cuerpos, sino al nivel de la mente, que siempre está más allá de las formas.

GARY: Supongo que hay razones importantes por las que seguís apuntando las diferencias entre la dualidad y la no dualidad, y por las que defendéis el verdadero significado del Curso.

El perdón y discutir son mutuamente excluyentes, y el perdón siempre es el camino.

PURSAH: Sí. Tienen que ver con las leyes de la mente y en cómo funciona el verdadero perdón. Gary, la razón por la que se ha de comprender el Curso no es meramente intelectual. Eso más un euro te garantiza una taza de café. La razón por la que será extraordinariamente útil para ti entender el Curso de J es que lo podrás *aplicar* mejor a los problemas y situaciones que tendrás que afrontar en tu presunta existencia cotidiana. Es la aplicación del verdadero perdón, con la guía de J o el Espíritu Santo, la que te conducirá a la auténtica felicidad, a la paz, y finalmente al Cielo.

GARY: De acuerdo. No quiero parecer estúpido, pero, sólo para asegurarme de que lo he entendido: estáis diciendo que el Curso es puramente no dualista, lo que significa que de los dos mundos *aparentes*, el mundo de Dios y el mundo del hombre, sólo el mundo de Dios es verdadero, y Él no interactúa con el mundo falso; pero el Espíritu Santo está aquí para guiarnos de vuelta a casa. Cuando el Curso dice que Dios llora por sus hijos y cosas así, ¿tengo que tomarlo como un símbolo de que el Espíritu Santo quiere que elijamos Su Voz en lugar de la del ego?

PURSAH: Exactamente. Muy bien. No eres estúpido, Gary, aunque a tu ego le gustaría que lo fueras. Todo el mundo del ego es una idea estúpida, porque está basado en una decisión estúpida. Acabas de decir algo importante, algo que está muy en armonía con la manera adecuada de contemplar el Curso. Aunque nunca lo llegarías a saber por el modo en que la mayoría de la gente habla y escribe sobre el Curso en nuestros días, durante los siete años que Helen estuvo transcribiendo el Curso, y durante los ochos años que vivió después de eso, no se le ocurrió ni una sola vez, ni tampoco a Ken —que fue su mejor amigo durante esos años, y cuyas cintas deberías escuchar— que podría haber otra posible interpretación del Curso. Pero da al mundo unos pocos años para malinterpretar el mensaje de J y se produce una maravilla digna de admiración. De modo que continuemos nuestra misión para que puedas oír la explicación del Curso sobre lo que de verdad está detrás de la creación, o más precisamente, de la errónea creación de vuestro universo y de los cuerpos.

ARTEN: Ya hemos señalado que al principio, un pequeño aspecto de la mente de Cristo...

GARY: ¿Debería escribir mente de Cristo con «M» mayúscula en nuestro libro?

ARTEN: No te preocupes demasiado por los detalles. El Curso usa la M mayúscula cuando habla de la mente de Cristo, pero, como aquí estamos hablando de la separación, puedes usar la «M» mayúscula o la minúscula, como quieras. ¿Has empezado a escribir nuestro libro?

GARY: La verdad es que no. Aún estoy intentando encontrarle un título.

ARTEN: ¿Alguna idea?

GARY: De momento, la cosa está entre «Amor es abandonar la Cerveza»* y «Un retorno a la Cerveza».

ARTEN: Sigue pensando en ello. Como Pursah ha dicho antes, ya se te ocurrirá.

De modo que este pequeño aspecto de Cristo ha dado una cabezada

* Aquí el autor juega con el título *Amor es abandonar el Miedo* [Love is Letting Go of Fear], escrito por otro autor que también trabaja con *Un Curso de Milagros*. Las palabras miedo [fear] y cerveza [beer] riman en el original inglés. *(N. del T.)*

y está soñando un sueño de separación e individualidad. Explicaremos esta idea de dar una breve cabezada cuando hablemos del tiempo, que es un truco del ego. Y en cuanto a la individualidad, es algo que valoráis mucho, aunque de manera equivocada. La gente que vive por estos pagos se enorgullece de lo que llaman su individualismo radical. Pronto descubrirás las raíces de este sinsentido. En este momento histórico tenéis una conciencia incipiente, otra de las cosas que sobrevaloráis tontamente. Para poder tener conciencia tienes que estar separado. Tiene que haber más de una cosa. Tienes que tener algo *de* lo que ser consciente. Esto es el comienzo de la mente dividida.

Como el Curso enseña en términos que no admiten ambigüedad:

> La conciencia —el nivel de percepción— fue la primera división que se introdujo en la mente después de la separación, convirtiendo la mente de esta manera en un instrumento perceptor en vez de un instrumento creador. La conciencia ha sido correctamente identificada como perteneciente al ámbito del ego[12].

El Curso también dice, justo antes de eso:

> Antes de que la separación introdujese las nociones de grados, aspectos e intervalos, la percepción no existía. El espíritu no tiene niveles, y todo conflicto surge como consecuencia del concepto de niveles[13].

Así, como hemos mencionado antes, deberías tratar de recordar que la energía no es el espíritu, siendo el espíritu la verdadera realidad *inalterable.* La energía, que cambia y puede ser medida, existe dentro del dominio de la percepción. Como J enseña:

> La percepción siempre entraña algún uso inadecuado de la mente, puesto que la lleva a áreas de incertidumbre[14].

No hay incertidumbre en el Cielo, porque allí no hay nada que no sea todo. Pero aquí tenéis identidades. Las personas nacen e inmediatamente ya tienen relaciones especiales: primero la relación con la madre, y pronto con el padre.

GARY: Me estás incomodando un poco.

ARTEN: La comodidad es el objetivo, no necesariamente el medio. ¿Qué te pasa, colega?

Gary: Bien, echo de menos a mis padres y honro su memoria. Me da una sensación extraña pensar que ni siquiera existen excepto en una ilusión.

Pursah: Eso es comprensible. Tus padres son, junto con la esposa y los hijos, las relaciones más fundamentales. El Curso se refiere a las relaciones establecidas para este mundo como relaciones especiales[15]. Conforme avancemos hablaremos más de ello, y de tu resistencia a renunciar a las identidades, tanto las tuyas como las de otros. Recuerda, J amó a sus padres —José el albañil y María de Séforis— pero amaba igualmente a todos los demás. El amor especial es específico; el Espíritu Santo ama a todos por igual.

Gary: Pensaba que José fue carpintero.

Pursah: No, pero no importa. ¿Crees que J le habría amado menos si hubiera estado en el paro? La comunidad le hubiera amado menos, pero no J. Él nos amó a todos, incondicionalmente.

Gary: Entonces él hubiera amado también a San Pablo, aunque su teología no fuera la misma.

Pursah: Por supuesto. Pablo, o si lo prefieres, Saulo de Tarso, es amado por J como el resto de nosotros hasta este día. Recuerdo que una vez estaba hablando en Partia, que ahora está en Irán, y la multitud trató de que me enzarzara en una discusión sobre diversas teologías. Yo les dije que, para J, lo que importaba no era la teología, sino la verdad —y la verdad es el amor de Dios— que es lo que J *es*.

Ahora bien, si realmente *eres* amor, y no una persona, ¿cómo puedes amar a una persona y no a otra? Eso no sería posible. Si hicieras eso, entonces no serías amor, ¿o sí? Serías otra cosa. Sí, J amó a sus padres, y tú deberías hacer lo mismo, pero no estaba dispuesto a limitarles, ni a limitar a nadie más, a ser falsas imágenes de sí mismos. Él sabía que su verdadero hogar, y el de sus padres, estaba en Yavé.

Gary: ¿Dónde?

Pursah: Yavé, E'loi, Dios, Adonai, Elohim, Kyrios... todos ellos son nombres de lo Divino. Las palabras y las teologías desaparecen en Dios. Nadie se llevará la Biblia ni el Corán al cielo. El Curso es una herramienta; puedes usarla como una escalera para ascender hacia tu meta. Una vez que llegues allí, deshazte de la escalera. Ya no la necesitas.

Arten: A propósito, antes hemos mencionado el amor especial, pero hay dos tipos de relaciones especiales: amor especial y odio especial. Acabaremos explicando más sobre ambas y su propósito —que en realidad es el mismo—, pero, de momento, deberíamos continuar con nuestra historia.

Ya hemos hablado sobre la primera división de la mente, y de ella surgió la conciencia. Como consecuencia de ello, por primera vez, tuviste que hacer una *elección* consciente. Antes no había nada *entre* lo que elegir. Pero ahora había dos respuestas posibles a esta idea de separación. Esto es lo que condujo a la segunda división de la mente. Ya hemos dicho que la mente aparentemente separada parece dividirse y subdividirse. Eso simboliza la separación. Pero *todas* las divisiones simbolizan las primeras. En cuanto comprendas las primeras, entenderás que todas ellas son iguales, a pesar de las apariencias en sentido contrario. Tienes que recordar que después de la primera división, el Cielo sólo es un recuerdo.

Gary: ¿Qué quieres decir con eso?

Arten: La conciencia no es algo que pertenezca a Dios, de modo que ahora parece ocurrirte algo *completamente diferente*, una experiencia de individualidad. Cuando la mente se divide, cada nuevo estado es la realidad para ella, y su anterior condición es negada y olvidada. Un psicólogo lo llamaría represión, sólo que la magnitud de lo que estamos discutiendo está mucho más allá del ámbito del que cualquier humano podría ser consciente. Sin embargo, la dinámica es la misma, en el sentido de que eso que ha sido reprimido es inconsciente. Curiosamente, el inconsciente no es un lugar, es un dispositivo mental. Aún es *posible* recordar lo que ha sido negado, pero, sin ayuda, será muy improbable que recuerdes aquello de lo que te has disociado.

Ahora bien, el *tú* al que el Curso y yo nos estamos refiriendo no tiene nada que ver contigo como ser humano, sino con la parte de tu mente que toma decisiones. Incluso cuando parece que estás tomando una decisión aquí, en este mundo, en realidad no la estás tomando aquí, porque no estás aquí. En nuestra historia, esta nueva mente aparentemente individual va a tomar su primera decisión.

Llegados a este punto, sólo hay dos opciones, y siempre habrá únicamente dos opciones. Ahí tienes la segunda división de la mente. Ahora parece haber una mente acertada y otra mente equivocada, y cada una representa una opción diferente o una respuesta diferente a la diminuta idea loca.

Una opción es el recuerdo de tu verdadero hogar en Dios, simbolizada en el Curso por el Espíritu Santo, y la otra es el pensamiento de separación de Dios, o individualidad, simbolizada en el Curso por el ego. En el Curso, J antropomorfiza al Espíritu Santo y al ego y empieza a hablar de ellos como si fueran entidades individuales, pero también deja claro que:

> El ego no es más que una parte de lo que crees acerca de ti[16].

Para J, el Curso es una obra de arte, no un proyecto de ciencias. Es una presentación completa dada a varios niveles. Tienes que darle cierta licencia artística. Buena parte del curso ha sido presentado en verso blanco shakespeariano, o yámbico pentamétrico. ¿Sabes por qué?

GARY: No tengo ni idea.

ARTEN: No sólo es precioso, sino que te fuerza a leer el Curso más lenta y cuidadosamente. Asimismo, tiende a atraer alumnos a largo plazo que se tomen en serio su aprendizaje. Obviamente, el Curso no es para todo el mundo. O, como dijimos antes, al menos no para todos a la vez.

Siempre habrá únicamente dos opciones. Una opción es el recuerdo de tu verdadero hogar en Dios y la otra es el pensamiento de separación de Dios, o individualidad.

Una vez más, tu mente tiene dos opciones entre las que elegir; ahora estamos en el cruce de caminos crítico de la aparente separación. El recuerdo de lo que eres es tanto la respuesta a la separación como el principio de la Expiación enrollados en uno. Tal como el Curso enseña sobre el Espíritu Santo:

> El Espíritu Santo comenzó a existir como medio de protección al producirse la separación, la cual inspiró simultáneamente el principio de Expiación[17].

Obviamente, el Curso tiene su propio significado para algunos términos, entre los que se incluye la Expiación. Como el Texto explica, el Espíritu Santo siempre ha enseñado Expiación.

> Te insta a que le devuelvas toda tu mente a Dios, ya que en realidad tu mente nunca se separó de Él. Si nunca se separó de Él, sólo tienes que percibirla tal como es para que retorne a Él. Tener plena conciencia de la Expiación es, por lo tanto, reconocer que la separación nunca tuvo lugar[18].

Si, en el punto en el que nos encontramos de nuestra historia, hubieras elegido creer la interpretación o respuesta del Espíritu Santo a la separación en lugar de la del ego, tu pequeña aventura en sueños se habría acabado. El ego tuvo su propia respuesta egoísta y terriblemente tentadora. *Si* tú continúas creyendo en la separación, él te ofrece tu propia identidad individual: separada de Dios, muy especial y de una importancia exclusiva. Como J dice en el Texto:

> El ego tiene que ofrecerte algún tipo de recompensa para que sigas abrigando esta creencia. Lo único que puede ofrecer es una sensación de existencia temporal que se origina con su propio comienzo y termina con su propio final. Te dice que esta vida es tu existencia porque es la suya propia[19].

Por supuesto que no tienes ni idea de en qué te estás metiendo, y haces otra elección desafortunada. Todo esto es nuevo para ti, y estás más que dispuesto a dar una oportunidad a la curiosidad para que mate al gato. Eliges a favor del ego para poder ver cómo es ser especial y estar aparte. Esto, a su vez, causa la tercera división de la mente.

GARY: Cuando dices tú, supongo que te refieres a cada uno de nosotros.

ARTEN: Sí. No te estoy ofendiendo personalmente; sólo estoy tratando de ayudarte a hacerte responsable del poder de tu mente. Incluso J ha estado ahí. Él simplemente no creyó en ello tanto como el resto de nosotros, lo cual es la principal razón por la que despertó antes que los demás.

GARY: De modo que la primera división de la mente es la conciencia, que me hace *pensar* que estoy separado de Dios, aunque en realidad no puedo estarlo. Es como estar en la cama de noche y soñar. Sigo estando en la cama, pero no puedo verlo. En este sueño de separación del que hablas, lo que es real para mí es el sueño, y el Cielo está olvidado. Tal como cuando sueño de noche, a lo que reacciono y lo que experimento es el contenido del sueño, y dónde estoy realmente queda totalmente fuera de mi conciencia.

Con la segunda división, noto que hay dos modos de interpretar lo que está pasando, siendo uno el del Espíritu Santo, que es mi verdadero Ser, y el otro el del ego, que habla desde la separación y desde el yo individual. Ahora bien, la mente tiene dos partes. ¿Supongo que la elección del ego causó la tercera división?

Arten: Sí, pero recuerda, cuando haces una elección a este nivel, ésa es tu nueva condición, y tu anterior condición queda completamente olvidada, separada por un muro en la mente. Una vez que eliges el ego y causas esa tercera división, el Espíritu Santo sólo es un recuerdo. Ahora estás totalmente identificado con el ego. *No obstante*, siendo holográfica por la Gracia de Dios, incluso cuando la mente parece dividirse, cada parte sigue manteniendo las características de la totalidad, de modo que en realidad nunca puedes perderte. Tanto el ego como el Espíritu Santo aún pueden ser hallados en cada mente; lo que ocurre es que el Espíritu Santo está ahogado por la voz del ego porque es la que eliges escuchar, y porque lo que realmente eres ha sido empujado fuera de tu conciencia. Dijimos antes que puedes haber olvidado la verdad, pero sigue estando allí, enterrada en tu mente.

Pursah: No tienes ni idea de lo poderosa que es la mente, hermano mío. Al nivel que estamos hablando, que aún es el nivel metafísico, toda la tempestad en un vaso de agua a la que llamas el universo está a punto de ser creada erróneamente por unas cuantas decisiones tuyas. El resultado final será un presunto tú que ahora es totalmente inconsciente del verdadero poder que está a su disposición y, en cambio, virtualmente carece de mente y parece estar limitado a un cuerpo.

Gary: ¿Responde esto a la antigua cuestión: Si Dios es realmente todopoderoso, podría crear una piedra tan pesada que Él mismo no fuera capaz de levantar?

Arten: Eso no responde a la pregunta sobre Dios, y la respuesta es no.

Gary: ¿Por qué?

Arten: Porque Él no es un idiota.

Gary: ¿Y yo lo soy?

Arten: No, pero estás soñando que estás aquí, y ahora estás empezando a despertar. Volviendo al tema, escucha un poco lo que dice el Curso sobre la primera vez que sustituiste la ilusión por la verdad.

> No te das cuenta de la magnitud de ese único error. Fue tan inmenso y tan absolutamente increíble que de él no pudo mas que surgir un mundo totalmente irreal. ¿Qué otra cosa podría haber surgido de él? A medida que empieces a examinar sus aspectos fragmentados te darás cuenta de que son bastante temibles. Pero nada que hayas visto puede ni remotamente empezar a mostrarte la enormidad del error original, el cual pareció expulsarte del Cielo, fragmentar el conocimiento convirtiéndolo en inútiles añicos de percepciones desunidas y forzarte a llevar a cabo más sustituciones[20].

Gary: Sí, pero, ¿no tenemos el mismo problema con esta historia que con la historia del Génesis y con algunas de las cosas que Dios presuntamente hizo? Quiero decir que, ¿por qué diablos querría una parte de Cristo querer separarse de Dios si todo era tan completamente perfecto?

Arten: En primer lugar, en la historia del Génesis, Dios es responsable del mundo que ves, y tú eres un efecto en lugar de una causa. En el Curso, *tú* eres responsable del mundo que ves, y no una víctima de él[21]. Dios y Cristo *siguen* siendo perfectos, como en el Cielo, y el «tú» que *piensas* que está en este mundo necesita aprender cómo despertar del sueño escuchando al Espíritu Santo.

Ahora echemos un vistazo a tu otra pregunta. ¿En realidad es una pregunta o una afirmación? ¿No estás diciendo que la separación de Dios ocurrió realmente? No puedes preguntar cómo podría haber ocurrido la separación a menos que creas que ocurrió. Sin embargo, ya hemos dicho que el principio de Expiación dice que *no ocurrió.* A continuación preguntas cómo Cristo podría haber elegido ponerse del lado del ego cuando ya hemos dicho que no era Cristo, sino una conciencia ilusoria la que parecía hacerlo. Y encima cuestionas cómo se pudo tomar esta decisión estúpida cuando estás aquí, volviendo a tomarla ahora mismo.

Gary: Tú eres un listillo, ¿sabes?

Arten: Sólo con el propósito de enseñar. Gary, te queremos. Te diré algo: dentro del marco del ego nunca obtendrás una respuesta a este tipo de pregunta que pueda satisfacerte *intelectualmente.* Como dice el Curso:

> La voz del ego es una alucinación. No puedes esperar que diga: «No soy real.» No obstante, no se te pide que disipes tus alucinaciones solo[22].

Llegará el tiempo en que hallarás la respuesta a tu pregunta fuera del intelecto, completamente fuera del sistema del ego, y dentro de la *experiencia* de que sigues estando en casa en Dios, que corrige la experiencia equivocada de que no estás allí. Como dice J:

> Frente a esta sensación de existencia temporal, el espíritu te ofrece el conocimiento de la permanencia y de la inmutabilidad del estado de ser. Nadie que haya experimentado la revelación de esto puede volver a creer completamente en el ego. ¿Cómo iba a poder prevalecer su miserable oferta por encima del glorioso regalo que Dios te hace?[23]

Después hablaremos más de la verdadera revelación, que no coincide con lo que cree la mayoría de la gente.

GARY: Sólo para asegurarme de que estoy entendiendo esto, es como cuando despierto de un sueño por la noche y veo que nunca he salido de la cama. Cuando despierte de este sueño de separación de Dios, me daré cuenta de que nunca he abandonado el Cielo.

ARTEN: Sí, pero no verás con los ojos del cuerpo. Por eso, en lugar de palabras como *conciencia*, que implican separación y son del ego, el Curso utiliza palabras más abstractas, como *alerta*, cuando describe la iluminación; ya llegaremos a ello.

GARY: Incluso en la introducción habla de retirar los obstáculos que bloquean la presencia del amor, que es tu herencia natural[24].

ARTEN: Correcto, pero antes de intentar que vuelvas a ascender por la escalera, tenemos que acabar nuestra pequeña sinopsis de cómo has descendido por ella. Es importante. Ahora mismo el mundo tiene la cabeza firmemente metida dentro de su propio trasero y dice que está buscando la luz. Allí no hay ninguna luz, Gary. Tu elección del ego en lugar del Espíritu Santo, que ha producido la tercera división de la mente, ha hecho que la Voz de Dios sea casi completamente inaudible para ti. Entre tanto, el ego te está dando su versión de lo que ocurre, y aquí es donde las cosas empiezan a ponerse verdaderamente desagradables.

GARY: Lo siento, Arten, pero tengo que mencionar una cosa antes de seguir, porque de otro modo no podré concentrarme.

ARTEN: Lo sé. Hazlo rápido, o puede que tengamos que sacar los instrumentos de tortura.

GARY: Tengo una buena memoria, pero no sé si podré recordar nuestras conversaciones lo bastante bien para nuestro libro, de modo que...

Tu elección del ego en lugar del Espíritu Santo ha hecho que la Voz de Dios sea casi completamente inaudible para ti.

PURSAH: Lo sabemos, Gary. Has estado grabándonos todo el tiempo, desde la segunda visita. Te dijimos que no nos grabaras sólo para probar nuestras apariciones a la gente, pero no dijimos que no pudieras grabarnos para tu uso personal. Lo hemos sabido en todo momento, incluso cuando nos preguntaste si sería buena idea, aunque ya nos estabas grabando. Todos tus errores son pasados por altos por quienes verdaderamente juzgan según el Espíritu Santo.

Entendimos que necesitabas saber que no te estabas volviendo loco, y que nosotros realmente estábamos aquí, hablándote, o al mismo nivel de realidad que todo lo demás. Querías saber que de verdad habías oído nuestras voces volviendo a escucharlas después. Nada demasiado importante. Finalmente te explicaremos más sobre nuestros cuerpos, nuestras voces, y lo que verdaderamente son. Esto también explicará las apariciones de la Virgen María, e incluso de ángeles.

ARTEN: ¿Pensabas que no sabíamos que conectas esa tonta grabadora que se activa con la voz cada vez que entras en esta habitación por si acaso aparecemos? ¡Gary! A partir de ahora, actívala solamente cuando vengamos.

GARY: Pensaba que tal vez no os importaría ya que no habéis dicho nada al respecto, pero quería asegurarme. ¿Qué os parece si tiro las cintas a la basura cuando acabe el libro? Así no sentiré la tentación de usarlas para ningún otro propósito aparte de la escritura.

PURSAH: Son de tu propiedad, pero ésa es una buena idea. Tampoco tienen tanta calidad. Así tendrás una cosa menos en la que pensar.

ARTEN: Siguiendo con nuestra historia, has elegido el ego y ahora estás identificado con él. La primera división hizo que la conciencia de tu perfecta unidad con Dios fuera sólo un recuerdo. La segunda división trajo dos partes a la mente. La tercera división ha hecho que el Espíritu Santo sea sólo un recuerdo, y el ego tiene ahora tu atención. Miras hacia él cuando quieres explicarte qué está pasando, y el ego tiene un mensaje para ti. El mensaje es éste: *Más vale que salgas corriendo de aquí, colega.* Y a continuación pasa a darte algunas razones. En tu confuso estado mental, la lógica de sus razones te parece muy convincente.

—¿No sabes qué has hecho? —pregunta el ego en nuestra historia metafórica— ¡te has separado de Dios! Has pecado gravemente contra Él. Te la vas a ganar. Has tomado el paraíso —todo lo que Él te dio—, se lo has tirado a la cara y le has dicho: «¿Quién diablos te necesita?» ¡Le has atacado! Estás muerto. Tienes las mismas posibilidades que una bola de nieve en el infierno contra Él: Él es impresionante y tú no eres nada. Lo has echado todo a perder y por eso te sientes culpable. Si no sales corriendo de aquí ahora mismo, ¡va a ser peor que la muerte!

—Oh, Dios mío —piensas en respuesta al ego—. ¿Qué he hecho? Tienes razón: ¡He atacado al Cielo y lo he arruinado todo! Pero, ¿a dónde puedo ir? ¿Qué puedo hacer? Puedo correr, pero no puedo ocultarme. ¡No hay lugar donde pueda esconderme de Dios mismo!

—Bien, eso no es exactamente así —dice el ego—, porque yo estoy aquí para ayudarte. Soy tu amigo y tengo una idea. Tengo un lugar al que podemos ir juntos. Podrás ser tu propio jefe y no tendrás que enfrentarte a Dios en absoluto. Nunca le verás. ¡Él ni siquiera podrá llegar a ese lugar!

—¿Es cierto lo que me estás diciendo? —preguntas—. ¡Eso me suena muy bien, vámonos!

—De acuerdo —dice el ego—, haz exactamente lo que yo te diga.

Pursah: Por supuesto, todo lo que el ego dice sobre Dios y lo que ha ocurrido no es cierto, porque el ego tiene aproximadamente el mismo grado de cordura que el emperador Calígula. Dios nunca haría nada que no fuera amarte. Aquí es donde tienes que saber algo más sobre cómo funciona la mente.

Dado el poder de la mente, tienes que entender el poder que tiene tu *creencia*. Fue tu creencia en la idea de que podías estar separado de Dios —el hecho de tomarla en serio— lo que le dio tanto poder y realismo. Como dice el Curso:

> La única manera de liberarse de las ilusiones es dejando de creer en ellas[25].

También tienes que darte cuenta de que como creaste la dualidad decidiendo ser un perceptor, todo lo que percibes incluirá características que parezcan ser lo opuesto de aquello de lo que aparentemente te has separado. Aquello de lo que aparentemente te has separado, el Cielo, tiene un conjunto de características, y lo que tú percibes como tu realidad tiene un conjunto de características opuesto.

El Cielo, aunque está más allá de todas las palabras, tiene este tipo de características: es perfecto, informe, inmutable, abstracto, eterno, inocente, total, abundante, completo Amor. El Cielo es realidad; es Vida. Dios y Cristo, y las Creaciones de Cristo son perfecta unidad. No hay nada más. Este es el dominio de la Voluntad de Dios: el Conocimiento del Padre. En realidad, no es posible describir la experiencia de tu conciencia de esta perfecta unidad, pero te aseguro que la *conocerás* cuando tengas una experiencia temporal de ella. No se parece a ninguna cosa con lo que estés familiarizado.

El dominio de la percepción, por otra parte, siendo aparentemente lo opuesto al Cielo, incluye características muy diferentes. Recordando que aquí aún estamos hablando a nivel metafísico, estos atributos incluyen: individualidad, forma, contornos, rasgos específicos, cambios, tiempo, separación, división, ilusión, deseos, escasez y muerte. *Por eso* en el Libro del Génesis 2:16 17, saliendo directamente de la mente inconsciente del escritor, se dice: «Podéis comer libremente de cada árbol del huerto; pero no comeréis del árbol de la ciencia del bien y del mal, porque el día en que comáis de él, moriréis.» Bien y mal son opuestos, y en cuanto tienes un aparente opuesto del Cielo, tienes la muerte. Pero, como afirma constantemente el Curso de mil maneras distintas, desde su principio en la Introducción: «(...) lo que es omniabarcante no puede tener opuesto»[26]. ¿Estás empezando a entender lo que eso significa?

GARY: Sí, creo que estoy empezando a captar su magnitud. ¿Cuándo va a salir del coma el artista antes conocido como Cristo para que yo pueda volver al orgasmo de la creación?

PURSAH: Eso está en camino. Aún no hemos terminado de decirte cómo pareciste llegar *aquí.*

Una vez que has elegido escuchar la tentación del ego de ser un individuo separado, tu creencia en la realidad de la separación empieza a causarte algunos problemas serios. Ahora Dios parece estar fuera de ti, y *todo* lo que experimentas te dice que te has separado de Él. Éste es un problema que sigues teniendo en este mismo segundo, aunque es inconsciente para ti. Prácticamente la totalidad de tu mente es inconsciente para ti, del mismo modo que casi la totalidad de un iceberg está debajo de la superficie del agua. Gary, mientras vivas en la realidad del universo físico, todo lo que percibas será un recordatorio constante e inconsciente de que has cometido el acto de separarte de Dios. Como verás, éste es un punto importante.

ARTEN: Volviendo a nuestra pequeña creación errónea, la voz de tu ego que oyes en tu mente te ha dicho algunas cosas sobre tu condición y sobre Dios que simplemente no son ciertas. Las has comprado en parte porque te gusta la idea de ser un individuo con una voluntad aparentemente separada, aunque en realidad eso no es posible. Tomándote *en serio* la separación y la voz de tu ego, eso se traduce en tu

Prácticamente la totalidad de tu mente es inconsciente para ti, del mismo modo que casi la totalidad de un iceberg está debajo de la superficie del agua.

mente aparentemente separada como un *pecado contra Dios.* Ahora bien, si has pecado, eso significa que eres *culpable,* y lo sientes a nivel metafísico, aunque no siempre lo sientas al nivel del mundo. Ser el bastardo culpable que crees ser también implica creer que vas a ser duramente castigado. Incluso al nivel de este mundo cualquier psicólogo te explicará que la culpa inconsciente exige castigo. A nivel metafísico estamos diciendo que crees sinceramente que estás a punto de ser atacado y castigado por el propio Dios.

La anticipación de este castigo peor que la muerte por parte de Dios genera *miedo,* un miedo tan terrible que no puedes comprenderlo. Sin embargo, has estado huyendo de él por lo que parecen haber sido millones de años. De modo que, *ahora,* estamos en un punto en el que podemos decirte por qué tu universo, tu mundo y tu cuerpo fueron hechos originalmente por la mente. En realidad todos ellos fueron hechos simultáneamente, aunque en el sueño lineal las cosas parecen ocurrir de manera separada.

No hay ninguna otra disciplina espiritual que comprenda y explique la motivación que está detrás de la creación de este mundo, la misma motivación que hoy lo mantiene en marcha. Esa motivación es el miedo, que siempre se remonta en último término al temor de Dios[27]. La mente transtemporal, a espacial y aparentemente separada está en un paralizante estado de miedo a causa de un castigo que, según cree, le va a venir de Dios. De modo que el ego te convence de que necesitas una *defensa,* sin molestarse en mencionar que la defensa que ofrece está destinada a asegurarse su propia supervivencia a través de la individualidad. De hecho, si analizas las cuatro últimas sílabas de la palabra *individualidad,* verás que dicen *dualidad.* Esto no es sólo un accidente semántico.

La voz del ego te habla como si él fuera tu amigo y estuviera defendiendo *tus* intereses. Recordarás que ya hemos dicho que el ego te ha convencido de que Dios va a por ti y que más te vale esconderte en lugar seguro. Ese lugar es este universo. En lo tocante al ego, la mejor defensa es un buen ataque. De hecho, defensa y ataque son las dos caras de la misma moneda. Al hablar de cómo algunos de estos conceptos se relacionan entre sí, el Curso enseña:

> El ego es la parte de la mente que cree en la división. ¿Cómo iba a poder una parte de Dios separarse de Él sin creer que lo está atacando? Hablamos anteriormente del problema de la autoridad y dijimos que

> se basa en el concepto de que es posible usurpar el poder de Dios. El ego cree que eso es lo que tú hiciste, porque cree que tú eres él. Si te identificas con el ego, sólo podrás percibirte a ti mismo como culpable. Siempre que hagas caso al ego experimentarás culpabilidad y temerás ser castigado. El ego es literalmente un pensamiento atemorizante. Por muy ridícula que sea para una mente sana la idea de atacar a Dios, nunca olvides que el ego es demente. Representa un sistema de conceptos ilusorios y habla en su nombre. Hacer caso a la voz del ego significa que crees que es posible atacar a Dios, y que has arrancado una parte de Él y te has apoderado de ella. De ahí procede el miedo a las represalias externas, ya que el sentimiento de culpabilidad es tan intenso que tiene que ser proyectado[28].

Así pues, creyendo que la separación ha ocurrido, y teniendo en cuenta tu miedo al castigo y a la respuesta de Dios de la que crees que tienes que defenderte, ya has desarrollado —por escuchar al ego— un sistema de pensamiento que te dice que has pecado, que eres culpable, y que el inevitable castigo de Dios exige que te defiendas. Te sientes completamente vulnerable, y el ego te ha dicho que tiene una idea, un lugar al que puedes ir donde Dios nunca te encontrará. En tu estado de confusión, ahora eres un seguidor del ego en lugar de ser un seguidor de la Voluntad de Dios, y escuchas la brillante pero retorcida idea del ego de ponerte a salvo de aquello que ya no recuerdas que es tu verdadera realidad, y de lo que ahora, en cambio, tienes un miedo mortal.

GARY: Un segundo. Tengo otra pregunta rápida.

ARTEN: De acuerdo, pero ya estoy visualizando taparte la boca con cinta adhesiva.

GARY: ¿Vais a decirme dónde están todas estas citas del Curso?, porque, por lo que me habéis dicho antes, supongo que tendré que anotarlas todas.

PURSAH: No. Queremos que las encuentres tú solito.

GARY: ¡El Curso tiene casi mil trescientas páginas! Eso parece mucho trabajo, y trabajar es algo a lo que yo me opongo por principio.

PURSAH: Piensa en ello como una manera de estudiar. Recuerda que este mensaje está pensado para ti. Apréndelo, y después transmítelo. Además, el verdadero trabajo ni siquiera ha empezado. Esto es la solicitud. Como ya te hemos dicho, ¿cómo vas a aplicar lo que aún no has aprendido?

ARTEN: De modo que ahora ha llegado el momento, en esta espectacular revisión, en que el ego está a punto de dar su respuesta grandiosa a tu imaginaria situación de pesadilla.

La imponente magnitud de la dolorosa vergüenza y la aguda culpabilidad que sientes en tu mente, resultado de lo que *crees* haber hecho, parecen requerir una huida completa e inmediata. De modo que te unes al ego y, entonces, el incomprensible poder que tiene tu mente para crear ilusiones como perceptor —en lugar de crear espíritu como creador— hace que tu manera de escapar se vuelva evidente. En este punto el ego, con el que ahora estás totalmente identificado, emplea el método ingenioso aunque ilusorio de la proyección para arrojar el pensamiento de la separación *fuera* de tu mente, y tú —o al menos la parte de ti que parece tener una conciencia— parece haber sido proyectada con él. Esto causa de inmediato lo que popularmente se conoce como Big Bang, o la creación del universo. Ahora pareces estar *en* el universo, pero no te das cuenta de que estás literalmente *fuera* de tu mente.

Ahora, el enemigo que tanto temes, Dios, ya no parece estar en la mente contigo, donde crees que no habrías tenido la menor oportunidad ante Él. En cambio Dios, y todo lo demás, parecen estar completamente fuera de ti. La fuente de tus problemas, *incluyendo* la culpabilidad, ahora está en alguna otra parte, aunque ya hemos dejado claro que no puede *haber* ningún otro lugar. La creación del cosmos es tu protección de Dios, un ingenioso escondite. Al mismo tiempo, el universo mismo se convierte en el chivo expiatorio definitivo.

Ahora bien, tanto la causa como la culpa de tu problema de separación, por no hablar de la culpa de todos tus nuevos problemas, puede hallarse —si te esfuerzas lo suficiente junto con el ego— en algún lugar externo a ti. Evidentemente, se ha creado *todo un nuevo nivel en* el que el sistema de pensamiento del pecado, de la culpa, del miedo, del ataque y de la defensa puede escenificarse de un modo que protegerá tu mente aparentemente separada, que ahora crees que es tu alma, del terrible miedo y de la culpabilidad, que por otra parte son completamente *inconscientes.* Para ilustrar hasta qué punto el ego se resiste a mirar esta culpa en la mente, basta considerar que, a pesar de que *Un Curso de Milagros* tiene mucho que ver *con* la curación de la culpabilidad inconsciente, la mayoría de los profesores del Curso ni siquiera lo mencionan.

Como logro supremo de todo este gran plan, el ego hace —redoble de tambores, por favor— el *cuerpo.* Esto permite al ego dejar entrar en tu conciencia, de manera casi exclusiva, sólo esas cosas que dan fe de la realidad de tu querida ilusión. Sin embargo, el cuerpo mismo sólo es otra parte de la ilusión, y pedirle que te explique la ilusión no es diferente de pedir a la ilusión que se explique a sí misma. Y, por supuesto, el ego está más que feliz de darte sus respuestas.

Este universo, el mundo y tu cuerpo dan forma a una estructura defensiva en la que te escondes de tu pecado imaginario, de tu culpa y del miedo resultante a la venganza de Dios. Ahora el ego tiene un método firmemente asentado para ocuparse de este pecado, culpa y miedo —que ahora son inconscientes— proyectándolos sobre los demás.

Cuando en nuestra próxima visita te expliquemos cómo se plasma este sistema de pensamiento en el mundo, podrás observarlo en acción por todas partes: en todas tus relaciones personales, en las relaciones de los demás, en las relaciones internacionales, en la política y en otras profesiones, y en cualquier otro lugar donde quieras mirar. Entonces empezarás a ver por ti mismo que el mensaje del Curso es verdad. Al comentar esto, vamos a decirte algunas cosas que no son para remilgados. El ego no es hermoso. Después de eso, podemos empezar a divertirnos.

Cuando seas capaz de observar en acción el sistema de pensamiento del ego —lo cual es ciertamente bastante interesante para empezar—, entonces podremos explicarte cómo puedes ayudar al Espíritu Santo a volver las tornas sobre el ego, apresurar tu propia salvación y finalmente romper el ciclo de nacimiento y muerte.

GARY: De modo que sigo encarnándome por esta culpabilidad inconsciente y este miedo que hay en mi mente. Estáis diciendo que si resolviera la culpa y no tuviera este miedo oculto, no necesitaría un cuerpo, el mundo y ni siquiera el universo.

ARTEN: Excelente. Sabía que no eras un maldito estúpido. Traté de decírselo a J pero no quería escuchar. Te estoy tomando el pelo. Después de nuestra próxima aparición, nuestras visitas serán más breves y dulces. Para poder trabajar realmente con J o con el Espíritu Santo debes ser capaz de observar el sistema de pensamiento del ego en acción, que es el mismo sistema de pensamiento al que has estado suscrito durante eones sin ser consciente de ello. Tienes que estar dispuesto a mirarlo, con el Espíritu Santo o J como profesores.

Como J expresa en el Curso:

> Nadie puede escapar de las ilusiones a menos que las examine, porque no examinarlas es la manera de protegerlas. No hay necesidad de sentirse amedrantado por ellas, pues no son peligrosas. Estamos listos para examinar más detenidamente el sistema de pensamiento del ego

porque juntos disponemos de la lámpara que lo disipará, y, puesto que te has dado cuenta de que no lo deseas, debes estar listo para ello. Mantengámonos muy calmados al hacer esto, pues lo único que estamos haciendo es buscar honestamente la verdad[29].

Pursah: Todas las ideas del ego de las que hemos hablado esta vez, y que comentaremos la próxima, deben ser llevadas ante la verdad —que es J o el Espíritu Santo— donde puedas intercambiarlas por la Expiación. Estos pensamientos han sido ocultados muy cuidadosamente en tu inconsciente desde la aparente separación. No lo sabes, pero tienes mucho miedo de lo que has olvidado o de aquello de lo que te has disociado. *Por eso* no quieres mirar realmente estas cosas. Por tu miedo oculto tendrás una tremenda *resistencia* a acercarte a tu inconsciente. Como el Curso señala en el Texto:

> El conocimiento, entonces, debe preceder a la disociación, de modo que ésta no es otra cosa que la decisión de olvidar. Lo que se ha olvidado parece entonces temible, pero únicamente porque la disociación es un ataque contra la verdad[30].

Y también del Texto:

> ¿Podrías estar en paz separado de tu identidad? La disociación no es una solución; es algo ilusorio. Los ilusos creen que la verdad los va a agredir, y no la reconocen porque prefieren lo ilusorio. Al juzgar a la verdad como algo indeseable, perciben entonces sus propias ilusiones, las cuales obstruyen el conocimiento[31].

Gary: Hablar del cuerpo me ha hecho pensar en el cuerpo humano, pero por lo que habéis dicho, supongo que el ego debe haber hecho todos los cuerpos, incluyendo el de mi perro, Nupey, y el de todos los demás animales. Si eso es cierto, y si todo ocurrió de una vez, entonces, ¿no significa eso que la evolución es una ilusión, una especie de pantalla de humo?

Pursah: Enhorabuena a quien sepa eso. Tu generación adora la evolución, pensando que estáis en camino de crear algún tipo de nueva conciencia maravillosa. Valoráis la evolución casi tanto como valoráis la energía. Lo que llamáis evolución no es más que el ego separándose repentinamente, aparentando dividir y subdividir las células una y otra vez para hacer cuerpos y cerebros que parecen más *complejos*, y por tanto más impresionantes. Sin embargo, todos los cuerpos son iguales en su irrealidad.

En tu universo, todo está montado para convencerte de la realidad de tu cuerpo y de lo especial que es, ratificando así todo el sistema del ego. Por eso el ego siempre trata de que parezca que Dios creó el mundo, para que así continúes temiéndole al mismo tiempo que le consideras la causa de tu vida. Esto es algo que está relacionado con el hecho de que, de todos modos, el ego quería usurpar el trabajo de Dios: él *quiere* que tú espiritualices los cuerpos, como el de J —aunque era insignificante para J— y anhela que espiritualices distintos objetos y lugares. Esto hace que algunos de ellos sean más especiales que otros, dando realidad a *todos* ellos. Si Dios hizo el mundo y sus cuerpos, entonces *tú* debes ser real. Esto legitima tu presunta existencia separada, y también te mantiene alejado de tu único problema real. Y lo que es más importante, también aleja tu atención de la única *Respuesta* real a tu problema: el Espíritu Santo, que *no* está en el mundo sino en tu mente.

Tienes mucho miedo de lo que has olvidado o de aquello de lo que te has disociado. Por eso tendrás una tremenda resistencia a acercarte a tu inconsciente.

GARY: De modo que la creación del universo fue la cuarta división de la mente. Eso causó el Big Bang y lo que a continuación parecieron ser una serie de divisiones casi infinitas, el mundo de la multiplicidad. Mientras siga creyendo en la realidad de este universo, entonces, por definición, también creeré *inconscientemente* que estoy separado de Dios, y que soy un mal nacido culpable.

ARTEN: Sí. Tienes destreza con las palabras, hermano. Todo lo que ves, desde el momento en que sueñas que naces hasta el momento en que sueñas que mueres, y todo lo que sueñas entre medio, es un símbolo del pensamiento de que estás separado de Dios. El Cielo parece estar completamente roto en un incontrolable número de pedazos y ha sido reemplazado por su opuesto. Sin embargo, la historia del universo —pasada y futura— sólo es un guión[32] que fue escrito por el ego —el cuento compuesto y glorificado por el idiota del mundo— que representa, de todas las maneras concebibles, el acto de separación.

Gary: ¿Y qué hay de la unión en este nivel? La gente se casa; eso no es separación. Al menos no inmediata.

Arten: Has respondido a tu propia pregunta. En este mundo, la muerte hace que la separación sea inevitable. No es cuestión de «si sucederá», es cuestión de cuándo y cómo. Los cuerpos no pueden unirse realmente, aunque ciertamente lo han intentado, pero las mentes *pueden* unirse, y pueden unirse para siempre. El ego no quiere que te centres en la mente. Quiere que te centres en la realidad de tu cuerpo. Por fortuna, el Espíritu Santo también tiene un guión[33], y puedes elegirlo en cualquier momento que lo desees. El guión del Espíritu Santo es consistente. Como dice el Curso:

> La verdad no cambia; siempre es verdad[34].

Pursah: Cuando empieces a practicar con J, o con el Espíritu Santo, o con ambos, o con quien quieras practicar —aunque te recomendaría que *no* lo hicieras solo— empezarás a darte cuenta de que el Curso puede ser muy práctico. Está escrito a dos niveles diferentes: el nivel metafísico del que acabamos de hablar y el nivel del mundo, en el que entraremos la próxima vez. Ya te prometimos que no íbamos a darte meras teorías, y ya hemos señalado que saber que este mundo es una ilusión no es suficiente en sí mismo. Sin su método práctico de perdón, el Curso no sería más que un precioso libro inútil, alimento para el debate y para los juegos del ego. Por fortuna, como dice J en la Introducción a la Clarificación de los Términos:

> Éste no es un curso de especulación filosófica, ni se preocupa por una terminología precisa. Se orienta únicamente hacia la Expiación o corrección de la percepción. El medio de la Expiación es el perdón[35].

Comprobarás que la idea de perdón que propone el Curso es única, y está diseñada para deshacer el ego, pero no atacándolo, sino por medio del poder de elegir. Tu paz interna y la fuerza de Cristo estarán allí, perdonando las cosas que veas delante de ti. Ellas son oportunidades perfectas que, cuando las sabes aprovechar, ayudan al Espíritu Santo y a las leyes de la mente a devolverte al Cielo. Aunque no siempre será fácil, habrá muchos momentos agradables a lo largo del camino en los que sabrás que el Curso está funcionando para ti. Hasta ahora has estado atrapado en el guión que representa repetidamente el sistema de pensamiento del ego. ¡Ya es hora de que te liberes y empieces a escribir otro guión, el que te llevará a casa!

Es posible que quieras empezar a escribir para compartir nuestro mensaje. No te olvides de divertirte, aunque tengas problemas gramaticales. A ver qué te parece esta idea: ¿Por qué no presentas nuestra historia en forma de diálogo? De ese modo podrás copiar la mayor parte directamente de las cintas, y puedes usar las notas que estás tomando. Si te pones en marcha, nuestro libro estará casi acabado en el momento que dejemos de visitarte. Inténtalo. Será divertido.

Gary: Sí, pero, ¿qué pasa si me quedo sin lápices?

Pursah: ¿Tenemos que tener nosotros *todas* las respuestas? ¡Pide orientación a J!

Arten: Mientras estás en ello, recuerda esto: el ego *quiere* secretamente que te sientas culpable por haberte separado de Dios, pero eso no es cierto, a pesar de todas las apariencias y experiencias en sentido contrario. Te diremos más cosas sobre cómo el ego trata de urdir sus engaños la próxima que vengamos por aquí. Hasta entonces, procura ser honesto contigo mismo cuando consideres la verdadera naturaleza del universo y de este mundo. J es muy claro respecto a lo que la gente considera algún tipo de hermosa Creación de Dios. Para darte únicamente uno de los muchos ejemplos, esto es lo que dice en el Texto de este mundo de falsos ídolos:

> Un ídolo se establece mediante la fe, y cuando la creencia se abandona, el ídolo «muere». Esto es lo que es el Anticristo: la extraña idea de que hay un poder más allá de la omnipotencia, un lugar más allá del infinito y un tiempo que trasciende lo eterno. Ahí el mundo de los ídolos ha sido establecido por la idea de que ese poder, lugar y tiempo tienen forma, y de que configuran el mundo en el que todo lo imposible ha ocurrido. Ahí lo inmortal viene a morir, lo omniabarcante a sufrir pérdidas, y lo eterno a convertirse en esclavo del tiempo. Ahí lo inmutable cambia, y la paz de Dios, que Él otorgó para siempre a toda cosa viviente, da paso al caos. Y el Hijo de Dios, tan perfecto, impecable y amoroso como su Padre, viene a odiar por un tiempo, a padecer y finalmente a morir[36].

Gary: Supongo que esto fue su mensaje de Navidad.

Arten: Como sabes, J tiene algunas cosas muy hermosas que decir sobre la Navidad y la Semana Santa. Te recomiendo que leas el Texto regularmente. Hace falta tiempo para que cale, pero es bueno que lo hagas. La mayoría de los estudiantes del Curso se ciñen exclusivamente al Libro de Ejercicios y al Manual para el Maestro, que son importantes. Pero, como Pursah señaló antes, no suelen leer el Texto con mucha frecuencia, excepto cuando lo leen por turno en los grupos de estudio. Lo cierto es que al descuidar el Texto se están perdiendo el núcleo del Curso.

PURSAH: Voy a darte dos sugerencias finales respecto a tu libro y después no lo mencionaremos más a menos que nos preguntes. A partir de ahora, debes consultar este tema de manera general con el Espíritu Santo. Quiero que te acostumbres a trabajar con Él. Pregúntale qué hacer cuando se trata de *cualquier cosa* relacionada con nuestra misión. Pero estas son las dos cosas que quiero decir. En primer lugar, no te molestes en describirnos mucho a Arten y a mí. Lo fundamental es enseñar a la gente que *no* son cuerpos. Y si ellos no son cuerpos, tampoco estaría bien hacer hincapié en nuestros cuerpos ilusorios. El libro no debería ser sobre nosotros, sino sobre el mensaje que traemos. En segundo lugar, al escribir, deberías sentirte completamente libre de culpa. El libro no es tu responsabilidad; es responsabilidad del Espíritu Santo.

Ahora bien, concluiremos nuestros comentarios sobre la naturaleza de este mundo —y hacemos hincapié en la *naturaleza* de este mundo en lugar del mundo mismo— porque este mundo de sueño no es real. J hizo referencia brevemente a este mundo en mi Evangelio cuando pronunció el dicho 40:

> Una vid ha sido plantada lejos del Padre, pero como no está sana, será arrancada de raíz y destruida.

Y en el pasaje que aparece en la versión de Nag Hammadi con el número 56 dice:

> Todo el que ha venido a conocer este mundo sólo ha descubierto una carcasa, y todo el que ha descubierto una carcasa se merece más que el mundo.

Y en lo tocante al Cielo, ¿recuerdas el dicho número 49?:

Bienaventurados los que estáis solos y habéis sido elegidos, porque encontraréis el Reino de Dios. Porque habéis venido de él, y a él volveréis de nuevo.

Aunque el mundo está tan loco como hace dos mil años, está en situación de aprender mucho más.

En este dicho, las personas están solas porque saben que en realidad sólo hay *uno* de nosotros. En realidad no está sola, por supuesto, porque tiene al Espíritu Santo. Como indicamos antes, estas personas han sido elegidas porque optaron por escuchar. El significado del resto del dicho debe ser evidente en función de lo que te hemos contado hasta ahora.

J os ha dado *Un Curso de Milagros* para mostraros cómo volver al Reino Celestial. Como ya hemos señalado, hace dos mil años el mundo sólo podía entender hasta un punto. A día de hoy, aunque el mundo está tan loco como entonces, está en situación de aprender mucho más.

GARY: Creo que esto no se parece a ninguna otra cosa, incluyendo el cristianismo.

PURSAH: No quiero elaborar ese punto, Gary, pero el cristianismo fue una continuación de las antiguas escrituras bajo una nueva forma. Basta con que leas Romanos, Capítulo 1, para ver que el futuro San Pablo respalda las ideas del Levítico, Capítulo 20, por razones políticas, para intentar apaciguar al suspicaz Santiago y la secta de Jerusalén. La religión organizada es política, amigo mío. Mira cómo el Apocalipsis roba del Libro de Daniel. La cristiandad era lo de siempre con un nuevo envoltorio, sólo que el unigénito de Dios es sacrificado y después adorado. J, por su parte, no era ni es la misma vieja cosa en un nuevo envoltorio, y tampoco lo es *Un Curso de Milagros.* Un curso de estudio individual no requiere una religión organizada y, como hemos dicho antes, a J nunca le interesó poner en marcha ninguna.

ARTEN: Ahora que nos vamos ilusoriamente hasta la próxima vez, empieza a mirar el mundo con más cuidado, junto al Espíritu Santo, y tendrás un criterio muy elevado —tan elevado como el que tuvo J— para ayudarte a elegir entre el sistema de pensamiento del Espíritu Santo y el del ego. Como dice el Curso:

> La verdad respecto a ti es tan sublime que nada que sea indigno de Dios puede ser digno de ti. Decide, pues, lo que deseas desde este punto de vista, y no aceptes nada que no sea digno de ser ofrecido a Dios[37].

Adiós de momento, Gary. Recuerda esto con certeza. Cuando estés preparado para elegir al Espíritu Santo como Profesor, J estará allí contigo. Y si tú no estás preparado, él seguirá estando allí contigo. Porque, como dice en el Texto:

> Si quieres ser como yo, te ayudaré, pues sé que somos iguales. Si quieres ser diferente, aguardaré hasta que cambies de parecer[38].

Arten y Pursah desaparecieron, permitiéndome considerar con calma las implicaciones de nuestro debate —siendo una de las principales el hecho de que yo no existía, excepto en mi realidad celestial— y contemplar la motivación que está detrás de un mundo que, aunque parecía no haber cambiado, yo ya no volvería a mirar de la misma manera.

5. EL PLAN DEL EGO

> Cada vez que respondes a la llamada del ego estás haciendo un llamamiento a la guerra, y la guerra ciertamente te priva de la paz. Mas en esta guerra no hay adversario[1].

Desperté al día siguiente hacia el amanecer y abrí los ojos. Para mi sorpresa, me di cuenta de que no podía ver ninguna imagen separada. Lo único que podía distinguir era lo que parecía ser un recubrimiento, era como si tuviera parches sobre los ojos. Estos parches estaban hechos de perfecta luz blanca e inmaculada. Era una luz aún más pura que la nieve intacta que a veces veo por las mañanas en los campos que hay detrás de mi casa cuando la tormenta del noreste golpea el duro paisaje de Maine.

Cuando cerré los ojos, vi algo diferente. La hermosa luz blanca que había ocupado mi campo de visión seguía estando allí, pero ahora había feas manchas de oscuridad cubriendo buena parte de la luz. Aún podía verse parte de la luz, pero una buena proporción de ella —más de la mitad— había quedado oscurecida por esta negrura amenazadora.

Desconcertado, abrí los ojos, y otra vez volví a ver únicamente la hermosa y atractiva luz blanca. Al cerrarlos de nuevo, las manchas de horrible negrura retornaron. Sin saber cómo explicármelo —y siendo el tipo de persona que puede seguir durmiendo en medio de un terremoto— volví a mis sueños nocturnos, sin estar seguro de si esta experiencia era parte de ellos o no.

Cuando volví a despertar más tarde, recordé la experiencia y, medio dormido, pregunté a J mentalmente: «De acuerdo, me rindo. ¿Qué ha sido eso?» Después de intentar no pensar en nada, se me ofreció esta idea: «Piensa en ello a la vez que yo.» Pronto me di cuenta de que la luz pura representaba el espíritu puro que yo era realmente, y que volvería a ser cuando abriera *verdaderamente* los ojos y despertara. La oscuridad era la profunda culpabilidad inconsciente enterrada en mi mente. Entonces pensé: «Esta oscuridad es lo que tiene que ser curado internamente por el Espíritu Santo mientras yo perdono —junto con Él— los correspondientes símbolos de mi culpa que parecen estar fuera de mí. Cuando ese trabajo esté acabado, sólo quedará la luz.»

Con esta experiencia, así como con la discusión de la noche anterior con Pursah y Arten aún fresca en mi cabeza, dediqué unas cuantas horas de aquella tarde a escuchar las cintas de Ken Wapnick que había tomado prestadas del coordinador de mi grupo de estudio. Al principio me sentí fascinado por el estilo de Ken, que se parecía mucho al de un profesor universitario. Después de todo, Ken era un erudito. A medida que seguía escuchando, me di cuenta de que a la hora de explicar los principios metafísicos avanzados del Curso —así como sus aplicaciones prácticas y cotidianas—, Ken era de gran ayuda. Más adelante aquella noche, cuando me senté y leí unas pocas páginas del Texto, me sorprendió descubrir que era mucho más fácil entender *por mí mismo* el significado exacto de algunas de las líneas que leía.

En las semanas siguientes, también me esforcé al máximo por perdonar, especialmente en los momentos en que Karen y yo teníamos problemas y no nos iba bien. Las lecciones del Libro de Ejercicios me ayudaron, y a menudo las puse en práctica con Karen. Nos resultaba fácil crisparnos los nervios mutuamente, sobre todo cuando teníamos poco dinero y nos sentíamos bajo presión. Karen era una buena mujer que me amaba y cuidaba de mí. Llevábamos once años felizmente casados, pero, si había un fallo que atribuirle, era que tenía sobrecarga de quejas y agravios. Una de ellas era que había probado varias profesiones, pero nunca había encontrado una con la que se sintiera feliz o que le permitiera ganar dinero. La situación estaba exacerbada por el hecho de que yo mismo no ganaba mucho dinero con mi negocio.

Una noche, cuando Karen se estaba quejando y protestando de su trabajo y de nuestra situación económica, observé con interés que no estaba teniendo la típica reacción crítica a su monólogo negativo. En cambio, tuve dos experiencias diferenciadas y atípicas: la primera fue darme cuenta de que Karen me estaba pidiendo amor, lo que hizo que sus palabras sonaran diferentes, como una inocente petición de comprensión; la segunda experiencia fue que, en realidad, no la estaba viendo a ella, sino a la figura que deseaba tener en mi sueño para poder culparla por crear un ambiente negativo, que a continuación podía utilizar convenientemente para excusar mi propia ineficacia.

Estas nuevas experiencias iniciaron el proceso de cambiar mi manera de ver a Karen, haciendo que fuera más divertido hablar con ella (y más divertido ir a la cama). Aunque *no siempre* reconocía mis oportunidades de perdón, seguía aprendiendo rápidamente.

Pasaron cuatro meses hasta que volví a ver a mis visitantes ascendidos, y me parecieron unos meses muy largos. Había momentos en los que me sentía molesto, y otras veces me sentía verdaderamente abandonado, aunque me descubría a mí mismo intentando hacer una relación especial de todo aquello e intentaba perdonarlo. A veces pensaba: «Tal vez todo esto sea una prueba para ver si puedo perdonar.» Entonces perdonaba, pero no lo que Arten y Pursah hacían o dejaran de hacer, ya que eso sólo haría que el «error» fuera real para mí. Como el mundo sólo es un sueño, el Curso suplica a sus estudiantes que perdonen a sus hermanos por lo que *no* hicieron[2], evitando así que el error se vuelva real para ellos[3]. Cuando pensaba en las cosas en estos términos, me daba cuenta de que era más capaz de experimentarme como el creador de mi sueño, en lugar de ser su víctima.[4]

Una noche, mientras Karen asistía a una clase de informática y yo estaba a punto de beber la primera de lo que esperaba que fueran varias cervezas, Arten y Pursah aparecieron en mi salón por quinta vez. En el momento que vi sus amables sonrisas, recordé cuánto me gustaba su compañía y tener el honor de escucharles. Dejé mi cerveza, fui hasta la mesa baja y tomé mi cuaderno de notas. También encendí la grabadora. Años atrás, había pasado muchas noches grabando a mi banda durante nuestras largas actuaciones, de modo que sabía muy bien cómo usar cintas extralargas que no se acabaran mientras mis amigos estaban hablando. Ninguno de nosotros volvió a mencionar el tema de las cintas hasta nuestro encuentro final.

Me sorprendí a mí mismo siendo el primero en comenzar el diálogo.

GARY: Hola, tíos, ¡estoy encantado de veros! Gracias por venir. Supongo que sabéis de mis experiencias durante los cuatro últimos meses, y lo agradecido que me siento de que me estéis ayudando.

PURSAH: Por supuesto. Nosotros también te estamos agradecidos. No sirve de nada enseñar a alguien o decirle cosas si no va a poder aprovecharlas. Tú, hermano mío, estás usando lo que te decimos, aunque ya has descubierto que no siempre resulta fácil.

A medida que aprendas más, te darás cuenta de que estamos enseñando una interpretación purista y no dual de la verdad; así es como el Curso ha de ser entendido. A medida que transcurra el tiempo, cada vez habrá más personas que enseñen el Curso de este modo, aunque nosotros no somos todo lo educados que serán la mayoría de ellos. Ahora mismo la gente tiende a tomar prestadas partes del Curso y después hacen su propia cosa. En el futuro habrá muchos más puristas.

GARY: Dices que no eres tan educada como ellos, entonces, ¿por qué no eres más educada, mi querida listilla espiritual?

PURSAH: Hace falta un listillo para detectar a otro, campeón. Además, tú también eres un mensajero, y ya es hora de que alguien ponga el universo en su lugar.

Sin embargo, hay algo más de lo que deberías ser consciente. Cuando tengas más experiencia con el perdón —y comentaremos un aspecto del perdón dentro de un minuto antes de examinar el ego más de cerca—, el perdón te ayudará a darte cuenta de que no necesitas tu humor satírico tanto como crees. Cuando *tú* ya no lo necesites, *nosotros* tampoco lo necesitaremos para comunicarnos contigo. El Espíritu Santo habla con la gente de distintas maneras. A medida que cambian —y te aseguro que si eligen al Espíritu Santo como Profesor vuelven a cambiar hacia la realidad deshaciendo los falsos cambios del ego—, el Espíritu Santo puede hablarles de la manera adecuada que corresponda. Piensas que somos demasiado duros contigo, pero, como llegarás a darte cuenta, en realidad eres tú quien es muy duro contigo mismo. Lo cierto es que no quieres mirar tu odio, pero vamos a mirar parte de él durante esta visita.

También has indicado que crees que somos demasiado duros con otra gente. Sin embargo, te hemos dicho repetidamente que no hay nadie más. No hay otra gente. De modo que sigamos adelante, y llegará el momento en el que te darás cuenta de que decimos nuestras palabras para producir un resultado final, y ciertamente no para juzgar un mundo que no existe.

ARTEN: Antes de desenmascarar a tu falso amigo el ego, repitamos una de las lecciones del Libro de Ejercicios. Queremos abordar el tema del perdón aquí porque vamos a señalar algunas cosas respecto al ego que pueden alterarte un poco, y para que no te desmoralices, queremos resaltar antes de tiempo que hay formas simples —no necesariamente fáciles, a menos que seas un profesor avanzado—, formas simples de deshacer el ego. Ahora llevas más de seis meses trabajando con el

Libro de Ejercicios y vas bien. Cuando en tu mundo las cosas ocurren rápidamente, a veces sigues condenando a los demás. A casi todo el mundo le sucede, incluso a los estudiantes avanzados del Curso. De modo que tenemos una pregunta para ti. ¿Qué pasaría si te negaras a comprometerte con lo que has aprendido del Curso? No me estoy refiriendo únicamente a tu manera de hablar de los principios del Curso a los demás. Estoy hablando de cómo practicas lo que predicas, no de que tengas que predicar nada. ¿Qué pasaría si siguieras una lección del Libro de Ejercicios al pie de la letra y aplicaras sus principios cada día, tal como hizo J cuando apareció en un cuerpo?

GARY: ¿Qué lección del Libro de Ejercicios queréis que repita y siga al pie de la letra?

ARTEN: Una muy importante. Quiero que leas la primera mitad de la lección 68. Lee hasta la tercera frase del cuarto párrafo y después detente. Podrás hacer el resto después. Mientras lees, piensa en qué pasaría si hicieras siempre eso que se te dice. Piensa en lo que podría suponer para tu paz mental y tu fuerza psicológica. No estoy diciendo que la mayoría de la gente lo practique siempre. La mayoría no lo hace. Sólo estoy preguntado, ¿qué pasaría si lo hicieras *tú*?

Ves, ahora mismo tu mente juzga y condena *automáticamente.* Los pensamientos y la conducta de la mayoría de la gente en realidad son muy previsibles, por muy interesantes e individualistas que puedan creer que son. Uno de los objetivos del Curso es entrenar tu mente para que llegue el día en que, en lugar de juzgar automáticamente, perdones automáticamente. Si adoptaras este hábito, los beneficios para tu mente serían inconmensurables.

Uno de los objetivos del Curso es entrenar tu mente para que llegue el día en que, en lugar de juzgar automáticamente, perdones automáticamente.

GARY: Es como uno de los principios de los milagros que vienen al principio del Texto, cuando dice: «Los milagros son hábitos...[5]»

ARTEN: Sí. Te acostumbras tanto a seguir el sistema de pensamiento del Espíritu Santo que su verdadero perdón se convierte en una segunda naturaleza para ti. ¿Por qué no lees esa parte de la lección del Libro de Ejercicios? Ya sé que lo has hecho, pero esta vez decide hacerlo aún con más determinación.

GARY: De acuerdo, Profesor ascendido.

EL AMOR NO ABRIGA RESENTIMIENTOS

Tú, que fuiste creado por el Amor a semejanza de Sí Mismo, no puedes abrigar resentimientos y conocer tu Ser. Abrigar resentimientos es olvidarte de quién eres. Abrigar resentimientos es verte a ti mismo como un cuerpo. Abrigar resentimientos es permitir que el ego gobierne tu mente y condenar el cuerpo a morir. Quizás aún no hayas comprendido del todo lo que abrigar resentimientos le acarrea a tu mente. Te hace sentir como si estuvieras enajenado de su Fuente y fueses diferente de Él. Te hace creer que Él es como aquello en lo que tú piensas que te has convertido, pues nadie puede concebir que su creador sea diferente de sí mismo. Escindido de tu Ser, el Cual sigue siendo consciente de su semejanza con Su Creador, tu Ser parece dormir, mientras que la parte de tu mente que teje ilusiones mientras duerme, parece estar despierta. ¿Podría ser todo esto el resultado de abrigar resentimientos? ¡Desde luego que sí! Pues aquel que abriga resentimientos niega haber sido creado por el Amor, y en su sueño de odio, su Creador se ha vuelto algo temible. ¿Quién podría tener sueños de odio y no temer a Dios? Es tan cierto que aquellos que abrigan resentimiento forjarán una nueva definición de Dios de acuerdo a su propia imagen, como que Dios los creó a Semejanza de Sí Mismo y los definió como parte de Él. Es tan cierto que aquellos que abrigan resentimientos sentirán culpabilidad, como que aquellos que perdonan hallarán la paz. Y es igualmente cierto que aquellos que abrigan resentimientos se olvidarán de quiénes son, como que los que perdonan lo recordarán.

¿No estarías dispuesto a abandonar tu resentimiento si creyeras que todo esto es cierto? Tal vez crees que no puedes desprenderte de tus resentimientos. Esto, sin embargo, no es sino una cuestión de motivación[6].

Pursah: ¿Recuerdas cuando dejaste de fumar?

Gary: Sí. Fue difícil después de haber fumado durante doce años, pero tenía la motivación necesaria. Vi morir a mis padres por los efectos del tabaco; después de cuarenta años no pudieron dejarlo. De modo que lo hice por ellos *y* por mí.

Pursah: Tu motivación para cortar con el resentimiento es tan importante para tu vida real como el dejar de fumar para tu vida corporal. Todos los cuerpos acaban muriendo, pero tu vida real está en el Cielo, y también puedes alcanzar la paz y la alegría durante tu vida temporal aquí. Estas son tus motivaciones.

ARTEN: A veces estas motivaciones no parecerán suficientes. Gary, lo que va a ocurrir es que cuando trates de perdonar, a veces podrás hacerlo. Sin embargo, si realmente te esfuerzas por hacer el Curso, te encontrarás frecuentemente con un montón de cosas que *no* querrás perdonar o a las que *no* querrás renunciar. Así es como se muestran tu resistencia y tu odio oculto e inconsciente. Esas son las cosas que no quieres mirar y que vas a tener que mirar. Es posible entender de qué están hechas estas cosas comprendiendo el sistema de pensamientos del ego y su plan de ataque.

GARY: Deduzco que las cosas que no quiera perdonar, y ni siquiera mirar de cerca, son los pecados secretos y odios ocultos[7] de los que habla el Curso, que son un símbolo de cómo me odio a *mí mismo,* sólo que los he proyectado para que parezcan estar fuera de mí. El modo de perdonarme y de ayudar al Espíritu Santo a gobernar mi mente inconsciente es desvelar y observar estas cosas con Él, y seguir perdonándolas. Cuando digo que el Espíritu Santo gobernará mi mente inconsciente, recuerdo que en realidad Él es yo, sólo que Él es mi Yo Superior, o Cristo, o también podría decir la Verdad.

Supongo que las cosas materiales y los deseos mundanos a los que no quiero renunciar son los falsos ídolos que están ahí como sustitutos de la verdad —para que pueda seguir persiguiéndolos o adorándolos— y también ayudan a convencerme de que todo esto es real.

ARTEN: Muy bien, Gary. Por eso el Curso quiere ayudar a la gente a darse cuenta de lo que tienen en su inconsciente, para que puedan librarse de ello. La mayoría de la gente, especialmente la gente agradable y espiritual, desconoce el sistema de pensamiento asesino que dirige el universo, o el odio que reside debajo de la superficie de su mente. Muchos tampoco quieren saberlo. La mayoría de la gente sólo quiere que todo salga a pedir de boca. No se les puede culpar por querer la paz, pero la *verdadera* paz se encuentra eliminando el ego, no encubriéndolo.

PURSAH: Por eso deberías recordar la motivación de paz y alegría en *esta* vida. ¿No es eso mejor que sufrir? Es posible que la gente piense: «No estoy sufriendo», o «no me siento culpable». Sin embargo, eso está ahí, en la mente, esperando la oportunidad de salir a escena. ¿Por qué esperar lo inevitable cuando puedes hacer algo al respecto?

GARY: Porque tienen miedo y no quieren.

PURSAH: Porque el *ego* no quiere. Cuando J pregunta si prefieres tener razón o ser feliz[8], él sabe que en realidad *no* quieres renunciar a muchos de tus resentimientos, ídolos y tentaciones.

GARY: Puedo resistirlo todo menos la tentación.

PURSAH: Sí, pero, ¿qué es la tentación en realidad? El Curso no admite vaguedades en la respuesta a esta pregunta.

> La lección que la tentación siempre quiere enseñar, en cualquier forma en que se presente e independientemente de donde ocurra, es ésta: quiere persuadir al Hijo de Dios de que él es un cuerpo, nacido dentro de lo que no puede sino morir, incapaz de librarse de su flaqueza y condenado a lo que el cuerpo le ordene sentir[9].

¿Por qué no miramos el plan del ego y vemos cómo trata de llevar esto a cabo? Explicaremos mucho más sobre el verdadero perdón en las próximas dos visitas. Ya indicamos durante nuestra última visita que se ha creado *todo un nuevo nivel* mental para que el sistema de pensamiento del ego pueda representarse a través de ti, sin que tú seas consciente de él. Estás siendo utilizado, y ni siquiera lo sabes. Has sido un robot. Ya es hora de que vayas recuperando tu vida, tu verdadera vida. Para conseguirlo, no obstante, tienes que saber con qué estás tratando.

El ego es una obra intrincada. Ya hemos dicho que el pensamiento de separación de Dios parece haber sido proyectado fuera de la mente —y tú con él— y que se ha creado todo un universo que incluye tu cuerpo y todos los demás cuerpos. A propósito, tu cuerpo parece estar vinculado a ti, pero en realidad está fuera de ti[10], como todo lo demás que percibes. Como todo lo que parece estar fuera de ti es igualmente ilusorio, tu cuerpo debería ser considerado como no más real o importante para ti que el de cualquier otra persona.

Las personas son como fantasmas, aunque a un nivel aparentemente diferente. Piensan que sus cuerpos están vivos, pero no lo están. Sólo ven lo que quieren ver. Por eso dijo J: «Deja que los muertos entierren a sus muertos.» La gente necesita ayuda para encontrar la verdad y ser dirigidos hacia el hogar. Necesitan la Ayuda del Espíritu Santo, pero el Espíritu Santo también necesita *tu* ayuda en forma del perdón de las imágenes que ves.

Obviamente, esto no significa que el cuerpo deba ser despreciado. Al mismo tiempo, deberías hacer como J y no dejarte impresionar por él, como comenta en este breve pasaje del Curso:

> El cuerpo es el ídolo del ego; la creencia en el pecado hecha carne y luego proyectada hacia fuera. Esto produce lo que parece ser una mu-

ralla de carne alrededor de la mente, que la mantiene prisionera en un diminuto confín del espacio y del tiempo hasta que llegue la muerte, y disponga de un solo instante en el que suspirar, sufrir y morir en honor de su amo. Y este instante tremendo es lo que parece ser la vida: un instante de desesperación, un pequeño islote de arena seca, desprovisto de agua y sepultado en el olvido[11].

Las personas son como fantasmas. Piensan que sus cuerpos están vivos, pero no lo están. Sólo ven lo que quieren ver.

GARY: El Texto dice que el segundo de los cuatro obstáculos para la paz es la creencia de que lo que ofrece el cuerpo es valioso[12].

ARTEN: Muy bien. Eso está directamente relacionado con tu atracción hacia la culpabilidad y el dolor[13]. Lee «Los obstáculos para la Paz» con mucho cuidado. Tienes que comprender que te sientes *atraído* por todo el sistema del ego. Has confundido placer y dolor[14]. Te sientes atraído inconscientemente hacia el pecado, la culpa, el miedo, el dolor y el sufrimiento. Esto no te hace diferente de los demás, sólo que tú serás una de las personas que es consciente de este hecho, de modo que podrás observarlo, perdonarlo y finalmente liberarte de ello. La mayoría de las personas no saben que van secretamente detrás de aquello que de algún modo les castigará, no en todas las áreas de su vida, pero siempre en *alguna.*

GARY: Como la polilla a la llama.

ARTEN: Exactamente. Puedes sentarte en primera fila de la clase.

GARY: Yo soy la clase.

ARTEN: Entonces no te quedes atrás. Recuerda, la gente cree inconscientemente que merece ser castigada por atacar a Dios y por arrojar lejos de sí el Cielo, y lo escenifica de muchas maneras evidentes y dramáticas. También lo escenifican de otros modos no tan evidentes y más sutiles, como siendo fan de los Red Sox.

GARY: ¡Oye! Cualquier equipo puede tener un mal siglo.

ARTEN: ¿Tienes alguna otra pregunta antes de proseguir?

GARY: Bueno, no sé. Si te planteo otra pregunta, ¿habrá una venganza divina?

ARTEN: No, y tampoco ha habido ninguna en la historia del universo.

GARY: Entonces, sólo una cosa. Estaba empezando a anotar parte de lo que has dicho, y aunque sé que vosotros sois muy amables, algunas de vuestras afirmaciones parecen un poco arrogantes. Quiero decir que yo veo vuestras caras, oigo vuestras voces y me llega vuestra actitud. Pero, para la gente que no os vea, algunas de las cosas que decís podrían parecer un poco diferentes una vez impresas de lo que son cuando las escuchas en persona. ¿Hay algo que pueda hacer a este respecto?

ARTEN: Claro. Explícalo tal como acabas de hacerlo. Asimismo, la gente debería recordar que he dicho que íbamos a ser muy directos, pero déjame que añada un par de cosas sobre lo que *no hemos dicho.* Nunca hemos dicho que *Un Curso de Milagros* sea el único camino hacia Dios, y nunca hemos dicho que nuestras palabras sean el único camino hacia *Un Curso de Milagros.* El nuestro es un planteamiento para algunos, no para todos. Dicho esto, déjame recordarte que hemos venido aquí para ayudarte a ahorrar tiempo. Si verdaderamente quieres conocer a Dios, nosotros queremos que encuentres tu camino a la experiencia de la verdad absoluta tan pronto como te sea posible. Como hemos visto antes, el Curso enseña que: «El milagro reduce al máximo la necesidad de tiempo.»[15] Nuestro objetivo es ayudarte a comprender el milagro.

Más adelante hablaremos del propósito del Espíritu Santo para el universo, dándote nada menos que la respuesta a lo que llamas la vida. Como hemos dicho, todo el mundo quiere encontrar el significado y el propósito de su vida. El Curso no es misterioso en cuanto a cuál es la respuesta a esa búsqueda. En primer lugar, examinemos más de cerca la llama del ego en el mundo y veamos por qué la polilla se siente tan atraída hacia ella.

PURSAH: Ya hemos establecido que el universo que ves simboliza el pensamiento de que te has separado de Dios —presentado de muchas formas— y que en secreto te sientes aterrorizado y tremendamente culpable de la separación. En este nuevo nivel del mundo de los cuerpos, el pensamiento de separación parece haber sido proyectado fuera de ti. Ahora las causas del pecado, la responsabilidad proyectada por la culpabilidad y las numerosas causas imaginarias de todo tipo de miedos se hallaran en algún lugar fuera de ti y, por supuesto, los demás también ven todo esto fuera de sí mismos.

Una vez que comprendes esto, no resulta muy difícil ver la escenificación de la separación y el operar de la proyección de la culpa inconsciente en el mundo de cada día. El ego ha dispuesto a las personas y grupos unos contra otros a lo largo de todo su guión de la historia del universo, garantizando que la escenificación de la separación se lleve a cabo de múltiples modos en las relaciones individuales. Sólo cuando todo el mundo haya despertado del sueño, acabará el pensamiento de separación.

En este mundo, incluso en la unión sigue habiendo separación. Para producir esto, el ego creó las *relaciones especiales*. Como hemos dicho antes, la dualidad viene acompañada por el amor especial *y* el odio especial. Ahora el amor es selectivo más que omniabarcante, por eso en realidad no es amor, aunque pasa por serlo. Cuando pareces entrar en encarnación, eres inmediatamente parte de algún tipo de familia, lo que significa que *no* eres parte de otras familias, clases económicas, culturas, grupos étnicos y países. Ya eres, en muchos sentidos, diferente de los demás. Incluso existe la competencia entre familias, partes de familias, e individuos dentro de las familias.

Las relaciones especiales dentro de tu familia, sea biológica, de adopción, o un hogar de acogida, pueden ser buenas o malas, amorosas o llenas de odio, dando como resultado el amor especial o algún tipo de víctima. Desde el principio, todos los que sueñan que vienen a este mundo se ven como un cuerpo, y además un cuerpo muy especial. Desde este punto de vista no pueden evitarse los pensamientos de ser víctima o verdugo, lo que da como resultado una proyección inconsciente del pecado y la culpa —que están escondidos detrás de un muro de olvido— sobre alguien o algo.

Ahora los pecados secretos y los odios ocultos que tienes hacia ti mismo los ves por todas partes; el hecho de que tu propia mente olvidada esté haciendo una proyección onírica e irreal queda completamente fuera de tu conciencia. Las demás personas y los acontecimientos externos, o las propias acciones equivocadas —y por tanto aparentemente culpables— de tu propio cuerpo y cerebro son lo que percibes como causas de la interminable serie de miedos y situaciones, grandes y pequeñas, que llamas la vida. Como J te enseña en el Curso comparando los sueños que tienes de noche en la cama con los sueños que tienes durante el día:

> Los personajes del sueño y sus acciones parecen dar lugar al sueño. No te das cuenta de que eres tú el que los hace actuar por ti, ya que, si fueses tú el que actuase, la culpa no recaería sobre ellos, y la ilusión de satisfacción desaparecería. Estos hechos no son ambiguos en los sueños. Pareces despertar y el sueño desaparece. Pero lo que no reconoces es que lo que dio origen al sueño no desapareció con él. Tu deseo de construir otro mundo que no es real sigue vivo en ti. Y

pareces despertar a lo que no es sino otra forma de ese mismo mundo que viste en tus sueños. Estás soñando continuamente. Lo único que es diferente entre los sueños que tienes cuando duermes y los que tienes cuando estás despierto es la forma que adoptan, y eso es todo. Su contenido es el mismo[16].

Gary: De modo que, en la ilusión, la gente proyecta su culpabilidad negada sobre los demás. Y no sólo son inconscientes de que lo están haciendo, sino que, además —como de todos modos no hay nadie ahí fuera— lo que están haciendo realmente es reciclar la culpabilidad contenida dentro de su *propia* mente inconsciente, manteniéndola intacta. Supongo que eso es a lo que J se refería cuando dijo: «No juzgues y no serás juzgado; porque con el juicio que pronuncies serás juzgado, y la medida que tú uses te será aplicada.» Esto es cierto porque, en realidad, las personas juzgan y condenan sus propias imágenes de sí mismos. Esto conduce a que el ego aparentemente culpable continúe de una vida a la siguiente, porque lo que causa el sueño es la culpabilidad, y la necesidad de escapar de ella.

Pursah: Sublime, hermano mío. No lo olvides, el ego añade el avieso engaño de proyectar igualmente en las relaciones de amor especial y en las relaciones de odio especial, asegurándose así la continuidad de esta dinámica de reciclaje de la culpa. Si miras con detenimiento suficiente, algo que muy pocos hacen, verás que el amor de este mundo siempre está sujeto a alguna condición. Si esa condición no se cumple, ten cuidado.

Arten: Ahora llegamos a otro de los inventos favoritos del ego para mantener su inmensa ilusión. Dime, Gary, ya que tienes cierta experiencia en el mundo del espectáculo, ¿qué hace un ilusionista para engañar al público en un espectáculo de magia?

Gary: Una de las cosas que suele hacer es desviar la atención del público hacia otra parte mientras lleva a cabo el truco.

Arten: ¡Sí! El ego es un maestro ilusionista, y uno de los modos que tiene de desviar la atención desde el momento que naces es dándote —y esto exige otro redoble de tambores, por favor— *problemas*. Sueles darte de bruces con los problemas y tienes que hallar *respuestas* para ellos ahí fuera, en el mundo. Da lo mismo que el problema sea tu propia supervivencia o algo aparentemente tan elevado como conseguir la paz mundial. Los problemas y sus respuestas siempre están en algún lugar *ahí fuera*, en el mundo o en el universo. «La verdad está ahí fuera», dice tu generación, tanto si hablan de extraterrestres como de los demás misterios y problemas del ego. Pero la verdad *real no* está ahí fuera, y el problema real tampoco.

Sin embargo, tú sigues buscando ahí fuera, sin darte cuenta de que, como dice el Curso respecto al ego:

> Sus dictados, por lo tanto, pueden resumirse simplemente de esta manera: «Busca, pero no halles.»[17]

El ego es un maestro ilusionista, y uno de los modos que tiene de desviar la atención desde el momento que naces es dándote —y esto exige otro redoble de tambores, por favor— problemas.

Mientras estás buscando, cuanto más cambian las cosas para ti, más siguen igual, y los terrones enterrados de culpa por la aparente separación siguen en su lugar. Entiendo que conseguiste ver tu culpa inconsciente simbolizada una mañana, cuando el Espíritu Santo hizo ese ajuste en tus ojos cuando estabas en la cama.

GARY: Sí, eso estuvo genial. No fue muy alentador, pero la luz que había detrás sí que lo era, y ahora sé que estoy siendo sanado. *Eso* me da ánimos.

Sólo para asegurarme de que estoy entendiendo las enseñanzas del Curso: el primer nivel o metafísico en que se da el Curso, del que hablaste en tu última visita, implica percepción. El segundo nivel, el nivel del cuerpo, del mundo y del universo, del que estás hablando ahora, *también* conlleva la percepción. Una de las principales diferencias entre ellos es que este segundo nivel que estoy experimentando ahora es resultado de la negación colectiva y de la proyección masiva que tuvo lugar en el primer nivel o metafísico. Esto dio como resultado el universo del espacio y del tiempo que ahora veo fuera de mí para tener una defensa contra mi culpabilidad oculta, mi miedo y, por supuesto, Dios, que erróneamente me aterroriza, y de quien trato de huir. Sólo que no estoy en contacto con estos contenidos porque son inconscientes.

Ahora veo las causas aparentes de mis miedos, como el dolor y la muerte, como algo externo a mí, aunque el miedo sigue estando en mí. De hecho, se podría decir que ahora percibo los contenidos de mi propia mente de manera simbólica como si estuvieran a mi alrededor por todas partes, en lugar de dentro de mí. Soy inconsciente porque he perdido la memoria. El plan del ego para seguir en marcha pasa a través de la culpa —tanto sutil como evidente—, el ataque, la condena y la continua proyección y reciclado de mi culpa. Esto, a su vez, me induce a pensar equivocadamente que me estoy librando de la culpa, cuando lo que estoy haciendo realmente es aferrarme a ella, manteniéndola en mi propio inconsciente y manteniendo en marcha todo el círculo vicioso.

PURSAH: Has dicho toda esa retahíla con gran precisión, hermano. Deberíamos ponerte una estrella de oro en la frente.

GARY: ¿Sería la estrella de cinco o de seis puntas?

ARTEN: Olvídalo. Los chistes religiosos forman parte de nuestro trabajo.

PURSAH: La buena nueva es que la dinámica de perdón del Espíritu Santo elimina el ego a *ambos* niveles. El principio de Expiación deshace la negación y la proyección a nivel de tu mente perdonando lo que percibes, y el Espíritu Santo deshace la negación y la proyección simultáneamente al nivel metafísico de tu mente, eliminando además la idea de separación a la vez que tú. Debes practicar el perdón al nivel donde está tu conciencia. Sí, tienes que comprender la metafísica del Curso para comprender lo que estás haciendo. Pero tu *perdón* se hace aquí, lo que significa que debes ser práctico y respetuoso hacia las demás personas y sus experiencias. En otras palabras, cuando vivas tu vida cotidiana, sé bondadoso. Tu trabajo no es corregir a los demás. Simplemente ayuda al Espíritu Santo a corregir *tu* mente equivocada cambiándola por tu mente correcta, y después déjale el resto a Él.

GARY: De modo que, a este nivel, cuando pienso según las directrices del ego, eso es mentalidad errónea, y cuando pienso con el Espíritu Santo, eso es mentalidad recta.

PURSAH: Sí. El tú que piensa es tú como mente, no como cerebro o cuerpo humanos. El Curso está dirigido a la parte de tu mente que tiene que elegir entre el ego y el Espíritu Santo. Hablaremos más sobre esto en nuestras dos próximas visitas para que puedas aprender a hacerlo bien, ahorrándote varios miles de años de prueba y error, y todas las encarnaciones correspondientes. Te sorprenderá comprobar lo simple que es cuando todo esto pase a ser parte de tu actitud.

Temporalmente iremos dividiéndolo por pasos, pero al final los pasos se funden en una actitud. El resultado final es la paz de Dios. Ya hemos hecho hincapié en que todo el mundo, y por tanto tú mismo, es inocente, porque lo que veis no es verdad. ¿Cómo podría ser cierto lo que veis si la separación de Dios nunca ocurrió? ¿Y si la separación de Dios nunca ocurrió, cómo podría afectarte más lo que ves de lo que le afectó a J?

Arten: Algo que siempre tienes que tratar de recordar es que, obligándote a mirar fuera de ti, el ego te impide examinar realmente su sistema de pensamiento. Como ya hemos dicho, el Curso enseña que las ilusiones son proyectadas cuando *no* se las mira[18].

Vamos a examinar brevemente la naturaleza del sistema de pensamiento del ego, no para darte miedo, sino para que comprendas que, aunque puede ser feo, *no* es tú. El modo de conseguirlo es mirándolo con el Espíritu Santo. El ego no quiere que lo mires. El ego teme tu poder de elegir en su contra. Si lo estás mirando, entonces *debes* estar haciéndolo con el Espíritu Santo. Si te unes a Él, dejas de estar en tu mente errónea y empiezas a mirar las cosas con tu mente correcta. Dejas de ser un efecto en lugar de ser una causa. Ya no estás solo como un individuo culpable, sino conectado con tu Yo.

Mira el ego sin juicio ni miedo. Si no es real, entonces no hay nada que temer. Pero *es* algo que perdonar. Así, para perdonarte a ti mismo y a los demás, vas a tener que estar dispuesto a examinar de qué maneras utilizas a las personas y las matas mentalmente. Eso en realidad no eres tú, pero es parte del sistema que crees ser inconscientemente.

Al tratar la ilusión del tiempo, debes entender que pecado es igual a pasado, culpa es igual a presente y miedo es igual a futuro. Por supuesto, podría ser el futuro inmediato o un futuro distante. En realidad, no importa. Como ejemplo, supongamos que te están robando a punta de pistola y piensas que podrías morir. O quizá te preocupe tu jubilación dentro de veinte años. Estos sucesos tienen formas diferentes, pero en realidad son lo mismo. La verdadera razón por la que tienes miedo es porque crees que has pecado. Si no creyeras en el sistema del ego, no podrías *tener* miedo. Es posible que pienses que no tener ningún miedo sería malo para tu eficacia y supervivencia. Sin embargo, ¿cuándo eres más eficaz, cuando tienes miedo o cuando no lo tienes?

También deberías reconocer que el miedo, el pecado, la rabia, la culpa, los celos, la ira, el dolor, la preocupación, el resentimiento, la revancha, la aversión, la envidia y todas las demás emociones negativas son versiones de la misma ilusión. Por eso el Curso enseñó muy claramente antes de que llegaran todos los que toman prestado de él que:

> El miedo y el amor son las únicas emociones que eres capaz de experimentar[19].

Las personas que toman prestado del Curso en lugar de enseñarlo de manera general cometen uno de dos errores. O bien tratan de elaborar una versión secular del Curso, que no funcionará porque cuando excluyes a Dios estás ignorando el único problema verdadero —la aparente separación de Él— o crean una versión que incluye a Dios, pero es un sistema dualista. Esto *tampoco* consigue resolver el problema real, por la naturaleza misma de la dualidad. ¿Cómo puedes deshacer la separación de Dios creyendo que Dios creó y reconoce la separación? Así acaban desperdiciando mucho tiempo reforzando la aparente separación en lugar de corregirla.

PURSAH: Entonces, ¿cuál es la naturaleza del ego que llevas en tu inconsciente, y que él no quiere que examines?

GARY: Pensaba que nunca ibas a preguntármelo.

PURSAH: Eres un sabio. Su naturaleza es odio. La mayoría de la gente, aunque vea el odio, lo racionaliza o lo adorna, sin darse cuenta de que —como has indicado hábilmente— en realidad se odian a *sí mismos*. De modo que tú y los demás veis a gente en el mundo que odia, ataca, y que incluso se matan unos a otros, o que están dispuestos a herir, y hasta a matar, si se presenta la oportunidad. Las variantes de esto son interminables. Puede ser tan simple como sentirte incómodo con aquellas personas con las que estás en desacuerdo personal o político. Puede aparecer en forma de personas del trabajo que tratan de hacerte la vida imposible o de parientes que no te ofrecen suficiente apoyo. O puede haber situaciones físicamente amenazadoras.

Pero, siempre es un caso en que tomas el odio que sientes hacia ti mismo —por haberte deshecho del Cielo— y creas un mundo donde puedes ver las razones de ese odio, tu culpa y falta de paz, fuera de ti, y casi siempre conectadas con otros seres. Ahora ya no tienes la culpa. No eres tú quien te arrebató la paz de Dios, son *ellos*. Por supuesto, en realidad nadie puede quitarte la paz de Dios excepto tu propia decisión; esto sigue siendo tan cierto hoy como el primer día de la aparente separación. Confías en la aparente verdad de este montaje, y, para tratar con él, te lo montas de tal modo que ahora los responsables están ahí fuera, exactamente donde querías que estuvieran.

GARY: Las personas que me causan problemas... ¿*Quiero* que se manifiesten?

PURSAH: No te equivoques, quieres que estén ahí, sin excepción. Son tus chivos expiatorios. Si pudieras recordar este hecho la próxima vez que un auténtico provocador te irrite, podrías contener tu lengua, pensar con el Espíritu Santo y cambiar de punto de vista. Quieres que estén ahí, sin duda. Siempre. Lo necesitas. Así es como te engañas a ti mismo pensando que no eres culpable, o al menos no terriblemente culpable, y así puedes ir tirando la mayor parte del tiempo, porque la culpa está en otra parte. Mientras estés atrapado en el laberinto, no podrás ver que todo ello es innecesario, porque, para empezar, nunca fuiste culpable. Todo el laberinto es una ilusión para defenderte de una ilusión.

No lo olvides; crees que eres culpable a un nivel mucho más profundo de lo que te das cuenta. Necesitas defenderte porque la *alternativa* es impensable para tu ego —que pudieras mirar realmente tu culpabilidad—, cuyo horror ahora está encubierto por el mundo. El ego te tiene convencido de que mirar lo horrendo de esta culpa equivale a la muerte. Para evitar la perversidad que acompaña a toda esta lata de gusanos, proyectas hacia fuera olvidando que lo que va, acabará volviendo, porque en realidad nunca se ha ido:

> Quien ve a un hermano como un cuerpo lo está viendo como el símbolo del miedo. Y lo atacará, pues lo que contempla es su propio miedo proyectado fuera de sí mismo, listo para atacar, y pidiendo a gritos unirse a él otra vez. No subestimes la intensidad de la furia que puede producir el miedo que ha sido proyectado. Chilla de rabia y da zarpazos en el aire deseando frenéticamente atrapar a su creador y devorarlo.
> Esto es lo que contemplan los ojos del cuerpo en uno que el Cielo tiene en gran estima, los ángeles aman y Dios creó perfecto[20].

Arten: Siguiendo con las enseñanzas del Curso en esta línea, el ego siempre está tratando de encontrar el modo de impedirte examinar de cerca su sistema de pensamiento:

> El ego te pide imperiosamente que no mires dentro de ti, pues si lo haces tus ojos se posarán sobre el pecado, y Dios te cegará[21].

Como explica J, esto no es lo que *realmente* le preocupa al ego:

> (...) Tras tu temor de mirar en tu interior a causa del pecado, se oculta todavía otro temor, y uno que hace temblar al ego.
> ¿Qué pasaría si mirases en tu interior y no vieses ningún pecado? Esta

«temible» pregunta es una que el ego nunca se plantea. Y tú que la haces ahora estás amenazando demasiado seriamente todo su sistema defensivo como para que él se moleste en seguir fingiendo que es tu amigo[22].

PURSAH: A propósito, no dejes que esta última declaración te atemorice, porque no es la intención de J. El ego ya te odia. Si su odio se encona, ¿qué más da? En cualquier caso, habría terminado llegando a ese punto. Lo extraño es que ahora, cuando piensas en ello, te das cuenta de que, sea lo que sea lo que te odia, en realidad no está fuera de ti, está dentro, justo a tu lado. El sistema de pensamiento asesino del ego ya no puede ser negado ni proyectado. Tu única salida es eliminarlo.

GARY: Espera un momento. Si los contenidos de mi mente, incluyendo mi propio odio y mi culpa, están simbólicamente a mi alrededor... ¿cómo puedo mirar dentro cuando estoy dotado de un cuerpo y un cerebro que sólo pueden percibir hacia fuera?

ARTEN: ¡Exactamente! Así es como el ego se lo ha montado. Todo lo que experimentas confirma la realidad de la ilusión, y después lo juzgas y lo haces real para ti, manteniendo todo el sistema intacto. La respuesta a la pregunta que acabas de plantear es la respuesta a la vida. El camino de salida es la alternativa del Espíritu Santo, la ley del perdón. Tienes que aprender a ganarle la partida al ego. El *único* modo de perdonar lo que está dentro es perdonar lo que *parece* estar fuera. En las dos próximas visitas te explicaremos estas cosas, y será divertido, o al menos el resultado lo es. Queremos asegurarnos de que comprendes sin ningún género de dudas que *nunca* podrás encontrar un camino de salida y experimentar tu propia inocencia y Divinidad hasta que aprendas a perdonar todo lo que ves a tu alrededor. Hasta entonces, el verdadero escape es imposible. Crees que la gente que quiere escapar del mundo es débil; en realidad, tienen la idea correcta. Simplemente no saben cómo llevarla a cabo adecuadamente.

Tienes que aprender a ganarle la partida al ego. El único modo de perdonar lo que está dentro es perdonar lo que parece estar fuera.

¿Qué es todo lo que ves a tu alrededor sino una serie de cuadros e imágenes, una película de tu propio odio y culpabilidad? Sí, tienes una serie de experiencias positivas mezcladas con las otras que están destinadas a enmascarar las cosas, pero eso sólo es dualidad. A este nivel, la dualidad percibida en el universo simplemente refleja la dualidad de tu mente escindida, simbolizada como opuestos y contrapartes. De modo que tienes bien y mal, vida y muerte, caliente y frío, norte y sur, este y oeste, dentro y fuera, arriba y abajo, oscuridad y luz, izquierda y derecha, enfermedad y salud, riqueza y pobreza, yin y yang, amor y odio, húmedo y seco, masculino y femenino, duro y blando, cerca y lejos y otras mil polaridades y fuerzas duales que no tienen nada que ver con Dios, Que es perfectamente total y completo, y nunca crearía nada que no lo fuera. Todas las divisiones son meros símbolos de división y separación, y están diseñados para que sigas persiguiendo las cosas presuntamente buenas, para que nunca averigües que lo bueno y lo malo son igualmente falsos. Por eso tu atención se fija continuamente en los trucos del ego en lugar de las respuestas del Espíritu Santo.

El ego te ha engañado para que libres una batalla que ves continuamente fuera de ti. Ha proyectado el sistema de pensamiento del pecado, la culpabilidad y el miedo de tal modo que se asegura de que siempre libres esta batalla donde *no se halla* la respuesta. La respuesta, el Espíritu Santo, queda dentro de la mente dividida, junto con la mente del ego que está proyectando el universo. Ahora tu trabajo consiste en dejar de librar esa batalla que no puedes ganar y dirigirte a la parte de tu mente que puede tomar decisiones, donde se halla el poder del Espíritu Santo.

Recuerda, el Espíritu Santo no está en el mundo. ¿Cómo podría estar en un mundo que no está allí? Él está en tu mente. Allí es donde están tanto la pregunta como la respuesta. Cambia al sistema de pensamiento del Espíritu Santo y no puedes perder. Recuerda, no estamos hablando de ganar o perder en el mundo. El Curso no trata de eso, aunque te enseña cómo recibir verdadera guía a través de la inspiración, algo que te prometemos examinar.

Ahora mismo, cuando las cosas van mal es cuando verdaderamente experimentas la culpa inconsciente. La experimentas como dolor físico real, o un sufrimiento psicológico, o ambos. Esto hace que la separación parezca real para ti. Lo que has llamado muy apropiadamente el reino de la miseria es meramente tu culpabilidad inconsciente que sale a la superficie haciéndote sufrir. Sin embargo, como ya hemos dicho, el Curso enseña que la mente libre de culpa *no puede* sufrir. Lo que te queda por hacer es dejar que el Espíritu Santo te enseñe la absoluta liberación de la culpa.

Evidentemente, si no fuera por el Espíritu Santo, tu situación no tendría remedio. Tu odio y tu culpabilidad quedarían atrapados para siempre en las profundidades de tu inconsciente. Por suerte para ti, el Espíritu Santo no es ningún estúpido, y el ego no es rival para Él. Cuando te unes al perdón del Espíritu Santo, el ego tampoco es rival para ti. A algún nivel el ego lo sabe, y siempre teme por su presunta existencia. Y tú también, pero sólo cuando te identificas con tu ego en lugar del Espíritu Santo. J finalmente se identificó *por completo* con el Espíritu Santo, y ahora es exactamente lo mismo que Él.

Gary: ¿Y vosotros también? Lo pregunto en nombre de mis futuros lectores.

Pursah: Sí, pero no hace falta que tus lectores crean en nosotros. Nuestras palabras pueden beneficiar a la gente tanto si creen en nosotros como si no. Lo importante es el mensaje del Espíritu Santo, no quienes parezcan transmitirlo. Si *nosotros* no creemos en nuestros propios cuerpos proyectados, ¿por qué habría de molestarnos que otros no creyeran?

Gary: ¿Será nuestro libro un éxito?

Pursah: No te preocupes por eso. Ocurra lo que ocurra, no le des mucha importancia. No es nada. Piensa de este modo: si es verdad lo que dice el Curso —que cada individuo que viene al mundo está engañado porque de otro modo no pensaría que está aquí— entonces, si tienes un éxito de ventas, lo único que significa es que eres admirado por muchos desequilibrados.

Gary: Eso era un chiste, ¿no?

Pursah: Sí, no te preocupes por las reacciones de la gente que se toma en serio ese tipo de chistes, sean *quienes* sean. No te pongas a la defensiva ni camines sobre cáscaras de huevo. Simplemente publícalo. Si no le gustas a alguien por culpa del libro, perdónale.

Gary: Hubo un tiempo, en el pasado reciente, en el que hubiera usado otra palabra.

Pursah: Ahora tienes esta nueva palabra. Perdónales. Cuando nos vayamos esta vez vas a tener cinco meses para trabajar esta idea de que «El amor no alberga resentimiento». También debes seguir haciendo el resto del Libro de Ejercicios, y seguir leyendo el Texto, pero debes incorporar la idea de «no resentimiento» a las situaciones clave, siempre que te acuerdes. Cada persona tiene ciertas frases e ideas del Curso que son óptimas para recordarle la verdad. Esta es una de las tuyas.

Gary: ¿Por qué vais a tardar tanto en volver, amigos?

Arten: Ya hemos insistido en que este trabajo no es algo que se haga de hoy para mañana. Después de esa próxima visita tardaremos ocho meses entre una visita y otra. Cuando dijimos que tardaríamos varios años en completar todas nuestras visitas, nos referíamos a un total de nueve años, y las últimas visitas serán anuales.

GARY: ¡Nueve años! ¿Qué pasa conmigo, estoy en el grupo de los lentos?

ARTEN: No, pero éste es un camino serio y, si sigues estando interesado en él, dura toda la vida. Tu auténtica transformación está a punto de empezar. Trabájala y no te preocupes por el tiempo, que no es nada. Tu mente no tiene edad porque el tiempo no es real. Y cuando experimentes los resultados, disfrútalos. Y no sólo los resultados son divertidos, la práctica del perdón también es lo bastante interesante como para ser divertida la mayor parte del tiempo... aunque no siempre quieras hacerla.

Como ya hemos dicho, no olvides que el Curso enseña que tú no tienes que cambiar la mente de nadie y no tienes que cambiar el mundo. Lo único que tienes que hacer es cambiar *tu* manera de pensar *respecto* al mundo. Por ejemplo, no te preocupes por la paz mundial. La mejor manera de ayudar a conseguir la paz mundial es practicar tú mismo el perdón y compartir tu experiencia con la gente. Cuando la gente del mundo busque la verdadera paz interna comprendiendo y aplicando correctamente la ley del perdón, la aparente paz externa *será* la consecuencia natural. Pero ése no es el enfoque del Curso de J. Su enfoque consiste en cambiar tu manera de pensar respecto al sueño.

GARY: Hablando de sueños, antes de empezar a hacer el Curso nunca había tenido pesadillas, pero últimamente he tenido algunas muy raras... imágenes que *deberían* haber sido terroríficas. Por alguna razón no tengo miedo cuando veo estas cosas, y no tengo miedo cuando despierto. Es como si estas terribles imágenes de asesinatos, vergüenza y figuras infernales me fueran mostradas deliberadamente.

ARTEN: Sí. Como comparación, ¿has visto algunos de esos cuadros religiosos medievales que sugieren el aspecto que debe de tener el infierno?

GARY: Sí. Algunos de ellos son muy gráficos.

ARTEN: Sí, muchos son terroríficos. Aunque la experiencia no es igual para todos, lo que ocurre en esos cuadros y en tus sueños es que tu culpabilidad inconsciente está saliendo a la superficie, te está siendo mostrada y, en tu caso, está siendo liberada. En el ejemplo de los artistas, su miedo está simbolizado en los cuadros. En el caso de tus sueños, tu miedo, culpabilidad y odio —que han dejado de ser inconscientes— están siendo expresados en imágenes. Como estás practicando el perdón al aplicar las lecciones del Libro de Ejercicios, este viejo sistema de pensamiento está siendo perdonado y liberado por el Espíritu Santo. Por eso no te asustan, aunque tengan un aspecto horrible. J está allí, mirándolas contigo. Tu mente recta sabe que él está allí. Hay una parte de ti que sabe que sólo es un sueño y que no hay nada que temer.

Así es como será tu vida de vigilia algún día, cuando todos tus pecados secretos y odios ocultos hayan sido perdonados. Veas lo que veas, independientemente de lo parezca ocurrirte a ti o a cualquier persona de tu alrededor, sabrás que no hay nada que temer. Los detalles de estas imágenes son diferentes para cada individuo, pero, como bien sabes, las imágenes de lo que la gente llama su vida de vigilia a veces también pueden ser infernales. En cualquier caso, todo es un símbolo del sistema de pensamiento del ego basado en el miedo, la culpa y la muerte, y no es real. ¿Por qué temerlo? Todas las imágenes no son más que imágenes, independientemente de cuándo o cómo parezcan ocurrir.

Pursah: Estas imágenes que has visto en algunas de tus pesadillas son características de la naturaleza del sistema de pensamiento del ego a nivel de tu inconsciente. Ves, el inconsciente es mucho *más* horrible que lo que está en la superficie. Así es como el ego se oculta a sí mismo y oculta su plan. La proyección consciente que ves a tu alrededor es todo un nivel separado de la mente inconsciente. De modo que, aunque a veces el universo visible pueda ser horrible y pavoroso, no es nada en comparación con el horrible sistema de pensamiento del que emana. De hecho, como la proyección que ves es una defensa, podrías decir que el universo existe *porque* es tolerable para ti *en comparación* con lo que hay en tu mente inconsciente. Es posible que el mundo no siempre sea tolerable para todos —ya que a menudo se producen asesinatos y suicidios— pero no es más que un paseo por el parque en comparación con la porquería profunda y horrenda que está debajo. A estas alturas ya has visto parte de tu culpa simbolizada de distintas maneras. ¿Qué aspecto dirías que tiene?

Gary: Oh, las palabras que vienen a la mente son: *fea, monstruosa, demoníaca, salvaje, fantasmagórica* y *atormentada.*

Arten: Ahí estás. Acabas de dar una buena descripción de cómo es el inconsciente para todos, aunque los demás no lo saben, y de cómo seguirá siendo hasta que sea liberado al Espíritu Santo. Es tan terrible por lo que representa: nada menos que la separación de Dios y un ataque contra Él, y la pena de muerte para Su Hijo que cree haber cometido un crimen, y cuya terrible culpabilidad le exige sufrir. Ciertamente, el mundo que ves puede ser desagradable a ratos, pero, en realidad es un escape de otra suerte aparentemente peor: la culpabilidad oculta en tu propia mente de la que no sabes nada.

GARY: El mundo no es mucha evasión para las personas que matan a otras o a sí mismas. ¿No hace eso que se sientan aún más culpables?

ARTEN: No. Recuerda que la culpa sólo es un pensamiento en la mente, y una acción en el mundo no puede crear una consecuencia real. Actos como el asesinato y el suicidio reciclan la culpa que todos creen inconscientemente que es real, y la mantienen en marcha. Las personas que se matan a sí mismas o a otras ven la muerte como una escapatoria. Los que asesinan en realidad se odian a sí mismos, aunque han proyectado ese odio sobre los demás y matan en un intento retorcido de destruirse a sí mismos. Como hemos dicho, tu odio en realidad es odio hacia ti mismo. Cada criminal tiene la esperanza secreta de ser atrapado y castigado. Recuerda, aunque mucha culpa se proyecta sobre los demás, también se proyecta sobre tu propio cuerpo ilusorio que, como ya hemos dicho, tu mente proyecta fuera de ella.

Existen muchas otras variantes, como la estrategia de suicidarse a manos de la policía, en la que la persona abre fuego contra la policía porque sabe que probablemente acabará muriendo. Los que se suicidan, de la manera que sea, tratan de acabar con el insoportable dolor psicológico de su culpa y sufrimiento. Como su culpabilidad inconsciente permanece intacta, simplemente acaban reencarnando y el problema sigue sin resolverse. La muerte no es un camino de salida. El camino de salida es el verdadero perdón. Como enseña el Curso:

Los que asesinan en realidad se odian a sí mismos, aunque han proyectado ese odio sobre los demás, y matan en un intento retorcido de destruirse a sí mismos.

> Al mundo no se le abandona mediante la muerte sino mediante la verdad, y la verdad sólo la pueden conocer aquellos para quienes el Reino fue creado, y por quienes espera[23].

Pursah: No sólo tienes esta tremenda resistencia a afrontar lo que crees que es tu horrible culpa subterránea, sino que, al mismo tiempo, tu ego está aterrorizado porque si consigues cambiar tu manera de pensar, acabarás perdiendo tu identidad como individuo separado. Vas a necesitar cierta fuerza de voluntad para admitir que este sistema de pensamiento está dentro de ti mientras lo observas en acción; después, permite que el Espíritu Santo lo deshaga perdonando sus imágenes simbólicas quc ves fuera de ti.

Gary: ¿Y vosotros me vais a decir cómo? El Libro de Ejercicios evidentemente lo hace, pero, ¿me vais a proporcionar más ayuda?

Arten: Todo lo que te daremos está en el Curso. Simplemente iremos tomando cosas de todos los libros y juntándolas de un modo que te ayude a aplicarlas más eficazmente por ti mismo. Dijimos que no te daríamos sólo teorías, sino un modo de afrontar lo que tienes delante.

Gary: Bien, eso espero, porque a veces pienso que tendría que ser un jodido santo para hacer todo esto. Quiero decir que... ¿*nunca* debo albergar ningún resentimiento contra nadie? ¿Nunca debo juzgar, condenar ni atacar? ¿Nunca debo tener un mal pensamiento sin tomar conciencia de él y perdonarlo? ¿*Y nunca* debo creer que mi enfado está justificado? Tío, eso es imposible.

Arten: Tú *eres* un santo, Gary; lo que pasa es que aún no lo sabes. En cuanto a lo de que hacer el Curso es imposible, te equivocas. Como tú mismo has dicho, El Curso dice que los milagros son hábitos. Cada vez experimentarás más que el Curso tiene razón cuando dice:

> La ira *nunca* está justificada. El ataque *no* tiene fundamento. Con esto comienza uno a escapar del miedo, y con esto también es como lo logrará[24].

¿Por qué son importantes estas cosas? Porque, como enseña el Curso, tanto si atacas a otros con tus pensamientos como si alguien parece atacarte verbal o físicamente:

> El secreto de la salvación no es más que éste: que eres tú el que se está haciendo todo esto a sí mismo. No importa cuál sea la forma del ataque, eso sigue siendo verdad. No importa quién desempeñe el papel de enemigo y quién el de agresor, eso sigue siendo verdad. No importa cuál parezca ser la causa de cualquier dolor o sufrimiento que sientas, eso sigue siendo verdad. Pues no reaccionarías en absoluto ante las figuras de un sueño

> si supieras que eres tú el que lo está soñando. No importa lo odiosas y depravadas que sean, no podrían tener efectos sobre ti a no ser que no te dieses cuenta de que se trata sólo de tu propio sueño[25].

Cuando juzgas a las figuras oníricas y haces el sueño real, caes en la trampa del ego, tanto si crees que debes expiar tu pecado como si crees que otros deben expiar *sus* pecados o que merecen tu condena.

> No puedes disipar la culpabilidad otorgándole primero realidad, y luego expiándola. Ese es el plan que el ego propone en lugar de simplemente disiparla. El ego cree en la expiación por medio del ataque, al estar completamente comprometido con la noción demente de que el ataque es la salvación[26].

Como continúa diciendo el Curso:

> (...) De acuerdo con las enseñanzas del ego, por tanto, es imposible escapar de la culpabilidad. Pues el ataque le confiere realidad, y si la culpabilidad es real, no hay manera de superarla[27].

Gary: De modo que Dios no tiene que perdonarme; yo tengo que perdonarme a mí mismo perdonando a los demás en lugar de atacarlos. Incluso si sólo es un juicio mental y no digo ni hago nada, un pensamiento de ataque sigue siendo un pensamiento de ataque. Por eso tengo que hacer un seguimiento de mis pensamientos. Tanto si ataco como si perdono, soy yo quien lo hace, porque, de todos modos, esas personas no son reales y sólo son símbolos de lo que está en mi mente, del mismo modo que yo soy un símbolo en la mente colectiva. El mundo no necesita el perdón de Dios; las personas tienen que perdonarse a sí mismas perdonando las imágenes que ven.

Arten: Sí. Absolutamente. El Curso no podría ser más claro a este respecto.

> Dios no perdona porque nunca ha condenado. Y primero tiene que haber condenación para que el perdón sea necesario. El perdón es la mayor necesidad de este mundo, y esto se debe a que es un mundo de ilusiones. Quienes perdonan se liberan a sí mismos de las ilusiones, mientras que quienes se niegan a hacerlo se atan a ellas. De la misma manera en que sólo te condenas a ti mismo, de igual modo, sólo te per-

donas a ti mismo. Pero aunque no perdona, Su Amor es, no obstante, la base del perdón[28].

Aunque no necesitas el perdón de Dios, porque Él nunca te ha condenado, *tienes* acceso a Su Voz, el Espíritu Santo, y esto es lo que Él hace con la culpa:

El Espíritu Santo sencillamente la disipa mediante el sereno reconocimiento de que nunca ha existido[29].

Hablaremos más sobre esto en nuestras próximas visitas.

PURSAH: Quizás aún no comprendas completamente que eres *tú* quien obtiene beneficio del verdadero perdón. No tienes que perdonar siempre inmediatamente, y tampoco lo harás. En ocasiones tendrás que perdonar algo ocurrido hace media hora, o hace dos días. Así son las cosas. Nadie es perfecto, y ahora mismo hay una epidemia de ira que asola el mundo, haciendo que sea aún más difícil no responder a ella. Incluso J se sentía tentado de identificarse con el cuerpo algunas veces hace dos mil años, pero, como era un maestro, perdonaba y lo superaba muy rápidamente. Sin embargo, en tu caso, como el tiempo no es real —y como la memoria es una forma de percepción como cualquier otra— en cualquier momento puedes perdonar un hecho del pasado, incluso si la persona asociada con tu perdón ya no parece estar viviendo en un cuerpo.

GARY: ¿Cualquier cosa que me pueda quedar pendiente con mis padres puede ser perdonada? ¿Incluyendo perdonarme a mí mismo por algo que pueda haberles dicho o hecho en el pasado?

PURSAH: Absolutamente. Sin duda debes perdonarte a ti mismo tal como debes perdonar a otros, porque, en otro caso, en realidad no estás entendiendo la insignificancia del cuerpo. Como hemos dicho, tu cuerpo no es más real ni más importante que cualquier otro cuerpo.

Hablando del cuerpo, deberíamos hacer hincapié en algo sobre el sujeto que reencarna. Hablamos de ello como si ocurriera realmente. Tal como todo lo demás, sólo es un sueño. Sí, *parece* que encarnas en un cuerpo, y tienes la experiencia de vivir en un cuerpo, pero, como nos gusta señalar, el Curso dice que lo que estás viendo no es verdad. En tu caso, querido hermano, el concepto de que tu experiencia es un sueño te resulta familiar.

Nota: Cuando Arten mencionó por primera vez la idea de que el universo es un sueño, yo me resistía a ella, porque era contraria a mi experiencia. Sin embargo, tanto Arten como Pursah sabían que había leído el libro de Shirley McLaine *Out on a Limb*, que me había abierto los ojos en los años ochenta, y una de sus citas más interesantes procedía de las *Cartas* de León Tolstoi. Era una pregunta retórica que me parecía cierta, y aunque en aquel momento no me di cuenta, podría haber sido propuesta igualmente por un gnóstico valentiniano: «...Toda nuestra vida, desde el nacimiento hasta la muerte, con todos sus sueños, ¿no es a su vez un sueño que tomamos como la vida real, de cuya realidad no dudamos únicamente porque no sabemos de la otra vida más real?»

Gary: No es que la idea sea completamente ajena, pero muy a menudo me ocurre que no *siento* la vida como un sueño, aunque he tenido ese tipo de experiencias.

Arten: Sí, y tendrás más de ellas, y debes remitirte al perdón si quieres que esas experiencias sean más la norma que un acontecimiento ocasional.

Gary: ¿Podrías explicarme algo más de cómo el plan del ego se muestra en el mundo para poder tener así una idea más clara de qué buscar? Es decir, ¿has comentado que todo es un montaje, cierto?

Arten: Sí. El ego cree en la separación de Dios, y la aparente separación que se representa continuamente aquí era, como mínimo, algo muy molesto para ti. Experimentarás miles de veces en tu vida que las cosas parecen ir bien y entonces, de repente, ocurre algo que te altera. Ese algo, en tu opinión, puede ser grande o pequeño. No importa. Si altera mínimamente tu paz mental, simboliza la separación. Siempre que ocurra, en todas sus formas, es un modo de revivir aquella primera ocasión en que eras perfectamente feliz en el Cielo y de repente te sentiste muy molesto —esa primera vez que pensaste que estabas separado de Dios—, que es en lo que se basan todos los demás estados de intranquilidad que se dan en el mundo. En tu vida de sueños habitual, las causas de la molestia parecen ocurrirle específicamente a tu identidad corporal, que en sí misma es una falsa idea de separación.

Gary: Es como dijo el poeta: «Somos símbolos, y habitamos símbolos.»

Arten: Bueno, sí. Creo que eso pertenece a *Essays: Second Series (1844)*, El Poeta. Sabes que eres muy sofisticado teniendo en cuenta tu inmadurez.

Gary: Gracias. Lo pondré en mi curriculum.

Arten: Durante nuestra próxima visita aprenderás de manera más precisa que, tal como enseña el Curso, sólo hay un problema y sólo una solución: el Espíritu Santo. En cuanto al plan del ego, vuestros múltiples problemas que surgen en este mundo son un intento de haceros *reaccionar*: de que os sintáis mal, de que os sintáis culpables, o locos, o derrotados, o aburridos, o atemorizados, o inferiores, o avergonzados, o enfadados, o solitarios, o superiores y condescendientes. Todo es algún tipo de juicio, independientemente de la forma concreta que adquiera. En cuanto haces ese juicio, das validez al mundo del ego y refuerzas la aparente realidad de la separación y todo lo que ella implica.

Dentro de su guión, que incluye la totalidad del tiempo —un tema del que hablaremos más adelante— el ego ha incluido todas las posibles variantes de la separación, asegurando así un conflicto perpetuo. Esto se mezcla con tus buenos momentos para hacer que parezcan más reales, aunque esta mezcla sólo es otro ejemplo de dualidad. Lo que *verdaderamente* eres —espíritu— no puede *ser* dividido, aunque ahora te daremos algunos ejemplos más de cómo el ego intenta llevarte a creer en la división.

Pursah: Por tus respuestas y reacciones a lo que ves, haces que la experiencia de separación de Dios parezca real. Los detalles a los que otorgas realidad se ven en tus relaciones, y en los estados y situaciones incluidos en tu guión. No siempre se trata de cosas que parecen pasarte a ti. Puede tratarse de acontecimientos que observas como espectador, que ocurren en las relaciones con los demás, o incluso en las noticias que ves o lees en internet.

Por ejemplo, si una serie de pasajeros mueren en un accidente aéreo, ¿qué podría ser más simbólico de la caída del hombre? O el nacimiento de un bebé, cuando abandona el paraíso del vientre de su madre y sale al mundo, ¿qué otra cosa podría simbolizar excepto la separación de Dios? Cuando una bala, cuchillo, rayo láser, flecha, lanza o corona de espinas atraviesa la piel de alguien, ¿qué le pasa a la piel?

Gary: Se separa.

Pursah: Durante un terremoto, ¿qué le ocurre al suelo donde has construido los cimientos de tu vida ilusoria?

Gary: Se separan.

PURSAH: Si un niño es abandonado, eso evidentemente es separación, por no hablar de que a partir de ese momento el niño tiene una excelente oportunidad de culpar a los padres que le abandonaron, y así proyectar la culpa inconsciente sobre ellos y preservar su «ego-itis». Los ejemplos son infinitos, pero, una vez más...

GARY: En realidad todos son lo mismo.

PURSAH: En enfermedades como el cáncer, las células corporales atacándose unas a otras pueden simbolizar los pensamientos mentales de ataque —que a menudo son inconscientes—, y lo mismo ocurre en muchas otras dolencias.

En cada una de las fases de la vida: en la infancia, en la educación escolar, en todas las actividades en las que te ves involucrado durante décadas, y en las diferentes profesiones que representan variantes de falsedades maquiavélicas, se producen conflictos que simbolizan la división. Si tienes suerte, tu país *no* entrará en ese conflicto tan especial que se llama guerra, pero no puedes contar con ello. Y eso por no hablar de las incontables oportunidades de violencia que se presentan desde la cuna hasta la tumba, aunque estés viviendo en los irónicamente llamados tiempos de paz.

Aparte de estas relaciones de odio especial, que también se demuestran en el simple hecho de no aprobar a alguien, también existen las relaciones especiales de amor. ¿Y cómo serían posibles estas relaciones especiales sin el cuerpo? Ya hemos mencionado que, según el Curso, el cuerpo es el pensamiento de pecado hecho carne y después proyectado externamente, ¡produciendo lo que parece ser un muro de carne en torno a la mente que la aprisiona![30]. Ése es el tipo de amor que tendrías. Por su parte, el amor del Espíritu Santo dice que los cuerpos no pueden mantenerte separado de los demás. Reúnete contigo mismo a través del perdón, para poder ser un solo ser ilimitado con tus hermanos y hermanas. Si después de eso eliges unirte con otros cuerpos en el nivel de la forma, simplemente estarás haciendo lo que se supone que has de hacer, las mismas cosas que harías de todos modos. Ahora las harás con perdón, y el Espíritu Santo estará contigo.

Gary, en tus relaciones personales, ¿qué ocurre simbólicamente cuando te distancias de alguien?

GARY: Te separas. De acuerdo; te oigo. No es contradictorio decir que no hay nadie ahí fuera y después dar un giro y decir que el único modo de volver a casa es perdonar lo que hay ahí fuera, porque sólo estás perdonando lo que *parece* haber ahí fuera, que es un símbolo de lo que tienes en tu mente.

Pursah: Sí, ya entraremos más en cómo hacerlo. Asimismo, como hemos dicho antes, nuestras visitas se harán más cortas. Una de las razones es que la Respuesta del Espíritu Santo es mucho menos complicada que los múltiples aparentes problemas del ego. Una de las causas por las que *Un Curso de Milagros* es tan largo es que, aunque la verdad puede ser simple y consistente, tu ego no lo es, y tiene que ser desmontado gradualmente.

Gary: Puedo entender eso, pero estaba preguntándome cómo este guión nuestro, aparentemente enorme, pasa de ser una idea invisible a ser una manifestación visible. Quiero decir que, si todo está planeado con antelación, ¿cómo ocurre todo lo que tiene que ocurrir en el universo *de esa manera tan precisa*, como un reloj?

Pursah: Has planteado una pregunta complicada, pero es interesante que hayas usado las palabras *como un reloj*. El universo se parece mucho a un gran reloj al que le han dado cuerda o, mejor aún, a un juguete al que le han dado cuerda. Usaremos nuestro sistema solar como microcosmos, y también usaremos una de las llamadas fuerzas naturales como ejemplo. Esto no explica todo el cuadro, pero te dará una idea de los ingeniosos caminos ilusorios que sigue el ego.

Aunque la energía, a la que llamaré *chi*, es una ilusión, forma parte del mecanismo por el que el ego toma el guión que está en la mente y lo transmuta del pensamiento invisible a una forma invisible pero mensurable, precipitando seguidamente las manifestaciones visibles que ves y experimentas. En realidad todo este proceso ocurre de una vez, pero es necesario presentarlo linealmente para que puedas entenderlo.

Por ejemplo, digamos que pudieras observar tu planeta desde el espacio, desde la mitad de la distancia hasta la Luna, y que pudieras ver el chi. Entonces verías que la Tierra está completamente rodeada de chi electromagnético que llega hasta ella, y va más allá de ella, en forma de un enorme flujo de radiación procedente del Sol. Este flujo de chi cambia constantemente, el yin y yang entran y salen del equilibrio, produciéndose asimismo nuevos equilibrios en todos los puntos intermedios. Los cambios del chi están causados, a su vez, por los cambios constantes en la irradiación solar.

Ahora bien, si pudieras mirar al Sol desde el espacio pero mucho más cerca, verías lo que puede describirse como *enormes* océanos girantes de gas. Pocos se dan cuenta de que estos océanos de gas se comportan de manera similar a los océanos de la Tierra. Tal como las mareas de la Tierra están sujetas a los movimientos de la Luna, las mareas de esos océanos solares de gas están sujetas al tira y afloja de la interacción total de todos los planetas de nuestro sistema solar, e incluso más allá del universo, ya que, por supuesto, todo está interconectado. Esto causa distintas mareas gaseosas, manchas en el Sol y otros eventos solares, que a su vez regulan los cambios en el flujo de radiación que llega a la Tierra por intermedio de los vientos solares, o directamente por la luz del Sol.

Este flujo de radiación cambiante, regulado por los movimientos que se producen dentro de todo el sistema solar, incluyendo la Tierra y su luna, causa los correspondientes cambios en el chi que rodea tu planeta, enviando campos electromagnéticos a cada centímetro de él. Tú no puedes ver esos campos de chi con los ojos del cuerpo, pero están por todas partes, y has estado atravesándolos al caminar cada día de tu vida. Ellos regulan todo lo que te rodea, incluyendo tus decisiones y los movimientos resultantes. En realidad son *pensamiento* de un nivel completamente diferente, transmutado en forma de chi, que te indican qué pensar a este nivel. Todo lo que haces es consecuencia de lo que piensas, y a veces la acción sigue al pensamiento instantáneamente, como un reflejo. Esto es cierto para cada objeto animado y aparentemente inanimado que ves.

Como simple ejemplo, ¿cómo crees que un ave tan pequeña como una golondrina puede estar volando en Sudamérica y de repente sabe que tiene que darse la vuelta y empezar un viaje migratorio que le llevará a recorrer de miles de kilómetros de distancia hasta California, y siempre durante la misma época del año?

GARY: Algunos dirán que el causante es Dios, y otros emplearán palabras como instinto o naturaleza, pero, ¿estás diciendo que el pájaro es dirigido por control remoto?

PURSAH: En cierto sentido, sí. Y tú también, aunque recordando en todo momento que la palabra remoto es un término relativo, y que en realidad estamos hablando de decisiones que vienen de un nivel de la mente completamente diferente, que es no-espacial. Según tu *experiencia,* tomas tus decisiones aquí, pero eso no es cierto. No es el cerebro humano el que toma las decisiones, como tampoco las toma el pequeño cerebro del pájaro. Cuando hemos dicho que eres muy parecido a un robot, no estábamos bromeando. Pero el programador no es otra persona. No hay nadie más. Estamos hablando de autopredeterminación. A este nivel de la realidad, tu suerte quedó sellada por el trato que hiciste con el ego, no con Dios, que no hace tratos. *Toda* tu mente-ego es el programador que envía señales a tu cerebro. Tu cerebro sólo es el componente físico del ordenador. Reenvía las señales al cuerpo, o unidad informática, diciéndole qué hacer, ver y sentir.

Tu experiencia es que estás aquí, en la pantalla del ordenador, separado de Dios, separado de tus hermanos y hermanas, y representando el pensamiento de separación y el conflicto que lo acompaña en la dualidad de tu mente dividida. Tus hermanos y hermanas están haciendo exactamente lo que quieres que hagan. Ya hemos mencionado la enseñanza del Curso en que se dice que no te das cuenta de que estás haciendo que actúen para ti[31].

Los cambios en los campos electromagnéticos regulan hasta tu forma de ver las cosas. Decir que algo es visible para ti sólo significa que está situado en la región del espectro electromagnético que es perceptible para la visión humana.

Gary: ¿Eh?

Pursah: Lo importante es que en realidad tú no tomas las decisiones aquí. Las decisiones se tomaron a otro nivel completamente diferente cuando aceptaste el plan del ego, y el único modo de salir de este atolladero es volver a tu mente clara y elegir interpretar lo que ves según la alternativa del Espíritu Santo. La interpretación del ego te mantiene atrapado en el guión. Podría ser de ayuda recordar que todo el asunto no es más que una grabación que has puesto en marcha. Por ejemplo, ¿cómo se almacena la información en los disquetes informáticos?

Gary: ¿En bandas electromagnéticas?

Pursah: Sí, una cosa muy versátil. Como dijimos durante nuestra primera visita, los inventos a este nivel suelen imitar algún aspecto del modo de operar de la mente. Puede que pienses que aquí tienes libre albedrío y que puedes determinar lo que te va a ocurrir, pero lo cierto es que todo ha ocurrido ya. Simplemente has puesto la cinta y estás mirándola y oyéndola, pensando que todo es real y que es resultado de tu propia volición o de la casualidad a este nivel, en lugar de algo determinado a otro nivel.

Gary: Entonces, ¿para qué molestarme en hacer algo?

Pursah: Por dos razones. En primer lugar, aunque es un sistema cerrado, distintos escenarios se abren en cada ciclo de vida. Tomar dentro del sueño una opción que no involucre al Espíritu Santo no desactivará la culpa inconsciente ni te sacará del sistema, pero puede producir una experiencia temporalmente diferente. Es como un guión con múltiples opciones, en el que, si tomas una decisión diferente, se abrirá un escenario diferente. Si tomas una decisión, tienes a la chica y puedes pasártelo bien; pero si tomas otra decisión, lo echas todo a perder y acabas con depresión. Incluso es posible volver a vivir la misma vida con un conjunto de resultados terrenales diferentes. Una vez más, nada de esto te llevará realmente adonde quieres estar. Simplemente te mantendrá atrapado aquí, intentando alcanzar una felicidad temporal.

La otra razón, mucho más importante, por la que deberías involucrarte en tu toma de decisiones es para volver a la mente recta y elegir el Espíritu Santo, que te llevará a donde quieres ir. El perdón tiene sus beneficios marginales en el sueño, algunos de los cuales no siempre son evidentes para ti. Por ejemplo, digamos que un hombre mata a su esposa, o que una mujer mata a su marido. Uno de ellos está muerto, y el otro pasa el resto de su vida en prisión o es ejecutado. Pero, ¿qué pasa si han aprendido a perdonar y no se produce el asesinato? ¿Cambiaría eso las cosas a este nivel?

Gary: Lo cambiaría todo, y probablemente la gente ni siquiera se daría cuenta de ello.

Pursah: Sí. Este es un ejemplo extremo, pero hay miles de escenarios en los que, incluso al nivel de la forma, el perdón produce resultados; y a menudo no te das cuenta de que estás mucho mejor de lo que estarías si no hubieras perdonado. Por eso deberías confiar en el Espíritu Santo. Él sabe realmente lo que es mejor para ti. De modo que no creas que no es importante encargarte de tu propia mente en este nivel. Esa es la finalidad del entrenamiento del Curso. El control mental podría incluso permitirte detener el dolor corporal, pero ya profundizaremos en eso más adelante.

Gary: Sabes, iba conduciendo el otro día, y tenía un tipo justo pegado atrás. Prácticamente estaba tocando mi parachoques. Eso me molesta mucho. No me gusta acelerar porque en este barrio hay niños jugando en la calle. Estaba a punto de mandar al estúpido a freír espárragos cuando pensé en el Curso. De modo que no hice nada, él giró a la izquierda unos bloques después y así acabó la cosa. Después pensé: ¿Qué hubiera pasado si le llego a insultar y él hubiera tenido un arma? Podríamos haber tenido un caso de ira en la carretera y yo podría estar muerto.

Arten: Sí. Recuerda que tu hermano que iba en ese coche es un símbolo de lo que está en *tu* mente, incluyendo la impaciencia que exhibes en otras áreas de tu vida, simbolizada por su impaciencia. Sabes tan bien como nosotros que a estas alturas posiblemente serías rico si tuvieras más paciencia en tus tratos comerciales. Tú y tu hermano sois impacientes porque habéis hecho que la separación sea real, y piensas que tienes que esforzarte por llegar a alguna parte para poder superar a Dios y demostrar que tienes razón.

De modo que viste tus faltas y tu culpa en tu hermano en lugar de verlas en ti. Por suerte para ti, en este caso concreto, tomaste la decisión correcta: tanto al nivel de la mente como al nivel de la forma. No puedes equivocarte saliendo de la situación en paz, a menos que tengas que defenderte de un ataque corporal y de una muerte posible, en cuyo caso tienes permiso para recurrir a los puños o, mejor aún, para buscar un camino de salida.

Gary: Aun así, creo que no debería haber pensado que el tipo era un cretino.

Arten: Eso es correcto, cretino. Como J te explica en el Curso: «Tal como le veas a él, te verás a ti mismo.»[32]

Gary: Entiendo. Oh, antes de que se me olvide, lo que dijiste sobre el sistema solar y el chi explicaría por qué la astrología funciona de vez en cuando.

Pursah: Sí, pero la astrología no es precisa, y lo que estamos describiendo siempre es preciso, porque se corresponde exactamente con causa y efecto a nivel del universo siguiendo el guión del ego. Es cierto que la astrología, la numerología y muchas otras cosas se *correlacionan* con el guión ocasionalmente, pero aciertan o fallan, porque una característica del guión es que *nunca* es ni será completamente previsible; de otro modo no habría lugar para la suerte. El factor suerte ayuda a mantener las inevitables conmociones, el caos y el miedo que el guión siempre propicia.

Gary: Es una característica incorporada al sistema.

Pursah: Sí. La naturaleza caótica del ego también asegura que nunca habrá una teoría unificada del universo que se mantenga en el tiempo, porque en realidad el universo no está basado en el pensamiento de unidad: está basado en el pensamiento de separación y división. Sin embargo, incluye patrones ingeniosos y fascinantes que ayudan a darle la *ilusión* de unidad.

Por eso no deberías sentirte impresionado por cada nuevo descubrimiento o teoría sobre el universo. ¿Qué más da que las supercuerdas puedan hacer que la gravedad funcione tanto a nivel newtoniano como subatómico? Una ilusión sigue siendo una ilusión. No estamos diciendo que no deberías hacer investigaciones o análisis; si eso es lo que haces, sigue adelante. Simplemente procura recordar que lo estás haciendo en el guión previamente programado de un sueño.

Gary: Por no mencionar el hecho de que eres un puñetero robot.

Pursah: Sólo temporalmente. *No* eres un robot una vez que te pones en contacto con tu poder de elegir. En ese momento llega el día de la independencia, Gary. Nunca serás el mismo cuando aprendas a perdonar.

Arten: El proceso que Pursah ha estado describiendo te da un ejemplo de que el universo sigue un guión holográfico, aunque parece desarrollarse de manera lineal, como una película que ya ha sido rodada. La totalidad de la cosa ya ha sido escrita, y también la historia de tu vida. Ya se ha determinado hasta el día en que tu cuerpo morirá. La única libertad *real* de que dispones es la de elegir volver a Dios escuchando la Voz que Habla por Dios, en lugar de continuar indefinidamente dentro de un sistema prefijado que no tiene nada que ver con Él. Tu cerebro no está preparado fisiológicamente para conocer a Dios; ¡es tu mente la que le dice a tu cerebro qué debe hacer! Alégrate de que el universo y tu cerebro no tengan nada que ver con Dios, y de que haya un modo de retornar a *Su* Universo.

Piensas que tu universo es impresionante porque es lo único que puedes recordar. Piensas que es grande, pero no lo es. Lo que has hecho es parecer pequeño y sentirte pequeño, como una pequeña pieza del rompecabezas. Eres como un niño con pequeños juguetes a los que no quieres renunciar. Sin embargo, lo que eres *realmente* no puede ser contenido por tu universo.

Gary: Este universo es como un juguete al que se le ha dado cuerda: ¿Es posible demostrar esa idea científicamente?

Pursah: Parte de ella sí, y parte de ella no. No puedes medir el pensamiento. Puedes medir cambios en el campo magnético, pero no puedes probar qué está *causando* los cambios eléctricos en el cerebro. Puedes documentar los cambios químicos y hormonales resultantes en el cuerpo, pero, para cuando el cerebro ha recibido la señal de qué hacer, todo es efecto. Está montado de modo que creas que el cuerpo es independiente. Pero, como enseña el Curso justo en el prefacio:

> El cuerpo aparenta ser, en gran medida, automotivado e independiente, mas en realidad sólo responde a las intenciones de la mente.[33]

Arten: Por supuesto, tu cuerpo, tu mundo y tu universo, *todos* ellos están respondiendo *simultáneamente* a las intenciones de tu mente. Esto se debe a que en realidad hay una sola cosa, o una mente-ego, que *es* el pensamiento de separación. Jugar con ella conduce a todo tipo de fascinantes descubrimientos que sirven, como el palo y la zanahoria, para mantenerte interesado. La sincronicidad, por ejemplo. Sólo es un símbolo de la pseudounidad que siempre existe, incluso en la ilusión. Recuerda, el ego quiere que pienses que la ilusión es espiritual y que lo que *él* hizo es sagrado.

A propósito, aunque sólo hay una mente ego, del mismo modo que sólo hay un Hijo de Dios —y tú eres Él—, te recordamos que ya hemos señalado que esta mente ego está dividida en dos, una mente correcta y otra equivocada, y tienes que elegir entre ellas. Lo estás observando todo, y tienes que decidir si quieres que tu Maestro sea el ego o el Espíritu Santo. Cuando nosotros o el Curso hablamos del ego, casi siempre estamos hablando de la parte equivocada de la mente, y no de la mente correcta donde habita el Espíritu Santo.

Gary: De acuerdo. A ver si puedo retomar algunos de mis pensamientos... no quiero ser repetitivo, pero...

Arten: Déjame que te diga algo, compañero. La repetición no sólo es perfectamente correcta, es obligatoria. Es el único modo de poder aprender un sistema de pensamiento, de que pase a ser parte de ti y de llegar al punto donde lo aplicas automáticamente, sin pensar en él. Por eso se le llama *practicar* el perdón. Practicas una y otra vez, hasta que se convierte en tu segunda naturaleza. Ya verás.

Gary: De acuerdo. Estoy pensando que el sistema de pensamiento del ego y el guión explicarían muchas cosas, como por qué algunos niños nacen enfermos o deformes. Me siento mejor al saber que Dios no hace eso. Explicaría por qué los niños tienen conflictos casi desde el momento en que ponen sus ojos unos en otros, por qué se pelean por sus juguetes y todo eso, y por qué en la escuela se provocan y atormentan mutuamente, forman pandillas y proyectan su culpa inconsciente sobre los demás, para hacer que ellos sean los equivocados y así poder culparles.

La sincronicidad sólo es un símbolo de la pseudounidad que siempre existe, incluso en la ilusión.

La gente siempre acaba tomando partido en un sentido u otro, de modo que en la vida siempre hay víctimas y verdugos. Existen todas esas diferencias que parecen hacer a unas personas mejores que otras, hacer que una personas se sientan superiores y que otras sientan que no valen nada. Vemos polos opuestos por todas partes que la gente da por supuestos, como salud y enfermedad, belleza y fealdad. Sin embargo, lo único que te *dice* que algo es hermoso o feo es tu cuerpo; de modo que todo es subjetivo e insustancial, pero lo aceptas porque es lo único que conoces.

Y tienes tanto el amor especial como el perpetuo conflicto del odio especial. A menudo ocurre que, a tus ojos, las personas que amas no pueden equivocarse, e incluso si lo hacen, resulta fácil perdonarles. Las personas que odias no hacen nada bien, y hagan lo que hagan, nunca consiguen el perdón. De modo que tienes todo tipo de rivalidades en la vida, y todo tipo de competencias empresariales y de negocios, todas ellas siguiendo el mismo patrón del ego. Muchas personas tienen profesiones en las que intentan adquirir poder sobre los demás cuerpos, lo cual sólo es una patética imitación del poder. El ejercicio de estas profesiones está lleno de proyecciones inconscientes de culpa, aunque no nos demos cuenta de ello. En algunos de los ejemplos más evidentes, el abogado que gana el caso es más inteligente y hace que el otro bando parezca equivocado, consiguiendo así que los miembros del jurado proyecten su culpa inconsciente sobre ellos.

Los políticos que ganan elecciones son aquellos que saben culpar mejor al otro bando, consiguiendo que la gente crea que ellos son responsables de los problemas, lo que es el equivalente cósmico de culparles de la separación de Dios, y de todo el dolor y la infelicidad que acompañan a esa separación. *Ellos* tienen la culpa, nosotros no. A menudo ambos bandos creen sinceramente que tienen razón, pero ninguno la tiene, porque lo que están viendo no es verdad; y en cuanto reaccionas y tomas partido, te conviertes en parte del problema en lugar de ser parte de la solución. La gente que no perdona no se da cuenta de que lo único que están haciendo es reaccionar a un montaje autodirigido, siendo absorbidos en el plan del ego.

Cuando tenemos un problema, lo atacamos. Tenemos una guerra contra la pobreza, una guerra con el cáncer, una guerra contra las drogas y una guerra contra todo: y ninguna de ellas funciona. Incluso en el deporte, desde la infancia hasta la edad adulta, se lucha como en una guerra.

Si se piensa en ello, el guión del ego también explica por qué la gente religiosa suele creer que hace falta sacrificarse, o sufrir, para llegar a Dios. Según la cristiandad, J sufrió y murió por los pecados de todos. Sin embargo, el sacrificio es un tributo al ego, y no tiene nada que ver con Dios. Por eso supongo que J realmente dijo, como citan los evangelios: «Y si hubieras sabido lo que significa "yo deseo misericordia y no sacrificio", no habrías condenado a los inocentes.»

Parece que lo único que la gente sabe hacer es condenar a los objetos de su odio especial de un modo u otro. Y cuando no condenan muy a menudo, encuentran otro modo de sufrir y representar el sistema del ego mediante accidentes y enfermedades, y de cientos de otras maneras, porque puedes proyectar la culpa tanto sobre tu cuerpo como sobre los cuerpos de los demás, ya que todo odio es, en realidad, odio hacia ti mismo.

Vemos todo esto en nuestras vidas cotidianas, en nuestros programas de televisión, en las noticias y en el resto de los medios. Por desgracia, la consecuencia final y lógica de esta proyección es violencia contra aquellos que nuestra mente considera equivocados, independientemente de la forma que asuma esa violencia. De modo que puede haber crímenes por odio o, a nivel internacional, guerras. A nivel nacional tienes las luchas políticas que hacen que la gente ataque a los demás verbalmente o, dependiendo del tiempo y del lugar, podrías tener una batalla política que diera como resultado una guerra civil generalizada, como ocurrió en los Estados Unidos de América.

Todo ello es dualidad, que simboliza el conflicto de la mente-ego dividida —en todo, desde las fuerzas de la naturaleza hasta la expansión y contracción económica— tanto a nivel individual como colectivo. Podría continuar indefinidamente.

Arten: ¡Ya lo has hecho! Lo que dices es cierto, hermano. Y el verdadero perdón puede cambiar el mundo, porque el mundo no es más que un símbolo de la mente-ego colectiva. Para expresarlo más categóricamente: el perdón es la *única* cosa que puede cambiar *realmente* el mundo, ¡y ése ni siquiera es el propósito del perdón! Los verdaderos beneficios del auténtico perdón son para el que perdona.

Gary: Considero que los beneficios también repercuten simultáneamente en el receptor.

Arten: Sí, pero ése es el trabajo del Espíritu Santo. Él se asegurará de cuidar de ambos. Tu trabajo es cumplir tu parte fielmente. Cuando pareces elegir el perdón a este nivel —y digo que *pareces* elegirlo aquí porque en realidad no estás aquí—, cuando eliges esa opción aquí, entonces el Espíritu Santo transmite el mensaje a *toda* tu mente. No importa que no puedas verlo. Siempre que elijas la alternativa del Espíritu Santo en lugar del plan del ego estás siendo curado a un nivel mayor. Estás programado para desarrollar el guión del ego, pero puedes liberarte y te liberarás de ese programa.

Gary: Por lo que recuerdo del texto, ¿el Espíritu Santo o J reajustarán el guión para mí?

Arten: Sí, y aprenderás más sobre el tema del tiempo. De momento, recuerda que te hemos dicho que hay dos guiones —el del ego y el del Espíritu Santo— y que uno de los propósitos del milagro es ahorrarte tiempo. Si eliges el perdón en lugar del ego, entonces J te ha hecho la promesa siguiente:

> Cuando obres un milagro, yo haré los arreglos necesarios para que el tiempo y el espacio se ajusten a él[34].

Él no está hablando tanto de cambiar el tiempo aquí como de quitar las partes que ya no necesitas en tu futuro, porque ya has aprendido esas lecciones particulares sobre el perdón. Él dice:

> El milagro acorta el tiempo al producir su desplome, eliminando de esta manera ciertos intervalos dentro del mismo. Hace esto, no obstante, dentro de la secuencia temporal más amplia[35].

Después volveremos sobre esto.

Pursah: Ahora empezaremos a resumir las cosas; en nuestra próxima visita empezaremos a centrarnos más en la mente correcta que en la mente equivocada. Eso será más divertido. Te dijimos que nuestras visitas serían más breves y dulces. Eso es cierto, pero no olvides nunca a qué te enfrentas. Nos hemos negado a ser agradables respecto a la naturaleza de este mundo y a adornar el mensaje de J. En el Curso hay muchos pasajes sobre tu mundo tan desdeñosos que podrían haber sido enunciados por un gnóstico cáustico. Cuando decimos que deberías ser bondadoso con los demás, no estamos diciendo que debas practicar la negación respecto al sistema de pensamiento del ego. Pero no intentes cambiar a los demás; cambia tu propia mente.

Nunca olvides que tu miedo a perder tu identidad individual producirá resistencia, y a veces resistencia seria, a la práctica del perdón. A veces hará que ni siquiera quieras mirar al ego, bien en el mundo o en ti mismo. Secretamente tienes miedo de lo que hay en tu inconsciente. Por eso tienes que vigilar. Debajo de la superficie de tu mente hay odio, pero puede ser liberado siendo consciente de él cuando surge, y después tomando la mano del Espíritu Santo en lugar de la del ego. Entraremos más específicamente en cómo hacerlo dentro de dos visitas y compartiremos contigo algunos ejemplos reales.

¿Tienes alguna otra pregunta que quieras plantearnos ahora mismo?

Gary: Sí. Ya que estamos en la cuestión de cómo funciona el universo, ¿hay extraterrestres por ahí fuera y, si es así, ellos también tienen que aprender lecciones sobre el perdón?

Arten: En la ilusión, sí, hay seres que viven en otros planetas y algunos de ellos visitan la Tierra. Sí, tienen sus propias lecciones de perdón que aprender. *En realidad* no están ahí fuera, porque el universo está en tu mente. Creer que algunos seres son más avanzados espiritualmente que tú por el simple hecho de que están más avanzados tecnológicamente no siempre es acertado. Lo importante es si son compasivos o no, y tanto si son humanoides como si no, son tus hermanos en Cristo; así es como deberías considerarlos.

Gary: Bien. Asimismo, me estaba preguntando, ¿sabéis qué está causando esos círculos y dibujos que suelen aparecer en los campos? Algunos de ellos son muy complejos.

Arten: Claro. Algunos de ellos son engaños, hechos por gente tonta que se odia secretamente a sí misma. Están perdonados, pero no hay manera de que puedan saber eso hasta que empiecen a practicar el perdón. La mayoría de los círculos de las cosechas son auténticos, especialmente los más complejos. En realidad, ¡uno de ellos es el símbolo matemático de la dualidad de orden y caos! Es posible conseguir una foto de él. Como los demás, fue hecho con chi electromagnético dirigido desde el nivel del inconsciente. Simplemente es un modo de añadir otro misterio al montón de misterios interesantes para hacer que la gente siga buscando respuestas ahí fuera, en el mundo. En realidad están siendo hechos por la mente inconsciente.

Los círculos en las cosechas son un modo de añadir otro misterio a la pila de misterios interesantes para hacer que la gente siga buscando respuestas ahí fuera, en el mundo.

Gary: De acuerdo, tengo una buena pregunta preparada para ti. ¿Quién asesinó al presidente Kennedy?

Arten: Si lo supieras, ¿le perdonarías? Esa es la verdadera pregunta. No hemos venido aquí para que sigas persiguiendo sombras en el mundo, hermano.

Gary: No puedes culparme por intentarlo. Oh, antes de que se me olvide, he pensado en otro oxímoron para ti.

Pursah: Oigámoslo.

Gary: Bombas inteligentes.

Arten: Muy bueno. Estoy de acuerdo.

Gary: A ver... ¿qué más? Ah, sí, volví a ver a Marianne Williamson en la televisión. Ha publicado su segundo libro, y parece tratar principalmente sobre feminismo. La vi dar un discurso en otro canal en el que dijo: «Lo que el mundo necesita es que haya mujeres más enérgicas.» Amo a Marianne, pero me estaba preguntando, ¿diríais que *Un Curso de Milagros* tiene tendencias feministas?

Pursah: Marianne ciertamente tiene derecho a enseñar feminismo, si eso es lo que desea. No hay nada equivocado en ello, pero no debe ser confundido con el Curso. El Curso no necesita mujeres maestras enseñando a otras mujeres cómo ser mejores mujeres. Hay miles de maestros haciendo eso, y son bienvenidos. Lo que el Curso necesita son mujeres maestras que estén dispuestas a enseñar a otras mujeres que *no* son mujeres, porque no son cuerpos. Esa sería una contribución única, si el punto se estableciera con toda claridad.

Arten: Gary, quiero indicarte que tú estarás en la misma situación que nosotros cuando la gente lea tus palabras escritas sin ser capaz de ver tus expresiones faciales ni oír el tono de tu voz ni dejarse impregnar por tu actitud. Por lo que has dicho hasta ahora, tus lectores podrían no saber que tienes una buena actitud hacia las mujeres. De hecho, ¿no las has considerado siempre más inteligentes que los hombres?

Gary: Creo que está muy claro que lo son. Son menos violentas, más educadoras y votan más inteligentemente. Muchos de nosotros sólo somos cerebros penedemacho.

Pursah: Tú no, al menos no del todo.

Gary: Tienes razón. Me destaco como un glorioso e inspirador ejemplo que todo el mundo puede emular.

Arten: ¡Hemos creado un monstruo! Casualmente, vas a entrar en una etapa de tu vida en la que empezarás a estar un poco menos preocupado por las aventuras corporales y un poco más preocupado por tus logros; en tu caso, logros espirituales. Muchos hombres se preocupan de sus placeres físicos en la primera parte de sus vidas, pero, a medida que envejecen un poco, reemplazan la búsqueda de sexo por alguna otra cosa.

Gary: ¿Disfunción eréctil?

Arten: No. Es algo que se llama madurez. Ya sabemos que eres mucho más maduro de lo que al sistema de defensa de tu ego le gustaría. Estás empezando a salir de esa etapa: a medida que el cuerpo envejece, tiendes a estar menos dominado por tus hormonas. Ésta es una de las razones por las que a la gente un poco mayor le va mejor con *Un Curso de Milagros*. En general, no están tan obsesionados con el cuerpo, aunque la salud se convierte en una preocupación; pero no es una preocupación *inducida*. No hace falta ser un gran observador para darse cuenta de que vuestra sociedad está loca por el sexo. El placer físico sólo es una de las herramientas empleadas por el ego para hacer pensar a la gente que sus cuerpos son valiosos, pero ya hablaremos de sexo en otra ocasión.

Gary: ¿Debería proponer un tema?

Pursah: Sí. El perdón. Hay que señalar que las personas que no tienen mucho éxito en el mundo tienden a conseguir más del Curso que las personas muy exitosas. Algunas de las personas que parecen haberse abierto camino en el mundo, y que están relativamente satisfechas con su suerte en la vida, en realidad están cayendo en una trampa. El ego les absorbe haciéndoles pensar que el mundo es un buen lugar. Lo que está ocurriendo es que están viviendo una de esas pocas vidas en que el guión dice que tienen buen karma, de modo que se lo pasan bien. Tal vez tengan un trabajo fácil, y así se enriquecen y parecen ser muy afortunados.

Gary: ¿Quieres decir como Vanna White?

Pursah: Exactamente. ¿Cómo sabes que en su próxima vida no va a nacer y se va a morir de hambre en África?

Gary: Sólo le deseo lo mejor en todas sus vidas. Además, he oído que es bastante espiritual.

Arten: ¿Ves? Lo estás captando. Acabas de desearte lo mejor *a ti mismo*. En un tema relacionado con el anterior, en un futuro próximo te instruiremos en el arte del perdón. A medida que perdones, es posible que te cueste más que antes encontrar palabras. No te preocupes por eso. Esto no tiene nada que ver con parecer inteligente; tiene que ver con ser curado por el Espíritu Santo. Este proceso ya está empezando a acelerarse dentro de ti. Como dice el Curso, ya no estás completamente loco[36].

GARY: Tendrás que perdonarme si no pongo eso en mi curriculum. Pero me gusta la idea de no ser un cuerpo, de ser libre, de no estar controlado por las tormentas magnéticas que cambian el campo magnético de la tierra y todo eso.

ARTEN: Sí. Ese tipo de cosa no se limita al campo magnético de la Tierra. Es aplicable a cualquier campo magnético, en cualquier punto del universo, y funciona sobre cualquier tipo de ser. Eso se debe a que, en realidad, la mente inconsciente es la que dirige la representación del guión, y lo que parece ocurrir sólo es el efecto.

GARY: De modo que hay cuerpos robóticos siendo manipulados en todo el universo, sólo que ellos no lo saben porque creen que son verdaderos cuerpos.

ARTEN: Claro. Como ejemplo, podríamos decir que cualquier sol, esté donde esté, tiene manchas solares y racimos de manchas, que son lugares menos calientes en su superficie causados por una concentración de campos magnéticos temporalmente distorsionados. Estas manchas solares, a su vez, generan esas enormes erupciones, o estallidos, que se disparan en la atmósfera solar enviando nubes de gas electrificado a un planeta o a cualquier otro lugar del sistema solar. Este tipo de acción es universal, y controla los pensamientos y movimientos de todo lo que haya allí. Vuestros científicos asignan causas separadas a todas las cosas y refuerzan la ilusión que la gente tiene de estar separada de las denominadas fuerzas de la naturaleza, además de estar separados de la mente. En realidad, la gente está siendo controlada por la mente colectiva, que a continuación traduce sus pensamientos desde lo invisible a las manifestaciones visibles.

GARY: Lo que dices sobre el guión resultante que se representa, el karma y todo eso... cuando la gente está teniendo una de esas buenas vidas en las que piensan que tienen el mundo en sus manos, ¿no utilizan eso como una excusa para pensar que ellos son mejores que los demás, y por tanto no son culpables?

ARTEN: Sí, pero no les condenes por ello. Puede que piensen que están más iluminados por su buen karma, o que Dios les sonríe, o simplemente que son mejores que los demás, pero todo el mundo participa igualmente en el guión y acaba con tantas de las denominadas buenas vidas y malas vidas como todos los demás. Por eso hemos resaltado antes que la cantidad de dinero o de éxito que tengas en el mundo no tiene absolutamente nada que ver con lo espiritualmente iluminado que estés. Existe el peligro de que pienses que eres mejor que los demás si te va bien, incluso si tu sentimiento de superioridad es sutil, pero eso sólo es una forma de proyección de la culpa inconsciente. Por otra parte, las personas que están viviendo las vidas aparentemente menos exitosas se sienten culpables por no hacerlo mejor. Recuerda, la culpa puede ser proyectada tanto sobre ti mismo como sobre otros. En cualquier caso, los papeles de la gente se invierten en diferentes vidas.

GARY: ¿Todo esto es un modo de escapar de nuestra propia culpa inconsciente?

ARTEN: Sí. Recuerda, la culpa en tu inconsciente es más terrible y aguda que lo que ves y sientes en la superficie.

GARY: ¿Puedes decir otra vez por qué es eso?

ARTEN: Es debido a tu *proximidad* a ella, si estás en tu inconsciente. Esa fue la razón que provocó originalmente toda la errónea creación del universo, ¿recuerdas? La necesidad de escapar de tu culpa y tu terrible y mal encaminado temor de Dios. Ahora tienes un mundo de cuerpos donde ves simbólicamente los contenidos de tu mente —incluyendo la separación de tu propia culpa inconsciente— como si estuvieran fuera de ti, en el mundo y en las demás personas. Así consigues ser la víctima inocente del mundo en lugar de su fabricante. De este modo el mundo y los demás cuerpos son las causas de tus problemas, y aunque te sientas culpable, la culpa no es tuya. *En realidad* no. Siempre hay una razón exterior u otro factor que contribuye a explicar tu condición. ¿Lo pillas?

GARY: Creo que sí. Lo que pasa es que ahora mismo no quiero seguir.

ARTEN: Eso está bien. Ha sido una larga visita para ti. La próxima no lo será. Como dijimos, la verdad es más simple que el ego. Además, tu resistencia no te hace único. Como ya hemos indicado, es muy necesario que repitamos este tipo de ideas hasta que te empapes. En general lo estás haciendo bien, y el Curso está aquí para recordarte que en lugar de ser un robot, tienes una mente y puedes cambiarla. No importa que tengas diferentes fuerzas naturales empujándote, chi electromagnético diciéndote qué hacer, la gravedad impulsándote en un sentido y la energía oscura impulsándote en otro sentido, y permitiendo que el universo se expanda al mismo tiempo, y otras mil fuerzas que trabajan conjuntamente para encubrir la mente durante la danza de dualidad. Sin importar lo que parezca ocurrir, puedes superar al ego recordando que sólo hay dos opciones, y a continuación perdonando los contenidos de tu propia mente ego. Estás siendo entrenado en el arte del verdadero perdón desde el segundo en que empezaste a oír estas ideas, porque a partir de ese momento empezaste a mirar el mundo de manera diferente.

Vamos a resaltar una cuestión importante: aún crees que tienes mil problemas diferentes, pero el Curso sabe que sólo tienes *un* problema: la aparente separación de Dios[37]. Durante nuestra próxima visita discutiremos la verdadera respuesta a ese problema, la Respuesta del Espíritu Santo. Después de eso hablaremos más específicamente de cómo usarlo para eliminar tu ego.

PURSAH: Ha habido gente brillante, principalmente budistas, que a lo largo de los últimos 2.600 años han dicho que hay tres grandes misterios en la vida. Para el pez, el agua. Para el pájaro, el aire. Para el ser humano, él mismo. Hemos dicho que no hay nadie ahí fuera. Pronto serás capaz de empezar a actuar y sentir así.

GARY: He oído decir anteriormente que no hay nadie ahí fuera. En realidad no me dijeron qué hacer con lo que *estoy* viendo de una manera satisfactoria. En cualquier caso, hasta que volváis, cuando el mundo se ponga contra mí, cuando observe la ley del más fuerte en acción y se me recuerde, no muy amablemente, mi lugar en la cadena alimenticia, procuraré recordar que todo está ahí fuera meramente para facilitar la proyección.

Supongo que cuando el Curso habla de imágenes, eso es aplicable a cualquier tipo de percepción, incluyendo recuerdos, visiones, sonidos, ideas... cualquier cosa. Incluso una persona ciega tendrá imágenes en su mente, y serán tan reales o irreales como las de cualquier otra persona. Todo es una grabación que ya ha sido realizada. Entre tanto, intentaré aplicar la idea de que «el amor no alberga resentimientos» siempre que me acuerde. No resulta fácil ser consistente, pero lo intentaré.

PURSAH: Excelente. Eres una lumbrera. No olvides nunca que el ego es un asesino, por eso quiere que pienses que Dios es un asesino y que le tengas miedo. El mejor modo que tiene de mantenerse en marcha es llevarte a reaccionar según el guión, así lo harás real en tu mente. El ego quiere conflicto, y si reaccionas con cualquier emoción negativa, eso es conflicto. Son tus juicios los que mantienen vivo el sistema del ego, pero tu perdón lo liberará. De modo que tienes que ir de puntillas. Perdonar significa *dar antes de tiempo.* En otras palabras, tu actitud es que ya estás dispuesto a perdonar, independientemente de *lo que* surja en tu conciencia. Al principio, esto parece una gran exigencia. Sin embargo, te prometo que llegará el día en el que podrás reírte de cualquier cosa que el ego arroje sobre ti, tal como hizo J, y como nosotros mismos terminamos haciendo. Llegará el día en que estarás preparado para ser como nosotros, abandonar el guión y servir de luz a otros, que te seguirán fuera del sueño.

GARY: Me suena bien. También podría intentar comenzar nuestro libro. Prometo trabajar largos minutos entre los numerosos descansos.

PURSAH: Bien. No querría que tuvieras que cambiar de estilo de vida; es un estilo de vida muy apropiado, aunque no sé para qué...

No olvides nunca que el ego es un asesino, por eso quiere que pienses que Dios es un asesino y que le tengas miedo.

GARY: Acabo de pensar en algo. Como tienes tendencia a repetir las cosas, ¿yo también tendré que hacerlo, o mejor borro las partes que considere redundantes? No quiero que la gente piense que no os dais cuenta de que repetís las ideas.

ARTEN: Queremos que dispongas nuestras conversaciones en un formato presentable. Repetir ideas es parte esencial de nuestro estilo de enseñanza. Leer u oír ideas espirituales una sola vez *no* es suficiente. Te dije al principio que repetiríamos suficientemente las ideas como para que pudieras aprenderlas.

GARY: Muy bien. Lo haré lo mejor que pueda.

PURSAH: Sí, lo harás. No te olvides de que estás viviendo un momento único en la historia y tienes la oportunidad de hacer una contribución. Mi Evangelio y varios otros fueron redescubiertos a finales de 1945, y los Pergaminos del Mar Muerto un poco antes. Previamente, durante 1.600 años la Iglesia había prohibido terminantemente cualquier cuestionamiento de las escrituras o de su teología oficial. De repente, en los años sesenta, todo cambió. El Concilio Vaticano II invirtió las políticas de muchos siglos de represión intelectual en los que incluso se consideraba herejía cuestionar las suposiciones de la Iglesia sobre J. En el histórico año de 1965 el Concilio publicó su encíclica, *La Iglesia en el Mundo Moderno.* Por fin hubo libertad para investigar la teología, la Biblia, la naturaleza de J y el lugar de la Iglesia en el mundo. Ahora estas cosas estaban abiertas al estudio honesto y al análisis intelectual. Se animó a los eruditos a investigarlo todo. Te aseguro que no es fortuito que J empezara a dictar el Curso a Helen ese mismo año.

ARTEN: Piensas que el Curso es parte del movimiento Nueva Era, pero no lo es. No lo limites. Sí, es bueno que algunas personas demuestren una mentalidad más abierta y estén preparadas para nuevas ideas. Recuerda que el Curso es único porque es J explicando lo que realmente quiere decir. Recuerda que es su *único* Curso. Desde que se publicó el Curso han salido otras cosas que, según la gente, también proceden de él. Y sin embargo, en realidad no enseñan lo mismo que el Curso. Yo te pregunto: ¿Crees que J se contradeciría? No estoy diciendo esto para criticar a nadie. Obviamente, no estamos enfadados con la gente con la que no estamos de acuerdo. Sólo decimos estas cosas para aclarar.

PURSAH: Durante los próximos meses, no te limites a ocultarte y estudiar. Interactúa con la gente. Experimenta con ellos y perdónales cuando debas hacerlo. Considéralo una oportunidad. Las ilusiones deben ser perdonadas al nivel en que son experimentadas. Para ti, eso significa vivir tu vida normal e interactuar con la sociedad. Recuerda, el Curso no fue dado a una persona solitaria en la cumbre de una montaña perdida. Fue dado en la ciudad de Nueva York, quintaesencia de la complejidad.

ARTEN: Cuando volvamos, hablaremos del Ayudante, el Que ha estado contigo una eternidad, pero cuya Voz acabas de empezar a oír. La Voz del Espíritu Santo te guiará a casa. Al principio Él es como un susurro en tu sueño. Pero después, a medida que sigas practicando el perdón, Su Voz se volverá más alta y clara. Puede presentarse ante ti de muchas maneras diferentes. Uno de los modos es en un libro. En nuestro caso, Él puede ser un susurro irreverente, pero sólo porque eso es particularmente útil. Nosotros somos reverentes sólo ante Dios y el espíritu, y tal vez el contacto con nosotros te ayude a acortar tu camino.

Hasta que volvamos, recuerda que cuando perdonas, no debes caer en el tipo de perdón del ego, que es la forma de perdonar a los demás ineficaz y tradicional que predomina en el mundo. Como dice el Curso:

> El ego tiene también un plan de perdón porque estás pidiendo uno, aunque no al maestro adecuado. El plan de ego, por supuesto, no tiene sentido y nunca será viable. Al seguir su plan te pondrás simplemente en

> una situación imposible, que es adonde el ego siempre te conduce. El plan del ego consiste en que primero veas el error claramente, y en que luego lo pases por alto. Mas, ¿cómo ibas a poder pasar por alto aquello a lo que has otorgado realidad? Al verlo claramente, les has otorgado realidad y no lo puedes pasar por alto[38].

Tus hermanos y hermanas —incluyendo a tu madre y a tu padre— en realidad no han hecho lo que crees que han hecho, y es vital que recuerdes que es así.

PURSAH: Nos gustaría dejarte con un pensamiento del Curso que podrías querer recordar cuando sientas la tentación de juzgar a alguien. Tanto si vas conduciendo calle abajo como si estás trabajando con gente, socializando, mirando la televisión o leyendo algo en tu ordenador, si sientes que se afirma tu adicción al juicio, recuerda las palabras de J de la sección de texto llamada «Los que se acusan a sí mismos»:

> (...) Aprende esto, y apréndelo bien. Pues con ello la demora en experimentar la felicidad se acorta por un tramo de tiempo que ni siquiera puedes concebir: nunca odias a tu hermano por sus pecados, sino únicamente por los tuyos. Sea cual sea la forma que adopten sus pecados, lo único que hacen es ocultar el hecho de que crees que son tus propios pecados y, por tanto, que el ataque es su «justo» merecido[39].

Sólo te juzgas a ti mismo y sólo te perdonas a ti mismo. Te deseamos éxito; volveremos en algún momento.

Y entonces parecieron irse, pero yo sentía que no estaba solo.

Segunda Parte

DESPERTAR

6. LA ALTERNATIVA DEL ESPÍRITU SANTO

> El ego construyó el mundo tal como lo percibe, pero el Espíritu Santo —el reintérprete de lo que el ego construyó— ve el mundo como un recurso de enseñanza para llevarte al hogar[1].

Durante los meses siguientes me sentía emocionado por las cinco visitas que había recibido de Pursah y Arten, pero también sentía que me habían quitado el suelo bajo los pies. Estaba acostumbrado a aprender programas de espiritualidad y crecimiento personal destinados a mejorar las experiencias de mi vida cotidiana. Ahora estaba tratando de aplicar un sistema de pensamiento diseñado no para mejorar mi vida, sino para despertar de lo que *creía* que era mi vida. Este planteamiento era completamente nuevo. Paradójicamente, la formación en la que ahora me veía envuelto también mejoraría mi calidad de vida, haciendo hincapié en vivir pacíficamente en lugar de fortalecerme para ganar conflictos.

Mirando más de cerca mi vida cotidiana, me sorprendió comprobar lo automáticos que eran mis juicios. Hice progresos en la observación de esta tendencia —parecida a un movimiento reflejo— tomando distancia de ella y quitando peso a mis resentimientos. Esto no llegaba a ser un perdón completo, pero me ayudaba a tomar conciencia de los patrones de pensamiento de mi ego. Me di cuenta de que incluso en mis conversaciones con Arten y Pursah mi tendencia a «hacerme el listo» para defenderme de la timidez dominaba mi personalidad y me hacía decir cosas que probablemente no diría si mi ego no estuviera dirigiendo el programa. Me preguntaba si Arten y Pursah simplemente estaban intentando hacer que me sintiera cómodo hablándome en mi propio lenguaje, y me di cuenta de que si yo cambiaba ligeramente mi estilo, ellos tal vez harían lo mismo.

A medida que practicaba las lecciones del Libro de Ejercicios del Curso, estaba siendo entrenado constantemente para pensar según el Espíritu Santo y mi mentalidad recta, en lugar del ego y mi mente errónea. Esto dio como resultado algunos episodios alegres y ligeros durante el día, y también sangrientas y terroríficas pesadillas por la noche. Nunca hubiera creído que en mi inconsciente pudiera haber unas imágenes tan horribles. Estaba seguro de que estas pesadillas no se mostraban a todos los estudiantes del Curso, pero aquí estaban, reflejando la horrible y demencial imagen de mí mismo que estaba enterrada en las profundidades de mi ego; y que ahora se me mostraba para ser perdonada y liberada en la paz del Espíritu Santo.

Fue desconcertante recordar que, en realidad, mi pensamiento no tenía lugar a este nivel. La mente indicaba a mi cerebro lo que tenía que ver, oír, pensar, hacer y experimentar. Mi cerebro simplemente era el *hardware* (componente físico del ordenador) programado que dirigía y regulaba mi cuerpo, mostrándome una película titulada «La vida de Gary».

La mente era como un programador que me decía, a través del cerebro y del cuerpo, qué experimentar y cómo responder. Yo había sido controlado como un robot, me habían dicho qué hacer, y estaba programado para pensar que era yo quien tomaba mis decisiones a este nivel. Del mismo modo que un ser humano podría construir un ordenador, programarlo y decirle qué hacer —o podía dirigir una figura de realidad virtual para que hiciera cosas dentro de un entorno que en realidad no existe—, la mente programadora me dirigía a moverme por dentro y a experimentar un mundo que en realidad no existe para convencerme de que soy un cuerpo. Este cuerpo a veces conseguía lo que quería, pero generalmente echaba de menos algo, fuera físico o psicológico. Esta sensación de carencia era un símbolo de estar separado de Dios. Las razones específicas de mis problemas me eran mostradas como algo externo a mí mismo, operando en un mundo que en realidad no está allí, a fin de servir de chivo expiatorio a la culpa oculta e inconsciente que siento por esa misma separación.

Me di cuenta de que, aunque esta mente inconsciente parecía estar fuera de mí, en realidad no era así. La mente que emitía las directrices al sistema de pensamiento del ego estaba dentro de mí, no fuera, lo cual también significaba que el universo está en mi mente, no fuera. Tenía que cambiar el orden de las cosas; el Cielo también estaba aquí, y era, de hecho, la única realidad existente. No había ningún otro lugar; pero yo había creado la ilusión que parecía reemplazar al Cielo y después insertaba esa ilusión entre yo mismo y Dios en un esfuerzo por escapar de un castigo imaginario que ahora creía merecer secreta y equivocadamente. Como todos los demás, encontraba el modo de castigarme por esta culpa imaginaria. Sin embargo, Dios estaba esperando para darme la bienvenida de vuelta a casa en cuanto fuera curado por el Espíritu Santo y estuviera listo para volver a la realidad. Entonces lo celebraríamos durante toda la eternidad. Hasta ahora no tenía ni idea de todo esto.

Tomar conciencia de estas cosas me hizo empezar a apreciar la magnitud de mi mente. Sabía que todas las decisiones favorables a la ilusión habían sido tomadas inconscientemente, y que los símbolos correspondientes a dichas decisiones constituían un falso universo. La decisión de estar separado y sentirme culpable surgió primero, y el universo echó su cortina de humo instantáneamente. Todo parece tan real a cada individuo que observa el sueño desde su punto de vista particular que hace falta entrenamiento para perdonar lo que creemos que son auténticos sucesos, y para pensar siguiendo el sistema del Espíritu Santo.

Lo que estaba aprendiendo cambió mi manera de ver las relaciones. Por ejemplo, mi familia política —a quienes veía como personas duras y críticas con los demás— no parecían haber cambiado, pero ahora podía tomar un poco de distancia y comprender que su estilo reaccionario simbolizaba mi forma de reaccionar ante algunas personas y problemas de mi vida. Cuando me daba cuenta de que condenaba a mi familia política por mis propios «pecados», presentados ante mí de una manera engañosamente diferente, me resultaba mucho más fácil perdonarles y perdonarme a mí mismo.

Otro ejemplo era mi forma de pensar respecto a los agentes de bolsa con los que hacía tratos por teléfono en los mercados financieros. Algunas de estas personas tenían las personalidades más rudas, egocéntricas y destructivas que yo me había encontrado. Aunque muchos de ellos trataban de ser serviciales y profesionales, había otros que parecían disfrutar perversamente con las dificultades y pérdidas ocasionales de un cliente, actuando a veces más como enemigos que como amigos. Ahora podía ver su hostilidad como un símbolo del sistema de pensamiento del ego, que estaba siendo representado en un mundo que esperaba mi perdón más que mi venganza. Al mismo tiempo, las esquinas más ocultas y oscuras de mi mente inconsciente sin duda estaban siendo perdonadas y curadas por el Espíritu Santo. Me volví más pacífico, y empecé a tomarme muy bien la conducta inapropiada de los demás.

Me di cuenta de que si continuaba por este camino, necesitaría mucha ayuda para perdonar las imágenes tan realistas que se me mostraban, destinadas a que el ego se quedara con lo mejor de mí en cualquier momento dado. Era a J a quien pedía ayuda. Se la podría haber pedido a Arten o Pursah, a quienes me sentía muy agradecido, o podría haberles rezado como Tadeo y Tomás. O, como hacían la mayoría de los estudiantes del Curso, podría haber hecho hincapié en mi relación con el Espíritu Santo, Que era mencionado sabiamente en el Curso no como *la* Voz de Dios, sino como la Voz que habla *por* Dios[2]. Pero yo ya había establecido mi relación con J, y estaba más que contento de seguir desarrollándola. Por lo que había aprendido y experimentado, sabía que en cuanto tomaba la mano de J, la separación terminaba.

Por supuesto, esto también era cierto si tomaba la «mano» del Espíritu Santo. De hecho, me servía cualquier símbolo de Dios; ésta era una decisión personal. Lo importante era que la persona tuviera dicho símbolo y pudiera unirse a Dios a través de él sin sentido de distancia ni separación. Gracias al Curso de J, Dios ya no era un concepto alejado, sino algo presente aquí y ahora. Descubrí que el espíritu de este sentimiento, así como una parte importante del mensaje del Espíritu Santo que J había vivido, estaban maravillosamente expresados al principio de la lección 156 del Libro de Ejercicios:

CAMINO CON DIOS EN PERFECTA SANTIDAD

> La idea de hoy no hace más que expresar la simple verdad que hace que el pensamiento de pecado sea imposible. Esta idea nos asegura que la culpabilidad no tiene causa, y que, por lo tanto, no existe. Es la consecuencia lógica de la idea fundamental que tan a menudo se menciona en el texto, la cual reza así: las ideas no abandonan su fuente. Si esto es verdad, ¿cómo ibas a poder estar separado de Dios? ¿Cómo ibas a poder caminar por el mundo solo y separado de tu Fuente?[3]

Así, el Espíritu Santo enseñaba constantemente el principio de Expiación que mis maestros habían citado del Curso: que la separación de Dios en realidad nunca había ocurrido. Pero yo sabía que había más. Creía que Arten y Pursah estaban en lo cierto al afirmar que el verdadero perdón es el camino a casa. ¿De qué otro modo podría J haber sido capaz de perdonar a la gente que estaba matando su cuerpo? Practiqué fielmente las lecciones del Libro de Ejercicios, pero también esperaba ansiosamente las explicaciones de Arten y Pursah sobre el Espíritu Santo y el verdadero perdón.

En concreto me propuse recordar siempre que pudiera la idea de que el «Amor no alberga resentimientos». Esto conseguía detener mis juicios inmediatamente. ¿Cómo podía quejarme de mi situación, o juzgar a un hermano o hermana, o desear otro resultado diferente si yo era Amor, y si el Amor no alberga resentimientos? Mi actitud y mis procesos mentales estaban cambiando.

Por ejemplo, la personalidad de Karen y la mía a veces parecían aceite y agua. Cuando quería estar tranquilo y pensar, ella quería hablar, y esto pasaba constantemente. Le expliqué muchas veces que necesitaba concentrarme cuando estaba en la habitación que usábamos como oficina, pero no servía de nada. Sentía que era como decírselo a la pared.

Cuando pensé en la situación usando los principios del Curso que había aprendido hasta ahora, recordé que había sido yo quien había decidido casarse. Ciertamente no era una víctima. Asimismo, qué era su resistencia a honrar mi repetida solicitud sino una forma de sueño o negación, y... ¿no era en realidad un símbolo de mi negación de tantas cosas, entre las que se incluye todo el sistema de pensamiento del ego?

Una noche, cuando Karen empezó a hablarme mientras estaba trabajando, me acordé de utilizar la idea de que el «Amor no alberga resentimientos» en esa circunstancia particularmente difícil. De repente me sentí diferente. No estaba intentando aplicar el amor, ¡yo *era* amor! Entonces pude ver este problema como una oportunidad de elegir lo que yo quería ser al elegir ver a Karen con los ojos del amor incondicional del Espíritu Santo. Poco después empecé a hacer la mayor parte de mi trabajo cuando ella no estaba en casa o después de que se hubiera ido a dormir. De ese modo podía tomarme tiempo para escucharla y también encontrar tiempo para concentrarme en mi trabajo.

Así, el día 21 de diciembre, cuando se cumplía un año desde la fecha de su primera aparición, Arten y Pursah se presentaron en mi comedor por sexta vez.

Gary: ¡Sabía que vendríais hoy! Es nuestro aniversario.

Pursah: Sí. Hemos venido este día sólo por ti. Las fechas no son importantes, pero sabíamos que lo estabas esperando.

Gary: El simple hecho de que lo tuviera marcado en mi calendario no significa que lo estuviera esperando. Lo siento, estoy intentando no ser tan listillo.

Arten: No trates de cambiar de una sola vez, querido hermano. Podrías explotar.

Pursah: A pesar de todo, estamos aquí para ayudarte a acelerar todavía más. El pasado ha sido el prólogo. Todo lo que hemos dicho hasta ahora sólo ha servido para ayudar a prepararte. Nuestro estilo estaba diseñado para conseguir que nos prestaras atención. Pero ya no es el primer día de escuela y es hora de que *crezcas*. Caminar con J o con el Espíritu Santo significa que piensas como ellos. Hablemos de cómo piensan. Para conseguirlo, compararemos la actitud del Espíritu Santo con las frágiles ideas de tu ego.

Arten: El ego cree en los opuestos, en cosas como placer y dolor. El Espíritu Santo dice que no hay opuestos, y que tu verdadera alegría no puede tener contraparte. Como dice el Curso:

> ¿De qué otro modo podrías encontrar dicha en un lugar desdichado, excepto dándote cuenta de que tú no estás en él?[4]

El ego quiere la complejidad y cree en ella. La verdad del Espíritu Santo es simple: no necesariamente fácil de aceptar, sino simple.

El ego dice que eres diferente de los demás. El Espíritu Santo dice que, en realidad, todo el mundo es igual, y tienes que sentir eso para poder ver como Él. Porque, como el Curso dice:

> La diferencia entre la proyección del ego y la extensión del Espíritu Santo es muy simple. El ego proyecta para excluir, y por lo tanto, para engañar. El Espíritu Santo extiende al reconocerse a Sí Mismo en cada mente, y de esta manera las percibe todas como una sola. Nada está en conflicto en esta percepción, porque lo que el Espíritu Santo percibe es todo igual. Dondequiera que mira se ve a Sí Mismo, y puesto que está unido, siempre ofrece el Reino en su totalidad. Éste es el único mensaje que Dios le dio, en favor del cual tiene que hablar porque eso es lo que Él es. La paz de Dios reside en ese mensaje, y, por consiguiente, la paz de Dios reside en ti. La gran paz del Reino refulge en tu mente para siempre, pero tiene que irradiar desde ti hacia afuera para que tomes conciencia de ella[5].

Por supuesto, Dios te dio el mensaje en el Cielo, y el Espíritu Santo es tu recuerdo de ese mensaje. Ahora, para recordar quién eres en realidad, debes compartir el mensaje del Espíritu Santo con aquellos que ves en tu mente.

El ego dice que has sufrido una pérdida terrible y que ahora la pérdida es parte de lo que llamas la vida. El Espíritu Santo dice que en realidad no ha habido pérdida, y que el Hijo de Dios no puede perder. El Libro de Ejercicios dice:

> Perdona todo pensamiento que se oponga a la verdad de tu compleción, unidad y paz. No puedes perder los regalos que tu Padre te dio[6].

y, un poco más adelante en el Libro de Ejercicios:

> De acuerdo con el plan de Dios tan sólo puedes recibir, sin jamás perder nada, hacer sacrificio alguno o morir[7].

El ego dice que los demás son los culpables, porque cree secretamente que tú eres culpable. Recurre a la ira y la indignación cargada de razones, o incluso se ríe de otros, para poner distancia entre tu culpa y tú. Piensas que sólo los animales y los niños son inocentes, porque así es como has elegido ver tu inocencia aparentemente perdida. El ego tiene que poner la idea de inocencia *en alguna parte.* Pero el Espíritu Santo dice que todo el mundo es completamente inocente, porque Él sabe que eres completamente inocente.

Piensa en ti como uno de los que se acusan a sí mismos. Porque, como el Curso dice:

> Sólo los que se acusan a sí mismos pueden condenar[8].

Tú te has acusado y te has condenado a ti mismo. Pero ahora piensa que el Espíritu Santo está en un tribunal superior, tal como el Curso describe con estas grandes palabras:

> No tienes por qué temer que el Tribunal Supremo te vaya a condenar. Éste simplemente desestimará el caso contra ti. No puede haber caso contra un Hijo de Dios, y todo testigo que da fe de la culpabilidad de las creaciones de Dios está levantando falso testimonio contra el propio Dios. Apela con gusto todo lo que creas al Propio Tribunal Supremo

> de Dios, ya que éste habla por Él, y, por consiguiente, lo que afirma es verdad. Sobreseerá el caso contra ti, por muy cuidadosamente que lo hayas preparado. Lo podrás haber planeado a prueba de todo, pero no a prueba de Dios. El Espíritu Santo no le prestará atención, pues Él sólo puede dar testimonio de la verdad. Su veredicto será siempre: «Tuyo es el Reino», porque el Espíritu Santo te fue dado para recordarte lo que eres[9].

El ego trata de convencerte de que tienes una historia personal que es real. Sin embargo, la actitud del Espíritu Santo puede resumirse mejor en sólo tres palabras: *Eso nunca ocurrió.*

El ego entraría en éxtasis si siguieras creyendo que hay un mundo ahí fuera que existía antes de que empezara tu vida y que seguirá adelante sin ti cuando muera tu cuerpo. La respuesta del Espíritu Santo, por más escandalosa que le parezca a tu ego, es ésta, según consta en el Libro de Ejercicios:

> (...) ¡El mundo no existe! Éste es el pensamiento básico que este Curso pretende enseñar. No todo el mundo está preparado para aceptar esto, y cada cual irá tan lejos a lo largo del camino que conduce a la verdad como se permita a sí mismo ser guiado. Regresará e irá todavía más lejos, o tal vez retrocederá un poco para luego avanzar de nuevo.
> Mas la curación es el regalo que se les hace a aquellos que están dispuestos a aprender que el mundo no existe y que pueden aceptar esta lección ahora. El hecho de que estén preparados hará que la lección les llegue de una forma que ellos puedan entender y reconocer[10].

Gary: Ojalá que la gente pudiera oírte cuando citas pasajes del Curso; son muy hermosos. Tienes razón; algunas de las cosas que dice el Curso son realmente escandalosas para el ego, y a veces difíciles de creer. Si alguien está enfadado conmigo, parece que el Curso dice que lo que estoy viendo no es una persona real, sino un símbolo de mi *propio* enfado, presentado como algo externo a mí. De modo que en realidad es mi propio odio y locura lo que veo en el mundo, incluso en las noticias. Eso es algo muy radical. Sin embargo, tiene sentido dentro del modelo que has explicado.

Arten: Sí, y el ego diría que la persona iracunda que ves fuera de ti es una amenaza de la que hay que encargarse de algún modo. El Espíritu Santo ve a la persona enfadada como una persona que sufre y que está pidiendo ayuda. Dado que el Curso enseña, como hemos mencionado, que sólo puedes tener dos emociones, amor y miedo, el Espíritu Santo ve todas las cosas del mundo o bien como una expresión del amor o como una llamada al amor[11].

Ahora bien, si alguien está *expresando* amor, ¿cuál sería la respuesta apropiada para ti?

GARY: Amor, por supuesto.

ARTEN: Excelente, Gary. Ese título de Secundaria por fin está empezando a servirte de algo. Y si alguien está *pidiendo amor*, entonces, ¿cuál sería la respuesta adecuada de tu parte?

GARY: Amor, tío listo. Bajo el sistema de pensamiento del Espíritu Santo, la respuesta adecuada ante cualquier situación siempre es el amor. Cuando piensas con el Espíritu Santo, tienes una actitud consistente, una actitud de amor.

ARTEN: Genial. Haré un trato contigo inspirado en el amor. Dejaré de ser un listillo si tú lo haces. No es tan divertido cuando estás en el extremo receptor, ¿verdad?

GARY: Veo lo que quieres decir. En cualquier caso, ya estoy deponiendo mi actitud. Entiendo la idea sobre la consistencia del amor.

PURSAH: Muy bien. Si el Curso dice que no hay mundo, entonces, en realidad no hay personas ahí fuera que sean más listas o que estén más dotadas que tú. En realidad, no hay personas ahí fuera que sean más ricas que tú, o que sean más famosas que tú, o que vivan el sexo más que tú, o que hagan cualquier cosa que te enfade, o que haga que te sientas inferior o culpable. En realidad, no hay nadie que vaya a por ti por ninguna razón. No hay un mundo ahí fuera para que lo podáis conquistar, como si fuerais adultos jugando a ser el Rey de la Montaña y tratando de expulsaros de la cima unos a otros, lo que en realidad es un símbolo del ego tratando de desbancar a Dios. No hay problemas ni amenazas que puedan desbancar de ningún modo lo que realmente eres. Sólo es un sueño, y puedes disfrutar de la paz mental y de la ausencia de miedo que acompañan a la convicción de que esto es verdad. Como J pregunta tan oportunamente en el Texto:

> (...) ¿Qué pasaría si reconocieses que este mundo es tan sólo una alucinación? ¿O si realmente entendieses que fuiste tú quien lo inventó? ¿Y qué pasaría si te dieras cuenta de que los que parecen deambular por él, para pecar y morir, atacar, asesinar y destruirse a sí mismos, son totalmente irreales?[12]

El Espíritu Santo sabe que las imágenes que ves son sólo eso, imágenes y nada más. Tomándole como maestro, puedes aprender a experimentar esto a través del poder de Su perdón, que es *tu* poder cuando te unes a Él y piensas como Él.

ARTEN: El ego dice que eres un cuerpo. El Espíritu Santo dice que no eres un cuerpo; no eres una persona, no eres un ser humano: eres como Él. El ego dice que tus pensamientos son muy importantes. El Espíritu Santo sabe que sólo los pensamientos que piensas con Dios son reales, y no importa nada más. En el Cielo, no tienes que pensar en absoluto. En realidad, tú eres pensado por Dios. A este nivel, el Curso considera los pensamientos que piensas con el Espíritu Santo como tus únicos pensamientos verdaderos. Además, se puede decir que el Espíritu Santo *es* la única verdad a nivel del mundo. Repasa las lecciones 35 y la 45 del Libro de Ejercicios, entre otras.

El ego exige sacrificio. En cambio, el Espíritu Santo dice que no hace falta ningún tipo de sacrificio. Durante nuestra próxima visita, hablaremos del verdadero significado de la crucifixión y de la resurrección.

El ego dice: «El Señor te lo dio y el Señor te lo quita.» El Espíritu Santo sabe que Dios sólo da y *nunca* quita nada.

El ego proclama reverentemente que la muerte es real. El Espíritu Santo dice que nadie está muerto y que en realidad nadie puede morir.

El ego juzga las cosas como buenas o malas; el Espíritu Santo dice que no son ni una cosa ni otra, porque no son verdaderas. Así, por su naturaleza ilusoria, todas las cosas al nivel de la forma son igualmente falsas.

El ego asigna falsas identidades específicas y diferentes. Tanto su «amor» como su odio están dirigidos hacia individuos específicos. El Espíritu Santo piensa que todos son lo mismo, y que son totalmente abstractos. Así, como en el caso de J, Su Amor es no-específico y omniabarcante.

El ego urde razones astutas por las que deberías seguir escuchando sus consejos egoístas, pero el Espíritu Santo sabe que en algún momento te dirigirás hacia Él, y que en último término volverás a casa con Él, como dictan la ley de perdón y las leyes de la mente. Porque, como el Curso enseña, si verdaderamente aprendes a perdonar y perdonas, la consecuencia *debe* ser tu vuelta a Dios.

La salvación no es otra cosa que «mentalidad recta», que aunque no es la Mentalidad Uno del Espíritu Santo, se debe alcanzar antes de que la Mentalidad Uno pueda ser reinstaurada. La mentalidad recta conduce automáticamente al siguiente paso, ya que la percepción correcta está completamente exenta de cualquier forma de ataque, y, por lo tanto, la mentalidad errada desaparece. El ego no puede sobrevivir sin emitir juicios y, por consiguiente, se le abandona. La mente se queda entonces con una sola dirección en la que avanzar. La dirección que sigue es siempre automática, pero no puede sino acatar los dictados del sistema de pensamiento al que se mantiene fiel[13].

Pursah: Al ego le encanta que te lamentes del pasado. «Hubiera, podría haber, debería haber», y «si hubiera hecho esto en lugar de lo otro», y «si hubiera sabido entonces lo que sé ahora», son algunos de sus números favoritos. Y esto no sólo hace que tu pasado sea real para ti, también hace que te sientas mal, todo ello para deleite del ego. El Espíritu Santo sabe que, con excepción del perdón, no importa lo que hagas. Para el ego eso es una herejía. Pero el Espíritu Santo quiere que te cures, y sabe que la culpa inconsciente que tienes en tu mente habría acabado desplegándose de algún modo, aunque hubiera tomado otra ruta.

Arten: En relación con esto, el ego quiere que lo *que* haces sea importante. Para inmiscuirse en tu espiritualidad y retrasar la verdad, trata de hacer que lo que hagas en *esa área* sea importante y especial. Sin embargo, para el Espíritu Santo, lo que hagas por Él, o por J, o por Dios no es importante. ¿Cómo podría ser importante lo que ocurra en una ilusión si comprendes que no es real? Lo único que importan son el perdón y tu curación. Es muy cierto que este tipo de enseñanza difícilmente será la base de una religión popular que se adueñe del mundo y diga a todo el mundo cómo vivir su vida, pero es definitivamente la verdad.

Gary: ¿De modo que en realidad no importa si escribo un libro o no, ni el tiempo que me cueste hacerlo?

Arten: Eso es correcto. Estamos contentos de estar aquí contigo y de enseñarte, Gary, pero esto no es importante. No es importante que *hagas* nada. No tienes que demostrar tu valía ante nosotros ni ante Dios. Eso ya se hizo en la mente de Dios cuando Él te creó. Ninguna otra cosa que parezca ocurrir en el universo de la percepción puede cambiar eso, excepto en tus sueños erróneos. Como el Curso te ayuda a recordar:

> Tú no moras aquí, sino en la eternidad[14].

y,

> Siempre que te sientas tentado de emprender un viaje inútil que no haría sino alejarte de la luz, recuerda lo que realmente quieres, y di: *El Espíritu Santo me conduce hasta Cristo, pues, ¿a qué otro sitio querría ir? ¿Qué otra necesidad tengo, salvo la de despertar en Él?*[15]

Gary: En realidad yo *soy* Cristo, y lo mismo les ocurre a todos los demás, y todos somos uno. Como dijisteis antes, a este nivel todos vemos el mismo sueño, pero desde puntos de vista diferentes. Creo que fue Freud quien dijo que todos los personajes que ves en tu sueño nocturno en realidad son tú, de modo que de día y de noche siempre hay un símbolo de mí mismo allí fuera que está contemplando mi sueño desde un punto de vista diferente. Mi trabajo es reunirme conmigo mismo a través del perdón y volver a estar completo de nuevo.

No tienes que demostrar tu valía ante nosotros ni ante Dios. Eso ya se hizo en la mente de Dios cuando Él te creó.

Pursah: No está mal para un ejemplar de la especie masculina. Sabes, la primera vez que vinimos aquí, no querías hablar mucho.

Gary: Sigue sin gustarme, pero creo que soy diferente con vosotros porque sé que *en realidad* no me juzgáis.

Pursah: Lo único que tienes que recordar es que no hay nadie ahí fuera para juzgarte, y lo que realmente eres no puede verse afectado por lo que el mundo piense. Como te dice el Curso:

> (...) Nada puede hacerte daño, y no debes mostrarle a tu hermano nada que no sea tu plenitud. Muéstrale que él no puede hacerte daño y que no le guardas rencor, pues, de lo contrario, te estarás guardando rencor a ti mismo. Ese es el significado de: «Ofrécele también la otra mejilla.»[16]

Arten: Mientras el Espíritu Santo te enseña tu verdadera fuerza, el ego te dice y dice a los demás hombres-macho, y a todas las mujeres liberadas, que tienen que ser duros y aprender a ir por ahí dando patadas en la carrera de ratas, porque, si no lo hacen, otros se quedarán con su queso. Lo único que esto prueba es lo temerosos que son, porque, si no tuvieran miedo, no tendrían que *ser* tan duros. Están pidiendo amor sin saberlo.

Pursah: El ego trata de convencerte de que tus problemas son el problema, pero el Espíritu Santo sabe que el problema es la culpabilidad escondida y oculta que hace que necesites soñar con un mundo de separación. Por supuesto, el mundo no piensa eso. ¡El mundo ni siquiera sabe de ello! Como el Curso se asegura de recordarte hacia el final del texto:

> (...) De lo único que estabas seguro era de que entre las numerosas causas que percibías como responsables de tu dolor y sufrimiento, tu culpabilidad no era una de ellas[17].

Arten: Ya hemos citado el comentario del Curso que dice que la mente libre de culpa no puede sufrir. De modo que cuando el Curso dice que no puedes recibir daño, significa que la práctica del tipo de perdón que sabe que en realidad no puedes recibir daño te otorgará la misma capacidad que tenía J de no sufrir ni sentir dolor. ¿Qué significado tendrán entonces tus problemas? Ampliando algo que dijimos antes, el ego quiere que J el cuerpo maravilloso sea muy diferente de ti y que sea muy especial, lo cual es un modo muy astuto de hacer que todo el mundo sea diferente y especial. El Espíritu Santo sabe que en realidad sois lo mismo. Como la Aclaración de Términos que viene al final del Curso dice sobre J:

> El nombre de Jesús es el nombre de uno que, siendo hombre, vio la faz de Cristo en todos sus hermanos y recordó a Dios. Al identificarse con Cristo, dejó de ser un hombre y volvió a ser uno con Dios[18].

Eso es lo que Él quiere para ti. Ahora nos estamos acercando al punto de ser un poco más precisos respecto a cómo puedes tener la actitud que te ayudará a ver la faz de Cristo —que en realidad es *tu* faz— en cada uno. Una de las cosas que podría ayudarte es recordar que es a ti a quien ayuda el perdón. No siempre te tiene que importar personalmente el ser humano al que perdonas. Tu trabajo consiste exclusivamente en corregir tus percepciones erróneas, y no va contra las reglas saber que no puedes hacer otra cosa que beneficiarte de ello.

Gary: De modo que el hecho de que perdone a alguien no quiere decir que tenga que pasar tiempo con él.

ARTEN: Correcto. Esto no tiene nada que ver con hacer el bien, aunque no hay nada malo en hacer buenos actos si disfrutas con ello. El Curso tiene que ver con pensar correctamente. Hoy día muchos cristianos se preguntan: «¿Qué haría Jesús?» Sólo hay una respuesta correcta a esa pregunta, y siempre será la misma. Él perdonaría. El perdón tiene que ver con lo que piensas. Lo que hagas no es lo importante, aunque sea un resultado de lo que pienses. Es lo que pienses —no lo que hagas— lo que, o bien te mantendrá soñando, o te ayudará a volver a casa.

GARY: Quieres decir que J nunca os dijo: «Id y convertid a las gentes de todas las naciones.»

ARTEN: Me alegran tus ganas de broma.

PURSAH: Hablando de naciones, recuerda que ellas tampoco son importantes. En realidad lo que tú eres es ser eterno. Los Estados Unidos no lo son.

GARY: ¡Blasfemia!

ARTEN: Thomas Jefferson, considerado el pensador más destacado entre los padres fundadores y autor de vuestra Declaración de Independencia, también era un experto en las escrituras. A lo largo de los años corrigió la Biblia con el fin de crear su propia Biblia personal. Por supuesto que no podía ponerla a disposición del público en aquel tiempo si no quería ser acusado de cosas terribles, pero pronto estará a disposición de aquellos que quieran ojearla.

En resumen, Jefferson abandonó completamente las viejas escrituras, lo que llamáis el Antiguo Testamento. Tampoco dejó nada donde se dijera que J era Dios hecho carne. Ni conservó nada donde se dijera que J había realizado milagros físicos. Retiró casi 200 páginas del Nuevo Testamento, dejando sólo 46. Pero conservó *todo* lo que tenía que ver con el perdón, la sanación y cómo pensar. Si los conservadores de tu país quieren rechazar *Un Curso de Milagros* por ser demasiado radical, tal vez tendrían que escuchar al genio visionario que está detrás de las raíces de tu nación, en lugar de perder tiempo defendiendo ciegamente la farsa de democracia en manos de las corporaciones en que se ha convertido.

GARY: De modo que Thomas Jefferson fue capaz de abandonar todas las tonterías religiosas y dualistas y llegar a lo importante. Por otra parte, yo debería recordar que mucha gente necesita toda esa paja superflua hasta estar dispuestos a renunciar a las cosas innecesarias e ir al grano. En realidad, no tiene sentido condenarlos ni tratar de apartar de ellos las ideas que necesitan.

Arten: Muy bien, Gary. Un estudiante radiante. Pero ten cuidado con tu lenguaje. El hecho de que muchas de las películas que te gusta ver no sean toleradas para menores de 18 años no significa que nuestro libro también lo tenga que ser.

Gary: He estado tratando de cuidar mis maneras.

Arten: Lo sabemos. No has usado palabrotas ni una sola vez. También nos hemos dado cuenta de que últimamente no bebes mucho. Tal disciplina es sin duda indicativa de un futuro maestro, siempre que continúes con tu formación.

Gary: Se me ocurrió que bebo porque creo que soy culpable, aunque en realidad no soy culpable, y tengo miedo de Dios, aunque mi miedo se evidencia como preocupación por otras cosas.

Arten: Sí, pero eso no significa que la gente que no bebe, ni fuma ni consume drogas no tenga miedo. Simplemente encuentran otros modos de solucionarlo o de negarlo. El único camino de salida para todos es el perdón.

Pursah: Lo cual nos lleva al final de nuestra breve conversación sobre el Espíritu Santo. El Curso dice que Él reconoce tus ilusiones sin creer en ellas[19]. De modo que escúchale para poder llegar a ver como Él. El Curso dice más adelante, en el Libro de Ejercicios:

> (...) El Espíritu Santo entiende los medios que fabricaste para alcanzar lo que por siempre ha de ser inalcanzable. Mas si se los ofreces a Él, Él se valdrá de esos medios que inventaste a fin de exiliarte para llevar a tu mente allí donde verdaderamente se encuentra su hogar[20].

Gary: De modo que Él toma las mismas ilusiones o imágenes que he fabricado y las utiliza para llevarme a casa. Eso es perfecto, es como superar al ego usando el mismo material que él hizo para deshacerlo. Para que esto ocurra, tengo que hacer algo que dice el Curso y que tú has citado antes: tengo que llevar mis ilusiones ante la verdad en lugar de dar verdad a mis ilusiones. El Curso también dice que J es un Salvador porque vio lo falso sin aceptarlo como verdad[21]. Si yo hago eso mismo, además de ser un Salvador como él, mi mente será sanada por el Espíritu Santo.

Pursah: Sí. J fue capaz de contar tan bien la historia del Hijo pródigo porque él era el Hijo pródigo, tal como tú. Él escuchó al Espíritu Santo; por eso pudo ver lo falso sin aceptarlo como verdad. Escuchando al Espíritu Santo, puedes hacerte como J e identificarte totalmente con

Cristo. Como dice el Curso sobre tu Ayudante:

> El Espíritu Santo mora en la parte de tu mente que es parte de la Mente de Cristo[22].

En una de las referencias que hace el Curso a la historia del Hijo pródigo, conectando el Espíritu Santo con él:

> (...) Parece ser un Guía por tierras lejanas, pues ésa es la clase de ayuda que necesitas[23].

ARTEN: Si realmente quieres volver las tornas al ego y conseguir la inversión del pensamiento[24] de la que habla el Curso, entonces tienes que recordar lo que comentamos la última vez. El ego te ha engañado haciéndote pensar que te estás librando de tu culpa inconsciente cuando la proyectas en los demás y crees que están equivocados, o cuando les condenas y culpas a ciertas circunstancias de tus problemas o de los problemas del mundo, o de cualquier otra cosa. No obstante, esto es lo que hace que te quedes eternamente pegado a tu culpa inconsciente. ¿Estás empezando a entender lo importante que es el perdón para ti?

GARY: Lo creas o no, creo que realmente sí. El Libro de Ejercicios me está ayudando mucho.

ARTEN: Sí. Para nuestra próxima visita lo habrás terminado. Estarás en una situación excelente para practicar el verdadero perdón.

GARY: Entonces podré ser un M.D.D.

ARTEN: ¿Qué es...?

GARY: Maestro de Dios.

ARTEN: Me gusta. Puede que no tengas un Ph.D. (título de doctor), pero aún puedes ser un MDD. Ahora éste es tu verdadero trabajo, colega. Todo lo demás es superfluo. El Curso es muy conmovedor respecto a la importancia de tu verdadero trabajo.

> (...) ¿No es acaso un propósito loable ayudar al bienamado Hijo de Dios a escapar de los sueños de maldad, que aunque sólo son fabricaciones suyas, él cree que son reales? ¿Quién podría aspirar a más, mientras parezca que hay que elegir entre el éxito y el fracaso, entre el amor y el miedo?[25]

Gary: Sí, supongo que no podría esperar nada mejor que eso. Creo que el Curso también dice que la Expiación es la profesión natural de los hijos de Dios[26]. Creo que, si voy a hacerlo, más vale hacerlo bien... me refiero al perdón.

Pursah: Sí. El verdadero perdón es el propósito real de la vida, pero tienes que elegirlo para poder hacerlo tuyo. Recuerda, practicar el verdadero perdón sólo puede dirigirte a casa. El J alternativo no puede perder, pues J no hace concesiones, dado que el Espíritu Santo no hace concesiones. Esto no es una revolución de lo físico, es una recuperación de la mente: dar paso a un nuevo modo de pensar. Cuando llegues a las formas avanzadas de perdón que propone el Curso, *serás* bueno en ello. En esto nos centraremos en nuestra próxima visita, aunque será un tema recurrente en visitas posteriores. El instante santo será tuyo con solo pedirlo, hermano mío.

Gary: ¿Podrías aclararme brevemente qué es exactamente el instante santo?

Pursah: Sí. Como alumno del Curso oirás hablar mucho de él. Aunque el instante santo en realidad tiene lugar fuera del tiempo y del espacio, tú pareces elegirlo aquí. El instante santo es simplemente ese instante cuando eliges como Maestro al Espíritu Santo en lugar del ego. Como dice el Curso:

El verdadero perdón es el propósito real de la vida, pero tienes que elegirlo para poder hacerlo tuyo.

> Frente a la demente noción que el ego tiene de la salvación, el Espíritu Santo te ofrece dulcemente el instante santo. Hemos dicho antes que el Espíritu Santo tiene que enseñar mediante comparaciones, y que se vale de opuestos para apuntar hacia la verdad. El instante santo es lo opuesto a la creencia fija del ego de que la salvación se logra vengando el pasado[27].

Esto ocurre en cualquier momento en que eliges el perdón, actuando así en interés tanto de ti mismo como de tu *perdonado*, que en realidad coinciden, aunque a nivel de la forma puede parecer que tenéis intereses separados. Vuestro interés común es retornar al Cielo.

Gary: ¿Estás seguro de que *perdonado* es una palabra?

Pursah: Ahora lo es. En realidad el perdonado ahora eres tú; simplemente no parece que sea así. En realidad estás obteniendo el perdón de los contenidos simbólicos de tu propia mente.

Gary: Siempre me olvido de plantear las preguntas que quiero plantear hasta que os habéis ido, de modo que, ¿os importa si os pregunto algo mientras aún estoy pensando en ello?

Pursah: ¿Qué crees, Arten?

Arten: No voy a decir nada. He prometido que dejaría de hacerme el listo si él también lo hacía.

Gary: De acuerdo. No incluiste muchos de los dichos del Sermón de la Montaña en el *Evangelio de Tomás.* Me preguntaba si J realmente dijo algunas de las frases que más me gustan de los Evangelios como: «No acumuléis tesoros en la tierra, donde hay polilla y herrumbre que corroe y donde los ladrones pueden entrar a robar, sino buscad los tesoros del Cielo, donde no hay polilla ni herrumbre que corroan ni ladrones que entren a robar. Porque donde esté tu tesoro, allí estará tu corazón.»

Pursah: Sí. Como dije antes, mi Evangelio no contiene todo lo que dijo. Ni siquiera conseguí terminarlo. Él dijo algo muy similar a eso, aunque fue un poco más gráfico de lo que podrías pensar. Por ejemplo, no empleó la palabra *herrumbre* sino la palabra *gusano,* e hizo de la frase más una elección entre el cuerpo y el espíritu. En realidad, el Sermón de la Montaña es una combinación de dichos. J no subía a las montañas para dar largos sermones a las multitudes que le adoraban. Dijo cosas que son razonablemente parecidas a los dichos de los Evangelios, y en cuanto entiendas su sistema de pensamiento, que es el sistema de pensamiento del Espíritu Santo, deberías ser capaz de elegir por tu cuenta el tipo de cosas que diría, distinguiéndolas del tipo de cosas que no diría.

Por ejemplo, en el Curso aparece algo similar al dicho al que acabas de referirte con relación a la importancia de lo que atesoras. Independientemente de cómo lo diga, la elección siempre es entre dos cosas: el mundo del cuerpo y del ego o el mundo del espíritu y de Dios, el mundo del Espíritu Santo:

> (...) La fe confiere poder a la creencia, y donde se deposita dicha fe es lo que determina la recompensa, pues la fe siempre se deposita en lo que se valora y lo que valoras se te devuelve[28].

Gary: Algunos de los estudiantes del Curso con los que he hablado parecen pensar que Dios creó las partes buenas del mundo y no las malas, y que el Curso está tratando de hacer que renunciemos a nuestras malas percepciones, pero que conservemos las buenas.

ARTEN: Sí. Ya hemos dicho bastante sobre la percepción y la conciencia que está detrás del ego, pero sigue habiendo algunos que tratan de decir lo que acabas de describir. Seamos muy claros una vez más; Dios no creó *parte* del mundo. ¡Acabamos de tomar una cita del Curso que dice que el mundo no existe! ¿Cómo podría haberlo creado Dios si ni siquiera existe? ¡El Espíritu Santo no tiene otra intención que despertarte de *tu* sueño de que existe un mundo! Esto es cierto, con independencia de si temporalmente el mundo parece bueno o malo.

En último término, la verdad no es temporal; es plena, absoluta, total. Sin embargo, a este nivel, la curación de tu percepción a cargo del Espíritu Santo es un proceso temporal que conduce a una solución absoluta.

GARY: Otra pregunta. ¿Por qué el énfasis en que mente y espíritu son diferentes?

ARTEN: Es sencillo. El ego, o mente errónea, hace *todo* lo que parece ocurrir a nivel de la forma. El Espíritu no hace ocurrir *nada* al nivel de la forma, y ésa es la razón por la que no deberías espiritualizar los eventos u objetos del universo. La mente recta da la interpretación del Espíritu Santo a nivel de la forma, guiándote —y al hablar de ti nos referimos a esa parte observadora de la mente que se ha identificado con, y por tanto se ha vinculado a, el ego— de vuelta al hogar. El Hogar es el Espíritu inmutable.

GARY: Puede que sea sencillo para ti, pero creo entenderlo.

ARTEN: Bien. Aunque el Espíritu Santo no hace nada en este mundo, Su interpretación a nivel de la forma puede ayudarte a ver con más claridad qué deberías hacer aquí. Eso sólo es un beneficio marginal de elegirle a Él como Maestro, y no la razón principal, que es la salvación.

GARY: Siguiente pregunta. He sabido desde hace mucho tiempo que la separación no es real, ni siquiera a nivel de la forma. Si los físicos tienen razón y a nivel subatómico ni siquiera puedes observar algo sin afectarlo, entonces, si miro a una estrella que está a billones de años luz, hago que cambie instantáneamente. No importa lo lejos que esté, porque en realidad no está ahí fuera; está en mi mente. Si muchas cosas en el universo imitan aspectos de la verdad, ¿se puede decir que el hecho de que la mayor parte del universo esté oculto de nosotros se relaciona con el hecho de que la mayor parte de nuestra mente es inconsciente?

ARTEN: ¿Tenemos el estado de ánimo para indagar en las profundidades el día de hoy? El noventa y cinco por ciento del universo es oscuro, o está oculto de ti. No sólo se relaciona con el inconsciente, también está establecido así para que puedas seguir haciendo descubrimientos sobre él y para que busques las respuestas en el universo en lugar de en la mente, que es donde se halla la verdadera respuesta. También debes saber que el ego utiliza humo y espejos, como un gran ilusionista, para ocultar la traducción de sus directrices inconscientes en manifestaciones sensoriales ilusorias. Por ejemplo, ¿estás empezando a entender que en realidad no ves con los ojos del cuerpo?

Aunque el Espíritu Santo no hace nada en este mundo, Su interpretación a nivel de la forma puede ayudarte a ver con más claridad lo que deberías hacer aquí.

GARY: Creo que sí, pero eso me da un poco de miedo. Quiero decir que es como que la mente ve, y el cuerpo en realidad no hace nada.

PURSAH: Bien. Vamos a dejarlo aquí. No es necesario ir demasiado rápido. Como has dicho, puede dar miedo. ¿Recuerdas en mi Evangelio cuando J dijo: «¿Habéis descubierto ya el principio, y por eso estáis buscando el final? Porque donde esté el principio, estará el final.» Bueno, como dice J en el Curso:

> A medida que te acercas a tu Origen, experimentas el miedo a la destrucción de tu sistema de pensamiento como si se tratase del miedo a la muerte. Pero la muerte no existe. Lo que existe es la creencia en la muerte[29].

Como he dicho, no hay prisa. El Espíritu Santo sabe que tienes miedo de tu inconsciente. El propósito del Curso es la paz, no atemorizarte hasta el extremo. Cuanto más preparado estés y mejor hagas tu trabajo de perdón, menos miedo te dará el Curso.

Vamos a irnos ilusoriamente, pero volveremos dentro de ocho meses. El Espíritu Santo estará contigo, ofreciéndote su Alternativa en todo momento. Desde ahora hasta el momento de volver a vernos, acaba el Libro de Ejercicios y diviértete. Te queremos, Gary.

GARY: Yo también os quiero.

ARTEN: Dentro de cuatro días será Navidad. Este año, en lugar de hacer de las vacaciones la habitual orgía capitalista, conviértelas en lo que deberían ser. Piensa en Dios, y en lo que tú y tus hermanos y hermanas sois en realidad. Recordando que la palabra *luz* es sinónima de *verdad*, piensa en estas hermosas palabras que J regaló a todos aquellos que aman su Curso.

> El símbolo de la Navidad es una estrella: una luz en la oscuridad. No la veas como algo que se encuentra fuera de ti, sino como algo que brilla en el Cielo interno, y acéptala como la señal de que la hora de Cristo ha llegado[30].

7. LA LEY DEL PERDÓN

El miedo ata al mundo. El perdón lo libera[1].

El camino que había elegido no era comida rápida espiritual, y el Libro de Ejercicios del Curso no era ningún pastel. Después de un año y cuatro meses de atención y dedicación casi constantes, conseguí completar las 365 lecciones del Libro de Ejercicios. Aunque la teoría del Curso se explica en el Texto, está muy bien elaborada en el Libro de Ejercicios. Ambos son necesarios para comprender y aplicar el Curso, y ninguno está completo sin el otro. Sin embargo, el Libro de Ejercicios, tiene un tono más práctico. Sus ejercicios, que se aplican a las relaciones personales del estudiante y a cualquier situación en la que pueda encontrarse en cualquier momento dado, están diseñadas para producir la *experiencia* de que lo que el Curso enseña es cierto.[2]

Arten y Pursah ya habían insistido en que la verdadera respuesta al mundo del ego no es una respuesta intelectual, sino una experiencia de Dios que haga perder sentido a la experiencia de separación. En lugar de mis disgustos habituales, estaba empezando a vivir de vez en cuando experiencias de paz que eran muy bien acogidas. Esto, por sí mismo, ya era suficiente para sentirme agradecido por la dirección que estaba tomando mi vida.

Por ejemplo, en lugar de sentirme habitualmente molesto porque Karen no fuera muy «espiritual» y pareciera que mi camino sagrado no le importara mucho, decidí seguir el consejo de Arten y dejarla que aprendiera lo que tuviera que aprender en aquel momento. A medida que la perdonaba, me sentía más en paz con el hecho de que era casi seguro que yo no respondía a todas sus expectativas ocultas, y permitía que ambos fuéramos tal como éramos.

Para mi sorpresa, Karen pronto se convirtió en una estudiante del Curso «a tiempo parcial», y de vez en cuando asistía a los encuentros de nuestro grupo de estudio. Incluso llegó a terminar el Libro de Ejercicios, lo cual no es un logro insignificante. Aunque no estaba metida en el Curso tanto como yo, creía lo que le contaba, e hizo grandes progresos en la transformación de su estado de conflicto por un estado de paz.

Uno de los cambios de pensamiento necesarios en el camino hacia la experiencia última fue la aceptación de la idea de que la mente lo proyecta todo, observa su propia proyección desde otro punto de vista distinto y aparentemente separado, e interpreta esa percepción como un hecho externo. El cuerpo, siendo en sí mismo la idea de separación, sólo existe en la mente como un medio para experimentar la separación. Toda mi vida había supuesto que mis ojos veían el mundo, que mi cuerpo lo sentía y que mi cerebro lo interpretaba. El Libro de Ejercicios estaba ayudándome a entender que era absurdo pensar que los ojos del cuerpo pudieran ver realmente, o que el cerebro pudiera pensar o interpretar nada.[3] La mente le decía al cuerpo qué ver y sentir, y cómo interpretar lo que estaba viendo y sintiendo. El cuerpo sólo era un truco, un dispositivo dentro de la mente del ego diseñado para convencerme de que la vida mundana era real. El Libro de Ejercicios no sólo enseñaba lo contrario que la ciencia newtoniana, sino que me permitió adquirir experiencia para aceptar la interpretación que hace el Espíritu Santo de todas las cosas, facilitando así el principio del fin de mi ego.

Me enfadó mucho la primera frase del Epílogo del Libro de Ejercicios, pero no así la segunda. «Este curso es un comienzo, no un final. Tu Amigo te acompaña.»[4] Sabía a estas alturas que mi amigo, el Espíritu Santo, era en realidad mi propio Yo Superior. Sin embargo, fue un gran alivio para mí hacer uso de las artísticas metáforas del Curso y pensar que estaba siendo ayudado por otro. De hecho, esto era muy necesario. Seguía teniendo el mundo ante mí, y el Curso siempre era práctico: «Este curso se mantiene dentro del marco del ego cuando es necesario.»[5]

En lo tocante a la observación del mundo, el Curso explicaba todo lo que hay en él sin excepción. *Yo* podía contemplar toda mi vida, y también el presente, y comprender la causa de todas las conductas humanas. Por ejemplo, en la escuela, los abusones que amedrentan a los demás parecen decir: «Nosotros somos gente interesante, tú no. *Tú* eres el culpable y el equivocado, *nosotros* no.» Los «buenos» estudiantes que podían ver la injusticia de esto, así como la naturaleza ridícula de tantas otras cosas del mundo, simplemente estaban representando su papel en el ciclo de víctimas y verdugos, viendo la culpa en los causantes de la injusticia en lugar de verla en sí mismos.

¿Y qué decían la mayoría de los miembros de diversas sectas religiosas cuando hacían proselitismo? Posiblemente decían algo parecido a esto: «Vosotros sois los culpables, nosotros no. ¡*Nosotros tenemos* a Dios! *Vosotros* no. Nosotros vamos a ir al Cielo y vosotros al fuego.» ¿Qué estaban diciendo los locos terroristas del mundo cuando se cobraban las vidas de hombres, mujeres y niños inocentes? Tal vez decían: « *Vosotros* sois responsables de nuestros problemas. Vosotros tenéis la culpa, *nosotros* no.» Los seres humanos tienden a culparse unos a otros por su suerte en la vida, pero lo que todos hacemos es culparnos unos a otros por nuestra aparente separación de Dios, que produce la pérdida de paz que sentimos como un rasgo permanente de nuestra existencia.

Las variantes son interminables. Tanto en las relaciones cercanas como en las distantes, siempre se puede encontrar la causa del problema en otra persona o cosa, excepto esas almas torturadas que proyectan toda la culpa dentro, culpándose conscientemente de sus propias circunstancias desfavorables. Sin embargo, ¿es esto distinto de culpar a otro cuerpo?

A menudo me animaban los cambios experimentados en mi forma de pensar y sentir. Otras veces el Curso parecía empeorar las cosas. Como el sistema de pensamiento de mi ego, largo tiempo negado, estaba saliendo a la superficie, la culpa que lo mantenía negado también salía a la superficie, produciendo a veces una mayor expresión de miedo de lo que había sido habitual.

Como ejemplo, durante los años anteriores había notado un constante incremento de propaganda política derechista en televisión, especialmente desde que la Comisión Federal de Comunicaciones había revocado su «doctrina de la justicia» y la «regla del mismo tiempo». Ahora los poderes fácticos podían publicar toda la información unilateral y conservadora que quisieran a través de sus canales sin tener que conceder una cantidad de tiempo justa e igual al punto de vista alternativo. Una práctica que había funcionado relativamente bien durante los últimos treinta años ahora había sido abolida, y aunque debería haberlo esperado, a veces me sentía más molesto que nunca por las tonterías que veía y oía en la pantalla de mi televisor. En ocasiones levantaba la voz para plantear preguntas como: ¿Está la gente tan fuera de sí que se cree esta porquería? Por desgracia, a menudo la respuesta era sí.

A pesar de mis lapsus ocasionales, podía practicar los principios del Curso buena parte del tiempo. Mi obstinación natural estaba empezando a servir de algo, no porque produjera un flujo constante de experiencias felices, sino porque me permitía una nueva manera de mirar las experiencias desgraciadas, recortando así drásticamente la duración de sus efectos.

En agosto me sentí muy contento de que hubieran pasado ocho meses desde que había visto a Arten y Pursah. A esas alturas confiaba en que mantendrían su palabra y volverían a presentarse al final de ese intervalo. Entonces, una tarde, se presentó Pursah, pero no así Arten.

PURSAH: Eh, maestro de Dios, ¿qué hay de nuevo?

GARY: Si te lo dijera, me darías una torta en la cara.

PURSAH: ¿Nos hemos olvidado de tomar nuestra píldora anti «listillo» esta mañana?

GARY: Estaba de broma. Me alegro mucho de verte, pero ¿dónde está Arten?

PURSAH: Está haciendo sus cosas.

GARY: ¿Dónde? ¿O debería decir cuándo?

PURSAH: Otra dimensión. En realidad no es otro lugar, porque no hay otros lugares, y creo que ya estás empezando a entender el cuadro metafísico. Arten está trabajando contigo ahora mismo en otra de tus vidas, ¡y tú ni siquiera lo sabes! Cuando hay un maestro ascendido cerca, a veces la gente no lo sabe. Por eso te dije que nos gusta pasar desapercibidos dondequiera que vayamos. En realidad Arten también está aquí. Un maestro ascendido está por todas partes, aunque no siempre puedas verlo. Raras veces proyectamos algo más que una imagen corporal de nosotros mismos en un momento dado, y siempre con propósitos didácticos. La enseñanza no siempre es tradicional. A veces interactuamos con alguien o hacemos algo en alguna parte que ayuda a facilitar el perdón en esa dimensión particular. La mayor parte del tiempo no nos presentamos de ningún modo; sólo transmitimos nuestros pensamientos a la gente.

GARY: ¿Supongo que no me vas a contar nada sobre esa vida en la que Arten me está ayudando?

PURSAH: Trabajemos en ésta, genio. Cuando perdonas en una vida, ayudas al Espíritu Santo a sanarlas todas. El perdón que has estado trabajando a lo largo de los últimos meses está teniendo efecto en otras dimensiones temporales. Arten vendrá conmigo la próxima visita. Esta vez, simplemente concéntrate en hablar conmigo. Vamos a hablar del perdón, del verdadero perdón. Quiero que mejores aún más tu capacidad de perdonar, ¿de acuerdo? El Curso es suficiente, pero tienes la suerte de disponer de buenas ayudas para comprenderlo. En la mayoría de los casos este tipo de ayuda es absolutamente necesario.

Siempre que condenas a otro, el proceso de tu salvación se detiene inmediatamente.

Gary: Como dijo Benjamín Franklin: «La necesidad es una madre.»

Pursah: Esperemos que cites el Curso con más precisión. El Libro de Ejercicios te ha ayudado enormemente. Puedes volver a leer partes de él cuando quieras, pero no tienes que volver a hacer los ejercicios. Algunas personas hacen dos veces los ejercicios del Libro; otros los hacen cada año. Es una elección individual. En tu caso, a partir de ahora será suficiente con leer y aplicar las ideas del Libro de Trabajo del mismo modo que las ideas del Texto y el Manual. Y en cuanto a nuestra conversación, pongámonos a trabajar.

El Curso enseña que tu única responsabilidad es aceptar tu propia Expiación.[6] Ya has acelerado el proceso de perdonar a los demás en lugar de juzgarlos. Una vez completado el Libro de Ejercicios, ahora entiendes que cuando condenas a otro, el proceso de tu salvación se detiene inmediatamente. También has tenido más experiencias de que el mundo es un sueño, nada más que mera ilusión.

Gary: Hace un par de semanas tuvimos un invitado en nuestro encuentro del grupo de estudio y alguien mencionó que el mundo era una ilusión; este hombre se sintió muy frustrado. Dijo: «Entonces, ¿qué sentido tiene hacer esto?» Yo sabía que la respuesta es que tienes que entender el sueño del mundo para comprender el perdón y la salvación, pero no supe explicarme con claridad.

Pursah: Sí. Ya dijimos antes que no basta con decir que el mundo es una ilusión. La *cuestión* es que tienes que aprender a perdonar para poder volver a casa. En necesario entender la metafísica del Curso para poder entender el perdón, pero puede ser útil para algunos resaltar antes el valor del perdón y después hablar poco a poco de la naturaleza onírica del mundo y de otros rasgos de la verdad.

Es justo lo opuesto de lo que hicimos contigo, pero existe una gran diferencia entre un libro como éste que va a ser el resultado de nuestras visitas y el tipo de interacciones personales que tendrás con la mayoría de la gente. No vas a enseñar a nadie la totalidad del Curso. Eso significa que la gente sólo lo leerá si encuentran algo que les parezca cierto o que despierte su interés. No trates de controlar eso. Simplemente sé tú mismo y deja que el Espíritu Santo trabaje con la gente. Pide ayuda y comparte tu experiencia si lo deseas, pero no trates de cambiar el mundo ni a sus habitantes. Sencillamente perdona, en silencio. No te acerques a la gente y le digas: «Ahora te estoy perdonando, ¿sabes?» Y esto nos conduce de nuevo al tema que teníamos entre manos.

Dime algo que recuerdes del Curso; cualquier cosa que te venga a la cabeza, rápidamente.

GARY: De acuerdo, ésta es una de mis favoritas.

No soy un cuerpo. Soy libre.
Pues aún soy tal como Dios me creó.[7]

PURSAH: Es una buena cita. Esto es del Libro de Ejercicios, y dice:

> (...) El ego tiene en gran estima al cuerpo porque mora en él, y no puede vivir sino unido al hogar que ha construido. Es una de las partes de la ilusión que ha ayudado a mantener oculto el hecho de que él mismo es algo ilusorio.[8]

Ahora bien, si pensabas que eras un cuerpo antes de hacer el Curso, puedes estar seguro de que otras personas piensan que *ellas* son cuerpos. Un componente importante de tu perdón es que quieres enseñar a la gente, silenciosamente, que no son cuerpos. Así es como tu mente aprenderá de manera segura que *tú* no eres un cuerpo. Como dice el Curso:

> Lo que enseñes es lo que aprenderás.[9]

A medida que avancemos, procura recordar eso. Como hemos dicho, cuando perdonas a los demás, en realidad eres tú quien está siendo perdonado.

Voy a hablar de los componentes del perdón, porque, como ya hemos dicho, el perdón es una actitud. Todo lo que aprendas se incorporará a esa actitud hasta que el perdón se produzca automáticamente. Para la mayoría de la gente, especialmente durante los primeros años, el perdón requiere pensar en ello. Te conviertes en maestro teniendo *procesos mentales de perdón.* Estos pensamientos de la mentalidad recta acaban por dominar tu mente. Digamos que se da una situación o se presenta alguien a quien tienes que perdonar y, siguiendo el ejemplo del Libro de Ejercicios, has aprendido a usar los pensamientos de la mente recta respecto a la persona o situación. Usar tu comprensión del sistema de pensamiento del Curso, que incluye el Texto y el Manual, contribuye a tu actitud de perdón y la fortalece.

Tus pensamientos de perdón generalmente no serán lineales. Cada persona tiene ciertas ideas que funcionan mejor para ella. Es una gran ayuda que el Curso sea de naturaleza holográfica, lo que hace que cada pensamiento esté relacionado con todos los demás. De hecho, se puede decir que —como holograma— todo el sistema de pensamiento del Curso se encuentra en cada una de sus secciones, o que cada parte contiene la totalidad. Te voy a dar algunas ideas del Curso que serán particularmente útiles para instaurar una sólida actitud de perdón. Esto te liberará tanto a ti como a las imágenes que veas de la prisión en la que parecen estar. En primer lugar, hablemos un poco más sobre la situación a la que te enfrentas, y de por qué el Curso no es únicamente abstracto, sino muy práctico.

Gary: Una pregunta importante, por favor.

Pursah: De acuerdo, has sido bueno.

Gary: ¿Qué pasa con la gente que no parece temer nada cuando comete actos horrendos? Hay personas que se atan bombas al cuerpo y se suicidan llevándose por delante a muchas otras víctimas, creyendo que el martirio les garantiza un lugar en el Cielo. En América, los asesinos en masa tienden a preferir las armas automáticas para destruir a docenas de personas sin pestañear. En ambos casos, estos asesinos son muy fríos y metódicos, es como si no tuvieran ningún miedo. A veces incluso sonríen. ¿Cuál es la diferencia entre esa falta de miedo y lo que me estás enseñando?

Pursah: Ésa es una pregunta sensata, y puedes hallar la respuesta en muchas de las cosas que ya te hemos contado, porque todas ellas son parte del mismo sistema de pensamiento del amor. Ya hemos dicho que, tal como enseña el Curso, la mente no puede evitar estar dirigida por el sistema de pensamiento al que sigue. El sistema de pensamiento del Espíritu Santo está guiado por el amor; el sistema de pensamiento del ego está guiado por el miedo y el odio, y siempre producirá algún tipo de destrucción. Los suicidas que hacen estallar sus bombas y otros asesinos pueden *parecer* intrépidos, pero simplemente han negado su miedo psicótico y lo han proyectado hacia el exterior. La apariencia de paz no siempre es verdadera paz interna, y no podemos repetir lo bastante que la gente del mundo *nunca* vivirá en paz hasta que sientan paz interna, resultado inevitable del verdadero perdón.

También hemos dicho que lo que haces es un resultado de lo que piensas. Eso no significa que siempre vayas a tener un comportamiento intachable. Cuando el Curso dice que un maestro de Dios se hace perfecto aquí, se refiere al perfecto *perdón*, no a una conducta perfecta. La verdadera paz vendrá del verdadero perdón. Y la violencia —que es la escenificación del propio odio hacia uno mismo visto fuera de uno— *nunca* se producirá como resultado del sistema de pensamiento del Espíritu Santo, que sólo enseña amor y perdón. La metafísica del Curso está construida en torno a la realidad de Dios y la irrealidad de la separación, y es esencial conocerla. Pero lo que cuenta de verdad es el perdón. Sin perdón, la metafísica es inútil. Por eso decimos que el Curso es práctico. Al final, en realidad sólo hay dos cosas que puedes hacer. Como enseña el Curso:

Lo que cuenta de verdad es el perdón. Sin perdón, la metafísica es inútil.

> Quien no perdona debe juzgar, porque debe justificar su incapacidad de perdonar.[10]

Tu trabajo es enseñar perdón. Hemos dicho que el Curso dice que enseñar es demostrar. También dice:

> No ando en busca de mártires sino de maestros.[11]

El perdón nunca generará violencia, pero el juicio siempre producirá un efecto negativo de algún tipo a nivel de la forma, incluso si el efecto se limita a tu propia salud. La violencia es la extensión definitiva e ilógica del miedo, del juicio y de la ira. El engañoso sistema de pensamiento del ego siempre conducirá a alguna forma de violencia y asesinato, porque exige que la gente vea al enemigo —o la causa del problema— fuera de sí. A ti te ocurría lo mismo, pero has encontrado el camino de salida. Invirtiendo la manera de pensar del ego, tu miedo será liberado, no proyectado.

La salvación hace que no haya nadie ahí fuera a quien culpar de tu único problema real, del que los demás son meros símbolos. La causa, que es la decisión de creer en la separación de Dios, y la solución, que es el principio de Expiación, ambas están en tu mente, donde ahora tienes el poder de elegir la Respuesta del Espíritu Santo.

Examinemos los componentes del perdón. Apréndelos y recuérdalos bien, querido estudiante. Si puedes recordarlos cuando te enfrentes a las constantes tentaciones del ego de verte como un cuerpo, entrarás en la galería de perdonadores famosos. Estas ideas son el camino de la salvación, y tu billete de vuelta a casa si llegas hasta el punto de aplicarlas regularmente.

Gary: Considero que eso que has dicho sobre la galería de perdonadores famosos es una metáfora porque soy aficionado al béisbol, ¿no?

Pursah: ¿Ves? Ya puedes ver la diferencia entre lo que debes tomarte al pie de la letra y lo que debes tomarte metafóricamente.

Gary: De acuerdo. Vamos a ello. Estoy acostumbrado a trabajar a cambio de nada, de modo que háblame de ese invento del perdón. Ya sabes que estoy bromeando. Sé que al Cielo no se le puede llamar nada.

Pursah: Eso es correcto. Y no tienes que esperar hasta tu experiencia de iluminación para disfrutar de los beneficios del perdón. Como dice el Curso:

> Una mente tranquila no es un regalo insignificante.[12]

Teniendo esto en cuenta, un componente de la práctica del perdón cuando te encuentres con una oportunidad sería *recordar que estás soñando.* Eres el autor del sueño, y has hecho que sus personajes actúen fuera de ti para poder ver tu culpa inconsciente fuera de ti. Si recuerdas que estás soñando, entonces ahí fuera no hay nada más que una proyección. Una vez que crees eso —y la creencia sólo viene con la práctica y la experiencia—, no hay necesidad de que lo que ves y perdonas tenga ningún impacto en ti. Como dice el Curso:

> El milagro establece que estás teniendo un sueño y que su contenido no es real. Este es un paso crucial a la hora de ocuparse de ilusiones. Nadie tiene miedo de ellas cuando se da cuenta de que fue él mismo quien las inventó. Lo que mantenía vivo el miedo era que él no veía que él mismo era el autor del sueño y no una de sus figuras.[13]

Esta cita es de la sección del Curso llamada «La inversión de efecto y causa», que también dice:

> El milagro es el primer paso en el proceso de devolverle a la Causa la función de ser causa y no efecto.[14]

Gary: De modo que ahora es *mi* sueño, no el de otra persona, porque sólo somos uno. En realidad no hay nadie ni nada más que mi proyección, que ahora estoy «recuperando» al responsabilizarme de ella.

Pursah: Sí. Recuerda, eso no significa que no haya mentes aparentemente separadas que piensan que en realidad están ahí, pero que, como tú, tienen que aprender la verdad para que toda la mente vuelva a ser una. Como decimos, todo esto llegará a ser parte de tu actitud, pero al principio conviene pensar en ello como si tuviera distintos componentes. Cuando ya eres la causa y no el efecto, otro componente del perdón sería: *Perdona tanto tus imágenes proyectadas como a ti mismo por haberlas soñado.*

Ya sabes que el Curso te dice que tienes que perdonar a tu hermano por lo que *no ha hecho.* Eso sería verdadero perdón porque, como también dice el Curso, tú no estás haciendo real el error. No estás haciendo reales tus ilusiones; estás llevando tus ilusiones ante la verdad. Ahora es el momento de perdonarte a ti mismo por soñar todo este lío. Si no ha ocurrido nada —y si el Curso enseña *algo,* es que no ha ocurrido nada—, entonces eres inocente. Así, a medida que perdonas a tus hermanos y hermanas, tu mente toma conciencia simultáneamente de que estás siendo perdonado. Recuerda, también hemos mencionado otra cita del Curso: Tal como le veas a él, te verás a ti mismo.

Gary: Si no hay nadie ahí, y si yo creo en el Curso, entonces quien realmente está ahí fuera es Cristo. Si eso es lo que elijo ver —en lugar de las imágenes que me muestran los ojos del cuerpo— es porque yo también debo serlo.

Pursah: Muy bien. ¿Ves? Todos los componentes del perdón encajan. Si las personas que ves son Cristo, entonces tú también lo eres. Si respondes con los juicios del ego y otorgas realidad a los sueños de los demás en los que ellos también son egos, eso será lo que pensarás que eres. Es cierto que no hay nadie ahí fuera. Repitiendo este importante punto: las personas que ves piensan que están ahí fuera, como si fueran fantasmas. Como dice el Curso en el apartado titulado «La unión mayor»:

No te unas a los sueños de tu hermano, sino a él, y ahí donde te unes a su Hijo, ahí está el Padre.[15]

Y en el apartado siguiente, «La alternativa a los sueños de miedo»:

Si perdonas al soñador, y percibes que él no es el sueño que él mismo tejió, no estás compartiendo con él su nefasto sueño. Por lo tanto, él no puede ser parte del tuyo, del cual ambos os liberáis.[16]

Gary: ¿Practicar este perdón hará que vaya despertando gradualmente del sueño?

Pursah: Sí. Si despertaras de repente te aseguro que no sería agradable. Tienes que estar preparado para una forma de vida diferente. Incluso en esta vida, donde la gente piensa que son cuerpos, el cambio no es bien recibido, aunque la gente finja que lo es. Dijimos que J admiraba la historia de Platón de la caverna, la que tu madre solía leerte. Él hace referencia a esta historia en una cita del Curso en la que apunta que tanto tú como tu hermano tendréis resistencias conscientes e inconscientes a la verdad. También aconseja que no deberías esperar hasta que todo el mundo estuviera de acuerdo contigo en este ciclo de vida.

Los que llevan años prisioneros con pesadas cadenas, hambrientos y demacrados, débiles y exhaustos, con los ojos aclimatados a la oscuridad desde hace tanto tiempo que ni siquiera recuerdan la luz, no empiezan a saltar de alegría en el instante en que se les pone en libertad. Tardan algún tiempo en comprender lo que es la libertad.[17]

Tu trabajo consiste en perdonar, no en mendigar el acuerdo de esas mentes aparentemente separadas que estás perdonando. Otro modo de recordar este mismo componente del perdón es recordar este párrafo del Libro de Ejercicios:

Hay una manera muy sencilla de encontrar la puerta que conduce al verdadero perdón y de percibir que está abierta de par en par en señal de bienvenida. Cuando te sientas tentado de acusar a alguien de algún pecado, no permitas que tu mente se detenga a pensar en lo que hizo esa persona, pues eso es engañarse uno a sí mismo. Pregúntate en cambio: «¿Me acusaría a mí mismo de eso?»[18]

En lugar de acusarte a ti mismo, recuerda que la llamada del otro pidiendo amor es tu llamada pidiendo amor. Deberías sentirte agradecido a los demás; los necesitas tanto como ellos te necesitan a ti. Sin esas imágenes que ves y sin el milagro, *nunca* serías capaz de encontrar el camino de salida. Esas imágenes son símbolos de lo que se halla en tu mente inconsciente, y sin ellas tu culpa inconsciente permanecería oculta de ti eternamente, y entonces no habría escape.

El Espíritu Santo toma el mismo dispositivo fabricado por el ego para protegerse y lo usa para deshacerlo. Sus dispositivos *sólo* pueden ser usados para bien. No te preocupes por los resultados, que podrán ser vistos o no al nivel de la forma. Siéntete agradecido por lo que el perdón y el Espíritu Santo están haciendo por ti. Perdonando a tus hermanos y hermanas de la manera que hemos descrito te estás volviendo a unir con lo que eres en realidad. Estás diciendo al mundo y a las imágenes corporales que ves que su conducta no puede tener ningún efecto sobre ti, y que si ellas pueden producir un efecto en ti, entonces en realidad no existen separadas de ti. Así, en realidad, no hay separación de ninguna clase, lo cual nos conduce al último gran componente de la actitud de perdón: *Confía en el Espíritu Santo y elige Su fuerza.*

La paz del Espíritu Santo te será dada si haces tu trabajo. Él sanará la mente mayor inconsciente que se oculta de ti, y al mismo tiempo te dará su paz. Es posible que esta paz no siempre llegue inmediatamente, aunque a veces lo hará. A veces te sorprenderá en forma de algún acontecimiento que normalmente te disgustaría y esta vez no lo hace. Todo esto te conducirá al Reino Celestial, porque, junto al Espíritu Santo, estás haciendo el trabajo que conduce a un estado de paz, que es el estado del Reino.

Perdonar es en realidad prepararse para volver a entrar en el Reino de los Cielos; como dice el Curso:

> (...) La capacidad de aceptar la verdad en este mundo es la contrapartida perceptual de lo que en el Reino es crear. Dios cumplirá con Su cometido si tú cumples con el tuyo, y a cambio del tuyo Su recompensa será el intercambio de la percepción por el conocimiento.[19]

Este conocimiento, que no es el conocimiento tradicional, técnico, sino la experiencia del Cielo —similar a la idea original de la Gnosis— es un derecho de todos. El Curso no es neognosticismo; el Curso es algo único. Los gnósticos entendieron algunas cosas correctamente, en particular la escuela valentiniana del siglo II en Roma. Antes mencionamos el *Evangelio de la Verdad*. Ese fue escrito por un alumno de Valentino.

GARY: ¿Son como las falsas notas del Gnosticismo?

PURSAH: Más o menos, aunque algunos de los términos te confundirían. Fue un Evangelio popular durante algún tiempo. No hay nada malo en ser un propagador, Gary, siempre que hagas un buen trabajo, amplíes el conocimiento general sobre el tema en cuestión, aportes tus contribuciones y te acuerdes también de atribuir el mérito a quien lo merece. En cuanto a los gnósticos y a la mayoría de los buscadores espirituales que vinieron antes que tú, ellos no tuvieron acceso a la mayoría de la información sobre el perdón que ahora tienes el privilegio de aprender. De modo que en realidad sus mentes no podían estar preparadas para la Gnosis. Como tú *tienes* acceso a ella, debes confiar en que el Espíritu Santo esté haciendo su trabajo de prepararte para el Cielo, y no preocuparte por la apariencia superficial de las cosas.

Puede parecer que la gente no acepta tu perdón. Eso no importa. El Espíritu Santo mantendrá tu perdón en sus mentes hasta que estén preparados para aceptarlo. No importa si la persona aún está «viva» y en su cuerpo físico o no. El Espíritu Santo salvará la distancia que parece haber entre los distintos aspectos de tu mente y volverá a hacerte completo. Porque, tal como el Curso dice de ti y de tu *perdonado*:

> El Espíritu Santo mora en vuestras dos mentes, y Él es uno porque no hay brecha que pueda dividir Su Unicidad. La brecha que separa vuestros cuerpos es irrelevante, pues lo que está unido a Él siempre es uno[20].

GARY: Genial. Si he conseguido apuntar bien esto en mis notas, éstos son los principales componentes del perdón: recuerdo que estoy soñando, perdono tanto a las imágenes proyectadas como a mí mismo por soñarlas, y confío en el Espíritu Santo y elijo Su fuerza. Mi sueño de que la separación de Dios es real es la causa del problema, y el perdón del Espíritu Santo es la solución.

PURSAH: Muy bien. Esto es un resumen; un complemento de la fórmula de perdón del Curso que dice:

a) que la causa debe ser identificada,

b) después debe soltarse, y

c) ser reemplazada[21].

Ése es el modo de recordar a Dios. El Curso también dice que los primeros dos pasos de este proceso requieren tu cooperación. El último no[22]. En otras palabras, la parte del Espíritu Santo no es responsabilidad tuya. Por eso digo que tienes que confiar en Él.

No obstante, es útil pensar que eliges Su fuerza, porque en último término eres exactamente lo mismo que Él y que Cristo. En la Sagrada Trinidad no hay separación real. Ésa fue una herramienta teológica para ayudar a la gente a comprender algunas ideas cristianas. A través del verdadero perdón, tomas conciencia de que eres lo mismo que J y que el Espíritu Santo: Uno con Dios y Cristo.

En el Cielo no se reconocerán las diferencias, porque no las hay. Hay, no obstante, un bienestar perpetuo que disuelve cualquier cosa que hayas experimentado aquí, porque está más allá de todo bienestar. Más allá de cualquier descripción, el Cielo es una Unidad compartida y una alegría que puedes vislumbrar en este ciclo de vida. Arten y yo hablaremos un poco más de esto cuando te veamos la próxima vez.

Después de eso, nuestras visitas a veces serán muy breves, y estarán encaminadas a ayudarte a analizar distintos temas y situaciones a través del sistema de pensamiento del Curso. A lo largo de los próximos años, vamos a ayudarte a crecer en tu aplicación del perdón en todos los aspectos de tu vida. Pero serás tú quien haga la mayor parte del trabajo. Y llegará el día en que despiertes del sueño.

GARY: ¿Cuándo? ¿Cuándo?

PURSAH: Diré solamente que será mucho más rápido de lo que habría sido si no hubieras estado dispuesto a aceptar el Curso. Finalmente el sistema de pensamiento del Curso será como tu segunda naturaleza, y podrás aplicarlo cada vez con menos esfuerzo. A veces no requiere pensar en absoluto, simplemente es un modo de ser. Otras veces tendrás que pensar en las ideas del Curso, lo que fortalecerá tu actitud de perdón. Es necesaria la ilusión del tiempo y mucha práctica para llegar al punto donde todo el sistema de pensamiento del Espíritu Santo es tu forma de ser, y en último término se convierte en *lo que* eres. Pero llegará, y conocerás el Curso tanto visceral como intelectualmente. Ésa es una experiencia maravillosa.

GARY: Eso sería como el concepto Zen del conocimiento como verdad no expresada en palabras.

PURSAH: Muy bien, genio. Pero aquí se trata de experimentar lo que *realmente* eres, no lo que pensabas que eras. Voy a darte un ejemplo de un proceso mental de perdón que te resultará útil. Haz que este proceso mental sea parte integral de tu pensamiento, junto con los principales componentes del perdón, todo el sistema de pensamiento del Curso que hemos venido explicándote, todo lo que has estudiado y todas las citas que te he dicho. Eso debería mantenerte ocupado durante los próximos meses. Cuanto más sepas, tanto más probable es que recuerdes el sistema de pensamiento del Curso cuando más lo necesites, que es cuando las cosas parecen ir peor.

Gary: Te refieres a cuando la vida te fastidia con fiereza.

Pursah: Con fiereza, suavemente... no importa. Es tan importante perdonar las cosas pequeñas como las aparentemente grandes. Cualquier cosa que altere tu paz mental altera tu paz mental, y eso *no* es la paz de Dios. Tienes que estar dispuesto a perdonar todas las cosas por igual. Por eso el Curso dice que todos los milagros son lo mismo.[23] Finalmente entenderás la igualdad de las cosas que no son importantes para ti y de las cosas que son importantes para ti.

Gary: ¿Como Hawai?

Nota: Desde que era adolescente había visto películas y programas de televisión filmados en Hawai, y había soñado con vivir allí alguna vez. Sólo lo había visitado una vez, que fue uno de los momentos más felices de mi vida. Lo que vi no me decepcionó, y deseé más que nunca encontrar el modo de trasladarme allí sin tener que hacer grandes esfuerzos financieros. Hawai es caro y sé que mucha de la gente que se ha trasladado allí se ha visto forzada a regresar a casa por motivos económicos durante los dos primeros años. Mi determinación de vivir allí era mayor que nunca, pero también quería crear las condiciones que me condujeran al éxito. No había nada en mi vida que anhelara más.

Pursah: Sí. Como te hemos dicho, perdonar no implica que tengas que renunciar a nada en el nivel de la forma. Tu apego psicológico a Hawai es uno de los modos en que el ego se apega al cuerpo y al mundo. Esto *tendrá* que ser perdonado. Enmascara tu resistencia inconsciente a la verdad de que el mundo no existe. Como tú, la mayoría de la gente no quiere oír que sus sueños y pasiones en realidad son falsos ídolos: un sustituto de Dios y el Cielo. ¡Incluso has elegido un lugar al que llaman el paraíso! Escucha esto: no hay nada malo en tu sueño si lo comprendes y lo perdonas. Perdona, y después haz lo que tú y el Espíritu Santo elijáis. ¡Y diviértete!

Gary: Sabes, me encanta tenerte aquí, pero echo de menos a Arten.

Pursah: El está ayudándote ahora mismo; tú no puedes verlo. Pero recuerda algo. Cuando Arten te dijo la última vez que *nosotros* hablaríamos de algunas cosas contigo la próxima visita, fue muy literal. Su Voz y la mía son la misma Voz, Gary. Aparecimos como un hombre y una mujer porque sabíamos que eso te sería útil, pero llegará el momento en que nos oigas como una sola Voz. Sólo existe uno de nosotros: la Voz del Espíritu Santo. Comprenderás esto cada vez mejor a medida que avancemos.

Gary: Me estaba preguntando algo. J te dejó tocarle para que supieras que era real cuando se presentó a ti después de la crucifixión, ¿cierto? De modo que, me estaba preguntando... ¿puedo tocarte yo para ver si eres real?

Pursah: Sí, de acuerdo. ¿Dónde te gustaría tocarme, Gary?

Gary: ¿Estás coqueteando, o soy yo?

Pursah: Eres tú. Me estaba refiriendo a ese deseo secreto tuyo. La mayoría de las mujeres que has conocido ni siquiera se daban cuenta de que lo que más te excitaría sería tocarlas en un lugar que la mayoría de la gente no considera sexual.

Gary: Realmente lo sabes todo sobre mí, ¿verdad?

Pursah: No te preocupes. No se lo diré a nadie. Quizá podamos volver a hablar de esto cuando hablemos de sexo contigo, pero ahora sigamos con el tema de la visita. Adelante, toca mi mano y mi brazo, del mismo modo en que yo toqué a J cuando era Tomás y él nos dejó alucinados apareciéndose ante nosotros después de que supiéramos que su cuerpo había muerto.

> **Nota:** Caminé hasta Pursah, me senté a su lado en el sofá y toqué y tomé su mano y su brazo, que me parecieron tan reales como cualquier mano y brazo de carne y hueso que hubiera sentido nunca. Después le di las gracias y volví a mi silla.

Gary: Eres auténtica, chica.

Pursah: Tan real como cualquier otra cosa, pero todo está en la mente. Aprecio que no hayas cedido a tu deseo oculto. Pero esto pone algo sobre el tapete. Has tenido sueños húmedos a lo largo de tu vida, ¿verdad?

Gary: ¿No estamos entrando en un terreno bastante personal?

Pursah: Sólo un momento, para demostrar un punto. Cuando tenías ese tipo de sueños que parecían tan reales, ¿dónde sentías a la mujer?

Gary: ¿Quieres decir qué parte de la mujer sentía?

Pursah: No. *Hombres.* Me refiero a ¿dónde la sentías realmente?

Gary: ¿En mi mente?

Pursah: Excelente. *Este* sueño, que tú consideras tu verdadera vida, no es diferente. Sí, te parece muy real, sin embargo puedes tener la misma experiencia en un sueño mientras duermes por la noche. Incluso tu cuerpo responde a él como si fuera real. Tu corazón late más rápido; respiras con más intensidad, y no mencionaré qué más se endurece.

Gary: Entiendo a qué te refieres. Como dice el Curso, paso todo mi tiempo soñando.

Pursah: Sí. Sigamos con nuestra conversación y ayudándote a despertar, aunque quizá no siempre quieras, y tal vez hablemos de algunos de tus otros sueños —dormido o despierto— más adelante. Recuerda siempre: los cuerpos son como figuras en un sueño, nada más.

Gary: Si entiendo todo esto, mi actitud debe ser la de mirar las figuras del sueño y pensar: «La culpa que pensaba que estaba en vosotras no está en vosotras; en realidad está en mí, porque sólo hay uno de nosotros, y vosotras sólo sois figuras que yo he creado en mi sueño. Puedo perdonarme a mí mismo perdonándoos, y sólo perdonándoos, porque sois un símbolo de lo que hay en mi mente inconsciente. Si sois culpables, yo soy culpable, pero si sois inocentes, entonces yo soy inocente.»

Entonces, a través del verdadero perdón —perdonando a «ambos» por lo que en realidad no hemos hecho— mi mente empieza a saber que es verdaderamente inocente. El conflicto se reducirá a medida que vaya perdonando. Ni siquiera importa si parezco estar perdonando las mismas imágenes una y otra vez, porque puede que tengan el mismo aspecto, pero en realidad se trata de más culpabilidad que está siendo perdonada y liberada. A medida que retorna la paz, las leyes mentales determinan que la dirección de mi mente queda determinada por el sistema de pensamiento que sigue, y, evidentemente, *en realidad* sólo hay dos sistemas de pensamiento, aunque parezca haber muchos.

Si hago mi trabajo de perdonar, lo que significa que perdono cualquier cosa que se presente ante mí y me moleste enormemente en un momento dado —o incluso si sólo me molesta un poco—, entonces debo estar siguiendo el camino del Espíritu Santo y yendo hacia el

Cielo. Ayudo a liberar mis imágenes para que ellas también puedan ir, aunque es el Espíritu Santo el que se encargará de este tipo de cosas.

Pursah: Estás aprendiendo bien, querido estudiante. Por supuesto, en realidad ya estás en el Cielo, pero no lo sabes. Tu mente no es consciente de ello. En realidad nunca saliste de Dios ni del Cielo. Si la separación de Dios nunca se produjo, entonces eso tendría que ser verdad. Por eso, como recogí en mi Evangelio, J dijo que el Rcino del Cielo «no vendrá por esperarlo. No se dirá: "Mira aquí" o "mira allá". Más bien, el Reino del Padre está extendido por la tierra, y la gente no lo ve» Como él pregunta en el Curso:

> ¿Por qué esperar el Cielo? Los que buscan la luz simplemente están tapándose los ojos. La luz ya está en ellos.[24]

Tienes trabajo que hacer junto con el Espíritu Santo para descubrir tus ojos y poner tu mente en el estado que te permita despertar del sueño y tomar conciencia de lo que realmente eres, y de dónde estás en realidad. Por muy duro que pueda ser para ti creerlo en tu estado actual, todos tus ciclos de vida sólo han sido un gran, gigantesco viaje mental donde no vas a ninguna parte. Llegar al punto de poder experimentar esa verdad requiere trabajo.

Por tanto, hazlo. Piensa en perdonar; no lo digas; el perdón se practica en silencio. Haz el Curso, Gary. No tontees con él. No caigas en la trampa de pensar que simplemente con rezar a Dios todo será de color de rosa. Eso es un mito. Esto es lo que el Curso dice de las palabras «quiero la paz de Dios»:

> Decir estas palabras no es nada. Pero decirlas de corazón lo es todo.[25]

Y más adelante en la misma lección del Libro de Ejercicios:

> Desear la paz de Dios de todo corazón es renunciar a todos los sueños.[26]

Así, *no* demuestras que quieres la paz de Dios con palabras, sino con tu perdón. Si verdaderamente quieres desenchufarte del planeta psicótico, tienes que hacer tu trabajo de perdón que, como acabas de decir, implica practicar el verdadero perdón del Curso con cualquier cosa que surja ante ti en cualquier momento dado. Éstas son las lecciones que el Espíritu Santo quiere que aprendas. No siempre las harás perfectamente, ni siquiera bien. A veces tendrás que dejarlas para más adelante. No hay problema; un recuerdo es una imagen tan real como cualquier otra. Todas son lo mismo. Perdónalas y sé libre, y al mismo tiempo salva al mundo. Durante nuestra primera visita dijimos que salvas el mundo concentrándote en tus *propias* lecciones de perdón, no en las de los demás. La ley del perdón es ésta:

> El miedo aprisiona al mundo. El perdón lo libera[27].

No caigas en la trampa de pensar que simplemente con rezar a Dios todo será de color de rosa. Eso es un mito.

Sientes que el mundo es sólido porque el miedo lo aprisiona. A mí no me parece sólido porque yo he perdonado al mundo, por lo que su toque no es más sólido de lo que tus sueños son para ti por la noche. Sí, siento *algo*, pero sólo lo suficiente para funcionar mientras parezco estar aquí. Es muy suave. Por *eso* los clavos no hicieron daño a J cuando penetraron en su carne. Estando libre de culpa, su mente no podía sufrir, y algún día alcanzarás el estado en el que no podrás sufrir. Ése es el destino que te ofrece el Espíritu Santo cuando perdonas las fantasías episódicas de tu ego adicto al cuerpo.

El mensaje de la crucifixión ha sido interpretado por el mundo como un mensaje de sacrificio. Ésa no es la lección que J quiso ofrecer. Yo no lo entendí hasta que se nos apareció y habló de que su lección era de resurrección y no de crucifixión. Él dijo que no había muerte, y que el cuerpo no era nada. Algunos de nosotros, y más adelante la Iglesia, confundió su manera de morir, *que no era importante*, con una llamada a sacrificarse y sufrir por Dios. Eso fue incorrecto.

Ya hemos dicho que no es necesario que repitas el ejemplo de la crucifixión. Recordando esto, lo único que tienes que hacer es comprender su verdadera lección y aplicarla, a través de tu actitud de perdón, a tu propio cuerpo y a las circunstancias de tu vida. Esto es parte de lo que dice J en el apartado titulado «El Mensaje de la Crucifixión». Nunca encontrarás un ejemplo más impactante de lo que significa negarse a hacer concesiones respecto a la verdad:

> En última instancia, sólo el cuerpo puede ser agredido. No cabe duda de que un cuerpo puede agredir a otro, y puede incluso destruirlo. Sin embargo, si la destrucción en sí es imposible, cualquier cosa que pueda

ser destruida no es real. Su destrucción, por tanto, no justifica tu ira. En la medida en que creas que la justifica, estarás aceptando premisas falsas y enseñándoselas a otros. El mensaje de la crucifixión fue precisamente enseñar que no es necesario percibir ninguna forma de ataque en la persecución, pues no puedes ser perseguido. Si reaccionas con ira, tienes que estar equiparándote con lo destructible, y, por lo tanto, viéndote a ti mismo de forma demente.[28]

Y sigue diciendo en el mismo apartado:

El mensaje de la crucifixión está perfectamente claro:
Enseña solamente amor, pues eso es lo que eres.
Si interpretas la crucifixión de cualquier otra forma, la estarás usando como un arma de ataque en vez de como la llamada a la paz para la que se concibió.[29]

GARY: Jesús, Pursah.

PURSAH: No, yo fui Tomás.

GARY: Lo sé. Había leído anteriormente ese apartado sobre la crucifixión, pero creo que no me había impactado tan de lleno. Voy a tener que pensar en todo esto, y voy a tener que abandonar o esmerarme un poco más. No llego a emular realmente a J.

PURSAH: Esa determinación es admirable, hermano mío. Recuerda, J está buscando maestros, no mártires. Cuando era Tomás, no busqué mi muerte conscientemente, ni tampoco tuve mucho tiempo para pensar en ella cuando acabaron conmigo en la India.

GARY: Tu vieja alma de mártir.

PURSAH: Lo sé. No te elegimos a lo loco. Eres más fuerte de lo que crees, y más sabio de lo que piensas. Hace falta sabiduría para elegir el Maestro justo, y progresivamente vas adoptando el hábito de hacerlo. No te vendas por debajo de tu precio, por emplear uno de los términos que te son familiares en tus negocios; simplemente haz tu tarea. Perdona, y la consecuencia que seguirá, como la noche sigue al día, es que experimentarás que eres amor. Quizá no en ese mismo minuto, pero esa comprensión estará cada vez más presente en tu conciencia. Este es un indicador que te ayudará a recordar que tienes que perdonar, ¡y lo más difícil es recordarlo! Amas a J, ¿verdad?

GARY: Sí.

PURSAH: Bien, ¿qué pasaría si tratases a *todas* las personas con las que entras en contacto cada día como si fueran él? ¿Te ayudaría eso a recordar tus pensamientos de perdón?

GARY: ¡Sí!, creo que me ayudaría. Lo intentaré.

PURSAH: ¿Qué otra cosa enseña el Curso aparte de que todos somos lo mismo y de que todos somos Cristo? Esa idea al menos te ayudará a pensar en la gente tal como deberías, y a recordar que si no están expresando amor, es porque deben estar pidiéndolo. Ni siquiera eso impedirá que reacciones ocasionalmente ante la gente y las situaciones de manera crítica y enjuiciadora, porque el ego es muy astuto. Excepto en el caso de un «fuego lento», cuando tienes una situación que te molesta de manera continuada, la mayoría de las cosas molestas te ocurren repentinamente. Al ego le encantan las sorpresas desagradables, porque eso es lo que fue la separación. Cuando se presente en tu camino el próximo despertar brusco, ésta es otra indicación que te podría ayudar. *Cualquier* tipo de molestia, desde una leve incomodidad hasta una explosión de ira, es una señal de aviso. Te dice que tu culpa oculta está surgiendo de lo más recóndito de tu mente inconsciente y saliendo a la superficie. Piensa en esa molestia como la culpa que tiene que ser liberada perdonando el símbolo que asocias con ella. El ego está intentando hacerte ver que la culpa está fuera de ti proyectando su causa en una imagen ilusoria. El sistema de pensamiento del ego está tratando de poner algo de distancia entre tú y la culpa, y cualquier objeto o persona propicios que pasen por allí son suficiente.

La proyección siempre sigue a la negación. La gente tiene que proyectar la culpa reprimida en otros, o perdonarla correctamente. Ésas son las dos únicas opciones disponibles, por más complejo que pueda parecer el mundo. Si quieres superar al ego y darle la vuelta a la situación, tienes que mantenerte alerta a las señales de advertencia, como la incomodidad o la ira, y después dejar de reaccionar y empezar a perdonar. Así es como saldrás ganando.

GARY: Y recordar que sólo es un sueño.

PURSAH: Eso es el trasfondo; la actitud predominante. La gente no estará de acuerdo contigo en eso si ellos no están dispuestos a olvidar. La gente siempre se resiste a la verdad; el ego quiere que lo que él hace sea real. Perdona a los que creen que eres un retrasado por no comprar ese sistema, y aférrate a tus principios. No lo olvides, el Curso no está diciendo que no puedas tener éxito en el mundo, pero sí dice que no deberías creer que eso sea verdad. Tu verdadero éxito está en Dios, porque con Él nunca puedes salir perdiendo. No obstante, si te quedas en el planeta psicótico el tiempo suficiente, ¡finalmente *tendrás* que perder!

Afortunadamente para ti, el Curso hace que tomes conciencia del hecho de que sólo era un sueño. El universo mismo y todo lo que contiene, incluyendo todos los ídolos que atesoras, fueron proyectados por ti desde otro nivel, y esto es tan cierto como que proyectas a este nivel. Tal como J te informa:

> (...) Tú eliges los sueños que tienes, pues son la representación de tus deseos, aunque se perciban como si vinieran de afuera. Tus ídolos hacen lo que tú quieres, y tienen el poder que les adjudicas. Y los persigues futilmente en el sueño porque deseas adueñarte de su poder.
> No obstante, ¿dónde tienen lugar los sueños sino en una mente dormida? ¿Y acaso podría un sueño hacer que la imagen que proyecta fuera de sí mismo fuese real? Ahorra tiempo, hermano mío; aprende para qué sirve el tiempo[30].

El propósito del tiempo es perdonar. Ésa es la única respuesta viable a la vida. Actúa de acuerdo con ella, hijo de Dios.

Gary: Mientras me acuerde de perdonar, puedo seguir con mis negocios. Mientras me ocupo de invertir el pensamiento del mundo, no tengo que descuidar mi vida personal y las cosas que quiero conseguir. Sabiendo que estas cosas son ídolos, o sustitutos de Dios proyectados en el guión de un sueño, puedo perdonarlas simultáneamente.

Pursah: Lo has entendido. Tendrás preocupaciones corporales mientras parezca que estás aquí. El dinero no te comprará la felicidad, pero te comprará comida, abrigo, ropa, métodos de comunicación y muchas otras cosas que no son malas. Tampoco hay nada malo en hacerlo a lo grande, pero, ¿por qué hacerlo real, especialmente ahora que sabes lo que pasa? ¡Saber la verdad es divertido! No tienes que tomártelo todo tan en serio. ¿Por qué sentir envidia de los que no saben la verdad? El presidente de Estados Unidos cree que realmente es el presidente de Estados Unidos. Mientras siga comprando el sueño, tendrá el poder de hacerle daño.

Gary: Dijiste que me darías ejemplos de la aplicación del perdón.

Pursah: Sí, te daré un ejemplo de mi última vida, aunque no diré exactamente en qué punto de tu futuro fue, y Arten te dará un ejemplo durante alguna otra visita. Principalmente queremos que seas tú quien nos dé ejemplos en esta vida. El tiempo se acaba; simplemente no puedes verlo. El camino hacia la experimentación de la verdad es perdonar lo que está ante ti *ahora.*

Tienes que entender que si el Curso enseña que no hay jerarquía entre las ilusiones, y si un milagro es un cambio de percepción por el que cambias al guión el Espíritu Santo, entonces un milagro no es menos importante que otro. En lo que llamarías mi última vida, porque es ahí donde experimenté mi iluminación, aprendí que era tan importante perdonar un resfriado como perdonar una agresión física, y tan importante perdonar un insulto sutil como la muerte de un ser querido. Si piensas que eso suena despiadado, te equivocas. Me dolió cuando mis padres murieron, y me dolió cuando murió mi marido. Sin embargo, lo que percibes como tragedia puede perdonarse tan rápidamente como estés dispuesto a reconocer que la separación de Dios no ocurrió nunca, de modo que sólo es un sueño y nadie es culpable, y eso te incluye a ti.

En ese ciclo de vida, fui una mujer que era ciudadana americana. Los milagros no conocen fronteras, y no importa de dónde seas. Sólo lo menciono porque mis padres habían emigrado aquí desde el sur de Asia, lo que explica mi nombre. Yo era profesora de una prestigiosa universidad y lo disfrutaba enormemente. No tenía muchos amigos porque era más bien callada, pero era muy buena en lo que hacía. Me encantaba *Un Curso de Milagros,* y me sentía agradecida de que J hubiera dado algo diseñado para personas muy inteligentes, para ayudarles a alcanzar la iluminación en un mundo donde las ideas de cualquier naturaleza, incluyendo las espirituales, están orientadas hacia las masas.

Era tan importante perdonar un resfriado como perdonar una agresión física, y tan importante perdonar un insulto sutil como perdonar la muerte de un ser querido.

Esto no es un menosprecio. Lo cierto es que en los siglos XXI y XXII *Un Curso de Milagros* no satisfará las necesidades espirituales de las masas, sólo de una pequeña minoría. El Curso será entendido mucho mejor dentro de quinientos años que en los dos próximos siglos. Sí, el público reconocerá que el Curso es la voz de J pronunciando la Palabra de Dios antes que eso, pero hacer que satisfaga las necesidades ritualistas del público es una cuestión totalmente diferente. La cristiandad no tiene nada que temer del

Curso. Todas las grandes religiones del mundo seguirán estando aquí dentro de mil años.

Durante mi última vida practiqué el Curso durante cuarenta y un años, desde la edad de cuarenta y tres años hasta mi transición a los ochenta y cuatro. No obstante, mi iluminación, o resurrección, llegó once años antes de que dejara el cuerpo a un lado. No puedo contarte lo permanentemente dichosos que fueron esos últimos once años, cuando el tiempo dejó de ser relevante, y lo maravilloso que es que tu realidad permanezca eternamente así. Esto fue el resultado de practicar el perdón como un hábito casi constante durante muchos años seguidos. Se ha dicho que la vida sólo es una cosa tras otra. La vida con el Curso también debería ser tan sólo una cosa tras otra, sólo que cuando una cosa exige perdón, la perdonas. Una vez más, no tienes que tratar de ser amoroso. Si perdonas, el amor se revela de manera natural, porque amor es lo que *eres*.

Gary: Cuarenta y un años parece un tiempo terriblemente largo para estudiar el Curso.

Pursah: Lo estás mirando desde el lado equivocado. ¡Yo hubiera vivido esos cuarenta y un años de todos modos! ¿Cómo preferirías pasar la segunda mitad de tu vida, en un estado de paz o en un estado no muy pacífico?

Gary: Eso tiene sentido.

Pursah: A los cincuenta ya había sido profesora durante dieciocho años en esa prestigiosa universidad cuando un estudiante suspendió uno de mis cursos. Este joven, que estaba mentalmente desequilibrado y temía la reacción de su familia ante sus malas calificaciones, vino a mi despacho y me dijo que le cambiara la nota, y que si no lo hacía me acusaría de haberle pedido que tuviera relaciones sexuales conmigo a cambio de ponerle buena nota. Me dijo que, a menos que le aprobara, él diría a todo el mundo que había rechazado mi proposición sexual y que yo le había suspendido por ese motivo.

Aunque yo disponía de todas las pruebas —sus trabajos y exámenes— que necesitaba para justificar el suspenso, este hombre enfermo pero convincente lo dijo en público. No tuvo problemas para encontrar un reportero que estaba tratando de adquirir notoriedad profesional. La historia se repitió en otros medios. Entonces otros dos alumnos que tenían malas notas, uno de ellos mujer, empezaron a decir cosas similares.

La percepción del público y las matrículas son muy importantes para ciertas universidades. A pesar de mi inocencia y mi cargo, se encontró un truco legal para forzar mi expulsión, destrozando mi carrera docente.

No podía creerlo. Durante algún tiempo me sentí desolada. Parecía que toda la comunidad académica me había abandonado. La verdad no importaba. Décadas de estudio y trabajo se fueron a pique. Aunque yo no había hecho nada malo, habían acabado conmigo. Nunca conseguiría otro trabajo en esa vida que fuera tan prestigioso o tuviera un sueldo tan alto.

Por suerte, y con perseverancia, acabé encontrando otro trabajo satisfactorio, y terminé mi carrera profesional sintiendo que había hecho algún tipo de contribución. No hace falta añadir que lo que aquel joven y otras personas me hicieron fue una de las lecciones de perdón más importantes de mi última vida. Yo me había creado una forma de vivir y ellos me la quitaron.

Gary: Eso duele mucho. ¿Cómo lo afrontaste?

Pursah: Incluso con un «fuego lento» —una serie de imágenes relacionadas y progresivas— el perdón no se practica de manera diferente. Sigues afrontando una imagen cada vez. Por suerte para mí, tenía el Curso, y lo comprendía muy bien cuando todo esto empezó, por lo que no me sentí hundida durante mucho tiempo. Ésa es una de las mejores cosas de *Un Curso de Milagros.* Aunque hayas sido insultado y te duela, si estás dispuesto a perdonar, el dolor no dura ni la mitad de tiempo. ¡Sólo por eso merecería la pena hacer el Curso!

Si sabes que es tu sueño, entonces hay una parte de ti que sabe que en realidad no existe una cosa como la injusticia[31]. Tú te lo has inventado todo, y tienes lo que por alguna razón deseabas. Tienes que mantener tu individualidad y proyectar la culpabilidad que te produce en otra persona. ¡Qué oportuno! Yo sabía que la cosa no iba así. Cuando digo que fue un «fuego lento», sí, yo tenía una serie de penas que perdonar, porque habían pasado muchas cosas una detrás de otra; pero pude perdonarlas, una después de la otra.

Ves, ya estaba iniciada en el hábito de *recordar* que era mi sueño, y que las figuras del sueño estaban actuando para mí. Había estado practicando durante siete años, y tenía el convencimiento de que aquellas personas en realidad no existían, y tampoco existía su abandono, las razones para que yo sintiera vergüenza, o la aparente injusticia de toda aquella situación. En cuanto recordé eso, la conclusión lógica es que aquellas personas en realidad no eran culpables. Si no existían, ¿dónde podía estar la culpa sino en mí misma? Pero si la separación de Dios nunca había ocurrido, entonces yo tampoco era culpable.

Fue duro, pero fui capaz de perdonar cualquier situación o persona que estuviera en mis pensamientos o delante de mí, y de perdonarme a mí misma al mismo tiempo. Entonces, en lugar de considerar culpable a la otra persona, podía vernos a *ambas* como inocentes. ¿Cómo podían ser culpables si es un sueño que yo he creado, y ellas son un símbolo de lo que se encuentra en mi inconsciente? Cuando realmente entiendes que ahí fuera no hay nadie más que Cristo, puedes conceder a la otra persona el regalo del perdón y la inocencia. Entonces, como enseña el Curso, así es como pensarás de ti mismo:

> Dar este regalo es la manera de hacerlo vuestro[32].

Entonces, después de perdonar, confié en J, pues sabía que también es el Espíritu Santo. Traté de recordar que en realidad no importaba si podía ver resultados o no. Si trabajas con J o con el Espíritu Santo y practicas el perdón, siempre produces algún impacto. Como dice el Curso en los primeros cincuenta principios de los milagros:

> Un milagro nunca se pierde. Puede afectar a mucha gente que ni siquiera conoces, y producir cambios inimaginables en situaciones de las que ni siquiera eres consciente[33].

Gary: ¿Te refieres a donde Arten está ahora mismo?

Pursah: Sí; el milagro no sólo tiene efectos en tu dimensión temporal, sino que también afecta otros lugares y tiempos, incluyendo tus vidas pasadas y futuras.

Gary: Eso es genial. Me has dado los elementos más interesantes, pero tengo la sensación de que no es tan fácil como me lo estás poniendo.

Pursah: Oh, *es* simple, Gary, pero nunca dije que fuera fácil. De hecho, dije que es difícil, y lo más duro es acordarte de hacerlo cuando estás metido de lleno en la situación. A veces te parecerá imposible, pero no lo es. Es factible, y merece mucho la pena. El ejemplo que te acabo de dar tuvo que ser perdonado en un período de meses. A veces seguía pensando en ello años después, y partes de ello tenían que volver a ser perdonadas. Así son las cosas con las lecciones de perdón más duras de la vida. Al mismo tiempo, aprendes que es igualmente importante perdonar las cosas aparentemente pequeñas a medida que vas avanzando. Al final empiezas a comprender que en realidad todas son lo mismo.

Cuanto más practicas, más habilidad adquieres, y a veces te parecerá más fácil. La clave está en seguir haciéndolo y no rendirse.

Ahora te voy a dar una buena noticia y otra mala, ¿cuál prefieres primero?

GARY: Me vendría bien alguna buena noticia. Ya sabes lo positivo que soy.

PURSAH: De acuerdo. En este nivel, cuando el Curso pregunta «¿Por qué esperar al Cielo?», se refiere a que puedes experimentar la paz de Dios *ahora*. Hemos dicho que, tal como enseña el Curso, unirte al Espíritu Santo y usar tu mentalidad recta es la contraparte perceptual de crear en el Reino. No tienes que esperar para sentirte bien. Cuando elijas el instante santo, tendrás muchos momentos de paz. Hacen falta muchas experiencias de este tipo para producir el último instante santo de la iluminación.

Y ahora las malas nuevas. En realidad no son tan malas. Si te dijera que te costará algún tiempo llegar a estar completamente iluminado te sentirías decepcionado, ¿verdad?

GARY: Sí.

PURSAH: No te voy a decir cuánto tiempo te llevará exactamente, al menos no te lo diré hoy. Déjame que te plantee una pregunta muy seria: ¿Cómo de iluminado estarás dentro de X años si *no* practicas el perdón del Espíritu Santo?

GARY: Veo a qué te refieres. Si hay que elegir entre iluminarse mucho antes y no iluminarse mucho antes, la elección es obvia.

PURSAH: Muy bien. Un estudiante brillante e intemporal. Ahora bien, cuando te dijimos que te visitaríamos a lo largo de nueve años, preguntaste si estabas en la clase de los lentos.

GARY: Ya me acuerdo.

PURSAH: Te dijimos que no. El Curso es un *proceso*. Es así para todos, a menos que seas un genio espiritual que prácticamente ya está iluminado, y sólo hay unos veinte así en el mundo. La mala noticia es que, para todos los demás, incluyéndote a ti, éste es un proceso que exige tiempo y trabajo. Por eso hemos resaltado que es una vía espiritual que dura toda la vida. Hay muchas recompensas a lo largo del camino, algunas de ellas muy hermosas y completamente inesperadas. Pero se producen a lo largo de un proceso difícil. En el Manual para el Maestro, el Curso habla de un período de inquietud:

> Ahora tiene que alcanzar un estado que puede permanecer fuera de su alcance durante mucho, mucho tiempo. Tiene que aprender a dejar de lado todo juicio, y a preguntarse en cualquier circunstancia qué es lo que realmente quiere[34].

Sólo después de eso puedes alcanzar lo que el Curso llama «período de realización», que es «el estado de verdadera paz»[35].

GARY: Una pregunta rápida antes de que me olvide. Una de las cosas que más me molesta no es juzgar a los demás, sino que ellos me juzguen a *mí*.

PURSAH: Ah, pero ves, Gary, el juicio que emiten sobre ti es en realidad tu propio juicio respecto a ti mismo que estás viendo fuera de ti. Ellos ni siquiera están ahí. Sigues olvidando eso. Sí, parece que están realmente ahí y que su juicio está fuera de ti, pero no lo está. Cuando perdonas al otro, en realidad estás perdonando lo que está en tu propia mente. Su petición de amor en realidad *es* tu petición de amor.

GARY: ¿Siempre tengo que formular estos pensamientos de perdón con precisión?

PURSAH: No.

GARY: ¿No tengo que articular bien las palabras mentalmente?

PURSAH: No. No te hace falta tener en orden todos los detalles. Cuando comprendas verdaderamente esto —que es por lo que esperamos que continúes y profundices en los estudios— se convertirá en una parte permanente de ti. Si este tipo de pensamientos prevalecen en tu mente, eso sólo puede significar que el Espíritu Santo está haciéndose con el control.

Piensa que estas señales están destinadas a ahorrarte tiempo y hacerte tan eficaz como sea posible. Lo cierto es que, cuando piensas cualquiera de los pensamientos de los que te he hablado hoy, significa que has elegido a J o al Espíritu Santo como Maestro, y eso *es* el instante santo. Cuando te acuerdas de hacer eso y de perdonar —en sentido cuántico más que newtoniano— y ves que tus hermanos y hermanas son tan inocentes como tú, eso *es* el milagro. Y cuando en lugar de elegir las relaciones especiales del ego te juntas con tus hermanos y hermanas como uno en Cristo, eso *es* la relación del Espíritu Santo. Si empleas el sistema de pensamiento del Curso, no puedes fallar. El Espíritu Santo conoce cuáles son tus intenciones aunque no las expliques con detalle. Pero tienes que tener esas ideas en tu mente para que se *vuelvan* dominantes. Utiliza las ideas de las que te he hablado hoy y lo conseguirás.

Teniendo esto en cuenta —y para resumir—, lo que sigue es un ejemplo de un proceso mental de perdón. Recuerda que es conveniente mantenerse alerta ante las sorpresas del ego. Hace falta una mente espabilada para hacer lo que dice el Curso y estar atento únicamente a Dios y su Reino[36]. Como te informa el Curso:

Ésta es la vía espiritual de toda una vida; hay muchas recompensas a lo largo del camino, pero se producen dentro de un proceso difícil.

> Los milagros surgen de un estado mental milagroso, o de un estado de estar preparado para ellos[37].

En este proceso de pensamiento, las palabras *tú* y *tú eres* pueden aplicarse a cualquier persona, situación o evento. Está bien improvisar siempre que se mantengan las ideas básicas. Asimismo, por favor, ten en cuenta que el Espíritu Santo se acordará de retirar la culpa inconsciente de tu mente y realizará Su curación del universo cuando tú perdones, con independencia de si te acuerdas de pedírselo. Ése es Su trabajo, y lo hace muy bien. Tú tienes que acordarte de hacer *tu* trabajo, si no inmediatamente, al menos más adelante. Si te olvidas por completo, entonces puedes confiar en que el guión del ego acabará dándote otra oportunidad igualmente útil.

VERDADERO PERDÓN:
UN EJEMPLO DEL PROCESO DE PENSAMIENTO

En realidad tú no estás ahí. Si pienso que eres culpable o que eres la causa del problema, y si yo te he fabricado, entonces la culpa imaginaria y el miedo deben de estar en mí. Como la separación de Dios no ocurrió nunca, yo nos perdono a los «dos» por lo que en realidad no hemos hecho. Ahora sólo hay inocencia, y me uno en paz con el Espíritu Santo.

Por favor, siéntete libre de emplear estos ejemplos del proceso mental del perdón tanto como desees a fin de adquirir el hábito de perdonar.

GARY: Eso me gusta. Ahora lo único que tengo que hacer es acordarme de pensar así cuando la batalla se haya desatado.

PURSAH: Relájate, Gary; la guerra termina en cuanto recuerdas la verdad. Ahora voy a despegar, pero sé que me perdonarás. De hecho, J dice en su Curso que sabe que acabarás escuchándole y practicando el verdadero perdón:

> Y de esta manera, todo vestigio del infierno, así como los pecados secretos y odios ocultos, desaparecerán. Y toda la hermosura que ocultaban aparecerá ante nuestros ojos cual prados celestiales, que nos elevarán más allá de los tortuosos senderos por los que viajábamos antes de que apareciese el Cristo[38].

En las semanas que siguieron a este extraordinario encuentro didáctico con Pursah, noté una reacción cada vez más negativa hacia un miembro de mi grupo de estudio. Aquel sujeto, que yo consideraba un amigo, hablaba en voz muy alta y agresiva, y solía consumir la mayor parte del tiempo que pasábamos hablando del Curso en nuestros encuentros.

Su conocimiento del Curso era impresionante; no sé si he conocido nunca a nadie que no fuera declaradamente un maestro del Curso que supiera más que él. El problema era que utilizaba su conocimiento técnico del Curso para darse la razón a sí mismo y demostrar que los demás estaban equivocados, en lugar de usarlo para perdonar. Ésta es una trampa que el ego puede emplear para atrapar a cualquier estudiante inteligente del Curso, produciendo así una actitud que expresa: *Mírame. ¡Sé tanto más que tú que debo estar muy iluminado!*

La conducta de mi amigo en el grupo me llevó a tomar conciencia de que no se trata de saber mucho; lo importante es lo que uno hace con lo que sabe. Evidentemente, el simple hecho de saber perdonar no me llevaría a casa si no perdonaba realmente. ¿Y quién podría proporcionarme una oportunidad mejor de aplicar mi nuevo conocimiento que mi amigo, cuyo brusco estilo de enseñanza consumía tanto tiempo en nuestras reuniones?

¿Qué podían ser sus altisonantes declaraciones sino una petición de amor? ¿Y qué mejor modo de experimentar el amor que retirar los obstáculos del camino por medio del perdón? Consideré la posibilidad de que Pursah y el Curso tuvieran razón; a medida que observaba y escuchaba a mi amigo en nuestras reuniones, intenté comprender que él no estaba realmente allí. Yo sólo estaba soñando, y él era una figura que yo había inventado para poder identificarlo como el problema que causaba mi falta de paz (mi enfado hacia él). En el guión de mi ego, él era el culpable, no yo; pero ahora podía cambiar mi manera de pensar. En realidad no importaba si entraba en contacto con la forma de mi propia culpabilidad que él simbolizaba para mí. Lo único que importaba era que yo le perdonara. El Espíritu Santo se ocuparía de los detalles.

Sin separación, este hombre no podía existir aparte de mí, y si nuestra separación de Dios era ilusoria, ninguno de los dos podíamos existir como individuos. *Lo que estaba viendo en realidad no estaba allí.* Ahora podía percibir inocencia, o verdadera percepción, manteniendo la *actitud* de que él estaba totalmente libre de culpa. Podía perdonarle por lo que en realidad no estaba ocurriendo. Según esta visión, mis propios pecados de los que me acusaba encubiertamente también me eran perdonados. Liberé a mi hermano en paz al Espíritu Santo, y así yo también fui liberado.

Sabía que este episodio sólo era un paso; a lo largo del camino que tenía por delante sin duda habría ocasiones en las que me resistiría a perdonar a muchas personas «difíciles» y circunstancias desagradables. Todos los milagros eran iguales para el Espíritu Santo, pero definitivamente no para el ego. No siempre querría ver lo que mi ego había proyectado en otros. Notar esta resistencia era una parte esencial del trabajo del Curso.

De hecho, perdonarme a mí mismo cuando no hacía muy bien el Curso era una parte importante del proceso. Mi ego no podía ser perdonado y deshecho sin mirarlo previamente, ¿y dónde se demostraba esto de manera más dramática que en el deseo de no perdonar? Cierto, tenía resistencias, pero también persistencia. A veces me llevaba un segundo, un minuto, media hora o un día, pero cuando sentía el filo del juicio surgiendo en mi interior, dispuesto a condenar algo o a alguien que parecía estar fuera de mí, siempre cambiaba de manera de pensar, perdonaba y recordaba Quiénes eran mis verdaderos hermanos y hermanas. Entonces, como consecuencia lógica, recordaba Quién era yo.

Tal vez sea así como una vida corriente puede convertirse en una vida genial sin que el mundo llegue a saberlo nunca. Porque, cuando practicaba el verdadero perdón, en realidad no me importaba lo que el mundo creyera saber.

8. ILUMINACIÓN

> La iluminación simplemente es un reconocimiento, no un cambio[1].

Durante el resto de 1994 y los primeros meses de 1995 practiqué el perdón en cada ocasión que se me presentaba, y, de hecho, no dejaron de presentarse a diario. A veces, recuerdos recientes me traían a la memoria ocasiones que debería haber perdonado y no lo había hecho, entonces perdonaba esas cosas también. Cuando surgían recuerdos de mi pasado más distante, perdonaba asimismo esas imágenes mentales. Y por último aunque no menos importante, estaban mis preocupaciones por el futuro. No obstante, el Curso me enseñaba que todas esas preocupaciones sólo eran conejos ilusorios sacados de la chistera mágica del ego.

Tanto si eran recientes como remotos, pude ver que mi ego tenía una lista interminable de malos recuerdos de entre los que elegir para guardarse de la posibilidad de conocer la felicidad en el presente. Tanto si lamentaba mis malas acciones como si sentía resentimiento contra otros por las suyas, siempre podían surgir amargos recuerdos cuando menos los esperaba. El ego no quería que yo fuera feliz, y ahora yo tenía la vocación de llevar mis ilusiones ante la verdad. El Espíritu Santo *era* la verdad, y Él estaba más que preparado para desechar los casos que yo había construido contra mí mismo o contra cualquiera de mis hermanos y hermanas.

Sabía por mi anterior búsqueda espiritual de muchos años que disciplinarse es hacer algo que *no sale* de manera natural. Eones de reacciones y de patrones de pensamiento habituales no se cambian fácilmente, pero mis experiencias recientes me decían que *podían* ser cambiados.

Me sentía contento de que me hubieran enseñado con tanta claridad el concepto de la naturaleza onírica del mundo, que estaba desarrollado con todo detalle en el Texto del Curso, porque todo lo que había en el Libro de Ejercicios sustentaba esta idea, aunque no siempre la mencionara explícitamente. La simplicidad de ver el universo como un sueño, y de perdonar las imágenes que mis ojos corporales parecían mostrarme estaba perfectamente resumida en una de las explicaciones del perdón que venía en el Libro de Ejercicios:

> El perdón reconoce que lo que pensaste que tu hermano te había hecho en realidad nunca ocurrió. El perdón no perdona pecados, otorgándoles así realidad. Simplemente ve que no hubo pecado. Y desde este punto de vista todos tus pecados quedan perdonados[2].

También me habían enseñado que el sueño, tal como lo presentaba el Curso, era un equivalente aproximado de la negación o la represión. La proyección seguía a la negación y esto ocurría a gran escala, lo que significaba que todos los objetos de mi sueño, fueran animados o inanimados, eran igualmente irreales. Sin duda había momentos en que eso era un poco difícil de digerir, incluso para un tipo con inclinaciones metafísicas como yo. Sin embargo, si creía lo que decía el Curso sobre el alcance último del perdón, tenía que ser cierto. *Mi vida era un sueño.* La realidad seguía estando aquí, pero yo no era consciente de ella. De modo que mi práctica del perdón —el único modo de eliminar mis proyecciones inconscientes de culpa— tenía lugar a este nivel, mientras el Espíritu Santo se encargaba de la parte del trabajo que yo no podía ver.

Como Pursah había hablado de la iluminación durante su última visita, empecé a buscar este tema entre las páginas del Curso. Quería hablar más sobre ella la próxima vez que viera a mis maestros. Tenía un motivo solapado; no quería que mi iluminación me llevase demasiado tiempo, y quería ver si había algún modo de acelerar el proceso todavía más.

Cuando el mes de abril y una primavera muy bien recibida llegaron a Maine, llegó la hora de que Arten y Pursah volvieran. Sabía que lo harían, y un día laborable por la tarde reaparecieron ante mí.

PURSAH: Hola, perdonador, ¿cómo sigue el mundo?

GARY: Se sostiene, pero no gracias a mí. Yo he estado ocupado tratando de liberarlo.

PURSAH: ¿Recuerdas a Arten? El tipo al que le gustaba tanto como a ti hacerse el listo al hablar de la iluminación.

Gary: Sí, me suena familiar. ¿Ayudaste al Espíritu Santo a sanar mi mente en otra dimensión?

Arten: Lo intentamos, pero el daño era excesivo... Te estoy tomando el pelo. El tiempo y el espacio han sido reajustados para ti gracias a tu perdón. Hay situaciones y eventos que nunca ocurrirán porque ya no necesitas aprender de ellos. Asimismo, a veces tomarás decisiones que te salvarán de hacerte daño a ti mismo. Por lo general ni siquiera serás consciente de ello.

Gary: ¿Puedes darme un ejemplo?

Arten: Claro. Hace tres semanas fuiste al cine, pero te costó decidir qué película ver, y no te gustó la que elegiste.

Gary: Ya recuerdo. Malgasté dos horas de mi vida viendo esa porquería, que por supuesto perdoné inmediatamente. Bueno, casi inmediatamente.

Arten: No todas las películas pueden ser una joya. Después te preguntaste: «¿Por qué no fui a ver la otra película? Habría sido mucho mejor.»

Gary: Sí. ¿No tenía razón? La vi una semana después y era buena.

Arten: Quizá tengas razón en cuanto a la calidad de las películas, pero tu juicio, como el de otras personas, puede ser muy miope. Si hubieras ido a esa película mejor la semana anterior, habrías salido del cine a otra hora distinta. En el camino a casa, te habrías visto envuelto en un grave accidente automovilístico en el que habrías sufrido heridas graves.

Gary: Estás bromeando.

Arten: No bromeo con este tipo de cosas. Sé que las cosas que parecen ocurrir en el mundo no son verdad, pero, aun así, no me permito bromear al respecto.

Tu perdón ha hecho que tu mente empiece a sospechar que no eres culpable, y habrá momentos en los que no te castigarás, cuando de otro modo te habrías castigado. ¡Y ni siquiera lo sabrás! Piensas que tomaste una mala decisión yendo a ver cierta película, y que tu decisión no funcionó bien para ti. Esto puede ser cierto tanto para decisiones importantes como para decisiones menores. Posiblemente no podrás ver que en realidad un contratiempo te ha salvado la vida, o que al menos te ha ayudado... aunque sus efectos generalmente extienden el perdón a otras mentes, incluso a tus otras vidas. Con Dios, todo es posible... al nivel de la mente, quiero decir.

Gary: Eso es increíble. Ahora parece trivial preguntar esto, pero siempre había querido hacerlo, de modo que lo haré antes de olvidarme. Si la mente es tan poderosa, ¿por qué *no* realiza milagros a nivel físico?

Arten: Ésa es una pregunta muy difícil de contestar, Gary. Claro, los milagros físicos son *posibles*, porque la mente lo fabrica todo. Todos los fenómenos psíquicos son posibles porque «las mentes están unidas»[3].

Pero, ¿por qué perder todo el tiempo y la energía trabajando con los efectos ilusorios cuando puedes ir directamente a la causa y encargarte de la mente? La cuestión es con qué rapidez quieres llegar a donde vas. ¿Para qué demorarte? Es como la gente que pierde su vida librando la batalla «del bien contra el mal», cuando lo que realmente están viendo allí fuera, en el mundo, son simples símbolos del conflicto entre la mentalidad recta o el bien, y la mentalidad errónea o el mal, que está teniendo lugar en sus propias mentes divididas. Ahórrate el billete y perdona. Con este proceso llegarás el Cielo mil veces más rápido. *Después* de haber perdonado, si te sientes guiado por el Espíritu Santo a tener un trabajo en el que ayudes a la gente en el mundo, adelante. Y mientras lo haces puedes seguir practicando el perdón.

Y esto casi nos lleva al tema que sabemos que quieres tratar esta vez: tu iluminación. En primer lugar, un consejo rápido: no vamos a tratar todos los temas o informaciones que tú mismo puedes abordar cuando enseñes el Curso. No queremos que escribas un poema épico de 900 páginas. Siempre debes continuar estudiando, incluso cuando aparentemente hayamos dejado de visitarte.

Gary: No hay problema. Ya he pagado el libro del Curso. ¿Por qué tenéis que dejar de visitarme? ¿Hay alguna diferencia entre que me habléis como el Espíritu Santo o que os aparezcáis ante mí de este modo?

Pursah: No, es tu sueño, Gary. Si verdaderamente quieres que nos aparezcamos a ti cuando hayan concluido nuestras visitas programadas lo haremos. Evidentemente, no seríamos muy amables si no lo hiciéramos. Pero tienes que entender que eso no es importante. Volviendo al tema, como ya tienes pagado el libro e incluso te lo has leído, deberías saber que, mientras estabas dormido, J te ha enseñado que:

> (...) Tu otra vida ha continuado sin ninguna interrupción, y ha sido, y será siempre, completamente inmune a tus intentos de disociarte de ella[4].

Cuando verdaderamente despiertas, lo que antes parecía real ahora es reconocido como el sueño ocioso que es. Entonces es olvidado, o al menos se reconoce su insignificancia. Hay sueños que tuviste ayer y no puedes recordar. Tu vida actual y todas las demás desaparecerán, y cuando todo el mundo alcance el mismo estado de iluminación, el universo desaparecerá: dejando únicamente el Universo de Dios, el Cielo. Una de las cosas que queremos resaltar ahora mismo es que la iluminación no tiene que ver nada en absoluto con las experiencias cercanas a la muerte.

Ya te hemos dicho que el Curso enseña que la conciencia fue la primera división introducida en la mente después de la separación. Conciencia es otra forma de decir mente dividida. Cuando el cuerpo deja de funcionar, tu conciencia sigue adelante. Ésa es otra de las razones por las que no deberías tener miedo de morir. Las personas oyen, o bien descubren por sí mismas, lo hermosas que pueden ser las experiencias cercanas a la muerte, pero no entienden que sólo son temporalmente hermosas *en comparación* con la vida en el cuerpo. Cuando te liberas de todos los dolores y restricciones del cuerpo y tomas conciencia temporalmente de la mente dividida mayor, la experiencia puede ser asombrosa. Pero la gente no puede contarte toda la experiencia, porque si *pudieran* habrían tenido toda la experiencia, ¡y estarían muertos! Por supuesto, sería su cuerpo el que parecería estar muerto, y ellos pasarían a su próxima vida ilusoria.

Lo que ocurre es que el asombro acaba por disiparse, porque la culpa inconsciente que sigue estando dentro de la mente empieza a atraparte. Esto provoca que te reencarnes para escapar de tu culpa y de tu temor de Dios. Esto *siempre* acaba ocurriéndote a menos que el Espíritu Santo haya curado completamente tu mente. Algunos budistas tratan de escapar de la reencarnación practicando el sueño lúcido por la noche —un estado en el que eres consciente del hecho de estar soñando— a fin de entrenar su mente para que cuando se produzca la muerte del cuerpo, puedan simplemente decidir no reencarnar.

Eso es muy inteligente, pero no funciona a menos que haya una ausencia total de culpabilidad inconsciente. Si su culpabilidad inconsciente se hubiera disipado por completo estarían iluminados mientras aún parecen estar en el cuerpo, y no justo después. En cualquier caso, lo que queremos resaltar es que no deberías confundir la alegría muy transitoria de las experiencias cercanas a la muerte con la iluminación. La iluminación tiene lugar *durante* una de tus vidas ilusorias. El cuerpo se deja de lado definitivamente sólo cuando la mente despierta del sueño.

Te dije en nuestra segunda visita que te contaría un dicho de la Biblia relacionado con esto.

GARY: Pensaba que lo habías olvidado.

PURSAH: Si me olvido de algo lo hago a propósito, campeón. El dicho en cuestión venía con el número 59 en la versión de Nag Hammadi:

> Mira al Viviente mientras estés vivo. De otro modo, cuando mueras y trates de ver al Viviente, serás incapaz de ver.

En este dicho, el «Viviente» es el Espíritu Santo, que habla por Cristo y Dios en este nivel. Le buscas para alcanzar tu salvación mientras pareces estar en un cuerpo. Si no lo haces, no conseguirás la iluminación posteriormente en el otro lado. En otras palabras, tienes que perdonar y hacer progresos *ahora*. El Cielo no es una recompensa que te es concedida por una fuerza externa por tu buena conducta o tus brillantes reflexiones metafísicas. Los símbolos que te dan las oportunidades de iluminarte están alrededor de ti, siempre que aceptes al Espíritu Santo como Maestro que te enseña a perdonar.

GARY: De acuerdo. ¿Estás diciendo que San Pablo se equivocó cuando rechazó la idea de que la resurrección es de la mente y no del cuerpo?

PURSAH: Sí. Por desgracia, las cartas de Pablo acabaron siendo tomadas muy literalmente como el Evangelio. Una de las razones que tenía para pensar como pensaba era que él creía en las antiguas escrituras. Ya hemos dicho que la cristiandad fue una continuación del viejo pacto dentro de un nuevo envoltorio. Si leyeras el capítulo 53 de Isaías, especialmente los versos del 5 al 10, ¡verías resumida la actitud de la cristiandad! ¿Cómo podía Pablo pensar que la resurrección era de la mente y no del cuerpo si pensaba así? La resurrección no tiene nada que ver con el cuerpo, y creer lo contrario convierte al cuerpo en algo muy importante: justo lo opuesto al mensaje de J. Como su Curso enseña con claridad:

> La salvación es para la mente, y se alcanza por medio de la paz. La mente es lo único que se puede salvar, y sólo se puede salvar a través de la paz[5].

El Curso también enseña que alcanzas esta paz perdonando tus ilusiones:

> (...) Y lo que ocultaban queda ahora revelado: un altar en honor del

> Sagrado Nombre de Dios donde Su Palabra está escrita, con las ofrendas de tu perdón depositadas ante él, y tras ellas, no mucho más allá, el recuerdo de Dios[6].

Puede ser de ayuda recordar que las palabras «corazón» y «mente» significaban lo mismo hace dos mil años. Cuando J dijo: «Mira dentro de tu corazón», se refería a todo tu ser. Él no se refería a cómo te sientes respecto a tu comportamiento en el mundo o a la teología actual. Te estaba diciendo que examinaras tu mente, que perdonaras a tus hermanos y hermanas y que recordases a Dios.

> Tu resurrección es tu «redespertar»[7].

Así, la iluminación o resurrección es despertar del sueño y reconocer la verdad que siempre ha sido y siempre será.

GARY: ¿Y el verdadero perdón no puede evitar conducir a esto?

ARTEN: Así es, hermano. Sigue haciendo lo que has venido haciendo últimamente, y a la larga no puedes fallar. Estás preocupado pensando cuánto tiempo requerirá, pero tienes que renunciar a eso, Gary. Como dice el Curso:

> Ahora debes aprender que sólo la paciencia infinita produce resultados inmediatos[8].

GARY: Estoy en ello. Supongo que con la iluminación alcanzas la verdad *absoluta.* Me dijiste hace algún tiempo que durante la visita en que habláramos de la iluminación me dirías las dos palabras que expresan la verdad absoluta. Creo que ya sé cuáles son, pero me gustaría oírlas de ti.

ARTEN: En realidad, también puedes hacerte una idea de la verdad absoluta a través de la experiencia de la revelación, en la que Dios mismo comunica contigo de un modo que refleja la comunicación en el Cielo[9]. Dios no habla por medio de palabras —jamás— y quienes creen que están oyendo Su Voz generalmente oyen la Voz del Espíritu Santo mezclada con sus propios pensamientos. Esto es normal entre los buscadores espirituales.

La experiencia de revelación, en la que Dios Mismo te comunica silenciosamente Su Amor, está más allá de este mundo y no puede expresarse con palabras. Esta experiencia a veces les ocurre a las personas antes de iluminarse, pero no sucede siempre, y nadie debería

La experiencia de la revelación está más allá de este mundo y no puede ser expresada con palabras.

sentirse menospreciado por no tenerla. El sendero de cada cual es único, pero el camino hacia Dios siempre acaba volviendo a la práctica del perdón.

GARY: ¿Y las dos palabras por las que te he preguntado?

ARTEN: Tu persistencia ahora será recompensada. El Libro de Ejercicios lo expresa así:

> (...) Decimos «Dios es», y luego guardamos silencio, pues en ese conocimiento las palabras carecen de sentido. No hay labios que las puedan pronunciar, ni ninguna parte de la mente es lo suficientemente diferente del resto como para poder sentir que ahora es consciente de algo que no sea ella misma. Se ha unido a su Fuente y, al igual que ella, simplemente es[10].

GARY: Dios es. De modo que ésa es la verdad absoluta. ¿J solía deciros algunas veces eso en los antiguos días?

ARTEN: Sí. Por supuesto, la frase «Dios es» debe ser tomada a la luz del puro «no dualismo». Dios es, y *nada más* es. A la gente le resulta fácil entender la primera parte de la declaración, que Dios es. Pero resulta muy difícil aceptar la segunda parte, que nada más es. Por eso dejamos de hablar, porque no *hay* nada más.

¿Recuerdas el viejo *koan* zen que solían preguntar en la formación *est*. «¿Cuál es el sonido de una mano aplaudiendo?»

GARY: Sí. Nunca nos dieron la respuesta. Los *koans* zen no siempre tienen respuesta. Se supone que te ayudan a liberarte de la antigua manera de pensar.

ARTEN: Eso es cierto, pero éste tiene respuesta en lo que se refiere a Dios. ¿Cuál crees que es?

GARY: Lo cierto es que no lo sé.

ARTEN: Piensa en términos de Dios es, y nada más es. ¿Cuál es el sonido de *una* mano aplaudiendo?

GARY: ¡Nada! La respuesta es nada.

ARTEN: Sobresaliente, Gary. Ésa es la respuesta correcta. El sonido de una mano aplaudiendo no es nada, porque en la verdadera unidad que está fuera del universo no hay sonido. Con la dualidad tienes interacción y conflicto, pero en la unidad genuina sólo está Dios, que no tiene partes. Dios es, y no hay nada más de lo que *ser* consciente. ¿Qué sensación te produce conocer la verdad absoluta?

Gary: Genial. ¿Significa esto que ya estoy iluminado?

Arten: No. Cuando te ilumines, despertarás completamente del sueño. Aunque aún pareces estar en un cuerpo, verás aquello a lo que el Curso llama el mundo real[11]. Sólo lo «verás» cuando hayas perdonado al mundo completamente, porque el mundo real no tiene culpabilidad inconsciente proyectada sobre él. Sólo verás inocencia por todas partes, porque es tu inocencia, la inocencia de Cristo. Eso es lo que J vio, y lo que ahora te enseña a ver.

Gary: Eso me gusta, pero, hablando de inocencia y de perdón, ¿no podrían algunas de las hermosas experiencias de cercanía a la muerte, por no hablar de algunas bellas experiencias místicas que puedo tener estando aún en cuerpo físico, ser un símbolo de perdón?

Arten: Una argumentación excelente; la respuesta es sí. Tu mente dividida está siendo perdonada y curada por la parte más elevada de tu mente, donde habita el Espíritu Santo. Es probable que algunas de las experiencias que tienes, incluyendo el vernos, sean símbolos de perdón que se presentan antes de tu iluminación. Pero la iluminación está más allá de la mente dividida. Llegarás allí, y nuestro propósito no es menospreciar las experiencias que tiene la gente en su camino hacia la iluminación. Nosotros sólo queremos que te mantengas centrado en el objetivo siempre que puedas para que seas capaz de llegar a él con más rapidez. El Curso dice:

> (...) Una teología universal es imposible, mientras que una experiencia universal no sólo es posible sino necesaria. Alcanzar esa experiencia es lo que se propone el Curso[12].

Esa experiencia universal es el Amor de Dios. Aunque el Curso está *dirigido* hacia la experiencia, son necesarias las elecciones intelectuales de una mente entrenada para que se produzca dicha experiencia. Por eso te animamos siempre a continuar estudiando el Curso y a realizar tu trabajo de perdón. Como músico conoces la importancia de tener una buena formación. Aunque la mayoría de la gente no se da cuenta, la espiritualidad no es diferente. Tienes que disponer del conocimiento técnico para extraer el máximo de tu habilidad natural y tocar lo mejor posible.

Gary: Entonces quiero asegurarme de que estoy captando el cuadro mayor. Sé que muchos de estos términos son casi sinónimos, y como el tiempo no es real, estas cosas en realidad ocurren de manera simultánea, pero conviene presentarlas linealmente para comprenderlas mejor.

Siempre se empieza con el perdón y eligiendo el Maestro adecuado. He anotado las páginas de un par de citas que quería leer aquí:

> Cuando te unes a mí lo haces sin el ego porque yo he renunciado al ego en mí y, por lo tanto, no puedo unirme al tuyo. Nuestra unión es, por consiguiente, la manera de renunciar al ego en ti[13].

De modo que, en lugar de usar ilusiones para defender mis ilusiones contra otras ilusiones, simplemente perdono. Eso lleva al Cielo; es un hecho. Es como reemplazar el sueño que aleja de la verdad por el sueño que lleva *a* la verdad, porque, como el Curso dice sobre la salvación:

> (...) ¿Qué otra cosa podría ser sino un sueño feliz? Lo único que te pide es que perdones todas las cosas que nadie hizo nunca, que pases por alto lo que no existe y que no veas lo ilusorio como si fuese real[14].

El sueño feliz es necesario porque si se retirara la alfombra del tiempo y del espacio de debajo de mis pies repentinamente, sería demasiado para mí y no podría soportarlo. El sueño de la separación me parece demasiado real para despertar de repente. Como dice el Curso:

> (...) Mas ese sueño es tan temible y tan real en apariencia, que él no podría despertar a la realidad sin verse inundado por el frío sudor del terror y sin dar gritos de pánico, a menos que un sueño más dulce precediese su despertar y permitiese que su mente se calmara para poder acoger —no temer— la Voz que con amor lo llama a despertar; un sueño más dulce, en el que su sufrimiento cesa y en el que su hermano es su amigo[15].

Él es mi amigo porque, para empezar, ¡no puedo ir a casa sin él! Perdonar las imágenes que considero mis hermanos y hermanos separados, cuando en realidad son símbolos de mí mismo, es el único modo de salir de este agujero infernal. Como pregunta el Curso:

(...) ¿Podrías tú a quien Dios pide: «¡Libera a mi Hijo!», caer en la tentación de no escuchar, una vez que te has dado cuenta de que es tu propia liberación la que Él pide?[16]

Si juntas suficientes instantes santos en el sueño feliz del perdón, entonces no podrás evitar salvar tu propio culo, o al menos la mente que lo generó.

Arten: Muy bien, Gary. Deberías escribir un libro, si es que algún día llegas a proponértelo. Como estamos tratando el tema de tu resurrección, déjame que recite brevemente un par de cosas que el Curso dice al respecto. De hecho, voy a darte un resumen muy breve de una descripción del Curso sobre la desaparición del universo, aunque, como has dicho, en realidad estas cosas pasarán simultáneamente. Te voy a leer unos cuantos pasajes de Manual para el Maestro sobre la resurrección:

La resurrección, dicho llanamente, es la superación de la muerte o el triunfo sobre ella. Es un redespertar o renacimiento; un cambio de parecer con respecto al significado del mundo[17].

Y sigue diciendo:

La resurrección, al ser la afirmación de la vida, es la negación de la muerte. De esta manera, la forma de pensar del mundo se invierte por completo[18].

Y cuando has despertado por completo del sueño de la muerte y alcanzado la resurrección:

(...) Se ve la faz de Cristo en toda cosa viviente, y no se mantiene nada en la oscuridad, aparte de la luz del perdón[19].

Una vez que has visto la faz de Cristo:

Aquí termina el programa de estudios. De aquí en adelante no habrá necesidad de más instrucciones. La visión ha sido totalmente corregida y todos los errores han sido deshechos. El ataque no tiene sentido y la paz ha llegado. Se ha alcanzado la meta del programa de estudios. Los pensamientos se dirigen hacia el Cielo y se apartan del infierno. Todo anhelo queda satisfecho, pues, ¿qué queda ahora que no tenga respuesta o que esté incompleto?[20]

Llegará el día en el que cada mente aparentemente separada haya alcanzado su iluminación o resurrección. Cuando todo el mundo, cuando cada una de las mentes que ha soñado miles de ciclos de vida haya alcanzado este estado de despertar del sueño, *eso* es la Segunda Venida de Cristo. Como enseña el Curso:

> El Segundo Advenimiento es el único acontecimiento en el tiempo que el tiempo mismo no puede afectar. Pues a todos los que vinieron a morir aquí o aún han de venir, o a aquellos que están aquí ahora, se les libera por igual de lo que hicieron. En esta igualdad se reinstaura a Cristo como una sola Identidad, en la Cual los Hijos de Dios reconocen que todos ellos son uno solo. Y Dios el Padre le sonríe a Su Hijo, Su única creación y Su única dicha[21].

Gary: Eso es precioso. Salimos como uno y volveremos al Cielo como uno.

Arten: Sí. Por supuesto, en realidad nunca te fuiste *realmente*, porque no puedes evitar estar seguro en Dios, sueñes lo que sueñes. Cuando toda la Filiación esté preparada, entonces Dios dará Su Juicio Final. Como J te informa:

> Éste es el Juicio Final de Dios: «Tú sigues siendo Mi santo Hijo, por siempre inocente, por siempre amoroso y por siempre amado, tan ilimitado como tu Creador, absolutamente inmutable y por siempre inmaculado. Despierta, pues, y regresa a Mí. Yo soy tu Padre y tú eres Mi Hijo.»[22]

Gary: Genial. Sabes, si alguna vez tuviera elección entre ser juzgado por Dios o por la gente, creo que siempre optaría por Dios.

Arten: Tú tienes elección, y la decisión que has descrito es sabia. Extiende el mismo perdón a tus hermanos y hermanas que Dios extiende hasta ti. Así es como lo haces tuyo. Cuando todo el mundo haya completado sus lecciones de perdón, Dios Mismo dará el último paso y dará la bienvenida al Hijo pródigo colectivo de vuelta al hogar en la unidad de la que en realidad nunca salió.

> (...) Cuando te percibas a ti mismo sin engaño alguno, aceptarás el mundo real en lugar del mundo falso que fabricaste. Y entonces tu Padre descenderá hasta ti y dará el último paso por ti, elevándote hasta Él[23].

Gary: Eso será impresionante. ¿Qué pasa con los que se iluminan antes? ¿Tienen que quedarse esperando durante millones de años a los demás?

Arten: ¡No! En cuanto alcanzas la iluminación y dejas el cuerpo a un lado, estás despierto y *fuera* del sueño, lo que significa que en realidad estás fuera del espacio y del tiempo. Aunque a otros les pueda parecer que están pasando miles de años, para *ti* el final del tiempo ya ha ocurrido, y la «espera» hasta que todos los «demás» estén iluminados no es más que un instante. Por supuesto, puedes preferir ayudar a J a ayudar a otros, como hemos hecho nosotros, y te aseguro que no es una carga.

Gary: De todos modos, la experiencia de estar iluminado y de estar fuera del tiempo y del espacio debe ser prácticamente igual que el Cielo.

Arten: ¿Te gustaría comentar eso, Pursah?

Extiende el mismo perdón a tus hermanos y hermanas que Dios extiende hasta ti. Así es como lo haces tuyo.

Pursah: Ciertamente, ¿pero por qué no dejar que el Curso diga a Gary qué *es* el Cielo? Recuerda que el Cielo es *verdadera* unidad, a diferencia de la idea de ser uno con el universo, o incluso uno con la mente que está fuera del tiempo y del espacio que creó el universo. Aparentemente, esas ideas siguen estando fuera de Dios. En la verdadera unidad *sólo* Dios es, y nunca ninguna otra cosa podría *ser*. Por eso Dios Mismo da el último paso, y por eso tampoco es posible hacer concesiones respecto a esta idea. La idea que el Curso ofrece de Dios es todo lo elevada que puede ser, porque es la verdad. La Unidad no puede ser perfecta si hay alguna otra cosa de la que ser consciente.

> (...) El Cielo no es un lugar ni tampoco una condición. Es simplemente la conciencia de la perfecta unicidad y el conocimiento de que no hay nada más: nada fuera de esta unicidad, ni nada dentro[24].

Gary: Si no hay nada más, ¿entonces no hay obstáculos ni fricción que impida tu extensión?

Pursah: ¡Sabía que eras muy profundo! Completamente correcto. En el Cielo no *hay* obstáculos y es muy alegre; mientras que en la Tierra, lo que se denomina vida es poco más que una constante carrera de obstáculos.

Considera estas ideas del apartado del Curso llamada «Los Regalos de la Paternidad»:

> En Dios no hay principios ni finales, pues Su universo es Él Mismo[25].

> El universo del amor no se detiene porque tú no lo veas, ni tus ojos han perdido la capacidad de ver por el hecho de estar cerrados[26].

> Dios te ha dado un lugar en Su Mente que es tuyo para siempre. Pero sólo puedes conservarlo si lo das de la misma manera en que se te dio[27].

Gary: Creo que entiendo las distinciones.

Pursah: Sí, y ayudarán a acelerar tu experiencia de la presencia del amor.

Arten: Ya te dijimos que algunas de nuestras visitas serían muy breves. Hoy hemos comentado algo que en realidad no puede expresarse en palabras, de modo que simplemente lo hemos hecho lo mejor que hemos podido. El Curso está dirigido hacia la experiencia de la unidad que hemos descrito, que puede ser resumida en dos palabras; dos palabras que evidentemente expresan la verdad absoluta. Mantén tu mente en el objetivo mientras perdonas al mundo, y recuerda siempre hacia dónde te dirige el Curso.

> (...) Dios es eterno, al igual que todas las cosas creadas por Él. ¿No ves que de no ser así, Él tendría un opuesto y el miedo sería tan real como el amor?[28]

Pursah: Sabes que el Curso te está diciendo la verdad, Gary. Ya le has dado un repaso completo un par de veces. Lo único que queda es que sigas haciendo lo que estás haciendo, y el objetivo acabará convirtiéndose en tu realidad. Volveremos en diciembre. Entre tanto, perdona, y recuerda lo Que verdaderamente eres.

> La unidad es simplemente la idea de que Dios es. Y en Su Ser, Él abarca todas las cosas. Ninguna mente contiene nada que no sea Él[29].

Entonces Arten y Pursah desaparecieron, y yo les perdoné.

9. EXPERIENCIAS EN LA CERCANÍA DE LA VIDA

> El universo está esperando tu liberación porque es la suya propia[1].

Después de hacer el Curso durante casi tres años, mis ocasionales pesadillas nocturnas cesaron. El sistema de pensamiento criminal del ego seguía estando presente en mi mente, pero una capa del mismo había desaparecido, y los sueños que la simbolizaban también. El sol que es el Espíritu Santo, que llevaba tiempo oscurecido por la nube de culpabilidad del ego, brillaba ahora con renovado fulgor para mí. Las nubes que quedaban seguían lanzando sombras que tomaban la forma de un simbólico mundo de cuerpos a nivel consciente y de un mundo de miedo y culpabilidad a nivel inconsciente. Ahora sabía seguro que las sombras no eran reales, y que la luz que parecían ocultar podía estar tapada, pero nunca se extinguiría.

Este proceso de despertar era tan fascinante e inspirador para mí que empecé a escribir, tal como Arten y Pursah pensaban que haría. Incluso tomé prestado un párrafo de Shakespeare para expresar una idea:

> ¿Qué verdad, qué luz se abre paso a través de la ventana de mi mente?
> Venido del este, el Espíritu Santo es el sol.
> Levanta, amigo mío, disuelve el ego lunar
> que ya está enfermo y pálido de pena
> pues tú, ser de verdad, eres mucho mayor que él.
> Oh, Él es el Cristo Niño, sí, es mi Amor
> y si yo supiera lo Que soy, el resplandor de mi mente
> haría sentir vergüenza a las estrellas como la luz diurna a una lámpara.

Mi Mente en el Cielo brillaría por regiones ignotas con tanto fulgor, que el mundo cantaría y no conocería la noche.

Tenía la intención de llevar este proceso hasta el final, sin importar el miedo que pudiera sentir el enfermo y pálido ego con quien a veces me identificaba. Tal vez, en el nivel ilusorio de la *forma*, mi cuerpo no era más que un robot manipulado por la mente ego; no obstante, simultáneamente, mi mente estaba siendo liberada por el Espíritu Santo a medida que yo perdonaba cada suceso aparente. Para mí ya no había vuelta atrás.

Los símbolos que mis maestros utilizaban eran sorprendentemente mundanos, pero el Curso mismo decía que lo tenían que ser para que yo pudiera compartir su mensaje con otros:

> Sería en verdad extraño si se te pidiese que fueses más allá de todos los símbolos del mundo y los olvidaras para siempre, y al mismo tiempo se te pidiera asumir una función docente. Todavía tienes necesidad de usar los símbolos del mundo. Mas no te dejes engañar por ellos. No representan nada en absoluto, y éste será el pensamiento que en tus prácticas te liberará de ellos[2].

Ahora mi trabajo era enseñar mediante el perdón, y también compartir el mensaje del Curso de maneras que mis hermanos y hermanas pudieran entender.

> Así pues, lo que necesitas cada día son intervalos en los que las enseñanzas del mundo se conviertan en una fase transitoria: una prisión desde la que puedes salir a la luz del sol y olvidarte de la oscuridad. Ahí entiendes la Palabra, el Nombre que Dios te ha dado; la única Identidad que comparten todas las cosas; el reconocimiento de lo que es real. Y luego vuelves a la oscuridad, no porque creas que es real, sino sólo para proclamar su irrealidad usando términos que aún tienen sentido en el mundo regido por la oscuridad[3].

De modo que empecé a escribir el libro que Arten y Pursah habían dicho que escribiría, cometiendo faltas de ortografía, usando una puntuación incorrecta y perseverando en una tarea que no llegaría a completar hasta más de seis años después.

Entre tanto, estaba optando por Dios. Ahora entendía por qué mis amigos habían resaltado las distinciones entre *Un Curso de Milagros* y otras vías espirituales. ¿Cómo podía mantenerme atento exclusivamente a Dios y su Reino si estaba tonteando con ideas relacionadas con la evolución, el falso poder del universo y otros materiales oníricos? La Respuesta *nunca* estaba en el sueño, sino fuera de él, donde se hallaba la verdad y donde yo también estaba realmente. No *había* nada más; la verdad se estaba adueñando, y yo miraba constantemente hacia la luz del Espíritu Santo, que representaba la Expiación, la única respuesta a mi único problema. El Curso decía:

> Tú no puedes contrarrestar tus propios errores pasados por tu cuenta. No desaparecerán de tu mente sin la Expiación, remedio éste que no es obra tuya[4].

Esto explicaba por qué tantos otros métodos no funcionaban, pues les faltaba Dios o el Espíritu Santo. Pero yo también sabía que tenía que hacer mi parte y elegir el perdón. Una salvación indirecta que me fuera traída mágicamente por una fuerza o figura externa no funcionaría. Nadie más podía despertar del sueño por mí. Evidentemente, *no había* nadie más que pudiera despertar del sueño. Por eso, el Curso dice: «Mi salvación viene de mí.»[5] De mí dependía cambiar mi manera de ver el mundo y elegir el milagro.

A nivel metafísico, estaba empezando a pensar en mí mismo no como un *cuerpo* —ni siquiera como *espíritu*, tal como el mundo piensa en ellos tradicionalmente—, sino como *mente*. Sí, mi Fuente *era* el espíritu, y a esa realidad volvería. Pero tenía que usar la mente para redescubrir el estado sin pecado.

> ¿Qué se te ha dado? Se te ha dado el conocimiento de que eres una mente, de que te encuentras en una Mente y de que no eres más que mente, por siempre libre de pecado y totalmente exento de miedo al haber sido creado del Amor. No has abandonado tu fuente, por lo tanto, sigues siendo tal como fuiste creado[6].

Y había un estilo de vida que podía devolverme a la conciencia de mi realidad.

> Hay una manera de vivir en el mundo que no es del mundo, aunque parezca serlo. No cambias de apariencia, aunque sí sonríes mucho más a menudo. Tu frente se mantiene serena; tus ojos están tranquilos[7].

Cuando Arten me dijo que podría practicar el tipo de espiritualidad que estábamos comentando sin que nadie llegara a darse cuenta de ello, yo lo dudé. Después de todo —pensé—, ¿no hace todo el mundo proselitismo de su religión o camino espiritual? Sin embargo, ahora sabía que Arten tenía razón. Si elegía no hablar del Curso a la gente, podía seguir practicándolo sin decir una palabra al respecto. Esto es lo que dice el Curso de la gente que mi mente me muestra a través de mis ojos:

> (...) Caminas por esta senda tal como otros lo hacen, mas no pareces ser distinto de ellos, aunque ciertamente lo eres. Por lo tanto, puedes ayudarlos al mismo tiempo que te ayudas a ti mismo, y encauzar sus pasos por el camino que Dios ha despejado para ti y para ellos, a través de ti[8].

Hacía esto por medio del perdón, de modo que no tenía necesidad de sentirme distinto o especial. Mis hermanos y hermanas estaban volviendo a Dios lo mismo que yo. Algunos de ellos lo sabían en aquel momento y otros no, pero el resultado era tan cierto para cualquiera de ellos como lo era para todos.

Una de las cosas más impresionantes era la variedad de experiencias místicas que tuve mientras hacía el Curso. Había tenido aquellas vivencias muchas veces a lo largo de los años anteriores y ahora supe que eran simbólicas. También supe que la *verdadera* prueba de que uno está progresando en el camino espiritual elegido no tiene nada que ver con las «experiencias espirituales». Las verdaderas preguntas que debía plantearme eran: ¿Estoy siendo más amoroso? ¿Más pacífico? ¿Perdono más? ¿Me he responsabilizado de mi vida? ¿Comprendo que juzgar es una locura? *Así* es como se puede distinguir si una determinada vía funciona para uno. En cualquier caso, mis experiencias místicas personales me proporcionaban alegría, pues había aprendido que eran un símbolo de que mi mente, por haber perdonado al mundo, estaba siendo perdonada.

En lugar de las pequeñas líneas blancas que antes veía en torno a diversos objetos, lo que ahora veía de vez en cuando era que la cabeza de las personas era reemplazada completamente por una hermosa luz blanca. Y también había momentos en los que J parecía jugar delicadamente conmigo. Recuerdo una ocasión en la que estaba leyendo el Libro de Ejercicios: una mañana, mientras desayunaba, sentí un toque suave, cálido y deliciosamente amoroso en mi hombro; un toque que hubiera jurado que venía de un ángel, Ser Divino o del propio J. Después de desayunar leí la lección del Libro de Ejercicios de ese día, que incluía la frase siguiente:

> Cristo ha puesto su mano sobre tu hombro, y ya no te sientes solo[9].

Me limité a seguir diciendo «gracias» una y otra vez, sintiéndome abrumado al saber que verdaderamente no estaba solo.

Algunos meses después iba caminando por el jardín trasero de casa con Karen, recogiendo algunas ramas grandes que el viento había arrancado de los árboles durante una tormenta. En un momento dado me di la vuelta para mirarla y me sentí anonadado pues, en lugar de ver a Karen, contemplé una gran columna de luz que se elevaba hasta los Cielos, perdiéndose más allá de donde alcanzaban a ver mis ojos. Me quedé mirando fijamente aquella visión maravillosa durante varios segundos; después aparté la mirada y a continuación volví a mirar. Esta vez sólo vi el cuerpo de Karen. Entonces ella me preguntó: «¿Qué estás mirando?» Yo le dije: «No lo sé», pues en mi absoluto asombro no encontraba palabras. La experiencia fue beatífica y después, recordando mis lecturas del Texto, me di cuenta de lo que debía haber visto.

> Tal como el ego quiere que la percepción que tienes de tus hermanos se limite a sus cuerpos, de igual modo el Espíritu Santo quiere liberar tu visión para que puedas ver los Grandes Rayos que refulgen desde ellos, los cuales son tan ilimitados que llegan hasta Dios[10].

De modo que me sentí menos interesado —si no totalmente desinteresado— por los cuerpos, y miraba más consistentemente a la luz que está más allá de la sombra temporal.

Descubrí una fuente de diversión y experimentación en las imágenes que veía antes de dormirme o justo antes de despertar. Con los ojos cerrados, a menudo veía imágenes móviles en color, como en una película, y a veces hasta con sonido. Algunas veces estas imágenes tenían valor predictivo con respecto a lo que el guión tenía preparado ese día para mí. Muchas de estas imágenes eran arquetípicas, residían en el inconsciente colectivo y habían sido rastreadas por investigadores de diccionarios de sueños durante muchos siglos.

Por ejemplo, la mano derecha, mía o de cualquier otra persona, parecía ser positiva, y la izquierda negativa, una correlación mítica que se remontaba a la antigua Grecia y a Roma. Las aguas calmadas eran positivas, pero las turbulentas no. Algunas imágenes contradecían lo evidente; por ejemplo, recibir un golpe era una buena señal mientras que golpear a otro no lo era. La mayoría de los presagios eran muy claros. Las caras positivas y sonrientes o los animales amistosos eran, evidentemente, buenos augurios, y las desagradables lo contrario, pareciendo anunciar las sorpresas agradables o desagradables que traería el día siguiente. Estas «películas» acabaron por convencerme de la existencia de la mente colectiva, así como del hecho de que las imágenes de mis sueños en realidad eran símbolos de mí mismo, y que Arten y Pursah tenían mucha razón cuando afirmaban que todo lo que ocurría en mi vida ya estaba determinado.

Aun así, procuraba no dejarme absorber demasiado por todo esto. Sí, probablemente podría encontrar algún modo inteligente de usar, e incluso de aprovecharme de tal información, especialmente en mi negocio de inversiones. Por otra parte, sabía que la información no siempre era fiable. Mis maestros me habían dicho que cada guión incorpora cierto grado de imprevisibilidad. También sabía que la herramienta de predicción más precisa de la historia, el Oráculo de Delfos, ¡a veces había engañado a la gente *deliberadamente*! El ego aún controlaba una parte de mi mente, y yo sabía que no se detendría ante nada para confundirme y hacerme sufrir, siempre tentándome con la creencia de que soy un cuerpo. Finalmente, sólo el perdón me llevaría a casa. Como amigo y alumno de J, mi nueva capacidad psíquica seguiría siendo una fuente de interés, pero no el falso ídolo en que la habría convertido anteriormente.

En cuanto a la idea de que los acontecimientos de la propia vida están predeterminados, me di cuenta de que había gente que detestaba esta idea. Para algunos, el existencialismo ofrecía más esperanzas que la predestinación, porque les daba una razón para intentar cambiar las cosas, tanto en sus vidas personales como el mundo en general. Sin embargo, el Curso ofrecía formas más elevadas de esperanza: la esperanza de volver a casa a la larga y de alcanzar la paz actualmente, por no hablar de la evitación de innumerables experiencias negativas en el futuro por haber aprendido las lecciones de perdón que las hacen innecesarias. Además de todo esto, mientras uno cambia de manera de pensar respecto al mundo y practica el perdón, también puede buscar soluciones a sus problemas que sean aceptables en el mundo ilusorio, siempre que no le encadenen al nivel de la percepción a través de la carga de las creencias.

Una noche, un par de semanas antes de la siguiente visita de Arten y Pursah, me ocurrió algo muy distinto de cualquier otra cosa que hubiera experimentado. Estaba sentado leyendo una revista cuando de repente me invadió una sobrecogedora sensación de conciencia. El universo desapareció momentáneamente, y yo simplemente estaba sentado allí, con una admiración reverente. Me sentí *totalmente* seguro y *completamente* cuidado, en el seno de una Presencia que, hasta ese momento, habría sido inimaginable.

> La revelación te une directamente a Dios[11].

Aunque la experiencia de revelación nunca puede ser traducida en palabras, tiene una cualidad tan única que se adhiere a la memoria. Ocurre en un instante en el que se nos concede la experiencia de estar fuera del tiempo y del espacio, e incluso más allá de eso. Te vuelves uno con algo tan grande que está más allá de cualquier tamaño. Su cualidad más clara, que es completamente diferente de cualquier cosa de este universo, es que es *constante*. No hay cambio ni interrupción en su poder ilimitado; no cambia ni se altera. Esta experiencia te permite saborear algo en lo que puedes confiar, algo real, y la alegría que produce es increíble. Supe que Dios se había comunicado conmigo.

> La revelación no es recíproca. Procede de Dios hacia ti, pero no de ti hacia Dios[12].

Aquella noche no hice nada más. Simplemente seguí sentado allí, en mi estado de reverencia y gratitud.

> La reverencia se debe reservar sólo para la revelación, a la que se puede aplicar perfecta y correctamente[13].

No tenía nada que decir ni ninguna necesidad de hacerlo.

> La revelación es literalmente inefable porque es una experiencia de amor inefable[14].

Supe que nunca volvería a ser el mismo. A medida que pasaba el tiempo, me di cuenta de que esta experiencia había tenido lugar porque me había preparado para ella a través de mi práctica del perdón, lo me animaba aún más a continuar por el camino emprendido. Como habían dicho mis visitantes cuando recitaban el Curso, nadie que haya experimentado una revelación de este tipo de permanencia, del Ser inconmovible, puede volver a creer plenamente en el ego[15]. Me estaba preparando para volver a Dios.

> (...) La curación, en última instancia, procede de Dios. Se te están explicando cuidadosamente los medios. La revelación puede, de vez en cuando, revelarte cuál es el fin, pero, para alcanzarlo, los medios son necesarios[16].

Después de esta suspensión completa pero temporal de la duda y del miedo[17], sabía que no me importaría estar siempre así. Aunque la mayor parte del tiempo apenas tenía miedo, aún me sentía tímido e incómodo en mis interacciones con extraños y personas que no conocía. Me preguntaba si eso desaparecería alguna vez, y también me preguntaba qué tendrían que decir mis visitantes respecto a mis múltiples experiencias cuando volvieran, lo que esperaba que ocurriera muy pronto. Cuando se presentaron, Pursah sonreía alegremente.

Pursah: Hola, Gary. ¿Cómo te sientes después de haber probado el Cielo?

Gary: Absolutamente anonadado, pero soy demasiado estúpido como para expresarlo con palabras.

Pursah: No lo intentes. Simplemente te estaba felicitando.

Arten: Yo también te felicito, Gary. Ahora que has probado la permanencia, te sentirás menos impresionado por lo impermanente, y eso hará que te resulte más fácil perdonar.

Gary: ¿Te refieres a algo como lo de ayer en la tienda de la esquina?

Nota: El día anterior, en el supermercado, me vi atrapado haciendo cola ante un cajero que estaba hablando por teléfono. Había varias personas delante de mí y el cajero no paraba de hablar, por lo que nos tuvo esperando unos minutos. Cuando empecé a sentirme un poco ansioso, recordé mi entrenamiento y el hecho de que me estaba inventando todo aquello, como si fuera el director de mi propia película. Entonces perdoné al cajero por lo que no estaba haciendo y también me perdoné a mí mismo. Seguidamente él dejó de hablar por teléfono, y yo tuve la sensación de que también me había inventado esa parte.

Arten: Sí. Los Milagros son todos iguales. Los beneficios que obtiene tu mente cuando perdonas de ese modo son inimaginables para ti. Hace un par de años probablemente te habrías enfadado y lo habrías expresado de algún modo, aunque sólo fuera una mirada de desprecio. Estás haciendo las cosas bien. No *siempre* te salen bien, pero persistes en ello. En cuanto a la revelación, ahora ya sabes qué es. Volverá a ocurrir alguna vez. Sigue usando los medios, y deja que el fin —así como algunos vislumbres de él— cuiden de sí mismos.

Los Milagros son todos iguales. Cuando perdonas, tu mente obtiene unos beneficios inimaginables para ti.

Gary: Otras veces también me he sentido alegre y en paz. Supongo que no todo lo que le ocurre a uno tienen que ser experiencias cumbre. El simple hecho de sentirse bien es divertido.

Arten: Oh, te refieres a cosas como la del último verano, cuando ibas montado en tu cortacésped muy cerca de tus vecinos conservadores e ibas gritando a pleno pulmón: «¡El hijo de Dios es libre! ¡El hijo de Dios es libre!»

Gary: Sí, ése era yo.

Arten: ¿Tienes alguna pregunta antes de seguir adelante?

Gary: Sí, ¿qué fue primero, el huevo o la gallina?

Arten: Obviamente ambos fueron hechos a la vez, junto con el resto del universo. Dentro de la ilusión parecen estar separados, pero no lo están. Sigamos adelante.

Pursah: Has vivido muchas experiencias que podríamos llamar psíquicas, aunque la revelación no se cuenta entre ellas porque viene directamente de Dios. La mayoría de las experiencias, incluso las espirituales, no vienen de Dios mismo; más bien surgen de tu propia mente inconsciente. *Pueden* ser símbolos de lo que hay en tu mente recta. Pongamos en perspectiva algunas de esas otras experiencias.

Como dice el Curso en el Manual:

> Sin duda hay muchos poderes psíquicos que están claramente de acuerdo con los postulados de este curso[18].

Y sigue diciendo:

> Los límites que el mundo le impone a la comunicación son los mayores obstáculos para una experiencia directa del Espíritu Santo...[19]

y

> Aquel que de alguna manera trasciende estos límites, está simplemente volviéndose más natural[20].

Recordando que sólo hay dos cosas que puedas hacer —dar realidad a algo o perdonarlo—, cualquier nueva habilidad que se presente en tu camino debes ofrecérsela al Espíritu Santo y usarla bajo Su dirección.

El Manual también dice que nadie tiene poderes que no estén a la disposición de todos los demás[21]. Sin duda el Espíritu Santo te recordaría que no eres especial, y no deberías intentar convencerte a ti mismo o a otros de que lo eres.

> Nada que sea genuino se puede usar para engañar[22].

Sé consciente de tu objetivo. El Cielo es permanente y nada de lo que parezcas hacer fuera de Él es permanente. ¿Cómo podría ser importante? Es importante mantener las cosas en perspectiva. A medida que practicas el perdón, tu conciencia aumenta, y esto es lo que dice el Manual de cualquier estudiante así:

> (...) A medida que su conciencia se expanda, es posible que desarrolle capacidades que le parezcan muy sorprendentes. No obstante, nada que él pueda hacer puede compararse en lo más mínimo con la gloriosa sorpresa de recordar Quién es. Si deja que todo su aprendizaje y todos sus esfuerzos se dirijan hacia esa gran sorpresa final, no querrá que las pequeñas sorpresas que se puedan presentar en el camino lo retrasen[23].

Gary: Gracias y, por supuesto, también quiero dar las gracias a J. Esto pone las cosas en perspectiva, especialmente ahora que he saboreado esa gran sorpresa final.

Arten: Muy bien. Ahora queremos prepararte para recibir visitas breves y con muchos meses entre una y otra. Vendremos para ayudarte a seguir practicando y, mientras estemos aquí, hablaremos de diversos temas y responderemos a cualquier pregunta que puedas pensar. Queremos que te centres principalmente en trabajar con el Espíritu Santo y en practicar el perdón. No te sientas decepcionado si no nos quedamos mucho tiempo. Ya eres adulto. Además, te aseguro que siempre somos conscientes de lo que te está ocurriendo, y siempre lo seremos.

Gary: Os creo. A propósito, he empezado a escribir un poco, como estoy seguro que sabéis, y me preguntaba si tenéis algún consejo que darme respecto a cómo proseguir.

Pursah: Por supuesto. Sabíamos que finalmente cederías y acabarías escribiendo algo. Eres lento, pero no hay que dejarte por imposible. Es broma. Considerando el hecho de que estás un poco agobiado, nos alegra que te hayas decidido. No dejes que te intimide el hecho de partir de cero. Recuerda que el propósito de escribir es comunicar. Esa cita de Shakespeare es hermosa, y lo que dice es cierto. Si consigues comunicar bien eres un escritor eficaz. No te preocupes demasiado por las reglas. Entre tú y yo, el inglés es una lengua un tanto simplona. Pero Dios me libre de cualquier tipo de juicio.

Gary: Sí. Ese tipo de juicio podría sugerir que no tienes cultura.

Pursah: Tal vez, del mismo modo que nuestro libro podría sugerir que no hablas muy buen inglés.

Gary: ¿Estás sugiriendo que debería preocuparme por lo que algún profesor de inglés pudiera pensar de mi estilo literario?

Pursah: Exactamente. Me alegro de no haber sido jodidamente malinterpretada.

Gary: Me encanta cuando dices palabrotas.

Pursah: Una vez más, creo que más nos vale avanzar. Recuerda esto: si alguien piensa mal de lo que escribes, e incluso si simplemente no tiene una actitud positiva hacia ello, perdónalos. Recuerda siempre cuál es tu trabajo número uno, independientemente de lo que parezcas estar haciendo.

Arten: Asimismo, a medida que vayas articulando el libro, tienes permiso para ampliar el diálogo y hacer que la presentación sea más completa y coherente. Por supuesto, tu narración es tuya. Simplemente asegúrate de que esté basada en nuestras visitas y de que sea coherente con nuestras conversaciones.

Gary: ¿Qué debería hacer cuando el libro esté terminado?

Pursah: Siempre puedes seguir el modelo del *Evangelio de Tomás.*

Lo que has de hacer es enterrar tu libro en algún lugar de Egipto. Si alguien lo descubre dentro de quince siglos, serás famoso.

GARY: Divertido. ¿Algún consejo para esta vida?

PURSAH: Sí. No te preocupes por él. Te diremos extraoficialmente lo que tienes que hacer, pero aún es un poco pronto.

GARY: Bueno, más vale que me lo digáis, porque no tengo ni idea. Ni siquiera sé si soy capaz de escribir un libro, pero lo intentaré.

ARTEN: Lo sabemos, por eso no tienes que preocuparte por tu capacidad. Basta con que lo hagas. Bien, ¿hay algo más que quieras preguntarnos por el momento?

GARY: No lo sé. Me siento muy bien con todo lo que ha ocurrido.

ARTEN: Sí, se te puede excusar por sentirte tan contento considerando tus experiencias recientes. Pero debes tener alguna otra pregunta.

GARY: De acuerdo. Me dijisteis que me explicaríais algo más sobre vuestros cuerpos, vuestras voces y lo que son en realidad, y que explicaríais las apariciones de ángeles y de la Virgen María. Ahora bien, mientras hacía el «Cracille» alguien me regaló esta foto de María que fue tomada en la iglesia de Medjugorje, donde se apareció en los años ochenta a unos niños visionarios. Teniendo en cuenta mis experiencias, siento cierta afinidad con esos niños. Como estoy seguro de que sabéis, fui a ver a Ivanka —una de las niñas que ahora ya es adulta— cuando dio una charla en una iglesia católica aquí, en Maine. Tuve la impresión, aunque se expresaba a través de un intérprete, de que su experiencia fue genuina y de que decía la verdad.

En el programa que editaron para esa charla había otro dibujo de la Virgen María basado en *otra* imagen que ella imprimió en la camisa de un hombre al que se apareció hace más de 460 años en lo que ahora es la iglesia de Nuestra Señora de Guadalupe, en Méjico. Los científicos dicen que esa camisa debería haberse descompuesto y desintegrado en unos doce años aproximadamente, pero aún sigue intacta y expuesta en la iglesia, ¡y ahora ya lleva cinco siglos allí! De modo que tengo estas dos imágenes de María que han sido hechas con una diferencia de unos 460 años. Una de ellas es una fotografía. ¡Y lo increíble es que tienen el mismo aspecto! ¿Qué está pasando aquí?

ARTEN: Hemos dicho que todas las imágenes corporales están hechas por la mente. Estas imágenes pueden ser símbolos de la mente recta y del Espíritu Santo, o de la mente errónea y del ego. Esa imagen de María está en la mente inconsciente, y puede ser proyectada o bien por ciertos individuos o bien por las masas. La imagen de la que hablas tiene aspecto occidental, no es el rostro de una mujer judía de hace dos mil años. Es una composición salida de la mente, del mismo modo que la imagen mental que la gente tiene de J no coincide con su aspecto real, sino que *es* una representación creada por la mente colectiva.

En las apariciones marianas, que suelen ser más detalladas cuando tienen lugar ante unos pocos individuos porque están muy enfocados, ella tiene el mismo aspecto porque la imagen es arquetípica, un concepto que ya te resulta familiar. Lo que está detrás de estas apariciones es el amor del Espíritu Santo. La mente, sea individual o grupal, da forma a ese amor.

GARY: ¿Estás diciendo que el Espíritu Santo es real pero la forma viene de nosotros?

ARTEN: Exactamente. Pursah te dijo que cualquier cosa que tome forma debe ser un símbolo de alguna otra cosa. El Espíritu Santo no crea formas; Él ama. Es posible que el amor del Espíritu Santo brille en tu universo y que después tu mente recta le dé una forma específica. La forma misma es una proyección de la mente, pero el amor que está detrás es real. Esto explica las apariciones de María, de los ángeles y de todos los maestros ascendidos. También explica cómo se apareció J ante nosotros después de la crucifixión hace dos mil años. Nuestras mentes estaban preparadas para experimentar su amor, de modo que su amor tomó una forma que pudimos aceptar en aquel tiempo, del mismo modo que nuestro amor aparece ahora ante ti en forma de cuerpos y voces que *tú* puedes aceptar y con los que te puedes relacionar.

Una vez más, no estamos diciendo que el cerebro haga estas formas; es la totalidad de la mente la que crea los rasgos específicos. También hemos dicho que sólo hay una mente, de modo que en este nivel sería literalmente imposible que cada cosa que se hace no sea un producto de la mente dividida. Mientras que nuestro amor es real, nuestros cuerpos son tan ilusorios como el tuyo, como figuras en un sueño. Cuando te dijimos al principio de estas conversaciones que *nosotros* habíamos hecho estos cuerpos, nos estábamos refiriendo a nuestro amor. A esto se refería también Pursah cuando dijo que J se fabricó otro cuerpo para comunicarse con nosotros después de la crucifixión. Su amor era el contenido genuino detrás de la forma ilusoria, pero son las mentes dormidas las que proyectan *todas* las formas, dándoles su contorno y sus detalles.

PURSAH: Como la gente se ilumina antes de abandonar el cuerpo, debe ser posible para los seres iluminados *parecer* que están funcionando en este mundo. Sin embargo, ellos saben que en realidad *no* están en el mundo, y que no necesitan volver aquí excepto para permitir que su amor ayude a otros. Repitiendo, en la ilusión, son las mentes aparentemente divididas las que dan forma a su amor. En realidad los maestros no necesitan crear ninguna forma después de iluminarse.

Gary: Eso es muy interesante, pero sabéis que alguna gente dirá que vosotros habéis salido de *mi* ego.

Arten: Deja que piensen lo que quieran; lo harán de todos modos. Y ya puestos a ello, haz que respondan a estas preguntas: ¿Enseñaría el ego cómo deshacerse a sí mismo? ¿Enseñaría el diablo a escapar del infierno?

Gary: Un punto excelente. ¿Lo que estáis haciendo es enseñar al ego a elegir en contra de sí mismo?

Arten: ¡Soberbio! ¡Qué alumno tan inspirado!

Gary: Creo que lo que habéis dicho sobre las apariciones de símbolos divinos también explica cómo se aparece la Virgen a esa granjera de Georgia y le deja mensajes, sólo que los mensajes suenan como si vinieran de una granjera de Georgia. Es posible que María se le aparezca realmente, pero los mensajes toman una forma que ella puede entender.

Arten: Muy bien. Esa mujer es sincera. Los mensajes, por muy simples que sean, están pensados para aquellos que más se pueden beneficiar de ellos.

Gary: ¿Y qué hay de otros casos que no son tan agradables, como eso loco que hizo estallar el edificio federal en Oklahoma City? Me resulta fácil dejarme arrastrar y proyectar mi culpabilidad inconsciente sobre él. Ya hemos dicho que es mi culpabilidad inconsciente la que veo ahí fuera, en el mundo. Sigo pensando que la gente se lo va a pasar mal —como yo mismo me lo paso mal— para aceptar que hemos elegido proyectar nuestro sistema de pensamiento oculto en esta casa de locos. Nos estás pidiendo que creamos que, por malo que sean el crimen, el criminal sólo es un chivo expiatorio que usamos a nuestra conveniencia para ver nuestra culpabilidad inconsciente fuera de nosotros. Eso significaría que, si queremos liberarnos, tendríamos que perdonarle por lo que en realidad no hizo.

Arten: Sí, el ego te juega malas pasadas muy fácilmente, pero voy a dejarte claros un par de puntos. Cuando llegamos ante lo que parece ser una tragedia terrible, resulta *muy* fácil verse arrastrado por ella. Sí, tienes que perdonar, pero en una situación así también tienes que ser consciente de un par de cosas. En primer lugar, elegir reconocer la irrealidad del sueño no significa que no debas ser sensible a las necesidades y sentimientos de las personas que se están viendo envueltas en una pesadilla de ese tipo. Has vivido la muerte de seres queridos. ¿Cómo te habrías sentido *en ese momento* si algún necio hubiera venido a ti y hubiera empezado a decirte que todo era una ilusión y que no deberías sentirte mal? Simplemente te enfadaría que tu dolor no estuviera siendo respetado.

No puedes esperar que las personas desconsoladas hagan otra cosa que lamentarse. Permite siempre los sentimientos y creencias de los demás. A esto nos referíamos cuando dijimos que el Curso no satisfaría las necesidades sociales de la mayoría de la gente durante mucho tiempo. Deja que celebren sus bodas y funerales, sus misas y sus juicios ante las cortes de justicia. Esas cosas son necesarias para la sociedad. El Curso no es un rito de tránsito, es una forma de pensar. En segundo lugar, sería igualmente insípido decir a la gente en un momento así que todo es un guión que han elegido experimentar. Deja que aprendan la verdad cuando quieran buscarla, no mientras están lamentándose por sus amigos o parientes.

Obviamente, si aquel terrorista hubiera aprendido a perdonar en lugar de odiar, nada de aquello hubiera ocurrido. No dejes que nadie te diga que el perdón no es algo práctico a nivel de la forma. Evidentemente, puede suponer toda la diferencia del mundo. Elegir el verdadero perdón y elegir como Maestro al Espíritu Santo *no* forma parte del guión del ego; es una decisión que *tú* tienes que tomar para liberarte del guión del ego.

> **No dejes que nadie te diga que el perdón no es algo práctico a nivel de la forma. Puede suponer toda la diferencia del mundo.**

GARY: Si alguien quisiera que el Curso se leyera en su boda o en su funeral, eso debe permitirse, ¿no?

ARTEN: Si eso es lo que desean, absolutamente.

GARY: Considero que cualquier explosión como la de Oklahoma City es un símbolo de la separación, el Big Bang y la aparente destrucción del cielo.

ARTEN: Muy cierto, aunque la mayoría de la gente no tiene la preparación necesaria para pensar en ello de ese modo. ¿Alguna otra pregunta?

GARY: Sí. Comencé la formación *est* en 1978, y ellos me enseñaron esta técnica o fórmula llamada «Sé Haz Ten», que posteriormente ha sido copiada por otros maestros espirituales. Enseñaba cómo ser, y después conseguir lo que uno quiere. Básicamente la idea es que en lugar de *intentar* o de esforzarte por ser, digamos, un gran músico, debes *ser* un gran músico, *hacer* las cosas que hace un gran músico y entonces *tendrás* las cosas que tienen los grandes músicos. Werner Erhard, el fundador de est, era un gran maestro a pesar de todos sus atacantes, y en aquel momento me ayudó mucho, aunque mi éxito viene y va. Me preguntaba qué pensáis de este tipo de cosas.

Arten: No decimos que no puedas usar tales técnicas, pero, cuando hablamos de abundancia, nos referimos a un modo de unirte con Dios que hace que te sientas naturalmente *inspirado* respecto a lo que debes ser, hacer y tener. ¿Por qué no esperas hasta que tengamos *esa* conversación y ves si responde a tus preguntas con relación al éxito y la abundancia? A propósito, una de las cosas que hacen los grandes músicos es practicar mucho y durante mucho tiempo. Dudo que tengas semejante persistencia.

Gary: Tu punto está bien argumentado, pero, aun así, la actitud subyacente de ser un gran músico le ayuda a uno a sentirse mejor.

Arten: Eso es cierto. ¿Algo más?

Gary: Sí, Arten. Pursah me dio un ejemplo de perdón de su última vida que me ayudó tremendamente, pero tú aún no lo has hecho. ¿Qué esperas? ¿Vas a faltar a tu sagrada obligación hacia mí a riesgo de incurrir en la ira de Dios Nuestro Señor?

Arten: No seas tan «enjuiciante». Aprendí estas palabras en mi última vida. Claro, voy a darte un ejemplo. Pero una de las cosas que quiero que sepas es que cuando llegas a la maestría, entiendes completamente esta idea de que el mundo es *tu* película. Aunque ya hemos hablado de esto anteriormente, déjame que te pregunte algo: por la noche, cuando estás dormido en la cama y sueñas, o, en tu caso, cuando antes de dormir cierras los ojos, ¿ves imágenes en movimiento con sonido?

Gary: Sí, y cuando estoy dormido, mis sueños me pueden parecer tan reales como vosotros me lo parecéis ahora mismo.

Arten: De acuerdo, la mayoría de la gente no se detiene a pensar y a preguntarse ¿*con* qué veo exactamente estas imágenes del sueño? ¡Tienes los ojos cerrados! Si tienes los ojos cerrados, no puedes estar viendo con los ojos del cuerpo. Éste es un punto importante.

Gary: De acuerdo, concedido. Debo estar viendo con mi mente.

Arten: Sí, ya habías tenido sensaciones de esto antes, en tu vida de vigilia, y dijiste que te había dado miedo. Lo cierto es que cuando pareces estar despierto durante el día y tienes los ojos abiertos, en realidad no estás viendo con los ojos del cuerpo, del mismo modo que no ves con ellos cuando estás dormido por la noche. *Siempre* es tu mente la que ve. *Siempre* es tu mente la que oye y siente y hace las demás cosas que atribuyes a tus sentidos corporales. En esto no hay excepciones. El propio cuerpo sólo es parte de tu proyección.

A medida que alcanzas la maestría, te vas dando cuenta de que la película que estás viendo es, *toda* ella, tu proyección; no viene de la mente de nadie más, porque sólo *hay* una mente. Ésta es la razón por la que todo juicio es una locura. Sí, la proyección que llamas el universo viene de otro *nivel* diferente y separado del que experimentas habitualmente. Por eso parece real si dejas que sea real. A este nivel, el cuerpo *parece* estar experimentando algo fuera de sí mismo, pero lo que parece estar fuera de ti sólo es una macrovisión proyectada por tu propia mente, y tu experiencia de ella aquí sólo es una microvisión que también está siendo proyectada por tu propia mente. Cuando se dice que sólo tu interpretación de ello —tu juicio o tu perdón— hace que sea real o irreal, es absolutamente cierto.

Ahora bien, a medida que perfecciones la aplicación del perdón, tu dolor e incomodidad se reducirán, y a veces desaparecerán completamente. Date cuenta de que no he dicho que la causa *aparente* del dolor y de la incomodidad vaya a desaparecer. Teóricamente sería posible que un maestro muriera de cáncer, o que fuera asesinado como J, sin sentir el dolor asociado a tales sucesos. Si el dolor se va, y tu sufrimiento se va con él, entonces, ¿importa realmente que siga *pareciendo* que la causa ilusoria del dolor está ahí?

Gary: Nunca había pensado en eso. El mundo juzgará la situación por la apariencia, pero sería muy posible que un maestro no sufriera a pesar de lo que pareciera estar ocurriendo, e incluso que sintiera despreocupación al respecto. El mundo diría: «Esa persona murió de cáncer; ¡un ser iluminado!» Y sin embargo podría tratarse de una lección de perdón que esa persona hubiera aceptado y llevado a cabo con gran éxito.

Arten: Lo cual es tan solo una razón más por la que nunca deberías guiarte por las apariencias. Si no hay efecto, o dolor, entonces no hay causa. En *realidad* no. Lo que parece estar produciendo tu dolor, sea una circunstancia o una relación, o ambos, puede desaparecer o no cuando practiques el perdón. Parece que el guión del ego no siempre cambia cuando tú lo deseas. Pero es posible acabar con todo el sufrimiento que exige el guión del ego y sentirse en paz en lugar de sentir miedo. *Ese* es el guión del Espíritu Santo.

Recuerda, tal como eliges las películas que deseas ver en el cine de tu ciudad, también eliges esta película a la que llamas tu vida, así como cualquier otra película de vida a la que asistas. Y siempre es un caso de autopredeterminación. La película de tu vida ya ha sido filmada, Gary, como esas sesiones de cine matinales que son una ganga. Lo sabes, entonces, ¿por qué luchar contra ello? Recuerda, no hemos dicho que no tengas que tener tus intereses personales. No los tendrías si no fueran parte del guión.

Parece que el guión del ego no siempre cambia cuando tú lo deseas. Pero es posible acabar con todo el sufrimiento que exige el guión del ego y sentirse en paz en lugar de sentir miedo. Ese es el guión del Espíritu Santo.

De modo que sí, desarrolla tus habilidades. Comercia en los mercados si quieres, por poner un ejemplo. Usa análisis técnicos. Alégrate cuando detectes una divergencia en los acontecimientos estocásticos, aunque sería más inteligente usar un simple método de extrapolar tendencias. Y mientras estés haciendo esas cosas, recuerda que los ojos del cuerpo no ven nada, y que en realidad estás viendo tu propia película. A propósito, no importa mucho si te gusta el final o no, porque *nunca* es un verdadero final, tan sólo un nuevo comienzo hasta que ya no haya necesidad de nuevos comienzos ni finales. Cuando llegue ese momento, sólo quedará la pura alegría, y el aparente opuesto del Cielo desaparecerá.

Otro punto a recordar es que no debes dejarte distraer por enseñanzas que pueden servir a otros y ayudarles temporalmente a sentirse mejor, pero que no forman parte de tu camino elegido. Habrá quienes te digan que cuando tengas un problema (o persona u objeto) que afrontar, puedes decir «yo soy eso», y desaparecerá. Hacerte uno con una parte de tu proyección sólo le confiere realidad, y no deshará la culpabilidad en la parte de tu mente que *no puedes* ver. Sólo el verdadero perdón consigue eso. También habrá quienes te digan que observar y ser consciente de tus emociones te liberará de tus compulsiones. No obstante, aunque has comprobado por ti mismo que observar tus sentimientos ayuda a reducir su impacto, no es lo mismo que perdonarlos. Sólo el verdadero perdón de tus relaciones, que cura la culpabilidad inconsciente de tu mente, puede liberarte verdaderamente de tus compulsiones o de cualquier otra cosa.

Por último, es posible que quienes buscan equilibrio te hablen del equilibrio de cuerpo, mente y espíritu, o del equilibrio de las fuerzas duales como el yin y yang, o del equilibrio de «la fuerza» misma. Equilibrar las ilusiones no es perdonarlas. Concéntrate en el camino que fue pensado para ti. Otros seguirán el mismo camino durante distintas vidas. No olvides que el Curso es algo muy nuevo. ¡El *rock and roll* sólo tiene veinte años más que el Curso! Siéntete agradecido por haber podido tocar ambos, y da a esta nueva senda espiritual la oportunidad de llegar a aquellos a los que está destinada a llegar.

Nadie sabe perdonar al principio. Hace falta tiempo para aprender. La gente no se da cuenta de lo que hace a su propia mente cuando juzga y condena a los demás. Incluso nosotros, que éramos discípulos de J, al principio no lo comprendimos. Claro que en aquel momento pensábamos que sabíamos mucho, esto le pasa a todo el mundo. Sin embargo, como J dice en el Curso respecto a las enseñanzas derivadas del Nuevo Testamento, algunas de las cuales se originaron en y fueron transmitidas por ciertos discípulos:

> Cuando leas las enseñanzas de los Apóstoles recuerda que les dije que había muchas cosas que ellos no entenderían hasta más tarde porque en aquel entonces no estaban completamente listos para seguirme[24].

Espero que eso ayude a poner fin al mito de que los discípulos eran maestros ascendidos. Eso nos incluye a Pursah y a mí. Es posible que algunos no quieran saberlo, pero *todos* los discípulos tuvieron al menos veinte vidas más y más lecciones que aprender antes de alcanzar su iluminación. Ciertamente aprendimos mucho de J en aquella vida, porque no podíamos dejar de sentirnos impactados por su creencia en el *Gran Mandamiento* del Dios de Israel: «El Señor nuestro Dios, el Señor es uno, y amarás al Señor tu Dios con todo tu corazón, con toda tu alma y con todas tus fuerzas.» J tenía el tipo de humildad que es necesaria para decir: «Dios, simplemente te quiero a ti.» ¿Cuántas personas pueden decir eso con pleno conocimiento? ¿Estás dispuesto a jugar la última partida?

En mi última vida tenía más de sesenta años cuando conocí a Pursah. Fue la última encarnación para ambos. Su marido había fallecido un par de años antes y mi esposa también había hecho su transición. Pursah y yo reconocimos rápidamente que teníamos que estar juntos. No sólo teníamos en común el Curso y nuestra comprensión personal de él, también sentíamos que nos habíamos conocido en otras vidas. De hecho, fuimos capaces de ayudarnos a recordar muchas cosas de anteriores encarnaciones. En nuestra última vida vivimos juntos pero no nos casamos. Fue nuestro modo de honrar a nuestros respectivos esposos, y al mismo tiempo tenernos el uno al otro.

GARY: ¡Pillín!

ARTEN: No te daremos detalles personales, ni esperamos que nos reveles detalles íntimos de tu vida. Hay cosas que es mejor perdonar en privado. Pursah y yo teníamos aproximadamente la misma edad, y te contaré lo que era especial de nuestra relación. Nos queríamos mucho, pero nos liberamos mutuamente al Espíritu Santo. No nos planteamos mutuamente ninguna exigencia ni nos pedimos sacrificios. Tal como el mundo confunde el dolor y el placer, también confunde el sacrificio con el amor. Sin embargo, ¿qué es el sacrificio en última instancia sino una llamada al dolor? ¿Es eso lo que realmente deseas para tus seres queridos?

Tus amores especiales sólo son ídolos en los que tratas de conseguir lo que crees que te falta. El romance es un vano intento de llenar un vacío imaginario, un agujero que en realidad no existe, pero que experimentas como resultado de la separación. Esa sensación de carencia en realidad sólo puede ser sanada por la Expiación y la salvación, que te llevarán a la totalidad de tu unión con Dios. Pursah y yo tuvimos la suerte de haber aprendido esto antes de conocernos. No nos exigimos la realización de fantasías de amor especiales. Nos dejábamos mutuamente ser como éramos, y éramos libres de amarnos sin exigencias, como una expresión de nuestra unidad como Cristo y con Dios.

Pursah se iluminó antes que yo. Llevábamos unos ocho años juntos cuando supimos que había ocurrido. No hay explicación que haga justicia a su experiencia; simplemente lo supimos. No me preocupaba el hecho de que ella estuviera un poco por delante de mí porque sabía que estábamos en el mismo camino y en un nivel muy parecido. La década siguiente fue maravillosa.

GARY: Eso es genial, pero, ¿cuál es la lección de perdón que has dicho que me contarías? Espera un segundo, te mostraré paciencia infinita y tal vez tú me des resultados inmediatos.

ARTEN: Bien. En realidad es muy simple. No siempre se trata de alta ciencia, Gary. Lo que ocurrió es que Pursah dejó su cuerpo. Ella hizo su transición sin mí, y yo me quedé aparentemente solo para vivir los últimos días de mi vida sin ella. *Ésa* fue una gran lección de perdón para mí, la última que necesitaba antes de alcanzar mi propia iluminación. Después de un par de años recordé Quién era y recuperé completamente mi recuerdo de Dios.

Esa última lección me ayudó a aprender de una vez por todas la insignificancia del cuerpo. Pursah cayó enferma un par de días antes de que su cuerpo se detuviera, pero me explicó que no importa si tu cuerpo tiene salud o no. *No es tú.* ¿Cómo podría importar a menos que *fuera* tú? La salud y la enfermedad son las dos caras de la misma moneda ilusoria. Ninguna de ellas es verdad, y Pursah lo sabía. Ella sabía que su cuerpo estaba muriendo, pero en lugar de dejar que su ego se disparase alocadamente, estaba rodeada de paz. Parte de mi trabajo fue comprender que el hecho de que hubiera renunciado a su cuerpo no significaba que no estuviera conmigo. Sentía que estaba conmigo, y fui muy consciente de su presencia en numerosas ocasiones a lo largo de aquellos últimos años. Pensaba en algo que ella solía decirme: «No seas tan "enjuiciante"», y era como si ella estuviera allí. Perdoné al mundo, aunque pensaba que ya lo había hecho, y pronto fui capaz de dejar mi cuerpo y hacerme uno con Pursah, con Cristo y con Dios.

No podría haber llegado a ese punto sin muchos años de práctica del verdadero perdón. De modo que te doy este pequeño y humilde consejo en lo tocante a todas tus relaciones en este mundo, tanto si se basan en el amor especial *o* en el odio especial. ¿Por qué no dejas de preocuparte de si otros te quieren o no y simplemente les quieres tú a ellos? Entonces no importará lo que piensen de ti. Basta con ser amor. ¡Es tan simple! Y, adivina qué acaba ocurriendo... ¡Eso acaba por determinar cómo te sientes contigo mismo!

GARY: No sé si voy a poder hacerlo. Creo que temo la alegría. ¿Puedes darme un resumen rápido de la actitud correcta en la práctica del verdadero perdón, tal como hizo Pursah?

ARTEN: Claro. Todo está tomado del Curso; incluso puedes encontrarlo resumido en la Introducción. El estudio continuo y la aplicación diligente te dan una comprensión avanzada y lo hacen real para ti. Lo que voy a decirte es muy coherente con el proceso de pensamiento del perdón que Pursah te dio hace dieciséis meses. Si yo he creado este mundo, eso significa que ahí fuera no hay nadie. He sido yo quien ha conjurado a toda esa gente que veo y considero la causa del problema. Nada irreal existe, ¿recuerdas? Pude comprender que no hay nada que temer y después negué que cualquier cosa que no fuese Dios pudiera afectarme. Pude perdonar a mis hermanos y hermanas, y a mí mismo simultáneamente. Entonces experimenté progresivamente que mi casa estaba construida sobre la roca. Como estoy seguro que recuerdas, nada real puede verse amenazado. Todas las ideas encajan entre sí y conducen a la paz de Dios.

GARY: Una vez más, es simple pero no fácil. Especialmente cuando te toca algún tipo de porquería.

ARTEN: Cuanto más practicas, más empiezas a considerar como una oportunidad el hecho de que te toque la porquería. Lo estás entendiendo; tu persistencia es muy interesante. Sigue así.

GARY: Lo celebro. Pienso que es muy hermoso que Pursah y tú os conocierais como Tomás y Tadeo, y que también pasaseis juntos la parte final de vuestra última vida. Eso es muy interesante.

ARTEN: Oh, hay cosas *muy* interesantes que averiguar, Gary, como podrás comprobar por ti mismo.

PURSAH: Bien, ya es hora de hacerse a la carretera, hablando metafóricamente, por supuesto. No es casualidad que durante algunos años te hayamos visitado en esta fecha. Este día no sólo está relacionado conmigo cuando era Santo Tomás —algo que te dejaré averiguar algún día si puedes—, sino que nos da la oportunidad de tener un pequeño encuentro contigo antes de vacaciones y animarte a aprovechar tus lecciones de perdón del año que viene.

NOTA: Más adelante averigüé que el 21 de diciembre es la festividad religiosa de Santo Tomás, aunque se celebra el 3 de julio en la iglesia siria, donde Tomás sigue siendo venerado.

Nos gustaría que a estas alturas del año te reunieras mentalmente con la gente de todo el mundo. No importa qué festividad celebren, ni si admiran a J o a Judas Macabeo.

GARY: ¿A quién?

PURSAH: Consúltalo, pero es posible que tengas que mirar en Hanukkah. Así también aprenderás algo sobre esa fiesta.

GARY: Acabo de averiguar algo sobre la fiesta de Kwanzaa, de modo que podría convertirlo en un festival internacional.

PURSAH: Todo el mundo celebra este momento del año. Si pudieran llevar su paz al nuevo año, eso marcaría la *verdadera* diferencia. Navidad, Hanukkah, Kwanzaa, Ramadán, Gita Jayanthi... todos ellos son símbolos del reconocimiento de algo mayor que el reino individual.

GARY: ¿Gita Jayanthi es la celebración del *Bhagavad Gita*?

PURSAH: Sí.

GARY: ¿Y qué hay del festival pagano de Yule?

ARTEN: Los paganos no cuentan. ¡Es broma! Éste es un gran momento del año para todos. Como sabes, la Iglesia robó las fechas de Navidad de un festival pagano. Es interesante observar lo que hace la gente cuando cree que está en una competición.

GARY: ¿Quieres decir que J no nació en un pesebre un 25 de diciembre?

PURSAH: Nos vamos; éste es un tiempo de paz y renovación. Como el Curso te enseña:

> En tus manos está hacer que esta época del año sea santa, pues en tus manos está hacer que la época de Cristo tenga lugar ahora. Es posible hacer esto de inmediato, pues lo único que ello requiere es un cambio de percepción, ya que únicamente cometiste un error[25].

Tu hogar está allí donde está el corazón, Gary. Si tu corazón está en Dios, entonces ya estás en casa. Renuncia al mundo, no física, sino mentalmente.

> Este mundo en el que pareces vivir no es tu hogar. Y en algún recodo de tu mente sabes que esto es verdad[26].

Esa actitud hará que te sea diez veces más fácil perdonar. La próxima vez que te toque la porquería del mundo, amigo mío, recuerda a Dios y perdona; porque, si perdonas, entonces recordarás a Dios.

> Dios ama a su Hijo. Pídele ahora que te proporcione los medios a través de los cuales este mundo desaparece, y primero vendrá la visión, y un instante después, vendrá el conocimiento[27].

Perdona tu mundo. Y libera igualmente cada ilusión, porque todas son igualmente falsas. Como J te aconseja en el Curso:

> Haz que este año sea diferente al hacer que todo sea lo mismo[28].

Arten: Amor y perdón; de eso es de lo que siempre hablaba J. Felices vacaciones, Gary. Perdona a tus hermanos y hermanas, porque eres uno, y así volverás a estar completo.

> (...) Ahora ha sido redimido. Y al ver las puertas del Cielo abiertas ante él, entrará y desaparecerá en el Corazón de Dios[29].

10. SANAR A LOS ENFERMOS

> La base fundamental de la curación es la aceptación del hecho de que la enfermedad es una decisión que la mente ha tomado a fin de lograr un propósito para el cual se vale del cuerpo. Y esto es cierto con respecto a cualquier clase de curación[1].

Me interesé por la curación espiritual y durante los meses siguientes estudié lo que el Curso decía al respecto. *Un Curso de Milagros* no utiliza el término curación espiritual, pues dice que toda enfermedad y toda curación están fabricadas por la mente. El término mismo es válido, porque se refiere a aquello con lo que la mente elige identificarse. No sentía de manera especial que la curación espiritual fuera uno de mis dones, y no tenía la intención específica de tratar de curar enfermedades. Sin embargo, el tema seguía fascinándome y sabía que me gustaría hablar de ello a mis maestros cuando volvieran. Así, era un cálido y ventoso día de agosto en Maine, cuando Arten y Pursah volvieron a mi salón. Reí de alegría cuando los vi aparecer.

Arten: Vamos a hacer una breve excursión. Durante nuestra segunda visita hicimos un pequeño truco temporal. Hoy vamos a divertirnos con el espacio. ¿Estás preparado?
Gary: ¿Preparado para qué?

Nota: En ese mismo instante, me quedé asombrado al comprobar que estaba en un entorno completamente diferente de mi salón. En lugar de estar sentado en mi silla, ahora estaba sentado en unas escaleras de cemento, frente a un edificio. Reconocí inmediatamente que estaba en Portland, en la costa, como a unos cincuenta kilómetros de mi casa. Había caminado varias veces por la ciudad con Karen a lo largo de los últimos años. Tenía a Arten y Pursah sentados a cada lado. Se levantaron y me hicieron un gesto para que les siguiera.

ARTEN: La primera vez le deja a uno anonadado, ¿verdad?

GARY: Tienes que estar tomándome el pelo. ¿Estamos verdaderamente aquí? Quiero decir que... sin duda parece real.

ARTEN: Hay una cita del Curso que hemos parafraseado antes. «Sólo viajas en sueños, mientras sigues seguro en casa.»[2] Bien, esto es cierto de *todos* tus viajes. Todos ellos son una proyección de la mente, igual que todo lo demás. Todo es un sueño, y ese cuerpo con el que habitualmente pareces viajar no es más real que esta pequeña ciudad histórica.

NOTA: Estuvimos caminando un rato, lo que me ayudó a adaptarme a la sorpresa de esta increíble y repentina experiencia de transporte mental. Entonces Pursah retomó la conversación.

PURSAH: En realidad, no hemos venido aquí a hablar del espacio o del tiempo. Sabemos qué es lo que deseas tratar hoy. Existe una interesante conexión entre nuestra ubicación actual y el tema de la curación.

En 1863, en esta misma calle, una mujer sufriente, que posteriormente se daría a conocer con el nombre de Mary Baker Eddy, fue transportada un tramo de escaleras e introducida en la habitación de su hotel. Mary tenía una horrible dolencia espinal y llevaba enferma buena parte de su vida. Había venido a Portland porque sus amigos espirituales le habían hablado de un caballero llamado Phineas Quimby, un brillante aunque oscuro pionero de la mente. La combinación de preguntas penetrantes e hipnosis que Quimby usaba no era muy diferente del método catártico empleado posteriormente por Sigmund Freud y su compañero Josef Breuer, antes de que Freud siguiera adelante por su cuenta y desarrollara el método de libre asociación, que dio origen al psicoanálisis.

Quimby hizo que Mary diera un giro, abriéndole los ojos al hecho de que toda enfermedad es mental y no tiene nada que ver con el cuerpo. Por desgracia para Mary, Phineas estaba cerca del final de su vida en esa encarnación y pronto falleció. Entonces ella sufrió una recaída, pero las semillas habían sido plantadas. Más adelante, ella fue la fundadora de la Ciencia Cristiana. Mary también se dio cuenta de que la enfermedad no tiene nada que ver con Dios. Una de sus citas favoritas de la Biblia era: «La misma fuente no puede producir agua dulce y agua amarga.» En otras palabras, sólo lo bueno puede venir de Dios. Todo lo demás te lo has fabricado tú. Y aunque esto es contrario a la creencia popular, la fabricación no es algo que se haga en este nivel.

Añadamos otro dato más al principio de autodeterminación de la vida. *La enfermedad no es personal.* Es posible que te cueste creer esto, pero la enfermedad no ha sido fabricada por ti en *este* nivel. Ésta es otra de las razones por las que nadie debería sentirse mal por caer enfermo. No eliges tener cáncer en este nivel, del mismo modo que un bebé no elige nacer deforme en este nivel. La enfermedad ha sido fabricada por tu mente en otro nivel más amplio, y está siendo escenificada aquí de manera predeterminada. *Puedes* entrar en contacto con tu poder de elegir, y así tener una enorme influencia sobre si sentir dolor o no, y a veces reducir o eliminar tus síntomas físicos.

No eliges tener cáncer en este nivel, del mismo modo que un bebé no elige nacer deforme en este nivel. La enfermedad ha sido fabricada por tu mente en un nivel más amplio.

Digo «a veces» porque, a menos que seas un maestro, no siempre tendrás éxito, y el hecho de tener éxito no te convierte necesariamente en un maestro. Además, lo más importante es el cambio que se produce en tu mente y el consiguiente cambio en tu manera de sentirte.

Sólo para divertirnos, dentro de un rato también hablaremos del efecto que puedes causar en otros, pero antes volvamos a tu lugar.

Nota: Estuvimos en mi casa en un instante, y me bullía la mente.

Pursah: ¿Estás bien?

Gary: ¡Sí! ¡Ha sido increíble! Es el viaje más desenfrenado que he vivido nunca, y ha sido instantáneo.

Pursah: Tendrás mucho tiempo para pensar en él. Cada lugar del espacio y del tiempo que contemplas ha sido proyectado por la mente que está fuera del espacio y del tiempo. Es posible entrar en contacto con esa mente. El mejor modo de hacerlo es eliminar las barreras que bloquean tu conciencia, y todos los aspectos de la curación contribuyen a retirar esas barreras. De modo que hoy hablaremos de la enfermedad y de la curación.

ARTEN: Recuerda, aquí estamos hablando de niveles. No estamos diciendo que no seas responsable de tu experiencia, o que no hayas elegido el guión a otro nivel. Estamos diciendo que tienes que entrar en contacto con tu poder de elegir desde donde crees que estás actualmente. Esto también es válido cuando está curando a «otros». Nunca debes actuar al nivel de sus cuerpos y nunca has de pedir al Espíritu Santo que sane el cuerpo. El cuerpo, enfermo o sano, sólo es un sueño. Como el Curso te enseña respecto a todos los aspectos de la unión con el soñador de ese sueño:

> (...) Elige de nuevo lo que quieres que él sea, recordando que toda elección que hagas establecerá tu propia identidad tal como la has de ver y como creerás que es[3].

Ahora voy a darte la regla universal número uno en lo tocante a la curación espiritual:

> La curación no gira en torno al paciente.

Toda curación es el resultado de algún tipo de perdón, y todo perdón conduce a la autocuración.

GARY: De modo que, incluso cuando se trata de curar a los enfermos, en realidad se trata de perdonar mi propio sueño y de perdonarme a mí mismo por soñarlo.

ARTEN: Sí. Tal como expresa el panfleto sobre psicoterapia cuando habla de cómo contempla el Curso la terapia:

> (...) El proceso que tiene lugar en esta relación es tal que el terapeuta cuenta al paciente, de corazón, que todos sus pecados le han sido perdonados, como también le fueron perdonados a él. ¿Cuál podría ser la diferencia entre curación y perdón?[4]

GARY: De acuerdo. De modo que cuando Jesús dijo a aquel hombre paralítico en el Libro de Marcos: «Tus pecados te son perdonados», y él se levantó y caminó, J demostró que curación y perdón son lo mismo. Por supuesto, la gente alucinaba, pues consideraba que J estaba haciendo algo que presuntamente sólo Dios es capaz de hacer, a saber: perdonar a alguien sus pecados. No entendieron la esencia de la situación.

Arten: Muy bien.

Gary: ¿De modo que debería ver la enfermedad de otra persona como mi propia llamada de socorro?

Arten: Sí. Al perdonar a esa persona tienes la oportunidad de que tu mente se cure.

Gary: Parece un poco egoísta utilizar las dificultades de otra persona como medio para llegar a casa.

Arten: Puede que *parezca* egoísta, pero en realidad es desinteresado.

Gary: ¿Qué quieres decir con eso?

Arten: En última instancia, el perdón está diciendo que *ni* tú ni la persona que parece estar enferma existís realmente separados de Dios. Así que *ambos* sois libres. Además, ¡ése es el *único* modo de que puedas ser libre! Está muy bien querer la libertad, y el modo de conseguirlo es que veas que ambos estáis libres de culpa.

Gary: Podrías decir que un gran sanador espiritual —como Joel Goldsmith, por ejemplo— debe haber entrado en contacto con la idea de que las personas en general piensan que tienen alguna culpa o que en algún sentido no tienen valor, y que el camino de la curación pasa por el perdón.

Arten: Sí. Es posible que no todos los sanadores espirituales lo articulen del mismo modo, pero la santidad que viene del amor incondicional y del perdón es esencial. En algunos casos provoca algo en el inconsciente del paciente: un reconocimiento de que en realidad es inocente y ha sido perdonado por Dios. Por supuesto, la mente del sanador está siendo sanada simultáneamente, porque en realidad sólo hay una mente. No *hay* paciente. En *realidad* no. El sueño no está siendo soñado por otra persona, ¿recuerdas?

Gary: Oh, sí.

Arten: A propósito, J realmente curó a ese hombre tal como se describe en Marcos. Después de decir: «Tus pecados te son perdonados», también dijo, «para que puedas saber que el Hijo del hombre tiene autoridad en la tierra para perdonar pecados». Él no se refería únicamente a que él tenía esa autoridad; se refería a que *tú* también la tienes. ¿No pareces ser un Hijo del hombre en este nivel? Y, sin embargo, en realidad eres Cristo.

Por supuesto, en realidad no existe una cosa como el pecado, y J no perdonó los pecados para hacerlos reales. Su actitud era que todo el mundo que aparece en el sueño es igualmente inocente porque sólo es un sueño.

Gary: ¿Por qué no dijo que simplemente el pecado no existía porque esto no es real?

Pursah: Tendrías que haber estado allí. La gente sólo podía soportar cierta cantidad de blasfemias cada día. Él tenía que ir llevándolos gradualmente, hablándoles de un modo que pudieran asimilar, o al menos aceptar de alguna manera. En privado me dijo que todo este juego no era más que un sueño, lo que me resultó desconcertante. Como te he dicho antes, decir ciertas cosas en público en aquel tiempo podría haber conducido rápidamente a la muerte de mi cuerpo. De hecho, tal como eran las cosas, ¡J ya estaba siendo acusado de blasfemia!

Arten: En nuestra primera visita no bromeaba cuando te dije que ser alumno suyo ahora tiene muchas ventajas con respecto a serlo entonces. No sabes la suerte que tienes. Ya sabes muchas más cosas sobre su sistema de pensamiento, el sistema de pensamiento del Espíritu Santo, de lo que nosotros sabíamos entonces. Deberías sentirte muy agradecido.

Gary: Lo estoy. Simplemente lo olvido de vez en cuando.

Arten: No vamos a tratar todos los temas posibles con relación a la sanación espiritual. Sería muy fácil dedicar todo un libro a este tema exclusivamente. Vamos a tocar algunos puntos básicos y podrás seguir adelante a partir de ahí. Antes o después, la cosa siempre se reduce a algún tipo de perdón y en qué medida estás dispuesto a perdonar. ¿Hasta qué punto estás dispuesto a aceptar que todo es *tu* sueño? ¿A soltar tu sueño y elegir a Dios? Sabes que J te hace un pequeño truco en el Curso. La mayor parte del tiempo dice que hace falta cierta disposición, ciertas ganas. Pero eso no es así para los alumnos avanzados. En el Manual para el Maestro dice que hacen falta *abundantes* ganas[5].

Gary: ¿El viejo truco de la zanahoria y el palo?

Arten: Lo que haga falta para mover a un perezoso como tú. Es broma.

Gary: Sí; sigue así, Arten. Podría escribir algunas cosas sobre ti muy poco halagadoras, ¿sabes?

Arten: Me dejo corregir con la cabeza baja y en silenciosa humildad.

Gary: Así está mejor.

Pursah: Hay ciertas cosas que tienes que entender cuando se trata de hacer curación espiritual, tanto si es con un paciente como contigo mismo. Hemos dicho que no tiene que ver con el paciente. Ahora ésta es la segunda gran regla de la curación espiritual:

El dolor no es un proceso físico.
Es un proceso mental.

Hemos hablando brevemente sobre Georg —se escribe sin la «e» final— Groddeck. El doctor Groddeck comprendía lo que acabo de decirte. De hecho, ¡solía preguntar a algunos pacientes cuál les parecía que era el propósito de su enfermedad! ¿Por qué plantearía a alguien que estaba sufriendo una pregunta tan irritante? Es muy simple. Estaba cambiando de repente su enfoque mental del efecto a la causa. Él sabía que el «Ello», como él lo llamaba —que es aproximadamente el equivalente de lo que el Curso describe con el término «ego»— había hecho el cuerpo y que lo estaba utilizando para sus propios propósitos. La pregunta que planteaba a sus pacientes estaba destinada a hacerles renunciar a su idea de que eran víctimas y llevarles a considerar su decisión —tomada en un nivel superior, aunque él no les decía esto— de ponerse enfermos.

A veces, cuando los pacientes pensaban que su dolor era una decisión de su propia mente más que una función corporal, se ponían bien. Por supuesto, nada funciona en todo momento en el nivel de la forma. Si así fuera, el universo sería previsible. El ego es muy complejo y altamente individualizado. Te aseguro que el universo no lo haría de ninguna otra forma. Aun así, los principios de la curación tal como eran conocidos en cierta medida por Groddeck, y tal como han sido articulados de manera mucho más completa en el Curso, son sólidos. La curación requiere un cambio de percepción, y como el Curso pregunta y responde por ti:

> ¿Qué es lo único que se necesita para que este cambio de percepción tenga lugar? Simplemente esto: el reconocimiento de que la enfermedad es algo propio de la mente y de que no tiene nada que ver con el cuerpo. ¿Qué te «cuesta» este reconocimiento? Te cuesta el mundo que ves, pues ya nunca te parecerá que es el mundo el que gobierna a la mente[6].

Gary: Hemos comentado la idea de que la mente libre de culpabilidad no puede sufrir, pero pareces estar diciendo que incluso la gente que aún siente algo de culpabilidad en su mente puede controlar su dolor y a veces ponerse bien.

Pursah: Sí. Una mente completamente libre de culpa *nunca* sufriría dolor, aunque podría elegir enseñar una serie de lecciones. Las personas que aún no han llegado a la maestría, en su camino hacia ella, pueden aliviar su dolor y hacer un sinfín de cosas notables con sus mentes. Como dice J en el mismo apartado del Manual sobre el paciente del sanador espiritual, aunque en realidad vale para cualquier tipo de paciente:

> ¿Quién es el médico entonces? La mente del propio paciente. El resultado acabará siendo el que él decida. Agentes especiales parecen atenderle, sin embargo, no hacen otra cosa que dar forma a su elección. Los escoge con vistas a darle forma tangible a sus deseos[7].

Una vez que el paciente o el sanador aceptan el perdón del Espíritu Santo, entonces la actitud es ésta:

> (...) El mundo no le hace nada. Pero él pensaba que le hacía algo. Él tampoco le hace nada al mundo, ya que estaba equivocado con respecto a lo que era el mundo. En esto radica tu liberación de la culpabilidad y de la enfermedad, pues ambas son una misma cosa[8].

Gary: Es una variante avanzada del perdón, pero sigue siendo lo mismo.

Pursah: Exactamente, buen alumno. Dentro de esa reorientación de la percepción hacia el perdón reside tu propia liberación, así como la de tus hermanos y hermanas. Porque, como el Curso elabora:

> (...) Lo que percibes como enfermedad, dolor, debilidad, sufrimiento y pérdida, no es sino la tentación de percibirte a ti mismo indefenso y en el infierno[9].

Como continúa diciendo J, hay una recompensa inconmensurable para los que se niegan a comprar estas imágenes que ven, y eligen, en cambio, el perdón del Espíritu Santo y la curación.

> Un milagro ha venido a sanar al Hijo de Dios y a cerrarle la puerta a sus sueños de debilidad, allanando así el camino hacia su salvación y liberación[10].

¿Quién está siendo curado, el paciente o el sanador? ¿El perdonador o el perdonado? La respuesta es que ambos, porque son uno. Puedes adoptar el hábito de tener siempre una actitud de perdón.

> (...) Y de este modo también, los milagros se vuelven algo natural como el miedo y la angustia parecían serlo antes de que se eligiese la santidad. Pues con esa elección desaparecen las distinciones falsas; las alternativas ilusorias se dejan de lado y no queda nada que interfiera en la verdad[11].

Gary: De modo que si eres un maestro como J, no tienes que ser sanado, pero puedes seguir siendo un recordatorio para la mente de la persona a la que estás curando de que en realidad es Cristo y es inocente. *Cualquier* maestro de Dios puede cumplir esa función y al mismo tiempo ser curado por el Espíritu Santo. Inevitablemente llega el día en que acabas siendo como J, eres una luz de verdad. En ambos casos, tú representas la verdad para la mente inconsciente de los demás.

Pursah: Cierto, evidentemente. Esto es lo que dice el Curso de los pacientes visitados por sanadores con mente recta:

> Los maestros de Dios van a estos pacientes representando otra alternativa que dichos pacientes habían olvidado. La simple presencia del maestro de Dios les sirve de recordatorio[12].

Arten: Recuerda, las palabras no son importantes; la actitud lo es. Cuando yo miraba a un paciente, solía pensar: «Tú eres Cristo, puro e inocente. Ahora los dos somos perdonados.» Solicita la guía del Espíritu Santo y después piensa lo que te parezca adecuado. Recordando que cualquier forma de enfermedad es un ensayo general de la muerte, el Curso dice de los sanadores de Dios:

> (...) exhortan dulcemente a sus hermanos a que se aparten de la muerte: «¡He aquí, Hijo de Dios, lo que la Vida te puede ofrecer! ¿Preferirías elegir la enfermedad en su lugar?»[13]

Gary: Esa cita sobre los agentes externos que parecen estar exhortándole me recuerda lo que el Curso llama magia, o usar ilusiones para solucionar los problemas —incluida la enfermedad— en lugar de usar la mente recta. En realidad no hay nada equivocado en eso. De hecho, podría ayudar a la gente a aceptar la curación y a no tener miedo.

Arten: Muy importante, Gary. Tener la mentalidad recta no significa necesariamente tirar la medicina por la ventana ni negarse a ver a un médico o a un terapeuta. Éste ha sido el error cometido por muchos practicantes de la Ciencia Cristiana. Han creado un sistema de conducta de lo que en realidad es un ejercicio sobre el poder de la mente. Si tomar cierta medicación hace que te sientas mejor es porque tu mente inconsciente lo considera aceptable. Es decir, porque puedes aceptar ese remedio particular sin miedo.

Eso es válido para cualquier cosa que parezca funcionar, aunque todo lo demás, a excepción de la salvación, sólo funciona temporalmente. En la mayoría de los casos es mejor permitir al paciente, y en realidad también a ti mismo, usar una forma de sanación que combine la mente recta y alguna forma de magia, tanto si viene de la industria tradicional de la salud como de las medicinas alternativas. De ese modo la mente puede permitirse ponerse bien sin el miedo que podría acompañar a una curación espontánea y repentina. Cuando se produce ese tipo de curación, la totalidad del sistema de creencias del paciente podría verse cuestionado. Algunas personas pueden soportar eso y otras no. A veces puede provocar un gran miedo en el ego.

Si tomar cierta medicación hace que te sientas mejor es porque tu mente inconsciente lo considera aceptable. Puedes aceptar ese remedio particular sin miedo.

No niegues a la gente sus diversos métodos de curación, y no condenes a nadie por usarlos. En muchos casos siguen siendo una parte necesaria de la sanación en unos términos que la mente puede aceptar. Simplemente combínalos con el uso de la mente recta, porque es la práctica la que conduce a la perfección. Mientras practicas, recuerda que la magia del mundo no es mala. Eso la haría real. Como te dice el Curso:

> (...) Cuando el maestro de Dios reconozca que la magia simplemente no es nada, habrá alcanzado el estado más avanzado[14].

Gary: Por otra parte, mientras que un maestro avanzado de Dios no condenaría los remedios ilusorios, también sabría esto que dice el Curso:

> La salvación es lo único que cura[15].

Arten: Precisamente. Ésa es una importante lección del Libro de

Ejercicios. El Curso también dice en la misma lección:

> (...) La expiación no cura al enfermo, pues eso no es curación. Pero sí elimina la culpabilidad que hacía posible la enfermedad. Y eso es ciertamente curación[16].

Estas dos últimas declaraciones, junto con las dos siguientes, son como las piedras angulares de la actitud de J hacia la curación.

> (...) Al estar sana, la mente sana a su vez al cuerpo, porque ella misma ha sanado. Las enfermedades son inconcebibles para la mente sana, ya que no puede concebir atacar a nada ni a nadie[17].

Y sigue diciendo:

> (...) El ego cree que castigándose a sí mismo mitigará el castigo de Dios. Mas incluso en esto es arrogante. Le atribuye a Dios la intención de castigar, y luego adopta esa intención como su propia prerrogativa[18].

GARY: Muy claro, amigo mío. Una de las cosas que tengo que recordar es que no debería unirme a sus cuerpos porque yo *no* soy uno con el cuerpo. En cambio, debería unirme a ellos a través del Espíritu Santo y ser uno en la mente.

ARTEN: Excelente. Esta es otra cita del Curso que recoge ese principio:

> (...) Vuestras mentes no están separadas, y Dios sólo tiene un canal para sanar porque sólo tiene un Hijo. El único nexo de comunicación que le queda a Dios con sus Hijos los une a todos ellos entre sí, y a todos ellos con Él[19].

¿Y ese nexo de comunicación es?

GARY: El Espíritu Santo. Está muy bien haberlo sabido, ¿cierto? Si no, habría suspendido.

ARTEN: Por fortuna, no puedes suspender el Curso. Lo peor que puede pasarte es que tengas que seguir aquí, o al menos que así lo parezca.

GARY: Algunas personas no piensan que eso sea tan malo.

ARTEN: Ya hemos hablado de ello. Llegará el momento en que querrán irse, en el sentido positivo de la palabra.

Pursah: Éstas son las bases, compañero, salidas directamente de la boca del Curso. La verdad *es* la verdad, pero tu estilo de curación será personal. Nunca olvides que toda sanación es espiritual, no física. *Un Curso de Milagros* siempre se hace a nivel mental, y la herramienta del Espíritu Santo siempre es algún tipo de perdón. Lo que has de hacer es pensar los pensamientos de la mente recta respecto al paciente —o incluso respecto ti mismo, si eres tú quién está enfermo— y a veces los síntomas desaparecerán. Podrás progresar en tu habilidad de conseguir que el dolor desaparezca. Ahora te voy a decir la tercera gran verdad universal —tal vez difícil de creer y sin embargo totalmente cierta— cuando se habla de sanación espiritual:

> En último término, el universo mismo es un síntoma que desaparecerá.

Gary: ¡Sois absolutamente geniales! He estado en la Iglesia de la Unidad, pero hasta ellos son conservadores en comparación con vosotros.

Pursah: Sí. Charles y Myrtle Fillmore eran personas maravillosas. Recibieron cierta influencia de Mary Baker Eddy, y su amor por J y su lealtad hacia los aspectos más amorosos y magnánimos de la cristiandad eran evidentes. No obstante, hicieron real cada célula del cuerpo. Aunque el Curso a menudo ha encontrado un amigo en la Iglesia de la Unidad, y es evidente que la gente puede hacer las dos cosas al mismo tiempo, ambas vías no deben confundirse y no debe pensarse que son lo mismo.

Gary: Sabes, parece que la gente siempre ha sido consciente de la lucha del bien contra el mal, y entonces la han hecho real.

Pursah: Claro. A veces se ha hablado con profundidad de la mente recta y de la mente equivocada. Lo que el Curso llama la mente equivocada, al menos a este nivel, es lo que Carl Jung llamó la «sombra»; y lo que el Curso llama mente recta es lo que Abraham Lincoln denominó «los mejores ángeles de nuestra naturaleza». Sólo el Curso lo pone todo en perspectiva.

Gary: Esto explica por qué la gente suele acabar haciéndose daño.

Pursah: Cierto. La gente siempre hace cosas, grandes y pequeñas, que saben que les harán daño. A menudo son conscientes de ello. Como tú. ¿Por qué siempre comes esas tabletas de chocolate cuando vas al cine, aun sabiendo que te saldrán granos en la cara?

Gary: Porque un hombre tiene que hacer lo que tiene que hacer.

PURSAH: Eres tan varonil.

GARY: ¿Eso no es lenguaje gay-lésbico a la antigua usanza?

PURSAH: Sí. No tienes nada contra los gays y las lesbianas, ¿verdad?

GARY: No. La mayoría de mis parientes son gays y lesbianas. Es broma; sólo algunos de ellos lo son.

ARTEN: No quiero cortar este ingenioso intercambio, pero deberías intentar comer las tabletas de chocolate sin culpabilidad. Entonces no te saldrán granos. Bueno, ha llegado la hora de despegar. ¿Alguna pregunta final, alumno aplicado?

GARY: Claro. ¿Podría curar mentalmente a la gente que está en Hawai con tanta facilidad como a los que están aquí, cierto?

PURSAH: Sí. Creo que la última vez que consultamos los oráculos, había gente en Hawai. Más budistas que cristianos, por cierto, y, por supuesto, los Huna.

GARY: No es de extrañar que la mayoría de la gente de allí sea más amable que la gente del continente. Toda esta conversación sobre la curación acentúa la idea de que todo está causado por la mente: no sólo la enfermedad, también las curaciones milagrosas.

ARTEN: Sí. *Todas* las cosas, aparentemente buenas y malas, desde las curas milagrosas hasta el sida, la anorexia, la combustión humana espontánea o los estigmas, están causados por la mente. Cada una de las enfermedades que conoces, y todas las que vendrán, están causadas por la mente. ¿Qué son las bacterias sino una proyección? ¿Qué es el desorden bipolar sino una forma de dualidad que proclama que la separación es real?

GARY: Entonces, la plaga de sida no es más que una forma más novedosa de la antigua cosa.

ARTEN: Si no hubiera sida, sería alguna otra cosa. En el siglo XIV la Muerte Negra mató a más de cuarenta millones de personas. Las muertes por sida no son nada si las comparas en términos del porcentaje de población, aunque acabarán superando la marca de los cuarenta millones. Como la mente crea todas las enfermedades, lo que ocurre es que, cuando se erradica una enfermedad, la mente sencillamente crea otra. Esto produce la ilusión de progreso y esperanza, enmascarando el hecho de que la gente sigue muriendo unas muertes tan terribles como siempre a causa de la enfermedad.

GARY: ¿Y qué hay de esos estudios que demuestran que cuando la gente reza por algún enfermo o por alguien que ha sido operado, la persona parece mejorar?

Arten: Como las mentes están unidas, las oraciones pueden ayudar temporalmente, pero no son una cura en sí mismas. Sólo el verdadero perdón puede retirar la culpa inconsciente de la mente. Si piensas en lo que dice el Curso sobre la curación, verás que en realidad es el verdadero perdón aplicado a la enfermedad.

Gary: El otro día tuve un sueño muy claro, y me di cuenta de que en él no sentí absolutamente ningún miedo, ninguno en absoluto. Me desperté deseando poder sentirme así en todo momento. Antes anunciaban las películas de miedo diciendo: «Tendrás que seguir repitiéndote a ti mismo, sólo es una película, sólo es una película.» A veces me digo durante el día: «Sólo es un sueño. Sólo es un sueño.»

Arten: Sí, y verdaderamente sólo *es* un sueño. A veces te preguntarás por qué no puedes seguir sintiendo la misma falta de miedo durante todo el día. No obstante, te prometo que llegará el día en que estarás libre de miedo en todo momento. De hecho, esto ya viene siendo así ahora mismo, pero tiendes a dar por supuestas las épocas pacíficas y a tomar nota más fácilmente de los tiempos agitados. Por fortuna para ti, vas a seguir haciendo tus tareas de perdón, y cuando tu mente haya sido sanada completamente por el Espíritu Santo, el miedo dejará de existir para ti.

Gary: He intentado sanar gente anteriormente y no se curaron. ¿Significa eso que soy un fracaso?

Arten: Sí. Es broma. Lo cierto es que no puedes guiarte por los resultados porque no puedes ver la mente. Lo único que tienes para guiarte es el cuerpo, que no es real. Toda la curación del Curso se hace al nivel de la mente. A veces afectará a lo físico, y a veces la curación tendrá algún otro resultado que no podrás ver. Si alguien está haciendo el Curso y sólo tiene una pierna, ¿juzgarías que ha fracasado porque no le crece otra pierna? Recuerda, el trabajo se hace sobre la mente. Una vez más, no te dejes guiar por los resultados que veas o dejes de ver a nivel de la forma.

Gary: De modo que sigue habiendo esperanza para mí como sanador.

Arten: *Eres* un sanador, Gary. Y también lo son todos los que practican el verdadero perdón. Como te enseña el Curso:

> La función de los maestros de Dios no es evaluar el resultado de sus regalos. Su función es simplemente darlos[20].

Una vez más, ¿quién está siendo curado realmente? La respuesta es que ambos, porque sólo *hay* uno.

PURSAH: Ha llegado la hora de irnos. Estamos orgullosos de ti, colega. Sigue abundando en esos pensamientos de perdón.

GARY: Una cosa... ese viaje en el que me llevasteis a Portland. Ya que estáis aquí, ¿por qué no consideráis la posibilidad de hacer un pequeño viaje a Maui (Hawai)?

PURSAH: No te preocupes, Gary. Volverás a ver Hawai. Está en el guión. De hecho, ya ha ocurrido; simplemente aún no lo sabes.

Un par de años después, a través de una serie de hechos aparentemente inconexos, Karen y yo volvimos a encontrarnos de vacaciones en Hawai, paseando por los preciosos caminos locales y debatiendo delicadamente la posibilidad de trasladarnos a las islas de Aloha.

11. UNA MUY BREVE HISTORIA DEL TIEMPO

> (...) El tiempo tan sólo duró un instante en tu mente, y no afectó a la eternidad en absoluto. Y así es con todo el tiempo que ha pasado; y todo permanece exactamente como era antes de construir el camino que no lleva a ninguna parte. El brevísimo espacio de tiempo en que se cometió el primer error —en el que todos los demás errores están contenidos— encerraba también la Corrección de ese primer error y de todos los demás que surgieron de él. Y en ese breve instante el tiempo desapareció, puesto que eso era lo que siempre fue[1].

Desde que tengo memoria, me he sentido fascinado por el tema del tiempo. En abril de 1997, ocho meses después de haberlos visto por última vez, Arten y Pursah se presentaron ante mí en su undécima aparición. Tenía las preguntas preparadas.

Arten: Hola, chico intemporal. ¿Cómo estás?

Gary: No lo sé; déjame que lo consulte... Estoy muy bien. ¡Es genial volver a veros!

Pursah: También para nosotros. Tienes algunas preguntas en tu mente, de modo que vayamos al grano.

Gary: De acuerdo. En primer lugar, os estoy muy agradecido por presentaros así ante mí. He estado buscando respuestas espirituales desde que tenía veinte años y leí ese libro de Hermann Hesse basado en la vida de Buda.

Arten: *Siddharta.*

Gary: Sí, era muy bueno. Pero nunca me había encontrado con nada de la magnitud del Curso. ¡Sí que es amplio! Y además os quiero mucho, de modo que, muchas gracias.

PURSAH: Entonces, ¿estás satisfecho?

GARY: ¿Estás de broma? Estoy *estratisfecho.*

ARTEN: Y nosotros también te damos las gracias, colega. La gratitud es algo bueno, aunque de momento tu gratitud debería ir dirigida hacia Dios. Es Él quien hizo tu salvación inevitable asegurándose de que el recuerdo del cielo nunca pudiera ser borrado de tu mente.

GARY: De acuerdo. Entonces, en lo relativo a nuestras cosas, el otro día me habría enzarzado en una pelea de no haber sido por el Curso. Estaba en la gasolinera y había un hombre que me bloqueaba el paso justo cuando tenía que salir. Le pregunté educadamente si podía dejarme salir porque tenía mucha prisa, y él se limitó a mirarme con aire de superioridad y disgusto, y dijo: «¡Ni hablar!» No podía creérmelo. Había una parte de mí que quería reordenar su cara.

PURSAH: ¿Qué les pasa a los hombres cuando van en sus coches? De todos modos, ¿viste que era verdaderamente ignorante?

GARY: Oh, él era peor que eso. Las personas que parlotean en el cine son ignorantes. Aquel tipo era el campeón mundial de la provocación. La Madre Teresa habría sentido la tentación de abofetearle.

ARTEN: Vimos lo que hiciste. Te enfadaste durante unos segundos y después te diste la vuelta, entraste en el coche y repetiste estas líneas del Curso:

> Soy tal como Dios me creó. Su Hijo no puede sufrir. Y yo soy Su Hijo[2].

GARY: Sí. Entonces pensé que si soy tal como Dios me creó, no puedo ser un cuerpo, y aquel tipo tampoco. Pude permitir que mi verdadera fuerza se adueñara de mí y no dejarme influir por aquel pobre hombre, que pensaba que tenía que ser un tipo duro porque tenía mucho miedo. Empecé a pensar en las cosas que dijisteis en vuestros ejemplos de perdón. Me di cuenta de que el perdón es mejor para mí incluso en el nivel de la forma, porque, cuando me enfado, me olvido de que si hubiera pegado a ese tipo, él probablemente me habría matado.

ARTEN: Muy bien. Lo mires como lo mires, con el perdón siempre sales ganando. A propósito, la violencia es una técnica de resolución de problemas muy sobrevalorada. Míralo a nivel internacional. Si la respuesta armada funcionara, los países que la practican serían muy seguros... ¿Y lo son?

Gary: No. Simplemente se crea un círculo vicioso.

Arten: Bien, en lugar de crear un círculo vicioso, lo impediste. Si eres listo te dedicarás al perdón el resto de tu vida, y *eres* listo.

Gary: Gracias. De modo que ha llegado el momento de plantearos veinte preguntas sobre uno de mis temas favoritos. Creo que conozco la respuesta a esta primera... desde una visión lineal del tiempo, asumiría que vosotros tendríais que haber conseguido vuestra salvación en el *pasado* a fin de presentaros *ahora* ante mí como seres iluminados.

Arten: En realidad has respondido a tu propia pregunta al decir que planteas la pregunta desde un punto de vista *lineal.* Nosotros nos iluminamos en tu futuro, tal como te ocurrirá a ti. Sólo hay *un* tiempo, o, en términos de la ilusión, sólo *había* un tiempo. Tomaste este tiempo único y, lo mismo que con la ilusión del espacio, lo dividiste y subdividiste en fragmentos aparentemente interminables para que parecieran distintos en lugar de parecer que todos son lo mismo... del mismo modo que creaste incontables personas que parecen diferentes. El tiempo y el espacio fueron necesarios porque tenía que haber un medio donde esas personas parecieran funcionar. Esto ayuda a encubrir el hecho de que están funcionando en un sueño. Como dice el Curso:

Sólo hay un tiempo, o, en términos de la ilusión, sólo había un tiempo. Tomaste este tiempo único y, lo mismo que con la ilusión ¿el espacio, lo dividiste y subdividiste en fragmentos aparentemente interminables para que parecieran distintos en lugar de parecer que todos son lo mismo.

> (...) En última instancia, ni el espacio ni el tiempo tienen ningún sentido. Ambos son meras creencias[3].

Gary: Antes dijiste que soy un ser no espacial que tiene una experiencia espacial; también se podría decir que soy un ser intemporal que tiene una experiencia temporal.

Arten: Sí. Por eso hemos resaltado antes que la mente está fuera del espacio y del tiempo. Cuando despiertes, te darás cuenta de que la totalidad del espacio y del tiempo, y todas las cosas que parecen ocurrir allí, sólo eran un sueño. Simplemente tu mente pareció irse a dormir durante un tiempo[4]. Como dice el Curso refiriéndose a la mente:

> (...) Y sueña al tiempo: un intervalo en el que lo que parece acontecer en realidad nunca ha sucedido, los cambios ocurridos carecen de fundamento, y los acontecimientos que parecen tener lugar no están en ninguna parte. Cuando la mente despierta, sencillamente continúa siendo como siempre fue[5].

Gary: Esa experiencia de revelación que tuve... ¿eso fue una visión previa? ¿Va a ser así continuamente?

Arten: Sí.

Gary: No sé si podría soportar ese tipo de éxtasis.

Arten: Pruébalo, te encantará. Nadie se queda fuera, Gary. Todas las personas que has llegado a conocer alguna vez están incluidas: tus padres, tus amigos, tus parientes, tus amantes... todos, porque todos ellos son uno contigo. El sentimiento de totalidad está más allá del allá.

Gary: Lo quiero. De modo que sigamos adelante aquí antes de que me olvide de la mitad de las cosas que quería preguntaros. Por ejemplo, parece que el Curso está diciendo que *todas las cosas* sólo son un símbolo de la separación, y, como habéis indicado, eso incluiría al tiempo mismo. Pienso que cada una de nuestras vidas soñadas es un modo de dar continuidad a esa separación, pero, ¿la realidad es que todo sucedió de una vez?

Arten: Sí. Considera lo que el Curso dice al respecto:

> Cada día, y cada minuto de cada día, y en cada instante de cada minuto, no haces sino revivir ese instante en el que la hora del terror ocupó el lugar del amor. Y así mueres cada día para vivir otra vez, hasta que cruces la brecha entre el pasado y el presente, la cual en realidad no existe. Esto es lo que es cualquier vida: un aparente intervalo entre nacimiento y muerte, y de nuevo a la vida; la repetición de un instante que hace mucho que desapareció y que no puede ser revivido. Y el tiempo no es otra cosa que la creencia demente de que lo que ya pasó todavía está aquí y ahora.
>
> Perdona el pasado y olvídate de él, pues ya pasó[6].

Gary: De modo que cada día es como una nueva vida en la que pareces quedarte dormido por la noche, o morir, y después empiezas otra. Dentro de la identidad de cada una de las vidas tienes fases tan diferentes que podrían pertenecer a vidas distintas. Además, tu cuerpo cambia tanto que es como si ocuparas varios cuerpos distintos durante una vida. En realidad todo está en la mente, o, con más precisión, es una proyección de la mente. Como dice esa cita, todo es un revivir de ese *primer* instante en que pensamos que nos habíamos separado de Dios. A cada instante tenemos la capacidad de cambiar nuestra manera de pensar respecto a nuestra realidad.

ARTEN: Sí. Los indios americanos solían decir: «¡Contempla el gran misterio!» El Texto del Curso dice:

> Contempla la gran proyección, pero mírala con la determinación de que tiene que ser sanada, aunque no mediante el temor. Nada que hayas fabricado tiene poder alguno sobre ti, a menos que todavía quieras estar separado de tu Creador y tener una voluntad que se oponga a la Suya[7].

El Curso también dice poco antes de eso:

> (...) Porque el tiempo es una invención tuya y, por lo tanto, lo puedes gobernar. No eres esclavo de él ni del mundo que fabricaste[8].

Como J te aconseja repetidamente, no puedes tener ambas cosas, el tiempo y la eternidad. Tienes que elegir.

> No hay ninguna parte del Cielo de la que puedas apropiarte y abrigar ilusiones sobre ella. Ni hay una sola ilusión con la que puedas entrar en el Cielo[9].

GARY: La gran proyección del tiempo y del espacio es como una película, aunque una película muy intensa.

ARTEN: Sí. Cuando llegas a entender eso, la cuestión se convierte en: ¿*Con* quién vas a ver esa película? Puedes verla con el ego y escuchar su interpretación, o puedes verla con el Espíritu Santo y escuchar Su (de ello) interpretación.

GARY: Te refieres a Su (de él) interpretación.

ARTEN: Técnicamente es «Su (de ello)». No lo olvides, J está hablando como un artista, corrigiendo la Biblia que supuestamente está basada en sus enseñanzas. Por eso utiliza un lenguaje bíblico.

GARY: ¿Es cierto que quitaron de la Biblia muchos pasajes sobre la reencarnación?

Arten: Sí, durante el siglo cuarto del error común. Reduciremos la mayoría de nuestros comentarios sobre la Biblia, aunque no todos, al siglo en que Tomás y yo tuvimos algo que ver con ella.

Pursah: Ahora bien, hablamos de ver la película con J o con el Espíritu Santo, y de escuchar la interpretación de la mente correcta. Esto atrae nuestra atención hacia un punto importante. Aunque tienes la experiencia de estar viendo la película *aquí*, en realidad no la estás viendo aquí. La estás viendo a un nivel superior, y tu *experiencia* es que estás en un cuerpo viéndola aquí. Y no sólo eso, estás viendo algo que ya ha ocurrido, como si vieras la reposición de una serie televisiva que has reprimido u olvidado. Considera estos sorprendentes pasajes del Libro de Ejercicios; tomados en conjunto, dan una visión general de las enseñanzas del Curso sobre la ilusión del tiempo.

> (...) La revelación de que el Padre y el Hijo son uno alboreará en toda mente a su debido tiempo. Sin embargo, ese momento lo determina la propia mente, pues es algo que no se puede enseñar. Ese momento ya ha sido fijado. Esto parece ser bastante arbitrario. No obstante, no hay nadie que dé ni un solo paso al azar a lo largo del camino. Todos lo han dado ya, aunque todavía no hayan emprendido la jornada. Pues el tiempo tan sólo da la impresión de que se mueve en una sola dirección. No hacemos sino emprender un viaje que ya terminó. No obstante, parece como si tuviera un futuro que todavía nos resulta desconocido.
>
> El tiempo es un truco, un juego de manos, una gigantesca ilusión en la que las figuras parecen ir y venir como por arte de magia. No obstante, tras las apariencias hay un plan que no cambia. El guión ya está escrito. El momento en que ha de llegar la experiencia que pone fin a todas tus dudas ya se ha fijado. Pues el viaje sólo se puede ver desde el punto donde termina, desde donde lo podemos ver en retrospectiva, imaginarnos que lo emprendemos otra vez y repasar mentalmente lo ocurrido[10].

Gary: Cuando él dice que *nosotros* emprendemos el viaje, se refiere a que está observándolo con nosotros, y que él nos ayudará si se lo pedimos.

Pursah: Exactamente. Continuando más adelante en el Libro de Trabajo, J conecta el concepto de unidad con las dos palabras que, como hemos dicho, expresan la verdad absoluta: «Dios es», y a continuación lo conecta con el tema del tiempo diciendo:

(...) Ello hace que la mente retorne al eterno presente, donde el pasado y el futuro son inconcebibles[11].

Y continúa:

(...) El mundo jamás ha tenido lugar. La eternidad permanece como un estado constante[12].

Y también dice:

Esto está más allá de la experiencia que estamos tratando de acelerar. No obstante, cuando se enseña y se aprende lo que es el perdón, eso trae consigo experiencias que dan testimonio de que el momento en que la mente misma decidió abandonarlo todo excepto esto, está por llegar[13].

Continuando por las mismas líneas, y refiriéndose al Espíritu Santo:

Todo aprendizaje ya se encontraba en Su Mente, consumado y completo. Él reconoció todo lo que el tiempo encierra y se lo dio a todas las mentes para que cada una de ellas pudiera determinar desde una perspectiva en la que el tiempo ha terminado, cuándo ha de ser liberada para la revelación y la eternidad. Hemos repetido en varias ocasiones que no haces sino emprender un viaje que ya concluyó.
Pues la unidad no puede sino encontrarse aquí. Sea cual sea el momento que la mente haya fijado para la revelación, ello es completamente irrelevante para lo que no puede sino ser un estado constante, eternamente como siempre ha sido, y como ha de seguir siendo eternamente[14].

Gary: Si todo ya ha sido hecho y sólo estoy viendo una película onírica que está siendo proyectada por mi inconsciente oculto —y de todos modos mis *aparentes* movimientos están siendo manipulados como los de un robot—, entonces no tengo que preocuparme por ello, ¿no?

Pursah: Bueno, no. Pero, en todo caso, tienes que seguir haciendo tu trabajo. Como dice J después de las citas que hemos mencionado:

Baste, pues, con decir que para desempeñar tu papel es mucho lo que aún te queda por hacer. El final seguirá siendo nebuloso hasta que hayas desempeñado por completo tu papel. Pero eso no importa, pues tu papel sigue siendo el pilar sobre el que todo lo demás descansa. A medida que asumas el papel que se te encomendó, la salvación se acercará un poco más a cada corazón indeciso cuyo latir no esté aún en sintonía con Dios[15].

Gary: No sé si me gusta eso. ¿Todo lo demás depende de que haga *mi* parte?

Pursah: El sueño no fue creado por nadie más, ¿recuerdas? Una vez más, ¿puede el mundo ser salvado sin ti? La respuesta es no. Sabes cuál es tu trabajo, tal como lo supiste en la gasolinera.

Gary: Perdón. Lo cierto es que me estoy perdonando a mí mismo, lo que pasa es que no lo parece.

Pursah: Absolutamente. Tal como repite el Curso de muchas maneras distintas —una, y otra, y otra vez— en términos que nunca son inciertos:

> El perdón es el eje central de la salvación, pues hace que todos sus aspectos tengan una relación significativa entre sí, dirige su trayectoria y asegura su resultado[16].

Gary: Te oigo, J. Bueno, sólo estaba bromeando. Ya he dicho que lo haré.

Pursah: Sabemos que lo harás. Puedes retrasarte indefinidamente o puedes liberarte. La elección que hagas no es nada menos que lo que viene descrito en las líneas siguientes, donde el propio J te pide que, en cada situación, tomes la misma decisión que él tomó.

> Elige de nuevo si quieres ocupar el lugar que te corresponde entre los salvadores del mundo, o si prefieres quedarte en el infierno y mantener a tus hermanos allí[17].

Gary: No podría estar más claro, aunque alguna de esas citas sobre el tiempo son muy esotéricas. Necesito dar una segunda vuelta a todo esto para poder asimilarlo.

Pursah: De momento, simplemente trata de recordar que el tiempo parece tener un futuro que aún es desconocido para ti, pero en realidad el futuro ya ha ocurrido. No puedes cambiar el guión del ego; lo único que puedes hacer es elegir la interpretación del Espíritu Santo, que, como nosotros resaltamos, es Su guión. Por eso J nos dijo hace dos mil años: «¿Quién de vosotros, por preocuparse, puede añadir un solo minuto a su vida?» Lo cierto es que la historia de tu vida —y *sólo* es una historia— ya ha sido escrita. Hablando de historias, ¡ni siquiera la estás viendo aquí! Crees que la estás viviendo, pero en realidad estás revisándola mentalmente, a nivel de la mente. Una vez más, eres parte de la mente que observa y elige, mientras que la película onírica fue causada por las primeras elecciones que hiciste a favor del ego.

En cuanto a darle a este material una segunda vuelta, ciertamente no hay nada malo en reafirmar tu compromiso. Recuerda que por muy grande que *parezca* el trabajo, e independientemente de las dimensiones temporales que existan, o universos alternativos con sus propias dimensiones, sigue vigente esa simplicidad que hemos descrito y de la que no puedes escapar: tu salvación siempre se reduce a una decisión que estás tomando *ahora* mismo. No hay modo de escapar de eso. Independientemente de lo que parezca estar ocurriéndote, la elección es muy simple e inmediata. Siempre que recuerdes esto, sabrás qué interpretación del sueño debes escuchar, incluso cuando parezca que dejas el cuerpo.

Tu salvación siempre se reduce a una decisión que estás tomando ahora mismo. No hay modo de escapar de eso.

GARY: ¡Esto me recuerda algo! Hace como un mes estaba en la cama soñando y ocurrió algo en el sueño que me dio miedo. Entonces me acordé de pedir ayuda a J en el sueño, y sentí que su fuerza se adueñaba de la situación.

PURSAH: Sí. En algún punto —y ya has llegado a ese punto— el sistema de pensamiento del Curso se vuelve parte de ti hasta tal punto que elegirás la fuerza de Cristo incluso estando dormido por la noche, lo que significa que seguirás eligiendo esa misma fuerza automáticamente cuando dejes el cuerpo a un lado. Éste debería ser un pensamiento reconfortante para ti, y no sólo porque aliviará tu miedo a la muerte, sino porque confirma que aunque murieras hoy, llevarías tu aprendizaje contigo, aunque no seas un maestro.

GARY: No seas tan lineal.

ARTEN: Ahora que hemos llegado hasta aquí en nuestra intemporal conversación sobre el tiempo, no olvides plantearnos algunas de las preguntas que tenías en mente antes de que viniéramos.

Gary: Claro. Ya he mencionado esto, pero una de las cosas que me ayudan a ser paciente es recordar que el Curso dice que la separación fue respondida completamente y curada de inmediato. Vamos despertando lentamente para no aterrorizarnos.

Arten: Eso es correcto. La realidad es muy diferente de tu experiencia presente, como has podido ver tú mismo. Lo más recomendable es acostumbrarse a ella poco a poco. Incluso la mayoría de las mañanas despiertas gradualmente de tus sueños, a menos que el despertador te despierte bruscamente. Bien, la mente mayor parece estar despertando del sueño lentamente, y cuando un aparente individuo despierta del sueño, simboliza el despertar gradual de la mente mayor. No obstante puedes afirmar, teniendo en cuenta las citas que hemos mencionado, que en realidad el sueño terminó instantáneamente. La cuestión es, ¿cuánto tiempo quieres esperar a estar completamente preparado para el Cielo? Como te recuerda el Curso:

> (...) Tienes hermanos por todas partes. No tienes que buscar la salvación en parajes remotos. Cada minuto y cada segundo te brinda una oportunidad más para salvarte. No dejes pasar esas oportunidades, no porque no vayan a repetirse, sino porque demorar la dicha es innecesario[18].

Ya hemos citado antes la parte del Curso donde se dice que Dios quiere que Su Hijo sea despertado delicadamente, pero tienes que darte cuenta de que tu mente debe contemplar una idea al menos una docena de veces antes de que realmente empiece a calar. Aunque es tu mente la que piensa, ve y oye, y no tu cuerpo, eso significa que es también tu mente, bajo el dominio del ego, la que *se niega* a pensar realmente, y a ver y escuchar las ideas de la mente correcta, tomen la forma que tomen. Ésta es la razón por la que es esencial usar el sistema de pensamiento del Curso para despegar gradualmente las capas de tu ego mediante el uso de principios interconectados que se apoyan mutuamente y llegan a dominar la manera equivocada de mirar la gran proyección de la mente incorrecta.

Gary: Entiendo la importancia del sistema de pensamiento estructurado y entiendo cómo opera. Algunas personas se resisten a la idea de entrenar su mente porque temen que eso signifique un lavado de cerebro, o que se les haga renunciar a su pensamiento independiente.

ARTEN: Si quieren un lavado de cerebro siempre pueden irse a una secta, pero mientras sigan el Curso como un método de estudio que cada cual lleva a cabo individualmente, se darán cuenta de que están usando su propio poder de decisión, y no están renunciando a él. Además, en su estado actual, el ego ya les ha lavado el cerebro, y seguirá haciéndolo hasta que recuperen su mente. Como explica el Curso respecto a la necesidad de formación:

> (...) Eres demasiado tolerante con las divagaciones de tu mente, y justificas pasivamente tus creencias erróneas[19].

GARY: Yo nunca haría eso. Es broma. Asimismo, la mayoría de la gente supone que lo importante es lo que creen en su mente consciente, cuando lo cierto es que son sus creencias inconscientes las que marcan la diferencia, y no pueden cambiar eso por sí mismos.

ARTEN: Lo has entendido. Por eso el Espíritu Santo es el camino de salida.

GARY: De modo que si sigo con este juego de perdón, ¿podré ser arrancado del holograma ilusorio?

ARTEN: ¿Por qué no? Sólo fuiste incorporado a él por tus creencias erróneas y tus pensamientos equivocados.

GARY: Eso me recuerda lo que llamamos el Big Bang, que es el símbolo de la separación y de la proyección del universo. ¿Significa eso que el universo empezará a encogerse para acabar derrumbándose sobre sí mismo?

ARTEN: No. Es cierto que el Big Bang simbolizó la separación, pero deberías recordar que, al nivel de la forma, fue tan tremendo que produjo una cantidad de energía inimaginable. Esto, a su vez, predeterminó *todas* las leyes físicas y el destino de cada célula y molécula: cómo evolucionaría cada una de ellas y qué dirección seguiría. Cuando decimos que la película ya ha sido filmada, estamos diciendo que cada cosa que aparentemente iba a pasar fue puesta en marcha en aquel instante, y que, de hecho, no podría ocurrir de ningún otro modo. Todas las diferentes dimensiones y escenarios simplemente son símbolos de distintos big bangs dentro del Big Bang que ocurrió en aquel instante. Y aunque todo terminó inmediatamente, aún tienes que despertar para reconocer la realidad.

GARY: De modo que, en este nivel, sufrimos bajo la ilusión de que somos nosotros los que forjamos nuestro destino, cuando lo cierto es que las leyes físicas ya fueron puestas en marcha en aquel instante. ¿Todo lo que ocurrió tuvo que ocurrir exactamente como lo hizo, independientemente de lo que nosotros tratáramos de hacer al respecto?

Arten: Correcto. El mecanismo por el que los robots corporales son manipulados por fuerzas invisibles forma parte de la representación del guión predeterminado. Recuerda esto: como fue decisión tuya ponerte del lado del ego y hacer real la separación, eso significa que el guión es un ejemplo de *auto*predeterminación, que fue acordado por ti mismo a otro nivel diferente, y que no eres una víctima. Ahora dispones del Curso para enseñarte a cambiar tu manera de pensar respecto a todo ello.

Lo que observas aquí es como una grabación del ego, y depende de ti decidir escuchar otra sintonía. El universo no tiene que derrumbarse sobre sí mismo para acabar. Lo que tiene que ocurrir es el despertar colectivo, *entonces* el universo del sueño simplemente desaparecerá, porque nunca fue nada más que un sueño insignificante.

Para mantenerte absorbido, el guión parece ir cada vez más rápido a medida que pasa el tiempo, y tu ámbito de atención se acorta cada vez más. Hasta que destruyas tu civilización y vuelvas a empezar de nuevo con muy poca memoria... como si empezases una nueva vida.

Gary: Sé a qué te refieres cuando hablas de ir cada vez más rápido; es una tendencia evidente en todo tipo de cosas. Mira las películas. La producción de películas y de programas de televisión en los últimos treinta años se ha acelerado tanto que casi da risa. Deben de estar convencidos de que prácticamente todo el mundo tiene un grave desorden de déficit de atención. Las conversaciones reales son cada vez más escasas. Todo está entorpecido. Y en lo tocante a las imágenes, la filosofía predominante es que, si puedes verlas, son demasiado lentas.

Arten: Sí; cada vez más estilo y menos sustancia, lo mismo que en la política. Te das cuenta de que Abraham Lincoln, el primer gran presidente republicano...

Gary: Y el *último* gran presidente republicano.

Arten: Revelas tu manera de pensar, pero, ¿te das cuenta de que Lincoln no podría ser elegido hoy? No tenía buena voz para pronunciar discursos, y se tomaba tiempo para pensar la respuesta que iba a dar a las preguntas. Si actualmente hicieras eso en un debate te llamarían estúpido. Imagina que das una respuesta meditada en lugar de dar una respuesta automática, predeterminada y astuta. Política, películas... están siguiendo el mismo derrotero. Todo es estilo y rapidez, ¿y qué es lo que eso hace por la gente, aparte de conectarlos cada vez más con la locura?

Gary: Sí. El tiempo vuela cuando te estás volviendo loco. Me gustan las películas, simplemente quería indicar que se hacen cada vez más. Oye, lo que dijiste antes sobre guiones con múltiples opciones: eso parece contradecir la idea de que toda la película ya ha sido escrita.

Arten: En realidad no lo hace, porque tiene que ver con el hecho de que tienes abiertas ante ti varias dimensiones, y puedes pasar de una a la otra. Sin embargo, sigue siendo un sistema cerrado, y el mismo hecho de que sea limitado y fijo sustenta lo que hemos venido diciendo. El guión del ego es como el palo y la zanahoria. Trata de hacerte pensar que eres libre *dentro* del guión, cuando la única libertad total que llegarás a encontrar está completamente fuera de todo ese lío.

Gary: En cuanto al guión de múltiples opciones, ¿estás diciendo que tomando diferentes decisiones podría despertar una mañana y, sin saberlo, estar en otra dimensión que, aunque tenga la misma apariencia que ésta, tenga su propio desarrollo dentro de la explosión del Big Bang, y por tanto sus propias variantes del guión?

Arten: Sí, podrías.

Gary: Eso es maliciosamente excelente.

Arten: ¿Lo es? Una vez más, tienes que recordar que sigue siendo una ilusión dentro de un sistema fijo. Una ilusión siempre es una ilusión, y *eso* sigue siendo una ilusión que sólo tiene un camino de salida. El guión del ego es simplemente la *totalidad* del tiempo, que ya ha terminado. El guión del Espíritu Santo es perdonar a toda la gente de tu vida, estés donde estés. Así es como desaparece el tiempo.

Pursah: Uno de los mejores modos de entender la distinción entre el tiempo del ego y la intemporalidad del Espíritu Santo es recordar que las lecciones de verdadero perdón del Espíritu Santo llevan a *deshacer* el tiempo al hacerlo innecesario. Este deshacer se logra a nivel mental —fuera del tiempo— y, en lugar de cambiar el tiempo, lo derrumba.

Gary: ¿Como aquel día que estaba en el cine y conduje a casa a otra hora diferente porque ya no necesitaba algunas de las lecciones de perdón por haber estado practicándolo?

Pursah: Eso es... ¡Eres un tenaz afortunado! Oh, espera, iba a guardar esa descripción particular de ti para la conversación sobre sexo.

Gary: Divertido. Deberías ir a la TV.

Pursah: ¿Al programa de Oprah?

Gary: Oprah es genial, pero es posible que ni siquiera ella tenga una mentalidad lo bastante abierta para todo esto.

Pursah: Veremos. ¿Más preguntas antes de que se acabe nuestro tiempo? Estoy de broma, por supuesto.

Gary: Sí. Algunas personas creen que la reencarnación conduce a la evolución del alma. ¿Es eso cierto?

Pursah: Piensa, Gary. Tu alma *ya* es perfecta, porque de otro modo no sería un alma; sólo sería algo que tomas por un alma... Como la mente, que la gente confunde con el alma, o una proyección de tu mente, como esas imágenes fantasmagóricas con forma de cuerpo que la gente cree que son las almas. La evolución es algo que parece ocurrir a nivel de la forma, pero sólo es un sueño. Cuando tu mente ha aprendido todas las lecciones de perdón, despierta al espíritu o alma, y desaparece todo lo demás excepto el Cielo. La mayoría de la gente piensa que su alma es algo individual porque no pueden evitar pensar en sí mismos como individuos. Cuando desaparece esta falsa creencia, entonces sabes sin lugar a dudas que sólo hay *un* alma, que es nuestra ilimitada unidad como espíritu.

Gary: ¿La reencarnación también es únicamente un sueño?

La evolución parece ocurrir, pero sólo es un sueño. Cuando tu mente ha aprendido todas las lecciones de perdón despierta al espíritu, y todo lo demás, excepto el Cielo, desaparece.

Pursah: Sí, pero, como hemos tratado de explicar, dado que es algo que parece ocurrir, hablamos de ella como si ocurriera. Cuando tu vida onírica acaba, te *ves* a ti mismo abandonando el cuerpo y teniendo otras aventuras, pero en realidad no vas a ninguna parte. Simplemente estás observando las proyecciones mentales, o, como tantas veces lo hemos descrito a tu estilo: estás viendo una película.

Gary: De acuerdo. Ahora viene una pregunta que puede haceros creer que me falta fe en vosotros, pero no es el caso. Me estaba preguntando... Dijiste que estuviste en el cuerpo durante once años después de iluminarte, pero el Curso parece indicar que el cuerpo no soporta a los Seres iluminados; dice que si estuvieras en constante comunicación con Dios, no podrías mantenerte en el cuerpo durante mucho tiempo, y que nuestra tarea es hacernos perfectos aquí y después ya no se nos ve más. Once años parecen muchos para seguir estando en este mundo después de tu iluminación. ¿Qué tienes que decir a esto?

PURSAH: Responderé a eso, pero déjame que te haga una advertencia. No te detengas en pequeñeces con el Curso, porque puedes acabar matándolo. Como hemos dicho, todos los detalles de las enseñanzas del Curso deben ponerse en el contexto de su enseñanza más amplia sobre el perdón. En cuanto a lo de seguir aquí once años más, seguí siendo visible en el sueño con el fin de ayudar a Arten. Mantuve deliberadamente un pie en la puerta, por así decirlo, de manera que pudiera estar con él y ayudarle a estar conmigo para siempre. En cuanto a lo de que el cuerpo no se mantiene por mucho tiempo, no olvides que J realizó un ministerio de varios años estando claramente iluminado. Mientras que no es posible estar en completa comunión con Dios y mantener el cuerpo, hay un lugar intermedio, al que el Curso se refiere como la zona fronteriza[20], que es un lugar de perdón donde uno puede hacer cierto trabajo útil mientras parece estar en este mundo, y experimentando simultáneamente su iluminación.

GARY: ¿Eso es lo que el Curso llama el mundo real?[21]

PURSAH: Eso es. Gracias por no perder tu fe, aunque ya hemos indicado que no es esencial creer personalmente en nosotros. Creas en nosotros o no, siempre puedes confiar en el Espíritu Santo. ¿Recuerdas cuáles son las diez características del maestro de Dios en el Curso?

GARY: Claro. Un maestro de Dios es digno de confianza, leal, servicial, amistoso, cortés, bondadoso... Oh, espera un momento. Yo fui *boy scout.*

PURSAH: Está claro que ya no lo eres. La característica a la que me refería principalmente es la confianza. Como dice el Curso respecto al Maestro:

> El Espíritu Santo tiene que percibir el tiempo y reinterpretarlo como eterno. Tiene que llevar a cabo su labor mediante el uso de opuestos porque tiene que operar para una mente y con una mente que está en oposición. Haz todas las correcciones que tengas que hacer, procura aprender y mantén una actitud receptiva con respecto al aprendizaje. Tú no creaste la verdad, pero la verdad todavía puede hacerte libre[22].

Como aún no puedes experimentar la eternidad completamente, necesitas los milagros, o actos de verdadero perdón, en los que das a tus hermanos y hermanas a fin de darte a ti mismo y ser curado por Aquel en quien confías, el Espíritu Santo. Como dice el Curso:

> (...) En el tiempo dar ocurre primero, pero en la eternidad, donde no pueden estar separados, dar y recibir ocurren de manera simultánea. Cuando hayas aprendido que dar es lo mismo que recibir, ya no habrá más necesidad de tiempo.
> La eternidad es un solo tiempo, y su única dimensión es «siempre»[23].

Arten: Para empezar a resumir nuestra conversación, el Curso te enseña que:

> (...) Tanto el tiempo como la eternidad se encuentran en tu mente, y estarán en conflicto hasta que percibas el tiempo exclusivamente como un medio para recuperar la eternidad[24].

No podrás hacer esto con tanta rapidez si sigues los métodos que el mundo ha puesto de relieve hasta la fecha. Por ejemplo, el Curso hace un comentario sobre dichos métodos planteándote la siguiente pregunta retórica:

> (...) ¿Acaso puedes encontrar luz analizando la oscuridad, tal como hace el psicoterapeuta, o reconociendo la oscuridad en ti mismo —tal como hace el teólogo— y buscando una luz distante que la disipe al mismo tiempo que resaltas lo lejos que está?[25]

Gary: ¡Listillo! Voy a escribir una carta en términos muy duros a la Fundación para la pizza interna, eso es.

Arten: Entre tanto, consulta y recuerda las citas que hemos venido mencionando respecto al tiempo. Cuanto más las consideres, más significativas y profundas se harán. En tu futuro, Pursah y yo diremos a J después de leer su Curso que su figura hace blandir una lanza.

Gary: Espero que me aclares lo que eso significa.

Arten: Claro. El caballero que escribió el material editado bajo el nombre de Shakespeare era un conde cuyo escudo familiar contenía la imagen de un león blandiendo una lanza. Para honrar a su familia, a veces en la Corte se brindaba con la frase: «Tu semblante blande una lanza.» Pero la Reina Isabel I, que además de ser un genio de la política era muy controladora, prohibió al conde firmar aquellas obras con su nombre. En aquel tiempo, la alta sociedad menospreciaba los escenarios teatrales. Las obras de teatro, y particularmente las comedias, no se consideraban literatura seria, y estaban por debajo de la dignidad de la realeza.

GARY: Eso es divertido... decir que Shakespeare no escribía literatura seria.

ARTEN: Las épocas ilusorias van cambiando, y Shakespeare, o Edward de Veré, el decimoséptimo Conde de Oxford, ayudó a cambiarlas. Sólo hay un Shakespeare, incluso si es un hombre blanco y está muerto. Aunque la reina no le prohibió terminantemente escribir, él no pudo poner su nombre en sus producciones.

Y ocurrió que había un actor llamado William Shakespeare. Cuando De Veré se enteró de la existencia de este hombre, pensó que aquello era demasiado bueno para ser cierto. Por un lado estaba De Veré, por cuyo honor se brindaba en la corte con esa frase relativa a su escudo familiar, un león blandiendo una lanza* y por otra, estaba aquel hombre llamado Shakespeare. Edward llegó al acuerdo con William de firmar las obras con su nombre y presentarlas al público como si William fuera el autor. Era una manera solapada de conseguir algún reconocimiento por sus obras sin estampar su nombre en ellas. El plan tuvo mucho éxito, aunque a Shakespeare no se le pagó demasiado, y muchas de las obras fueron publicadas simultáneamente *después* de que el actor llamado Shakespeare hubiera fallecido.

Muchos se han dado cuenta de que el estilo de escritura del Curso es similar en belleza a los escritos de William Shakespeare, de modo que bromeamos con J y le decimos que su figura blande una lanza.

GARY: Eso está muy bien. Sois muy divertidos.

ARTEN: Entonces, diviértete, amigo mío. J lo hizo; Shakespeare también. No te tomes en serio los trucos del tiempo. Lo que piensas que es el pasado es un acontecimiento ilusorio que está ocurriendo *ahora.* El futuro está ocurriendo *ahora* mismo, pero tu mente ha dividido esas imágenes para que ofrezcan la apariencia de tiempo. Sin embargo, todo ello ocurrió simultáneamente, y ya ha terminado. Independientemente de los trucos que el ego trate de hacerte, simplemente perdona y deja vivir. El Curso te pide que renuncies a tus juicios.

* Blandiendo una lanza: *shaking a spear,* suena casi como el apellido del mencionado actor, Shakespeare. *(N. del T.)*

¿Y adónde va a parar el tiempo una vez que se han abandonado los sueños de juicios?[26]

Gary: En resumen, el Curso dice que la totalidad del tiempo en realidad estuvo contenida en un instante. La gran ilusión ocurrió toda de una vez, aunque en *realidad* no ocurrió y ya ha terminado. El pensamiento de separación y todos los pensamientos simbólicos de separación allí contenidos fueron corregidos inmediatamente por el Espíritu Santo, pero nosotros seguimos reproduciendo la cinta del guión de separación en nuestra mente una y otra vez —casi como fantasmas— hasta que aceptemos completamente las correcciones del Espíritu Santo, que disuelven el tiempo y nos devuelven a Dios.

Arten: Lo has entendido. El verdadero perdón es el camino de salida.

Gary: De modo que el tiempo no cura todas las heridas, sino que el perdón curará todo tiempo.

Arten: No está mal, compañero mensajero. Pienso que tu figura acaba de blandir una lanza.

12. VIENDO LAS NOTICIAS

> No puedes ver sus pecados ni tampoco los tuyos. Pero puedes liberarle a él y también a ti mismo[1].

Dos de mis mayores fuentes de información eran las noticias de cada noche en televisión e internet, y nada disparaba más mis mecanismos que la información recibida a través de estos «medios». Un día, cuando estaba delante de mi ordenador navegando y volviéndome medio loco, me topé con la página web de un grupo del Medio Oeste que muchos alumnos del Curso consideraban una secta que utilizaba el Curso para sus propios fines. Me quedé pasmado al comprobar que este grupo había añadido sus propias palabras entre líneas a los textos del Curso. «Jesús», dije en voz alta, «eso es como pintar un bigote a la Monna Lisa».

Varios años después, esta misma secta fue el tema de un programa de noticias nacional, que se trasladó a Wisconsin para contar una historia sobre ellos. El líder del grupo, un «maestro» con un estilo peculiar, tenía fama de hacerle frente a muchos de sus alumnos de manera atacante y humillante. Aquel día concreto, con las cámaras aún en marcha, se enfadó visiblemente y empezó a gritar al entrevistador del programa por plantearle repetidamente una pregunta que no le gustaba.

Viendo el programa, me sentí avergonzado de que el camino espiritual que yo había elegido estuviera siendo presentado al público americano de aquella manera. ¿No enseñaba el Curso que la ira nunca está justificada? Sin embargo, ahí estaba ese maestro autoproclamado del Curso que no parecía capaz de vivir sus ideas más básicas, y siempre se presentaba a sí mismo como infalible.

Me iba encogiendo a medida que veía el programa, pero entonces me di cuenta de qué estaba haciendo. ¿Quién estaba haciendo todo aquello real? ¿Quién era el soñador del sueño y quién estaba reaccionando ante él? ¿Quién se había olvidado de que en realidad no había nadie allí fuera? Era yo; no había nadie más alrededor. ¿No estaba condenando a este otro hombre por lo que en realidad eran mis propios pecados secretos que —aunque adoptaban otra forma— yo no quería mirar? ¿No acostumbraba a pensar que quienes no estaban de acuerdo conmigo estaban equivocados? ¿No me sentía yo mismo enfadado de vez en cuando?

Entonces vi con más claridad que nunca que lo que el Curso *me* decía era cierto; el sueño *no* estaba siendo soñado por la gente que me hacía de espejo. En el seno de mis conflictos en realidad no había ningún oponente. No importaba que este episodio particular tuviera que ver con un maestro de *Un Curso de Milagros.* Todos los milagros eran iguales. La verdad no vacilaba, y no era posible hacer excepciones ni concesiones si la verdad tenía que seguir siendo verdad.

Perdoné a mi hermano y a mí mismo simultáneamente. Dado que pensaba que la culpa estaba en mi hermano, como en realidad yo lo había creado, entonces la culpa debía de estar en mí. Pero, si la separación de Dios nunca había ocurrido, yo también era inocente, y las razones para la creación de esta proyección y para mi defensa eran erróneas. Me uní al Espíritu Santo, y partir de ese momento nunca volví a ver ningún programa de televisión ni información de internet del mismo modo.

En diciembre de 1997, cuando Arten y Pursah se presentaron en la que fue su duodécima aparición, estaba atravesando una época en la que mi ego estaba muy cansado de que yo perdonara tanto. Sentí que mis visitantes ascendidos estaban dispuestos a ayudar.

Arten: Hola, hermano. ¿Cómo va tu mundo?

Gary: Sigue aquí, lo cual se me hace un poco tedioso de vez en cuando.

Pursah: Ánimo, querido hermano. El Curso está pensado para que puedas vivir lo que crees que es tu vida y al mismo tiempo vayas consiguiendo gradualmente tu salvación. Ve a tu propio paso. De ese modo no sentirás que nada te está siendo arrebatado y podrás darte cuenta *por ti mismo* de que el mundo no tiene valor. Por ejemplo, deberías recordar lo que dice el Manual para el Maestro respecto a casi todos los alumnos del Curso, incluyéndote a ti.

(...) A la gran mayoría se les proporciona un programa de entrenamiento que evoluciona lentamente, en el que se corrigen el mayor número posible de errores previos. Las relaciones personales, en especial, tienen que percibirse debidamente, y se tiene que eliminar la piedra angular de la falta de perdón. De lo contrario, el viejo sistema de pensamiento mantendrá aún una base adonde poder regresar[2].

GARY: Entiendo; a veces el mundo es un grano en el culo.

PURSAH: Eso es muy honesto, de modo que vamos a ayudarte un poco. De vez en cuando tu vientre tiene ganas de rugir cuando ves las noticias en televisión. Haces que sean reales para ti, porque de otro modo eso no ocurriría.

GARY: He estado pensando en eso. Cuando voy al cine... y lamento seguir hablando de películas continuamente, pero eso es lo que hago. Ya sabes: tantas películas, tan poco tiempo. Cuando voy allí, quiero olvidarme de que no es real. Ésa es una de las señales de que una película es buena: si puedes suspender tu incredulidad. Creo que eso es lo que los seres humanos hemos hecho con lo que denominamos nuestra vida real; hemos suspendido nuestra incredulidad y queremos que sea verdad. Damos importancia a todo tipo de cosas. Cuando me siento aquí, en mi casa, y me pongo a ver la televisión, a veces me olvido de que todo es un montón de mentiras, y hago lo que he hecho siempre, que es lo mismo que hago en el cine: entro en ello como si estuviera ocurriendo realmente. Si pudiera adoptar el hábito de recordar un poco más la interpretación del Curso, las imágenes no tendrían tanto impacto en mí. Parece que todo depende del recuerdo. Es posible que ya me lo hayáis dicho antes —que recordar es lo más difícil— pero, ¿cómo puedo *hacerlo*?

PURSAH: Para empezar, en lugar de levantarte por la mañana y hacer lo que te venga en gana, ¿por qué no haces lo que el Curso sugiere en el Manual? En cuanto puedas, pasa algún tiempo en silencio con Dios[3]. Entonces, recordando quién eres, lleva tu paz contigo. Después de eso, mantén la determinación de estar alerta. *Sabes* que el ego va a tratar de incomodarte y de hacerte pensar que eres un cuerpo. Por eso el Curso te aconseja que te mantengas vigilante y que no seas tolerante con las divagaciones mentales. Lo único que has de hacer es centrarte y disciplinarte un poco más.

Lo divertido es que puedes hacerlo. Creo que *sabes* por experiencia que puedes hacerlo. De hecho, lo haces mucho. Por eso tu ego se siente amenazado. El ego es ingenioso, y, como has podido ver por tu cuenta, se le ocurrirán algunos modos notables de engañarte. Lo único que tienes que hacer es estar un poco más dispuesto a responder antes de tiempo. Cuando estés en ese estado mental, lo habrás conseguido. Podrás ocuparte de las noticias y de cualquier otra cosa que surja.

GARY: Si estoy viendo las noticias y me encuentro en ese estado de preparación para el milagro, entonces, ¿he de seguir el mismo proceso que con otras formas de perdón —como en el caso de mis relaciones personales— o hay ciertos pensamientos con los que sería mejor responder?

ARTEN: Todo es lo mismo. Pero sí, puede haber ciertos pensamientos que ayuden más a diferentes personas en distintas situaciones. Hay un pasaje del Manual que es muy útil porque te recuerda que si dejas que el Espíritu Santo se ocupe del juicio, eso te pone a ti en una situación mucho más poderosa. Para un maestro de Dios no es ningún sacrificio renunciar a la carga del juicio.

> (...) Por el contrario, se coloca en una posición en la que el juicio puede tener lugar *a través de* él en vez de ser algo que él emite por su cuenta. Y este juicio no es ni «bueno» ni «malo». Es el único juicio que existe, y es sólo uno: «El Hijo de Dios es inocente y el pecado no existe.»[4]

Para un maestro de Dios no es ningún sacrificio renunciar a la carga del juicio.

GARY: Cuando veo que los demás están libres de culpa, tanto si es en televisión como en persona, mi mente inconsciente comprende que yo también estoy libre de culpa.

ARTEN: Sabía que habías estado escuchando parte del tiempo que hemos pasado contigo. Puedes hacerlo, y hacerlo constantemente. Cuando llegues, habrás llegado. Simplemente, muestra más determinación. Ya es hora de que pases del estado de poner unas pocas ganas al de poner muchas ganas. Es un juego en el que no puedes perder, de modo que relájate.

GARY: Lo sé, pero cuando ocurre algo terrible, como esos terroristas que han volado nuestras embajadas, resulta difícil ver que ellos también están libres de culpa.

ARTEN: Sí, pero esa sólo es otra oportunidad de liberarte. Puede que *parezca* más difícil, pero en realidad todas tus oportunidades de perdonar son iguales.

Gary: De acuerdo. Pero, ¿no es cierto que puedes ser guiado a realizar la acción apropiada como consecuencia del perdón?

Arten: Sí. Entraremos en eso, y, aunque casi nunca damos consejo a nivel de la forma, antes de volver a hablar del perdón a nivel mental, hablaremos un minuto sobre la situación mundial.

Estados Unidos, estando en una posición de poder que nunca ha sido alcanzada por ninguna otra nación en la historia del mundo, tiene mucha más responsabilidad que los demás a la hora de resolver situaciones. Tomemos la situación de Oriente Medio, por ejemplo. Sí, los terroristas son psicóticos, especialmente cuando afirman hacer algo en nombre de Alá. El Dios del Corán, aunque tiene un nombre diferente, es el mismo Dios del Antiguo y del Nuevo Testamento. Aunque el Dios que a veces presentan estas religiones no siempre está satisfecho y feliz, es ridículo pensar que los terroristas obran correctamente al secuestrar una religión y utilizarla como excusa para sus propósitos violentos. Aunque todas las religiones acaban siendo usadas por psicóticos para justificar su propia locura, los líderes de esos movimientos tienen que conseguir que alguien les escuche para obtener poder, y sobre todo, dinero. La pregunta que deberías plantearte es: ¿Hace Estados Unidos que estos fanáticos lo tengan más fácil o más difícil para conseguir el apoyo de su pueblo?

Tus presidentes intentarán decirte que estos terroristas y la gente de Oriente Medio odia Estados Unidos porque vosotros defendéis la libertad y la democracia. Eso, en el mejor de los casos es falso, y en el peor es una mentira cínica. ¿Qué tenía que ver el Sha de Irán con la libertad y la democracia? ¿Y el emir de Kuwait? ¿Y la familia real de Arabia Saudí? ¿Qué tienen que ver con la libertad y la democracia? Nada. En los últimos cien años el gobierno de Estados Unidos se ha hecho famoso en todo el mundo por apoyar a cualquier gobierno que cuide los intereses no de su pueblo, sino de las empresas multinacionales con sede en Estados Unidos o dominadas por capital americano.

Los terroristas os odian por sus propias razones psicóticas, pero la gente común de Oriente Medio no odia a tu país por defender la libertad y la democracia, sino porque no defendéis la libertad y la democracia. Defendéis lo que sea mejor para el dinero americano. Os importa su petróleo, pero no ellos. Os importa encontrar la manera más eficaz de que vuestra corporaciones, tanto en casa como en suelo extranjero, puedan hacer dinero en cualquier situación... no os importa la democracia. La mayoría de la gente del mundo sabe que esto es así, pero el pueblo norteamericano lo ignora porque ha sido sometido al lavado de cerebro de la propaganda televisiva durante el último medio siglo para hacerle creer que su país sólo puede hacer las cosas bien. Desde mediados de los años setenta, mediante adquisiciones, las grandes empresas han logrado un control total sobre la edición de noticias en los medios de comunicación. Entre tanto, su programa para Oriente Medio ha sido cualquier cosa menos altruista.

GARY: Estás diciendo que esos fanáticos y terroristas consiguen el apoyo de la gente porque se lo ponemos muy fácil para que nos odien. También imagino que, en el caso de algunos terroristas, el hecho de no tener ni un orinal donde mear hace más fácil que conviertan el martirio en su primera vocación.

ARTEN: Por supuesto. ¿Qué pasaría si toda la gente de Oriente Medio viviera en países libres, con economías boyantes y un buen sistema educativo, carreras profesionales y buenas casas? ¿Crees que tendrían tanto interés en volar por los aires? Por supuesto, el problema *real* está dentro de ellos.

GARY: Aunque el comunismo es horroroso, eso no significa que el capitalismo sea perfecto, pero *puede* ser bueno.

ARTEN: Estados Unidos hace cosas buenas y malas; eso es dualidad. Muchas veces tu país es una fuerza positiva, pero generalmente con una intención oculta. Hasta el Plan Marshall para reconstruir Europa después de la Segunda Guerra Mundial se planeó tanto para promover vuestras ambiciones capitalistas como con fines humanitarios. La avaricia de vuestras empresas ha crecido exponencialmente desde entonces. El elemento de un Imperio basado en el dinero siempre ha estado presente soterradamente.

GARY: ¿Como cuando Estados Unidos robó Hawai en 1893, que era un país independiente?

ARTEN: Es un buen ejemplo. La mayoría de la gente de Oriente Medio cree que estáis perfectamente dispuestos a robar cualquier cosa que podáis, del mismo modo que robasteis vuestro gran país a los indios. El hecho de que paguéis por el petróleo no altera la *percepción* que la gente de otras regiones tiene de vosotros a través de la lente de su propia culpabilidad inconsciente. Tal vez deberíais ayudarles más a veros de manera diferente.

GARY: ¿Qué pasaría si no necesitáramos su petróleo?

ARTEN: Políticamente, ése sería el movimiento más brillante que podríais hacer. Entonces no tendríais que hacer nada en Oriente Medio que no fuera bueno. Podríais apoyar la libertad y la democracia en lugar de apoyaros exclusivamente a vosotros mismos. Lo cierto es que ya disponéis de la tecnología necesaria para liberaros de la adicción al petróleo extranjero, pero como de momento eso no sería mejor para la cuenta de resultados de vuestras empresas, puedes olvidarte de ello.

Cuando el presidente Eisenhower abandonó la Casa Blanca, avisó a la nación del poder que estaba acumulando lo que él denominó el «complejo militar industrial». Aunque vuestra Constitución no dice nada sobre el capitalismo, Estados Unidos ahora no es una democracia, sino una «dinerocracia». Vuestros bancos, sus compañías de créditos que son como aves de rapiña, las compañías de seguros y las grandes empresas multinacionales tratan de estar por encima de la ley y de adueñarse del mundo. Ya son dueñas de Estados Unidos y de su proceso político, y en el futuro continuarán asegurándose de que su gobierno de ricos, por los ricos y para los ricos no desaparezca de la tierra.

Esto provocará nuevas tragedias, y he pensado que lo mejor sería apuntar aquí la existencia de métodos alternativos y más prometedores que el agotador proceso de venganzas, mentiras y beneficios.

GARY: En cualquier caso, todo esto que estamos hablando da mucho que pensar. Lo que el individuo puede hacer por su mundo personal es perdonar, y, cuando aprendes a hacerlo, nadie te lo puede arrebatar.

ARTEN: Sí, en cuanto sabes cómo hacerlo, te das cuenta de que nunca eres una víctima, y lo que ves son meros símbolos de tu locura reflejados fuera de ti, sólo que ahora ya tienes un modo de liberarte de ella liberando a los demás. Las demás personas, a su vez, sólo podrán vivir en paz cuando estén dispuestas a mirar su *propio* lado oscuro, tal como lo ven los demás, y perdonarlo. Cuando se sale del nivel de la forma, las personas de Oriente Medio no son víctimas de los norteamericanos, ni de Israel, ni de nadie más. Incluso la gente de un país tan castigado como Líbano, o los palestinos, que ni siquiera tienen país, no son víctimas del mundo que ven. Tirar piedras a la misma gente a la que las tiraron sus abuelos no producirá un cambio positivo para esta generación, del mismo modo que tampoco lo produjo para las anteriores.

Los israelíes están representando el guión que acordaron con sus vecinos, tanto si parece que es así como si no. Los individuos, estén del lado que estén, deben estar dispuestos a perdonar el supuesto mal que *perciben* en sus enemigos, que en realidad no tienen más existencia que ellos mismos. Los habitantes del mundo deben sanar sus relaciones y deshacer su culpa inconsciente antes de que la violencia pueda acabar de modo permanente.

Gary: ¿Quieres decir que, cuando estallaron las bombas en las embajadas, no fue una buena idea entrar en internet y convocar el Día de la Ira de *Un Curso de Milagros*? Es broma. Las noticias nos hacen ver la culpa en los demás —tanto si son terroristas, como si son los políticos con sus cazas de brujas, o esas personas que son culpables de delitos, o sean quienes sean los que los fiscales y los medios quieran hacernos creer que son culpables—, porque conseguir que proyectemos nuestra culpabilidad en los demás es bueno para ciertas profesiones y categorías. En algunos concursos televisivos se juega a ver quién menosprecia mejor a los demás. Y en los noticiarios, de cuantos más problemas consigan preocuparnos, mejor. Todo esto hace que nuestra mente se acelere enormemente.

Arten: Exacto, y eso es precisamente lo que el ego quiere. Como te enseña el Curso:

> (...) Uno de los ardides favoritos del ego para obstaculizar el aprendizaje es embarcarse en problemas diseñados de tal manera que su resolución sea imposible. La pregunta que nunca se formulan quienes se embarcan en tales maniobras dilatorias es: «¿Para qué?» Ésa es la pregunta que tú tienes que aprender a plantear en relación con todo. ¿Qué propósito tiene esto? Sea cual fuere, dirigirá tus esfuerzos automáticamente[5].

Gary: El propósito debería ser el perdón y la Expiación. En televisión, toda la diversión es función de la multiplicidad, de que uno *aparece* como muchos. El uno soy yo —aunque en realidad no soy yo, sino símbolos de lo que hay en mi inconsciente— y la respuesta siempre es la misma, independientemente de la forma que asuma la multiplicidad. Creo que el perdón puede ser algo muy simple cuando lo recuerdas.

Pursah: Sí, ya te dijimos que era factible. No siempre fácil, pero factible. No lo olvides, las imágenes que ves en lo que crees que es tu vida real no son más reales que las que ves en la televisión o en las películas.

Gary: Estoy intentando recordar. Pero ya sabéis lo que no me gusta: no me gusta que todo eso que he aprendido sobre los mercados no sea real, como la secuencia Fibonacci y los porcentajes, la Sección Dorada, los ángulos Gann, la Teoría Onda de Elliot, mis indicadores técnicos... todos esos conocimientos. Me siento un poco decepcionado de que nada de eso sea real.

Pursah: Eso es igualmente válido para todos los ídolos y herramientas que la gente usa para tratar de alcanzar sus sueños. No lo olvides, esto no significa que no puedas usar ilusiones *dentro* de la ilusión del modo que te parezca más adecuado. Ya hemos indicado que no hay nada de malo en la magia cuando se usa al mismo tiempo que el perdón, y eso es aplicable a las herramientas de cualquier profesión que hayas elegido.

Gary: De modo que se me pueden perdonar todas mis ilusiones, sean cuales sean, y así podré llegar más rápidamente a casa.

Nota: En este punto se oyeron algunos disparos en el bosque muy cerca de mi casa, una situación que no era excepcional en fechas próximas a la Navidad aunque la temporada de caza del ciervo había terminado unas semanas antes. A veces se oían casos de ciudadanos de Maine que habían muerto en el jardín de su casa, o incluso dentro de ella, a manos de los cazadores.

Gary: No os preocupéis, no me han dado. Son sólo algunos paletos matando unos pocos animales indefensos por placer.

Arten: Nunca has disparado un arma, ¿no?

Gary: No. Eso es porque cualquier hombre que tenga la necesidad de disparar un arma siente secretamente que tiene un pene insuficiente. Y una mujer que tenga necesidad de disparar un arma en realidad se siente envidiosa de no *tener* pene. Bueno, ésta es mi opinión. Quizás aún me sienta molesto por esa mujer cerca de Waterville que estaba en el jardín de su casa con sus hijos; un cazador la confundió con un ciervo y la abatió.

Arten: Te estás desviando, Gary. Estamos hablando del perdón, ¿recuerdas?

Gary: ¡Me estoy tomando el día libre!

Arten: Bueno, pues seguiremos adelante de todos modos. Recuerda que todo es *igualmente* ilusorio. No importa que sea tan grande como una galaxia o tan pequeño como un neutrino. Ni siquiera importa si es una civilización que vuelve a destruirse a sí misma. Todo es lo mismo.

Gary: ¿Las civilizaciones siempre se destruyen a sí mismas?

Arten: Generalmente, sí. Por ejemplo, vida humanoide inteligente emigró de Marte a la Tierra. Esa vida inteligente no *había surgido* en Marte, sino que también había emigrado allí. A esas alturas, la mayor parte de la civilización marciana había sido destruida, de modo que fue tanto una huida a la Tierra como una emigración. Asimismo, hay veces en que el impacto de un asteroide sobre la superficie de un planeta destruye la mayor parte de la vida que alberga.

Gary: Siempre hay algo, ¿verdad?

Arten: Siempre hay algo hasta que deja de haberlo. Cuando J os habló y dijo: «Renunciad al mundo y a los caminos del mundo; haced que carezcan de significado para vosotros», se refería a que lo que veis no existe. No es nada, porque en realidad no está allí. ¿Cómo podría la nada significar algo? Si haces que tenga algún significado, bueno o malo, entonces estás intentando cambiar la nada por algo. Lo único que debes hacer con ella es que no tenga sentido.

Al mismo tiempo, no trates de quitar a la gente sus ídolos ni sus sueños. Recuerda lo importantes que han sido algunas cosas para *ti*. ¿Recuerdas cuando eras niño y fuiste a oír tocar a los Beatles en Boston?

Recuerda que todo es igualmente ilusorio, sea tan grande como una galaxia o tan pequeño como un neutrino. Ni siquiera importa si es una civilización que vuelve a destruirse a sí misma.

Gary: Claro.

Arten: ¿Habría habido algún modo de decirte que aquello no era importante?

Gary: Veo a qué te refieres. Mi ídolo era George Harrison. Aprendí a tocar la guitarra imitándole. No habría habido modo de convencerme de que aquello no era lo más importante del mundo en aquel momento.

Arten: Recuerda eso cuando sientas la tentación de criticar los sueños de otros. Renunciarán al apego a sus ilusiones cuando llegue el momento.

Gary: Ni siquiera te pediré más información sobre Marte. Ya tengo suficientes datos para incorporar por el momento.

Pursah: No es importante, Gary. Pero, en realidad, no pensabas que descendías del mono, ¿verdad? Hay muchos tipos de humanoides diferentes. El ego fabrica cuerpos que en realidad fueron hechos todos al mismo tiempo, pero en el tiempo parecen estar separados. Las imágenes corporales son proyecciones; la culpa y el miedo hacen que parezcan sólidas, y después el guión está preparado para que parezca que los cuerpos son función de un proceso natural. La muerte se vuelve tan natural como la vida, aunque en realidad no *hay* muerte.

Gary: Lo entiendo. También entiendo la idea de que las noticias están preparadas para hacernos reaccionar y para que consideremos culpables a los demás, con lo cual tienen el mismo propósito que el resto de la ilusión. Lo veo incluso en nuestras noticias regionales.

Pursah: Sí. Por ejemplo, es posible que la policía local quiera aparentar que está haciendo algo; entonces llaman al periódico local y arrestan a las prostitutas del lugar.

Gary: Y con eso desaparece mi vida social.

Pursah: En serio, el punto importante con el que queremos dejarte es éste. El libro que estás escribiendo no es sobre ti, ni tampoco sobre nosotros. Nosotros hemos venido aquí para ofrecer a la gente un mensaje espiritual —un mensaje para el que no todos están preparados todavía— que es éste: cuando estés dispuesto a aceptar que lo *único* que cuenta en tu vida ilusoria es completar satisfactoriamente tus lecciones de perdón, serás verdaderamente sabio.

A pesar de las lagunas en tu sabiduría, tú, hermano mío, estás haciéndolo muy bien. *Siempre* perdonas, aunque algunas veces tardes unos minutos o unas horas en hacerlo. Estás ganando la partida. Acepta eso y haz que aumente todavía más tu determinación de perseverar.

Arten: En los meses que vienen, no olvides nunca que el objetivo es lo único que merece la pena, y que este mundo no la merece. Piensas que el universo es valioso porque estás acostumbrado a él y, a excepción de algunas experiencias recientes, es todo lo que recuerdas, al menos en este ciclo de vida. El Curso te pregunta:

> ¿Cómo podría ser un sacrificio renunciar al dolor? ¿Lamentan acaso los adultos abandonar los juguetes que tenían de niños? Y el que ha vislumbrado la faz de Cristo, ¿podría sentir nostalgia por lo que ocurre en un matadero? Nadie que haya huido del mundo y de todos sus males lo contempla con condenación. No obstante, no puede sino alegrarse del sacrificio que todas las cosas que el mundo valora le habrían exigido[6].

Pursah: Eso es todo por hoy, querido hermano. Felices vacaciones y éxitos continuados, aunque sea duro. Te dejamos con estas palabras del Curso para animarte:

> Ten fe únicamente en lo que sigue a continuación, y ello será suficiente: la Voluntad de Dios es que estés en el Cielo, y no hay nada que te pueda privar del Cielo ni que pueda privar al Cielo de tu presencia. Ni tus

percepciones falsas más absurdas, ni tus imaginaciones más extrañas, ni tus pesadillas más aterradoras significan nada. No triunfarán sobre la paz que la Voluntad de Dios ha dispuesto para ti[7].

13. VERDADERA ORACIÓN Y ABUNDANCIA

> Te pedí una vez que vendieses todo cuanto tuvieses, que se lo dieses a los pobres y que me siguieras. Esto es lo que quise decir: si no inviertes tu atención en ninguna de las cosas de este mundo, puedes enseñarles a los pobres dónde está su tesoro. Los pobres son sencillamente los que han invertido mal, ¡y vaya si son pobres![1]

Arten y Pursah me habían prometido que me hablarían de la verdadera oración y del modo de obtener guía para actuar en mi vida cotidiana. Pensé que éste podría ser el tema de nuestra siguiente conversación, porque hacía poco había sentido el deseo de dedicar tiempo a estudiar y aplicar uno de los folletos relacionados con el Curso, *La Canción de Oración*, que también trataba de estos temas. Mis amigos ascendidos tenían que reaparecer en agosto de 1998, pero, antes de eso, el fin de semana del 4 de julio tenía previsto visitar al hombre que, según había dicho Pursah, llegaría a ser considerado el mayor maestro del Curso.

Durante los cinco años anteriores, desde que el facilitador de mi grupo de estudio me prestara algunas cintas de Ken Wapnick, había escuchado ocasionalmente sus enseñanzas. Lo cierto es que no me gustaba mucho leer, y esas cintas de audio me ayudaban mucho a comprender el Curso y a aplicarlo. Aunque podía estudiar el Curso por mi cuenta, me gustaba tener ayuda, y sentía muchas ganas de hacer un taller con Ken.

Durante las diez horas que Karen y yo tardamos en desplazarnos desde la zona rural de Maine donde vivíamos hasta Roscoe, una pequeña ciudad en las montañas Catskills, en el estado de Nueva York, me alegré de estar haciendo por fin aquel viaje después de postergarlo más de cinco años. Y aún me sentí más feliz al contemplar el idílico paraje donde tenía su sede la Fundación para *Un Curso de Milagros,* junto al precioso lago Tennanah.

Íbamos a quedarnos un par de noches allí haciendo el taller que tenía por nombre «Tiempo y Eternidad» en compañía de otros 150 estudiantes. Un alto porcentaje de aquellas personas venían de la ciudad de Nueva York y sus alrededores, pero también había estudiantes de todo Estados Unidos y algunos visitantes internacionales. A medida que hablaba tímidamente con algunos de mis compañeros de estudios, fui dándome cuenta de que la mayoría de ellos estaban en el extremo superior de la escala de inteligencia, algo que cabía esperar de los estudiantes serios del Curso.

En los tres días que pasamos en Roscoe tuve ocasión de conocer personalmente a Ken, y hablé con él un par de veces en el comedor. Dos de las cosas que más me sorprendieron de él fueron su estilo relajado y su excelente sentido del humor, rasgos que no resultaban tan evidentes en las cintas grabadas.

Aunque en realidad no es posible expresar con palabras una experiencia de estas características, baste decir que para mí el curso fue un acontecimiento transformador. Salí de él con la convicción de que, si bien no siempre podía controlar *lo que* parecía ocurrir en mi vida, siempre podía controlar mi manera de contemplarlo, y por tanto los sentimientos que suscitaba en mí.

Un par de años después, en junio de 2000, fui a Roscoe para hacer un segundo taller con Ken. Entonces me sorprendió saber que la Fundación se iba de Roscoe y se trasladaba a la ciudad de Temecula, en el sur de California, a más de cinco mil kilómetros de distancia. Aunque al principio me sentí un poco decepcionado, estaba seguro de que Ken y su esposa Gloria sabían lo que estaban haciendo y estaban siendo guiados por Jesús, y también sabía que California era la Meca de la espiritualidad de mentalidad abierta. Abrigaba la esperanza de poder visitar la Fundación alguna vez allí, en su sede del Oeste, y siempre me sentiría agradecido por los talleres de Roscoe y la oportunidad de haber conocido a Ken.

De vuelta a casa, aquel verano pensé mucho en el tema de la escasez y la abundancia porque sabía que quería hablar de ello con Pursah y Arten. Me sorprendía tomar conciencia de que mis compatriotas norteamericanos pensaran que necesitaban tantas cosas materiales. Durante la Gran Depresión, si tenías un techo sobre tu cabeza y comida suficiente podías sentirte agradecido. Sí, entonces también había gente rica, pero la estrategia de la mayoría de los ciudadanos era la supervivencia. Si no pasabas frío ni hambre, podías considerarte afortunado. Después de la Segunda Guerra Mundial, y hasta principios de los años cincuenta, los americanos fueron muy conservadores con el dinero. Todos, excepto los más jóvenes, seguían teniendo en mente la Gran Depresión, y ahorrar estaba de moda, para disgusto de las compañías americanas. La primera emisión nacional de televisión tuvo lugar en 1951.

Por primera vez, toda la nación pudo ver anuncios en los que se les mostraban todas las cosas que no tenían y todas las razones por las que les convendría tenerlas. La gente no tenía ni idea de lo vulnerable que era a la sugestión y a la avaricia. A mediados de los cincuenta, los negocios ya iban viento en popa. Ahora lo más norteamericano era gastar en lugar de ahorrar. La gente compraba cosas de las que antes hubieran prescindido sin llegar a echarlas de menos. Desde que empezaron a ver la televisión, la idea de estar a la altura de sus vecinos empezó a echar raíces. La locomotora capitalista se puso en marcha y Wall Street con ella. Tal vez eso no fuera malo en el mundo material, pero, ¿qué estaba suponiendo para las mentes de la gente? Hacía que se centrasen cada vez más en lo físico, lo cual estaba perfectamente alineado con el guión oculto del ego, que trataba de alejar a la gente de la disciplina mental.

Otro punto de interés era que si la gente *no veía algo* por la televisión, entonces no importaba. El 11 de septiembre de 1973 ocurrió un hecho que no pareció tener mucha relevancia: el presidente democráticamente elegido de Chile fue asesinado por sicarios contratados por la CIA y en su lugar se instaló un derechista que era una marioneta de Estados Unidos. Las torturas y asesinatos padecidos por tantos chilenos fueron una vergüenza para el mundo, pero no para la mayoría de los norteamericanos, cuyas televisiones no contaron la historia con precisión.

En la década de los noventa, la mayoría de los norteamericanos no sabían que su país, aunque lo hubiera deseado, no podía ser miembro de la Unión Europea. Según la ley europea, el hecho de que aquí se permitiera la pena de muerte hacía que nuestra nación fuera demasiado bárbara para cumplir los requisitos exigidos a los socios.

En cualquier caso, todo esto era parte de un guión preconcebido, y yo sólo tenía dos lentes para verlo. El perdón no siempre llegaba a mí con rapidez, pero siempre acababa llegando.

Una tarde lluviosa de agosto de 1998 me encontraba en casa cuando Arten y Pursah se presentaron en su visita número trece. Pursah, sonriendo, abrió el debate.

Pursah: Hola, Gary. Me alegro de verte, como siempre. Nos alegra que hayas ido a ver a Ken. Evidentemente podrías aprender de él sin tener que ir a verle, pero es divertido que hayas ido.

Gary: Puedes estar segura, y también fue muy agradable conocerle personalmente. Me sorprendió lo divertido que es para ser un intelectual.

Pursah: Una de las mejores herramientas del Espíritu Santo es la risa, hermano mío. Si te tomas el mundo demasiado en serio, te comerá.

Gary: Sí, ojalá que me acordara de reírme un poco más a menudo. Aún retraso demasiado el perdón algunas veces. Estoy seguro de que sabéis de qué quiero hablar hoy. Me gustaría mejorar mi capacidad de recibir guía, y aprecio mucho que me consintáis mis actuales intereses.

Pursah: Todo es parte del plan. Vamos a hablar de una guía que *no* es de este mundo. Hoy no nos quedaremos mucho tiempo, de modo que vayamos al grano. Has leído el folleto *La Canción de Oración*, ¿cierto?

Gary: Claro. Es una de mis lecturas favoritas.

Pursah: Entonces hablemos de qué es la verdadera oración y de cómo puedes obtener beneficios secundarios de ella cuando no tratas de conseguirlos.

Gary: ¿Puedo plantearte antes una pregunta rápida?

Arten: Sólo venimos a servir.

Gary: Bien, he estado pensando en la devoción de los verdaderos mensajeros espirituales, desde San Francisco hasta la Madre Teresa, y hace que me pregunte si verdaderamente merezco ser un mensajero de Dios. A veces no soy muy devoto, ¿sabes?

Arten: Esto es algo que has de recordar siempre: la prueba de tu devoción es tu perdón. Ahora estás muy acostumbrado a perdonar, y olvidas que antes no era algo natural para ti. Cada vez que perdonas, piensa en ello como si fuera un regalo que te haces a ti mismo *y* a Dios. Te irá bien.

Gary: Gracias; lo intentaré. Pero también siento que no tengo el impulso necesario para escribir nuestro libro, o para ir por ahí intentando ser un portavoz del Curso. No tengo buena voz.

Arten: No tienes que hacer eso si no lo deseas, pero, si eliges hacerlo, recuerda esto: Moisés no tenía buena voz; Hitler, sí. Lo importante es el mensaje, no la forma que tome. Si lo intentas, podrías llevarte una sorpresa. Simplemente recuerda que te estás hablando a ti mismo. No hay nadie allí fuera, y puedes recordar este hecho en cualquier momento que lo desees.

Y en cuanto al impulso, tanto si se trata del impulso de hacer el amor como del impulso de trabajar, la gente lo tiene porque teme a la muerte. Tienen un plazo dado, por así decirlo. En el caso de un haragán como tú, el miedo a la muerte adopta otras formas. Cuando surja, recuerda lo erróneo que es tu miedo a la muerte y tu miedo a Dios.

Gary: En realidad, lo que me da miedo es no poder vivir en Hawai. Creo que lo he deseado más de lo que creía.

Arten: En primer lugar, no deberías sentirte culpable por desear vivir allí. ¿Por qué no ibas a hacerlo? Todo el mundo tiene que vivir en alguna parte. Es una simple preferencia. ¿Por qué darle tanta importancia? Las ballenas son suficientemente inteligentes como para ir allí en invierno. ¿Por qué no debería hacerlo un Piscis tan majo como tú?

Gary: Aún no tengo los medios para quedarme allí una larga temporada.

Arten: Eso es porque has estado poniendo el carro por delante del caballo. Por suerte para ti, hoy vamos a hablar de cómo poner el caballo delante del carro.

Pursah: Una de las cosas que tienes que entender es que eres inocente, independientemente de *lo que* parezca ocurrir en tu vida. Algunas personas se sienten culpables por ser pobres y otras se sienten culpables por ser ricas. ¿No crees que has sido ambas cosas, rico y pobre, en tus numerosas vidas oníricas? Sin embargo, ninguna de las dos cosas es verdad. ¡Es sólo un sueño!

Como hemos sugerido, si tienes bien incorporadas las bases del sistema de pensamiento del Curso, deberías ser capaz de aplicar lo aprendido a cualquier cosa. Por ejemplo, cuando tengas un profundo deseo de algo, debes estar pensando que eres un cuerpo, o que de algún modo estás separado de Dios. ¿De qué otro modo podrías desear algo? Si eres un espíritu, o si estás unido a Dios, no necesitas nada. Si recuerdas que *no* eres un cuerpo, entonces puedes dar un paso atrás y ver que tu deseo no tiene valor.

Una vez más, no estamos hablando de renunciar a todos los bienes materiales; estamos hablando de tu manera de mirarlos. Si necesitas algo —y tendría que faltarte para que lo necesitaras—, puedes recordar que tan sólo es un sustituto de Dios, y que tu único problema es tu sensación de separación de Él. Estás teniendo un sueño de escasez, pero no es verdad. En lugar de hacer que algo a nivel de la forma sea más importante que cualquier otra cosa, puedes recordar que en realidad todo es la misma nada. Cristo no necesita nada. Si necesitas algo, estás partiendo de un lugar de debilidad, pero si no necesitas nada, puedes venir desde la fuerza de Cristo.

> **Si recuerdas que no eres un cuerpo, entonces puedes dar un paso atrás y ver que tu deseo no tiene valor.**

GARY: ¿Y qué pasa si simplemente me gusta Hawai y lo elijo porque es precioso?

PURSAH: Un modo de hacerlo es considerar que la belleza que ves, o incluso la belleza en la que piensas, es un *símbolo* de la abundancia de Cristo. De ese modo, si llueve el día de tu cumpleaños y no puedes salir a ver la belleza, sigue estando allí, donde siempre ha estado, en tu mente.

ARTEN: En tu caso, la carencia emerge en forma de problemas económicos. Eso es resultado de tu culpabilidad inconsciente. No te sientas mal por ello. Tu culpabilidad inconsciente podría expresarse de formas mucho peores. Por ejemplo, es preferible tener tus problemas que padecer graves problemas de salud y muchas otras cosas con las que la gente tiene que enfrentarse. Sabes perdonar; tienes una presión sanguínea perfecta y pareces muchos años más joven de lo que eres. Cuenta tus bendiciones y siéntete agradecido de que la mayoría de tus lecciones sean suaves, y de que tu perdón esté haciendo que despiertes a la conciencia de lo que verdaderamente eres.

GARY: *Tengo* una idea bastante precisa de cómo rezar y estar con Dios, pero no sé si comprendo esta idea del beneficio añadido.

ARTEN: De acuerdo. La repasaremos brevemente y después nos iremos para que puedas practicar. Con la práctica se consigue la perfección.

Míralo de este modo. Si el universo ilusorio está en perpetuo cambio y Dios es inmutable y eterno, ¿en cuál de ellos preferirías tener tu origen? Tu problema de escasez, que es un símbolo del pensamiento de separación, queda ampliado por el hecho de que estás poniendo tu fe en algo con lo que no puedes contar. Si consideras que tu fuente de abastecimiento es algo de este mundo, por ejemplo tu carrera profesional, un trabajo específico o tus propias habilidades, entonces, cuando algo cambia —como siempre lo hace en este mundo— podrías quedarte en desventaja. Un origen ilusorio puede perderse.

Pero, ¿qué pasa que si tu Fuente de origen no puede cambiar ni fallar? Entonces estás poniendo tu fe donde está justificado que la pongas. Ahora puedes ver tus profesiones transitorias y tus iniciativas y empeños como simples herramientas que son expresiones simbólicas de tu abastecimiento constante. Ahora tu Fuente se convierte en un pozo sin fondo donde puedes acudir para obtener guía, que siempre se presentará como algún tipo de inspiración. Si se te rompe la herramienta, no pasa nada. No tienes que permanecer atado a ella porque no es tu Fuente de origen. Si tu Fuente es constante, entonces una herramienta puede ser sustituida rápida y cómodamente por otra a través de una ocurrencia muy natural: la inspiración. Puedes relajarte sabiendo que *no puedes* perder tu Fuente.

GARY: Ya he experimentado parte de lo que estás diciendo, pero podrías ser un poco más específico respecto a cómo es este proceso.

PURSAH: Sí. La instrucción de J en *La Canción de Oración* es muy específica, pero la unión con Dios es abstracta. Más adelante, generalmente cuando menos te lo esperas, te llegará una respuesta a tus problemas surgida de la nada, por así decirlo, como un efecto secundario de haberte unido con Dios. Aunque ya lo has leído, voy a repetirte parte de lo que dice esta joya:

> El secreto de la verdadera oración es olvidarte de las cosas que crees que necesitas. Pedir lo específico es muy parecido a contemplar el pecado y después perdonarlo. Del mismo modo, en la oración pasas por alto tus necesidades específicas tal como las ves, y las dejas en manos de Dios. Allí, ellas se convierten en tus regalos para Él, porque Le dicen que no tienes otro Dios más que Él; ningún Amor más que el Suyo[2].

Como ejemplo, cuando meditas, podrías visualizarte tomando la mano de J o del Espíritu Santo y yendo hacia Dios. Entonces podrías pensar en ti mismo dejando tus problemas, objetivos e ídolos ante Su altar como regalos. Quizá digas a Dios cuánto lo quieres y lo agradecido que te sientes por estar completamente a su cuidado, por siempre seguro y totalmente atendido. Entonces te quedas en *silencio.* Mantienes la actitud de que Dios te creó para ser como Él y para estar eternamente con Él. Ahora puedes olvidarte de todo, unirte al Amor de Dios y perderte en alegre Comunión con Él.

Un par de días después, podrías estar comiendo un bocadillo o trabajando en el ordenador, y de repente te impacta, llega a ti una idea inspirada. La palabra *inspirada*, como sabes, significa «en espíritu». Al unirte al espíritu has recibido la respuesta. La gente siempre busca que Dios responda a sus plegarias. Si supieran algo más sobre cómo han de rezar, también sabrían *cómo* viene la respuesta. Sus respuestas no vienen en forma de respuestas físicas, vienen a la mente en forma de guía: una idea inspirada, que el folleto describe como un eco del Amor de Dios:

> (...) La forma de la respuesta, si está dada por Dios, encajará con tu necesidad tal como tú la ves. Esto es meramente un eco de la respuesta de Su Voz. El verdadero sonido siempre es una canción de acción de gracias y de amor[3].

Ésa es la clave: unirse a Dios en amor y gratitud. Te olvidas de todo lo demás y te pierdes en Su Amor. Eso *es* lo que significa llenarse del espíritu. Ésa es la Canción de Oración. El eco es un beneficio añadido, pero no el propósito de la oración. Simplemente es algo que ocurre de manera natural cuando te unes a Dios y Le amas.

> No puedes, entonces, pedir el eco. La canción es el regalo. Junto con ella vienen los sobretonos, las armonías, los ecos, pero todos éstos son secundarios[4].

Gary: ¿Sería posible que pasara algo en el mundo que respondiera a mi necesidad tal como yo la veo?

Pursah: Las respuestas de Dios son internas, no externas. Si algo aparece en el mundo es un símbolo. No pienses que Dios actúa en el mundo porque no lo hace. Los *resultados* de seguir su guía pueden mostrarse en el mundo como símbolos de seguridad o abundancia.

Arten: Ahora puedes operar desde una posición de fuerza en lugar de debilidad. Tal vez descubras que tienes más paciencia y te relajas más en tu trabajo, consiguiendo así una mayor eficacia. Vaciando tu mente de los deseos que percibes en ella cuando vas a Dios, puedes experimentar Su Amor. Al retornar al mundo donde *piensas* que estás, puedes recordar con más regularidad el lugar donde verdaderamente estás: con Dios. A veces verás de manera muy clara y natural lo que deberías hacer en el mundo para resolver tus problemas. O, si tienes que afrontar una decisión importante, en qué sentido debes decidir. Este método funciona, ésa será la prueba más contundente de su validez. A medida que aceptes los regalos de tu Padre, recuerda que estás eternamente con Él.

> (...) Dios sólo responde para la eternidad. Pero, aun así, todas las pequeñas respuestas están contenidas en esto[5].

Pursah: Ahora te vamos a dejar, pero sólo en la forma. Cuando desaparezcamos, queremos que te unas con Dios, y nosotros estaremos allí. Cuando vas a Dios no estás tratando de conseguir nada: simplemente Le amas. Al hacerlo, te das cuenta de que eres amado por Él, ahora y por toda la eternidad.

> (...) En la verdadera plegaria, sólo oyes la canción. Todo el resto es mero añadido. Has buscado primero el Reino del Cielo, y todo lo demás se te ha dado por añadidura[6].

14. MEJOR QUE EL SEXO

> La revelación produce una suspensión completa, aunque temporal, de la duda y el miedo. Refleja la forma original de comunicación entre Dios y sus creaciones, la cual entraña la sensación extremadamente personal de creación que a veces se busca en las creaciones físicas. La proximidad física no puede proporcionarla[1].

En mi vida, había notado muchas cosas diferentes respecto al sexo. Tres de las más interesantes eran las siguientes:

— Aunque el sexo es todo lo «natural» que podría ser en la naturaleza, la gente siempre está tratando de hacer que los demás se sientan culpables por practicarlo.
— La gente sigue practicándolo de todos modos, aunque se sientan culpables.
— Aunque uno no debería apuntarlo en una sociedad sexualmente obsesionada, el sexo en realidad no hace feliz a todo el mundo.

En mi época de músico había conocido a una serie de personas que tenían frecuentes contactos sexuales y seguían sintiéndose desgraciadas. El sexo era una experiencia muy transitoria. La gente *suponía* que las demás personas que practicaban mucho el coito eran más felices, pero eso no era cierto. Si alguien parecía contento, era porque sentía algún tipo de felicidad interna que en último término no dependía de la gratificación temporal.

Una de las cosas que me gustaban del Curso era que el sexo no se planteaba como un problema. No se emitían juicios respecto al comportamiento sexual. La única pregunta era: ¿Qué identidad quiere tener el estudiante, la del cuerpo o la del espíritu? Si uno elegía el espíritu, eso no significaba que no pudiera tener relaciones sexuales. *Insistir en* que uno mismo u otra persona debería ser célibe sería un juicio más que una actitud de perdón, y, sin embargo, es perfectamente adecuado que quien así lo *elija* pueda ser célibe. El hecho de no centrar su identidad en el cuerpo significaba que, en algún punto, los estudiantes debían recordar quiénes eran ellos y sus parejas. Para quienes estaban enamorados, el sexo podía ser un símbolo de unión y una expresión de su amor. La clave era la conciencia —aunque esa conciencia se olvidara temporalmente en el calor del momento— de que la pareja en realidad no era un cuerpo, sino Cristo. Al mismo tiempo, lo que uno piensa con respecto a su pareja es lo que establece su *propia* identidad en su mente[2].

Una poderosa ventaja de *Un Curso de Milagros* es que, en lugar de limitarse a decirte que creas que no eres un cuerpo, te proporciona los medios para experimentar algo que está más allá, algo mejor. La mayoría de la gente no tiene ni idea de lo bien que podrían llegar a sentirse. Uno de los principales objetivos del Curso es llevar al alumno a conocer una Identidad que no es de este mundo, junto con las experiencias que la acompañan. Estas experiencias no intelectuales, que paradójicamente son resultado de procesos intelectuales, son, de hecho, el heraldo de la respuesta permanente del Espíritu Santo a este mundo. La mayoría de la gente duda de renunciar al mundo, pero, ¿tendrían tantas dudas si pudieran saborear la alternativa con claridad? Si se les ofreciera una verdadera experiencia espiritual, se darían cuenta de que el mundo material es un chiste cruel en comparación con otras posibilidades disponibles. Todas las experiencias, incluyendo el sexo, son estados mentales, aunque tengamos la ilusión de que ocurren en el cuerpo. Recuerdo haber visitado una iglesia en Boston para escuchar una conferencia de dos monjes budistas que habían crecido cerca de la frontera entre India y Tibet. Después de la conferencia, la gente del público tuvo oportunidad de hacer preguntas. La mayoría de ellas eran el tipo de preguntas «espirituales» y educadas que la gente suele plantear. Entonces una mujer tuvo el coraje de ponerse de pie y preguntar a los dos monjes cómo podían pasar tanto tiempo —en un caso treinta años— sin contacto sexual. El monje que llevaba más tiempo siendo célibe, y que hablaba el inglés tan bien como el Dalai Lama, pensó un minuto y a continuación sorprendió al público con su respuesta: «Cuando estás en un orgasmo continuo, no supone ninguna diferencia.»

Desde el punto de vista de mis nuevas experiencias, ahora podía ver que la respuesta del monje feliz estaba en sincronía con la respuesta del Curso al dilema de renunciar al universo cambiante e ilusorio. Lo que el Espíritu Santo ofrecía era *constante*, en comparación con la experiencia precaria y poco fiable de la mente aparentemente separada. En realidad, la eterna Palabra de Dios *no* podía convertirse en carne temporal, excepto en los sueños irreales, pero la carne *podía* ser llevada ante la verdad.

Teniendo en cuenta mi deseo de tratar el tema del sexo durante nuestro encuentro siguiente, cada vez que entraba en mi comedor en abril de 1999 lo hacía con alegre anticipación, esperando la ansiada aparición de Arten y Pursah. A última hora de la noche de lo que en Nueva Inglaterra llamamos el Día de los Patriotas, recibí la esperada visita.

ARTEN: Hola, Gary.

PURSAH: Hola, Gary.

GARY: Hola, tíos. ¡Estoy encantado! Gracias por venir. Parece que ha pasado mucho tiempo desde la última vez que os vi.

PURSAH: Estamos siempre aquí, simplemente no nos ves. Hablando de tiempo, después de esta visita, nuestras próximas tres apariciones serán en diciembre —las próximas tres vacaciones de Navidad— de 1999, 2000 y 2001. Ya has aprendido a perdonar y sabemos que seguirás adelante por el camino elegido. A estas alturas sólo venimos a darte apoyo y a añadir algunas observaciones útiles. Dado que el sexo es parte de lo que llamas la vida, y como ya sabemos que deseas hablar de ello, ¿por dónde te gustaría empezar?

GARY: La buena de Pursah, siempre directa al grano. Me explicasteis que el Curso enseña que la tentación quiere convencerme de que soy un cuerpo, de modo que la pregunta es: ¿Cómo vivo la vida normal que decís que podría vivir, practico el Curso y al mismo tiempo no me siento mal con esa parte de mi vida onírica que es la identificación con mi cuerpo?

ARTEN: Recordando qué es el cuerpo y perdonándolo en el momento adecuado. Un sueño no es nada, y el sexo no es nada. Pero no te recomiendo que te vuelvas hacia tu pareja después de hacer el amor y le digas: «Eso no ha sido nada.»

GARY: *Sabía* que estaba haciendo algo mal.

ARTEN: No obstante, puedes darte cuenta de cuál es la verdad en el momento en que lo desees. Por ejemplo, al principio del Curso se dice:

Las fantasías son un medio para hacer asociaciones falsas y tratar de obtener placer de ellas. Mas aunque puedes percibir asociaciones falsas, nunca podrás hacerlas reales excepto para ti. Crees en lo que inventas. De igual modo, si ofreces milagros creerás en ellos con igual intensidad[3].

Un sueño no es nada y el sexo no es nada. Pero no te recomiendo que te vuelvas hacia tu pareja después de hacer el amor y le digas: «Eso no ha sido nada.»

Gary: De modo que todo es una fantasía, y la parte sexual de la fantasía es un intento de obtener placer de una falsa asociación. Supongo que parte de ello radica en que hemos hecho un falso ídolo de nuestra sensación sexual, como si fuera un sustituto de Dios.

Pursah: Sí. Escucha esta cita del apartado del Texto llamado «El Anticristo». J está hablando aquí de distintos tipos de ídolos, y ciertamente puede considerarse que el sexo es uno ellos.

No dejes que las formas que adoptan te engañen, pues los ídolos no son sino sustitutos de tu realidad. De alguna manera crees que completan tu pequeño yo, ofreciéndote así seguridad en un mundo que percibes como peligroso, y en el que hay fuerzas que se han aglutinado a fin de quebrantar tu confianza y destruir tu paz. Crees que los ídolos tienen el poder de remediar tus deficiencias y de proporcionarte la valía que no tienes. Todo aquel que cree en ellos se convierte en esclavo de la pequeñez y de la pérdida. Y así, tiene que buscar más allá de su pequeño yo la fuerza necesaria para levantar la cabeza y emanciparse de todo el sufrimiento que el mundo refleja. Ésta es la sanción que pagas por no buscar en tu interior la certeza y la tranquilidad que te libera del mundo, y que te permite alzarte por encima de él, en quietud y paz[4].

Gary: Ahora sí que me tienes contento.

Pursah: No temas, querido hermano. Como J te dice:

Este Curso no pretende despojarte de lo poco que tienes[5].

Simplemente te coloca en una posición donde puedes reclamar tu herencia natural, que es mucho mayor que cualquier sensación corporal que puedas invocar.

Gary: Sabes, antes del Curso no habría pensado así, pero el Espíritu

Santo me está ofreciendo algo mejor que el sexo. De hecho, el sexo ni siquiera se le aproxima.

Pursah: Eso es correcto. Al mismo tiempo, Él no trata de privarte de lo que percibes temporalmente como tus deseos. Hablando de tus deseos, ¿Karen no está aquí esta noche?

Gary: No. Ha ido a New Hampshire para hacer algunas compras con su madre. Se va a quedar a pasar la noche allí con ella.

Pursah: Es lo que suele hacer.

Gary: Es divertido. Sabes, hace unas semanas le conté que, cuando era adolescente, fui a un baile en un salón de una iglesia católica. Estaba bailando una pieza lenta estrechamente abrazado a una chica. De repente, una monja vino corriendo y puso una regla entre nosotros diciendo: «Ya está bien, chicos, dejad sitio ahí en medio para el Espíritu Santo.» Siempre me divierte recordarlo.

Arten: Sí, la mayoría de las religiones siempre han tratado de reprimir la expresión sexual, hasta que llega el momento de casarse y hacer más cuerpos... para la iglesia, por supuesto. Decir a la gente que reprima sus deseos inconscientes y previamente programados es como decirle a un pájaro que no vuele. ¿Recuerdas, cuando ibas al instituto, aquel ministro tan serio de la iglesia baptista que solía advertir contra los males del sexo y después perseguía a la mitad de las feligresas?

Gary: Oh, sí. Solíamos llamarle «El viejo bendícelas y desvístelas».

Arten: Cuando eres adolescente e irremediablemente lujurioso, ¿qué probabilidades tienes de escuchar a un hipócrita como él?

Gary: No muchas.

Arten: No, desde luego, lo que nos lleva a un tema divertido, pero que deberíamos tratar de pasada.

Durante los primeros 750 años de existencia oficial de la Iglesia, desde 325 hasta 1088 aproximadamente, a los sacerdotes no se les exigía ser célibes. Entonces el Papa Gregorio, que no tenía sentido del humor, insistió en que todos los sacerdotes fueran célibes, ¡hasta los que estaban casados en aquel momento! Evidentemente, eso exige que nos preguntemos: ¿Qué tuvo que ver la decisión del Papa Gregorio con J?

Gary: ¿Nada?

Arten: Exactamente. De modo que durante los últimos más de 900 años, los sacerdotes han tenido que ser célibes. En algunos casos eso está bien, pero en otros casos se han producido casos de abuso sexual que no habrían ocurrido si los sacerdotes hubieran podido expresar sus legítimos deseos sexuales. El universo ilusorio es un lugar de tensión y liberación. Eso es dualidad. Lo puedes ver en todo lo que llamas la naturaleza. Incluso puedes encontrarlo en la música. No es natural hacer que alguien renuncie a cierto tipo de conducta hasta que la persona esté preparada para ello, y en el caso de la mayoría de los sacerdotes tampoco es necesario. Y sí, hay pervertidos infantiles que no deberían ser sacerdotes, sean cuales sean las reglas.

Ahora, con el Curso, la tensión es liberada a través del perdón, pero hasta que alguien no sea un maestro del perdón, no se puede esperar que renuncie a la mayoría de los deseos mundanos. Eso es algo que viene de manera natural con la madurez de una mente avanzada en los caminos del verdadero perdón.

Ni siquiera J fue siempre célibe, y aunque no necesitó el sexo la última época de su vida, *estuvo* casado los últimos quince años.

GARY: ¿Perdón?

ARTEN: Actualmente esta idea os resulta chocante. Sin embargo, si hubieras estado allí hace dos mil años, lo que no era habitual es que un hombre judío de la edad de J *no* estuviera casado. No fue hasta mil años después cuando un Papa decidió que tenías que ser célibe para ser sacerdote. Vuestra visión sesgada de la historia, junto con siglos de proyección del pecado y la culpa inconscientes en el sexo, hace que ahora veáis el celibato de J como una necesidad.

La tensión puede ser liberada a través del perdón, pero hasta que alguien no sea un maestro del perdón, no se le debe obligar a renunciar a los deseos mundanos.

GARY: Oye, ¡que a mí me importa un comino! Quizás a otra gente...

ARTEN: Entonces infórmales de cómo fue realmente. La idea de que el sexo es algo malo nunca vino de Dios y nunca vino de J. Si crees que hay algo equivocado en el sexo, también podrías creer que comer es malo. Ambas cosas son actividades corporales normales, y cualquier idea en sentido contrario ha sido inventada por la gente y no procede de la inspiración espiritual. No obstante, es perfectamente adecuado que alguien renuncie al sexo si *él mismo* se siente inspirado a hacer eso como expresión de su verdadero ser.

GARY: Sí, he pensado en eso recientemente. Dime, ¿con quién estaba casado J, con esa chica, María Magdalena?

ARTEN: Sí, de hecho, lo estaba. Hoy día, muchos piensan que ella era una prostituta, y no porque lo diga la Biblia, que no lo dice. La Biblia habla de tantas prostitutas que la gente supone que María Magdalena también lo era. No lo era; era la querida esposa de J. A propósito, según la ley judía de entonces, el cadáver de una persona sólo podía ser ungido por los miembros de su familia, y si miras en el Nuevo Testamento, verás que aunque el cuerpo de J ya no estaba allí, a María Magdalena se le permitió ir a su tumba para ungirlo. ¿Qué debería decirte eso?

Gary: Muy interesante.

Arten: Toda la cuestión consiste en que la gente hace muchas suposiciones, pero J no vino al mundo a iniciar una religión para que la gente pudiera acusar a los demás de estar equivocados por tener cuerpos y querer usarlos. Él enseñó perdón, y sigue haciéndolo, para mostrar a la gente la insignificancia total del cuerpo y llevarles a su verdadera Identidad en Cristo.

Gary: De modo que puedo vivir y perdonar simultáneamente... y es posible tener las dos cosas, una erección *y* una resurrección.

Arten: Eso es cierto, ¡basta con no tenerlas a la vez! En algún momento tendrás que elegir definitivamente entre el cuerpo y el espíritu.

Pursah: Hablando de cuerpos, las preferencia sexuales de las personas o las cosas en las que se vean envueltas no importan. Ahora mismo, hay ciertas partes del cuerpo que son más importantes para ti, pero en realidad ninguna parte del cuerpo es más importante que las demás. Todas son iguales en su irrealidad. Y eso es aplicable a ese rasgo fetichista tuyo.

Gary: ¿Te refieres a la atracción que siento por el vientre de las mujeres y su ombligo?

Pursah: Sí. A propósito, esa fijación es más habitual en Oriente Medio. Debes entender que las personas hacen asociaciones mentales, pero esas asociaciones después se desarrollan a nivel de la forma para hacer que esas personas se sientan de cierta manera. A veces están diseñadas para hacer que te sientas diferente, y por lo tanto culpable.

No se suele saber que existen dos niveles de desarrollo sexual en el cuerpo humano. Todo el mundo conoce el segundo nivel, que es la pubertad, pero la mayoría de la gente no se da cuenta de que las preferencias sexuales suelen determinarse durante la primera etapa del desarrollo sexual, y *eso* tiene lugar cuando sólo eres un niño. Por ejemplo —y recordando que la relación con tus padres es un sustituto de tu relación con Dios—, un niño puede estar jugando cerca de los pies de su madre y establece una asociación inconsciente entre los pies y ella. Entonces, cuando el niño llega a la pubertad, descubre que los pies de las mujeres le excitan sexualmente. Su madre simbolizaba a Dios, y los pies simbolizan a su madre.

Se crea una falsa asociación y una sustitución tras otra, y a menudo se trata de algo muy simple, que después es negado y proyectado. La totalidad del asunto se decidió con anterioridad, pero así es como parece desplegarse externamente en el mundo. En tu caso, tienes algo con los ombligos de las mujeres. Cualquier cosa que te excite siempre se remonta a una edad muy temprana y a algo que fue una asociación y después se convirtió en un recuerdo inconsciente. Después esa asociación vuelve a resurgir en *forma* de un deseo sexual particular.

GARY: Eso tiene sentido. A veces me he sentido diferente por tenerlo, y supongo que eso es el equivalente de la culpabilidad. Obviamente, la respuesta adecuada es el perdón.

PURSAH: Sí. Recuerda que, cualesquiera que sean tus preferencias, el Curso no trata de cambiar tu conducta. Si tu conducta cambia, que así sea. Si no lo hace, no te preocupes por ello. Es posible que ni siquiera lo desees. Lo importante es que entiendas que eres totalmente inocente.

GARY: Gracias.

ARTEN: Hablando de asociaciones, el hombre establece una conexión entre el Cielo y el útero de su madre. Esa conexión también está presente en la mujer, pero se evidencia más en el deseo masculino de entrar en la mujer, y a veces también en el deseo de la mujer de que esto suceda.

GARY: Eso explicaría por qué el hombre nace a través de la vagina de una mujer, y después se pasa la vida intentando volver allí.

ARTEN: Me alegro de que *tú* lo hayas dicho.

GARY: Hablando de preferencias, ¿cómo es que un musulmán de Oriente Medio puede tener cuatro esposas y nosotros los occidentales sólo podemos tener una?

ARTEN: En realidad en este país se te permite tener cuatro esposas, aunque no todas a la vez.

GARY: Oh, sí. Quizá sea más divertido así. Más vale que sigamos adelante; creo que si sigo por aquí me voy a meter en problemas.

ARTEN: ¿Meterte tú en problemas? Nunca.

GARY: Oye, Pursah, ¿tienes algún consejo para las mujeres respecto al sexo?

PURSAH: Sí. Ten cuidado con la serpiente de un solo ojo.

GARY: Muy bueno. ¿Algo más?

PURSAH: No tienes que preocuparte por las mujeres y el sexo. Ellas hablan con otras mujeres sobre sexo; es prácticamente una secta. Como no tienen el virus machista, suelen ayudarse unas a otras. Una vez más, en un momento u otro, todo acaba reduciéndose al perdón.

GARY: Sabes, siempre he pensado que cuando me haga un poco mayor me estableceré y tendré tres hijos; ya sabes, uno de cada, y crearé una familia. Ahora ya no estoy tan seguro. Me parece que todas las relaciones especiales dependen de un pasado y un futuro, lo mismo que todos los juicios. No estoy diciendo que sea malo tener hijos, simplemente ya no tengo tan clara la necesidad de tenerlos.

ARTEN: Continúa uniéndote a Dios y serás guiado en ese asunto. En último término, un salvador del mundo se une a Dios del mismo modo que una monja se desposa con Jesús, pero no es necesario que hagas eso completamente si no te sientes preparado. Si te ayuda en algo, Gary, ya eres padre.

GARY: ¿Quién lo dice? ¡Lo niego todo!

ARTEN: No me refiero a esa clase de paternidad, amigo mío. Te recuerdo esta interesante declaración del Libro de Ejercicios:

> ¡Libera al mundo! Tus verdaderas creaciones están esperando a que lo liberes para concederte la paternidad; y no una paternidad de ilusiones, sino una de verdad como la de Dios. Dios comparte Su Paternidad contigo que eres Su Hijo, pues Él no hace distinciones entre lo que Él es, y lo que sigue siendo Él Mismo. Lo que Él crea no está separado de Él, y no hay ningún lugar en que el Padre se acabe y el Hijo comience como algo separado[6].

GARY: Genial. ¿Estás diciendo que cuando esté en el Cielo seré exactamente como Dios?

ARTEN: Sí; exactamente como Él.

GARY: Va a ser muy impresionante, ¿verdad?

ARTEN: Lo has entendido. Sigue preparándote mediante el perdón, y cuando estés preparado para volver a tu estado natural, estarás allí con Dios. Ésa es Su promesa, no sólo la nuestra. Como J te instruye en la misma lección del Libro de Ejercicios:

> (...) Niega las ilusiones, pero acepta la verdad. Niega que seas una sombra superpuesta brevemente sobre un mundo moribundo. Libera tu mente, y contemplarás un mundo liberado[7].

PURSAH: Entonces, hermano, ¿tienes alguna pregunta antes de que volvamos al lugar del que vinimos?

GARY: Ahora no se me ocurre ninguna. Es divertido cómo las cosas se van poniendo en perspectiva. Cuando era niño solía pensar que mi generación era mucho mejor que la generación de mis padres. ¡Y eso que mis padres eran músicos! Ahora veo que cada generación cree que ha inventado la música y el sexo, y que sus padres están desfasados. Antes de darse cuenta, tienen un montón de críos que crecen y piensan que son *ellos* los que han inventado la música y el sexo, y que *sus* padres están desfasados.

PURSAH: Muy observador. Todo depende del estilo y de las hormonas. La verdadera idea que está detrás, la idea que el ego tiene de la separación, sigue siendo la misma. Tu trabajo consiste en reemplazar esa idea por el amor del Espíritu Santo.

GARY: Sí, y creo que ahora soy capaz de ver lo poderosa que es la mente, incluso a nivel de la forma. He leído en el periódico que las niñas están mostrando signos de pubertad a una edad cada vez más temprana. Los científicos están buscando razones físicas, relacionadas con la genética y el entorno social. Sus métodos ni siquiera les permiten considerar que la mente es responsable de esto, y que bombardear constantemente a la gente con imágenes sexuales porque ése es el mejor modo de vender todo tipo de productos está produciendo cambios en los cuerpos infantiles. No estoy diciendo esto para emitir un juicio sobre el sexo, pero creo que indica que la mente dirige al cuerpo, no la genética, ni el entorno, ni la evolución.

ARTEN: Lo que dices es cierto. La identificación corporal se refuerza a sí misma, y la identificación con el espíritu libera el cuerpo. Cada persona debe hacer esa elección personal. Perdona las figuras oníricas, hermano mío, y tu premio será tu Ser.

PURSAH: Quizá lo mejor sea dejarte con una afirmación del Texto que te recordará tu camino a casa. Te veremos en Navidad. Hasta entonces, recuerda tu propósito, que es el del Espíritu Santo, y recuerda estas palabras:

> Desde el mundo perdonado el Hijo de Dios es elevado fácilmente hasta

su hogar. Y una vez en él, sabrá que siempre había descansado allí en paz. Incluso la salvación se convertirá en un sueño y desaparecerá de su mente. Pues la salvación es el final de los sueños, y dejará de tener sentido cuando el sueño finalice. ¿Y quién, una vez despierto en el Cielo, podría soñar que aún puede haber necesidad de salvación?[8]

15. MIRANDO HACIA EL FUTURO

La presencia del miedo es la señal inequívoca de que estás confiando en tu propia fortaleza[1].

El fin del milenio fue un tiempo de cambios para Karen y para mí. Nos fuimos de la casa en la que llevábamos diez años viviendo y nos trasladamos a un apartamento en la ciudad que nos ofrecía todo un mundo de comodidades en lugar de los retos de la vida campestre a la que estábamos acostumbrados. Muchas veces habíamos pensado en mudarnos, pero seguíamos donde estábamos por uno de nuestros mejores amigos, nuestro perro Nupey. Y después de darnos amor incondicional durante quince años, Nupey hizo su transición a la otra vida perruna.

Los zoroastrianos consideran que los perros son espiritualmente iguales a los humanos, y no hay nada en mis observaciones que me haga estar en desacuerdo con ellos. Los budistas creen que la mente es la mente, y que en realidad no importa lo que el contenedor parezca ser. Una vez más, no veía razones para el desacuerdo. Sabíamos que echaríamos de menos a Nupey, pero que algún día estaría con nosotros en el Cielo, que era nuestra realidad.

Aquel otoño también habíamos hecho una visita muy deseada a Hawai, y consideramos nuestro traslado al apartamento como parte de un plan más amplio de trasladarnos más adelante a Oahu o Maui. Entre tanto, yo tenía mucho en qué pensar mientras el mundo se preparaba para un importante rito de tránsito.

A lo largo de la década anterior, había oído constantes predicciones de cosas terribles que ocurrirían durante el cambio de siglo. Los escritores y conferenciantes Nueva Era no dejaban de predecir grandes cambios climáticos causados, entre otras cosas, por un cambio en los polos magnéticos de la Tierra que produciría grandes inundaciones, terremotos, mucho frío en lugares donde ahora hace calor y calor veraniego en lugar donde ahora reinan condiciones invernales. Terribles terremotos reformarían el mundo y sólo los espiritualmente avanzados serían guiados a lugar seguro. Estos pronósticos no parecían muy diferentes de las advertencias sobre el final de los tiempos hechas por los entusiastas del Apocalipsis. No obstante, este libro puede ser interpretado —y lo ha sido— de cualquier modo que el lector quiera verlo.

Era muy posible que la mayoría de estas interpretaciones tuvieran muy poco que ver con lo que el fervoroso escritor del libro tuviera en mente. Por ejemplo, en lugar de predecir la llegada de un anticristo, que de algún modo estaría conectada con el número 666, es muy posible que este número fuera una referencia hebrea al Emperador Nerón, y no tuviera la finalidad de describir a nadie más que a ese particular y muy odiado enemigo de la cristiandad. También era muy posible que el escritor del Apocalipsis, como muchos otros cristianos de su tiempo, creyera que el retorno de J en cuerpo físico se iba a producir en unos pocos años, con lo que se equivocó en como mínimo dos milenios.

No obstante, la naturaleza humana dicta que si un ministro de nuestros días desea tener éxito, una de las mejores técnicas es llamar a detenerlo todo y advertir vigorosamente a sus seguidores de que la terrible ira de Dios está a punto de manifestarse como «el final del mundo». Esto es algo que ha funcionado con la gente que siente culpabilidad inconsciente durante dos mil años, y aún sigue funcionando en nuestras días no sólo con los cristianos, sino también con los oradores de Nueva Era y su público, las mismas personas que los cristianos conservadores consideran herramientas del diablo.

A lo largo de la historia del mundo, *siempre* ha habido cambios en la tierra y siempre los habrá, pero no a una hora establecida artificialmente por la gente. La hora de todos los acontecimientos quedó establecida en la mente inconsciente que la gente ha olvidado. Arten y Pursah tenían razón; al ego le encantan los despertares bruscos, y las tragedias terribles suelen ocurrir cuando la gente *no* las espera, no cuando están previstas. Las primeras décadas del nuevo milenio probablemente traerán consigo su cuota de tiempos maravillosamente buenos y horriblemente malos, pero no el final de los tiempos. El ego tiene un gran juego en marcha. ¿Por qué no dejar que siga adelante un poco más?

Arten y Pursah me dijeron al principio que no revelarían gran cosa del futuro. No obstante, yo era un especulador, y pensé que podría ser divertido tratar de conseguir alguna información de ellos respecto a lo que ocurriría en el nuevo milenio. Sabía que habían estado observándome, y que no estaba decepcionándoles con mi manera de realizar el trabajo de perdón. Aunque inicialmente desaprobaba buena parte de lo que veía en el mundo, seguía acordándome de perdonar a mis hermanos y hermanas. Porque, cuando perdonaba en lugar de mantener a los demás prisioneros de la culpa, ¿quién estaba siendo perdonado en realidad? En nuestras conversaciones yo mismo había citado unas líneas del Curso que preguntan:

> (...) ¿Podrías tú a quien Dios dice: «¡Libera a mi Hijo!», caer en la tentación de no escuchar, una vez que te has dado cuenta de que es tu propia liberación la que Él pide?[2]

Acababa de desempaquetar algunas cajas en nuestro nuevo apartamento cuando Arten y Pursah aparecieron de repente en el mismo sofá donde habían proyectado sus imágenes tantas otras veces.

ARTEN: Hola, hermano, como dicen en tus islas favoritas. ¿Te gustaron tus vacaciones en Hawai?

GARY: Fueron geniales, colega, gracias. Me encanta ese lugar. La gente es tan tranquila... suelen decir cosas como: «No es gran cosa, hermano», y las dicen en serio. ¿Qué podría ser mejor que eso? ¡Ha sido un viaje genial!

PURSAH: Un viaje sin culpabilidad. Sí, nos alegra mucho que te lo pasaras bien. Este piso que tenéis ahora también es muy agradable. Podrías acostumbrarte a vivir en un edificio de apartamentos.

GARY: Seguro que sí. Ya no tendré que cortar la hierba.

PURSAH: ¿Fuisteis a dos grupos de estudio mientras estabas en Hawai?

GARY: Sí, lo hicimos. Es divertido comprobar lo diferente que lo ven todo los isleños. El primer grupo, en Oahu, comprendía la naturaleza no dualista del Curso, pero el grupo de Maui no la entendía. Podía notar claramente la diferencia cuando hablaban. Pero no dije nada.

PURSAH: Bien por ti. Recuerda siempre que has de dejar que los demás tengas sus creencias. No es necesario conseguir que otra gente esté de acuerdo con lo que tú piensas, y tampoco es necesario que la gente, tanto si son estudiantes del Curso como si no, estén de acuerdo con las cosas que contarás en tu libro. Simplemente pon la verdad ahí fuera y deja que el Espíritu Santo se encargue del resto. Todo el mundo aprende y acepta exactamente lo que tienen que comprender, y exactamente cuando toca. Eso no lo podrías cambiar aunque quisieras, y no deberías quererlo. ¡Sólo es un sueño! Sí, di lo que piensas, pero no digas a los demás que se equivocan. No estés en desacuerdo con ellos; simplemente di la verdad tal como la conoces de una manera agradable. Y después retírate; nunca les hagas frente. ¿Me oyes, hermano?

Recuerda siempre que has de dejar que los demás tengan sus creencias. No es necesario conseguir que otra gente esté de acuerdo contigo.

GARY: Alto y claro. Entonces, dime, ¿habrá paz en el nuevo milenio?

ARTEN: Bueno, no. Para empezar, la paz no será posible hasta que la gente deje de identificarse con sus naciones particulares y empiecen a ver a todos sus hermanos y hermanas —y por tanto a sí mismos— como espíritu. Cuando eres ilimitado no tienes ninguna frontera que defender ni nada por lo que matar. Eso no implica que no puedas cantar himnos patrióticos en el parque; significa que mientras pareces vivir tu vida normal, sabes, en tu corazón, cuál es tu verdadero hogar, y que el camino que te llevará allí no pasa por defender unas ilusiones frente a otras ilusiones, sino que pasa por perdonarlas.

GARY: Excelente. Dímelo directamente: ¿Vamos a entrar en el Apocalipsis en este cambio de siglo? *Yo* no lo creo, pero dímelo de todos modos.

ARTEN: La idea del Apocalipsis es más antigua que las montañas. En realidad es prejudía. Se remonta a Persia y a Zoroastro. Evidentemente, nosotros tuvimos nuestra propia versión con Daniel, y los cristianos tienen la del Libro de las Revelaciones. La gente Nueva Era tiene sus «cambios terráqueos». Todo ello viene del mismo miedo. ¿Sabes qué es lo mejor del Libro del Apocalipsis? Que, en última instancia, el mal no es vencido por la fuerza, sino por el amor. De ahí el símbolo del cordero. El Amor es más fuerte que el miedo, y eso es lo que indica la Biblia cuando dice que el bien siempre vencerá al mal.

Deja que te dé un breve ejemplo del amor superando al miedo y del

Espíritu Santo operando en una situación de la que probablemente no tenías noticia, pero que estuvo *a punto* de matarte a ti y a todos tus conocidos.

En 1983, los soviéticos creyeron que Ronald Reagan se estaba preparando para atacarles. Estados Unidos estaba llevando a cabo el mayor rearme conocido en tiempos de paz, y entonces pasó algo que nadie había previsto. El 25 de septiembre, un fallo informático en Rusia hizo que sus ordenadores interpretaran que la luz del sol reflejada sobre las nubes eran misiles norteamericanos que les estaban atacando. Los soviéticos estuvieron a cinco minutos de ordenar un ataque generalizado. Si lo hubieran ordenado, 100 millones de personas hubieran muerto inmediatamente de *cada* lado. Todas las grandes ciudades de Estados Unidos y de la Unión Soviética habrían sido destruidas completamente, y el mundo sería un infierno para los supervivientes, que envidiarían a los muertos.

GARY: Mierda, tío. ¿Y qué les detuvo?

ARTEN: Un único hombre. Esto es un ejemplo de alguien que escucha al Espíritu Santo, aun sin saber que lo está haciendo. Su nombre era Coronel Petrov, y valientemente fue en contra del protocolo establecido, insistió en que los ordenadores se equivocaban y abortó el ataque. Por sus nobles esfuerzos, finalmente sus superiores, que habrían ido adelante con el ataque en lugar de correr el riesgo de equivocarse, le obligaron a abandonar el ejército. El coronel Petrov escuchó al amor más que al miedo. Tú y tus seres queridos habéis podido vivir estas dos últimas décadas gracias a él.

GARY: ¡Vaya! ¡El militarismo y el nacionalismo están haciendo del mundo un lugar mejor, ¿cierto?!

ARTEN: Evidentemente. Ese coronel hizo una de las cosas más amorosas de la historia. Salvó a la mayor parte de la raza humana, y nadie sabe quién es.

GARY: Ya te llamaré cuando la vida sea justa.

ARTEN: Sólo la vida en el Cielo es justa, porque es perfecta. Eso es lo que se merece el Hijo de Dios. Aquí, en la Tierra, te diremos lo que puedes esperar en general este próximo siglo. Puedes esperar que todo sea más grande, vaya más rápido y dé más miedo. El siglo XX ha sido ridículo por su violencia, por su aparente aceleración del progreso científico y tecnológico y por sus terroríficos titulares. Este siglo puedes esperar más de lo mismo: sólo que más grande, más rápido y más pavoroso. Eso es lo que le gusta al ego.

No tendrás cambios terráqueos, pero tendrás un clima más violento y temperaturas más extremas, tanto en frío como en calor. La gente cree que se está produciendo un calentamiento global debido a la polución que se vierte a la atmósfera, y eso es cierto, pero también hará más frío. Enredar en la atmósfera está causando ambas cosas. Esto producirá estudios científicos contradictorios que confundirán a la gente y darán a las empresas una excusa suficiente para seguir haciendo lo que hacen. Después de todo, si la ciencia no saca conclusiones definitivas, ¿por qué hacer algo a lo que no están obligados? ¿Qué más da que cada vez más niños sufran asma y que la lluvia ácida esté matando todos los lagos?

Estas mismas empresas, a través de la letra pequeña de los acuerdos comerciales, tratarán de reemplazar las leyes nacionales por las decisiones de consejos internacionales. Eso les colocará en una posición en la que no tendrán que cumplir las leyes de muchos países, y no tendrán que pagar el coste de las demandas judiciales que pierdan ante los ciudadanos, lo que efectivamente les situará *por encima* de la ley. En el siglo XX, en tu país, el dinero ha llegado a ser más importante que la gente. En el siglo XXI el dinero se hará más importante que las leyes aprobadas por vuestros representantes electos, que deben dinero por sus campañas, y por tanto deben su propia elección a esas mismas empresas. Así, los grandes medios económicos se colocarán a sí mismos en una posición de autoridad total. El proceso de la democracia legislativa, que ya es un fiasco, se convertirá cada vez más en una especie de combate de lucha libre donde todo es espectáculo y el resultado ya está decidido.

Gary: ¿Pero no habrá cambios en la Tierra?

Pursah: Claro, habrá terremotos, tsunamis y huracanes que matarán a miles de personas y atemorizarán a todos. Pero, si te paras a pensar en ello, ¿no ha habido siempre terremotos, tsunamis y huracanes que han matado a cientos de personas y han aterrorizado a la gente?

En la década de los sesenta hubo un terremoto en China que mató a *medio millón* de personas. Si eso ocurriera hoy en California, todo el mundo pensaría que era el fin del mundo. Pero no sería el fin del mundo. Desgraciadamente, solo sería la continuación de los cataclismos que han ocurrido en las zonas propensas a los terremotos, sólo que a mayor escala y más mortíferos. Para poder tener una buena economía necesitáis ciudades al lado del mar con buenos puertos, y, por supuesto, muchas de estas ciudades están en la costa del Pacífico. Incluso una ciudad como Saint Louis, al lado del río Mississippi, está en medio de una falla. La mayor parte de la gente no se da cuenta de que la ciudad de Nueva York también está construida sobre una falla tectónica. Es un escenario ideal para el tétrico guión del ego.

Arten: En lo tocante al clima, uno de los mayores problemas de este próximo siglo será la alternancia de inundaciones y sequías. Dentro de treinta años, los coches propulsados por hidrógeno y diversos híbridos empezarán a dominar, primero en Europa y después en América... pero sólo después de que las grandes compañías hayan obtenido todo el dinero posible de los automóviles propulsados por los combustibles convencionales. Seguirá habiendo muchas compañías petrolíferas para producir otros productos, pero los motores de hidrógeno son la energía del futuro.

En cuanto a otras formas de viajar, ahora mismo se tarda cinco horas en viajar de Nueva York a Los Ángeles; más adelante en este mismo siglo tendrás compañías que cubrirán el trayecto en treinta minutos.

Habrá cosas buenas y malas, como siempre debe haberlas en un mundo dual. El mundo seguirá estando dividido entre los que tienen y los que no tienen. En cuanto a buenas nuevas, te indicaré que con la caída del comunismo el mundo está preparado para vivir la mayor expansión económica de la historia humana, y el índice Dow Jones estará en el nivel de los 100.000 puntos dentro de cincuenta años.

Nota: La semana que Arten dijo estas palabras el índice Dow Jones había alcanzado una cotización récord de 11.750, y después había comenzado una tendencia bajista. El Dow y la mayoría de los mercados de valores tendrían que seguir una increíble tendencia ascendente a lo largo de los próximos cincuenta años para que se cumplan las predicciones de Arten.

Gary: Hasta aquí hemos llegado con el fin del mundo.

Arten: Sí. Ahora déjame que te pregunte algo. En uno de tus viajes a Nueva York subiste al Empire State Building, ¿cierto?

Gary: ¡Sí! Eso estuvo genial.

Arten: ¿Por qué subiste allí?

Gary: Bueno, creo que significaba mucho para mí. Sabes... todas las películas y el hecho de que fuera el edificio más alto del mundo durante tanto tiempo.

Arten: Sí. ¿Y por qué dieron algunos pisos más al World Trade Center?

Gary: Para que fuera más alto.

Arten: Exactamente, pero tú subiste al Empire State porque significaba más para ti.

Gary: Sí, ¿y qué?

Arten: Un edificio significa más para ti, pero el otro significa más para otros. No todo el mundo tiene los mismos ídolos, pero todos tienen una cosa en común. ¿Qué es lo que los ídolos parecen dar a la gente, tomen la forma que tomen? Como explica el Curso:

> (...) Tiene que ser más. No importa realmente de qué se trate: más belleza, más inteligencia, más riqueza o incluso más aflicción o dolor. Pero para eso es un ídolo, para darte más de algo. Y cuando uno falla, otro viene a ocupar su lugar, y tú esperas que te pueda conseguir más de otra cosa. No te dejes engañar por las formas en que esa «otra cosa» se manifiesta. Un ídolo es un medio para obtener más de algo. Y eso es lo que va en contra de la Voluntad de Dios.
> Dios no tiene muchos hijos, sino sólo uno. ¿A cuál de ellos se le puede dar más y a cuál menos?[3]

Gary: Sé que es verdad, pero eso no suele impedirme querer más. Es decir, hasta que me doy cuenta y perdono. Sabes, eso fue lo que hice cuando llegué a lo alto de la Cabeza de Diamante. Tiene una vista incomparable, que ofrecí a Dios. Me di cuenta de que estaba tratando de ocupar Su lugar estando en lo más alto, de modo que, en lugar de persistir en esa actitud, me uní a Él. Creo que hay variantes del perdón, dependiendo de la situación. Lo importante es perdonar, independientemente de cuál sea la forma adecuada. No estoy diciendo que la gente no tenga que ir a la cima de las montañas y pasárselo bien; sólo digo que antes o después llega el momento de perdonar.

Arten: Eso es todo lo que tienes que hacer, hermano mío. Te aseguro que el siglo XXI no te dejará sin oportunidades de hacerlo. Por ejemplo, esos terroristas de los que hemos hablado. ¿Qué les daría más?

Gary: Bien, imagino que tendrían que hacer algo más grande; algo que haga alucinar a la gente y que nunca se haya hecho antes. Supongo que tendrían que seguir superándose a sí mismos y superando a los demás.

Arten: Exactamente. Y después de eso tendría que ser algo aún mayor, por más tiempo que llevara. En el siglo XXI, en Occidente, la mayor amenaza contra la seguridad será el terrorismo nuclear y biológico. Los bombardeos convencionales continuarán, pero la necesidad de hacerlos más grandes quedará trágicamente patente.

GARY: ¿Conseguirán los terroristas hacer estallar una bomba nuclear en una gran ciudad el próximo siglo?

ARTEN: No es por darte miedo, pero, desgraciadamente, la respuesta a esa pregunta es sí. Después de eso, la vida en tu mundo no volverá a ser igual, pero continuará. La pregunta es, ¿para qué usará la gente esa situación? La respuesta es diferente para diferentes personas, pero para un estudiante del Curso sólo cabe una respuesta. Una situación así debe usarse para el perdón.

GARY: ¿Puedes decirme qué ciudad?

ARTEN: Creo que ya sabes que no puedo hacer eso. Si te dijera dónde ocurrirá, eso podría cambiar el comportamiento de algunas personas. Sin embargo, todos los que han venido a este mundo lo han hecho con un conocimiento inconsciente de lo que iba a suceder. Ellos eligieron su suerte, y tendrán la oportunidad de aprender sus lecciones, ocurra lo que ocurra. Podrías pensar que haríamos un favor a la gente ayudándole a evitar sus problemas, pero lo cierto es que tendrían que pasar por el mismo tipo de situaciones otra vez, porque la culpabilidad inconsciente seguirá expresándose hasta que sea perdonada. Aunque no siempre te parezca que es así, lo mejor es aprender a perdonar independientemente de lo que parezca ocurrir. Ésa es la única vía de salida de toda esta pesadilla, y aunque a algunos no les parezca una pesadilla, siempre acaba convirtiéndose en una.

Lo mejor es aprender a perdonar independientemente de lo que parezca ocurrir. Ésa es la única vía de salida de toda esta pesadilla.

En cuanto a la actitud de las masas, siendo los medios de comunicación lo que son, y con todo el mundo queriendo lo que ve en televisión, la gente del mundo se hará todavía más materialista. Eso no significa que el capitalismo no sea mejor que el fascismo; por supuesto que lo es. La gente tiene libertad para buscar la verdad bajo el capitalismo, y quienes busquen la verdad sinceramente no podrán evitar encontrarla. Sin embargo, en general, más gente hará del dinero su nuevo dios, incluyendo aquellos que buscan la abundancia a través de lo que denominan medios espirituales. Como hemos dicho, no hay nada malo en el dinero, pero tampoco hay nada espiritual en él. Y quienes antes busquen a Dios, antes lo encontrarán.

Hará falta tiempo para que los principios de *Un Curso de Milagros* sean entendidos por la sociedad, y la gran mayoría de la gente seguirá creyendo en lo que siempre ha creído. Seguirán viviendo en la negación. Tratarán de llevar a Dios al mundo y de espiritualizar el universo pensando que hay algún tipo de inteligencia compasiva detrás de lo que en realidad es un pensamiento sanguinario. Verán la muerte como parte del «círculo de la vida», cuando en realidad sólo es un símbolo del gran error. De ese modo darán una apariencia falaz a las cosas. Nadie hablará del hecho de que la mitad de vuestros «sin techo» y de vuestros presos *deberían* estar recibiendo tratamiento en manicomios, o de que son más los policías que se suicidan que los que mueren en acto de servicio.

En vuestra nación, a menudo inculta e incivilizada, donde sólo los congresistas —y no el pueblo— disfruta del servicio nacional de salud, aproximadamente 8.000 ciudadanos serán asesinados este año por arma de fuego, mientras que en el país vecino, Canadá, sólo unas 100 personas fallecerán por el mismo medio. Tu país tiene una tradición de violencia, y los problemas extremos exigen soluciones radicales. Sin embargo, tus compatriotas más fanáticos, que valoran más las armas que las personas, continuarán haciendo su voluntad en contra de la voluntad de la mayoría, y negarán que sus políticas, claramente dementes, producen miles de muertes de ciudadanos cada año. Entre tanto, el ego sonríe con deleite.

En el próximo siglo los humanos caminarán sobre el planeta Marte y finalmente descubrirán pruebas sorprendentes de que allí ha existido vida inteligente. También se establecerá el primer contacto entre la humanidad y seres procedentes de otros planetas, pero esa forma de vida humanoide no vendrá de Marte. En medio de estos procesos, cuanto más cambien las cosas, más seguirán igual.

Ahora bien, en todo esto hay algo de lo que probablemente no te habías dado cuenta; ¡*todo* son lecciones de perdón! Todas ellas están conectadas con los cuerpos del modo que sea, porque las relaciones acaban interviniendo en todo tipo de situaciones. Tu tarea no sólo consiste en perdonar lo que ves por televisión o lees en internet, es *especialmente* vital que perdones los cuerpos que ves con los ojos, las relaciones cotidianas de tu vida. Esas personas están ahí por una razón. Como dice J:

> La salvación no te pide que contemples el espíritu y no percibas el

cuerpo. Simplemente te pide que ésa sea tu elección. Pues puedes ver el cuerpo sin ayuda, pero no sabes cómo contemplar otro mundo aparte de él. Tu mundo es lo que la salvación habrá de deshacer, permitiéndote así ver otro que tus ojos jamás habrían podido encontrar[4].

O puedes seguir adorando a tus ídolos. Pero, ¿hasta qué punto sería sensato hacer eso? Como el Curso te aconseja:

> No busques fuera de ti mismo. Pues será en vano y llorarás cada vez que un ídolo se desmorone. El Cielo no se puede encontrar donde no está, ni es posible hallar paz en ningún otro lugar excepto en él[5].

Gary: No obstante, puedo seguir viviendo mi vida, logrando mis objetivos, y al mismo tiempo perdonar. Todo tiene que ver con la renuncia al apego psicológico. Eso está muy bien.

Arten: Sí, y puede que descubras que tus objetivos cambiarán como resultado de la inspiración y guía que recibas por practicar la verdadera oración y el perdón. Obviamente, estás sometido al proceso de convertirte en uno de los mensajeros de Dios. Ésta no es tu primera vida en la que eres mensajero de Dios, de modo que no debería resultarte raro. Siempre deberías recordar lo que el Curso dice al respecto:

> Hay una diferencia fundamental en el papel que desempeñan los mensajeros del Cielo que los distingue de los mensajeros del mundo. Los mensajes que transmiten van dirigidos en primer lugar a ellos mismos. Y es únicamente en la medida en que los pueden aceptar para sí que se vuelven capaces de llevarlos aún más lejos, y de transmitirlos allí donde se dispuso que fueran recibidos. Al igual que los mensajeros del mundo, ellos no escribieron los mensajes de los que son portadores, pero se convierten, en rigor, en los primeros que los reciben, a fin de prepararse para dar[6].

Gary: Lo entiendo. Y lo estoy haciendo... parte del tiempo.

Arten: En realidad, gran parte del tiempo. Simplemente te estás tomando tu tiempo en algunas circunstancias, pero tu consistencia en perdonarlo todo es impresionante. Cualquier retraso temporal que pudieras eliminar redundaría en tu propio beneficio en forma de paz, y, ¿no es ése el objetivo inmediato?

Todo el mundo tendrá que aprender sus particulares lecciones de perdón, y a medida que avancen y perdonen, y pongan todo lo que hacen cada vez más bajo el control del Espíritu Santo, ellos —como tú— alcanzarán el objetivo intermedio, y finalmente el objetivo a largo plazo del Curso. Como dice J dice en el Manual:

> (...) Seguir las directrices del Espíritu Santo es permitirte a ti mismo quedar absuelto de toda culpa[7].

Y añade en el mismo apartado:

> (...) No pienses, entonces, que necesitas seguir la guía del Espíritu Santo sólo a causa de tus propias insuficiencias. Necesitas seguirla porque es la manera de escaparte del infierno[8].

Gary: Lo creo. Ahora estás predicando para el coro, amigo mío. Sé lo que estás haciendo. Parece que siempre tengo que recordármelo; de todos modos, ¿es cierto que no me estás hablando únicamente a mí?

Arten: Lo has pillado, colega.

Pursah: *Un Curso de Milagros* es una presentación de la verdad absoluta, que, como hemos dicho, puede ser resumida en sólo dos palabras, pero únicamente puede ser aceptada por una mente preparada para ello. Dentro de dos mil años, «Dios es» seguirá siendo la verdad absoluta, y Dios seguirá siendo perfecto Amor. La verdad *real no* cambia. Sin embargo, para aceptarla, se necesita el tipo de entrenamiento mental que proporciona el Curso. Algunas personas elegirán no estar preparadas en este ciclo de vida. Quieren que el significado de Dios y del mundo coincida con sus propias ideas. Eso está bien si es lo que desean por el momento. Pero, como J te pregunta en su Curso:

> ¿Cómo iba a haber dejado Dios que el significado del mundo estuviese sujeto a tu interpretación?[9]

Gary: Él y sus preguntas retóricas de listillo.

Pursah: Sí. No es fácil ser humilde cuando lo sabes todo. En general, J ha hecho un trabajo excelente.

Arten: Los que, como nosotros, hemos querido unirnos a él, nos sentimos honrados de unirnos a ti. Porque, como el Curso declara hacia el final del Manual:

A través de ti se anuncia un mundo que, aunque no se ve ni se oye, está realmente ahí[10].

PURSAH: Te queremos, Gary. Y te perdonaremos si te vas de fiesta porque estamos en 1999.

16. NOTAS SOBRE LA RESURRECCIÓN DE LOS MUERTOS

> En cuanto que encarnación del miedo, anfitrión del pecado, dios de los culpables y señor de toda ilusión y engaño, el pensamiento de la muerte puede parecer muy poderoso[1].

Una noche, mientras estaba en un centro comercial a unos veinte kilómetros de casa, un joven recibió una puñalada, un suceso nada habitual en la zona. Vi al hombre entrar corriendo desde el aparcamiento, dio un traspiés a la altura de la droguería mientras se tapaba la garganta cercenada y después se desplomó en el supermercado que estaba abarrotado de compradores. El hombre, aterrorizado, se giró hacia el suelo y se desangró hasta morir.

No hubo gran cosa que yo ni cualquier otra persona pudiéramos hacer por aquel pobre tipo, que tenía una herida mortal. Ayudé a calmar a la multitud haciendo que la gente circulara para que los servicios de emergencia, que llegaron rápidamente, pudieran hacer su trabajo. De vez en cuando miraba al hombre apuñalado y me sorprendía comprobar la cantidad de sangre que puede contener un cuerpo humano. Mientras el hombre estaba en el suelo muriéndose, el charco de sangre que salía de su garganta rodeó completamente su cuerpo, dibujando un óvalo cada vez mayor a su alrededor. La gente pasaba a su lado en silencio, como si estuvieran viendo un féretro abierto en una ceremonia funeraria, enmudecidos por el pensamiento de que la muerte nos rodeaba a todos.

Mientras participaba en aquella horrible escena, no tenía la sensación de estar realmente allí. Mientras miraba su cuerpo, dije mentalmente al hombre: «Eso no eres tú, no puede ser tú. Eso no somos nosotros. Nosotros somos Cristo.» El cuerpo, la sangre, el pensamiento de la muerte; nada de ello parecía más real que una película. No es que fuera incapaz de sentirme conmocionado. Cualquier mal día podía seguir teniendo mis reacciones. Pero esta colección concreta de imágenes me hizo ver claramente la irrealidad del cuerpo y lo falsa que es la idea de que cualquiera de nosotros pueda estar contenido en una vasija tan frágil y temporal. La vida de este joven no había completado más de un tercio del recorrido habitual de nuestro viaje en este mundo; todas sus esperanzas, sueños, miedos y alegrías estaban siendo devueltos a la mente ilusoria de la que procedían. ¿Era esto algo a lo que realmente pudiéramos llamar vida?

Más adelante pregunté al Espíritu Santo si pensar de este modo era algún tipo de negación. La respuesta que me vino fue: sí, absolutamente, es una negación del ego. El proceso de pensamiento que se iba desarrollando mientras contemplaba aquellas escenas no me impedía hacer todo lo posible por ayudar, o, como dirían mis maestros, por hacer las cosas que habría hecho de todos modos... sólo que mientras las hacía, mi mente estaba siendo apartada del error en lugar de caer en él.

En diciembre de 2000, después de haber reflexionado sobre la muerte y de maravillarme del espectáculo de una elección presidencial que fue decidida por la Corte Suprema más que por la voluntad de los votantes, Arten y Pursah hicieron su decimosexta aparición.

Arten: No hay gran cosa que decir sobre la experiencia del centro comercial. Digamos que pone las cosas en perspectiva.

Gary: Así es; verdaderamente, este cuerpo no somos nosotros. Lo sé. He tenido muchas experiencias que me lo han dicho, pero ésta es la primera vez que el Espíritu Santo ha usado un truco del ego, que *supuestamente* tenía que convencerme de la realidad del cuerpo de otra persona, para enseñarme lo contrario.

Arten: Muy bien. Volveremos al tema que estamos tratando dentro de un minuto. Pero antes, brevemente, ¿no te ha gustado el resultado de las elecciones?

Gary: ¿Qué elecciones? Es como si no las hubiéramos tenido. El candidato comprado y pagado por las empresas pierde por medio millón de votos oficiales —por no hablar de otro millón de votos descalificados, principalmente en las zonas de las minorías— y la Corte Suprema le hace presidente, ¡y el voto decisorio es emitido por alguien que fue designado por su padre! Otro juez de la Corte Suprema, que dijo en público que creía estar en una «guerra cultural» contra sus oponentes, anotó al emitir su decisión que sería equivocado contar los votos de Florida porque eso cuestionaría la legitimidad de la elección de Bush. Tengo noticias que darte, amigo mío, la democracia está muerta.

Arten: Herida sí, pero no muerta. Es cierto que en tu país la voluntad de la gente a menudo puede ser manipulada por los poderes fácticos ocultos, incluyendo los modernos medios de comunicación corporativos. Y en aquellos casos en los que no es posible manipularla, es posible darle la vuelta. Finalmente, una investigación del *New York Times*, que será ignorada en televisión, concluirá que si *todos* los votos de Florida hubieran sido contados, Gore habría ganado las elecciones. Pero a la mayoría de los norteamericanos les preocupan demasiado sus propias ambiciones como para ocuparse del bien común. Esto da como resultado un público políticamente iletrado al que generalmente se le puede engatusar para que acepte consecuencias negativas a largo plazo, muchas de las cuales ni siquiera conocen.

Este estado de cosas no se reduce únicamente a la elección presidencial. Podríamos contarte historias, como cuando la Junta de la Reserva Federal creó deliberadamente la inflación de finales de los setenta y comienzos de los ochenta a fin de que el norteamericano medio tuviera que ser esclavo de los bancos de por vida para llegar a ser dueño de su propia casa. En esa época la gente pasó de pedir prestados 30.000 dólares a tener que pedir 130.000 o 230.000, teniendo que devolver el cuádruple. Date cuenta de que cuando la inflación descendió, los precios no lo hicieron. Los sueldos nunca subieron, ni de lejos, todo lo que subieron los precios. El presidente Carter, un hombre bondadoso y espiritual, fue el pelele perfecto para asumir los costes políticos de la situación.

Gary: Sabes, recuerdo algo de eso. El presidente Ford sabía que la inflación era un problema; todo el mundo lo sabía. Incluso decretó una serie de medidas llamadas WIN (siglas de «Whip Inflation Now», detén la inflación ya). Pero cuando Carter fue elegido presidente, la Junta de la Reserva Federal hizo que los tipos de interés *bajaran*. Dijeron públicamente que estaban intentando evitar una recesión, pero en realidad fue como echar gasolina al fuego. ¡Vaya estafa! La mayoría de nosotros no prestamos mucha atención a este tipo de cosas. La gente ha tenido que prestar atención a los resultados de estas elecciones, pero dudo que eso vaya a cambiar nada.

Arten: Mira el lado luminoso. La política ya no te interesará tanto a partir de ahora.

Gary: ¿Y eso es bueno? ¿No es eso lo que los empresarios del país desean?

Arten: Es bueno, en cierto sentido, porque una de las cosas que puedo garantizarte respecto a la política es que siempre será constante. Estés en el lado que estés, el otro lado siempre estará allí, pegado a ti. Eso no significa que no debas votar como un modo de hacer valer tu opinión. Siempre has votado. La mayoría de los norteamericanos, aunque se declaran patriotas, ni siquiera se molestan en hacerlo. Pero tú deberías votar, perdonar, y hacer que *ese perdón* fuera tu verdadera contribución a la política.

Gary: ¿Aunque los resultados sean un fraude?

Arten: Todo es cuestión de percepción, hermano. Los republicanos dirían que Kennedy robó Illinois en 1960.

Gary: Sí, pero incluso si el alcalde Daley de Chicago falsificó algunos votos para Kennedy de los votantes muertos, Kennedy seguía teniendo suficientes votos electorales para ganar las elecciones *sin* Illinois. No puedes decir lo mismo de Bush y Florida. Además, Kennedy también ganó el voto popular. Como has indicado, desde 1960 han pasado muchas cosas raras que han cambiado el país, y no precisamente para mejor. En lo que a mí respecta, Eisenhower tenía razón respecto al complejo militar industrial, y uno de sus principales movimientos para conquistar el poder absoluto fue el asesinato de Kennedy.

Arten: No vamos a entrar en más detalles respecto a esto, pero *estábamos* hablando de política y elecciones. La cuestión es que incluso si algunas de ellas han sido fraudulentas, a veces se gana y a veces se pierde. Eso es la dualidad. Sólo con Dios es imposible perder, y por eso tu verdadero trabajo siempre acaba reduciéndose al perdón. De modo que, ¿puedes perdonar esta elección?

Gary: De acuerdo, hermano. Detestaría que mi cuerpo muriera teniendo algo tan estúpido como esto sin perdonar.

Arten: Excelente. Como sueles pensar que eres un especulador y un capitalista, de vez en cuando nos hemos tomado el tiempo de hablar contigo de dinero y de política. Pero en realidad tú no eres esas cosas, y no es necesario que seas preciso respecto a los detalles de tus agravios a nivel de la forma. Lo que estás viendo en realidad no está allí. Tú lo has creado. Teniendo en cuenta lo que ya sabes, no tienes ninguna razón lógica para proyectar tu culpa inconsciente sobre los ricos, especialmente porque no te importaría ser uno de ellos. Esto significa que tienes una oportunidad perfecta para perdonarte a ti mismo perdonando a los demás. Lo cierto es que todas estas cosas son lecciones de perdón, y que todas las lecciones de perdón, incluyendo la muerte, son iguales.

Hasta esta noche, a veces has retrasado la aplicación del perdón cuando las circunstancias de tu vida eran particularmente difíciles. Cuando perdonas, como siempre terminas haciendo, y como hiciste incluso en algunos momentos en medio de la debacle electoral, te sientes bien. Seguidamente tienes tendencia a deslizarte y a permitirte concesiones en tu forma de ver las cosas. Eso te lleva a una ausencia temporal de paz. A la miseria le encanta tener compañía, pero eso no significa que tengas que aceptar su invitación. Ya es hora de que lleves la verdad hasta el final. No hagas más concesiones. Eso nos devuelve al tema de nuestra conversación de esta noche.

Ahora sabes sin sombra de duda que no eres un cuerpo y que en realidad no puedes morir, ¿verdad?

GARY: Cierto. También creo en lo que tanto la Biblia como el Curso dicen: «El último enemigo destruido será la muerte.»[2]

ARTEN: Sí. Ahora bien, si no puedes morir, tampoco puede hacerlo nadie más. Si ellos no pueden morir, tú tampoco. Estas dos ideas son una.

PURSAH: La muerte es un símbolo de tu separación ilusoria de Dios. ¿Qué ocurre cuando alguien que amas parece morir? De repente estás separado. Pareces perderle, del mismo modo que pareces perder a Dios. Pero eso no es cierto. En realidad no puedes perderles, como tampoco puedes perder a Dios. Sois inseparables. Lloras cuando un cuerpo que amas parece morir, pero, como el Curso te enseña, en realidad lo que echas de menos es tu experiencia de Dios y del Cielo.

> ¿Y quién podría llorar sino por su inocencia?[3]

GARY: Yo lloré por mis padres, pero, lloremos por quien lloremos, lo que en realidad echamos de menos es nuestro verdadero hogar, y nuestro verdadero estado en Dios. Simplemente no hacemos esa conexión porque es inconsciente.

PURSAH: Eso es correcto. Has tenido muchos padres diferentes en tus numerosas vidas, y muchas esposas e hijos. Muchos de ellos han muerto aparentemente mientras tú seguías en cuerpo físico. Así es como funciona el mundo del sueño. Pero *sólo* es un mundo de sueño, y en realidad estás con Dios. El sistema de pensamiento del Espíritu Santo te está haciendo despertar y, una vez aprendido, de ti depende hacer tu trabajo y *recordarle* en este nivel.

Gary: Por eso, cuando recuerdo que no debería albergar ningún resentimiento, dejo de hacerlo. En realidad, si yo me lo he inventado todo, y me lo he inventado por alguna razón, no hay ninguna injusticia. Cuando recuerdo esto me siento en paz, pero después me olvido y vuelvo a quedarme atrapado en la basura del ego.

Pursah: Sí. Y *ahí* has identificado uno de los mayores problemas de todos los estudiantes serios del Curso.

Gary: Aunque conozcas y comprendas la verdad, puede seguir siendo muy difícil recordarla cuando te ocurre algo nefasto, especialmente si tiene que ver con algo que consideras importante.

Pursah: Exacto. Mantenerse vigilante puede ser difícil, pero es imprescindible. De vez en cuando tienes que volver a comprometerte a estar más alerta. Cuando no consigues recordar la verdad que te propone el Espíritu Santo retrasas tu propia felicidad. Como el Curso pregunta:

> ¿Qué es el milagro sino este recordar? ¿Y hay alguien en quien no se encuentre esta memoria?[4]

Gary: Sé por experiencia que puedo hacer este Curso cuando recuerdo.

Pursah: Sí, puedes. Puedes hacerlo independientemente del problema que afrontes, incluyendo la muerte de tus seres queridos y la muerte de tu propio cuerpo, que, como ya te hemos dicho, ocurrirá en un punto del guión que tú mismo has determinado. ¿Por qué preocuparte? No es más que otra oportunidad de perdonar. Pase lo que pase, lo más inteligente que puedes hacer es aprovecharlo para perdonar, y mejor antes que después.

Arten: Temes la muerte conscientemente y te sientes atraído por ella inconscientemente. Una vez dijiste que era como la atracción de la polilla hacia la llama. La atracción hacia la muerte es lo que el Curso denomina el tercero de los cuatro grandes obstáculos para la paz[5], y tu miedo a la muerte sólo es un subordinado del erróneo temor de Dios. Podrías decir que el temor a la muerte es un símbolo del miedo a Dios, y si no tuvieras culpabilidad en tu mente inconsciente sería imposible que sintieras miedo hacia ninguno de ellos. J no tenía miedo a la muerte, y ciertamente no temía a Dios. Tú tampoco necesitas temer a tu Padre.

Deberías observar la muerte ilusoria de tu cuerpo físico como el día de tu graduación. Significa que has conseguido todo lo que tenías que conseguir de esa particular aula temporal. ¡Las lecciones están aprendidas! Debería ser una celebración. Te aseguro que será muy divertido. En la mayoría de los casos, si la gente supiera lo que es estar liberado del cuerpo, en lugar de llorar a los muertos sentirían envidia. El problema es que la diversión no es duradera. Como hemos dicho, la culpa te atrapa y hace que vuelvas a envolverte en la manta de seguridad de un cuerpo. Y de este modo el sueño del nacimiento y de la muerte sigue adelante.

Gary: Por eso quiero asegurarme de aprovechar mi oportunidad de perdonar *ahora*. De ese modo la muerte será más divertida, y yo podré estar más adelantado en mi camino, tanto si parece que estoy en un cuerpo como si no. Si llegara a iluminarme en esta vida, genial. Si no, seguiré estando mucho mejor. Habéis hablado de la reencarnación, pero ahora entiendo que sólo es algo que parece ocurrir; sólo estoy soñando que voy de un cuerpo al siguiente.

Arten: Eso es cierto. En cuanto a la reencarnación, en realidad no importa lo que uno crea, siempre que perdone. El Curso dice:

> Lo único que se tiene que reconocer, no obstante, es que el nacimiento no fue el principio y que la muerte no es el final[6].

Gary: De modo que la conciencia, aunque es un estado irreal, continúa después de la aparente muerte del cuerpo. Cuando despiertas completamente del sueño, la conciencia desaparece y experimentas tu unidad con Dios y con Toda la Creación.

Pursah: Has sido todo lo exacto que se puede ser, hermano. Todos entraremos en el Reino juntos porque, como hemos dicho, el tiempo sólo es una ilusión. No transcurre ninguna larga espera entre cuando uno se ilumina y cuando se iluminan los demás, porque la iluminación es un estado de Ser que está más allá de los confines del tiempo y del espacio. La mente creó el tiempo y el espacio y, por lo tanto debe, por definición, estar fuera de ellos. Una cosa más: está bien llorar a los muertos o a un ser querido al principio. La gente suele tardar algún tiempo en perdonar algo así. Actúa siempre apropiadamente en tus tratos con los demás.

GARY: Hace mucho tiempo mencionaste algo sobre J cuando curaba a ciertas personas que ya estaban muertas. Supongo que Lázaro era una de ellas, pero ¿cómo lo hizo J?

ARTEN: El acto de resucitar a los muertos no es diferente de sanar a los enfermos. El verdadero sanador sigue siendo la mente del paciente. Tú te unes con esa mente a fin de *recordarle* su verdadera identidad. J estaba tan avanzado que no estaba dispuesto a hacer concesiones respecto a una idea tan importante. Como dice en el Curso, comentando tu relación con él:

> (...) Tu mente optará por unirse a la mía, y juntos somos invencibles. Tú y tu hermano os uniréis finalmente en mi nombre, y vuestra cordura os será devuelta. Resucité a los muertos porque sabía que la vida es un atributo eterno de todo lo que Dios viviente creó. ¿Por qué crees que habría de ser más difícil para mí inspirar a los desanimados o estabilizar lo inestable? Yo no creo que haya grados de dificultad en los milagros; tú sí[7].

GARY: De modo que, para él, resucitar a los muertos no era más difícil que curar a los enfermos, o perdonar a alguien por decirle algo desagradable, o cualquier otro milagro. Todos son iguales. Siendo la vida un atributo eterno de todo lo que Dios creó, J sabía que la muerte no existe realmente. Sólo lo que Dios creó es real, y lo que Él creó nunca morirá.

ARTEN: Sí. No olvides que el cuerpo sólo es un símbolo. J no estaba haciendo que el cuerpo de Lázaro fuera nada especial, del mismo modo que no hacía que su propio cuerpo fuera especial. Hacer que la mente reanimara temporalmente la proyección corporal era un símbolo. El propio cuerpo es insignificante. La cuestión era enseñar que simplemente no hay muerte. A pesar de lo que dice la Biblia, Lázaro no estuvo en su cuerpo mucho tiempo después de que J le resucitara. Dejó su cuerpo a un lado e hizo su transición alegremente y en paz, porque se le había mostrado que no hay absolutamente nada que temer.

GARY: De acuerdo, de modo que J se unió con la mente de Lázaro mientras todo el mundo pensaba que era carne muerta en la tumba; es como si J se uniera con su propia realidad como Cristo o el Espíritu Santo, y al mismo tiempo se uniera a Lázaro. Las mentes están unidas, de modo que J pudo hacer brillar su amor sobre la mente de Lázaro y ambos fueron uno con el Espíritu Santo, pues J ya sabía que Él era su verdadera identidad. Esto, a su vez, recordó a Lázaro quién era verdaderamente, haciendo que su mente reavivase su proyección corporal como símbolo de la negación de la muerte.

ARTEN: Te elegimos sabiamente, hermano. No lo olvides, J estaba todo lo avanzado que se puede estar en su capacidad de unirse a los demás a nivel mental y recordarles su inocencia, por eso era tan buen sanador. No te sientas decepcionado si no resucitas a los muertos en tu primer intento.

GARY: Lo entiendo. Si llega el día en que bendiga a alguien cuyo cuerpo esté muy muerto y se levanta y empieza a caminar por allí, entonces lo tomaré como una señal inequívoca de que estoy a punto de algo.

ARTEN: Muy bien. Hace años te dijimos que no podrías entender cómo proyectamos nuestros cuerpos, pero ahora comprendes mucho más y has avanzado notablemente hacia el objetivo. En resumen, proyectas tu imagen corporal del mismo modo que proyectas imágenes cuando estás soñando por la noche. Tu mente está proyectando una película, entonces, en tu experiencia, parece que los ojos de tu cuerpo están viendo tu propio cuerpo y todos los demás cuerpos; pero, en realidad, es tu mente aparentemente separada la que está viendo sus propios pensamientos, proyectados desde otro nivel oculto.

Cuando la mente retorna a la totalidad, no hay separación de niveles, y por tanto no hay ninguna película proyectada ni ningún cuerpo que ver. Entonces tu cuerpo desaparece de la película. Como todo lo demás, el cuerpo es una experiencia mental y no física. ¡Nunca ha existido! Pero, para el amor de un Ser iluminado es posible tomar forma en el sueño, como hizo J después de la crucifixión. Este amor es el amor del Espíritu Santo. Después de todo, tienes que ser uno con Él para estar iluminado.

PURSAH: A medida que transcurran los años, tú, querido hermano, seguirás aprendiendo y creciendo, y a medida que crezca tu conciencia comprenderás cada vez más sobre estas cosas. De nuevo, sería útil que estuvieras aún más dispuesto a perdonar a partir de este momento. Has perdonado mucho a lo largo de los últimos años; ¿por qué no ahondar aún más en tu determinación?

GARY: Te escucho. El Curso habla mucho de no hacer concesiones, y creo que estoy preparado para ser más serio en este sentido.

PURSAH: Excelente. Deja que otros hagan concesiones respecto a los postulados del Curso. Tu trabajo no es detenerles, sólo perdonar-

En realidad no hay nadie más ahí fuera. Sólo hay un ego que aparece como muchos.

les. Tú no tienes necesidad de hacer concesiones, y en realidad no hay nadie más ahí fuera. Sólo hay *un* ego que aparece como muchos. No hay creencia respecto a la cual la gente esté más dispuesta a hacer concesiones que el sueño de la muerte. Como dice el Curso:

> (...) Si la muerte es real para una sola cosa, la vida no existe. La muerte niega la vida. Pero si la vida es real, lo que se niega es la muerte. En esto no puede haber solución intermedia. O bien existe un dios de miedo o bien Uno de Amor. El mundo intenta llegar a miles de soluciones al respecto, y tratará de hacer mil más. Ni una sola puede ser aceptable para los maestros de Dios, ya que ninguna sería aceptable para Dios. Él no creó la muerte, puesto que no creó el miedo. Para Él, ambas cosas están igualmente desprovistas de sentido.
> La «realidad» de la muerte está firmemente arraigada en la creencia de que el Hijo de Dios es un cuerpo. Y si Dios hubiese creado cuerpos, la muerte sería ciertamente real. Pero en ese caso Dios no sería amoroso. Ningún otro punto ilustra de forma tan clara el contraste que existe entre la percepción del mundo real y la del mundo de las ilusiones[8].

GARY: Una vez más, el mundo real es lo que veré —no con los ojos de mi cuerpo, sino con mi actitud— cuando haya perdonado completamente al mundo y no proyecte en él ninguna culpabilidad inconsciente. Eso también significaría que he sido perdonado completamente, y que la percepción y el tiempo están llegando a su fin para mí[9].

PURSAH: Eso es correcto, hermano mío. Es agradable ver que cumples con tus tareas de leer el Curso, así como con la tarea de perdonar.

GARY: Gracias. Hablando de la creencia de que el Hijo de Dios es un cuerpo... este año los científicos han descifrado el mapa del genoma humano, que es el esquema completo del código genético humano, el «libro de la vida». ¡Dicen que determina quiénes somos!

PURSAH: Sí. Adoran la complejidad y la supuesta belleza del cuerpo e ignoran la mente que lo dirige. Eso es como pensar que un ordenador, que no puede hacer nada por sí mismo, es importante, y que hay que ignorar al programador que le dice qué hacer. El ego ha triunfado temporalmente.

Recuerda, si algo permite a los investigadores descubrir tratamientos para las enfermedades que puedan ayudar a la gente, no nos opondremos a ello. Ya hemos indicado que la mayoría de las mentes pueden curar los cuerpos con más facilidad si media un tratamiento que la persona pueda aceptar sin miedo. Pero tienes que recordar *otra* cosa. Hay personas que cumplen todas las condiciones para sufrir enfermedades cardíacas y el mal de Alzheimer, que tienen las arterias obturadas y un historial familiar desgraciado, y sin embargo no muestran ningún síntoma de estas enfermedades. Siempre es la mente la que decide si ponerse enferma o no, y si curarse o no.

Gary: Bien. Recuerdo algo que he querido preguntaros durante años y siempre se me olvidaba. ¿Es la Sábana Santa de Turín realmente el lienzo funerario de J? ¿Dejó en él intencionadamente su imagen como símbolo de su resurrección?

Arten: No queremos echar un jarro de agua fría sobre algo con lo que la gente está encantada, pero la Sábana es una falsificación brillante hasta tal punto que casi es la obra de un genio. Se le han practicado varias pruebas científicas que han ofrecido conclusiones contradictorias, y algunas de ellas parecen indicar que la Sábana es auténtica. Existen otras explicaciones para esos resultados. Tienes que darte cuenta de que la Sábana fue hecha en una época en la que era *muy* importante para las iglesias tener reliquias de figuras famosas. Entonces se consideraba que tenían mucho poder.

Déjame que te pregunte esto: ¿Crees realmente que J dejaría algo detrás para glorificar la realidad de su imagen corporal? No. En la resurrección, el cuerpo simplemente desaparece. A propósito, la imagen de la Sábana no refleja la verdadera apariencia de J, como tampoco la reflejan los cuadros que se han hecho de él. Las pruebas físicas son innecesarias, Gary. Lo único que necesitas es fe. El cuerpo de J no era nada para él. Ahora no trates de hacer que una imagen suya sea importante.

El cuerpo, el universo, y todo lo que contiene sólo son imágenes en tu mente, partes de un juego de realidad virtual. A veces, es posible que sea una falsificación convincente de la vida, pero, como la Sábana, es falso. No busques allí tu salvación. Búscala siempre donde está la verdadera respuesta —en la mente donde habita el Espíritu Santo— y la encontrarás. Recuerda, decimos que Dios es, y después dejamos de hablar porque no *hay* nada más.

PURSAH: Para terminar nuestra conversación sobre el tema de la muerte, recuerda lo que dice el Curso sobre tu aparente vida y muerte en este mundo.

> En cualquier otro estado que no sea el Cielo, la vida no es más que una ilusión. En el mejor de los casos parece vida; en el peor, muerte. Ambos son, no obstante, juicios acerca de lo que no es la vida, idénticos en su inexactitud y falta de significado. Fuera del Cielo, la vida es imposible, y lo que no se encuentra en el Cielo no se encuentra en ninguna parte[10].

J te llama a estar con él, ¡y a unirte a él donde está la verdadera vida!

> El Primer Advenimiento de Cristo no es más que otro nombre para la creación, pues Cristo es el Hijo de Dios. El Segundo Advenimiento de Cristo no significa otra cosa que el fin del dominio del ego y la curación de la mente. Al igual que tú, fui creado en el primero, y te he llamado para que te unas a mí en el segundo[11].

Si estás preparado para responder a la llamada, entonces, sabiendo lo profunda que puede ser la culpabilidad inconsciente, estarás cada vez más decidido a perdonar a tu hermano a cada oportunidad que se te presente.

> (...) Y estarás con él cuando acabe el tiempo y no quede rastro de los sueños de rencor en los que bailas al son de la muerte[12].

17. LA DESAPARICIÓN DEL UNIVERSO

> Las imágenes que haces no pueden prevalecer contra lo que Dios Mismo quiere que seas[1].

11 de septiembre de 2001: Cuando Arten y Pursah se me aparecieron por primera vez nueve años antes, yo estaba en guerra. Ahora yo estaba en paz la mayor parte del tiempo y Estados Unidos estaba en guerra.

Ese día, el World Trade Center, el Pentágono y cuatro aviones de pasajeros se convirtieron en dianas de los terroristas, que consiguieron destruir todos sus objetivos excepto el Pentágono, que quedó seriamente dañado. Miles de civiles desarmados fueron asesinados, y el pueblo norteamericano, a excepción de una pequeña minoría, no estaba en un estado mental propicio a *ningún* tipo de perdón.

Era un nuevo tipo de guerra dentro de un mundo más complejo. El guión del ego ya no pedía guerras contra un enemigo visible y claramente definido. Sería mucho más pavoroso tener continuamente enemigos que apenas podían ser vistos o detectados, que no obedecían ninguna de las «reglas» de la guerra y que creían fanáticamente que era deseo de Dios que mataran americanos. ¿Cómo podía «acabar» *realmente* una guerra de este tipo?

Aquel martes por la mañana, junto con millones de otros ciudadanos, miré rodeado de un silencio perplejo las imágenes televisivas que mostraron en directo el derrumbamiento de la segunda torre del World Trade Center. Las escenas combinadas del ataque produjeron algunas de las imágenes más terribles jamás vistas; imágenes que, aunque el público no se diera cuenta, simbolizaban la separación de Dios, la pérdida del Cielo y la caída del hombre. A nivel de la forma, el loco sistema de pensamiento del ego estaba siendo arrastrado a un extremo ilógico. Los que habían sido verdugos en esta vida, sin duda serían víctimas en otra.

Mientras veía la terrible catástrofe y sus resultados, casi lloré al visualizar la horrorosa pesadilla que sin duda estaban viviendo quienes estaban dentro y alrededor de los edificios. Entonces, en un milagro nacido del hábito, pedí ayuda a J. Casi instantáneamente vinieron a mi mente un par de pensamientos que había leído muchas veces al principio del Curso, pero que sólo me pareció apropiado aplicar en aquellos terribles momentos:

> No hay grados de dificultad en los milagros. No hay ninguno que sea más «difícil» o más «grande» que otro[2].

Al unirme a J, casi me sentí avergonzado durante un minuto por sentirme mejor ante lo que parecía estar ocurriendo. ¿Podía ser verdaderamente así de simple? ¿Podía negar la capacidad de afectarme de cualquier cosa que no fuera Dios? ¿Era cierto que no había una jerarquía de ilusiones, incluyendo cualquier tipo de muerte? ¿Podía dedicarme sinceramente a mantenerme vigilante únicamente hacia Dios y Su Reino? ¿Eran todas las imágenes del mundo tan sólo tentaciones diseñadas para persuadirme de que yo era un cuerpo, de modo que juzgara a los demás y mantuviera intacta mi culpabilidad inconsciente, mi onírico ciclo de encarnación y mi ego? ¿Era realmente el perdón del Espíritu Santo la vía de salida que conducía a la paz de Dios, a mi retorno al Cielo y a la desaparición del universo?

Finalmente supe con seguridad que la respuesta a todas estas preguntas era sí. Aunque a veces me sentí mal a lo largo de los días siguientes, también sabía que mis sentimientos no eran nada en comparación con lo que hubieran sido de no haber tenido a J y su Curso. Eso *no* significaba que no fuera conveniente actuar ante una crisis como ésta. No obstante, hasta donde yo podía valorar, el ego había preparado una situación en la que no habría ganador.

Si Estados Unidos *no* emprendía ninguna acción militar, eso no disuadiría a los psicópatas, y probablemente les animaría, como ocurrió en el caso de Hitler. Si Estados Unidos emprendía una acción militar, lo cual parecía inevitable, probablemente se producirían nuevos ataques terroristas y asesinatos, aunque la acción militar tuviera éxito. ¿Quién sabía cuándo podrían llegar estos ataques? Habían transcurrido ocho años entre los dos ataques al World Trade Center. ¿Cuántos años más estarían los terroristas dispuestos a esperar para volver a golpear dentro de Estados Unidos? Norteamérica podía responder y ser atacada, o no responder y, aun así, ser atacada, y podía ocurrir en cualquier momento, en el futuro distante o no tan distante. Éste era un dilema al que no le veía una salida fácil. Como era habitual en el guión del ego, la trama podía resumirse con la frase: «Mal si haces y mal si no haces.»

En cualquier caso, mi trabajo era perdonar, y decidí dejar las decisiones respecto a qué debía hacer el país en manos de los políticos. Ése era *su* trabajo porque así lo habían querido, y no implicaba que no pudieran practicar el perdón en cualquier situación si aprendían cómo. *Yo* daría dinero, daría sangre y daría mi perdón. Era posible hacer esas cosas sin revancha en mi corazón, sin ira, juicio ni culpa. Independientemente de lo que pareciera ocurrir, siempre recordaría que los ataques contra Norteamérica sólo probaban que este mundo no es el mundo de Dios, y que nadie en su sano juicio vendría aquí, excepto a enseñar a otros a marcharse. Por otra parte, aquí podía tener un sueño feliz de perdón; el sueño que me conduciría al mundo real.

También me sentía muy agradecido de que Arten y Pursah me hubieran prometido una visita más al final del año; quería comentar esta inesperada situación con ellos. Sin embargo, creía saber lo que me dirían. Casi podía oír a Pursah: «Todos los milagros son iguales, Gary, quieras creerlo o no. ¿Y si no perdonan los estudiantes del Curso, quién lo *hará*?»

A finales de octubre asistí a la décima conferencia anual de *Un Curso de Milagros* celebrada en Bethel (Maine). Allí conocí a muchos maravillosos estudiantes y maestros del Curso, incluyendo a Jon Mundy, uno de los primeros maestros que fue iniciado en el Curso en 1975 por Helen Schucman, Bill Thetford y Ken Wapnick. Me encantó la conferencia de Bethel y tomé conciencia por primera vez de que parte de mi timidez que tanto detestaba estaba desapareciendo. Esto me llevó a pensar que, tal vez, empezaría a viajar más para conocer a otros estudiantes del Curso, siempre que el Espíritu Santo me guiara a hacerlo.

El 21 de diciembre, Arten y Pursah se presentaron para el último de los encuentros que teníamos acordados.

PURSAH: Hola, mi querido hermano. Eso es lo que te llamé la primera vez que te vi, ¿recuerdas? Nos sentimos felices de verte, pero sabemos que ha sido una época dura para tu país. ¿Cómo estás?

GARY: Teniendo en cuenta todo lo ocurrido, estoy muy bien. Siendo agente de cambio y bolsa, me identifiqué con algunas personas de las empresas de correduría del World Trade Center. Muchas de ellas no pudieron salir. Sé que todos elegimos el guión, pero no a este nivel. Ha sido una experiencia terrible para muchas familias, y esto ha hecho que los norteamericanos se sientan menos seguros, al menos temporalmente.

Como estoy seguro de que sabéis, aproximadamente una semana después de los ataques fui con mi hermano, que había venido de Florida, a ver a los Red Sox en Fenway. Era nuestro modo de decir que los terroristas no iban a cambiar nuestras vidas. Una de las cosas que me hizo sentirme muy bien es que, durante la séptima entrada, cuando la mayoría de los aficionados nos levantábamos y abucheábamos a los yanquis, esta vez nos pusimos de pie y cantamos «Nueva York, Nueva York»; fue nuestro modo de ofrecer nuestro apoyo a la gente de la Gran Manzana. Fue un gesto muy conmovedor para todos los que estuvimos allí.

PURSAH: Sí. Un modo de aunarse. Mucha gente en Nueva York pudo oírlo y apreciarlo. Debo decir que hiciste un buen trabajo de perdón el día de los ataques.

GARY: Estaba intentando poner en orden algunas partes de nuestro libro y no tenía la televisión encendida. Cuando empecé a verla, tardaron un rato en poder explicar lo que estaba ocurriendo. Entonces dijeron que una de las torres gemelas había caído y yo no podía creerlo. Pensé que debía de haber un error. No podía haber caído una torre tan inmensa... Cuando cayó la segunda torre, me sentí casi perdido.

ARTEN: Pero recordaste a J.

GARY: Sí; eso no falla nunca. En cuanto me acordé de él, la separación acabó; nunca había ocurrido. Sin embargo, en una situación así, puede parecer un poco inapropiado dejar de simpatizar con las víctimas.

ARTEN: Por supuesto. Como sabes, no tenemos nada en contra de hacer lo apropiado. Aún puedes seguir identificándote con ellos en Cristo, no hay diferencia entre sentirse mal y sentirse culpable. Una leve incomodidad no es diferente de una rabia o una pena extremas. Eres tú quien ha inventado la idea de los niveles. El recuerdo de la verdad puede aportarte paz, independientemente del suceso o de la persona que estén siendo perdonados. Siempre que estés recordando la verdad, estás haciendo tu trabajo.

A veces el sueño puede parecer agradable, pero, de repente, sin previo aviso, se convierte en una pesadilla. Eso es una reescenificación de la separación de Dios. Sin embargo, ni el mal ni el bien que parecieron precederla son verdad. Tal como el Curso te recuerda:

> Los cuentos de hadas pueden ser agradables o espantosos, pero nadie cree que sean verdad. Tal vez los niños crean en ellos, y así, durante algún tiempo, son verdad para ellos. Mas cuando surge la realidad, las fantasías desaparecen. En el ínterin, no obstante, la realidad no había desaparecido[3].

Pursah: Asegúrate de seguir perdonando independientemente de lo que parezca ocurrir. Estás ante la tentación de considerarte un cuerpo; en primer lugar, reaccionando como una persona frente las tragedias ocurridas el 11 de septiembre, y después identificándote como norteamericano y respondiendo como tal. Ningún buen norteamericano va a quedarse cruzado de brazos ante algo *así*, ¿cierto? Si reaccionas de ese modo, sigues en el viejo círculo vicioso... a menos que perdones. Si algunas personas creen que sería equivocado perdonar algo así y mostrar amor en lugar de miedo, tal vez deberían recordar que los locos que cometieron esos actos no los habrían realizado si alguien se hubiera tomado el tiempo de enseñarles a perdonar.

En un caso de este tipo, la mayoría de los cristianos ni siquiera se molestarán en preguntarse qué haría J. Eso es porque la respuesta no encajaría con sus sentimientos. Como hemos dicho antes, la respuesta siempre es la misma: él perdonaría. De eso no cabe duda. Si él perdonó a la gente por matar *su* propio cuerpo, ¿piensas que ahora se vengaría? Por supuesto, estoy hablando del J histórico que no hacía concesiones, y no del icono religioso insustancial que puede ir en ambos sentidos. Digo esto para los cristianos que tengan oídos para oír. En lo tocante a los ataques contra Estados Unidos, hablaremos enseguida del mejor modo de proceder en situaciones así.

Recuerda siempre que tu estado mental y el resultado que conseguirás a partir de él están en tus propias manos, porque sólo hay dos cosas que puedas hacer: juzgar como una expresión de miedo, o perdonar como una expresión de amor. Una percepción conduce a la paz de Dios y la otra percepción conduce a la guerra. Como enseña el Curso:

> O bien ves la carne o bien reconoces el espíritu. En esto no hay término

> medio. Si uno de ellos es real, el otro no puede ser sino falso, pues lo que es real niega su opuesto. La visión no ofrece otra visión que ésta[4].

Y:

> Solamente se pueden aprender dos lecciones. Cada una de ellas da lugar a un mundo diferente. Y cada uno de esos mundos se deriva irremediablemente de su fuente. El mundo que ves es el resultado inevitable de la lección que enseña que el Hijo de Dios es culpable. Es un mundo de terror y desesperación[5].

ARTEN: Depende completamente de ti dónde quieras acumular tu tesoro. También depende de ti qué vía espiritual uses para ayudarte si eliges acumular tu tesoro en el Cielo. Si eliges *este* camino, como hicimos nosotros durante nuestras vidas, entonces te pedimos que prestes atención a lo que verdaderamente dice este Curso de estudio autodirigido; después úsalo sin intentar cambiarlo. Porque, como J explica:

> El Espíritu Santo es el traductor de las leyes de Dios para aquellos que no las entienden. Tú no podrías hacer eso por tu cuenta porque una mente en conflicto no puede serle fiel a un solo significado, y, por lo tanto, altera el significado para conservar la forma[6].

GARY: De acuerdo. No quiero esperar, de modo que contadme cuál es el mejor modo de proceder en situaciones como la tragedia del 11 de septiembre.

PURSAH: Vuelve a pensar en nuestra conversación sobre la verdadera oración y cómo recibir guía. Así es como puedes ser inspirado y recibir soluciones creativas a tus problemas; y esto es aplicable a cualquier problema, sin excepción. Únete a Dios y experimenta Su Amor, y las respuestas al nivel de la forma vendrán a ti de manera natural.

No podría haber un ejemplo mejor de una forma inspirada de resolver los problemas que lo que hizo Gandhi para expulsar al Imperio Británico de la India sin disparar un solo tiro. Su no violencia muy bien organizada y pública finalmente hizo que la opinión del pueblo británico se orientara en contra de su propio ejército y a favor de la independencia india.

GARY: Eso es cierto, pero funcionó porque los propios británicos *son* muy civilizados. La no violencia no funcionará con alguien a quien no le importe un comino si la gente muere, ni con alguien a quien le entusiasme matar.

PURSAH: Tienes razón, y esto pone sobre el tapete un punto importante. Las respuestas inspiradas son diferentes para distintas personas y situaciones. La verdadera inspiración es aplicable a lo que te está pasando a *ti, ahora.* Lo que hizo Gandhi funcionó en su momento y lugar. En tu caso, es posible que tengas otro tipo de problema que exija una solución aún más creativa. ¿Cómo puede sentirse inspirada la gente si no aprende qué produce la verdadera inspiración y lo practica?

Hemos mencionado que, siendo la fuerza más poderosa de la historia del mundo, Estados Unidos tiene mucha más responsabilidad que ningún otro país cuando se trata de encontrar soluciones creativas a los problemas. La profesión que has elegido no es la política, pero deberías hacer uso de lo aprendido en tu propia vida y compartir tu experiencia con otros. Llegará el día en que surja un presidente que sepa unirse a Dios en verdadera oración y que halle inspiración genuina. El Espíritu Santo trabaja caso por caso con cada aparente individuo, y todos los individuos deberían concentrarse en trabajar con Él.

GARY: Ya hemos hablado de liberar completamente Estados Unidos de su adicción al petróleo, de modo que no tenga que verse envuelto en Oriente Medio excepto para hacer el bien. Parece que ése sería un punto de partida lógico.

PURSAH: Sí que lo sería, pero eso no va a ocurrir en el futuro próximo, y tú, individualmente, no puedes provocarlo. No obstante, *puedes* recibir inspiración respecto a qué hacer con tu propia vida. A medida que cada persona aprenda a hacer lo mismo, el mundo ilusorio no podrá evitar beneficiarse.

El Espíritu Santo trabaja caso por caso con cada aparente individuo, y todos los individuos deberían concentrarse en trabajar con Él.

ARTEN: Elige entre la fuerza de Cristo y la debilidad del ego. El mundo está dormido. Ahorra tiempo en tu despertar y no podrás evitar ayudar mentalmente a otros. Generalmente no ves lo que logra tu perdón, pero yo te aseguro que es vital, y que el plan del Espíritu Santo no puede estar completo sin ti.

El Curso dice:

> Las leyes de la percepción han de ser cambiadas, pues *son* un cambio de las leyes de la verdad[7].

Forma parte de esta inversión del pensamiento concentrándote en tus *propias* lecciones de perdón en lugar de las de otros. Nos sentimos honrados de haber participado contigo en este proyecto para hacer que más gente sea consciente de la verdad. Eso no significa que tú debas tratar de guiar a otros. Ése es el trabajo del Espíritu Santo. *Tu* trabajo es seguirLe y permitir que cambie tu aparente percepción individual. Si te centras en tus propias oportunidades de aprendizaje, ahorrarás muchísimo tiempo.

Estás tan acostumbrado al mundo nocional del ego de cuerpos efímeros que necesitarás determinación y disciplina adicional para seguir liberándote. Tenemos absoluta confianza en tu éxito.

Pursah: En lugar de aprisionar las robóticas figuras oníricas, libéralas a medida que actúen para ti. A veces querrás usar pensamientos como éste del Libro de Ejercicios para empezar tu día con buen pie.

> Hoy dejo que la visión de Cristo contemple todas
> las cosas por mí, y que, en lugar de juzgarlas,
> les conceda a cada una un milagro de amor[8].

Arten: No olvides nunca el proceso mental de perdón que Pursah te dio. Así es como el Espíritu Santo quiere que pienses en este nivel para ayudarLe a llevarte a donde no existen niveles. De hecho, cuando el universo desaparezca y vuelvas a casa, ni siquiera recordarás el concepto de niveles. Como dice el Curso:

> En el Cielo no recordarás cambios ni variaciones. Sólo aquí tienes necesidad de contrastes. Los contrastes y las diferencias son recursos de aprendizaje necesarios, pues gracias a ellos aprendes lo que debes evitar y lo que debes procurar. Cuando hayas aprendido eso, encontrarás la respuesta que elimina la necesidad de las diferencias[9].

Pursah: A medida que leas el Curso, irás viendo tú solo que las cosas que hemos dicho respecto a él son ciertas. Las siguientes citas son muy representativas de las declaraciones que hace J sobre el sistema de pensamiento del ego, que es el sistema de pensamiento del mundo:

> La culpabilidad reclama castigo, y se le concede su petición. No en la realidad, sino en el mundo de ilusiones y sombras que se erige sobre el pecado[10].

Sin embargo, el Curso también enseña un sistema de pensamiento distinto que no puede mezclarse con el del ego, sino que ha venido a reemplazarlo. Lo estás aprendiendo bien. Perdonarás al mundo del modo que J te enseña, tal como él lo hizo.

> (...) Y nos encontramos a salvo de toda la ira que le atribuíamos a Dios y después descubrimos que no era más que un sueño[11].

GARY: Os creo. Sabía que J tenía que ser algo más de lo que las iglesias me dijeron en mi adolescencia. De algún modo, todo esto me resulta familiar. Supongo que el sistema de pensamiento del amor fue exactamente lo que la actitud de J reflejó cuando estuvisteis con Él hace dos mil años.

PURSAH: ¡Absolutamente! En Él no quedaba nada más que amor. Su perdón era perfecto.

GARY: Y vuestro estilo de enseñanza, a veces tan *directo*, ¿ha sido estrictamente en beneficio mío?

PURSAH: Tuyo y de muchos otros. A veces tienes que pasarte un poco para que alguien te preste atención. En este día y era, esto sería aplicable a muchos otros miembros de esta sociedad tan dura donde pareces vivir. Tú, querido hermano, ahora estás firmemente asentado en la buena dirección. *Estás* aprendiendo perfecto perdón aquí, como han hecho todos los maestros ascendidos, y perfecto Amor será todo lo que conozcas en el Cielo. Recuerda: cuando despiertas de un sueño, el sueño desaparece. Se irá completamente. No echarás de menos a nadie, porque todas las personas que hayas conocido y amado estarán allí contigo, seréis uno. Es impresionante.

GARY: ¡Genial! Entonces, ¿tenéis alguna instrucción de última hora para el libro?

ARTEN: Como vas a incluir las citas que hemos mencionado del Curso, hemos decidido establecer las cosas de tal modo que cuando acabes de escribir nuestro libro, habrás usado exactamente 365 de ellas, una por cada día del año. Estas citas, si se leen por sí mismas, constituyen un recordatorio de los contenidos de *Un Curso de Milagros.* Aunque algunas de ellas están parafraseadas, pueden ser leídas en el orden exacto yendo de una nota a otra, y son una presentación de J con sus propias palabras. Sólo un par de ellas han sido empleadas más de una vez, y pueden emplearse a lo largo de un año como pensamientos del día para mantener interesados a los lectores. En cualquier caso, en el futuro, la gente podrá elegir cómo usar nuestro libro.

Asimismo, como sugeriste hace mucho tiempo, es posible que quieras deshacerte de tus notas, y especialmente de esas cintas de audio en cuanto termines de usarlas. No querrás que algún día se subasten en internet. Aparte de eso, simplemente acaba el libro y haz con él lo que hemos hablado en privado. No sientas ninguna presión. Nuestro mensaje es intemporal.

Gary: Genial. Ya sabéis que, de todos modos, algunas de esas cintas no salieron muy bien. Tuve que rellenar muchos espacios en blanco. Es bueno que haya tomado notas. Dijiste que el libro no tenía por qué ser una transcripción literal, ¿no?

Pursah: Eso es. Sabes, J también nos dijo a Tadeo y a mí hace unos veinte siglos que no deberíamos sentir ninguna presión. Él dijo que la salvación vendrá a cada mente cuando tenga que venir. Mientras estaba allí, en un cuerpo que supuestamente había muerto, él nos aconsejó que diéramos a la gente nuestro amor, nuestro perdón y nuestra experiencia, y que dejáramos que el Espíritu Santo se hiciera cargo del resto.

Gary: ¡Vaya! Eso debe haber sido increíble. Sabes, ojalá te hubiera conocido cuando eras Santo Tomás; apuesto a que eras un tipo interesante.

Pursah: Aún no era un santo; eso fue una acción posterior de la Iglesia, ¿recuerdas? En realidad, me conociste cuando era Tomás. De hecho, tú me conocías mejor que nadie.

Gary: ¿Qué quieres decir?

Pursah: Tú y yo estamos aún más cerca de lo que crees.

Gary: ¿Qué quieres decir?

Pursah: Ves, Gary, *tú* eras Tomás.

Gary: ¿Qué quieres decir con que yo era Tomás?

Pursah: Tú fuiste Tomás hace dos mil años, y serás yo en tu próxima vida.

Gary: ¡¿Qué?!

Pursah: Todo esto es parte del guión, querido hermano, y tú debes representar tus papeles. Has tenido muchas vidas que fueron muy interesantes, y otras que no fueron tan buenas. Eso es cierto para todos.

Gary: ¿Insinúas que estás apareciéndote *a ti misma* en tus vidas pasadas y que yo soy tú? ¿Que yo estaba allí con Tadeo y J hace dos mil años y que era Tomás? ¿Yo escribí el *Evangelio de Tomás*? ¿Que voy a ser tú, una mujer, en mi próxima encarnación? ¿Y que ésa será mi última vida, la vida en la que alcanzaré la iluminación?

PURSAH: Lo has entendido. Muy bien, Gary. Sabes que hace falta alguien con una formación espiritual para comprender todo eso. Procura entender que he venido a ayudarte, y a ayudar a otros a través de ti, y lo mismo ha hecho Arten. Todo forma parte del plan holográfico de perdón del Espíritu Santo.

Tú y Arten os habéis conocido a lo largo de muchas vidas, incluyendo aquella en la que fuisteis Tomás y Tadeo. También le conoces en esta vida, pero vamos a dejarte adivinar quién es. El hecho de que yo —tu futura imagen corporal de Pursah— aparezca ante ti y te ayude forma parte del plan, y refleja la ley del Cielo por la que yo acabo ayudándome a mí misma. *Siempre* es a ti mismo a quien ayudas. A propósito, estás viendo una versión del cuerpo de Pursah cuando tenía 32 años para ayudarte a prestar atención. Creo que ha funcionado estupendamente.

Una parte de ti conoce todo el pasado, el presente *y* el futuro. El Espíritu Santo, mirando atrás desde el final del tiempo, decidió que en algunos casos usaría el futuro para ayudar a sanar el pasado, del mismo modo que usa el presente para sanar el futuro. El mundo tiene que acostumbrarse a pensar más holográficamente en lugar del antiguo modo lineal.

GARY: ¿De modo que soy tu preencarnación?

PURSAH: Sí, pero en realidad las dos encarnaciones ocurren a la vez. Nosotros ahora te visitamos desde *fuera* del tiempo.

GARY: No sé qué decir.

ARTEN: Excelente. Una buena característica para un alumno, ¿recuerdas? Sé que debes de alucinar. Acostúmbrate. Hay muchas otras cosas fascinantes que te están esperando. Simplemente sigue haciendo tu trabajo de perdonar. Recuerda que tienes que perdonarlo todo, independientemente de lo que ocurra en el futuro. Sólo Dios es real.

Te pedimos disculpas por no haberte revelado esto antes, pero no habrías estado preparado para aceptarte a ti mismo como reencarnación de un famoso santo sin pensar que eso te hacía especial. Ahora podrás verlo como una lección más del aula. La mayoría de la gente supone que por el simple hecho de que la Iglesia nos llamara santos, aquellas vidas en las que fuimos dos de los primeros discípulos debían de ser las últimas, las vidas en las que alcanzamos la maestría. La cosa no funciona así. En realidad, nadie puede juzgar el nivel de desarrollo espiritual de otro ser. Sólo el Espíritu Santo posee toda la información necesaria para emitir ese juicio.

Supuestamente no tenías que empezar a recordar que habías sido Tomás hasta este momento temporal. La razón por la que siempre tenías ese anhelo de saber cómo fue la vida al lado de J hace dos mil años es que estuviste allí y fuiste alumno suyo. Estabas tratando de recordar.

Gary: Puedo verlo. Es como intentar recordar un sueño que tuviste la otra noche, pero en realidad no puedes hincarle el diente. Supongo que intentar recordar el Cielo más constantemente debe ser algo parecido. Va a tener que pasar algún tiempo para que me acostumbre a todo esto; no puedo creer que haya escrito *El Evangelio de Tomás.*

Pursah: Sí, pero tu vida como Tomás no fue la última, y posteriormente escribiste otro libro espiritual. A medida que transcurrió el tiempo, fue leído mucho más ampliamente y puso a mucha gente en la buena dirección. El libro se llamaba *La Desaparición del Universo,* y vas a acabarlo dentro de unos pocos meses. De algún modo, también podrías llamarlo el segundo *Evangelio de Tomás.* Ponte en marcha, perezoso.

Gary: Esto es demasiado para asimilarlo de una vez. No sé si me gusta la idea de tener que estudiar el Curso durante más de una vida para iluminarme.

Pursah: Algunas personas estudiarán el Curso más de una vida, y otras se iluminarán en la primera vida que lo estudien. En *cualquier* caso, es un proceso. Has hecho grandes progresos y seguirás haciéndolos. Como casi toda la gente, tienes alguna culpabilidad profundamente enterrada de la que no eres consciente, y por eso aún tienes algún miedo. Hará falta todavía más perdón que vaya eliminando la culpabilidad inconsciente para que puedas despertar completamente. *Por eso* seguimos insistiendo en el perdón; es lo que te despierta. ¡Ya estás en el proceso de despertar! Tus ojos se están abriendo, y acabar la tarea en dos únicas vidas finales es mucho mejor que tardar otras cien vidas en conseguirlo. Te aseguro que sin el Curso *habrías* necesitado otras cien.

Asimismo, sé por experiencia que cuando seas Pursah y estudies el Curso todo te vendrá con más facilidad porque ya te has familiarizado con él en esta vida.

Gary: ¿Recordaré todo esto durante mi próxima vida?

Pursah: Sigues planteando buenas preguntas, querido hermano. Por raro que parezca, recordarás lo suficiente y olvidarás lo suficiente como para hacer posible tu última lección de perdón. Irás posponiendo la lectura del libro que escribiste en esta vida hasta mucho después de la lección de perdón de la universidad que ya te conté.

Antes estudiarás otras cosas, incluyendo los materiales clásicos de Wapnick. Cuando llegues al punto en tu vida de leer *La Desaparición del Universo*, ensamblarás todas las piezas del rompecabezas y lo recordarás todo. Tu conciencia se habrá expandido hasta ser la de un maestro ascendido, y Arten ya llevará algún tiempo en tu vida, ayudándote. Juntos recordaréis muchas cosas.

Por supuesto, estoy hablando en tiempo pasado porque para nosotros ya ha ocurrido, y, en un sentido más amplio, ya ha ocurrido todo. Vosotros dos fuisteis capaces de perdonarlo todo, y no albergasteis ningún resentimiento. No tuvisteis miedo porque no valorasteis equivocadamente, y elegisteis la fuerza de Cristo a cada oportunidad.

Finalmente, no estamos usando nuestros nombres reales en esas vidas porque, si lo hiciéramos, alguna gente del futuro podría estar atenta para ver si pueden descubrir quiénes somos, y eso podría complicar las cosas. Es cierto que tuve un nombre procedente del sur de Asia, pero lo he cambiado para estas conversaciones.

GARY: Chico, es divertido cómo encaja todo.

PURSAH: Ésa es la naturaleza del holograma, pero, aun así, tienes que perdonarlo junto con el Espíritu Santo si quieres hallar el camino de salida. Sólo *deseas* encontrar el camino de salida cuando reconoces la verdadera naturaleza de este universo ilusorio. No te dejes llevar por tu éxito; y no esperes que los demás estén siempre de acuerdo con lo que dices. No tienes que esperar que todo el mundo despierte y huela la realidad.

Tienes mucha suerte de que, durante tus miles de vidas, fueras amigo tanto de J como de Gran Sol. Y si alguna vez sientes la tentación de pensar que eso te hace especial, recuerda esto: *Todo el mundo*, durante al menos una de sus numerosas reencarnaciones, o encarcelaciones —ambos términos son precisos— estaría contento de ser amigo y seguidor de un ser iluminado que aún parece estar en un cuerpo. A veces ese Ser iluminado es famoso, o al menos conocido, pero generalmente no es así. Ya te hemos dicho que la mayoría de los seres iluminados no buscan un papel destacado, pero tienden a atraer a algunos amigos y seguidores, y a menudo es una importante experiencia de aprendizaje para esas personas. También te hemos dicho que en aquella vida J no era tan famoso como Juan el Bautista. J se hizo mucho más famoso *después* de la crucifixión y de la resurrección, pero incluso antes de eso tenía sus amigos leales y seguidores, entre los cuales nos incluíamos nosotros.

Actualmente, hay más afortunados que nunca que, o bien están iluminados, o se iluminarán en esta vida cuando el Espíritu Santo sane completamente su culpabilidad inconsciente. Su número ha aumentado en las dos últimas décadas, principalmente porque hay muchas personas estudiando y practicando el Curso. Pensabas que iba a decir que esto se debe a que el mundo está más iluminado. Lo siento, pero la salvación no es algo que tenga que ver con una masa crítica. Las personas no pueden iluminarse por los pensamientos de los demás, o simplemente estando en su presencia. Pero es *posible* señalarles la buena dirección.

En los anales de la historia espiritual no se escribirá sobre la mayoría de la gente que ahora está iluminada, o que pronto lo estará. Eso no tiene importancia. ¿Cómo podría importar si se trata de un sueño? Si verdaderamente saben que sólo es un sueño, ¿por qué pensarían que es relevante que otros les conozcan? ¿Significan realmente algo los detalles de sus vidas? No, pero, aun así, sus amigos se beneficiarán enormemente de que compartan su experiencia.

ARTEN: Sabes de qué fuente estás destinado a seguir aprendiendo. La lectura del Texto del Curso y del Libro de Ejercicios no tiene sustituto posible, incluso después de haber hecho las lecciones. Utiliza tu mente para elegir entre el cuerpo y el verdadero espíritu, y al hacer eso perdona al mundo. Mediante el perdón, tu ego se irá deshaciendo. Como dice el Curso conmovedoramente:

> La salvación es un deshacer. Si eliges ver el cuerpo, ves un mundo de separación, de cosas inconexas y de hechos que no tienen ningún sentido. Alguien aparece y luego desaparece al morir; otro es condenado al sufrimiento y a la pérdida. Y nadie es exactamente como era un instante antes ni será el mismo un instante después. ¿Qué confianza se puede tener ahí donde se percibe tanto cambio? ¿Y qué valía puede tener quien no es más que polvo? La salvación es el proceso que deshace todo esto. Pues la constancia es lo que ven aquellos cuyos ojos la salvación ha liberado de tener que contemplar el costo que supone conservar la culpabilidad, ya que en lugar de ello eligieron abandonarla[12].

PURSAH: J ha dejado claro lo importante que es la salvación para él. A medida que tu ego se va deshaciendo, te acercas más al principio, al momento en que cometiste ese primer error que después produjo todos los demás. Entonces podrás volver a elegir por última vez, lo que producirá tu retorno al Cielo y la Unidad eterna con Dios. J estará contigo a cada paso del camino. Porque, como te dice en el Libro de Ejercicios:

> (...) No me he olvidado de nadie. Ayúdame ahora a conducirte de regreso allí donde el viaje empezó para que puedas llevar a cabo otra elección conmigo[13].

No habría otro modo mejor de cerrar las citas de nuestro líder. Te queremos J, y te damos gracias por tu luz eterna y certera guía. Somos tus discípulos hasta que el tiempo termine para todos.

Y te queremos, Gary. Tenemos un mensaje para que lo difundas, pero oirás nuestras voces combinadas en una sola, porque en realidad son la Voz del Espíritu Santo, Que seguirá estando aquí contigo cuando parezca que nos hemos ido.

GARY: ¿Volveré a veros alguna vez?

ARTEN: Eso depende de ti y del Espíritu Santo, querido hermano. Debes hablar con Él al respecto, lo mismo que de todo lo demás.

GARY: No os vayáis todavía.

ARTEN: Está bien. Verás. Todo tiene que estar en su lugar.

NOTA: Con esto, los cuerpos de Arten y Pursah comenzaron a fundirse en un hermoso espectáculo de gloriosa y prístina luz blanca que fue llenando lentamente la habitación hasta que todo lo que podía ver y sentir era el cálido y maravilloso resplandor de la luz que me envolvía. Entonces oí la siguiente declaración de la Voz, después de lo cual la luz se expandió en un resplandor brillante y a continuación desapareció. Yo me quedé en la habitación pensando en todo lo que había ocurrido y en toda la ayuda que necesitaría en el camino que se extendía ante mí.

Arten y Pursah como un solo ser: Os quiero, mis queridos hermanos y hermanas, que en realidad sois Yo, pero aún no lo sabéis del todo. Sentíos agradecidos por la oportunidad de perdonaros mutuamente y así perdonaros a vosotros mismos. Reemplazad vuestros resentimientos por amor. Dejad que vuestras mentes sean guiadas hacia la paz de Dios, y la verdad que está dentro de vosotros surgirá en vuestra conciencia.

Es posible que recordéis que hacia el comienzo de estas conversaciones, Arten describió a J como una luz que guía a los niños a su verdadero hogar en el Cielo. Lo cierto es que finalmente todos los niños han encontrado su camino de vuelta a casa. Entonces, cuando todos reconocieron que son uno y se descubrieron inocentes, Dios volvió a acoger la parte de la Mente de Cristo que ya no parecía perdida ni separada en el Reino de la Vida, y no volvió a ser vista nunca más. El falso universo desapareció, volviendo al vacío que nunca estuvo allí. La mente ilusoria fue liberada en el espíritu, para amar siguiendo la intención original.

Ahora Cristo es tan feliz que no puede contenerse a Sí mismo, de modo que Se extiende más allá del infinito. Y todas las locas ideas de un sueño infantil ya no existen para ser recordadas. No hay bordes ni límites, sólo plenitud y totalidad. No hay pasado o futuro, sólo seguridad y alegría. Porque Cristo está en cualquier parte, porque Dios está por todas partes. Eternamente ilimitados, no hay distinción entre Ellos. Todo lo que queda es Uno, y Dios es.

ACERCA DEL AUTOR

Gary R. Renard nació en la Costa Norte de Massachusetts, donde llegó a ser un conocido guitarrista. Durante la Convergencia Armónica de 1987 oyó una Llamada y empezó a reorientar su vida en otra dirección. Luego, a comienzos de la década de los noventa se trasladó a Maine, donde vivió un poderoso despertar espiritual.

Tal como se le había pedido, escribió lenta y cuidadosamente *La Desaparición del Universo* a lo largo de un período de nueve años. Actualmente escribe, viaja y da charlas sobre la búsqueda espiritual.

SOBRE *UN CURSO DE MILAGROS*

El volumen autorizado de *Un Curso de Milagros*, que comprende el Texto, el Libro de Ejercicios y el Manual para el Maestro, está disponible en inglés, tanto en encuadernación rústica como con tapa dura, así como en diversos otros idiomas, y puede solicitarse a la Fundación para la Paz Interior (FIP, Foundation for Inner Peace), el editor original. Entre las demás publicaciones relacionadas que se mencionan en este libro se encuentran *Anexo a UCDM* de Helen Schucman *Psicoterapia: Propósito, Proceso, y Práctica* y *El Canto de la Oración*—y *Viaje sin Distancia*,una breve historia de los orígenes del Curso escrito por Robert Skutch.

Un Curso de Milagros, en castellano está a la venta en la página web de El Grano de Mostaza Ediciones y también las obras anteriormente mencionadas, así como otras relacionadas con el *Curso*.

Una amplia historia del *Curso*, incluyendo una revisión de las críticas y controversias que ha suscitado desde su publicación, está disponible en Fearless Books con el título *The Complete Story of the Course.*

Dichas publicaciones pueden adquirirse en muchas librerías o directamente de los editores llamando o escribiendo a:

Foundation for Inner Peace
PO Box 598 Mill Valley, CA 94942 0589(415) 388 2060
o bien, en **www.acim.org.**

El Grano de Mostaza Ediciones, S.L.
Carrer Balmes, 394 Ppal 1ª 08022 Barcelona (34) 934 173 848
o bien, en **www.elgranodemostaza.com**

ÍNDICE DE REFERENCIAS

En el índice siguiente el primer número citado corresponde al número de la nota, seguido de la designación del número de página de la cita o paráfrasis de *Un Curso de Milagros* o los dos folletos relacionados. El primer número corresponde a la versión original inglesa y el segundo, detrás de la barra «/», a la versión de la segunda edición en español. Las referencias vienen indicadas de la forma siguiente:

T Texto
L Libro de Ejercicios para los Estudiantes
M Manual para el Maestro
PR Prefacio
AT Aclaración de términos
P *Psicoterapia: Próposito, Proceso, y Práctica,* folleto.
S *El Canto de la Oración,* folleto.

Todos los números de página de la edición inglesa corresponden a la segunda edición del Curso, impresa en 1992 y con posterioridad.

ARFEN Y PURSAH APARECEN

1. M64/70 2. M62/68

EL J ALTERNATIVO

1. T109/120	2. L159	3. T411	4. T153	5. AT79
6. T89	7. L323	8. T237	9. L268	10. T664

El Milagro

1. L473/507	2. M1/1	3. T489/547	4. T16/17
5. L1/1	6. PRvii	7. M7/7	8. AT89/97
9. M10/10	10. T14/15	11. T7/8	12. L25/26
13. T14	14. T325	15. T6/6	16. T8/9
17. AT85/92	18. T13/14	19. L1/1	20. L2/2
21. T499/559	22. T1/1	23. T85	24. T337
25. T202	26. T96	27. T138	28. L304/326
29. AT89	30. T84/93	31. T38/42	32. PRxi
33. T623	34. L2	35. AT81	36. TI9/20
37. AT83/90	38. T94	39. AT89	40. T463/518
41. T445/497	42. T617/695	43. T207	44. M12/12
45. T6/7	46. AT77/83	47. PRix	48. T403/448

Los Secretos de la Existencia

1. T493/552	2. L1	3. Ibid
4. M31	5. T660/744	6. T257
7. T586	8. T75	9. T236/261
10. T4/5	11. T182/202	12. T42/45
13. Ibid/46	14. Ibid/46	15. T312
16. T67/74	17. T74/81	18. T98/108
19. T60/67	20. T373/415	21. L48
22. T138/153	23. T6061/67	24. T1
25. T154/171	26. T1	27. T420
28. T84/92	29. T202/224	30. T183/203
31. T146/162	32. T641642	33. L324
34. T179/199	35. AT77/83	36. T620621/699
37. T177/197	38. T145/161	

El plan del Ego

1. T138/153	2. T354	3. T215
4. T652	5. T3	6. L115/123
7. T668	8. T617	9. T666/751
10. L125	11. T438/489	12. T412
13. T410-414-415	14. T415	15. T8
16. T376/419	17. T223/247	18. T202
19. T217/240	20. L305/327	21. T454/507
22. Ibid/507	23. T51/56	24. T638/719
25. T587588/661	26. T239/264	27. Ibid/265
28. L73/80	29. T239/265	30. T438
31. T376	32. T142	33. PRxii
34. T27/30	35. T8/9	36. T346
37. L141142	38. T169/187	39. T651/734

La Alternativa del Espíritu Santo

1. T80/88	2. AT89	3. L294/315
4. T97/107	5. T98-99/108	6. L178/191
7. L181	8. T651/734	9. T88/96
10. L243/258	11. T217	12. T443/495
13. T59/65	14. T257/285	15. Ibid/284
16. T82/90	17. T583/656	18. AT87/95
19. PRxi	20. L437/470	21. AT87

22. AT89/97
23. Ibid/98
24. T108
25. L384385/417
26. T9
27. T349/387
28. T261/289
29. T51/55
30. T327/362

La Ley del Perdón

1. L468/5O1
2. AT77
3. L159
4. L487
5. AT77
6. T25-26
7. L386/419
8. L382/414
9. T82/90
10. L401
11. T95/104
12. M51/58
13. T594/669
14. T595/670
15. T600/676
16. T601/677
17. T431/481
18. L249/265
19. T183/203
20. T599/675
21. L34
22. Ibid
23. T3
24. L357/382
25. L348/373
26. Ibid/373
27. L468/501
28. T92/101
29. T94/104
30. T618619/697
31. T564
32. T668/753
33. T6/6
34. M11/11
35. Ibid
36. T109
37. T6/6
38. T668/753

Iluminación

1. L357/382
2. L401/434
3. T385
4. T67/74
5. T221/245
6. L407/440
7. T93/102
8. T88/97
9. T7
10. L323/346
11. L443
12. AT77/83
13. T147/163
14. T635/715
15. T584/658
16. T666/751
17. M68/75
18. Ibid/75
19. Ibid/75
20. Ibid/75
21. L449/482
22. L455/488
23. T214/237
24. T384/428
25. T194/215
26. T195/216
27. Ibid/216
28. M67/73
29. L323/345

Experiencias en la cercanía de la vida

1. S22
2. L346/370
3. Ibid/371
4. T81/89
5. L119
6. L298/319
7. L291/312
8. Ibid/313
9. L315/338
10. T322/357
11. T7/7
12. T8/8
13. T7/7
14. Ibid/7
15. T6061
16. T16/17
17. T7
18. M62/68
19. Ibid/68
20. Ibid/68
21. Ibid/68
22. Ibid/68
23. Ibid/68
24. T95/104
25. T325/360
26. L339/363
27. L321/343
28. T329/365
29. L479/513

Sanar a los enfermos

1. M18/20
2. T257
3. T667/753
4. P17
5. M46
6. M18/20
7. Ibid/20
8. Ibid/20
9. T667/752
10. Ibid/752
11. Ibid/752
12. M19/21
13. Ibid/22
14. M42/47
15. L270/288
16. Ibid/288
17. T84/93
18. T84-85/93
19. T184/205
20. M20/23

Una muy breve historia del tiempo

1. T550/618
2. T667/752
3. T14/15
4. L319/341
5. Ibid
6. T552/621
7. T473/529
8. Ibid/529
9. Ibid/529
10. L298/319
11. L323324/346
12. L324/346
13. Ibid/346
14. Ibid/346
15. Ibid/347

16. Ibid7347 17. T666/751 18. T175/195
19. T29/32 20. T546 21. T547
22. T80/88 23. T174-175/194 24. T181/201
25. T172/191 26. T624/703

Viendo las noticias

1. S10 2. M26/38 3. M4041 4. M27/31
5. T67/73 6. M33/39 7. T268/297

Verdadera oración y abundancia

1. T220/244 2. 52 3. Ibid 4. Ibid
5. Ibid 6. Ibid

Mejor que el sexo

1. T7/7 2. T667 3. T15/16 4. T619/698
5. L245/261 6. L244/259 7. Ibid/259 8. T354/393

Mirando hacia el futuro

1. L77/84 2. T666/751 3. T621/700 4. T661/745
5. T617/695 6. L289/310 7. M70/77 8. Ibid/78
9. T640/722 10. M72/79

Notas sobre la resurrección de los muertos

1. L309/331 2. M67/83 3. P9
4. T447/500 5. T416 6. M61/67
7. T65/71 8. M6667/73 9. L443
10. T493494/552 11. T64/71 12. C90

La desaparición del universo

1. T667/752 2. T3/3 3. T170/189
4. T660/744 5. T646/729 6. T115/127
7. T554/623 8. L478/512 9. T267
10. T554/622 11. L485/520 12. T660-661/745
13. L330/353

ÍNDICE